Cengiz Aytmatov

Gün Olur
Asra Bedel

Çeviren:
Refik Özdek

ÖTÜKEN

YAYIN NU: 231
EDEBÎ ESERLER: 118

1. Basım: 1991
48. BASIM

T.C.
KÜLTÜR ve TURİZM BAKANLIĞI
SERTİFİKA NUMARASI
16267

ISBN 978-975-437-053-9

ÖTÜKEN NEŞRİYAT A.Ş.®
İstiklâl Cad. Ankara Han 65/3 • 34433 Beyoğlu-İstanbul
Tel: (0212) 251 03 50 • (0212) 293 88 71 - Faks: (0212) 251 00 12
İnternet: www.otuken.com.tr
E-posta: otuken@otuken.com.tr

Kapak Tasarımı: Zafer Yılmaz
Dizgi-Tertip: Ötüken
Kapak Baskısı: Yeditepe Ofset
Baskı: Yaylacık Matbaası (0212) 612 58 60
Maltepe Mah. Litros yolu Fatih Sanayi Sitesi No: 12/197-203
Topkapı-Zeytinburnu
Cilt: Yedigün Mücellithanesi
İstanbul-Aralık 2016

CENGİZ AYTMATOV; 1928 yılında Kırgızistan'ın başkenti Bişkek'e bağlı Talas Vadisi'nde yer alan Şeker Köyü'nde doğdu. Babası Törekul Aytmatov, annesi Nagima Hamzayevna Aytmatova'dır. Memur olan babası 1937 yılında Stalin'in temizlik harekâtında öldürülen kurbanlar arasındadır. Annesi çeşitli memuriyetlerde bulunmuş ve dört çocuğunu kendi başına büyütmek durumunda kalmıştır. İlkokula kendi köyünde giden Cengiz Aytmatov, babaannesi Ayıkman Hanım'dan dinlediği ninniler, masallar, ve efsanelerle yetişir.

İkinci Dünya savaşının yokluk yıllarını babasız geçiren Aytmatov, çocuk yaşından itibaren çalışmaya başlamıştır. Bu dönemde köy sovyeti kolhozu sekreteri ve vergi memuru olarak çalışır. 1946 yılında Kazakistan'ın Cambul şehrinde Veteriner Teknik Okulu'nda eğitim görmeye başlamıştır. Bu okul bitince, 1948'de Kırgızistan Tarım Enstitüsü'ne devam etmiştir. 1953 yılında buradan veteriner olarak mezun olur. Aytmatov'un ilk eseri, 1952 yılında *Pravda* gazetesinde yayınlanan *Gazeteci Cyuda*'dır. Bu hikâyeyi, 1957 yılında yayımlanan *Yüzyüze* takip eder. 1956-58 yılları arasında Moskova'da Gorki Edebiyat Enstitüsü'ne devam eden yazarın *Cemile* adlı hikâyesi 1958 yılında *Novy Mir* (Yeni Dünya) dergisinde yayınlanır. Bu eseri büyük ilgi görür. Aytmatov şöhreti, bu eserinin Fransız şair Louis Aragon tarafından Fransızca'ya tercüme edilmesi ve Avrupa'da yayımlanması ile yakalar. Aragon bu hikâyeye yazdığı önsözde Cemile hikâyesini "dünyanın en güzel aşk hikâyesi" olarak takdim etmiştir. Aytmatov, Cemile'nin yayımlandığı 1958 yılında Moskova Üniversitesi Edebiyat Fakültesi'ne başlamıştır. Aynı yılın sonunda Kruşçev'in anti-Stalinist kampanyası sırasında Sovyet Komünist Partisi'ne ve Yazarlar Birliği'ne kabul edilir. Babası Stalin muhalifi olan Aytmatov'un partiye girmesi ve birliğe kabul edilmesi ancak siyasî şartların yumuşaması sayesinde gerçekleşmiştir. Hatta sırf babasının muhalifliği yüzünden öğrencilik yıllarında bursu kesilmiş, pek çok terslikler yaşamıştır. Değişen siyasî şartlarla birlikte Aytmatov hem Kırgız hem de Rus yazarlar arasında yerini pekiştirmiştir. Bu yıllarda *Literaturnyi Kırgızistan* dergisi editörlüğünü, sonra beş yıl boyunca *Pravda*'nın Orta Asya muhabirliğini yapmıştır. Aytmatov 1963 yılında, *İlk Öğretmen, Deve Gözü, Cemile* ve *Selvi Boylum Al Yazmalım* adlı hikâyelerinden oluşan *Steplerden ve Dağlardan Hikâyeler* adlı kitabıyla Lenin Edebiyat Ödülü'nü kazanmıştır. 1959-67 yılları arasında *Novy Mir*'in editörlüğünü yapmış ve 1968'de Büyük Sovyet Edebiyat Ödülü'nü kazanmıştır. Aynı yıl Kırgızistan'ın millî yazarı seçilmiştir. Cengiz Aytmatov'un edebî seyri bu yıllarda hikâyecilikten roman yazarlığına doğru kayar. İlk romanı olan *Toprak Ana* 1963'de neşredilir. Yine aynı yıl yayınlandığında büyük heyecan uyandıran *Elveda Gülsarı*'yı kaleme alan Aytmatov, daha sonraki yıllarda çeşitli yayın organlarında hikâyelerini yayınlatmaya devam eder. 1964'de yayınlanan *Kızıl Elma* ve

1969'da yayınlanan *Oğulla Buluşma* hikâyelerinden sonra, yazar 1970'de edebiyat âleminde yankı bulan *Beyaz Gemi* romanını neşreder. Daha sonra 1972'de *Asker Çocuğu* hikâyesini, 1975'de Kazak yazar Kaltay Muhammedcanov'la birlikte *Fuji-Yama* adlı tiyatro eserini, 1976'da *Sultanmurat*, 1977'de *Deniz Kıyısında Koşan Ala Köpek* hikâyelerini neşreder. 1980 yılında kaleme aldığı *Gün Olur Asra Bedel* romanı yazarın edebiyat hayatının zirvelerinden birini teşkil eder.

Aytmatov, 1986 yılında neşredilen *Dişi Kurdun Rüyaları* isimli romanıyla, yazarlık seyrini mahalli olandan evrensel olana taşımıştır. Aytmatov 1990'da yayınlanan *Beyaz Yağmur* ve *Yıldırım Sesli Manascı* hikâyelerinden sonra, aynı yıl *Cengiz Han'a Küsen Bulut*'u yayınlar.

Aytmatov, başarılı bir edebiyatçı kimliğine sahip olmasının yanında, insan ilişkileri ve yüksek temsil kabiliyeti sayesinde Sovyet devletinden itibar görmüş, devletin çeşitli birimlerinde görev almıştır. 1978 tarihinde Yüksek Sovyet Prezidium'u tarafından Sosyalist İşçi Kahramanı olarak ödüllendirilir. 1983 yılında Büyük Sovyet Edebiyat Ödülü'nü ikinci kez kazanmıştır. Gorbaçov döneminde Sovyet Parlamentosu Kültür ve Ulusal Diller Komitesi Başkanlığı ve Sovyet Yazarlar Birliği Sekreterliği görevlerinde bulunmuştur. Sovyetler birliği dağılmadan önce Gorbaçov'un beş danışmanlarından biri olmuştur. Cengiz Aytmatov; edebi çalışmalarının dışında, 15 yıl Avrupa'da SSCB ve bilahare Kırgızistan'ın büyükelçiliğini yapmıştır. Avrupa Birliği, NATO, UNESCO ve Benelüks ülkelerinde görev yapmıştır.

Aytmatov, *Gün Olur Asra Bedel* romanının sinemaya uyarlanma çalışmalarının devam ettiği Tataristan'daki Kazan şehrinde rahatsızlanmış ve hastaneye kaldırıldığı Almanya'nın Nürnberg şehrinde 9 Haziran 2008 tarihinde vefat etmiştir.

Ötüken Neşriyat tarafından yayınlanan eserleri:
- Beyaz Gemi (Roman)
- Cemile - Sultan Murat (Hikâyeler)
- Cengiz Han'a Küsen Bulut (Roman)
- Dişi Kurdun Rüyaları (Roman)
- Elveda Gülsarı (Roman)
- Gün Olur Asra Bedel (Roman)
- Kızıl Elma - Oğulla Buluşma - Beyaz Yağmur - Asker Çocuğu - Deve Gözü (Hikâyeler)
- Toprak Ana (Roman)
- Yıldırım Sesli Manascı - Yüzyüze - Deniz Kıyısında Koşan Ala Köpek (Hikâyeler)

-I-

KURUMUŞ sel yataklarında, çırılçıplak kalmış vadi yamaçlarında av aramak, büyük bir sabır işiydi. Yeraltı yuvalarında yaşayan kazıcı hayvanların bıraktığı karmakarışık izler, ava çıkmış aç tilkinin başını döndürüyordu. Bazen gücünü toplayıp bir tarla faresinin yuvasını eşeliyor, bazen de, yağmurların iyice meydana çıkardığı bir taşın kovuğundan küçük bir araptavşanının sıçrayıp çıkmasını umutla, sabırla, uzun uzun bekliyordu. Böyle bir şey olsa hemen üzerine atılacak, işini bitirecekti onun. Aç tilki, av araya araya demiryoluna yaklaşmıştı. Bozkır boyunca, koyu, düz bir şerit gibi uzanan demiryolu onu hem korkutuyor, hem de kendine çekiyordu. Bu yolun üzerinde her iki yönde trenler büyük bir uğultu ile yeri sarsarak gelip geçer, rüzgârın savurduğu kara dumanlar ve keskin kokular bırakırdı.

Akşam üzeri, tilki, telgraf hattının hemen yakınında, sık, kuru kuzukulaklarının bulunduğu bir dereye girdi. Burada, koyu kırmızıya çalan bol tohumlu sapların arasında, boz bir yumak gibi kıvrılıp yattı. Sinirli sinirli kulaklarını oynatarak, hafif esen yelin kuru otlarda çıkardığı hışırtıyı dinleyerek, sabırla gecenin gelmesini beklemeye koyuldu. Telgraf direkleri de vınlıyor, acı acı inliyordu ama bu onu korkutmuyordu. Direkler hep oldukları yerde durur ve onu kovalamazlardı.

Gelip geçen trenlerin kulak patlatan gürültüsünden nefret eder, tren geçerken nefesini kısıp büzüşür, altında yerin uğuldayıp sarsıldığını bütün kaburgalarıyla hisseder, cılız vücudu zangır zangır titrer, o pis kokulardan tiksinir, korkar ama yine de kaçıp gitmez, gecenin gelmesini beklerdi. Çünkü geceleri demiryolunun daha sessiz olacağını bilirdi.

Tilki buralara çok seyrek, ancak açlıktan kıvrandığı zamanlarda gelirdi.

Tren gelip geçtikten sonra bozkıra tam bir sessizlik çökerdi. Yer göçmesinden sonra duyulan sessizliğe benzerdi bu sessizlik. İşte o sessizlik içinde de tilki, havadan, uzaktan uzağa, pek anlaşılmayan, belki de kendi kalbinden gelen başka bir ses duyardı. Alaca karanlığa bürünen manzarayı yalayarak gelen bu ses onu kuşkulandırır, korkuturdu. Çünkü hava akımlarının bir oyunu olan bu ses, havanın değişeceğine işaretti. Hayvan bunu içgüdüsü ile anlar, üzüntü içinde bir süre donup kalırdı olduğu yerde. Yaklaşmakta olduğunu hissettiği büyük felâket karşısında olanca sesiyle ulumak, ağlamak isterdi. Ancak, içindeki açlık, doğanın bu uyarılarını da bastırıyor, boğuyordu.

Tilki, koşmaktan şişen, sızlayan tabanlarını yalaya yalaya, hafif hafif inlemekten başka bir şey yapamıyordu.

O günlerde akşamlar soğuk olurdu. Sonbahar yaklaşıyordu çünkü. Geceleyin hava iyice soğur, sabaha karşı kırağı düşer, toprak bembeyaz bir tuzla halinde görünür, güneş doğunca kırağı erir ve her yer açılırdı. Bundan sonra da bozkır hayvanları için kıtlık, kaygı dolu günler gelirdi. Yazın bile az görünen av hayvanları şimdi hiç görünmez olmuşlardı. Bazıları sıcak ülkelere göçmüş, bazıları yeraltındaki yuvalarına kapanmış, bir bölümü de kumluklara çekilmişlerdi. Şimdi her tilki, bu ıssız bozkırda tek başına dolaşarak bir lokma yiyecek arıyordu.

Bu yıl doğan yavru tilkiler büyümüş, dağılmış, herbiri bir yana gitmişti. Çiftleşme mevsimine daha vakit vardı. Kış gelince bir yerlerde buluşup toplanacaklardı. Erkekler dişileri için, dünya dünya olalı yaptıkları gibi, birbirleriyle kıyasıya dövüşeceklerdi.

Gece karanlığı çökünce tilki sindiği dereden çıktı. Bir süre durup çevreyi dinledikten sonra demiryoluna doğru koştu. Rayların bir sağına bir soluna geçiyor, yolcuların vagon pencerelerinden attıkları artıklar arasında yiyecek bulmaya çalışıyordu. Epeyce koştu yol boyunca. Önüne çıkan her şeyi koklayıp yokladı. Bir lokma yiyecek bulabilmek için iyice yoruldu. Pis, iğrenç kokular veren şeylere dokunmadı. Yolun iki yanı, çeşitli kâğıtlarla, tomar tomar gazetelerle, kırık şişelerle, sigara izmaritleriyle, ezilip bükülmüş konserve kutularıyla ve işe yaramaz öteberi ile doluydu. Bir defasında, kırılmamış ama ağzı açık bir şişeyi kokladı da başı döndü, boğulacak gibi oldu. Birkaç defa rastladı böyle şişelere ve her defasında tiksindi ve bir daha onlara hiç bakmadı. Pis kokular çıkaran o şişeleri görür görmez yolunu değiştirip onun uzağından geçiyordu.

Açlık idi onu bu yola düşüren. Ama bunca çabaya, uğrunda korkusunu bile yenerek bunca yorulmasına rağmen bir lokma yiyecek bulamamıştı. Yine de ümidini yitirmiyor, dişe dokunur bir şey bulabilmek için, yolun bir sağına, bir soluna geçiyor, koşuyor ha koşuyordu.

Tilki birden durdu. Baskına uğramış bir insan gibi, bir ayağı havada, bir süre öylece donup kaldı. O kıpırtısız haliyle, pek yüksekte olan solgun ay ışığında bir gölge gibi görünüyordu. Ona kuşku veren gürültü devam ediyordu ama henüz uzaktaydı. Kuyruğunu yine dik tutarak, havadaki ayağını basıp öbürünü kaldırarak, yoldan çıkmakla çıkmamak arasında tereddüt ediyordu. Sıçrayıp kaçmaya hazırdı. Sonra, demiryolu setinden ayrılmadan yürümeye devam etti. Yine yolun bir o yanına, bir bu yanına geçiyordu. Yüzlerce tekerleğin demire sürtünmesinden çıkan sesi çok iyi işittiği hâlde kaçmadı. Çünkü o dakikada aradığını bulacakmış gibi bir his vardı içinde. Ama tam bu sırada dönemeçten çıkan trenin arka arkaya bağlanmış iki lokomotifinin güçlü farları ışıldayıp karanlığı yardı, göz kamaştıran ışıklar bozkırı aydınlattı ve tilki, ateş görmüş pervane gibi, ne tarafa kaçacağını bilemeden çırpınmaya başladı. Tren korkunç bir hızla yaklaşıyordu. Havayı toz duman ve boğucu bir koku kapladı, şiddetli bir yel estirdi lokomotifler. Tilki güçlükle kendini yana attı. Arkasına baka baka ve yere yapışırcasına uzaklaştı oradan. O ışıklı canavar büyük bir uğultu ile geçti ve tekerleklerin takırtısı uzun zaman devam etti. Şimdi hayvan kaçıp durduğu yerde çırpınıyor, ama yine de, olanca hızıyla kaçıp kurtulacağı yerde oradan pek uzaklaşmak istemiyordu.

Durup biraz soluk aldı, gücünü topladı. Demiryolu yine çekmeye başlamıştı onu. Çünkü, açlığını biraz olsun giderecek şeyi ancak orada bulabilirdi. Ama, karşıdan yine ışık göründü, yine iki lokomotifin çektiği uzun bir tren geliyordu üzerine doğru.

Tilki bunu görünce bozkıra daldı, geniş bir yay çizerek koşmaya başladı. Trenlerin geçmediği başka bir yerden yine demiryoluna çıkacaktı.

Bu yerlerde trenler doğudan batıya, batıdan doğuya gider gelir.. gider gelirdi...

Bu yerlerde demiryolunun her iki yanında ıssız, engin, sarı kumlu bozkırların özeği Sarı-Özek uzar giderdi.

Coğrafyada uzaklıklar nasıl Greenwich meridyeninden başlıyorsa, bu yerlerde de mesafeler demiryoluna göre hesaplanırdı.

Trenler ise doğudan batıya, batıdan doğuya gider gelir.. gider gelirdi...

*
* *

Gece yarısında, biri, hızlı adımlarla demiryolu makasçı

kulübesine doğru ilerliyordu. Önce yolun üzerinden yürüyordu ama trenin geldiğini görünce yol setinden indi. Elini yüzüne tutarak ve hızlı giden trenin çıkardığı rüzgârdan savrulan toz dumandan korunarak yürüdü (Bu, özel bir ekspres idi. Bu trenler, özel bekçiler tarafından korunan bölgeye, *Sarı Özek-1* kosmodromuna (uzay alanına) giderler, ileride özel demiryoluna saparlardı. Bu trenlerin vagonları her zaman branda bezleriyle örtülü olur, sahanlıklarda da silahlı muhafızlar bulunurdu).

Yedigey, gelenin karısı olduğunu ve çok önemli bir haber getirdiğini hemen anladı. Önemli bir sebep olmasa o saatte gelmez, öyle yürümezdi. Karısının getirdiği haberi tahmin etmişti ve tahmini de doğru idi. Ama iş başında olduğu için yerinden kımıldayamazdı. Son vagon da gelip geçtikten ve o son vagonun sahanlığındaki memura elindeki fenerle "her şey yolunda" işaretini verdikten sonra, dönüp hızlı adımlarla karısının yanına geldi:

- Hayır ola? dedi.

Kadın heyecanlı, üzüntülü idi. Dudaklarını kımıldatıp bir şeyler söyledi. Yedigey onun söylediklerini işitmese de ne demek istediğini anlamıştı. İçine doğmuştu söyleyecekleri.

- Rüzgârın karşısında durma, dedi ve onu kulübeye götürdü.

Daha önce hissettiği ve karısının ağzından da duyacağı şey önemliydi ama o anda onu şaşırtan başka bir şey oldu. Karısının yaşlandığını, artık kocadıklarını evvelce de farketmişti. Ne var ki bu defa karısının biraz hızlı yürümekten nefesinin tıkandığını, göğsünden hırıltılar çıktığını, soluk aldıkça zayıf omuzlarının inip inip kalktığını görünce, pek üzüldü, yüreği parçalandı. Beyaz duvarlı kulübenin güçlü elektrik ışığında karısı Ukubala'nın morarmış yüzündeki derin kırışıklıklar pek belirgin görünüyordu (oysa, onun buğday renkli yüzü ne kadar düzgün, ne kadar lekesizdi..

gözleri de her zaman ışıl ışıldı). Dişsiz ağzı da dikkatini çekti. Bu durum, kocamış bir kadının dişsiz kalmaması gerektiğini gösteriyordu (onu çoktan istasyona götürüp 'metal' denilen dişlerden taktırması gerekirdi: Artık genç, yaşlı herkes metal diş taktırıyordu). Onun, başından kaymış yazmasının altından çıkarak yüzüne dağılan apak olmuş saçları da yüreğini yaraladı. Karısının böyle yaşlanmasında sanki suç onunmuş gibi, "Vah çileli karım, nasıl da ihtiyarlattım seni!" diye geçirdi aklından. Yedigey, karısına büyük şükran, minnetdarlık duygusuyla susuyordu. Her şey için minnetdardı ona: Birlikte geçirdikleri uzun yıllar için, kocasına duyduğu bağlılık ve saygıdan dolayı geceyarısı istasyonun en uzak noktasına kadar uzun bir yol yürüyerek Kazangap'ın ölüm haberini getirdiği için... Çünkü Ukubala, uzak yakın hiçbir akrabalığı olmasa da, herkes tarafından terkedilmiş bu zavallı ihtiyarın ölümüyle yalnız onun içten ilgileneceğini bilirdi.

İçeri girdiler ve Yedigey karısına:

- Otur, biraz soluk al, dedi.

- Sen de otur.

Oturdular.

- Ne oldu? Ne var?

- Kazangap öldü.

- Ne zaman?

- Şimdi oradan geliyorum. Bir uğrayayım da, halini hatırını, bir şeye ihtiyacı olup olmadığını sorayım, demiştim. İçeri girdiğimde ışığı yanıyor, o da her zamanki yerinde oturuyordu, ama sakalı dimdik, yukarı kalkık idi. Yanına yaklaşıp "Kazake!"* dedim. "Canınızın istediği bir şey var mı, sıcak çay ister misiniz?" diye sordum. Ama gördüm ki o çoktan...

---

* Kazake: Kazangap ake(Kazangap amca)nin kısa söylenişi. Ake (ağa), Kırgızca ve Kazakçada yaşça büyük erkeğe hitap tarzıdır. Çok defa ismin son hecesi 'ke' şekline dönüştürülerek söylenir. Yedigey-Yedike, Boston-Moske, Bazarbay-Bazake... gibi. (Çevirenin notu)

Ukubala sözünü bitiremedi. İnce ve kızarmış gözkapakları arasından yaşlar boşandı, içini çeke çeke ağlamaya başladı. Az sonra kendini tutarak devam etti konuşmaya:

- Zavallının sonu bu oldu işte! Ölüp gitti, yanında gözlerini kapayacak biri olmadan.

Şimdi hıçkıra hıçkıra ağlıyor ve kesik kesik konuşuyordu:

- Kimin aklına gelirdi böyle kimsiz, kimsesiz öleceği.

Ukubala, "sahipsiz bir sokak köpeği gibi ölüp gitti..." demek istemiş, ama dilini tutup bunu söylememişti. Apaçık anlaşılan bu durumu sözle de belirtmesine gerek yoktu zaten.

Yedigey, savaştan döndüğü günden beri Boranlı istasyonunda, bu küçük durakta çalıştığı için yörede *Boranlı Yedigey* olarak anılıyordu. Şimdi duvar dibindeki küçük sıraya oturmuş, kütük gibi ellerini dizlerinin üzerine koymuş, yüzü bulut gibi kararmış hâlde, sessizce karısını dinliyordu.

Eskimiş ve yağ içinde kalmış demiryolcu şapkasının siperi de gölgeliyordu gözlerini. Ne düşünüyordu acaba?

- Şimdi ne yapacağız? dedi Ukubala.

Yedigey başını kaldırıp acı bir gülümseme ile karısına baktı:

- Ne mi yapacağız? Ne yapılır böyle durumlarda? Gömeceğiz tabiî (kesin kararını vermiş insanın tavrıyla ayağa kalktı). Sen şimdi hemen eve döneceksin, ama önce söyleyeceklerimi dinle.

- Dinliyorum.

- Varır varmaz Osman'ı uyandır. Bizim şefimiz olduğuna aldırma. Bunun hiç önemi yok. Ölüm karşısında herkes eşittir. Kazangap'ın öldüğünü söyle ona. Adam burada tam kırk dört yıl çalışıp çürüttü kendini. Kazangap burada çalışmaya başladığı zaman Osman daha doğmamıştı bile. O zamanlar dünyanın altını versen kimse gelip çalışmazdı burada. Sarı-Özek'te diri diri gömülmek istemezdi. İti bağlasan bile durmazdı bu bozkırlarda. O çalıştığı süre buradan gelip geçen trenlerin sayısı başındaki kıllardan bile fazladır. Hele bunu bir düşünsün. Aynen söyle.. dur, bir şey daha söyleyeceksin.

- Dinliyorum.

- Her evin penceresini tıklat, herkesi tek tek uyandır. Zaten bir avuç insanız.. parmakla sayılacak kadar az, topu topu sekiz hane. Kazangap gibi bir adamın öldüğü gün kimse uyumamalı, herkes ayağa kalkmalı.

- Rahatsız olmak, kalkmak istemezlerse?

- Bizim işimiz haber vermek, gerisini kendileri bilir. Uyanmalarını benim istediğimi söyle. İnsan iseler vicdanları da olmalı. Ha, bir şey daha...

- Dinliyorum.

- Önce nöbetçi memura koş, bugün Şahmerdan nöbetçi. Ona durumu anlat, ne yapması gerektiğini düşünsün. Belki benim yerime bir gün için başka birini koyar. Bunu yapacaksa bana da bildirsin. İyice anladın mı söyleyeceklerini? Anlat ona.

- Sen merak etme, hepsini söylerim.

Ukubala dönüp gitmek üzere iken en önemli şeyi unutmuş gibi birden durdu:

- Peki, çocuklarına haber vermeyecek miyiz? Ölen babaları.. önce onlara haber vermemiz gerekmez mi?

Yedigey'in suratı asıldı, kaşları çatıldı ve bir şey söylemedi. Ukubala bu sözünden kocasının hoşlanmadığını, canı sıkıldığını anlamıştı. Yine de kendini haklı göstermek için:

- İyi de olsalar, kötü de olsalar, ölenin çocukları onlar, haber vermeliyiz, dedi.

Yedigey elini havada sallayarak cevap verdi:

- Biliyorum, biliyorum... Onları düşünmedim mi sanıyorsun? Onlar gelmeden olmaz elbet.. ama bana kalsa, hiçbirini sokmazdım rahmetlinin yanına.

- Bak Yedigey, nasıl evlatlar oldukları bizi ilgilendirmez. Haber verelim gelsinler, babalarının cenaze töreninde bulunsunlar, sonra yıllarca kurtulamayız dillerinden.

- Gelmesinler mi diyorum ben? Gelsinler.

- Oğlu şehirde, epeyce de uzak, nasıl yetişecek?

- İsterse yetişir. Önceki gün Kumbel istasyonuna gittiğimde bir telgraf çektim ona. Babasının ağır hasta olduğunu, ölüm döşeğinde olduğunu bildirdim. Daha başka ne yapabilirim, madem ki çok akıllı geçiniyor, olanı anlamış olmalı.

Ukubala biraz rahatladı ama onu düşündüren başka bir şeyi de söylemeden edemedi:

- Telgraf çekmekle iyi etmişsin ya, gelini de getirse bari, ne de olsa ölen yabancı değil, kaynatası.

- Bunu da kendileri düşünsün, küçük çocuk değiller ya!

- Orası doğru, kendileri düşünmeli, dedi Ukubala.

Kadın yine de tereddüt ediyordu. Bir süre sustular.

- Pekâlâ, dedi Yedigey, hadi artık fazla gecikme de git.

Ukubala'nın söylemek istediği bir şey daha vardı:

- Peki, Kumbel istasyonunda sarhoş kocası ve çocukları ile mutsuz bir hayat süren zavallı kızı Ayzade de gelmeyecek mi babasının cenazesine?

Yedigey yine acı acı gülümsedi ve karısının omuzuna hafifçe vurdu:

- Eh, hatun, hepsinin derdini üzerine almak istiyorsun. Ayzade el uzatsan değecek kadar yakınımızda sayılır. Sabahleyin istasyona giden biri haber verir ona. Ama şunu bilesin ki, Ayzade'nin de, onun erkek evlâdı olmasına rağmen Sabitcan'ın da bize bir yardımı olmayacaktır. Gelmesine gelecekler, ama birer yabancı, birer misafir gibi uzakta duracaklardır, ölüyü gömme işi bize kalacaktır. Haydi şimdi git ve dediklerimi herkese anlat.

Ukubala kapıya yöneldi. Kararsızdı, biraz duraladı ama bir şey söylemeden yürüyüp gitti. Yedigey ardından seslendi:

- Önce nöbetçi Şahmerdan'a uğra! Yerime birini göndersin. Sonra fazla mesai yapar, öderim bunu. Ölü, ıssız bir evde tek başına yatıyor, başında bir bekleyeni yok, olmaz böyle şey. Bunu anlat ona.

Kadın "peki" der gibi başını salladı ve gitti. Tam bu sırada sinyal sesi duyuldu, işaret lambasının kırmızı ışığı yandı: Boranlı istasyonuna yeni bir tren geliyordu. Nöbetçi memuru uyarısına göre o treni yedek yola alması, karşı yönden gelen başka bir trene yol vermesi gerekiyordu. Her zaman karşılaştığı bir durumdu bu. Gerekeni yaptı. Trenler kendi yollarında giderken Yedigey dönüp dönüp hat boyunca ilerleyen karısına bakıyordu. Söylenmesi gereken bazı şeyleri unutmuştu sanki. Elbette unuttuğu şeyler olabilirdi, insan cenazenin kaldırılması için gereken şeylerin hepsini birden hatırlayamazdı. Ama dönüp dönüp bakmasının asıl sebebi bu değildi. Karısının şu son zamanlarda ne kadar ihtiyarladığını, kamburlaştığını, hat boyundaki sarı ışıklar altında daha iyi farkedip anlaması idi o bakışlarının sebebi.

"Demek, ihtiyarlık iyice omuzlarımıza çöktü artık" diye düşündü. "Şimdi iki ihtiyarcık olduk işte." Sağlığından şimdilik bir şikâyeti yoktu. Doğuştan sağlam bir insandı. Nice gençler su dökemezdi eline. Ama yaşı ilerliyordu. Altmışını bitirmişti, altmış birine basmış bulunuyordu. "Dikkat et ha! İki-üç yıl sonra seni emekliye ayıracaklar!" dedi kendi kendine. Ama çok iyi biliyordu ki yerini alacak yeni bir gözcü, yeni bir tamirci bulmaları ve onu emekliye ayırmaları o kadar kolay olmayacaktı. Belki bu mahrumiyet bölgesinde, bu susuz topraklarda çalışanlara verilen ek ödemeye tamah eden biri çıkabilirdi ama bu da zayıf bir ihtimaldi. Bugünün gençleri arasında bu bozkırda çalışmak isteyen pek çıkmazdı.

Sarı-Özek'te yaşamayı göze almak için yürek isterdi. Bozkır uçsuz bucaksız, insan ise küçücüktür. İnsan çok güçlü ve hünerli olmalıydı burada. Yoksa çürüyüp giderdi kısa zamanda. Sizin iyi ya da kötü durumda olmanız, bozkırın umurunda değildi. Ama insanın çeşitli tutkuları, arzuları olurdu. Başka yerlerde, başka insanların arasında daha iyi bir hayat sürebileceğini, buraya onu kör talihin sürüklediğini düşünürdü. Uçsuz bucaksız ve umursamaz bozkırın karşısında insan, Şahmerdan'ın üç tekerlekli motosikletindeki akü gibi, durduğu yerde boşalır giderdi. Şahmerdan motosikletine ne kendi biner, ne de başkasını bindirirdi. Bir işe yarayacağı zaman da çalışmazdı. Çünkü çalışmayan motor paslanıp kalmış olurdu.

Sarı-Özek bozkırının bu küçücük istasyonunda yaşayan insan da, kendini işe vermezse, bozkıra kök salıp tutunmazsa, Şahmerdan'ın motosikleti gibi durduğu yerde erir, tükenirdi. Tren geçerken pencereden bakan yolcular başlarını elleri arasına alır, "Aman Tanrım, insan burada nasıl yaşar, nereye baksan bozkır, develerden başka canlı yok!" derlerdi.

Buralara gelenler, sabır ve güçlerine göre en çok üç-dört yıl dayanırlardı. Dördüncü yıl alacaklarını alır ve çekip giderlerdi..

Kazangap'la Boranlı Yedigey'den başka burada tutunup kalabilen görülmemişti. Onlar işlerini sürdürürlerken niceleri gelip geçmişti buradan! Kendisi hakkında bir hüküm veremezdi ama, asla kendini bırakıvermediğini, güçlüklere yenik düşmediğini söyleyebilirdi. Kazangap'a gelince, buraya kırk dört yılını vermiş olması, başkalarından daha değersiz, daha budala oluşundan değildi. On kişiye değişmezdi onu. İşte o Kazangap yoktu artık. Ölmüştü...

İstasyonda karşılaşan trenler birbirlerinin yanından geçip biri doğuya, biri batıya gitti. Boranlı istasyonu bir süre bomboş kaldı. Boşalır boşalmaz da manzara açıldı. Şimdi karanlık gökyüzünde sanki yıldızlar daha canlı ışıldıyor, hat boyunca koşan rüzgâr traverslere ve çakıllara sürtünüp sesler çıkarıyor ve hızını arttırıyordu.

Yedigey hemen kulübeye dönmedi. Orada bir direğe dayanıp düşüncelere daldı. Demiryolunun ötesinde, epeyce uzakta, develerin karaltısı seçiliyordu. Ay ışığında hareketsiz duruyor ve sanki sabahın olmasını, karanlığın iyice dağılmasını bekliyorlardı. O develerin arasında, iki hörgücü ve iri başı ile ötekilerden hemen ayırdedilen kendi devesini de gördü. Şüphesiz Sarı-Özek bozkırının en güçlü, en hızlı devesiydi bu. Adı *"Karanar"* idi bu devenin. Ama sahibi gibi ona da "Boranlı" sıfatını vermişlerdi ve *"Boranlı Karanar"* diyorlardı. Zaptedilmesi güç bir deve idi ama Yedigey onunla pek övünürdü. Hayvanı henüz genç iken iğdiş etmemiş, sonra da iğdiş etmek gelmemişti içinden.

Yarın yapacağı birçok iş arasında, Karanar'ı getirip eyerlemesi gerektiğini de düşündü. Cenaze törenine gitmek için ona ihtiyacı olacaktı. Yapacağı pek çok iş vardı daha.

Bu sırada köydeki öbür insanlar derin uykuda idiler. Köy denilen yerde, hepsi demiryoluna bakan, hepsi birbirine benzeyen, iki inişli çatıları olan altı küçük ev ile Yedigey'in kendi elleriyle yaptığı evi ve bir de Kazangap'ın kil sıvalı tek gözlü evciği vardı. Topu topu sekiz evden ibaretti. Bunlardan başka birkaç fırın, hayvanları barındırmak ya da başka ihtiyaçları için yapılmış kamış duvarlı ağıllar, helalar vardı. Ortada, son zamanlarda yapılmış ve bir yel çarkının ürettiği elektrikle çalışan bir su pompası da vardı. Bunu, gerektiğinde elle de çalıştırırlardı. İşte bu kadardı Boranlı köyü.

Uçsuz bucaksız Sarı-Özek bozkırının bir kan damarı olan demiryolu, büyük küçük birçok istasyonu, kavşaktan, şehirleri, köyleri birbirine bağlıyordu ve Boranlı da bu noktalardan biriydi. Varı yoğu göz önündeydi Boranlı'nın. Dünyanın bütün boranlarına, rüzgârlarına, özellikle de kış rüzgârlarına açıktı. Kış aylarında, boranlar (boralar) koptuğu zaman evler kar buz altında kalır, yollar yok olurdu. Bu yüzden istasyonun adına "Boranlı-Burannı" demişlerdi.

Boranlı Kazakçası idi. Burannı ise Kazakçadan alınmış ve aynı anlama gelen Rusçası.

Yedigey, karları havaya savuran ya da yolun iki yanına iten makinaların bulunmadığı zamanlarda yolu açmak için Kazangap'la neler çektiğini hatırladı. Üzerinden çok zaman geçmiş olsa da, şimdi ona dün kadar yakın görünüyordu o günler. 1951 ve özellikle de 1952'de kışlar çok şiddetli geçmişti. O ancak cephede görmüştü öyle güç, öyle sıkıntılı günleri. Cephede her insan bir süngü hücumu için, ya da bir tankın altına bomba yerleştirmek için ölümü göze alırdı. Gerçi burada sizi öldürmek isteyen kimseler yoktu ama insan bu işin üstesinden gelmek için kendi kendini öldürüyordu sanki. Kürekle ve kol gücüyle ne kadar yol açmışlar, çuvalla, el arabasıyla ne kadar kar taşımışlardı! Bütün bu işleri, yedinci kilometrede bulunan bir geçitte yaparlardı. Yol hep orada tıkanırdı. Her defasında, bunun acımasız doğa güçlerine karşı son mücadele olduğunu düşünür, acı acı düdük çalarak geçiş isteyen lokomotiflere yol açmak için canlarını dişlerine takarlardı.

Ama o karlar eriyip gitmiş, trenler yollarına devam etmiş ve o yıllar gerilerde kalmıştı.

Şimdi o günler unutulmuştu, kimse hatırlamıyordu.

Bugünün yol bakıcıları bunlara inanmazdı. Birkaç adamın kar altında kalan demiryolunu kürekle ve kol gücüyle açtıklarını hayal bile edemiyor, bunu akılları almıyordu. Hatta bunu anlattığınız zaman alay ediyorlardı sizinle: Niçin katlanırlardı bütün bu sıkıntılara? Niçin, ne uğruna hayatlarını hiçe saymışlardı? Niçin "Sarı-Özek'in canı cehenneme!" dememiş, pılıyı pırtıyı toplayıp gitmemişlerdi? Oysa daha başka yerlerde, meselâ şantiyelerde, işler o kadar kötü değildi. Gitselerdi ya oralara! Ne kadar para verirlerse o kadar iş yaparlardı, fazla mesai için fazladan ücret alırlardı. "Harcanmışsınız a enayiler, aptal doğmuş ve aptalca öleceksiniz!" diyorlardı onlara.

Kazangap, böyle konuşanları, bu aklı verenleri hiç dinlemezdi. Onlara alaylı alaylı gülümser, "sizin aklınız ermez" der gibi bir tavır alırdı. Yedigey ise kendini tutamaz, kıyasıya çekişir, tartışırdı onlarla. Ama, sinirlerini bozmaktan başka bir işe yaramazdı bu tartışmalar.

Kazangap'la ikisi bütün bunları, bu arada özel bakım onarım vagonlarıyla gelen görevli beylerin alay ettikleri konuları konuşur, dertleşirlerdi. O bilgiçlerin, o geri zekâlıların daha pantolonsuz gezdikleri zamanlarda, onlar bu işleri düşünür, kafa yorarlardı. Savaşın sona erdiği 1945 yılından, özellikle de Kazangap'ın emekliye ayrılmasından sonra bunları konuşacak vakitleri olmuştu. Kazangap emekliye ayrıldıktan sonra işi uz gitmemişti. O zaman şehirdeki oğlunun yanına gitmiş, ama üç ay sonra geri dönmüştü. Dünya meseleleri ve kendi durumları hakkında en çok işte ondan sonra konuşmuşlardı. Bilge bir adamdı Kazangap. Unutulmayacak çok şeyler söylemişti. Yedigey birden ve büyük bir acı duyarak anladı ki bütün bunlar artık sadece birer hatıradır.

Yedigey telefonun zırladığını duyar duymaz kulübeye koştu. Önce, kar fırtınası başlamış gibi birtakım uğultular, cızırtılar geldi telefondan. Sonra güç anlaşılan bir konuşma sesi duyuldu:

- Alo, Yedike, beni işitiyor musun? Cevap ver! diyordu Şahmerdan hırıltılı bir sesle.

- Dinliyorum.

- İşitiyor musun beni?

- Evet, işitiyorum.

- Nasıl işitiyorsun?

- Öbür dünyadan geliyormuş gibi.

- Niçin öbür dünyadan geliyormuş sesim?

- Hiç, öyle işte.

- Ha.. bizim ihtiyar.. Kazangap.. şey oldu ha?

- Şey oldu ne demek?

Şahmerdan durumu anlatacak kelimeyi bulmakta güçlük çekiyordu:

- Şey yani.. ne derler.. yolun sonuna geldi.. öldü yani?
- Evet!

Ona tek kelime ile cevap veren Yedigey "Bu hayvan herif ölmüş bir adama ne deneceğini bile bilmiyor!" diye geçirdi aklından.

Şahmerdan kısa bir süre sustu. Bu arada telefondan yine cızırtılar, hırıltılar gelmeye başladı. Sonra yine Şahmerdan'ın sesi duyuldu:

- Yedike, bak azizim.. adam öldü diye başımı ağrıtma benim. Ölmüşse ölmüş, ne yapalım yani? Senin işini alacak adam yok elimde. Onun başında dursan ne olacak? Dirilecek değil ya!

Yedigey hiddetlendi:

- Hiçbir şeyden anladığın yok senin! "Başımı ağrıtma" ne demek oluyor? Sen burada daha iki yıl bile çalışmadın, ben onunla tam otuz yıl birlikte çalıştım, anlıyor musun! Bir yakınımız öldü, onu boş bir odada tek başına bırakamayız, dünyanın hiçbir yerinde yapmazlar bunu!

- Şey.. ölü ne bilecek tek başına olup olmadığını?
- Biz biliyoruz ya!
- Peki, peki babalık, sinirlenip bağırma!
- Bağırmıyorum, sana anlatmaya çalışıyorum.
- Ne yapayım yani? Senin yerine gönderecek adam yok diyorum sana. Hem gece yarısında oraya gidip ne yapacaksın?
- Ne mi yapacağım? Dua edeceğim, Yasin okuyacağım, âdetlere uygun olarak kefene koyacağım.
- Dua mı okuyacaksın? Sen mi, Boranlı Yedigey mi dua okuyacak?
- Evet ben! Dua etmesini bilirim ben!
- Yaa, altmış yıllık Sovyet yönetiminden sonra hâlâ dua mı biliyorsun?

- Bırak böyle konuşmayı Şahmerdan! Sovyet hükûmetinin ne ilgisi var şimdi? Tâ eski çağlardan beri ölen bir insan için dua okunur. Ölen bir insandır, hayvan değil!
- Peki peki! Bana öyle bağırma, git oku duanı! Bir adam gönderip Adilbay'a haber vereceğim, razı olursa gelip görevi devralır. Ama şimdi 117 numaralı katar yaklaşıyor, onu 2 numaralı yedek yola almaya hazır ol.

Şahmerdan cızırtılı telefonu kapattı. Yedigey makası açmaya koşarken Adilbay'ın görevi devralmak için gelip gelmeyeceğini düşünüyordu. O sırada uzaktaki evlerin pencerelerinde ışıklar yandığını görüp köpeklerin havlamaya başladıklarını duyunca umudu arttı. "Demek ki pek o kadar vicdansız değiller" diye düşündü. Karısı Ukubala, Boranlılar'ı teker teker uyandırıyordu.

Bu arada 117 numaralı katar gelmiş, yedek yola girmişti. Aynı anda karşı yönden, tamamen sarnıçlardan oluşan bir petrol katarı da gelmişti. İkisi de yollarına devam ettiler: Biri batıya, öteki doğuya.

Saat gecenin ikisi idi. Gökteki yıldızların şavkı artmış, tek tek seçilir olmuşlardı. Ay, Sarı-Özek göklerinde kendisine başka ışıklar ilâve edilmiş gibi daha çok parlıyordu. Uçsuz bucaksız Sarı-Özek bozkırının göğü altında, uzaklarda, develerin, özellikle de Boranlı'nın iki hörgüçlü devesi Karanar'ın karaltısı ile, yakın tepelerin belli belirsiz kenar çizgilerinden başka bir şey görünmüyordu. Bozkır, yolun iki yanında gözalabildiğine uzanıyor, karanlıklara gömülüp yitiyordu. Henüz uykuya varmayan rüzgâr, ıslığını çalarak, dalları, yaprakları hışırdatıyordu.

Yedigey, kulübeye gire çıka, sabırsızlıkla, Adilbay'ın gelip gelmediğine bakıyordu. Bu sırada, az ileride küçük bir hayvan gördü. Bir tilki idi bu. Bir telgraf direğinin dibinde durup ona bakıyor, gözleri yeşil yeşil ışıyor, onu gördüğü hâlde ne kaçıyor ne de yaklaşıyordu.

Yedigey, parmağını ona doğru sallayarak şakadan korkutmak istedi:

- Senin ne işin var buralarda! Şimdi yakalarım ha!

Tilki yerinden kımıldamadı. Bu defa Yedigey "Geliyorum ha!" der gibi ayaklarını yere vurdu. O zaman hayvan sıçrayıp azıcık geri çekildi. Sonra yine arka ayakları üzerine oturup gözlerini ona dikti. Israrla, ama üzgün üzgün bakıyordu. Yedigey hayvanın kendisine mi yoksa orada başka bir şeye mi baktığını pek anlayamadı. Buralara nasıl gelmişti? Elektrik ışığı mı, yoksa açlık mı çekmişti onu buralara? Hayvanın davranışı pek tuhafına gitti. Koca bir taş alıp fırlatsa, kendi ayağı ile gelen bu avı kaçırmasa... Düşündüğünü yapmak için iri bir taş aldı yerden, nişanladı. Fakat, olanca gücü ile fırlatacağı sırada birden vazgeçti. Taşı kendi ayakları dibine bırakıverdi. Alnını da boncuk boncuk ter bastı. Tilkiyi vurmak istediği anda tuhaf bir şey gelmişti aklına. O anda bunu kimden duyduğunu pek hatırlayamadı. Belki oraya gelip giden yol bakıcılarından biri anlatmıştı. Belki de hep Allah'tan söz eden o fotoğrafçıdan, ya da başka birinden dinlemişti. Ha, tamam! Şu lanet olası Sabitcan'dan duymuştu. Kazangap'ın oğlu, o körolası Sabitcan, herkes kendisini dinlesin, onlara bilgiçlik etsin diye, olur olmaz şeyler anlatırdı. Bir defasında da öldükten sonra ruhun beden değiştirmesinden söz etmişti.

Bu Sabitcan gevezesini okutup başlarına bela etmişlerdi. İlk bakışta onu bir adam sanırdınız. Çok şey dinlemişti. Her şeyi bilir görünürdü. Yatılı okullara, enstitülere göndermişlerdi onu. Ama adam olamamış, okumuş cahillerden biri olup çıkmıştı. Övünmeyi, içki içmeyi, kadeh tokuşturmayı çok sever, buna karşılık elinden hiçbir iş gelmezdi. Kocaman bir sıfır, bir hiçti o! Babasına hiç çekmemişti. Ama ne gelirdi elden, katlanırdınız işte.

Sabitcan'ın anlattığına göre, Hintliler, insan öldükten sonra ruhunun, yaşayan başka bir canlının bedenine girdiğine inanırlarmış. Herhangi bir hayvanın, hatta bir karıncanın bedenine bile girebilirmiş ölen insanın ruhu. Her insanın doğmadan önce bir kuş, bir hayvan, bir böcek olduğuna da inanırlarmış. Bu inançlarından dolayı da hayvanları öldürmezlermiş. Yollarına bir yılan, meselâ bir kobra çıkacak olsa bile ona dokunmaz, eğilir, geçip gitmesini beklerlermiş.

Çok tuhaf şeyler işitiyordu insan bu dünyada. Bunların hangisi doğru, hangisi yalan, nereden bileceksiniz? Bu geniş dünyanın bütün sırlarını nereden bilebilirdi? İşte, tam taşı fırlatıp tilkiyi vuracağı sırada Yedigey'in aklına bunlar gelmişti. Kimbilir: "Ya Kazangap'ın ruhu bu tilkinin bedenine girmişse?" diye geçirmişti aklından. Öldükten sonra, o evceğizinde kendisini yapayalnız, terkedilmiş hissederek canı sıkılmış, kalkıp tilkinin bedenine girmiş, sonra da en yakın arkadaşını görmek için buraya gelmiş olamaz mıydı? "Hay Allah! Çocuklaşıyorum galiba!" dedi kendi kendine. "Nasıl uydururlar böyle şeyleri? Neler saçmalıyorum ben?"

Yine de yavaş yavaş tilkiye yaklaştı ve sanki hayvan onu anlayacakmış gibi:

- Haydi git artık, dedi, buraları sana göre değil. Bozkırdaki yuvana dön. Beni anlıyor musun? Haydi git buradan.

Ama o tarafa değil, köpekler var orada. Bozkıra git, bozkıra...

Tilki dönüp oradan uzaklaşırken birkaç defa durup geriye baktı. Sonra karanlıkta kaybolup gitti.

Bu sırada bir başka katar geldi Boranlı'ya. Yaklaştıkça takırtıları hafifledi ve vagonların üzerinde savrulan tozların arasında gelip durdu. Makinist, boşta çalışan motorun sesi iyice azaldığı için lokomotiften başını uzatarak seslendi:

- Hey Boranlı Yedike, selâmünaleyküm!
- Aleykümselâm!

Yedigey selâm verenin kim olduğunu anlamak için başını kaldırıp baktı. Bu hat boyunda herkes birbirini tanırdı. Selâm veren genç adamı da tanıdı. Ondan, Kumbel'den geçerken Ayzade'ye babasının öldüğünü bildirmesini rica etti. Makinistin Kazangap'a büyük saygısı vardı. Onun için bunu seve seve yapacağını söyledi. Ayrıca Kumbel'de ekip değişeceği için, Ayzade hazırlanabilirse, dönüşte bütün aileyi getirebileceğini de bildirdi.

Yedigey ona güveniyordu ve böylece yapılacak işlerden birini daha bitirdiği için rahat bir nefes aldı.

Birkaç dakika sonra tren hareket etti. Yedigey makinistle vedalaştıktan sonra hat boyunda uzun boylu bir adamın kendine doğru geldiğini gördü. Dikkatle bakınca onun Uzun Adilbay olduğunu anladı.

*
* *

Yedigey nöbeti Uzun Adilbay'a devretti. Onlar Kazangap'ın ölümü için ah vah ederek onunla ilgili bazı anılarını anlatırlarken, iki tren daha gelip geçti Boranlı'dan. Bundan sonra serbest kalan Yedigey evin yolunu tuttu. Yolda, karısına söylemeyi, daha doğrusu sormayı unuttuğu bir şeyi hatırladı: Kazangap'ın ölüm haberini kendi kızlarına nasıl haber vereceklerini sormayı unutmuştu. Yedigey'in evli iki kızı, Kızıl-Orda yakınlarında yaşıyorlardı. Büyük kızı bir pirinç sovhozunda idi, kocası da aynı sovhozda traktör sürücüsü olarak çalışıyordu. Küçük kızı da önce Kazanlı istasyonuna yakın bir şehirde yaşarken sonra ailesiyle birlikte ablasının bulunduğu sovhoza taşınmışlardı. Onun kocası da orada şoförlük yapıyordu. Gerçi onların mutlaka cenazede bulunmaları gerekmezdi, çünkü Kazangap akrabaları değildi. Ama Yedigey onu herhangi bir akrabadan daha yakın sayıyordu. Kızları, Kazangap'la birlikte çalıştıkları yıllarda doğup büyümüş, okumuşlardı. Kumbel istasyonundaki yatılı okula giderlerken onları Kazangap'la birlikte sırayla götürüp getirmişlerdi. Onların küçüklüklerini hatırlıyordu şimdi. Tatile çıkarken ya da tatil dönüşü develeri Karanar'a binerlerdi. Küçüğü önde, büyüğü arkada, kendisi de ortada oturur, mevsim kış değilse heybetli Karanar daha hızlı gider, o yolu üç saatte alırlardı. Yedigey'in işi olduğu zamanlar Kazangap götürüp getirirdi onları. Onlara ikinci baba olmuştu Kazangap. Yarın sabah onlara bir telgraf çekmeliydi. İsterlerse gelirlerdi, ama önce Kazangap'ın öldüğünü bilmeliydiler.

Yoluna devam ederken sabahleyin yapacağı ilk işin Karanar'ı otlaktan getirmek olacağını düşündü. İhtiyaçları olacaktı ona. Bu dünyada ölmek zor bir işti ama ölenin şanına yakışır bir törenle gömülmesi de kolay bir şey değildi. Yapılacak birçok işin olduğu son anda anlaşılırdı. Bakarsınız filan şey eksik, falan şey yapılmamış.. her şeyi kendin bulmak zorunda kalırsın. Kefenden tutun da, cenaze aşının pişirilmesi için yakılacak oduna kadar her şeyi...

Yedigey tam bunları düşündüğü sırada havada bir dalgalanma oldu. Savaş günlerinde, cephede, uzakta bir bombanın patlaması sırasında olduğu gibi, bastığı yerin sarsıldığını hissetti. Aynı anda, bozkırın tâ ötesinde, "Sarı-Özek 1" adı verilen uzay üssünün bulunduğunu bildiği yerde, ateş hortumu gibi bir şeyin havaya yükseldiğini gördü. Şaşkınlıktan donakaldı bir süre. Bu, göğe yükselen bir roket idi ve bugüne kadar böyle bir şey görmemişti. Bütün Sarı-Özekliler gibi o da, Boranlı'nın 40 kilometre kadar uzağında, belki daha yakında, Sarı-Özek 1 Kosmodromunun (fırlatma üssünün) bulunduğunu, oraya Tögrek-Tam istasyonundan ayrılan özel bir demiryolunun gittiğini biliyordu. Hatta, söylediklerine göre, orada, bozkırın o yerinde, büyük bir şehir ve bu şehirde büyük mağazalar da vardı. Kozmonotların uçuşları konusunda radyodan, konuşmalardan, gazetelerden birçok şey dinlemiş, okumuştu. Ama, bütün bunlar şu son yıllarda olduğu hâlde, bu konuda daha fazla bir şey bilmiyorlardı. Bir defa, Sabitcan'ın oturduğu büyük şehirde amatör şarkıcılardan oluşan büyük bir grup konser vermişti. O şehir buraya epeyce uzaktı, trenle bir-buçuk günde gidiliyordu. İşte orada konser veren çocuklar, dünyanın en mutlu çocukları olduklarını, çünkü kozmonot amcalarının onların topraklarından havalandığını söyle-mişler şarkılarında. Ama kosmodromu kuşatan alan yasak bölge idi. Bu yüzden Yedigey, çok yakın bir yerde yaşadığı hâlde, orası ile ilgili bilgileri hep başkalarından duyup öğ-renmişti. Ve işte şimdi, ilk defa, yıldızlı bir gecede, kor gibi yanan bir roketin, çevresini şimşek gibi aydınlatarak gökle-re yükseldiğini kendi gözleriyle görüyordu. Şaşıp kalmıştı. Bu ateş topunun içinde bir ya da iki insan nasıl bulunabi-lirdi? Hem o hep buralarda yaşadığı ve şimdiye kadar uzaya pek çok roket gönderildiği hâlde, bunların birini olsun niye görmemişti? Belki bundan önceki uzay araçları gündüzleri fırlatılmıştı. Güneşli bir günde 40 kilometre uzakta fırlatı-lan bir roketi farketmemiş olabilirdi. Peki ama bunu niçin geceleyin fırlatıyorlardı? Program gereği miydi? Yoksa çok özel bir durum mu çıkmıştı ortaya? Belki geceleyin fırlatı-lınca hedefine gündüz aydınlıkta ulaşacaktı. Sabitcan, san-ki bu işleri çok iyi biliyormuş, yakından görmüş gibi, uzay-da gece ile gündüzün yarımşar saat ara ile gelip geçtiklerini anlatmıştı bir defasında. O her şeyi bilen Sabitcan'a bir kez daha sormalıydı bunu. Her şeyi bilirmiş gibi görünmekten, bilgiçlik taslamaktan da çok hoşlanırdı zaten. Ee, büyük şehirde yaşıyordu ya! Ama ne gerek vardı böbürlenmesi-ne, kibirlenmesine? Olduğu gibi görünmeliydi insan. Oysa Sabitcan öyle değildi. "Filan büyük adamla görüştüm, ona şöyle dedim, böyle dedim..." derdi hep.

İki metre boyundaki Adilbay bir gün Sabitcan'ı görmek için şehre, onun çalıştığı devlet dairesine gitmiş. Onun dediğine göre, Sabitcan, giriş kulübesi ile bekleme salonu arasında bir yerde telefonlara cevap vermekten, çağrıldığı yere koşmaktan nefes bile alamıyormuş. "Dinliyorum Alcabar Kaharmanoviç! Başüstüne Alcabar Kaharmanoviç! Hemen geliyorum Alcabar Kaharmanoviç!" demekle geçiyormuş bütün zamanı. Masasına kurulup oturan Alcabar ise, her dakika önündeki düğmeye basarak onu çağırıyor, koşturuyormuş. Bu yüzden Adilbay'la bir çift lâf edecek vakti olmamış.

İşte böyleymiş bizim Boranlı Sabitcan'ın durumu. Ne yaparsınız? Bu durum kendisini ilgilendirirdi ama Kazangap'ın emeklerine yazık olmuştu. Böyle de olsa, zavallı adam, son gününe kadar bir defa olsun oğlundan şikâyet etmemiş, aleyhinde konuşmamıştı. Emekli olduktan sonra Sabitcan ve karısı çağırdılar diye onlarla beraber oturmak için kalkıp yanlarına gitmişti. Hatta kendileri gelip götürmüşlerdi onu. Sonra ne oldu? Bu apayrı bir mesele idi.

Yedigey, o karanlık gecede fırlatılan roketi gözden kayboluncaya kadar seyrederken işte bunları düşünüyordu. Kor gibi yanan uzay gemisi yükseldikçe, uzaklaştıkça küçülmüş, sonunda beyaz duman renginde bir noktaya dönüşerek görünmez olmuştu. Ancak bundan sonra başını döndürüp köye doğru yoluna devam etti. Ama, çelişkili, tuhaf duygular vardı şimdi içinde. Hayranlıkla seyrettiği bu mucize, onun için yepyeni olan bu olay, onu hem şaşırtmış, hem korkutmuştu. Bu arada, birdenbire, demiryoluna kadar gelen küçük tilkiyi hatırladı. Hayvan gece karanlığında, o ıssız bozkırda, göklere yükselen o ateş topunu görünce ne yapmıştı acaba? Herhalde çok korkmuş, kaçıp sığınacak bir delik aramıştı.

Bu gece uzay roketinin fırlatılışına tanık olan Boranlı Yedigey, elbette, içinde tek kozmonot bulunan bu uzay gemisinin, hiçbir tören ve açıklama yapılmadan, uzay istasyonu "Parite"de meydana gelen olağanüstü bir durumdan dolayı ve olağanüstü bir görevle gizlice gönderildiğini bilemez, bilmesi de gerekmezdi. "Parite", ABD ve Sovyetler Birliği'nin ortak programına göre hazırlanmış ve birbuçuk yıl önce *"Tramplen"* adı verilen yörüngeye yerleştirilmiş bir uzay istasyonu idi. Bütün bunları nereden bilecekti Yedigey? Bundan başka o, bu olayın onun kendisini de ilgilendireceğini, bu ilginin bütün insanlar arasındaki ilişkilerden ibaret olmayıp, doğrudan doğruya onun hayatıyla da ilgili olacağını bilemezdi elbet. Bilemediği daha başka şeyler de vardı: Uzay gemisinin Sarı-Özek'ten fırlatılışından az sonra, gezegenimizin öbür ucunda bulunan Nevada'dan, aynı amaçla bir Amerikan uzay gemisi de fırlatılmıştı. O da, Tramplen yörüngesindeki Parite istasyonuna, ama öbür uçtan ulaşacaktı.

İki uzay gemisinin böyle alelacele gönderilmesi, Sovyet-Amerikan ortak *"Demiurg"* projesine göre yüzer üs görevi yapan *"Konvansiyon"* adlı bilimsel araştırma uçak gemisinden verilen bir emir üzerine gerçekleşmişti.

'Konvansiyon Uçak Gemisi', Pasifik Okyanusu'nda, Aleut adalarının güneyinde, San Francisco ile Vladivostok'a eşit uzaklıkta bir bölgede bulunuyordu. Hiç yer değiştirmeden duruyordu orada. O anda OYM (Ortak Yönetim Merkezi) uzaya gönderilen iki geminin Tramplen yörüngesine doğru yol alışlarını dikkatle izliyordu. Şimdilik işler yolundaydı. Kenetlenme manevrasına başlamak üzereydi gemiler. İşin en zor, en önemli yanı kenetlenme olacaktı.

Çünkü uzay gemileri birbiri ardınca değil, istasyonun iki ucuna aynı anda kenetleneceklerdi.

Parite, on iki saatten fazla bir süreden beri Konvansiyon'daki OYM'nin sinyallerine cevap vermiyordu. Aynı şekilde kenetlenmeye hazır uzay gemileri de sinyallerine bir karşılık alamıyorlardı. Parite Uzay İstasyonu'nda ne olmuştu? Neler gelmişti orada bulunanların başlarına?

*
* *

-II-

Bu yerlerde trenler doğudan batıya, batıdan doğuya gider gelir.. gider gelirdi...

Bu yerlerde demiryolunun her iki yanında ıssız, engin, sarı kumlu bozkırların özeği Sarı-Özek uzar giderdi.

Coğrafyada uzaklıklar nasıl Greenwich meridyeninden başlıyorsa, bu yerlerde de mesafeler demiryoluna göre hesaplanırdı.

Trenler ise doğudan batıya, batıdan doğuya gider gelir.. gider gelirdi...

*

BORANLI'nın otuz kilometre kadar uzağında *Ana-Beyit* mezarlığı vardı. *Nayman*'ların atalarından kalan bir mezarlık idi bu. Ama, bozkırda yolunuzu şaşırmak istemiyorsanız, bir süre demiryolu boyunda ilerler, sonra sapardınız mezarlık tarafına. O zaman da yol uzardı. Çünkü Kısıkçay deresini dolanıp büyük bir yay çizmeniz gerekirdi. Bunlardan başka bir yol yoktu zaten. Kestirme yoldan gitmek istesiniz bile, gidiş için otuz, geliş için de yine otuz kilometre yürümeniz gerekirdi.

Boranlı'da Ana-Beyit'e giden yolu Yedigey'den başka bilen yoktu. O atalardan kalma mezarlık hakkında yalangerçek bir sürü hikâye anlatıldığı hâlde oraya kimse gitmemiş ya da gitmek için bir fırsat bulamamıştı. Sekiz küçük evden oluşan Boranlı köyünde ise uzun yıllardan beri ilk kez bir adam ölmüş, ilk kez bir ölü gömme olayı ile karşılaşmış bulunuyorlardı. Birkaç yıl önce de küçük bir kız çocuğu nefes darlığından ölmüştü ama ana ve babası onu, doğum yerleri olan Urallar'daki kendi köylerine götürüp gömmüşlerdi. Yine yıllar önce ölen Kazangap'ın karısı Bike hatun ise Kumbel mezarlığında yatıyordu. Öldüğü zaman Kumbel hastahanesindeydi. Cenazeyi Kumbel'den Boranlı'ya getirmenin bir anlamı yoktu. Çünkü Kumbel bölgenin en büyük istasyonu idi ve Kazangap'ın kızı Ayzade ile kocası da orada oturuyorlardı. Gerçi damat beş para etmez ayyaşın biriydi ama bu kadar yakınları olan birinin mezarına göz-kulak olurlardı. O zaman Kazangap sağ olduğu için karısının nereye gömüleceğine de kendisi karar vermişti.

Oysa şimdi, Kazangap'ı nereye gömeceklerine bir türlü karar veremiyorlardı.

Yedigey kendi görüşünde ısrar etti ve gençlerc şöyle çıkıştı:

- Bırakın bu boş lafları, ne biçim yiğitlersiniz siz! Böyle bir adamı atalarının yattığı yer olan Ana-Beyit'ten başka bir yere gömemeyiz. Zaten kendisi de bunu istemişti. Bırakın konuşmayı da işimizi yapalım. Mezarlık yakın değil, sabah erkenden çıkmalıyız yola.

Yedigey'in karar vermekte haklı olduğunu hepsi kabul ediyordu. Hiçbiri itiraz etmedi.

Doğrusunu söylemek gerekirse Sabitcan biraz itiraz edecek olmuştu. Yolcu trenleri Boranlı'da durmadığı için bir yük trenine atlayıp gelmişti Sabitcan. Babasının ölüp ölmediğini de henüz bilmiyordu yola çıktığı zaman. Çıkıp gelmesi ve cenazeye yetişmesi Yedigey'i duygulandırmış, sevindirmişti. Kucaklaşıp ortak üzüntüleri için ağlamışlardı. Yedigey, Sabitcan'ı kucaklayıp bağrına basmasına, ona sevgi göstermesine kendisi de şaşıp kalmıştı sonradan. Onu kucaklayıp yüksek sesle ağlarken "İyi ki geldin evlat, iyi ki geldin!" diyordu ona. Sanki onun gelmesiyle Kazangap dirilecekmiş gibi... Yedigey niçin öyle gözyaşı döktügünü de anlamıyordu. O güne kadar hiç ağlamamıştı çünkü. Kazangap'ın şimdi tek göz ıpıssız evceğizinin önünde, ayakta durarak uzun uzun ağlamışlardı. Yedigey'in içinde bir şeyler uyanmış, hatıralar canlanmıştı. Sabitcan'ın çocukluğunu, onun babası için sevinç kaynağı olduğu yılları hatırlamıştı. Kaç defa Kumbel'deki yatılı okula götürmüştü onu! Tatil günlerinde, Kazangap'la birlikte bir trene ya da bir deveye biner, yatılı okula onu görmeye giderlerdi. Onun ne durumda olduğunu, arkadaşlarıyla iyi geçinip geçinmediğini, derslerine iyi çalışıp çalışmadığını, öğretmenlerini memnun edip etmediğini düşünür, öğrenmek isterlerdi. Yarıyıl tatillerinden sonra kaç defa derslerinden geri kalmasın diye, bozkırın müthiş soğuğunda üşütmemek için kürklere sararak, o ya da Kazangap, deve sırtında okula götürmüşlerdi onu.

O günler gerilerde kalmış, bir rüya gibi silinip gitmişti. Şimdi önünde duran patlak gözlü, güler yüzlü koca adam, o küçük çocuğu ancak hayal meyal hatırlatıyordu ona. Şimdi onun gözlerinde gözlük, başında basık bir şapka, boynunda iyice eskimiş bir kıravat vardı. Şehirde bir iş tutmuştu, ağır sorumlulukları bulunan önemli bir kişiymiş gibi görünmek isterdi hep. Ama hayat hiç de kolay değildi. Kendisini kollayıp kayıran dost ya da nüfuzlu akrabaları olmayınca insanın işinde ilerlemesi, iyi bir yere gelmesi pek zordu. Bunu kendisi de anlamış ve bir gün acı acı dert yanmıştı. Kendisinin sadece küçük Boranlı köyünde yitip giden biçare Kazangap'ın oğlu olduğunu söylemişti. Zavallı çocuk! İşte şimdi o baba da yoktu! En işe yaramaz ama hayatta olan bir baba, en ünlü ama ölmüş bir babadan bin kere daha iyidir.

Az sonra gözyaşları dindi, yapmaları gereken işlerden söz etmeye başladılar. İşte o zaman anlaşıldı ki, Kazangap'ın bu bilgiç oğlu meğer oraya babasının cenaze töreni için değil, onu hemen orada bir çukura bırakıp bu işten sıyrılmak ve bir an önce gerisin geriye dönmek için gelmiş! Ne diye gideceklermiş uzak Ana-Beyit mezarlığına? Engin Sarı-Özek bozkırında bir ölüyü gömecek yer mi yokmuş? Köyün yakınında, demiryolu boyunda bir tümseğe gömebilirlermiş onu. Böylece ihtiyar, ömür boyu çalıştığı bu yerde, tren seslerini dinleye dinleye huzur içinde yatar, buna memnun olurmuş. Bu arada, sözlerinin arasına eski bir atasözünü de sıkıştırmaktan geri kalmadı. "İnsan ölür, hemen gömülür, bekletilmemeli" dedi. Niçin vakit kaybediyorlarmış, ne önemi varmış gömülecek yerin? Bir an önce gömmeliymişler.

Sabitcan bir yandan böyle konuşurken bir yandan da ertelenmesi imkânsız acele işleri olduğundan söz ediyordu. Bilinen şeymiş, mezarlığın uzak ya da yakın oluşu müdürünü ilgilendirmezmiş. Şu gün, şu saatte işinin başında olacaksın, der, başka bir şey dinlemezmiş. Böyleymiş şehirde işler. Şehir şehirmiş, müdür de müdür...

Yedigey onun böyle konuştuğunu görünce "ne aptalmışım ben!" diye geçirdi aklından. Bu herifi görünce duygulanmıştı, şimdi ise, rahmetli Kazangap'ın oğlu da olsa, böyle bir adamla kucaklaşıp gözyaşı döktüğü için kendisinden utanıyor, kendisine kızıyordu. Ama yine de kendini tuttu. Böyle bir günde ve herkesin gözü önünde onu aşağılayacak bir şey söylemek istemedi. Merhumun anısına olan saygısından dolayı şunları söylemekle yetindi:

- Mesele yer bulmak ise, yer çok. İstediğiniz kadar yer var. Ama, insanlar yakınlarının ölülerini rastgele bir yere gömmek istemezler. Bunun da sebepleri var elbet. Bir avuç toprağı ölüden esirgeyen kim (Yedigey sustu, Boranlılar onu sessizce dinliyorlardı)? Siz yine de bir düşünün, kararınızı verin. Ben de gidip işlerin ne durumda olduğuna bir bakayım.

Yedigey suratını asıp kaşlarını çatarak onların yanından ayrıldı. Bazen birdenbire bora gibi patlayan sert bir adamdı. Ona Boranlı lâkabını vermelerinin asıl sebebi de bu idi zaten. Eğer orada yalnız Sabitcan ile ikisi olsaydı, o utanmaza demediğini bırakmaz, yerin dibine batırır ve unutamayacağı bir ders verirdi ona. Ama Yedigey konuyu kadınların diline düşürmek de istemedi. Zaten kadınlar fısıldaşıp duruyorlardı: Ne biçim oğuldu bu, babasının cenazesine misafir gibi gelmiş, cenaze aşı için bir paket çay bile getirmemiş! Merhumun gelini olan o şehirli kadın da zahmet edip cenazeye gelemez mi, birkaç damla gözyaşı döküp duaya katılamaz mıydı! Ne utanmaz arlanmaz insanlardı bunlar! Rahmetli sağ iken, iki sağmal devesi ve beş-on koyunu ile oldukça rahat bir hayat yaşarken sık sık ziyaret etmişti onu. Adamcağıza hayvanlarını sattırıp şehre, yanlarına götürmüşlerdi. Hayvanların parasıyla evlerinin mobilyasını düzmüş, bir de araba satın almışlardı. Adamı beş parasız bıraktıktan sonra da öylece ortada bırakmış, yüzüne bile bakmamışlardı! Kadınlar bütün bunları ve daha başka şeyleri yüksek sesle söylerlerdi ama Yedigey susturuyordu onları: Susun, ölenin ruhuna saygısızlık olur, böyle bir günde konuşulacak şeyler değil bunlar, karışmayın işlerine! diyordu.

Yedigey hızlı adımlarla ağıla, Karanar'ı otlaktan getirip bağladığı yere doğru yürüdü. Karanar arada bir öfkeli öfkeli böğürüyordu. Başına buyruk olmayı seven dev bir deve idi o. Öbür develerle birlikte iki-üç kere kuyudan su içmeye gelişi dışında, gece gündüz, bütün hafta otlakta kalırdı. Şimdi de bağlı durmayı istemiyor, koca ağzını açıp dişlerini göstererek bağır bağır bağırıyordu. Eski meseldi: Hür yaşamaya alışan köleliğe kolay kolay alışamaz.

Yedigey devesinin yanına geldiği zaman, Sabitcan'la yaptığı konuşmanın etkisinden, kızgınlığından kurtulmuş değildi. Böyle bir durumla karşılaşacağını önceden anlamıştı zaten. Adam öz babasının cenazesine gelmekle Boranlılar'a iyilik ediyordu sanki. Bu onun için bir yük, bir külfetti ve bundan bir an önce kaçıp kurtulmak istiyordu. Yedigey boş yere çene çalmak istememişti onunla. Nasıl olsa bu işi komşularıyla birlikte o olmadan da yapabilirlerdi. Zaten komşular kendilerine düşen işleri yapmaya başlamışlardı. Demiryolunda görevli olanlar dışında herkes, cenazenin kaldırılması ve sonra verilecek yas yemeği için hazırlık yapıyordu.

Kadınlar evlerden kap kacak topluyor, semaverleri oğup parlatıyor, hamur yoğurup ekmek pişiriyorlardı. Erkekler ise su taşıyor, işe yaramaz eski traversleri kırıp yakacak odun haline getiriyorlardı. Issız bozkırda bundan iyi yakacak bulamazlardı. Yalnız Sabitcan bir iş yapmadan gezinip duruyor, üstelik çalışanları da gereksiz konuşmalarıyla engelliyordu. Şehirde kimin ne iş yaptığını, rütbelerinin ne olduğunu, işten çıkarılanları ya da terfi edenleri anlatıyordu onlara. Karısının cenazeye gelmemiş olması da umurunda değildi. Güya karısının bir konferansı varmış, yabancılar da davetliymiş o konferansa. Peki, torunlar niçin gelmemişlerdi? Onlardan hiç söz etmiyordu. Ama belliydi. Okula gidiyorlardı onlar. Diploma alabilmek ve yüksek okula gidebilmek için iyi notlar almalı, bunun için de okuldan bir gün bile geri kalmamalıydılar! Yedigey "Ne biçim insanlar bunlar!" diye söylendi nefretle. "Ne hale gelmiş bu nesil? Her şey önemli ama ölüm önemli değil!" Ve, kendi kendine soruyordu: "Eğer ölümün onlar için hiçbir önemi yoksa, yaşamanın da yoktur. Öyleyse niçin ve nasıl yaşıyor bu insanlar?"

Öfkeyle devesine bağırdı:

- Ne böğürüp duruyorsun kara timsah! Kes sesini yoksa dişlerini kırarım ha!

Yedigey çok kızdığı zaman devesine "Kara timsah!" diye küfrederdi. Ona bu adı, iri dişli ağzını açıp bağırıvermesinden ve huysuzluğundan dolayı demiryolcular koymuştu.

Deveye havut vurması gerekiyordu ve bu işi yapmaya çalışırken hiddeti geçti. Heybetli devesine hayran hayran baktı. Boranlı Karanar, dev gibi, dağ gibi bir deveydi doğrusu. Yedigey uzunca boylu olduğu hâlde, eli hayvanın boynuna yetişmiyordu. Güçlükle de olsa deveye boyun eğdirdi. Kamçısının sapı ile nasırlı dizlerine vura vura ve bağıra bağıra hayvanı ıhtırdı. Hayvan direnip böğürse de sonunda sahibinin isteğine uyarak çöktü ve sesini kesti. Yedigey de onu havutlama işine koyuldu.

Deveyi kusursuz şekilde havutlamak ev yapmak kadar zor bir iştir. Her defasında iyice yerleştirmeniz gerekir. Bu da, hele Karanar gibi iri bir deve sözkonusu ise, büyük güç ve beceri ister.

Boranlı'nın devesine boşuna Karanar dememişlerdi. Kapkara, kabarık tüylü bir başı vardı. Kulaklarının dibinden başlayan kara sakalı omuzlarına, yelesi dizlerine kadar iniyor, sırtında iki hörgücü kule gibi yükseliyordu. Bir erkek deve için en iyi süs sayılan vahşi, kabarık tüyleri vardı. Bu güzelliği tamamlayan güdük kuyruğunun uçları da kapkaraydı. Geri kalan tarafı -boynunun üst kısmı, göğsü, böğürleri, ayakları, karnı- açık kestane rengindeydi.

Karanar, hem heybeti hem de tüylerinin rengiyle ünlüydü. Ayrıca, henüz otuz yaşında, yani en güçlü çağındaydı.

Develer çok yaşarlar. Bunun için olsa gerek, ancak beş yaşına gelince erginliğe ulaşır ve iki yılda bir doğum yaparlar. Gebelik süreleri de öbür hayvanlara göre daha uzundur. Gebe kaldıktan on iki ay sonra doğururlar yavrularını. Yavru deve bir, bir buçuk yaşına kadar korunmaya muhtaçtır. Soğuktan, bozkır rüzgârlarından korunması gerekir. Büyüyüp geliştikten sonra ne soğuktan korkar, ne sıcaktan, ne de susuzluktan.

Yedigey bu işleri çok iyi bilirdi. Bunun için Karanar'a çok iyi bakmıştı. Hayvanın taş gibi sağlam iki hörgücü de onun gücünün, sağlamlığının bir göstergesiydi.

Karanar'ı ona uzun zaman önce, cepheden dönüp Boranlı'ya yerleştiği ilk yıllarda Kazangap hediye etmişti. O zaman Karanar, ördek yavrusununki gibi yumuşacık tüyleri olan bir yavru idi. Yedigey de gençti ve burada saçları ağarıncaya kadar kalacağını aklına bile getirmezdi. Bazen, gençliğinde çekilmiş resimlere bakıyordu da, kendini tanıyamıyordu. Şimdi saçı, sakalı hatta kaşları iyice ağarmıştı. Kuşkusuz yüzü de çok değişmişti, ama, yaşlı insanların çoğu şişmanladığı hâlde o dinç idi. Saç-sakalının ağarması kendi kendine, hissettirmeden olmuştu. Yaşı ilerleyince önce bıyık bırakmış, sonra sakalını uzatmıştı. Şimdi sakalını bıyığını kesecek olsa, kendisini çırılçıplak hissederdi herhalde.

Boranlı'ya geldiği zamandan bu yana köprülerin altından çok sular akmıştı.

Şimdi, çöktüğü yerde, uzun boynunu iki yana çevire çevire, kara yelesini savurarak arslan gibi kükreyen deveyi havutlamaya çalışırken ve elini sallayıp söylenerek onu itaate zorlarken, bu uzun geçmişi düşünüyor, dalıp gidiyor ve sonra kendine geliyordu.

Deveyi havutlamak epeyce zamanını aldı. Havutu vurup yularını geçirince, Karanar'ın üzerine onun en güzel örtüsünü serdi. Elvan nakışlı, geleneksel motiflerle süslü bu çok güzel örtüyü Ukubala kıskançlıkla saklar, ancak önemli günlerde ortaya çıkarırdı. Bu örtüyü son defa ne zaman kullandığını da hatırlamıyordu Yedigey. Ama şimdi tam sırasıydı.

Karanar'ın havutlanıp donatılmasından sonra Yedigey onu ayağa kaldırdı ve yaptığı işi pek beğendi. İki hörgücü arasına ustaca yerleştirilmiş havutu ve o şahane örtüsü ile Karanar şimdi daha gösterişli, daha görkemli idi. Gençler, özellikle de Sabitcan, şeref ve haysiyetiyle yaşamış bir adamın cenaze töreni için hazırlanmanın bir külfet olmadığını, bunun önemli bir olay olduğunu, üzücü de olsa, şatafatlı bir sevgi gösterisinde bulunmak gerektiğini görüp anlasınlardı. Bazıları müzik çalar, bayrak çeker, bazıları havaya ateş eder, bazıları da çiçekler saçar, çelenk götürürlerdi.

O, Boranlı Yedigey, yarın sabah, püsküllü örtüsü ile süslediği Karanar'a binecek, cenaze alayının önünde giderek, çok sevdiği Kazangap'ı, son ve ebedî dinlenme yerine, Ana-Beyit mezarlığına uğurlayacaktı. Issız Sarı-Özek bozkırını geçerlerken hep onu düşünecek, bu düşüncelerle, hayatta iken söz verdiği gibi, onu atalar mezarlığında toprağa verecekti. Evet, ona söz vermişti. Yol ne kadar uzun olursa olsun, onu bu kararından hiç kimse, rahmetlinin öz oğlu bile caydıramazdı.

Bunun başka türlü olamayacağını, Karanar'ı bunun için süsleyip havutladığını gençler anlamalıydı.

Yedigey, herkes görsün diye, Karanar'ı yularından tutup köyün içinden geçirdi ve sonra rahmetlinin evceğizi önüne getirip bağladı. Herkes görüp anlasındı. Boranlı Yedigey sözünde durmazlık edemezdi.

Yedigey'in endişesi boşunaydı. Çünkü onun Karanar'ı hazırlamaya gidişini fırsat bilen Uzun Adilbay, Sabitcan'a sokularak:

- Gel şu gölgeye çekilelim de biraz konuşalım seninle, demişti.

Konuşmaları uzun sürmedi. Adilbay, Sabitcan'ı razı etmek için uzun uzun lâfa gerek görmeden kesin konuştu:

- Beni dinle Sabitcan, rahmetli babanın Boranlı Yedigey gibi bir dostu bulunduğu için Allah'a şükretmelisin.

Onu âdetlerimize göre Ana-Beyit'e gömmemize engel olmaya çalışma sakın. Acele işin varsa, gitmek istiyorsan, seni burada tutan yok. Çek git. Senin yerine de bir avuç toprak atarım ben!

Sabitcan bir şeyler söylemek istedi:

- Ama, ölen benim babam ve ne yapacağıma...

Adilbay sözünü bitirmesine fırsat vermedi:

- Baban olmasına baban, ama sen kendinde değilsin!
- Sen de abartıyorsun... dedi Sabitcan. -Ama karşı gele-
meyeceğini anlayarak sözünü değiştirdi.- Pekâlâ, böyle bir
günde tartışacak değiliz. Ana-Beyit'e gömülse ne çıkar, sa-
dece biraz uzak olduğunu düşünmüştüm.

Konuşmaları bu kadarla bitmişti. Yedigey, Karanar'ı her-
kesin görmesi için evin önüne bağladıktan sonra gelip Bo-
ranlılar'a: "Tartışmayı bırakın, ne saygısız gençlersiniz siz!
Onun gibi bir insanı ancak Ana-Beyit'e gömebiliriz" demiş-
ti. Ona kimse sesini çıkarmadı. Herkes kabul etmişti.

O akşam ve geceyi bütün komşular rahmetlinin evi
önünde geçirmeye karar verdiler. Hava iyiydi. Ama, sonba-
har yaklaşıyordu. Gündüzün sıcaklığı geçtikten sonra Sa-
rı-Özek bozkırının birdenbire çıkan serinliği sardı ortalığı.
Alaca karanlığı büyük bir sessizlik kaplamıştı ve bir nefes-
lik rüzgâr bile esmiyordu. Bu arada, sabah verilecek ölü
aşı için bir koyunu kesip parçalamışlar, şimdi, semaverin
başına oturup çaylarını içiyor, havadan sudan konuşuyor-
lardı. Hazırlıklar hemen hemen bitmişti. Sabahı bekleyip
Ana-Beyit'e gitmekten başka işleri kalmamıştı. Saatler ses-
siz, hareketsiz akıp gidiyordu. İhtiyar bir insanın ömrü de
böyle gelip geçerdi. Artık ağlamak, üzülmek neye yarar...

Boranlı istasyonuna her zamanki gibi trenler gelip gidi-
yordu. Doğudan ve batıdan geliyor, sonra aksi yönde yolla-
rına devam ediyorlardı.

Kısacası, Ana-Beyit'e gidecekleri günün öncesinde, her
şey yolunda görünüyordu, ama, gel gör ki tatsız bir olay
çıktı az sonra.

Kazangap'ın kızı Ayzade ile kocası, bir yük trenine bi-
nerek cenazeye gelmişlerdi. Ayzade trenden iner inmez
hüngür hüngür ağlayarak geldiğini belli etti. Bunun üzeri-
ne köy kadınları da onun etrafına toplaşıp ağlamaya, sesine
ses katmaya başladılar. Ayzade ile birlikte en çok Ukubala
ağlıyor, dövünüyordu. Ukubala, Ayzade'ye çok acıyor, göz-

yaşlarını dindiremiyordu bir türlü. Yedigey, ölenle ölünemeyeceğini, kadere karşı konulamayacağını söyleyerek onu yatıştırmaya çalıştı ama yatıştıramadı.

Sık sık olur böyle şeyler. Babasının ölümü ona doya doya ağlamak, herkesin önünde içini dökmek, uzun zamandan beri birikmiş dertlerini açığa çıkarmak fırsatını vermişti. Ağlamaktan gözleri şişmiş, saçı başı dağılmış, babasının cesedine kapanıp hüngür hüngür ağlarken kara bahtına da lanetler okuyordu. Hiç şansı olmadığını, çocuklarının sabahtan akşama kadar, başsız, gözetimsiz istasyonda sürten serseriler olduklarını, yarın birer haydut olacaklarını ve tren soyacaklarını, büyüğünün şimdiden içkiye başladığını, polislerin, böyle giderse onların mahkemelik olacaklarını bildirdiklerini bağıra bağıra söylüyordu. Altı çocukla bir başına ne yapsındı! Babalarının umurunda değildi hiçbir şey.

Gerçekten de bir şey umurunda değildi kocası olacak adamın. Orada bir köşede somurtup duruyor, pis kokulu ucuz sigarasını tüttürüyordu sadece. Hem karısının bu tür yakınmalarına da ilk kez tanık olmuyordu. Uzun uzun uluyacak, sonra susacaktı karısı. Ama bu defa işe Sabitcan da karıştı ve işin tadı asıl bundan sonra kaçtı: "Görülmüş şey mi bu yaptıkları? Babasının cenazesine mi gelmiş yoksa kendisini rezil etmeye mi! Bir Kazak kızı babasının cenazesinde böyle mi ağlarmış! Eskiden kadınlar ağıtlarıyla ölüleri yüceltirlermiş, oysa kardeşi, sızlanıp yakınmaktan başka bir şey yapmıyormuş. Yok zavallıymış, mutsuzmuş, bilmem daha neymiş!"

Ayzade patlamak için sanki bu fırsatı bekliyormuş gibi açtı ağzını yumdu gözünü. Bütün hiddetiyle ve yeni bir güçle taştı, köpürdü: "Şu bilgice, şu allameye bakın hele! Sen git de önce kendi karına akıl ver! Niye gelip o dediğin ağıtları öğretmiyor bize? Hani nerde? Niye gelmedi babamızın cenazesine? Gelip babamız için bir damla gözyaşı

dökseydi günaha mı girerdi? O ifritle sen kılıbık elele ver-
diniz, zavallı ihtiyarı soyup soğana çevirdiniz! Benim ko-
cam ayyaş da olsa kalkıp geldi cenazeye. Senin bilgiç hanı-
mın hangi cehennemde?"
   Sabitcan, eniştesine bağırıp çağırarak karısının sesi-
ni kesmesini istedi. Ama eniştesi birden hiddete kapıldı,
sessiz sessiz oturduğu köşeden fırlayıp Sabitcan'ı boğmaya
kalktı.
   Boranlılar birbirine giren akrabaları güç belâ ayırabildi-
ler. Hepsi çok utanmış, şaşırmışlardı. Yedigey ise utanç ve
üzüntüden ne yapacağını bilemedi. Gerçi bunların beş para
etmez insanlar olduklarını biliyordu ama böyle bir rezalet
çıkarabileceklerini aklının ucundan bile geçirmemişti.
   Hiddetle ileri çıkarak ikisini de çok ciddi bir şekilde
uyardı:
   - Birbirinizi saymıyorsanız hiç olmazsa babanızın anısı-
na saygı gösterin. Yoksa kimseyi dinlemem, ikinizi de ko-
varım köyden! dedi.
   Cenazeyi kaldıracakları günün öncesinde işte böyle tat-
sız, can sıkıcı bir olay meydana geldi. Bu olaya çok üzülen
Yedigey'in kaşları çatılmış ve kendi kendine sorular sorma-
ya başlamıştı: "Ne oluyor bu çocuklara? Nasıl bu duruma
geldiler? Kazangap'la birlikte onları yazın kavurucu sıcak-
la, kışın fırtınasında, soğuğunda, okuyup adam olsunlar,
Sarı-Özek bozkırında çürüyüp kalmasınlar diye, "Bizi ge-
reği gibi okutmadılar, eğitmediler" demesinler diye, Kum-
bel'deki yatılı okula götürmemişler miydi? Onları okula
gönderirken bekledikleri sonuç bu muydu? Umduklarının
tam tersi bir sonuç almışlardı. Niçin? Nasıl böyle olmuş-
lardı? Yüzlerine bakılmaz insanlar halinde yetişmelerinin
sebebi neydi?
   Yardıma yetişen, durumu kurtarıp Yedigey'i biraz ra-
hatlatan yine Uzun Adilbay oldu. O, Yedigey'in bu duruma
nasıl sıkıldığını, neler çektiğini çok iyi anlıyordu. Bir ce-

naze töreninde merhumun evlâtları en önemli kişiler sayılır. Dünya kurulalıberi bu böyledir ve böyle olduğunu da herkes bilir. Ne kadar beş para etmez, utanmaz arlanmaz olsalar bile onları görmezlikten gelemez, uzakta tutamazsınız. İşte bu yüzden, Uzun Adilbay, iki kardeş arasındaki kavganın sebep olduğu rahatsızlığı gidermek için erkekleri evine davet etti:

- Avlunun ortasında durup yıldızları sayacağımıza, bize gidelim de birer çay içelim, dedi.

Yedigey, Uzun Adilbay'ın kapısından içeri adım atınca başka bir dünyaya gelmiş gibi oldu. Daha önceleri de Adilbay'a komşu ziyaretinde bulunmuş ve her defasında aileyi mutlu, huzurlu görerek sevinmişti. O evde rahat hissediyordu kendini. Bugün de orada olabildiği kadar çok kalmayı istiyordu. Böylece, yitirdiği gücü toplayacak, kendine gelecekti. Buna ihtiyacı vardı.

Adilbay da diğerleri gibi bir demiryolu işçisiydi ve kazancı onlarınkinden fazla değildi. O da iki oda bir mutfaktan ibaret küçük bir evde oturuyordu. Ama, bambaşka bir atmosfer vardı o evde: Huzurlu, temiz, aydınlık. Yaptığı çay da farklı değildi. Ne var ki Yedigey'e burada içtiği çay süzülmüş bal gibi tatlı gelirdi. Adilbay'ın karısı da her zaman çok iyi karşılardı konuklarını. İyi bir ev kadınıydı. Çocuklar ise uslu, terbiyeli idiler. Yedigey onların daha bir süre Sarı-Özek'te kalacaklarını, sonra başka bir yere, daha iyi şartlarda yaşamak için göçedeceklerini düşünürdü. Onlardan ayrılmayı hiç istemese de onların iyiliği için böyle olmasını isterdi.

Yedigey, kapının önünde muşamba çizmelerini çıkarıp içeri girmiş, bağdaş kurup oturmuştu. İşte o zaman hissetti ne kadar çok yorulduğunu, acıktığını. Sırtını duvara dayamış, hiç konuşmadan duruyordu. Ötekiler, yuvarlak yer sofrasının etrafında oturmuş, alçak sesle şundan bundan konuşuyorlardı.

Sohbet az sonra garip bir konu üzerinde yoğunlaştı. Yedigey bir gün önce fırlatılan uzay gemisini unutmuştu. Sofradakilerin aynı olayla ilgili konuşmalarını dinlerken hatırladı olayı. Gerçi yeni bir şey öğrenmedi ama, onları dinlerken bu konuda ne kadar az şey bildiğine şaşıp kaldı. Yine de pek üzülmedi, bundan bir utanç duymadı. Çünkü onları çok ilgilendiren uzay uçuşları kendisi için uzak bir konuydu, büyüleyici bir şey olsa da yabancısı olduğu bir konu. Onun için bilmediği bir şey karşısında her zaman yaptığı gibi, gözleriyle gördüğü bu şaşırtıcı olay hakkındaki konuşmaları saygıyla dinledi.

Sofradakiler önce şubat, yani deve sütünden hazırlanmış kımız içtiler. Soğuk, köpüklü ve hafif sarhoşluk veren güzel bir kımız idi bu. (Bu istasyona gelen bakım ve kontrol ustaları bu kımızı çok sever ve ona 'Sarı-Özek birası' derlerdi.) Bundan sonra sıcak yemekler geldi sofraya. Yemekle birlikte votka da çıkardılar. Boranlı Yedigey sofrada içkiyi geri çevirmezdi. Ama bu defa hem içmedi, hem de tavrı ile onların da içmemesi gerektiğini anlatmaya çalıştı. Çünkü sabahleyin önemli bir işleri olacak, uzun yola gideceklerdi. Onların, özellikle de Sabitcan'ın kımızla votkayı karıştırıp içmeleri pek doğru olmaz, belki kendilerini koyverirlerdi. Kımız ile votka, arabaya koşulmuş bir çift uyumlu at gibiydi ve insanı coşturur, sarhoş eder, alıp götürürdü. İşte onun için sırası değildi içmenin. Ama bu koca koca adamların içmesine nasıl engel olursunuz? Kendileri anlamalıydılar durumu. Yine de bir şey rahatlatmıştı onu: Ayzade'nin kocası bir alkolik olduğu hâlde votkaya dokunmuyor, yalnız kımız içiyordu. Eğer o da kımıza votka karıştırsa, kör kütük sarhoş oluverirdi. Herhalde kaynatasının cenazesinde böyle sarhoş olmasının bir rezalet olacağını çok iyi biliyordu. Ama daha ne kadar votkadan uzak kalabileceği de bilinemezdi.

Sohbet sırasında Adilbay, kocaman kollarını kürek gibi açarak konuklarına kımız verirken ve sofranın üzerinden dolu kadehi Yedigey'e uzatırken birdenbire aklına gelmiş gibi sordu:

- Yedike, dün nöbeti devraldıktan sonra, siz giderken gökyüzünde tuhaf bir şey oldu, sanki gök gürledi ve ben olduğum yerde sarsıldım. Kosmodromdan bir füze fırlatmışlardı. Araba oku gibi kocaman bir şey, siz de gördünüz mü?

- Gördüm tabiî. Ağzım açık kaldı şaşkınlıktan. Ne güçtü o öyle! Alev alev yanıyor, yükseliyor, yükseliyordu. Korktum doğrusu. Nice zamandır burada yaşıyorum, hiç böyle bir şey görmemiştim.

- Ben de ilk kez görüyorum dedi Adilbay.

Sabitcan, Adilbay'ın uzun boyunu kastederek:

- Sen de görmemişsen biz nasıl görürüz?

Adilbay gülümsedi:

- O ateş topunun kükreyip gökyüzüne yükseldiğini görünce gözlerime inanamadım. "İşte biri daha uzaya gidiyor, uğurlar olsun!" dedim. Belki haberini verirler diye hep yanımda taşıdığım transistörlu radyomu hemen açtım. Normal olarak uzaya adam fırlatılınca yayın yaparlar, spiker de olayı büyük bir heyecanla anlatır, dinleyenin tüyleri diken diken olur. Uzaya kimin fırlatıldığını öğrenmek için sabırsızlanıyordum, çünkü gözlerimle görüyordum adamın çıktığını. Ama yayın yoktu.

Sabitcan epeyce içmiş, kızarmaya, terlemeye başlamıştı. Bilgiç bir tavırla kaşlarını kaldırdı ve ötekilerden önce davranarak sordu:

- Peki, niçin yayın yoktu?

- Bilmem. Hiçbir şey söylemediler. Oysa radyoyu hep açık tuttum, tek kelime söylemediler.

Sabitcan, bir yudum votka ve ardından bir kadeh kımız içerek başını salladı:

GÜN OLUR ASRA BEDEL • 45

- Olmaz öyle şey! Bu işte bir yanlışlık var. Uzay uçuşu her zaman önemli bir olaydır. Bu işte sözkonusu olan bizim bilim ve siyasetteki prestijimizdir, anlıyorsunuz değil mi?

- Niçin haber vermediklerini bilemem. Son haberleri de özellikle dinledim, hatta gazete haberlerini özetleyen yayını da...

Sabitcan yine başını salladı:

- Hımm! Eğer şimdi iş yerinde olsaydım, bu işin aslını hemen öğrenirdim. Yazık ki orda değilim işte. Bir iş var bunda.. uz gitmeyen bir şey.

- Orasını bilmem ben. Bütün bildiğim, bu durumun biraz can sıkıcı olduğudur, dedi Adilbay. Bu defa çıkanı kendi kozmonotum gibi görüyorum. Çünkü gözlerimle gördüm o uzay aracının yükselişini. Hatta, bu gidenin belki buralı, bizim çocuklardan biri olduğunu da düşündüm. Böyle olsa ne kadar sevinirdik! Sonra bir de bakmışsın, ileride onunla görüşüyoruz. Amma da hoş bir şey olurdu ha!

Sabitcan'ın aklına birden bir şey gelmiş gibi Adilbay'ın sözünü kesti:

- Tamam! Anladım şimdi, deneme uçuşu için pilotsuz bir gemi gönderdiler uzaya.

Adilbay ona bakarak sordu:

- Nasıl oluyormuş o?

- Bir deneme uçuşu işte, bilmez misin? Bir tecrübe yani. Pilotsuz araç başka bir gemi ile kenetlenir ya da bir yörüngeye girer. İşin nasıl sonuçlanacağı bilinmez. Eğer başarılı sonuçlanırsa radyo ve basın yoluyla duyururlar, aksi hâlde hiç sözünü etmezler. Bilimsel bir deneme bu.

Adilbay'ın biraz canı sıkılmıştı:

- Ben de uzaya adam gönderdiler diye sevinmiştim.

Kısa süren bir sessizlik oldu. Sabitcan'ın açıklamasıyla biraz hayal kırıklığına uğramışlardı. Konu belki burada kapanacaktı ama Yedigey istemeden bir canlılık getirdi:

- Yiğitler, anladığıma göre uzay gemisi yörüngeye çıkıyor ama içinde kimse yok. Kim yönetiyor öyleyse onu?

Sabitcan "Ne kadar cahilsin!" der gibi elini salladı, Yedigey'in yüzüne övüngeç baktı:

- Kim mi yönetiyor? Amma da soru ha! Yedike, orada her şey telsizle idare edilir. Komutlar yerden, yönetim merkezinden verilir ve her şey telsizle idare edilir, anlıyor musun? Uzay gemisinde pilot bulunsa bile yönetim yine telsizle olur. Pilot yönetimi ele almak istediği zaman Yerdeki merkezden izin verilmesi gerekir. Yaa Yedike, senin Karanar'ın sırtında Sarı-Özek bozkırını geçmene benzemez bu işler. Çok karışıktır.

- Yaa, demek öyle! dedi Yedigey.

Boranlı Yedigey için telsizle komut verme sistemi anlaşılır bir şey değildi. Onun için telsiz demek, birtakım kelimelerin, seslerin uzayda uzak mesafelere ulaştırılması demekti. Ama bunlarla cansız bir şey nasıl yönetilirdi? Oysa gemide bir insan varsa iş başka.. bu adam kendisine verilen emirleri uygulardı. Yedigey daha başka bazı şeyler öğrenmek istedi ama 'değmez' diye vazgeçti. Soru sormak içinden gelmiyordu. Sustu. Çünkü Sabitcan, bildiklerini söylerken karşısındakini çok küçümsediğini de belli ediyordu. Sanki, "Aklınız bir şeye ermeyen cahillersiniz, üstelik beni adam yerine koymuyorsunuz, şu eniştem olacak ayyaş da beni boğmaya kalkar, ama bu işleri hepinizden daha iyi bildiğimi görün işte!" demek istiyordu. Yedigey, "Bizim gibi okumamışlardan elbette fazla bileceksin a sersem! Seni yıllarca boş yere mi okuttuk!" diye geçirdi aklından. Hemen ardından şunu da düşündü: "Böyle birini başımıza geçirseler, yönetici yapsalar, ne büyük bir felâket olurdu! Emrindekileri kendisi gibi birer bilgiç taslağı yapmaya çalışırdı bu herif. Şimdi bile ayak işlerine bakan bir odacıdan başka bir şey değilken, hiç olmazsa burada, Sarı-Özek'te, herkesi ağzının içine baktırmak istiyor!"

Sabitcan kendisini ayran budalası gibi ağızları açık dinleyen Boranlıları iyice şaşırtmak, ezmek kararındaydı. Böylece, kız kardeşi ve eniştesiyle yaptığı kavgadan dolayı kendini küçük görenlere bir ders vermiş, bunu onlara ödetmiş olacaktı. Bu yüzden âdeta coşmuş, bilimin yüksek başarıları ve inanılmaz mucizeleri üzerine nutuk çekmeye başlamıştı. Bu arada sık sık votkasını yudumluyor, hemen ardından kımız içmekten de geri kalmıyordu. Sarhoş olmuştu bile. Öyle saçma sapan şeyler anlatmaya başladı ki zavallı Boranlılar hangisine inanıp hangisine inanmayacaklarını bilemez oldular.

Sabitcan, her kımıldanışında parlayan gözlük camlarının gerisinden ateşli ve büyüleyici bakışlarıyla dinleyenlerini süzüyor ve devam ediyordu anlatmaya:

- Düşünün bir kere, bizler insanlık tarihinin en mutlu kişileriyiz. Bak Yedike, içimizde en yaşlısı sensin. Her şeyin eskiden nasıl, şimdi nasıl olduğunu hepimizden iyi bilirsin. Niçin böyle diyorum? Bak anlatayım: Eskiden insanlar tanrılara inanırlardı. Eski Yunanistan'daki inanca göre güya bu tanrılar Olimpos dağında yaşarmış. Ne biçim tanrı imiş onlar? Saçmalık işte! Ne gelirdi ellerinden? Durmadan birbirleriyle kavga etmek. Asıl özellikleri birbirleriyle didişmek, hiç anlaşamamaktı. İnsan hayatını değiştirmek, insanın mutluluğuna en ufak bir katkıda bulunmak gelmezdi ellerinden. Zaten böyle bir şey düşündükleri de yoktu. Aslında tanrılar da yoktu. Bir efsane, masal, uydurma idi bütün bunlar. Ama bizim tanrılarımız bambaşkadır ve hemen şuracıkta, Sarı-Özek Uzay Üssü'nde yaşıyorlar. Ve biz bu tanrılarımızla bütün dünyaya karşı övünüyoruz, gururlanıyoruz. Aramızdan hiç kimse tanımıyor, göremiyor onları. Yasalar buna izin vermez. Onları görüp tanımak da gerekmez zaten. Öyle her önüne gelen, bir Mırkınbay bir Şırkınbay (Ali, Veli) "Merhaba, nasılsın?" diye el uzatamaz onlara. Asıl gerçek tanrılardır bunlar. Bak Yedike, az önce sen, uzay gemilerinin telsizle yönetildiğini öğrenince şaşıp kaldın değil mi? Oysa o iş bir çocuk oyuncağı, hem modası da çoktan geçti. Gün gelecek, insanlar da telsizle yönetilecekler, tıpkı şimdiki otomatlar gibi. Anlıyor musun, büyük, küçük herkes radyo dalgalarıyla yönlendirilecek. Bu konuda deneylere başlandı bile. İnsanlığın yüksek çıkarları için çalışan bilim çok önemli sonuçlar, çok önemli veriler elde etmiş bulunuyor...

Uzun Adilbay onun sözünü kesti:

- Dur hele! Şu ağzından düşürmediğin "insanlığın yüksek çıkarları" sözünü pek anlayamadım ben. Yani senin dediğine göre, herkes yanında transistörlü radyoya benzeyen bir aygıt taşıyacak ve bu aygıttan aldığı emirlere göre mi hareket edecek? Her yerde var mı bu aygıtlardan?

- Çok tuhafsın Adilbay! Ondan mı söz ediyorum, ben? Senin söylediğin aygıt hiçbir şey değil, bir çocuk oyuncağı. Hiç kimse, hiçbir şey taşımayacak üzerinde. İstersen sokakta çırılçıplak dolaş, biotok (canlı akım) denen telsiz ya da radyo dalgaları seni yine bulacak ve bilincine aralıksız olarak tesir edecek. O dalgalardan kimse kaçıp kurtulamayacak.

- Yaa! Öyle ha?

- Ne sandın ya! İnsan ancak merkezden verilen programa göre hareket edebilecek. Keyfince yaşadığını, dilediğince hareket ettiğini sanacak ama aslında her şeyi, aldığı nefesi bile yukarıdan verilen programa uygun olacak. Oradan ayarlanacak her şey. Bir şarkı söylemen mi gerek? Merkez bir sinyal verecek ve sen şarkı söyleyeceksin. Dans etmen, oynaman mı gerek? Başka bir sinyal verecekler ve sen başlayacaksın oynamaya. Çalışmak mı istiyorsun? Yine sinyalle çalışacaksın, hem de ne çalışmak! Hırsızlık, soygun ya da başka bir suç işlemek olmayacak artık. Bütün bunlar eski kitaplarda kalacak. Çünkü insanın her davranışı, her işi, bütün düşünceleri ve istekleri, her şey, önceden tespit edilecek. Diyelim ki dünya nüfus patlaması gibi bir felâketle karşı karşıyadır, yani insanlar hızla çoğalmakta ve bunları besleyecek kadar besin bulunmamaktadır. Ne yapacağız o zaman? Yapılacak şey belli, doğumları azaltacağız. Herkes karısı ile ancak, merkezden bu yolda bir sinyal aldığı zaman sevişecek. Tabiî toplumun yüksek çıkarları için olacak bu.

Uzun Adilbay alaylı bir sesle sordu:

- Toplumun yüksek çıkarları için ha?

- Elbette. Devletin çıkarları her şeyden önce gelir.

- Peki, ya ben bu yüksek çıkarları düşünmeden karımla sevişmek, o işi yapmak istedim, o zaman ne olacak?

- Azizim Adilbay, hiç böyle bir şey olmayacak ki. Böyle bir istek aklının kenarından bile geçmeyecek. Karşına dünyanın en güzel kadınını çıkarsalar, seni negatif biotoklar denilen canlı akım etkisinde bırakmışlarsa, ona dönüp bakmayacaksın bile. Emin ol ki, bu gibi işlerde bile mutlak bir düzen hüküm sürecek. Meselâ, savaşta olduğumuzu kabul edelim. Orada da her şey merkezden verilen sinyallere göre olacak. Hemen ilk safta ateşe mi atılmak gerekiyor, atılacaksın. Paraşütle mi atlanacak, göz kırpmadan atlayacaksın. Tankın altına sokup mayın mı patlatacaksın? Hemen yapacaksın o işi. Nasıl ve niçin? diye soracaksınız bana. Anlatayım. Merkezden canlı akımla cesaret aşılanacak ve insanda korku diye bir şey kalmayacak. İşte böyle olacak her şey!

Uzun Adilbay pek şaşırmıştı. Aklından geçeni olduğu gibi söyleyiverdi:

- Amma da palavracısın ha! Bunca yıl okuduktan sonra bunları mı öğrendin? Başına akıl koyan olmamış hiç!

Öbürleri oturdukları yerde kıpırdanıyor, başlarını iki yana sallayarak gülüyor ve bu palavralara inanmadıklarını belli ediyorlardı. Ama yine de, konuyu meraklı buldukları için, sözünü kesmeden dinliyorlardı onu. Hem sonra onun durmadan votka ve kımız içtiğini, iyice sarhoş olduğunu da görüyorlardı. Bıraksınlar keyfince konuşsundu. Söyle-diklerinin hangisi doğru, hangisi uydurma diye kafa yora-cak değillerdi ya. Bununla beraber Yedigey birden korkuya kapıldı. Bu palavracının böyle konuşması hiç sebepsiz, hiç temelsiz olamazdı. Çünkü bütün bu söylediklerini uydura-bilecek yeteneği de yoktu onun. Herhalde bir şeyler duy-muş olmalıydı. Aslında hep kötü haberleri aklında tutar-dı o. "Ya söylediklerinde gerçek payı varsa? Ya bazı bilim adamları Tanrı olmak hırsına kapılmışlarsa? Kendilerini Tanrı yerine kovarak bizi yönetmeye kalkarlarsa?" diye dü-şündü. Korkusu da bundan ileri geliyordu.

Sabitcan, merakla dinlendiğini görünce daha da coştu, attıkça attı. Gözlükleri terden buğulanmış, gözbebekle-ri karanlıkta dolaşan kedi gözleri gibi açılıp büyümüştü. Votka ve kımız kadehlerini de sık sık kaldırıp ağzına gö-türüyordu. Şimdi de elini kolunu sallaya sallaya, okyanu-sun ortasında, 'Bermuda Üçgeni' denilen bir yerden, bir Bermuda Üçgeni masalından sözetmeye başlamıştı. Güya buradan geçen gemiler, buradan uçan uçaklar, esrarlı bir şekilde kayıplara karışıyormuş.

- Bakın size bir olay anlatayım. Bizim şehirde adamın biri yurt dışında bir göreve gitmek için kendini helak eder-cesine uğraştı, her kapıyı çaldı, her makama başvurdu. Sanki dışarı giderse bir eli yağda, bir eli balda olacakmış gibi. Sonunda, sırada bekleyenlerin önüne geçerek, Pa-raguay mı, Uruguay mı, pek hatırlamıyorum ama Okya-nus'un öbür tarafında bir yere gitti. Gidiş o gidiş! Bermuda Üçgeni üzerinden geçerken bindiği uçak kaybolmuş, bu-har olup uçmuş sanki. Ne izi kalmış, ne tozu. İşte bunun için dostlarım, çıkış izni alalım diye ona buna yalvarmaya, onun bunun ayağını kaydırmaya hiç gerek yok. Bermuda Üçgeni nemize gerek bizim! Öz yurdumuzda can sağlığı ile oturmaktan iyisi yoktur. Hadi, kendi sağlığımıza içelim!

"Tamam, yine başlayacak nutuk atmaya, bulduk belayı, içtikçe çenesi açılıyor ve kapanmak bilmiyor!" diye söylendi Yedigey. İçinden bir de küfür savurdu. Tahmin ettiği gibi de oldu. Sabitcan çevresinde oturanları bulanık bakışlı süzerek ve yine de önemli adam tavrını bırakmamaya çalışarak devam etti konuşmaya:

- Kendi sağlığımıza içelim, sağlığımız ülkenin en büyük zenginliğidir. Demek ki bizim sağlığımız devletin en önemli servetidir. Evet, evet! Biz öyle basit insanlar değiliz, devletin adamlarıyız biz. Şunu da söylemek isterim ki...

Boranlı Yedigey sözün gerisini dinlemeden ayağa kalktı ve hızla odadan dışarı fırladı. Karanlık sundurmada ayağına takılan boş bir kova ya da onun gibi bir şey, tangur tungır sesler çıkararak yuvarlandı. Dışarıda kaldığı için iyice soğuyan çizmelerini alelacele ayağına çekti ve üzgün, öfkeli olarak evinin yolunu tuttu. Hiddetinden bıyıklarını ısırıyor, "Vah zavallı Kazangap vah!" diye iç çekiyordu. "Gerçek bir ölüm yası, gerçek bir üzüntü bile gösterilmiyor zavallıya! Ne biçim iştir bu, ne biçim nesildir! Oğlu olacak herif cenazeye değil de sanki içmeye, eğlenmeye gelmiş! Lâflar da lâf olsa bari! Bir devlet sağlığı, devlet zenginliği tutturmuş, her içişte onu söyler, başımızı şişirir. Yarın Allah'ın yardımıyla merhumu gömelim, duasını yapalım, sonra bu herif defolup gitsin başımızdan. Bir daha hiç yüzünü görmeyelim! Kimin ne işine yarar ki?"

Uzun Adilbay'ın evinde epeyce oturmuşlardı, vakit geceyarısını bulmuştu. Yedigey, Sarı-Özek'in gece serinleyen havasını derin derin içine çekti. Yarınki havanın her zamanki gibi açık, kuru ve epeyce de sıcak olacağı anlaşılıyordu. Bu mevsimde hep böyle olurdu: Gündüzler kavurucu sıcak, geceler ise dondurucu soğuk geçerdi. Sarı-Özek bozkırının bitki yönünden pek çıplak oluşunun sebebi de budur zaten. Bitkiler âni ısı değişikliğine uyum sağlayamaz. Gündüzleri başlarını güneşe çevirir, yapraklarını açar, bir parçacık nemli havanın esmesini beklerler, ama gece olunca da soğuktan kavrulup giderler. Ancak çok dayanıklı olanlar kalır ki bunlar da bazı dikenler, yavşan otları ve dere boylarında öbeklenen bazı ot türleridir. Bunları kışın yakmak için biçerler, Yedigey'in eski dostu jeolog Yelizarov'un anlattığına göre vaktiyle buraları baştan başa bitki örtüsüyle kaplıymış, çünkü o zaman başka bir iklim hüküm sürüyormuş, şimdikinden en az üç defa daha fazla yağmur yağarmış. Tabii hayat da bambaşka imiş o zamanlar. Sarı-Özek bozkırında yılkılar, koyun ve sığır sürüleri dolaşırmış.

Yelizarov'un ballandıra ballandıra anlattığı o zamanlar herhalde çok gerilerde kalmıştı ve belki de istilacı Juan-Juanların gelişinden de eski idi. Buraları istila etmiş olan Juan-Juanlar çoktan tarihten silinmiş, izi tozu kalmamıştı. Yoksa, bunca insan Sarı-Özek'e nasıl yerleşir, nasıl yaşardı? Yelizarov *"Sarı-Özek, bozkırın unutulmuş bir kitabıdır"* derken hiç de haksız sayılmazdı. Yine Yelizarov'a göre Ana-Beyit mezarlığının hikâyesi de asılsız bir hikâye değildi. Bazı bilginler yalnız yazılı belgeleri tarih sayarlar. Peki, eskiden kitap-belge yazılmamışsa ne olacak?

İstasyondan gelip geçen trenlerin gürültüsü, tuhaf bir ses benzerliğiyle, Boranlı Yedigey'e, Aral denizinin* fırtınalarını, bu fırtınaların uğultusunu hatırlattı. Yedigey o denizin kıyısında doğup büyümüş ve savaş yıllarına kadar orada yaşamıştı. Kazangap da Aral Kazakları'ndan idi ve çok sıkı dost olmalarının belki en önemli sebeplerinden biri de buydu. Sarı-Özek'te, Aral'dan, o doğup büyüdükleri vatandan, sık sık ve hasretle söz ederlerdi. Kazangap'ın ölümünden az önce, ilkbaharda, doğup büyüdükleri yeri görmek

---

* Aral yöresinde yaşayanlar bu göle 'deniz' derler. Yazar da öyle diyor. Daha küçük bir göl olduğu ve adı (Sıcak Göl) anlamına geldiği hâlde Isık-Göl'e de 'deniz,' diyorlar. Genel olarak bir kıyıdan bakıldığı zaman karşı kıyısı görülemeyen büyük göllere deniz diyorlar. (Çevirenin notu)

için oraya gitmişlerdi. Yedigey ihtiyar Kazangap'ın, dünya gözü ile oraları son bir defa daha görmek, Aral'la vedalaşmak istediğini şimdi çok iyi anlıyordu. Keşki gitmeseydiler. Çünkü Aral'ın gittikçe çekilip küçülmekte olduğunu görünce pek üzülmüşlerdi. Gerçekten de o koca deniz kuruyup iyice küçülmüş ve onlar kıyıya ulaşmak için eskiden denizin dibi olan ve şimdi killi bir çıplak düzlük hâline gelen yerde on kilometre kadar yürümüşlerdi. Bu durumu görünce Kazangap içini çekerek şöyle demişti: "Dünya kuruldu kurulalı Aral vardı, şimdi o bile kuruduğuna göre insan ömrünün lâfı mı olur?" İhtiyar Kazangap şunu da söylemişti: "Öldüğüm zaman beni Ana-Beyit'e gömmeni istiyorum Yedigey; Aral'a gelince, bu onu son görüşüm olacak!"

Yedigey, gözlerine dolan yaşı yeniyle sildi. Üzüntüden düğümlenen boğazını açmak için birkaç kez öksürdü. Sonra da Kazangap'ın evceğizine doğru yürüdü. Ayzade, Ukubala ve köyün öteki kadınları oradaydılar. Evinde işini bitiren her kadın oraya geliyor, elinden gelen yardımı yapmaya çalışıyordu.

Yedigey ağılın önünden geçerken, orada bir kazığa bağlı duran, havutlanmış, püsküllü, işlemeli örtüsü örtülmüş Karanar'ın yanında durdu. Ay ışığında deve, pek büyük, pek güçlü, bir fil kadar heybetli görünüyordu. Yedigey kendini tutamayıp hayvanın böğrünü tapıkladı:

- Hay Maşallah! Pek yamansın!

Tam kapıdan içeri gireceği sırada, nedense birden dün geceyi hatırladı. Bozkır tilkisinin demiryoluna kadar gelişini, onu vurmak için eline aldığı taşı fırlatmaya cesaret edemeyişini, sonra eve giderken kosmodromdan havalanan uzay gemisinin od-alev içinde göğün sonsuzluğuna yükselip gözden kayboluşunu...

*
* *

-III-

O ANDA, Büyük Okyanus'un kuzey enlemlerinde vakit sabah idi. Saat sekize geliyordu. Göz kamaştıran güneş, parlak ışıklarını uçsuz bucaksız ve ılgımlı bir sessizliğin üzerine yaymaktaydı. Su ve gökyüzünden başka bir şey görünmüyordu o uçsuz bucaksız bölgede. Bununla beraber, oralarda bir yerde, gözlerden ırak Konvansiyon uçak gemisinde, şimdilik gemidekilerden başka kimse bilmese de, dünya çapında önemli bir dram yaşanmaktaydı. Amerikan-Sovyet yörünge istasyonu PARİTE'de meydana gelen, o güne kadar görülmemiş, duyulmamış bir olayla ilgiliydi bu dram.

Bütün dünya ile ilişkilerini kesen Konvansiyon uçak gemisi, Aleut adalarının güneyinde her zamanki yerini korumakla kalmıyor, San-Fransisco ile Vladivostok'a tam eşit uzaklıkta bir noktada bulunmaya çok dikkat ediyordu. İki devlet arasında "Demiurg" adı verilen ortak planetoloji (gezegen bilim) projesinin bilimsel-stratejik karargâhıydı bu uçak gemisi.

Uçak gemisinde bazı değişiklikler olmuştu. Buradaki Amerikan ve Sovyet ortak genel yöneticileri olağanüstü olayın habercisi olan biri Sovyetler'den, diğeri Amerikalı iki operatöre, Parite ile ilgili haber sızmasın diye, geçici bir süre için, hiç kimse ile bağlantı kurmamaları kesin olarak emredilmişti.

"Konvansiyon" uçak gemisi askerî amaçla kullanılmıyor, hiçbir silah bulundurmuyordu. Birleşmiş Milletler

Teşkilatı'nın özel bir kararına göre uluslararası dokunulmazlık statüsü de vardı. Bütün bunlara rağmen personel alarma geçirilmiş, olağanüstü durum ilân edilmişti.

Gündüz, saat on bire doğru, beş dakika ara ile iki tarafın sorumlu komisyonlarının gelmeleri bekleniyordu. Bu komisyonlar, kendi ülkelerinin ve dünyanın güvenliği için her türlü kararı ve gerekli tedbirleri alma konusunda tam yetkiye sahiptiler.

İşte bu yüzden "Konvansiyon" uçak gemisi, Aleut adalarının güneyinde, Vladivostok ile San-Fransisco'ya eşit uzaklıkta bulunan noktada yerini almış, bekliyordu. Geminin bulunduğu bu yerin seçimi bir tesadüf değildi. Tarihte eşi görülmemiş bir uluslararası işbirliği için özenle seçilmişti ve Demiurg programını yaratanların daha işin başında, yönetimde mutlak eşitliğe sahip olduklarını gösteriyordu.

"Konvansiyon" gemisine, bütün donanımı, araç-gereçleri ve enerji stoklarıyla, iki ortak ülke eşit olarak sahiptiler. Yine bu gemi, Nevada ve Sarı-Özek uzay üsleriyle doğrudan doğruya ve aynı anda telsiz telefon bağlantıları kurabiliyordu. Gemide bulunan sekiz tepkili uçağın dördünü Amerika, dördünü de Sovyetler vermişti. Bu uçaklar Ortak Yönetim Merkezi ile kıtalar arasında sürekli olarak haberleşme ve taşıma görevi yapmaktaydılar. Gemide biri Sovyet öteki Amerikalı ve *Kaptan Parite 1-2* ile *Kaptan Parite 2-1* diye adlandırılan iki komutan vardı ve bunlar sıra ile, vardiya usulü, başkumandanlık yapıyor, yönetimi ele alıyorlardı. Komutan yardımcıları, tecrübeli gemiciler, makinistler, elektrikçiler, istimciler,. bütün mürettebat, iki tarafın eşit sayıdaki görevlilerinden oluşuyordu. Teknik personel de aynı şekilde tarafların eşit sayıda elemanlarından meydana gelmişti. Kumandan Parite 1-2 ve Parite 2-1'den tutun da her alanın uzmanına ve kamarotlara kadar, iki tarafın çalışanları eşit sayıda idiler. Bugüne kadar çıkılan yörüngelere göre dünyaya en uzak yerde bulunan *Tramplen* yörüngesindeki uzay istasyonuna, karşılıklı ilişkilerin özünü yansıttığı için *Parite* (eşitlik) adı verilmişti.

Pek tabiî, bu işin gerçekleşmesi, iki ülkenin bilimsel, diplomatik ve idarî organları oranında uzun ve çeşitli hazırlık çalışmaları, sayısız toplantıları sonunda olmuş, her konuda ve özellikle de Demiurg projesinde tam bir uzlaşmaya yıllar sonra ulaşılmıştı.

Demiurg projesinin, o güne kadar görülmemiş, çok büyük, görkemli bir amacı vardı: "X" gezegenindeki maden kaynakları üzerinde ayrıntılı bir araştırma yapılacaktı. Dünya ölçülerine göre akıl almaz büyüklükte enerji kaynakları vardı orada. Amaç, işte bu enerjiden yararlanma konusunda inceleme yapmaktı ve bu, yüzyılımızın en büyük girişimi idi. Gezegenin yüzeyinde açıkta bulunan "X" madeninden yüz ton kadarını işleyip enerjiye dönüştürdükleri zaman, bütün Avrupa'ya bir yıl yetecek elektrik ve ısı sağlanmış olacaktı. Galaksimiz içinde yer alan o gezegende, özel şartlar ve milyonlarca yıl süren bir evrim sonunda, işte böyle muazzam, böyle olağanüstü bir enerji kaynağı oluşmuştu. Gerek oraya gönderilen uzay araçlarının kepçeleyip getirdiği örneklerin incelenmesi, gerekse güneş sistemimizin bu kırmızı gezegenine inenlerin yaptığı araştırmalar, bunu doğruluyordu.

"X" gezegeninde bir değerlendirme projesinin hazırlanmasına yol açan en önemli sebeplerden biri, burada sıvı elementin yani suyun da bulunması idi. Ay ve Venüs de dahil olmak üzere bilinen gezegenlerin hiçbirinde böyle bir durum yoktu. Ama "X" gezegeninde yapılan sondajlar burada yeraltı su kaynaklarının da bulunduğunu kesin olarak ortaya çıkarmıştı. Bilim adamlarının hesaplarına göre gezegenin üst kısmındaki soğumuş kaya katmanlarının altında bulunan bu su tabakasının kalınlığı birkaç kilometreyi buluyordu.

Gezegende bulunan işte bu büyük yeraltı su tabakası, Demiurg programının uygulanmasını mümkün kılacak bir faktör idi. Su, yalnız içme ihtiyacını karşılamakla kalmayacak, başta teneffüs edilecek hava olmak üzere, bu ıssız gezegen şartlarında normal hayatı sürdürmek için insan organizmasına gerekli diğer şeylerin de ayrıştırma yoluyla elde edilmesi için başlıca kaynak olacaktı. Bundan başka, suyun "X" madeninin uzay araçlarıyla taşınmasından önce, arıtma-temizleme teknolojisi için de önemli bir rolü olacaktı.

"X" enerjisinin nerede üretileceği de henüz karara bağlanmış değildi. Uzmanlar, enerjinin, yörüngeye yerleştirilmiş istasyonlarda üretilip oradan dünyaya gönderilmesinin mi, yoksa hammaddenin doğrudan doğruya taşınarak üretimin dünyada gerçekleştirilmesinin mi daha uygun olacağı üzerinde tartışıyorlardı. Ama bu konuda kesin karara varmak için epeyce vakitleri vardı daha.

Gezegende aylarca kalacak sondajcıların ve hidrologların (su bilimcilerinin) gönderilmesi hazırlığı devam ediyordu. Bu ekip, yeraltı sularını yüzeye çıkaracak ve döşenecek borularla, açılacak kanallarla kendi kendine akmasını sağlayacaktı. Yörünge istasyonu "Parite" bu çalışma ekibi için, dağcıların deyimi ile bir konaklama yeri, bir sığınma kampı olacaktı. Bu istasyonla "X" gezegeni arasında araç-gereç ve insan taşıyacak olan mekiklerin yanaşmaları ve havalanmaları için gerekli tesisler yapılmıştı. Burada yüz kadar kişiyi barındıracak binalar da yapılıyordu. Buralarda rahatça barınacak, dünyadan yapılan televizyon yayınlarını da seyredebileceklerdi.

"X" gezegenindeki suyun çıkarılması ve tahlili, insanoğlunun kendi gezegeni dışında gerçekleştireceği üretim faaliyetinin ilk aşaması, ilk uygulaması olacaktı.

"G" günü, o beklenen gün, yaklaşıyordu. Her şey buna göre ve yolunda idi.

Sarı-Özek ve Nevada uzay üslerinde son hazırlıklar tamamlanmıştı. Tramplen yörüngesindeki Parite istasyonu, oradan "X" istasyonuna geçecek öncü grubu bekliyordu. İnsanlık, kendi dünyasının dışında kuracağı uygarlığın eşiğindeydi.

İşte tam bu sırada, ilk su bilimci grubunun 'X' gezegenine gönderileceği tarihten bir gün önce, Tramplen yörüngesindeki Parite istasyonunda görevli iki kozmonot, arkalarında en küçük bir iz bırakmadan kayboluverdi.

İki kozmonot, programlanmış bağlantılara göre gönderilmiş sinyallere de, bunun dışında yapılan çağrılara da hiç cevap vermiyorlardı. İstasyonun yerini devamlı olarak bildiren aygıtlarla, hareket düzeltme kanalları dışında bütün telsiz, telefon ve televizyon haberleşme sistemleri susmuştu. Vakit geçiyor, Parite istasyonundan hiçbir çağrıya cevap verilmiyor, "Konvansiyon"da bulunanların kaygısı da arttıkça artıyordu. Parite'deki kozmonotlara ne olmuştu? Bu suskunluğun sebebi neydi? Hasta mıydılar, yedikleri bir şeyden zehirlenmiş miydiler? Sağ mıydılar?

Uzaktan uygulanabilecek son çareye başvurdular ve yörünge istasyonuna yangın tehlikesi alarmını vermek istediler. Ama, aslında paniğe yol açabilecek olan bu sinyale de cevap veren olmadı.

Demiurg programı çok ciddi bir tehlike ile karşı karşıya idi. Bu durumda OYM (Ortak Yönetim Merkezi) ellerindeki son şansı kullanmaya karar verdi: Biri Sarı-Özek, öteki Nevada uzay üssünden olmak üzere, içlerinde birer uzay adamı bulunan iki uzay gemisi fırlatıldı. Bunlar Parite istasyonu ile kenetlenecek, orada olanları görüp anlayacaklardı.

Başarılması son derece güç olan eş zamanlı kenetlenmenin gerçekleşmesinden sonra Parite'ye çıkan iki uzay adamının hemen verdikleri haberler, "Konvansiyon"da sabırsızlıkla bekleyenleri şaşkına çevirdi. Kozmonotlar, bütün bölmeleri, laboratuarları, katları, köşe-bucak her yeri aradıkları hâlde, orada olması gereken iki kişiyi bulamadıklarını söylüyorlardı: Ne diri, ne de ölü olarak! Kimsenin aklına bile getirmediği bir durum idi bu. Ne olmuştu onlara? O iki uzay adamı üç aydan fazla bir süreden beri yörünge istasyonunda yaşayan ve o güne kadar görevlerini titizlikle yerine getiren o iki adam nereye gitmiş olabilirlerdi? Buhar olup uçmamışlardı ya! İstasyondan çıkıp uzay boşluğuna dalıp gitmiş de olamazlardı!

Parite üzerinde yapılan aramalar "Konvansiyon" gemisine radyo-televizyonla gösterildi ve orada eşit yetkiye sahip iki başyönetici 1-2 ve 2-1, aramayı dikkatle izlediler. Denetçi olarak giden iki kozmonotun birbirleriyle konuşa konuşa, ağırlıksız bölmelerden yavaş yavaş yürüyerek yaptıkları aramalar, "Konvansiyon"daki çok sayıda televizyon ekranından çok iyi gözleniyordu. Adım adım aramaya devam eden kozmonotlar, bir yandan da merkeze izlenimlerini bildiriyorlardı. Anlattıkları bantlara geçirildi:

"PARİTE": - İzliyorsunuz değil mi? İstasyonda kimse yok. Kimseyi bulamıyor, göremiyoruz.

"KONVANSİYON": - İstasyonda kırılan, bozulan bir şey, bir hasar görüyor musunuz?

"PARİTE": - Hayır, öyle bir şey yok, her şey yerli yerinde.

"KONVANSİYON": - Herhangi bir kan izi filan?

"PARİTE": - Hayır, yok.

"KONVANSİYON": - Görevlilerin şahsî eşyaları nerde? Ne durumda?

"PARİTE": - Gördük. Sanırız bulundukları yer her zamanki yerleri.

"KONVANSİYON": - Yine de dikkatle bakın hele!

"PARİTE": - Sanki buradan az önce gitmişler gibi; kitapları, saatleri, pikapları ve öteki şeyler bulundukları yere yeni konmuşlar gibi.

"KONVANSİYON": - Pekâlâ. Arayın bakalım.. duvara ya da kâğıda yazılmış yazı filan?

"PARİTE": -Böyle bir şey görmedik. Ha! Durun.. durun! Seyir defteri açık bırakılmış. Yazılı bir sayfası da girenler hemen görsün diye kapıya çevrilmiş, ağırlıksızlık yüzünden uçup düşmesin diye de bir kıskaçla masaya tutturulmuş.

"KONVANSİYON": - Okuyun bakalım!

"PARİTE": - Okumaya çalışacağız. Sayfada yanyana iki sütunda iki metin var, biri Rusça, öteki İngilizce.

"KONVANSİYON": - Hadi okuyun şunu bekletmeden!

"PARİTE": - Bir başlığı var, şöyle: "Dünyalılara mesaj". Parantez içinde de "Açıklayıcı not" diyor.

"KONVANSİYON": - Durun! Okumayın! Bağlantı bir süre kesilecek. Az sonra yine arayacağız. Hazır bekleyin!

"PARİTE": - Tamam.

Yörünge ile konuşma kesilince, "Demiurg" programının iki ortak başyöneticisi kısa bir durum değerlendirmesi yaptılar ve yanlarında sadece iki nöbetçi operatörü bırakarak herkesi uzayla haberleşme odasından çıkarmaya karar verdiler. Bu karara göre diğerleri odadan çıkınca bağlantıyı tekrar kurdular. PARİTE'de görev yaparken kayıplara karışmış iki kozmonotun bıraktıkları metinde şunlar söyleniyordu:

> "Değerli meslekdaşlar,
> Yörünge, üssü Parite'den, tamamiyle olağandışı, hiç görülmemiş şekilde ayrılmak üzere olduğumuz şu anda, size bu davranışımızın sebeplerini açıklamayı bir borç biliyoruz. Ayrılışımız belirsiz bir süre içindir. Belki hiç dönmeyiz. Her şey, atıldığımız bu macerada karşılaşacağımız durumlara, faktörlere bağlı.
> Bizim bu davranışımızın son derece şaşırtıcı, en basit disiplin anlayışına göre de kabul edilmez, bağışlanmaz bir

hareket olduğunu biliyoruz. Bununla beraber, yörünge istasyonunda görev yaparken karşılaştığımız, uygarlık tarihinde belki hiç eşine rastlanmamış olaylar ve durumlar, bize, anlayışla karşılanacağımız umudunu veriyor.

Bir süre önce, en kısa dalga bandından yayınlanan bir sinyal almaya başladık. Çevremizi kuşatan uzay alanından, özellikle de gürültülerle, parazitlerle dolu dünya iyonosferinden gelen bu sinyal dalga çok dar olduğu için kolayca zaptedilebiliyordu. Sinyal, hep aynı saatlerde aynı aralıklarla ve çok düzenli olarak geliyordu. Önceleri buna pek önem vermedik. Ama evrenin aynı noktasından ısrarla veriliyor ve özellikle bizim yörünge istasyonuna yöneltilmiş olduğu anlaşılıyordu. Şimdi kesin olarak biliyoruz ki bu yayın bir buçuk yıldan beri yapılıyormuş. Parite bir buçuk yıldan fazla bir süreden beri yörüngede olduğuna ve biz üçüncü ekip olduğumuza göre, bizden önceki ekiplere de gönderilmiş bu sinyaller. Uzaydan, gelen bu sinyallerle ilk defa bizim ilgilenmiş olmamızın sebebini bilemiyoruz. Belki çok büyük bir raslantı idi bu. Neyse, gözlem ve incelemelerden sonra, bunun tabiî bir kaynaktan gelmediğini, sun'i olduğunu kabul etmeye başladık, giderek bu inancımız pekişti.

Yine de şüpheler içindeydik, bu sonucu kabul etmemiz pek kolay olmadı. Evrenin bilinmeyen derinliklerinden gelen bir sinyale dayanarak ve elimizde bir kanıt olmadan, dünya dışında başka bir uygarlığın varlığını nasıl kabul edebilirdik? Şüphemiz işte bundan ileri geliyordu. Bilim adamlarının komşu gezegenlerde en basit bir canlı varlık bulabilmek için yaptığı çalışmalar her zaman olumsuz sonuçlanmış, umut kırıcı olmuştu ve biz de bunu unutmuş değildik. Nice zamandır dünya dışında da akıllı yaratıkların bulunabileceği ihtimali pek zayıflamış ve giderek bu düşünce gerçekdışı, ütopik bir çaba olarak görünmeye başlamıştı. Uzay araştırmaları ilerledikçe, tamamen teorik planda dahi, sıfıra inmese bile, azalıyordu. Bu yüzden bizim varsayımlarımızı, tahminlerimizi size duyurmak istemedik, buna cesaret edemedik. Canlı varlığın yalnız dünya gezegeninde bulunduğu, bunun biyolojik olarak başka gezegenlerde bir örneğinin bulunmadığı, tekliği konusundaki inanç, dünyada pek yaygındı. Biz bu inancı sarsmak ya da şüpheye düşürmek de istemedik. Bizim yörünge istasyonundaki asıl işimiz ve sorumluluğumuz bakımından, şüphelerimizi size duyurup tartışmayı da üzerimize düşen bir görev saymıyorduk. Doğrusunu söylemek gerekirse, bir gün bir kozmonotun uzay uçuşu sırasında, inek böğürmeleri duyduğunu, sonra bir ırmak, ırmak kıyısında bir çayırlık ve çayırlıkta otlayan bir inek sürüsü gördüğünü söyleyen ve o günden beri de "İnek kozmonot" olarak anılan uzay adamının durumuna düşmek istemedik.

Dünyadan başka bir gezegende düşünen yaratıkların varlığını kesinlikle kanıtlayan bir durumla karşılaştığımız zaman da artık size duyurmakta çok geç kalmış bulunuyorduk. Çünkü, bilincimizde bir sıçrama olmuş, evrenin düzeni konusundaki anlayışımız tamamen değişmişti. Artık, o günden sonra, bambaşka ölçülerde, bambaşka boyutlarda düşünmeye başladığımızı da farkettik. Evrenin yapısı konusunda bize öğretilmiş olandan farklı yeni anlayış, uzayda hayat bulunan yeni bir gezegenin bulunması gerçeği, yeni bir bilinç enerjisi ocağının bulunması, bizi dünyalılar adına kaygılandırdı ve bu yüzden keşfimizi bir süre açıklamamak gerektiğine karar verdik. Bu karara, dünyamızın çağdaş topluluğunun çıkarlarını düşünerek vardık.

Şimdi asıl konuya gelelim: Bu olay nasıl meydana geldi:

Bir gün, sırf merak güdüsü ile, sürekli ve düzenli radyo dalgalarının geldiği noktaya cevap sinyali göndermeye karar verdik. Bir mucize oldu! Sinyalimizi hemen aldılar. Hem yakalamış, hem de anlamışlardı! Alıcımız, her za-

manki radyo sinyalini bu defa çift olarak aldı, sonra bir üçüncüsü daha geldi. Bu üçlü sinyal, selam sinyalleriydi. Evrenden gelen eş-zamanlı bu selam sinyalleri, galaksimiz dışından, akıl almaz bir uzaklıkta, kendilerine benzeyen akıllı varlıkların bulunduğunu ve bunlarla ilişki kurulduğunu müjdeleyen zafer marşlarıydı sanki. Bu bizim, uzay biyolojisi kavrayışımızda, uzay ve zaman, mekân ve uzaklık anlayışımızda bir devrim idi. Demek ki biz, uzayın akla sığmaz sonsuz boşluklarında yalnız değildik! Evrende, dünyadaki insanlardan başka akıl ve ruh taşıyan yaratıklar da vardı!

Keşfimizin gerçekliğini doğrulamak için başka bir mesaj daha gönderdik onlara. Bununla, tâ yaradılıştan bugüne hayat beşiğimiz olan yerküresinin yapısı ile ilgili formülü bildirdik. Ve cevap olarak, onların gezegeninin kütle yapısını gösteren formülü aldık. Bunu çözünce, gezegenlerinin bizim gezegene benzediğini anladık. Fakat onların gezegeni oldukça daha büyüktü ve dolayısıyla da daha kuvvetliydi.

Dünya dışındaki akıllı yaratıklarla ilk ilişkimiz ve bilgi alış-verişimiz işte böyle oldu.

Dünya dışında, başka bir gezegende yaşayan bu akıllı yaratıklar, ilişkileri arttırmak, geliştirmek için çok istekliydiler. Onların çabaları sayesinde, karşılıklı olarak bilgilerimizi arttırdık. Böylece onların ışık hızıyla hareket eden bir uzay araçları olduğunu da öğrendik. Bütün bu bilgi alışverişini başlangıçta matematik ve kimya formülleriyle yapıyorduk. Sonra bize konuşma dilleri olduğunu da bildirdiler. Dünyalılar kendi gezegenlerinin yerçekiminden kurtulup uzaya açıldıkları ve uzayda uzun süre kalmaya başladıkları zamandan beri, astronomik-dinleyici dedikleri ve çok uzaklardaki sesleri zapteden çok güçlü bir aygıtla bizim konuşmalarımızı dinlemişler. Uzay ve dünya arasında kurulan konuşma bağlantılarını zaptetmiş, karşılaştırma ve analiz yoluyla, kelimelerin ve cümlelerin anlamını öğrenmişler. Bizimle İngilizce ve Rusça konuşarak anlaşmaya çalıştıkları zaman söylediklerine daha çok inandık. Bu bizim için akıl almaz bir olay, bir gerçek idi. Şimdi işin özüne dönelim: Biz, dünya dışı bir uygarlığa sahip o gezegene gitmeye karar verdik. Gezegenlerin adı 'Orman-Göğsü' idi. Yaptığımız konuşmalara göre, gezegenlerinin adı aşağı yukarı bu anlama geliyordu. Fikir onlardan geldi, Orman-Göğüslüler bizi kendileri davet ettiler. Biz de düşünüp taşındıktan sonra daveti kabul ettik. Işık hızıyla giden uzay araçlarının bizim uzay istasyonumuza 26-27 saatte varabileceğini bildirdiler. Dönmek istediğimiz zaman aynı süre içinde istasyona getireceklerine dair güvence de verdiler. Kenetlenme konusunda kaygılandığımızı anlayınca bunun bir mesele olmadığını, çünkü uzay araçlarının herhangi bir cisimle, yapısı ve şekli nasıl olursa olsun, kolayca birleşip kenetlenebileceğini bildirdiler. Herhalde araçlarının elektromanyetik kenetlenme özelliği vardı. Bunun üzerine biz, onların gemisinin, bizim uzaya çıkış kapısına yanaşmasının uygun olacağını, bu şekilde onların aracına daha kolay geçebileceğimizi düşündük. Her şey uz giderse, dönebilirsek, istasyona geçişimiz de aynı yoldan olacaktı.

İşte şimdi biz, Parite istasyonuna böyle bir mesaj bırakıyoruz. Bu bir çeşit açıklama, bir açık mektup, bir dilekçedir. Ama konumuzda asıl mesele bu değil. Biz ne yaptığımızın, ne kadar ağır bir sorumluluk yüklendiğimizin bilincindeyiz. Biz, insanlığa tasavvur edilemeyecek kadar büyük bir hizmet etme şansı bulduğumuza, talihin bize böyle eşsiz bir fırsat verdiğine de inanıyor, bunun önemini anlamış bulunuyoruz.

Bununla beraber, görev sorumluluğunu, disiplini, bağlılık, borçluluk duygusunu bir yana bırakmak bizi çok üzüyor. Gelenekleri, yasaları ve toplumun ahlâk kurallarını çiğner duruma düşmek, ve bu duyguyu yenmek hiç de kolay olmadı. Ortak Yönetim Merkezi'nin yöneticilerine, genel olarak dünyalılardan hiç kimseye haber vermeden, bu konuda hiç kimse ile razılaşmadan ayrılıyoruz. Bundan, yeryüzündeki sosyal hayat kurallarını küçümsediğimiz anlamını çıkarmayın. Biz buna mecburduk. Düşünün ki, bir hokey maçında bile bir gol atıldığında bunu bir siyasî zafer gibi gören ve bundan kendi sosyal düzenlerinin üstünlüğü sonucunu çıkaran güçler harekete geçtiği zaman, ne çelişkilerin, kıskançlıkların ortaya çıkacağını, çekememezlik ve çekişmelerin olacağını çok iyi biliyorduk. Gezegenimizin gerçeklerini maalesef çok iyi biliyoruz. Dünya dışı bir uygarlıkla ilişki kurulduğu zaman, bunun, yeryüzünde yaşayan insanlar arasında yeni bir iç savaş, yeni bir geçimsizlik sebebi olmayacağını kim iddia edebilir?

Yeryüzünde siyasî çatışmalardan uzak kalmak çok zor, belki imkânsız bir şey. Ama, uzun zamandan beri, günlerce, haftalarca gezegenimizden uzakta yaşadıktan ve yerküreyi bir otomobil tekerleği kadar küçülmüş haliyle seyrettikten sonra, şu kanıya vardık ki, toplumları öfke ve umutsuzluğa sürükleyen, bazı ülkeleri atom bombasına sarılma durumuna getiren son yılların enerji bunalımı, aslında büyük çapta bir teknik meseledir ve ülkelerin birbirleriyle anlaşıp uzlaşmalarından daha önemli değildir. Bu durumu görüp anlamak bize üzüntü veriyor.

Dünyalıların zaten zor olan durumlarını daha da karışık bir hâle sokmaktan çekindiğimiz için, bu misli görülmemiş sorumluluğu üzerimize alıyoruz. Bütün insanlık adına, dünya dışında uygarlık kuranların karşısına çıkacağız. Gönüllü olarak üstlendiğimiz bu görevi inançla ve lâyıkı ile yerine getireceğimize güvenimiz tamdır.

Şimdi son sözlerimize sıra geldi: Bütün bu düşünceler, kuşkular ve tereddütler sırasında, üzerinde en çok durduğumuz mesele şu oldu: Demiurg projesinin bizim yüzümüz-

den bir zarara, başarısızlığa uğraması ihtimali. İnsanlığın jeo-kozmik tarihindeki bu en büyük, bu dev projesi, ülkelerimiz arasında uzun uzun görüşmeler, azalıp çoğalan işbirliği ve büyük çabaların bir meyvasıdır. Sonunda mantığın galip gelerek ve karşılıklı güvensizlik giderilerek başarılmış çok yüce bir programdır. Yetenek ve gücümüzün elverdiği ölçüde hizmet etmeye çalıştığımız bu programın yukarıda belirttiğimiz aksama tehlikelerine uğramaması için, Parite'den tekrar dönmek üzere ayrılmaya, dönüşte Orman-Göğsü'ne yaptığımız gezinin sonuçlarını insanlığa duyurmak görevimize devam etmeye karar verdik. Eğer gidip de gelemezsek, yitip gidersek, ya da program yöneticileri görevi sürdürmemizi uygun görmezlerse, yerimize başkalarını bulmaları zor olmayacaktır. Bu görevi en az bizim kadar iyi yapabilecek gençler çoktur.

Biz bir meçhule doğru yola çıkıyoruz. Bizi oraya çeken şey bilgiye susamışlık, insanoğlunun başka dünyalarda kendisi gibi akıllı yaratıklar bulunca, mantığı mantıkla birleştirme konusundaki arzu ve hayali idi... Bununla beraber, bizim başka bir dünyanın uygarlığı ile ilişki kurmamızın iyilik mi yoksa kötülük mü getireceğini kimse bilemez. Biz bu konuda tam tarafsız, objektif bir değerlendirme yapmaya çalışacağız. Bu keşfimizde yerküre için tehlikeli, yıkıcı olacak bir şey ya da durum hissedersek, bu tehlikeyi önlemek için kendi hayatımıza son vermeye de and içtik.

Son bir söz daha: Size veda ediyoruz, istasyonun penceresinden bakıyor, uzayın karanlık denizinde pırlanta gibi parlayan dünyayı görüyoruz. Dünya güzel, masmavi, ışıl ışıl, harikulâde. Yeni doğmuş bir bebeğin başı gibi de nazik görünüyor. Buradan, insanları, aralarında iken hissetmemiş olsak bile, şimdi kardeşlerimiz olarak görüyoruz ve onlarsız bir hayatı düşünmeye cesaret edemiyoruz.

Yeryuvarlağına 'elveda' diyoruz. Birkaç saat sonra Tramplen yörüngesinden ayrılacağız ve Yerküre görünmez olacak. Başka gezegenlerden gelenler, Orman-Göğüslüler, yola çoktan çıktılar bile. Bizim yörüngemize yaklaşıyorlar ve yakında burada olacaklar. Çok az bir zaman kaldı. Onları bekliyoruz.

Bir de şunu ilâve ediyoruz: Ailelerimize yazdığımız mektupları da bırakıyoruz buraya. Bu mesele ile meşgul olacaklardan, onları adreslerine göndermelerini rica ediyoruz.

NOT: Parite'de bizim yerimizi alacak olanların bilgisine: Seyir defterine, uzaylılarla bağlantı kurduğumuz telsiz kanal ve frekanslarını yazdık. Gerekirse sizi aynı kanaldan arayarak izlenimlerimizi bildireceğiz. Orman-Göğüslüler'le yaptığımız görüşmelerden anladığımıza göre, onlarla bağlantı ancak yörünge istasyonundaki telsiz alıcılarıyla kurulabiliyor. Doğrudan doğruya dünyaya gönderdikleri sinyaller, yerkürenin çevresinde aşılmaz bir engel oluşturan güçlü iyon kuşağı yüzünden oraya ulaşamıyor.

Hepsi bu kadar. Elveda. Vakit geldi.

Bu metin İngilizce ve Rusça olmak üzere iki dilde yazılmıştır."

Kozmonot-Parite 1-2
Kozmonot-Parite 2-1
Parite yörünge istasyonu
Üçüncü ekip. 94. gün.

*
* *

Belirtilen günde, Uzakdoğu boylamlarında saat 11.00'de, Konvansiyon uçak gemisine beş dakika ara ile iki tepkili uçak indi. Uçaklar, Amerikan ve Sovyet tarafının özel yetkilerle donatılmış komisyon üyelerini getiriyorlardı. Tarafların komisyon üyeleri protokole uygun bir törenle karşılandı. Kendilerine öğle yemeğinin saat yarımda verileceği bildirildi. Yemekten sonra, yörünge istasyonu Parite'de meydana gelen olağanüstü olayla ilgili olarak, toplantı odasında gizli görüşmeler yapılacaktı.

Fakat, gizli görüşme başlar başlamaz kesildi. Çünkü, denetim için yörünge istasyonuna gönderilen iki uzay adamı, istasyonu terketmiş olan 1-2 ve 2-1 numaralı kozmonotların, komşu galaksideki Orman-Göğüslü gezegeninden gönderdikleri ilk bilgileri Konvansiyondaki Yönetim Merkezi'ne iletiyorlardı.

*
* *

-IV-

Bu yerlerde trenler doğudan batıya, batıdan doğuya gider gelir.. gider gelirdi...

Bu yerlerde demiryolunun her iki yanında ıssız, engin, sarı kumlu bozkırların özeği Sarı-Özek, uzar giderdi.

Coğrafyada uzaklıklar nasıl Greenwich meridyeninden başlıyorsa, bu yerlerde de mesafeler demiryoluna göre hesaplanırdı.

Trenler ise doğudan batıya, batıdan doğuya gider gelir.. gider gelirdi..

*

KİM ne derse desin, Naymanlar'ın ata mezarlığı Ana-Beyit, hemen şuracıkta bir yer değildi. Sarı-Özek bozkırında kestirmeden dosdoğru giderseniz otuz kilometre uzaklıktaydı.

Boranlı Yedigey o gün erkenden kalktı. Aslında doğru dürüst yatmamış, sabaha karşı biraz kestirmişti. Çünkü merhum Kazangap'ı yıkayıp temizleyerek gömülmeye hazır hâle getirmişti. Âdetlere göre bu iş, ölünün gömüleceği gün cenaze namazı kılınmadan önce yapılırdı. Ama sabahleyin erkenden yola koyulacakları için Yedigey bu işi geceleyin yapmıştı. Hemen hemen tek başına yapmıştı bu işi.

Uzun Adilbay sadece sıcak su getirmiş, ölüden ürktüğü için ondan biraz uzak durmuştu. Yedigey de bunu anlamazlıktan gelerek:

- Bak Adilbay, demişti, bu işi nasıl yaptığımı öğren, ölüm kalım dünyası bu, bir gün gerekebilir. Çünkü her doğan insan bir gün gelir, ölür.

- Tabiî, anlıyorum, diye kekeledi Adilbay.

- Diyelim ki yarın ben de öldüm, hangi Tanrı kulu beni âdetlere göre temizleyip kefenleyecek? Yoksa, hiçbir şey yapmadan önünüze çıkan bir çukura öylece gömecek misiniz?

Adilbay mahcup oldu. Aydınlatmak için tuttuğu lambayı ölüye daha da yaklaştırarak karşılık verdi:

- Bu nasıl söz? Siz de olmazsanız biz ne yaparız buralarda? Daha çok yaşayacaksınız, ömrünüz uzun olsun. Çukur da varsın beklesin!

Ölüyü yuyup temizleme işi birbuçuk saat kadar sürdü. Ama Yedigey yaptığı işten memnundu. Merhumu usul ve kaidesine göre iyice yıkamış, kollarını bacaklarını düzeltmişti. Keten beze acımadan geniş bir kefen biçti ve Kazangap'ı bu kefenle iyice sarıp sarmaladı. İşin her safhasını Adilbay'a gösteriyor, o da bu işlerin nasıl yapıldığını öğreniyordu.

Yedigey ölüyü hazırladıktan sonra sıra kendisine de bir çeki düzen vermeye geldi. Elini yüzünü tertemiz yıkadı, özenle tıraş oldu, bıyıklarını düzeltti. Kaşları gibi bıyıkları da gürdü, ama kırlaşmaya başlamıştı. Yaşlanmıştı artık. Bundan sonra savaş madalyalarını, kahramanlık şeritlerini ve emek kahramanı nişanlarını çıkarıp ceketinin göğsüne iliştirdi. Şimdi, sabahleyin yapılacak cenaze töreni için hazırdı.

O gece böyle geçti. Boranlı Yedigey bütün bu işleri kolayca, sessizce bitirivermesine kendisi de şaşıp kalmıştı. Ona daha önce bu üzücü görevi huzur içinde yerine getireceğini söyleseler inanmazdı. Demek ki alnına böyle yazılmıştı. Kazangap'ı defnetmek onun kaderiydi. Ona verilmişti bu görev.

Ya, böyleydi işte. Kumbel istasyonunda onunla ilk defa karşılaştıkları zaman sonunun böyle biteceğini kim bilebilirdi? Yedigey 1944 sonlarında sakatlanıp bir beyin sarsıntısı geçirince onu ordudan terhis etmişlerdi. Dıştan bakınca eli ayağı yerinde, sağlam bir insandı. Başı da sağlam görünüyordu ama pek eskisi gibi durmuyordu yerinde. Kulakları vınlıyordu. Sanki dinmek bilmeyen bir yel esiyordu kulaklarında. Birkaç adım atınca sendeliyor, başı dönüyor, midesi bulanıyordu. Durmadan da terliyordu. Bazen soğuk, bazen yakıcı bir ter kaplıyordu vücudunu. Bazen dili de tutuluyor ve bir çift sözü güçlükle söyleyebiliyordu. Yanıbaşında patlayan bir Alman bombasının şoku pek fena etmişti onu. Öldürmesine öldürmemişti ama işte bu hâlde bırakmıştı. Görünüşte genç ve güçlüydü. Ama o durumda Aral kıyısındaki köyüne dönünce ne yapacak, ne iş tutacaktı? Yine de şanslı sayılırdı. İyi bir doktor çıkmıştı karşısına. Aslında bu doktor onu tedavi etmemiş, sadece bir güzel muayene etmişti. Şimdi gözünün önüne getiriyordu o doktoru: Sağlam yapılı, kızıl saçlı, uzun burunlu ve aydın bakışlı idi. Üzerinde beyaz gömlek, başında hekim şapkası vardı. O güleç yüzlü doktorun omuzlarını tapışlayarak söylediklerini dünmüş gibi hatırlıyordu:

- Bak kardaş, demişti, savaşın bitmesine pek az bir şey kalmasaydı seni hemen birliğine yollardım, savaşmaya devam ederdin. Ama artık zaferi sensiz de kazanırlar. Sakın aklına fena şeyler getirme, en çok bir yıl sonra hiçbir şeyin kalmayacak, eskisi gibi sapasağlam ve deve gibi güçlü olacaksın. Bir gün bu sözlerimi hatırlayıp bana hak vereceksin. Sen şimdi ata-baba yurduna dön, sakın canını sıkma. Senin gibiler daha yüz yıl yaşarlar.

O kızıl saçlı hekimin dediği gibi oldu. Ama bir yıl.. dile kolay. Sırtında eski püskü kaputu, omuzunda yol torbası ve ne olur ne olmaz, diye verilen koltuk değneği ile hastaneden çıktığı zaman, kendisini gür bir ormana düşmüş gibi hissetti. Beyni çınlıyor, gözleri kararıyor, bacakları titriyordu. İstasyonda, trenlerde, itiş kakış bir kalabalık vardı. En güçlüler yollarındakini itip öne çıkıyor, ötekiler peronda kalıyordu. Sonunda o da bir vagonun sahanlığına çıkabildi ve oyalana oyalana giden tren bir ay sonra, bir gece Aral istasyonunda duruverdi. "Neşeli 507" idi bu trenin adı. Böyle ün yapan o sözde şanlı trene Allah kimseyi düşürmesin! O zamanlar bu trene binebilmiş olmasına da şükrediyordu. Vagondan, bir dağdan iner gibi güçlükle inmiş, karanlığın ortasında kalakalmıştı. İstasyonun penceresinden sızan hafif ışığı saymazsak, her yer zifiri karanlıktı ve göz gözü görmüyordu. Aral denizinden bir rüzgâr esiyordu ve onu karşılayan da çok iyi bildiği, sevdiği bu rüzgâr olmuştu. Aral'ın dalgaları da yüzüne çarpıyordu sanki. O zamanlar deniz istasyonun hemen yakınındaydı ve dalgaları bazen demiryoluna kadar gelirdi. Oysa bugün istasyondan dürbünle bakınca bile zor görüyorsun Aral'ı.

Birden nefesi kesildi: Aral'ın ötelerinden esen rüzgâr, uyanmakta olan baharın, pelinlerin, belli belirsiz kekremsi kokularını getiriyordu. Oh, yurdundaydı çok şükür!

Yedigey, istasyonu, deniz kıyısındaki bu kasabanın eğri büğrü sokaklarını çok iyi biliyordu. O geceyi geçirmek için eski dostlarından birinin evine doğru yürüdü. Ayakkabıları yapışkan çamura dalıp dalıp çıkıyordu. Ertesi gün epeyce uzakta olan kendi köyüne, yani bir balıkçı köyü olan Cangeldi'ye gidecekti. Ama hiç farkında olmadan kıyıya giden yolu tutmuştu ve bunu ancak oraya yaklaşınca anladı. Dayanamayıp, suya iyice yaklaşmak için dalgaların ıslattığı kumsalda yürüdü. Kıyıya gelmişti. Gecenin karanlık örtüsü suları kaplamıştı ama, uğuldayan, kabarıp alçalan dalgaların belli belirsiz yansımasından, yerli yerinde durduğu anlaşılıyordu. Şafak söküyor, bulutların ardından kendini göstermeye başlayan Ay da beyaz bir leke gibi görünüyordu. Yedigey ve Aral nihayet kavuşmuşlardı birbirlerine.

- Merhaba Aral! diye fısıldadı.

Sonra bir taşın üzerine oturdu. Doktorlar hastalığı süresince sigara içmesini yasakladıkları hâlde bir sigara çıkarıp yaktı. Heyecanlıydı çünkü. Sonraları bu kötü alışkanlıktan tamamen kurtulacaktı. Ama şimdi, yarının ne olacağını bile bilmediğine göre, bir sigara içmiş ya da içmemiş ne farkederdi? Balığa çıkmak için eli de, beli de güçlü olmalıydı. En önemlisi başı da sağlam olmalıydı ki deniz tutmasın. Savaştan önce usta bir balıkçıydı, ya şimdi? Sakat desen sakat değildi, ama sağlam da değildi. Balıkçılık, hiç şüphesiz her şeyden önce sağlam kafa gerektirirdi.

Yedigey oturduğu taşın üzerinden kalkmak istediği sırada, kıyıda oraya buraya koşan bir beyaz köpek ilişti gözüne. Köpek arada bir durup ıslak kumları kokluyordu. Yedigey hayvana seslenip çağırdı. Köpek korkmadan yanına gelip durdu. Kuyruğunu sallayarak ve gözünü ona dikerek bekledi. Yedigey onun kıllı boynunu okşayarak konuşmaya başladı:

- Nerden geliyorsun? Sahibin yok mu? Adın ne senin? Arstan mı, Yolbars mı, Börübasar mı?* Ha, anladım, balık aramaya geldin buraya, aferin sana, aferin! Ama, dalgalar her zaman yarı ölü balıkları ayaklarının dibine atmaz. Koşmaktan başka çaren yok, hadi koş bakalım. Zaten çok koştuğun için bu kadar zayıfsın değil mi? Bense dostum, eve dönüyorum. Tâ Köningsberg yakınlarında idim. Şehre girmeme pek az kalmıştı. Hemen yanıbaşıma bir düşman bombası düştü. Az daha ölüyordum. Ama ölmedim işte. Kader kısmet kurtardı. Şimdi de ne olacağımı, ne yapacağımı düşünüyorum. Niye öyle bakıyorsun bana? Sana verebileceğim bir şey yok. Madalyalarım, nişanlarım var yalnız. Savaş hâli bu dostum. Her yerde açlık var. Ha, dur hele, biraz, şeker olacak, oğluma almıştım. Oğlum şimdi yürümeye, koşmaya başlamıştır bile.

---

* Arslan mı, Kaplan mı, Kurtbasan mı?

Yedigey hiç üşenmeden yarısı boş asker torbasını açtı. Torbada, gazete kâğıdına sarılmış bir avuç akide şekeri, geçtiği istasyonların birinde karaborsadan karısı için aldığı bir yazma ile iki parça sabun vardı. Ayrıca bir çift asker çamaşırı, bir kemer, bir kep, bir gömlek, bir pantalon bulunuyordu. Hepsi bu kadardı işte.

Köpek, Yedigey'in avucundaki bir şekeri diliyle aldı. Katur kutur çiğneyerek yuttu. Sonra da, minnetle ve umutla parlayan gözlerini Yedigey'e dikerek kuyruğunu sallamaya başladı.

- Hoşça kal, ben gidiyorum.

Yedigey ayağa kalktı, kıyı boyunca yürümeye başladı. Az sonra güneş doğacağına göre buradaki dostlarını hiç rahatsız etmeden ve daha fazla gecikmeden kendi köyü Cangeldi'ye ulaşmaya çalışsa çok daha iyi olurdu.

Kıyı boyunca durmadan yürüyerek ancak öğle üzeri varabildi Cangeldi'ye. Oysa sakatlanmadan önce bu yolu iki saatten az bir zamanda alırdı.

Köye geldiği zaman duyduğu korkunç haber yıldırım gibi çarptı onu: Oğlu çoktan ölmüştü! Yedigey askere giderken çocuk henüz altı aylık idi. Kaderi böyleymiş yavrucağın. Kızamığa yakalanmış, şiddetli ateşe dayanamamış ve daha bir yaşına bile ulaşmadan, on bir aylık iken, ölmüş. Babasına oğlunun öldüğünü yazmaya cesaret edememişler. Hem sonra nereye yazacaklar, niçin yazacaklardı? Savaşın acıları sıkıntıları içinde, onu bir de ölüm haberiyle sarsmak neye yarardı? Sağ kalır da dönerse oğlunun öldüğünü öğrenirdi. Elbette çok üzülür, yüreği parçalanırdı ama sonunda yatışır, alışır ve belki unuturdu. Ukubala'ya, kocasına acı haberi duyurmamasını tavsiye eden akrabalarının görüşü böyleydi. "Daha gençsiniz, hele savaş bitsin, Allah da isterse başka çocuklarınız, olur. Bir dal kırılmış ne çıkar, yeter ki çınarın gövdesi sağlam kalsın..." diyorlardı. Herkesin aklından geçirdiği ama söylemeye cesaret edemediği bir şey daha vardı: "Savaş hâli bu, bakarsın vurulup ölür, hiç olmazsa dünyayı terketmeden önce, bir oğul bıraktığını, soyunun devam edeceğini bilir de gözü açık gitmez..." diye düşünüyorlardı.

Ukubala çocuğun ölümünden yalnız kendisini suçlu buluyordu. Eve dönen kocasının kucağına atılırken acı gözyaşları dökerek hıçkıra hıçkıra ağladı. Zaten, hem umutla, hem de çocuğun ölümünden kendisini sorumlu tuttuğu için dayanılmaz acılarla beklemişti o ânı. Hıçkırıklar ve gözyaşları arasında dövüne dövüne anlatmıştı: "Kızamık olmuş, tehlikeli bir hastalıktır, deve tüyünden battaniyeye sar, iyice ısınsın, terlesin; ışıksız bir odaya yatır, serin sular içir..." demişlerdi köyün yaşlı kadınları. "Sen böyle yap, sonrası Allah kerim" demişlerdi. Ama o talihsiz bunları dinlememişti. Komşusunun at arabasını almış, çocuğu Aral istasyonundaki kadın doktora götürmüştü. Sarsıla sarsıla giden arabada, o çukur çarık yollarda, yanmış, kül olmuştu yavrucak. İstasyona vardığı zaman çok geçti. Çocuk yolda ölmüştü. Doktor da "Ninelerin sözlerini dinleseydin çocuk kurtulurdu" diye onu suçlamıştı.

Evinin eşiğinden adımını atan Yedigey'in ilk öğrendiği haber işte bu olmuş, bu kara haberle kararmış, dayanılmaz acılarla ezilmişti. İlk çocuğu için, sevip okşamaya bile fırsat bulamadığı yavrusu için, böyle büyük bir acıya katlanmak zorunda kalacağını aklına bile getirmemişti Yedigey şimdi, yitirdiği yavrusunun daha ağzında tek diş yokken güven dolu güller saçan gülücükleri gözlerinin önünden gitmiyor, onu yitirmenin acısıyla yüreği paramparça oluyordu.

İşte, Yedigey'in daha ilk günden köyü Cangeldi'yi, çekilmez, yaşanılmaz görmesinin sebebi belki bu idi. Eskiden, göl kıyısındaki bu kumluk tepede elli ev, elli ocak vardı. Balıkçılıkla geçinirlerdi. Bir de balıkçı kooperatifi kurmuşlardı. Oysa şimdi, yamacın eteğinde, topu topu on ev kalmıştı ve bir tek sağlam adam yoktu köyde. İş tutacak durumda olan erkeklerin hepsi cephedeydi, yalnız yaşlılar ve çocuklar kalmıştı ve onlar da bir elin parmaklarıyla sayılacak kadar azdı. Açlıktan ölmemek için çoğu tarım ve hayvancılıkla uğraşan köylere dağılmışlardı. Buradaki balıkçı kooperatifi ise yoktu artık. Balığa çıkan kimse kalmamıştı. Ukubala isteseydi akrabalarının yanına gidebilirdi. Zaten o da bozkır köylerinden gelmişti. Kocası askere gidince akrabaları onu götürmek istemiş, "Bu sıkıntılı yılları gel bizim aramızda geçir", demişlerdi. "Yedigey cepheden dönünce senin de Cangeldi'ye dönmene kimse engel olmaz." Ama o kestirip atmıştı: "Ben kocamı bekleyeceğim. Oğlumu yitirdim. Yedigey sağ salim dönüp geldiği zaman hiç olmazsa karısını bıraktığı yerde bulmalıdır. Hem sonra, köyde yapayalnız olmayacağım, çocuklar ve yaşlılar var, onlara yardım ederim. Birbirimize destek olur, geçinip gideriz..."

Ukubala haklıydı. Böyle davranmakla iyi de etmişti. Ama Yedigey köye döndüğü günden beri, deniz kıyısında işsiz güçsüz oturmak istemediğini, buna cesaret edemediğini söylüyordu. O da haklıydı.

Yedigey'in sağ salim dönüşünü kutlamak, hoşgeldin demek için gelen Ukubala'nın akrabaları onları yanlarına çağırdılar: "Bizim yanımıza, bozkıra gelin, dediler, koyun sürüleriyle meşgul olursun, iyileşince de hayvan bakıcılığını meslek edinirsin, o zamana kadar bu işi iyice öğrenmiş olursun zaten." Yedigey onlara teşekkür etti ama davetlerini kabul etmedi. Onlara yük olmak istemiyordu. Karısının akrabaları arasında birkaç gün kalmak, konuk olup ağırlanmak neyse, ama sonra hiçbir iş yapmadan orada uzun zaman kalmak gerekecekti ki bunu istemezdi. Böyle bir duruma dayanamazdı.

O zaman Ukubala ile şanslarını denemeye karar verdiler. Demiryollarında bir iş arayacaklardı. Yedigey'in yapabileceği bir iş bulmayı umuyorlardı orada: Yol bekçiliği, geçitleri açıp kapamak gibi bir iş. Savaşta sakatlanan birine yardım eder, bir iş verirlerdi herhalde.

Bu ümitle bahar gelince yola çıktılar. Gençtiler, onları köye bağlayan pek bir şey kalmamıştı. İlk günler o istasyondan bu istasyona giderek oralarda gecelediler. Ama hiçbir yerde uygun bir iş bulunmuyordu. Hele yatacak yer bulmak çok zordu. Buldukları yerde gecelediler, ne iş olursa yaparak günü gününe geçimlerini çıkardılar. O günlerde işin çoğunu Ukubala yapıyordu, çünkü genç ve sağlıklı idi. Dıştan güçlü bir adam görünen Yedigey, yükleme-boşaltma işlerini alıyordu ama, bu işleri onun yerine daha çok Ukubala yapıyordu.

Böylece, baharın ortalarında, güzel bir gün, kendilerini büyük bir demiryolu kavşağı olan Kumbel istasyonunda buldular. Burada bir kömür boşaltma işi almışlardı. Kömür yüklü vagonlar yedek yoldan arka tarafa yanaşıyordu. Platformu fazla işgal etmemek için kömürler burada yere dökülüyor, sonra da el arabasıyla ev kadar yüksek bir yığının üzerine taşınıyor böylece istasyonun bir yıllık ihtiyacı depo edilmiş oluyordu. Onlar için çok zor bir işti bu. Gün boyu toz içinde, ter içinde kalıyorlardı. Ama ne yapsınlar, yaşamak zorundaydılar. Yedigey kürekle el arabasını dolduruyor, Ukubala da, onu tahtaların üzerinden iterek yukarı çıkarıyor, sonra tekrar aşağı iniyordu. Bir yük atı gibi el arabasını tepenin yukarısına çıkarıp indirmek kadının yapacağı iş değildi aslında. Çok zordu. Havalar da günden güne ısınıyor, sıcaklar artıyordu. Sıcak hava ve uçuşan kömür tozları Yedigey'i iyice bunaltıyor, başı dönüyor, midesi bulanıyordu. Gün geçtikçe gücünü yitirdiğini iyice anlıyordu artık. Bazen kömürlerin arasına yığılıp kalmak ve bir daha hiç kalkmamak gibi bir düşünce geçiyordu aklından. Onu en çok üzen, umutsuzluğa düşüren, karısının acıklı hâliydi. Kendi yapması gereken işi, toza toprağa bulanarak, kan ter içinde kalarak onun yapmasıydı. Yüzü gözü kapkaraydı kadıncağızın. Yalnız dişleri ve gözünün akı görünüyor ve ter içinde yüzüyordu. Ter, ensesinden sırtına,

boynundan göğsüne akıyor, kömür tozu ile karışıp çamura
dönüşüyordu. Onu böyle görmek yüreğini paramparça edi-
yordu Yedigey'in. Eski gücü yerinde olsa, karısının böyle
çalışmasına, bu acıklı duruma düşmesine izin verir miydi
hiç! Onu böyle görmektense, bu lanet kömürün on katını
tek başına boşaltıp taşımaya razıydı.

Kendi avılları (köyleri) Cangeldi'yi terkederken, bir sa-
vaş malûlü olduğu için, durumuna uygun bir iş bulmakta
güçlük çekmeyeceğini ümit etmişti. Ama bir şeyi unutmuş-
lardı: Her yer cepheden dönen sakatlarla doluydu. Bunla-
rın hepsi hayata uyum sağlayarak geçimini sağlamaya çalı-
şıyordu. Yedigey onlara göre şanslı sayılırdı. Çünkü, kolları
bacakları yerindeydi çok şükür. Demiryollarında onun gibi
iş arayanların çoğu kötürüm, çolak, takma bacaklı ya da
koltuk değnekliydi!

Tıklım tıklım dolu, pis kokulu istasyon koridorlarında
bekleme salonlarında, o sefil kalabalık arasında geçirdikle-
ri uzun gecelerde, Ukubala kaç defa kocasının elsiz, ayaksız
kalmadan onulmaz bir yara almadan yanında bulunduğu
için sessizce Tanrı'ya şükretmiş. Çevreleri kolsuz, ayaksız,
yara bere içinde, giyimleri lime lime olmuş ya göremedik-
leri için birisine tutunan, ya tekerlekli iskemlelerde ilerle-
meye çalışan sakatları gördükçe, yemekhaneleri ve büfeleri
dolduran sarhoşların bağırmalarını ve ağlayanların sesini
duydukça, korkmaya, ürpermeye başlamıştı. O insanların
herbirinin başlarına ne gelecek, sonları ne olacaktı? Onul-
mazı ondurmak için kim ne yapabilirdi? Şükürler olsun
kocasının durumu onulmaz değildi. Eli ayağı yerindeydi.
Tanrı'ya şükran borcunu ödemek için en ağır işlerde gece
gündüz çalışmaya razıydı. İnsan üstü bir sabır gücü ve ce-
saretle, yorgunluktan mahvolsa da, hiç sesini çıkarmıyor,
zorluklara istekle katlanıyordu.

Fakat Yedigey duruma çok üzülüyordu. Bir şeyler yap-
ması, kendine bir yaşama tarzı, güvenli bir iş bulması ge-

rekiyordu. İstasyondan istasyona, oradan oraya sürüklenip duramazdı. Şu son zamanlarda bir düşünce sık sık takılır olmuştu aklına: "Allah'a sığınıp şehre gitsem, orada bir iş bulmaya çalışsam.. sonrası Allah kerim! Belki uygun bir iş bulabilirim. Ah sağlığıma bir kavuşsam, beynimin şu lanet sarsıntısı bir geçse! O zaman yılmadan mücadele ederdim..." diyordu. Şehirde de başlarına her şey gelebilirdi. Ama bakarsın yavaş yavaş alışır, işleri uz gider, şehirli olurlardı.

Ama kaderlerinde şehirli olmak yokmuş. Evet, kaderdi bu başlarına gelenler. Başka türlü nasıl açıklanır?

Kumbel istasyonunda, kömür boşaltma işiyle uğraşıp didindikleri bir gün kömür deposunun bulunduğu avluya, deveye binmiş bir Kazak geldi. Görünüşe göre iş için gelmişti buraya. Adam devesini kösteklenip otlağa saldıktan sonra, çevresine dalgın dalgın bakındı. Koltuğunda boş bir çuval vardı. Yedigey'e sokularak:

- Kardaş, dedi, rica etsem, şu deveye biraz göz kulak olur musun? Çocukların hayvanları kızdırmak ya da dövmek gibi kötü huyları vardır. Kösteğini de çözerler eğlence olsun diye. Ben az sonra dönerim.

- Merak etme, bakarım, dedi Yedigey.

Durmadan terliyordu. Yerdeki kömürü el arabasına doldururken, arada bir başını çevirip, çocuklar deveyi taşa tutmasınlar diye bakması bir iş değildi. Çocukların hayvanı kızdırmaktan nasıl zevk aldıklarını bilirdi. Bir defa bir deveyi neredeyse kuduracak hâle getirdiklerini görmüştü. Taşa tutulan hayvan mırıltılar çıkararak onları kovalamıştı. Çocuklar da bunu istiyorlardı zaten. Ava çıkmış mağara insanları gibi onu çembere almış, bağrışa bağrışa taşla, sopa ile saldırıp sahibi imdadına yetişinceye kadar deliye döndürmüşlerdi hayvanı.

Aksilik işte, bu defa da, yalınayak başı kabak bir sürü çocuk, bir ayak topunu yuvarlaya yuvarlaya çıkageldi çayıra. Topu ayağına geçiren sanki kale imiş gibi deveye doğru şut çekmeye başladı. Deve kaçmaya çalışıyor, ama köstekli olduğu için kaçamıyor, bağrına, ayaklarına isabet alıyordu. En hızlı, en isabetli vuran çocuk sanki bir gol atmış gibi sevinçle bağırıyordu.

Yedigey bu durumu görünce elindeki küreği havaya kaldırarak bağırdı:

- Defolun oradan! Rahat bırakın hayvanı, yoksa ayaklarınızı kırarım!

Çocuklar kaçıştılar. Herhalde onu hayvanın sahibi sanmışlar ya da görünüşünden ürkmüşlerdi. Hele bir de sarhoşsa, korkulurdu doğrusu. Oysa onlar deveyi diledikleri gibi kızdıracaklarını ve bir ceza da görmeyeceklerini sanmışlardı. Yedigey ise lâf olsun diye kaldırmıştı küreği havaya. Yoksa, onları kovalayacak hâlde değildi. Arabaya bir kürek kömür atınca bile canı çıkıyordu zavallının. Bir gün bu kadar güçsüz, bu kadar acıklı ve işe yaramaz bir adam haline geleceğini hiçbir zaman aklına getirmemişti. Durmadan başı dönüyor, midesi bulanıyor, bir yandan da ter bastırıyordu. Kömür tozu genzine kaçıyor, kara çamur gibi göğsünü kaplıyor, soluk almasını güçleştiriyordu. Bunu gören Ukubala, küreği onun elinden alıyor, kocası biraz soluk alsın diye kendisi dolduruyordu el arabasını. Sonra da onu itip yığının tâ tepesine çıkarıyor, boşaltıyordu. Yedigey için karısının sendeleye sendeleye arabayı itişini, kan ter içinde kalarak bu ağır işi sürdürmesini görmek de dayanılır gibi değildi. Hemen doğruluyor, küreği kaparak yine başlıyordu çalışmaya.

Devesini Yedigey'e emanet ederek giden adam az sonra, çuvalını doldurmuş ve sırtlayıp gelmişti. Çuvalı deveye yükledi, deveyi yola hazırladı ve sonra ayrılmadan önce birkaç lâf etmek için Yedigey'in yanına geldi. Muhabbet hemen koyulaştı. Devenin sahibi çok küçük bir istasyon olan Boranlı'dan gelen Kazangap adında biriydi.

Meğer hemşeri imişler. Kazangap da Aral kıyısında-
ki bir avıl(köy)dan gelmiş. Birbirlerine hemen ısınmaları,
kaynaşmaları, belki hemşeri oluşlarından idi.

Bu karşılaşmanın Yedigey ve Ukubala'nın bütün gele-
ceğini, hayatlarını etkileyeceğini o zaman kim bilebilirdi?
Aslında Kazangap onlara sadece, kendisiyle birlikte Boran-
lı istasyonuna gelmelerini ve çalışmak için oraya yerleşme-
lerini teklif etti. Bazı insanlar vardır, daha ilk karşılaşmada
ona ısınır, güven ve sempati duyarsınız. Kazangap da bun-
lardan biriydi. Gerçekte belirli bir özelliği yoktu, sade bir
adamdı, ama hayat çilesi çekerek olgunlaştığı belliydi. İlk
bakışta öbür Kazaklar gibi bir adamdı. Giyile giyile iyice
eskimiş bir ceket, ayağında sepilenmiş keçi derisinden bir
pantalon vardı ve bu kıyafeti de deve sırtında yolculuk et-
mesine pek uygun düşüyordu. Ama, giyim kuşamına özen
göstermediği de söylenemezdi. Koca kafasında, ancak yol-
culuğa çıktığı zaman giydiği oldukça yeni bir demiryolcu
şapkası vardı. Yıllardan beri giydiği deri ayakkabısını es-
kiyen yerlerinden çirişli iple yamamıştı. Kavuran güneşin
ve aralıksız rüzgârların esmerleştirdiği yüzünden ve iri da-
marlı ellerinden, hep ağır işlerde çalışmış bir bozkır adamı
olduğu anlaşılıyordu. Ağır işten dolayı omuzları vaktinden
önce çökmüştü. Orta boylu bir insan olsa da, boynu, bir
kaz boynu gibi ince, uzun görünüyordu. Gözleri şaşırtıcı,
etkileyici idi: Kahverengi, zeki bakışlı, güleç, sürekli kırptı-
ğı için uçları kırışmış parlak gözler...

Kazangap o vakitler kırk yaşlarında görünüyordu. Yüz
çizgileriyle birlikte kısa bıyığı ve kırçıl top sakalı da onu
görmüş geçirmiş olgun bir adam olarak gösteriyordu. Ama
insan ona daha çok ölçülü, akıllı konuşmalarından dola-
yı güven duyuyordu ve onun bu hâli Ukubala'da derin bir
saygı uyandırmıştı. Adamın her sözü sağduyuya dayanıyor,
tam yerine oturuyordu. Şöyle diyordu Kazangap: "Madem
ki durum böyle ve sen kendini hâlâ iyi hissetmiyorsun,

sağlığını ne diye tehlikeye atacaksın? Yaptığın işin senin
gücünü aştığını görür görmez anladım zaten. Henüz iyileş-
miş sayılmazsın, ayakta güçlükle duruyorsun. Açık hava-
da, kolay bir işte çalışmalı, bol bol süt içmelisin. Boranlı'da
demiryolunda çalışacak adamlara ihtiyaç var. Yeni istasyon
şefi, ben buraların eskisi olduğum için işe yatkın insan-
lar bulabileceğimi söyleyip duruyor. Ama nereden bulayım
öylelerini? Herkes savaşta, cepheden senin durumunda
dönenler de başka yerlerde iş buluyorlar. Tabiî bizim orası
da pek yaşanacak bir yer sayılmaz. Sarı-Özek bozkırının or-
tasında, ıssız, kurak bir yerde, güç şartlarda yaşıyoruz. Haf-
tada bir tankerle getiriyoruz ihtiyacımız olan suyu. Bazen
tankerler de gelmiyor. O zaman suyu uzak kuyulardan tu-
lumlarla kendimiz taşıyoruz. Bu iş için erkenden deve sır-
tında yola çıkıyor ve ancak geceleyin dönebiliyoruz. Ama
yine de istasyondan istasyona sürüklenmektense, insanın,
Sarı-Özek'in bu sapa yerinde, kendi evinde olması daha iyi.
Başını sokacak bir evceğizin, sürekli bir işin olur. Biz de
elimizden gelen yardımı yaparız. İşi öğrenirsin. Birkaç hay-
van da edinebilirsin. Tabiî her şey sana bağlı. İki kişi çalı-
şınca geçiminizi rahatça sağlarsınız. Daha sonra, sağlığına
kavuşunca, isterseniz daha iyi yerlere gidebilirsiniz."

İşte Kazangap bunları söylemiş, akıllıca tavsiyelerde
bulunmuştu. Yedigey iyice düşündükten sonra teklifi ka-
bul etti. Yola çıkmaları için hazırlanmaları uzun sürmedi.
Çünkü eşyaları pek azdı. Aynı gün, Kazangap'la birlikte Sa-
rı-Özek bozkırındaki Boranlı istasyonuna hareket ettiler.
Şanslarını bir de bu şekilde deneseler ne kaybederlerdi?
Ama sonradan bunun bir talih, bir kader olduğunu anla-
yacaklardı.

Yedigey, Kumbel'den Sarı-Özek bozkırını geçerek yap-
tığı o yolculuğu hayatı boyunca unutmayacaktı. Önce,
demiryolu boyunca ilerlediler, sonra yavaş yavaş demir-
yolundan ayrılarak vadileri, tepeleri geçtiler. Kazangap'ın

açıklamasına göre böylece kestirmeden gidiyor, en az on kilometre kısaltıyorlarmış yolu. Çünkü demiryolu, eskiden bir tuz gölü olan düzlüğün çevresini dolanarak gidiyormuş. Çukur yerlerde, tuz ve bataklığa rastlanılmış. İlkbaharda tuzlu toprak yumuşar, geçilmesi zor bir bataklığa dönüşürmüş. Yaz gelince de kalın bir tuz tabakasıyla örtülür, kuruyup kaskatı olur, öbür bahara kadar öyle kalırmış. Kazangap vaktiyle burada böyle bir tuz gölü bulunduğunu, buralarda araştırma yapan Yelizarov adında bir jeologdan öğrenmişti. Sonradan onunla Yedigey de tanışıp dost olacaktı. Çok akıllı bir adamdı Yelizarov.

Tabiî o zamanlar Yedigey henüz "Boranlı" olarak anılmıyordu. Askerden yeni dönmüş, sakat, işsiz, Arallı bir Kazak idi. Tesadüfen tanıştığı bir demiryolu işçisinin sözüne güvenerek karısı ile birlikte onun ardına düşmüş, o meşhur Boranlı'ya iş bulmak, oraya sığınmak için gidiyordu. Ömrünün sonuna kadar orada kalacağını bilemezdi elbet.

Ancak baharda, o da çok kısa bir süre için yeşeren uçsuz bucaksız Sarı-Özek bozkırını görünce, Yedigey, şaştı kaldı. Aral denizinin çevresinde de bozkır denecek düz ovalar vardı. Meselâ Üst-Yurt Yaylası büyük bir düzlük idi. Ama, böylesine uzayıp giden ıssız, kıraç bir ovayı ilk defa görüyordu. Yedigey çok sonra anlayacaktı ki, ruhunu ancak bu bozkır kadar enginleştirmesini bilenler o düzeye çıkabilirler, Sarı-Özek'in sessizliğiyle başbaşa kalabilirlerdi. Şüphesiz Sarı-Özek uçsuz bucaksız bir bozkır idi, ama yaşayan insanın düşüncesi onu da kapsayacak güçteydi. Ve Yelizarov da akıllı, bilge bir kişiydi. Her insanın kafasında ancak bulanık bir şekilde bulunan düşünceleri açıklayabiliyor, anlaşılmasını sağlıyordu.

Eğer Kazangap devenin yularını tutarak emin adımlarla ilerlemese, Yedigey ile Ukubala'nın bozkırın derinliğine daldıkları zaman kendilerini nasıl hissedeceklerini de kimse bilemezdi. Yedigey devenin sırtında, eşyaların arasına yerleşmişti. Kadın olduğu için Ukubala'nın binmesi gerekirdi ama, Kazangap, özellikle de Ukubala, ısrar etmişlerdi: "Bizim sağlığımız yerinde, sen ise gücünü kuvvetini toplamak zorundasın, boş yere itiraz edip bizi geciktirme, yolumuz uzun..." demişlerdi. Deve henüz pek genç ve ağır yük taşımayacak kadar zayıftı. Bir kişinin binip iki kişinin yürüyerek gelmesi bundandı. Eğer Yedigey'in şimdiki Karanar'ı olsa, üçü birden onun sırtına biner ve daha kısa zamanda rahvan gidişle üçbuçuk-dört saatte varabilirlerdi gidecekleri yere. Oysa onlar Boranlı'ya ancak gecenin geç saatlerinde ulaşabilmişlerdi.

Fakat, ilk defa gördükleri yerleri seyrede seyrede ve konuşa konuşa gittikleri için vaktin nasıl geçtiğini pek farketmemişlerdi. Bu yolculuk sırasında Kazangap burada hayatın nasıl geçtiğini, kendisinin bu Sarı-Özek bozkırına, bu demiryolu istasyonunda çalışmak için nasıl geldiğini anlatmıştı. Buraya geldiğinde henüz otuz altı yaşında imiş. Aral'ın kıyısında bulunan 'Beşağaç' köyünde doğup büyümüş. Yedigey'in köyü Cangeldi'ye otuz kilometre uzaklıkta idi o köy. Oradan ayrılalı çok olmuş ve o günden beri de bir defa olsun gidememiş doğup büyüdüğü o köye. Bunun önemli sebepleri varmış tabiî. Kazangap'ın babası 'Kulak'ların tasfiyesi sırasında sürülmüş, gerçekte bir kulak (varlıklı, toprak ağası) olmadığı anlaşılıp serbest bırakılmış ama sürgünden dönerken ölmüş. O da, birçokları gibi, aşırıların baskısına, haksızlığına uğramış, bu gerçek anlaşılınca da iş işten geçmiş. Bütün aile, kız ve erkek kardeşleri, gözden ırak olmak için köylerini terketmiş ve herbiri bir tarafa dağılıp gitmişler, birbirlerinden en ufak bir haber alamamışlar. Birer taş olup suya batmışlar sanki. Babalarının tutuklanmasından sonra, devrin gemi azıya almış militanları, o zamanlar gencecik olan Kazangap'a baskı yapmaya başlamışlar. Herkesin içinde babasını suçlamasını, onun topluma zararlı bir insan olduğunu ilân etmesini, babalıktan reddetmesini istemişler ondan. Babası gibi sınıf düşmanlarına yeryüzünde hayat hakkı olmadığını, mutlaka yok edilmeleri gerektiğini, kendisinin bu yeni siyasî görüşe candan bağlı olduğunu söylemeye zorlamışlar. Kazangap bu utanç verici duruma düşmemek için başını alıp uzak diyarlara gitmiş. Tam altı yıl, Semerkant yakınlarındaki Betpak-Dala'da (Açlık bozkırında) çalışmış. O vakitler oralarda, yüzyıllardan beri el değmemiş toprakları pamuk ekimine açıyorlarmış ve bu yüzden işçiye çok ihtiyaç varmış. Orada, barakalarda yatıp kalkıyor ve kanal kazıyorlarmış. Kazangap da toprak kazmış, traktör sürmüş, ekip başı olmuş. Çok çalışıp başarı gösterdiği için 'emek kahramanı' diploması da vermişler ona. Evliliği de orada olmuş. Ücret dolgun olduğundan, çalışmak için her taraftan insan akın ediyormuş oraya. Bir Karakalpak kızı olan Bike de Hive tarafından gelmiş, ağabeyinin ailesiyle birlikte Betpak-Dala'da çalışmaya başlamış. Onunla karşılaşmak ve evlenmek varmış kaderinde. Evlendikten sonra Kazangap'ın Aral kıyısındaki köyüne, baba ocağına, kendinden olan insanların arasına dönmeye karar vermişler. Ama bu kararı verirken her şeyi inceden inceye hesaplayamamışlar. O arada, bir katardan inip öbürüne binerek, 'maksimkalarla'* gezip durmuşlar. Bir defasında Kumbel istasyonuna gelmişler ve Kazangap orada yeni gelen hemşerileriyle karşılaşmış. Onlarla konuşup durumu öğrenince de köyüne dönmesine hiç gerek kalmadığını anlamış. Çünkü onun köyünde her şey yine aşırı uçların, o militanların elindeymiş. Gerçi onun elinde, Özbekistan'da bakir toprakları ekilişe hazırlarken kazandığı şeref diploması olduğu için kimseden korkusu yokmuş, ama kendisini güç duruma düşüren, rezil etmek isteyen o insanların yine iş başında olduğunu öğrenince vazgeçmiş dönme kararından.

---

* *Maksimka*: işçi gruplarını taşımak için kullanılan yük katarlarına bu isim verilirdi. (Yazarın notu)

O insanlara, hiçbir şey olmamış gibi davranamayacağını, onlarla beraber olamayacağını düşünmüş. Kazangap geçmişten, bütün bu olanlardan söz etmeyi sevmezdi. Ama bunları hiç unutmuyor ve başkalarının unutmasına da pek şaşıyordu. Sarı-Özek'e yerleştikten uzun yıllar sonra, geçmişi hiç unutmadığını, biri oğlu Sabitcan'ın tatsız bir konuşması, öteki de Yedigey'in yersiz bir şakası üzerine, iki defa hissettirmişti.

Sabitcan'ın köye geldiği günlerden birinde, oturmuş, çay içiyor, sohbet ediyor, şehirde olup bitenleri dinliyorlardı ondan. Söz arasında Sabitcan gülerek, kollektifleştirme devrinde Sincan'a (Doğu Türkistan'a) kaçan Kazak ve Kırgızlar'ın geri gelmeye başladıklarından söz etti. Çinliler komünlerde onlara hayatı zehir etmişler. Yemeklerini evlerinde kendileri pişirip yemelerine izin vermemişler. Günde üç defa aşevlerinde kaynatılan kazanların önünde, büyük küçük sıraya giriyor, tabaklarına ne koyarlarsa onu yiyorlarmış. Öyle güç şartlar altında bırakılmışlar ki, şimdi hepsi varını yoğunu bırakıp kaçıyor, kabul edilmeleri için de Sovyet otoritelerinin elini eteğini öpüyorlarmış.

Bunları dinleyen Kazangap'ın suratı asıldı, öfkeden dudakları titremeye başladı:

- Gülünecek ne var bunda! diye azarladı oğlunu.

Onun, taparcasına sevdiği, okusun, adam olsun diye hiçbir fedakârlıktan çekinmediği oğluna bu tonda konuştuğu hiç görülmemişti. Öfkeden kanı beynine çıktığı belliydi ve o kendini güçlükle tutarak ilâve etmişti: "Onların başına gelen bu felâketle niye alay ediyorsun!"

Sabitcan itiraz edecek oldu:

- Alay etmiyorum, olanları söylüyorum sadece.

Babası elindeki çay bardağını bir kenara itmiş, susuyordu. Onun bu suskunluğu da dayanılır gibi değildi.

Sabitcan, şaşkın, omuz silkerek cevap verdi:

- Kime darılıp küstüğünü anlamıyorum. Suç kimin? O

zamana, o döneme kızıyorsanız, geçip gitti, artık geri gelmez. Devlete mi kızacağız? Buna da hakkımız yok.

- Bak Sabitcan, ben yalnız bildiğim işe, anladığım işe karışırım, anlamadığım şeylere asla burnumu sokmam. Senin de bunu anlayacak kadar akıllandığını sanırdım, ama yanılmışım. İnsan yalnız Allah'a sırt çevirmez, yalnız O'na küsemez. Allah ölüm verirse, bu, hayatının sona ermesi demektir. Çünkü insan doğar ve vakti gelince ölür. Bunun dışında, bu dünyada olan her şeyin hesabı sorulur!

Kazangap, böyle dedikten sonra suratını astı, kimsenin yüzüne bakmadan çıkıp gitti.

Kazangap'ı öfkelendiren ikinci olay, Yedigey ve Ukubala'nın Kumbel'den gelip Boranlı'ya yerleşmelerinden yıllar sonrasına rastlar. Artık çocukları olmuş, büyümüş, Boranlı'ya kök salmışlardı. Bir bahar akşamıydı. Sürüleri ağıla kapatmış, koyun-kuzuların arttığını görüp memnun olmuşlardı. Yedigey şaka olsun diye Kazangap'a:

- Ee, Kazake, sen ve ben zengin insanlar, kulaklar olduk. Yakında bir kere daha malımızı mülkümüzü alıp bizi sürmesinler sakın! dedi.

Kazangap, Yedigey'e sert sert baktı, bıyıkları da diken diken oldu:

- Sözüne dikkat et Yedigey! dedi.

- Şaka yaptım Kazake, şakadan anlamaz mısın?

- Bazı şeyler vardır ki onlarla şaka yapılmaz!

- Ama Kazake, neredeyse üzerinden yüz yıl geçti bu olayın.

- Asıl mesele de bu işte. Zaman ne kadar geçerse geçsin, bazı konularda hiçbir şeyi değiştirmez. Elinden malını mülkünü, varını yoğunu alsalar, bundan ölmezsin. Bunları yine edinebilirsin. Ama senin onurunu kırar, ruhunu öldürürlerse, işte buna çare yoktur.

İşte, o gün Kumbel'den kalkıp Boranlı istasyonuna giderlerken, ileride bu gibi konuşmaların olacağını bilemezlerdi. Bu Boranlı macerasının nasıl sonuçlanacağını, burada ne kadar kalabileceklerini, kök salıp salamayacaklarını, başka yere göç edip etmeyeceklerini, Kazangap'ın onları getirdiği bu yerde koca bir ömür geçireceklerini de bilemezlerdi.

Konuşma sırasında Yedigey, Kazangap'a cepheye niçin gitmediğini de sordu. Hasta mıydı yoksa?

- Hayır, hasta değildim. Allah'a şükür sapasağlamım. Askere gitseydim savaşmakta kimseden geri kalmazdım. Mesele bambaşka idi.

Kazangap ve Bike, Beşağaç'a gitmekten vazgeçip Kumbel'de kalınca, nereye gideceklerini bilememişlerdi. Açlık Bozkırı şimdi çok uzaklarda kalmıştı. Hem terkedip geldikleri o yere niçin döneceklerdi? Aral'a gitmemeye kararlıydılar. İşte o sırada, iyi bir insan olan Kumbel istasyon şefi bu karı-kocanın tavırlarını beğenmiş, onlarla konuşmuş, nereden gelip nereye gittiklerini, nasıl bir işte çalışmak istediklerini sormuştu. İşte bu şef, onları bir yük trenine bindirerek Boranlı istasyonuna gönderdi. Orada yapılacak iş çoktu ve karı-koca kendilerine uygun bir iş bulabilirlerdi. Hatta bir de tavsiye mektubu verdi ellerine. Gerçekten de bir iş buldular Boranlı'da. Ama ilk zamanlar çok zor geçti. Açlık Bozkırı'na göre bile daha ağırdı buradaki şartlar. Yine de dişlerini sıkıp dayandılar, sonunda alıştılar. Kazançları azdı, kıt kanaat geçiniyorlardı ama sürekli bir işleri ve başlarını sokacak bir evceğizleri vardı. Asıl görevleri yol bakıcılığı olsa da her türlü işi yapmak zorunda kaldılar.

Kazangap-Bike çiftinin Sarı-Özek bozkırındaki Boranlı istasyonunda ilk yılları işte böyleydi. Doğrusunu söylemek gerekirse, biraz para biriktirince daha büyük bir istasyona ya da şehre taşınmak istemişlerdi ama, o sırada savaş patlak verdiği için bu planlarını gerçekleştiremediler.

Savaş çıktıktan sonra Boranlı istasyonundan gelip geçen trenlerin sayısı birden çoğalmaya başladı. Doğudan

GÜN OLUR ASRA BEDEL • 89

batıya yeni askerleri, batıdan doğuya yaralıları taşıyorlardı. Doğudan batıya tahıl, batıdan doğuya yine yaralılar... Boranlı gibi bozkırda yitip gitmiş bir yerde bile hayat çarkı daha hızlı dönmeye başlamıştı.

Tren trene ekleniyor, makas açılsın, yeşil ışık yansın diye lokomotifler keskin düdüklerini öttürüyor, aynı şekilde karşı yönden gelen trenler de sirenlerini çığlık gibi öttürmekte onlardan geri kalmıyorlardı. Bu ağır yüke dayanamayan traversler eğilip bükülüyor, raylar zamanından önce aşınıyordu. Yolun bir tarafında onarım biterken, hemen öbür tarafında yeni bir onarım işi çıkıyordu karşılarına.

Soluk aldırmayan bir telaş başlamıştı. Dünyanın sonu gelmişti sanki. Nereden buluyorlardı bunca insanı? İnsan dolu katarlar birbiri ardınca hep batıya, cepheye gidiyorlardı. Günlerce, haftalarca, aylarca ve sonra yıllarca devam etti bu gelip gidişler. Batıda dünyanın bir yarısı öbür yarısı ile ölüm-kalım savaşı yapıyordu.

Bir süre sonra Kazangap'ın da cepheye gitme sırası geldi. Çağrı yazısında, Kumbel'deki ikmal merkezine gitmesi isteniyordu. İstasyon şefi, en işe yarayan adamını alıyorlar diye saçını başını yolmaya başladı. Adam mı kalmıştı Boranlı'da? Burada işlerin iyice aksayacağını kime anlatabilirdi? Katarlar makasların ilerisinde durup bar bar bağırırken, düşman Moskova önlerine gelip dayandığı bir sırada yeni bir yedek yol yapılması gerektiğini söylese, ona gülerlerdi.

Savaşın ilk kışı gelip çatmıştı. Vaktinden önce gelen bir kıştı bu. Sisli, soğuk geceler erkenden bastırıyordu. Gece başlayan kar yağışı sabaha kadar sürdü. Önce, inceden inceye, sonra kuş başı kadar irileşti kar taneleri. Derin bir sessizlik içinc gömülen Sarı-Özek bozkırının dereleri, tepeleri gökten inen o beyaz örtüyle kaplandı. Sonra bozkır rüzgârı da uyandı, henüz yere iyice oturmamış kar örtüsüyle oynamaya başladı. Önce hafif hafif esti rüzgâr, sonra gittikçe hızını arttırarak sessizliği bozdu, uğul uğul, karları savuran bir bora oldu ve nihayet kar fırtınasına dönüştü. Sarı bozkırı bir uçtan öbür uca kesen ince bir şakak damarına benzeyen demiryolu ne olacaktı? Şimdilik bu ince damar atıyor, katarlar iki yönden gelip geçiyorlardı.. Kazangap, işte o gecenin sabahında, cepheye gitmek için yola çıktı. Yalnızdı, uğurlamaya gelen yoktu. Evden karısı ile birlikte çıkmışlardı. Kapıdan dışarı adım atar atmaz Bike'nin gözleri kamaşmış, başı dönmüştü. Kazangap hemen karısının kucağındaki bebeği aldı. Kızı Ayzade idi bu bebek. Yeni doğmuştu. Aslında Bike kocasını uğurlamaya gelmiyor, Kazangap onu Kumbel'e gidecek yük trenine binmeden önce makasçı kulübesine götürüyordu. Çünkü bundan sonra kocasının makasçılık görevi ona kalacaktı. Kulübede birbirleriyle vedalaştılar. O gece birbirlerine diyeceklerini demiş, Bike ağlayacağı kadar ağlamıştı. Durup konuşacak kadar zamanları da yoktu zaten. Makinist, onu götürecek trenin hazır olduğunu bildirmek için düdük çalıyordu.

Kazangap lokomotif makinistinin yanına çıktı. Lokomotifin sireni uzun uzun öttü ve sonra hareket etti, hızlandı. Rayların birleştiği yerde tekerlekleri takırdıya takırdıya, Bike'nin açtığı makasa yaklaştı. Bike oradaydı. Bir elinde sımsıkı sarıp sarmaladığı bebeği, öbür elinde flama vardı. Omuzlarında büyük bir şal, belinde bir kemer ve ayaklarında kocaman çizmeleri. Son defa selamlaştılar. Bir anda, karısının yüzü, gözleri, eli ve makas semaforu gelip geçti Kazangap'ın gözlerinden.

Şimdi tren, demiryolunun iki yanından uzaklara uzanan ve beyaz bir düş gibi Sarı-Özek'i kaplayan süt rengi kar örtüsünün üzerinden, koca tekerlekleriyle sessizliği bozarak koşuyordu. Lokomotife dolan rüzgâr buhar ve cüruf kokusuna mevsimin ilk kar kokusunu katıyor ve Kazangap bu kokuyu uzun süre ciğerlerinde tutmaya çalışıyordu. Artık Sarı-Özek bozkırına kayıtsız kalamayacağını daha iyi anlamıştı.

Askere alınanlar Kumbel'de toplanmış, sıra olmuşlardı. Birer birer adları okunuyor, sonra vagonlara bindiriliyorlardı. İşte bu sırada tuhaf, beklenmedik bir şey oldu. Kazangap'ın bulunduğu takım vagona bineceği anda askerlik şubesinden bir görevli koşup yanlarına geldi ve seslendi:

- Asanbayev Kazangap! Asanbayev* kim? Sıradan çıkıp benimle gelsin!

Kazangap söyleneni yaptı:

- Asanbayev benim.

- Ver bakayım belgeni. Tamam, sensin. Gel benimle.

İstasyonda, toplanma merkezine gittiler. Görevli ona:

- Sen geri dönüyorsun Asanbayev! Nereden gelmişsen oraya dön! Anladın mı? dedi.

- Anladım.

Anladığını söylemişti ama hiçbir şey anlamamıştı.

- Anladınsa daha ne duruyorsun? Hadi git! Serbestsin!

Kazangap, askerlerden ve onları uğurlamaya gelenlerden oluşan uğultulu kalabalığın arasında öylece, şaşkın şaşkın kalakaldı. İlk anda işin böyle bir duruma dönüşmesine sevinmişti ama az sonra içini bir şüphe kemirmeye başladı. Bir sıkıntı, bir ateş kapladı bütün vücudunu: Sakın o şeyden dolayı olmasın? Haa, ondandı demek! Hemen ileri atıldı. Adamları ite kaka Askerlik Şubesi Başkanı'nın bulunduğu odaya doğru ilerledi.

Şube başkanıyla görüşmek için bekleyenler bağırdılar:

- Hey, dur bakalım, sıranı bekle!

- İşim acele, trenim kalkmak üzere! Çok acele! diye cevap verdi onlara.

Başkanın odasına girebilmişti. Sigara dumanıyla dolu odada, başında toplanan insanların ve telefonların, tomar tomar kâğıtların ortasında şaşkına dönmüş olan şube başkanı, bağırmaktan kısılmış bir sesle sordu:

---

* *Asanbayev*: Hasanbayoğlu.

- Ne istiyorsun? Meselen ne?
- İtiraz ediyorum!
- Neye itiraz ediyorsun?
- Benim babam beraat etmişti.. aşırıların iftirasına kurban gitmişti o. Mal-mülk sahibi bir kulak değildi. Belgeleri inceleyin, orta halli bir köylüydü babam.
- Sakin ol arkadaş, ne istediğini anlat bana!
- Beni bu yüzden askere almıyorsanız haksızlık ediyorsunuz!
- Saçma sapan konuşmasana! Yok kulak değilmiş, yok orta halliymiş.. ne saçmalıyorsun sen? Kimi ilgilendirir bunlar artık! Nereden geliyorsun, adın ne senin?
- Asanbayev Kazangap, Boranlı istasyonundan geldim.

Başkan önündeki listeleri gözden geçirdi.
- Başından söylesene şunu! Yok orta halli köylüymüş, fakirmiş de, kulak mulak değilmiş de... Bunlarla ne kafamı şişiriyorsun? Seni yanlışlıkla çağırmışız buraya! Yoldaş Stalin bizzat emretti, demiryollarında çalışanlar askere alınmayacak, görevlerine devam edecekler. Hadi, vakit kaybettirme bize, buralarda oyalanma, hemen işinin başına dön!

*

Gün batmak üzere iken Boranlı'ya yaklaşmışlardı. Tekrar demiryoluna yöneldiler. İki yönde gelip giden trenleri görmeye, seslerini işitmeye başlamışlardı. Bozkırın ortasında oyuncak trenler gibi görünüyordu o uzun uzun katarlar. Batmakta olan güneş, çevredeki tepeleri ve vadileri gölge-ışık oyunlarıyla belli ediyor, alaca karanlık gittikçe koyulaşıyordu. Kış nemini hâlâ yitirmemiş toprakta serince bir bahar kokusu vardı.

Önden giden Kazangap durup arkasına baktı. Deve sırtında giden Yedigey'e ve onun yanında yürüyen Ukubala'ya eliyle ilerisini göstererek:

- İşte bizim Boranlı, dedi. Az bir yol kaldı, varınca dinlenirsiniz.

İleride, demiryolunun belli belirsiz bir yay çizdiği yerdeki geniş düzlükte birkaç evceğiz görünüyordu. Orada duran bir katar da, yedek yolda, semaforun yedek ışık vermesini beklemekteydi. Daha ötelerde ve iki tarafta, hafif yamaçlı tepeler, uçsuz bucaksız ve suskun ovalar uzayıp gidiyordu. Göz alabildiğine uzanan bozkır idi bu. Yedigey'in kalbi duracaktı nerdeyse! O da sahil boyunca uzanan düz ovalardan gelmişti. Aral'ın ıssız ovalarını görmüş, bunları tanımıştı. Ama düzlüğün, bozkırın böylesini beklemiyordu. Mavi ve değişken Aral'ın kıyısından, kupkuru, ölü bir bozkıra geliyordu ve orada kalacaktı! Dayanılacak şey miydi bu?

Yanında yürüyen Ukubala, elini onun bacağına koymuş ve bir süre öylece gitmişti. Yedigey onun demek istediğini anlıyordu: "Varsın olsun, önemli olan senin sağlığın, senin iyileşmen. Ondan sonrasına bakarız..." demek istiyordu Ukubala.

İşte, yalnız uzun yıllar geçirmek için değil, sonradan anlaşılacağı gibi, kalan bütün ömürlerini geçirecekleri yere gelişleri böyle oldu.

Az sonra güneş batmış, karanlık çökmüştü. Sarı-Özek göğünde sayısız yıldızlar ışıldamaya başlamış, onlar da Boranlı'ya gelip durmuşlardı.

Birkaç gün Kazangap'ın evinde kaldılar. Sonra, yol işçilerinin kaldığı barakada onlara da bir oda verildi ve oraya taşındılar. Boranlı'daki hayatları böyle başladı.

İlk zamanları karşılaştıkları bütün sıkıntılara, bütün güçlüklere ve kupkuru Sarı-Özek'in ıssızlığına rağmen, iki şey Yedigey için çok yararlıydı: Temiz hava ve deve sütü. Hava tertemizdi ve böylesine temiz havayı başka yerlerde bulmak biraz zordu. Süte gelince, Kazangap iki sağmal devesinden birini onlara vererek şöyle demişti:

- Karımla ikimiz aramızda konuşup karar verdik. Bizim yeterince sütümüz var. Akbaş devenin sütünü de kendiniz için siz sağarsınız. Genç devedir Akbaş, sütü de boldur. Henüz ikinci yavrusunu doğurdu. Ona siz bakın, sütü de sizin olsun. Ama, yavrusu için de yeteri kadar süt bırakın. O yavruyu size "hoşgeldin" armağanı olarak vermeyi kararlaştırdık. İyi besleyin onu. Bir de bakarsınız ileride bir sürü deveniz olur. Bir gün buradan ayrılmaya karar verirseniz, satarsın, paran pulun olur.

Akbaş'ın yavrusu henüz birbuçuk hafta önce doğmuştu. Kara başlı, iki küçücük kara hörgüçlü bir köşek idi. İri ve her zaman nemli gözleriyle tatlı tatlı ve çok meraklı bir bakışı vardı. Dışarıda oldukları zaman insanın etrafında koşar, zıplar, oynardı. Ahırda yalnız kaldığı zamanlar ise, tıpkı bir insan yavrusu gibi acı acı bağırarak anasını çağırırdı. Bu köşekin, bu ufacık deve yavrusunun, ileride Boranlı Karanar adıyla, yorulmak bilmeyen gücüyle ve azgınlığıyla yörede ün yapacağı kimin aklına gelirdi? Yedigey'in başından onunla ilgili birçok olayın geçeceğini kim bilebilirdi? Ama o zamanlar daha bir süt köşeği idi, bakıma muhtaçtı. Yedigey bu yavruyu çok sevmiş, boş vakitlerini hep onunla, onun bakımı ile geçirir olmuştu. Aral kıyısında, kendi avılında yaşadığı yıllarda da hayvanlara bakmıştı ve bu tecrübesinin ona çok yararı oldu.

Kış gelince küçük Karanar epeyce büyümüştü. Ona, üşümesin diye, karnının altından açılıp kapanan bir örtü diktiler. Örtü sırtına geçirilince yalnız başı, boynu, bacakları ve hörgüçleri açıkta kalır ve bu haliyle pek gülünç görünürdü. Bütün kışta ve baharın ilk günlerinde bu örtüyü sırtından çıkarmadılar. Çünkü gece-gündüz açık havada bırakılıyordu.

O kış Yedigey de gücünün yerine gelmekte olduğunu hissetti. Bir gün baş ağrısı kesiliverdi, kulaklarındaki vınlama iyice azaldı. Herhangi bir iş yaparken eskisi gibi terlemiyordu artık. Kışın kar her tarafı kapladığı zaman, yol açma işine o da yardım etti. Genç ve sağlam yapılı olduğu için çabuk toparlanmıştı. Giderek büsbütün iyileşti. Artık, en ufak bir iş yaparken başının döndüğü, şıpır şıpır terlediği, dayanılmaz acılar çektiği günleri hatırlamıyordu bile. Kızıl sakallı doktorun söyledikleri doğru çıkmıştı.

Neşesi yerinde olduğu zamanlar köşeğin boynunu kucaklar, okşar, şakalı sözler söylerdi ona:

- Biz seninle süt kardeşi olduk. Sen Akbaş'ın sütünü içip büyüdün, ben de aynı sütü içip baş ağrılarından kurtuldum. Aramızdaki fark şu: Sen sütü emdin, ben ise kımız yaparak içtim. Allah bizi birbirimizden ayırmasın.

Yedigey şu olayı da hatırlıyordu: Aradan uzun yıllar geçip Boranlı Karanar yörede ün kazanınca, bir gün, Sarı-Özek'e sırf onun fotoğrafını çekmek için insanlar geldi. O zamanlar savaş çoktan bitmiş ve unutulmuştu. Çocuklar büyümüş, okula gidiyorlardı. Boranlı'da tulumbalı bir kuyu açılmış, su meselesi halledilmişti. Yedigey de üzeri saçla örtülü bir ev yapmıştı kendilerine. Kısacası, bunca sıkıntı ve mahrumiyetten sonra, hayatlarının akışı normale dönmüştü.

Yedigey'in yıllarca unutamadığı ve devesi Karanar'la ilgili olayla işte o sırada karşılaştı.

Kendilerini foto muhabirleri olarak tanıtan insanların gelişleri, Boranlı'da tek değilse bile çok az rastlanan bir olaydı. Üç kişiydiler. Geveze, pek hareketli, bol vaadli insanlardı. Karanar'ın resimlerini çekip, sahipleriyle birlikte gazetelerde, dergilerde basacaklarını söylüyorlardı. Karanar, o kıpırdak adamların hareketlerinden ve gürültülerinden pek hoşlanmadı. Hoşnutsuzluğunu belirtmek için başını dimdik kaldırıyor, dişlerini gıcırdatıyor, bunun üzerine adamlar Yedigey'den deveyi yatıştırmasını, o yana bu yana baktırmasını istiyorlardı. Yedigey, yalnız kendi resminin çekilmesini doğru bulmadığı için, çocukları, kadınları ve

Kazangap'ı da çağırdı. Foto muhabirleri işe koyulmuş, bol bol resim çekmişlerdi. Asıl numara, asıl poz, bütün çocukların Karanar'ın sırtına çıkması ile oldu. İki çocuk devenin boynuna, beş çocuk sırtına, Yedigey'in kendisi de bu çocukların ortasına oturdu. Böylece çekilen resimle, Karanar'ın ne güçlü bir deve olduğu gösterilmiş, kanıtlanmış oluyordu. Çocuklar ne kadar sevinmiş, nasıl da gürültü etmişlerdi o gün. Ama, bir süre sonra muhabirler kendileri için en önemli işin, Karanar'ın resmini tek başına çekmek olduğunu söylediler. Yedigey de 'istediğiniz gibi olsun' dedi. Bunun üzerine foto muhabirleri, uzaktan, yakından resimlerini çektiler. Bundan başka, Yedigey ve Kazangap'ın yardımıyla, hayvanın omuzlarını, boyun yüksekliğini, göğsünü, bileklerini, ayaklarının kalınlığını ve gövdesinin uzunluğunu ölçtüler, not defterlerine yazdılar. Bunları yaparken hayret ediyor ve hayranlıklarını belli eden sözler söylüyorlardı:

- Harika bir bakteryan! En mükemmel genler bir araya gelmiş! Klasik bakteryan türü! Göğsünün genişliğine bak. Şu duruşa bak!

Devesi için söylenen sözler, övgüler, Yedigey'i gururlandırıyordu ama bazı kelimelerin ne anlama geldiklerini bilemiyordu. Meselâ 'bakteryan'ın ne demek olduğunu sormaktan kendini alamadı. Meğer çift hörgüçlü develerin atasına bilim dilinde 'bakteryan' derlermiş.

- Demek bizim deve bir bakteryan?
- Hem de en saf cinsi, bir pırlanta!
- Peki ne diye ölçtünüz? Neye yarayacak o ölçüler?
- Bilimsel inceleme için.

Foto muhabirleri çektikleri resimlerin gazete ve dergilerde basılacağını, Boranlılar'ın gözünde daha önemli görünmek, kolaylık sağlamak için söylemişlerdi. Ama altı ay sonra postadan gelen paketin içinden, zooloji enstitüleri için basılmış bir ders kitabı çıktı. Develer hakkında bilgi veren bu kitabın kapağını süsleyen saf kan bakteryan, Karanar'dan başkası değildi. Kitapla birlikte, bir sürü de fotoğraf göndermişlerdi ve bunların bazıları renkliydi. Yedigey bu fotoğraflara baktıkça o günlerde ne kadar mutlu olduklarını daha iyi anlıyordu. Savaş sonu sıkıntıları unutulmuş, çocuklar henüz çocukluktan çıkmamış, büyüklerin sağlığı da yerindeydi. Ve ihtiyarlık da gelip çatmamıştı daha.

Yedigey o gün konukların şerefine bir koyun kesti, bütün Boranlılar'ı davet edip bir ziyafet verdi onlara. Türlü yiyeceklerle, kımızla, votka ile donattı sofrayı. O yıllarda istasyona sık sık bir vagon-mağaza uğrardı. Ne ararsanız bulunurdu bu gezici mağazalarda. Yeter ki paranız olsun: İstakozlar, yengeçler, kırmızı havyar, siyah havyar, çeşit çeşit balıklar, konyak, sucuk, şekerlemeler, her şey... Ama her şeyi almazlardı. Niçin alsınlar? Ertesi gün aradıklarını bulurlardı yine. Yazık ki artık tren yollarında vagon-mağazalar yok. Uzun yıllardan beri hiç gelmiyorlar.

O ziyafet gecesinde çok iyi vakit geçirdiler. Boranlı Karanar'ın şerefine bile kadeh kaldırdılar. Konuk foto muhabirleri Karanar'dan kendilerine söz edenin, yakın dostu Yedigey'in Sarı-Özek ve yöresinde en güzel devenin sahibi olduğunu ve gidip inceleyebileceklerini söyleyenin, Yelizarov olduğunu söylediler. Yelizarov, o eşsiz insan, o büyük bilgin, bu bölgeyi çok iyi biliyordu. Boranlı'ya uğradığı zamanlar, o, Kazangap ve Yedigey bir araya gelir, sabahlara kadar konuşurlardı.

O ziyafet akşamında, Kazangap ve Yedigey, birbirlerinin sözlerini tamamlayarak ve güçlendirerek, konuklara, Sarı-Özek bozkırlarında yaşayan bütün develerin anası ak başlı ünlü deve Akmaya ile, şimdi Ana-Beyit mezarlığında yatan onun ünlü sahibi Nayman Ana'nın hikâyesini ya da efsanesini anlatmışlardı. Boranlı Karanar, işte böyle ünlü bir soydan geliyordu! Boranlılar, bu meraklı hikâyenin de gazetelerden birinde yayınlanacağını umuyorlardı. Konuklar hikâyeyi büyük bir ilgi duyarak dinlemiş, ama sonunda bunun nesilden nesile söylenegelmiş, o bölgeye özgü bir efsane olduğuna karar vermişlerdi. Oysa Yelizarov onlar gibi düşünmüyordu. Ona göre Ana-Beyit efsanesi belki tarihin derinliklerinde kalan bir gerçeği yansıtıyordu. O, böyle şeyleri dinlemeyi severdi ve kendisi de bu yerlerin geçmişine dair pek çok şey biliyordu.

Konuklar ancak karanlık çöktükten sonra yola çıktılar. Yedigey gururlanıyor, mutluluktan havalara uçuyordu. O yüzden olacak, gereksiz bir lâf kaçırdı ağzından. Belki bunda içkinin de etkisi olmuştu. Konuklarla birlikte o da birkaç kadeh içmişti çünkü. Dilini tutamayıp Kazangap'a şöyle dedi:

- Doğru söyle Kazake, Karanar'ı henüz bir köşek iken bana verdiğine pişmansın değil mi?

Kazangap ona alaylı bir gülümseme ile baktı. Yedigey'den böyle bir söz beklemediği besbelliydi:

- Bak Yedigey, dedi, hepimiz insanız. Her şeyi düşünebiliriz. Ama, atalarımızın bir sözü var: *"Mal iyesi Hüdadan",* der. Hüda, Karanar'a başkasının değil, senin sahip olmanı istemiş, sen de olmuşsun. Başka türlü olamazdı. Başkasının eline geçse kimbilir ne olurdu. Belki de ölüp giderdi hayvan. Belki bir uçurumdan yuvarlanırdı. Demek ki bu mal sana nasipmiş. Benim başka develerim de oldu, hepsi iyi develerdi ve bazıları da Karanar'ın anası Akbaş'ın yavruları idi. Seninse bir tek deven var. Sana armağan edilmiş. Dilerim Allah'tan yüz yıl hizmet etsin sana. Ama böyle düşünmemeliydin, senden bunu beklemezdim.

Yedigey pişman olmuş, çok utanmıştı:

- Bağışla beni Kazake, bağışla, dedi.

---

* *Mal iyesi Hüdadan*: Mal sahibi Hüdadan (İnsanı mal sahibi yapan Allah'tır). (Yazarın notu)

Bundan sonra Kazangap ona duyduğu, bildiği başka şeyleri de anlattı: Efsaneye göre, Akmaya'nın yedi yavrusu olmuş: Dördü dişi, üçü erkek. O zamandan beri dişi develerin hepsi ak başlı, açık renkli, erkek develer ise kara başlı, kestane tüylü imiş. İşte, kara başlı olan Karanar da ak başlı bir anadan doğmuş, bu da onun Akmaya soyundan olduğunu gösteriyormuş. O günlerin ne kadar gerilerde kaldığını kimse bilemiyordu. İki yüz, üç yüz, beş yüz yıl, belki de daha da öncesine ait bir olaydı. Ama Sarı-Özek bozkırında Akmaya'nın soyu tükenmemişti. Yine anlatılanlara göre, zaman zaman olağanüstü güçlü, Karanar gibi bir sırttan* gelirmiş dünyaya. İşte, Karanar doğmuş ve Yedigey şanslı olduğu için, onun mutluluğu için, bu sırttan deve ona nasip olmuş.

Karanar iyice azgınlaşmaya, yanına hiç kimseyi sokmamaya başlamıştı. Çevresine korku salıyor ya da başını alıp gidiyor, günlerce kayboluyordu. İşte o zaman Yedigey bu hayvanı iğdiş etmek ya da zincire vurmaktan başka çare kalmadığını düşünmüş ve ne yapacağını Kazangap'a sormuştu. Kazangap da şu cevabı vermişti ona:

- Bu senin bileceğin bir iş. Eğer başın dinç olsun, rahatın bozulmasın diyorsan, iğdiş et. Yok, anlı şanlı bir deven olsun istiyorsan, dokunma. Ama bu durumda bütün sorumluluğu üstlenmen gerekir. Gücün kuvvetin yeterse ve sabredersen, üç-dört yıl içinde azgınlığı geçer, sonra boyun eğer, tıpış tıpış gelir ardından.

Yedigey, Karanar'ı iğdiş etmedi. Daha doğrusu gönlü razı olmadı, eli varmadı. Onu atan (damızlık) olarak bıraktı. Ama öyle zamanlar oldu ki Karanar ona kan kusturdu.

*
* *

---

* *Sırttan, sırtlan:* Çok çevik, güçlü, üstün yaratık. Üstün köpek, üstün kurt gibi. (Yazarın notu)

-V-

Bu yerlerde trenler doğudan batıya, batıdan doğuya gelir gider.. gelir giderdi...

Bu yerlerde demiryolunun her iki yanında ıssız, engin, sarı kumlu bozkırların özeği Sarı-Özek uzar giderdi.

Coğrafyada uzaklıklar nasıl Greenwich meridyeninden başlıyorsa, bu yerlerde de mesafeler demiryoluna göre hesaplanırdı.

Trenler ise doğudan batıya, batıdan doğuya gider gelir.. gider gelirdi...

*

SABAH erkenden her şey hazırdı. Kazangap'ın naaşı bir keçeye sımsıkı sarılmış, yün iplerle bağlanmış ve bir traktörün römorkuna yerleştirilmişti. Naaşın konduğu yere önceden biraz talaş, yonga ve bir kat temiz ot sermişlerdi. Akşamın beşine, altısına kadar işlerini bitirip dönebilmeleri için bir an önce yola çıkmalıydılar. Otuz kilometre gidiş için, bir o kadar da dönüş için yol yürüyeceklerdi. Ölüyü gömme işi de epey zaman alırdı. Bu duruma göre ölüyü anma için verilecek aş ancak altıda yenebilirdi ve öyle kararlaştırıldı. İşte bu yüzden acele etmeliydiler. Her şey hazırdı. Yedigey bir gün önceden eyerleyip donattığı Karanar'ın yularını tutmuş, acele etmelerini söylüyordu oradakilere. O, bütün gece hemen hemen hiç uyumadığı, bu yüzden yüzü biraz soluk olduğu hâlde, dimdik ayakta, vakur idi. Sinekkaydı tıraş olmuş, bıyıklarını düzeltmiş, önemli gün-

GÜN OLUR ASRA BEDEL • 101

ler için ayırdığı en güzel elbisesini giymişti: Siyah ceket, beyaz gömlek, kadife şalvar ve ayaklarında meşin çizmeler, başında demiryolcu şapkası. Cephede kazandığı madalyalarını, nişanlarını ve beş yıllık plan uygulamasında başarılı işçilere verilen nişanını da takmıştı yakasına. Kıyafeti ona yakışıyordu ve görünüşü de heybetliydi. Kazangap'ın cenaze töreninde böyle olması gerekirdi zaten.

En küçüğünden en büyüğüne kadar bütün Boranlılar orada, cenazeyi taşıyan römorkun hareket etmesini bekliyordu. Kadınlar durmadan ağlıyorlardı. Yedigey, hiç hazırlanmadan, nasıl olduğunu kendisi de bilmeden, cemaate dönerek konuşmaya başladı:

- Şimdi, Sarı-Özek'in en eski, en kutsal mezarlığı olan Ana-Beyit'e gideceğiz. Merhum Kazangap buna lâyıktır. Zaten oraya gömülmeyi vasiyet etmişti (biraz durup söyleyeceklerini düşündükten sonra devam etti). Demek ki dünyada tuz, ekmek ve su kısmeti bu kadarmış. Merhum bizim bu Boranlı istasyonunda tam kırk dört yıl hizmet etti. Bir ömür geçirdi burada. O burada çalışmaya başladığı yıllarda şu su tulumbası yoktu. Suyu haftada bir defa tankerlerle getirirlerdi. Ne kar küreyen makineler vardı ne de başka bir makine. Şimdi onu son mekânına götürmek için bindirdiğimiz şu traktör de yoktu. Ama trenler vardı ve gelip geçiyorlardı. Yolların her zaman açık ve bakımlı olması gerekiyordu. O, bir ömür harcayarak, bu işi dürüstlükle ve büyük bir çaba ile yerine getirdi. Çok iyi bir insandı. Bunu hepiniz biliyorsunuz. Haydi, şimdi yola çıkalım. Hepinizin gelmesine gerek yok, zaten herkesi götürecek araç da yok. Hem, durakta, makasta yapılacak işler var. Oraya altı kişi gideceğiz. Orada yapılması gereken her şey yapılacaktır. Kalanlar cenaze aşını hazırlasın ve bizi beklesinler. Merhumun çocukları adına, burada bulunan kızı ve oğlu adına, hepinizi cenaze aşına davet ediyorum.

Yedigey'in böyle bir niyeti olmadığı hâlde, bu konuşması küçük bir cenaze töreni olmuştu. Bundan sonra yola koyuldular. Boranlılar cenaze arabasının ardından bir süre yürüdüler, sonra, köyün çıkışında, topluca durdular. Gidenler bir süre daha duydular kadınların ağlamasını. Ayzade ve Ukubala'nın ağıtları da işitiliyordu.

Artık hıçkırıklar duyulmaz olduğu ve altı adam demiryolundan uzaklaşıp Sarı-Özek bozkırına daldığı zaman, Yedigey kendini biraz rahatlamış hissetti. Şimdi cenazeyi götürenlerle başbaşa kalmıştı ve ne yapacağını biliyordu.

Güneş ufukta yükselmeye, Sarı-Özek bozkırını bol ve tatlı ışıklarıyla doldurmaya, okşamaya başlamıştı. Ama hava hâlâ serin sayılırdı ve bu yüzden de yolculuklarını zorlaştıran bir durum yoktu. O geniş düzlükle, ses ulaşmaz yükseklikte süzülen iki çaylaktan, arada bir Yedigey'in ayakları dibinden fırlayıp çıkan çayırkuşlarından başka bir şey yoktu görünürlerde. Çayırkuşları ürküp kaçıyor, cıklamaları ve kanat sesleri duyuluyordu. Yedigey bir an gözlerinin önüne kar yağışını, kar üzerinde bu kuşların uçuştuklarını getirdi. "Yakında giderler.. kar düşer düşmez toplanıp terkederler buraları" diye düşündü. Aynı anda, bir gece önce demiryoluna kadar gelen tilkiyi hatırladı ve sanki onu oralarda bir yerde görüverecekmiş gibi, kimseye belli etmemeye çalışarak sağa sola bakındı. Hemen sonra, o gece fırlatılan ve bir ateş topu gibi Sarı-Özek göklerinde yükselen roketi getirdi aklına. Böyle tuhaf şeyleri düşünmesine kendisi de şaştı ve bunları unutmaya çalıştı. Gidecekleri yol uzun olsa da, böyle şeyleri düşünmenin sırası değildi.

Yedigey, Karanar'a binmiş, en önde gidiyor, Ana-Beyit'in yolunu gösteriyordu. Karanar, adımlarını genişleterek yavaş yavaş uzun yol ritmine girmişti. Anlayanlar için çok güzel, çok çalımlı bir yürüyüştü bu. Boynunu gururla yukarı uzatmış, adım attıkça dalgalanıyor, ama yine de, o uzun boynun tepesindeki baş hiç kımıldamadan duruyordu sanki. Uzun, kalın damarlı ve yorulmak bilmeyen bacakları ise, ölçülü adımlarla havayı yarıp ilerliyordu. Yedigey, devenin iki hörgücü arasına kurulmuştu. Yeri sağlam, rahat ve güvenliydi. Karanar sahibinin isteklerini içgüdüsüyle anlıyor, onun işaretine, komutuna gerek bırakmadan tam onun istediği gibi yürüyordu. Hafif sarsıntıdan Yedigey'in göğsündeki madalyalar, nişanlar şangırdıyor, güneş ışığında pırıl pırıl parlıyor, ama bu onu hiç rahatsız etmiyordu.

Yedigey'in ardından "Belarus" marka traktör ve onun çektiği römork geliyordu. Sabitcan, genç traktör sürücüsü Kalibeğ'le birlikte, şoför mahallinde oturmuştu. Dün bir hayli içmiş, telsizle yönetilen insanlardan, daha birçok şeylerden söz ederek Boranlılar'ın kafasını şişirmişti ama şimdi ağzını açmıyordu. Traktör sarstığı için başı bir o yana gidiyordu, bir bu yana. Yedigey onun bu durumunu görünce gözlüğünün bir yere çarparak kırılmasından korkmaya başladı. Ayzade'nin kocası römorkta, Kazangap'ın naaşı yanında idi. Çok üzüntülü görünüyordu. Güneşten gözleri kamaşıyor ve arada bir etrafına şaşkın şaşkın bakıyordu. Bu ayyaş, beş para etmez adam, ne olduysa, akşam ağzına bir damla içki almamıştı, doğrusu çok iyi davranıyordu. İçmemekle de kalmamış, faydalı olmak için elinden geleni yapmış ve tabut römorka konurken en çok o omuz vermişti. Yedigey ona kendisiyle birlikte Karanar'ın sırtına binmesini teklif ettiği zaman da "Hayır, demişti, ben kaynatamın yanında oturacağım, mezara kadar yanından ayrılmayacağım." Yedigey ve bütün Boranlılar onun bu cevabını, bu tavrını pek beğendiler. Boranlı'dan ayrıldıktan sonra en çok ağlayan yine o idi ve şimdi ölünün başında da o oturuyordu. Onun bu iyi davranışı Yedigey'i umutlandırdı: "Keşki hep böyle devam etse, ayyaşlığı bıraksa, Ayzade için de, çocukları için de büyük mutluluk olurdu bu" diye düşündü.

Issız bozkırda ilerleyen bu küçük ve tuhaf cenaze alayı-
nın başını, süslü takımlı bir deveye binmiş Yedigey çekiyor,
onun ardından römorklu traktör geliyor, en geride de yine
Belarus marka bir ekskavatör (yol açma makinesi) bulu-
nuyordu. Yol açma makinesinin sürücüsü, bir zenci kadar
esmer olan Cumali idi. Onun yanında da Uzun Adilbay
oturuyordu. Cumali genel olarak, yol kazma makinesiyle
demiryolu şantiyelerinde çalışırdı ve Boranlı'ya yakınlarda
gelmişti. Burada ne kadar kalacağı belli değildi. Yanında
oturan ve kendisinden bir baş boyu daha uzun duran Adil-
bay'la hararetli bir konuşmaya dalmışlardı.

Cenaze için elinde bulunan bütün araçları vermiş olan
istasyon şefi Osman'dan Allah razı olsun. Genç istasyon
şefinin bu yardımları olmasaydı o kadar uzağa gitmek ve
mezar kazmak hiç de kolay olmaz ve akşama dönemezler-
di. Mezar, müslüman geleneğine göre derin kazılarak, çu-
kurun dibine yanlamasına bir girinti açılacak, tabut oraya
gömülecekti.

Başlangıçta Osman'ın teklifi Yedigey'e biraz tuhaf gö-
ründü, yol açma makinesiyle mezar açma fikrini pek be-
ğenmemişti. Osman'la yüzyüze bu konuyu konuşurken
kuşkuya kapılmış, kaşlarını çatıp suratını asmıştı. Mezarın
ancak kazma kürekle ve kol gücüyle kazılacağını düşünü-
yordu o. Ama Osman onu razı edecek bir yol buldu:

- Bak Yedike, bana hak vereceksin. Önce kazma kürekle
başlarsınız işe. Üst kısmını öyle açarsınız. Gerisini makine
ile bir çırpıda bitirirsiniz. Biliyorsunuz, Sarı-Özek toprağı
kaya gibi serttir. Makine ile istediğiniz derinliğe indikten
sonra kazanakı** yine kol gücüyle açarsınız. Böylece hem
geleneklere uymuş, hem de zaman kazanmış olursunuz.

Şimdi, bozkırda ilerledikçe Yedigey, Osman'a daha çok
hak veriyor, hatta kendisinin bunu düşünmemiş olmasına

---

* *Kazanak*: Mezarın dibinde, yan tarafa doğru açılan ve naaşın yerleştiril-
diği girinti.

şaşıyordu. Ana-Beyit'e varınca, inşallah öyle yapacaklardı. Önce rahmetlinin başı kutsal Kabe'ye dönük olacak şekilde, uygun bir yer bulmalıydılar. Sonra, traktörle getirdikleri kazma küreklerle mezarın üst kısmını açacaklar, bundan sonra da kazma makinesini çalıştıracaklardı. Yeteri kadar derine inince, kazma küreklerle kazanak, yani dipteki yan girinti, tabutu yerleştirecekleri yuva açılacaktı. Böylece geleneğe uymuş, işi çabuk ve gereği gibi yapmış olacaklardı.

Altı kişiden oluşan cenaze alayı işte bu amaçla, Sarı-Özek bozkırında, bazen yayvan bir tepenin üzerinde görünerek, bazen alçak bir vadide gözden kaybolarak ve bazen düzlükte yürüyerek Ana-Beyit'e doğru ilerliyorlardı: En önde, devesine binmiş Yedigey, onun ardında traktör ve römork, en geride ise kalın tırnağı ile bir böceğe benzeyen, önünde buldozer bıçağı, arkasında ters çevrilmiş kepçesiyle Belarus marka kazma makinesi.

Yedigey, epeyce geride kalan Boranlı'ya son bir defa bakmak için başını çevirdiği zaman, kızıl tüylü köpeği Yolbars'ın da tin tin peşlerinden gelmekte olduğunu görüp şaştı. Bir bu eksikti! Köyden çıkarlarken yoktu. Ne zaman katılmıştı peşlerine? Geleceğini bilse, bağlardı köpeği. Kurnaz köpekti doğrusu. Yedigey ne zaman Karanar'a binip yola çıksa, o da bir yolunu bulup düşerdi peşine. Şimdi de öyle yapmıştı. "Eh, ne yapalım, gelirse gelsin" diye düşündü Yedigey. Onu geri yollamak için vakit kaybetmeye değmezdi. Yolbars da sanki sahibinin aklından geçenleri anlamış gibi, o sırada koşup traktörü geçti ve Karanar'ın hizasına geldi. Yedigey kamçının sapını göstererek onu korkutmaya, dönmesini istediğini anlatmaya çalıştı ama köpek aldırmadı bile. Çünkü artık epeyce uzaklaştıklarını, sahibinin bunda geç kaldığını biliyor, sanki alay ediyordu onunla. Aslında hayvanın onlarla birlikte işe kalkışmasının zararı da, gelmesini önlemenin yararı da yoktu artık. Güzel, güçlü bir köpekti Yolbars. Geniş göğsü, güçlü ve uzun tüylü boynu, kesik kulakları, zeki ve anlayışlı bakışları ile herkesin ilgisini çekerdi.

Böylece Ana-Beyit yolunda ilerlerken, Yedigey'in aklından bin türlü düşünce gelip geçiyordu. Ufukta yükselen güneşe bakıp geçen zamanı ölçmeye çalıştıkça, geçmişe ait olaylar bir bir canlanıyordu gözünde. İstasyonda, bütün işleri Kazangap'la ikisinin yaptığı ve henüz genç oldukları bir dönemi hatırlıyordu şimdi. Başkaları Boranlı'da tutunamıyor, buraya yerleştikten kısa bir süre sonra çekip gidiyorlardı. Oysa o ve Kazangap işten başlarını kaşıyacak zaman bulamıyorlardı. Ama şimdi bunun sözünü bile etmek cesaret işiydi doğrusu. Çünkü gençler, hayatlarını böyle boşa harcadıkları için onları aptal yerine koyuyor, alay ediyorlardı: Niçin, ne uğruna katlanmışlardı bütün bu zahmetlere? Onların da kendilerine göre sebepleri vardı elbet.

Bir keresinde, kardan tıkanan yolları açmak için durup dinlenmeden tam kırk sekiz saat çalışmış, geceleyin önlerini bir lokomotifin farlarıyla aydınlatmışlardı. Kar dinmek bilmiyor, yine dinmek bilmeyen rüzgâr, onlar yolun bir yanını açarken öbür yanını karla dolduruyordu. Soğuk desen, iliklerine işliyordu insanın. Yüzleri gözleri şişmiş, mosmor olmuştu. Arada bir soluk almak, biraz ısınmak için lokomotife çıkıp birkaç dakika kalıyor, sonra yine dönüyorlardı Sarı-Özek'in o sonu gelmez, berbat işine. Bir ara lokomotif bile tekerleklerinin yukarısına kadar kara gömüldü. Onlarla beraber çalışan üç yeni işçi, o gece Sarı-Özek'e lanetler okuyarak, küfürler savurarak işi bıraktılar. "Tutsak mıyız biz! Tutsaklara bile dinlenme, yatma izni verilir!" demişler, sabahleyin de bir trene binip gitmişlerdi. Giderken 'Allahaısmarladık' yerine onlara:

- Ne hâliniz varsa görün, aptallar, çılgınlar!' diye bağırmışlardı.

Bu yeni işçilerin Kazangap'la Yedigey'e küfredip gitmelerinin sebebi yalnız karla boğuşmaları değildi. Kavga etmişlerdi. Gece yarısı artık çalışamaz durumdaydılar. Kar durmadan yağıyor, rüzgâr savuruyor ve kudurmuş bir köpek gibi saldırıyordu işçilerin üzerine. Başlarını sokabilecekleri bir yer yoktu. Lokomotifin farları bile yetmiyordu önlerini aydınlatmaya. Çünkü lokomotiften çıkan buhar bir sis oluşturuyor ve önlerini göstermiyordu. Üç yeni işçi çekip gidince işler Kazangap'la ikisine kalmıştı. Onlar da iki deveyi bir kızağa koşarak taşımaya başladılar yığılan karları. Ama hayvanlar da donuyor, o göz açtırmayan tipide yürüyemiyorlardı. Yolun iki yanında kar develerin göğsüne kadar yükselmişti. Kazangap önde giderek hayvanları çekiyor, Yedigey ise arkadan kamçısını sallayarak onları gayrete getiriyordu. Böylece gece yarısını ettiler. Develer kara saplanıp kalıyor, adım atamıyorlardı artık. Bu durumda tipi yatışıncaya kadar beklemekten başka ellerinden bir şey gelmezdi. Rüzgârdan korunmak için lokomotifin yanına gelip durdular.

Yedigey, eldiveni içinde donmuş parmaklarını birbirine vurarak:

- Kazake, dedi, artık yeter, lokomotife çıkalım da tipinin dinmesini bekleyelim.

- Havanın değişeceği yok, şimdi nasılsa yine öyle olacak, işimiz yolu açmak, nasıl olsa biz yapacağız bu işi. Bir şey yapmadan durmaya hakkımız yok, haydi sarılalım küreklere!

- Biz insan değil miyiz yani?

- Böyle bir zamanda insanlar değil, kurtlar, vahşi hayvanlar çekilir inlerine!

- Ay köpek herif! Sana göre geberip gitmeliyiz bu havada! Tek başına kal da geber öyleyse!

Yedigey böyle derken Kazangap'ın suratına bir yumruk indirmişti. Bunun üzerine kapıştılar ve birbirlerinin dudaklarını patlattılar, yüzleri gözleri kana bulandı. Eğer o sırada lokomotifin ateşçisi aşağı atlayıp onları ayırmasa, kimbilir nasıl biterdi bu kavga! Yaa, işte böyle, kavga da etmişlerdi!

Kazangap işte böyle bir adamdı. Artık onun gibileri yoktu dünyada. Kazangap sonuncusuydu ve şimdi onu da gömeceklerdi. Birkaç veda sözünden, duadan sonra "âmin!" diyecek ve orada bırakacaklardı onu.

Yedigey bunları düşünürken, bir yandan da yarı yarıya unuttuğu duaları tekrarlayıp hatırlamaya, Tanrı'ya yönelteceği yakarışları bir sıraya koymaya çalışıyordu. Çünkü, insan kalbinde, başlangıç ile son, hayat ile ölüm arasındaki çelişkiyi uzlaştıran, yalnız ve yalnız, bilinmeyen, görülmeyen Tanrı idi. Dualar işte bunun için okunuyordu. Başka türlü Tanrı'ya sesini duyuramazsın, niçin yaratıp niçin öldürdüğünü soramazsın ki! Dünya kuruldu kurulalı insanlar böyle yaşıyor, pek razı olmasa da böyle katlanıyor kaderine. Duaların var oldukları günden beri hiç değişmemesinin, hep aynı sözlerle tekrarlanmasının sebebi de, teselli bulup yatışmaları, boşu boşuna sızlanmamaları içindir. Dualar, yüzyılların okşayıp parlattığı altın külçeleri gibi, dirilerin ölülerin başında söyledikleri en özlü, en süzme ve son sözlerdir. Âdet, gelenek böyledir.

Yedigey'in aklına şunlar da geliyordu: Allah'ın varlığına ya da yokluğuna inanmak başka şeydir. Ama insan denen yaratık, bu şekilde davranması bağışlanacak bir şey olmasa da, ancak başı sıkıştığı zaman Allah'ın adını anıyor, Allah'tan yardım diliyor. "İnanmayan insan başı ağırmayınca Allah'ı düşünmez" diyen atasözü de bundan doğmuş olsa gerek. Ne olursa olsun, herkes duaları bilmelidir.

Yedigey, başını döndürüp araçlarla gelen genç arkadaşlarına baktı ve onların hiçbirinin duaları bilmediğini düşünerek canı çok sıkıldı. Öldükleri zaman, birbirlerini gömmek zorunda kaldıkları zaman ne yapacaktı bu insanlar? Öleni sonsuzluğa uğurlarken, hayatın başlangıcını ve sonunu kapsayacak sözleri nereden bulup söyleyeceklerdi?

"Elveda yoldaş, seni unutmayacağız" mı diyeceklerdi? Ya da bunun gibi başka bir zırva mı?

Bir gün, şehirde bir cenaze törenine katılmış ve mezarlıktaki o törenin herhangi bir toplantıdan farksız geçtiğini görünce şaşıp kalmıştı. Birtakım hatipler ellerindeki kâğıtlarla merhumun tabutu başına gelmiş, nutuk okumuşlardı. Hepsi birbirine benziyordu bu nutukların: Merhumun ne iş yaptığı, hangi işleri başardığı, nasıl çalıştığı, kime nasıl hizmet ettiğini anlatmışlardı. Sonra müzik çalmış, mezarına çiçek koymuşlardı. Konuşmacılardan hiçbiri hayattan ve ölümden söz etmedi. Tâ ilk çağlardan bugüne kadar, insanların varlık ve yokluk, hayat ve ölüm hakkındaki bilgilerinin doruğu, özü olan dualarda söylendiği gibi bir söz söylenmedi. Sanki o güne kadar dünyada kimse ölmemişti ve bundan sonra da ölmeyecekti! Zavallılar kendilerini ölümsüz sanıyorlardı herhalde! Gözlerinin önündeki gerçeğe rağmen de konuşmalarını "O ölmedi, ölümsüzlerin arasına karıştı!" diye bitiriyorlardı.

Yedigey bölgeyi iyi bilirdi. Hem, Karanar'ın sırtında olduğu için çevresini tâ uzaklara kadar görebiliyor, Ana-Beyit'e en kestirme yolu seçiyordu. Arada bir kestirme yoldan biraz açılmasının sebebi, arkadan gelen araçları, bir çukura düşmeden kolayca geçecekleri düzlüğe çekmek istemesiydi.

Her şey yolunda gidiyordu. Uz gitmiş, az gitmiş olsalar da herhalde yolun üçte birini almışlardı. Karanar yorulmak bilmeden geniş adımlarla yürüyor, sahibinin komutunu daha ilk hecesinde anlayarak ona uyuyordu. Karanar'ın ardından traktör ve ekskavatör büyük bir gürültü çıkararak ilerliyorlardı.

Fakat ilerde onları, hiç akıllarından geçirmedikleri, geçiremeyecekleri bir olay bekliyordu. Ne kadar inanılır gibi olmasa da, Sarı-Özek uzay üssünde olanlarla ilgiliydi onların karşılaşacağı olay.

*
* *

Konvansiyon uçak gemisi yerinden ayrılmamıştı. Büyük Okyanus'ta, Aleut adalarının güneyinde, Vladivostok ile San-Fransisco'ya tam eşit uzaklıktaki yerinde duruyordu. Okyanusta hava değişmemişti. Günün öğlene kadar olan saatlerinde, güneş engin denizi göz kamaştıran ışıklarına boğmuştu ve havanın değişeceğine dair hiçbir belirti görünmüyordu ufukta.

Uçak gemisinde pilotlar ve iç güvenlik ekipleri de dahil olmak üzere herkes, görev başında gergin bir bekleyiş içindeydi. Ama çevrede, alarm durumuna sebep olabilecek somut bir şey de yoktu: Sebep çevredeki olaylar değil, uzay derinliğinde, galaksinin ötesindeki olaylar idi.

Tramplen yörüngesindeki Parite uzay istasyonu aracılığıyla Orman-Göğüs gezegeninden, daha doğrusu bu gezegenle temas kurmuş iki Parite pilotundan gelen haberler Ortak Yönetim Merkezi sorumlularını ve özel yetkilerle donatılmış komisyon üyelerini tam bir şaşkına çevirmişti. Her iki taraf öyle bir şaşkınlık içindeydi ki, kendi çıkarlarını ve özel durumlarını tespit etmek için önce kendi aralarında ayrı ayrı toplanmayı tercih etmişler, ondan sonra ortak toplantı yapmaya karar vermişlerdi.

İnsanlık tarihinde o güne kadar görülmemiş bir keşfin yapıldığını onlardan başka hiç kimse bilmiyordu yeryüzünde. Dünya, Orman-Göğsü gezegeninden ve buradaki uygarlıktan habersizdi. En gizli yollardan haberli bulunan iki tarafın hükümetleri bile olayın bundan sonrasını ve nasıl geliştiğini henüz öğrenememişlerdi. Hükümetler, uzmanlardan oluşan tam yetkili komisyonların toplanıp vereceği kararı bekliyordu. Konvansiyon uçak gemisinde çok sıkı bir denetim vardı: Pilotlar da dahil herkes görevinin başında hazır bekliyordu ve hiçbir sebeple yerlerinden ayrılamayacakları emredilmişti onlara. Uçak gemisinin çevresinde 50 kilometre yarıçapındaki alan yasak bölge ilân edilmişti ve bu bölgeye hiçbir gemi yaklaştırılmıyor, yine o bölgeden geçecek uçaklar da Konvansiyon'a 300 kilometreden fazla sokulamıyordu.

İki tarafın komisyonları arasında yapılması gereken ortak toplantıya ara verildikten sonra, Demiurg projesini yürüten iki devletin sorumluları ayrı ayrı kendi aralarından toplandılar ve Parite 1-2 ile Parite 2-1 kozmonotların gönderdiği bilgileri incelediler.

İki kozmonotun sesi, uzayın akıl almaz uzaklıktaki bir noktasından, o güne kadar varlığı bile bilinmeyen bir gezegenden geliyordu:

"Dikkat! Dikkat!
Bu yıldızlar arası yayın dünya içindir!

Dünyalıların dilinde adları bile olmayan şeyleri anlatmak çok zor, yine de bizim gezegenimizle birçok ortak nokta bulunmaktadır.

Orman gezegenliler insana benzeyen yaratıklar, aslında bizim gibi insanlardır. Yaşasın dünya evrimi! Hominidlerin (insan türünün) evrimi, burada da evrensel prensiplere göre gelişmiş ve dünyadışı hominidlerden güzel, mükemmel bir insan örneği meydana gelmiş. Buradaki insanlar esmer tenli, mavi saçlı, mor-yeşil gözlü. Kirpikleri ince ince, yumuşak ve bembeyaz.

Yörünge istasyonumuza yanaştıkları zaman onları tamamen saydam bir tulum-elbise içinde gördük. Uzay gemilerinden bize gülümsediler ve gelmemizi işaret ettiler.

Ve biz, bir uygarlıktan öbürüne geçtik.

Pervaneli uçuş aracı istasyondan ayrıldı. Araç ışık hızı ile uçuyor ve biz içinde olduğumuz hâlde bunu hissetmiyorduk. Böylece zaman akışını yenerek uzayın derinlikle-

rine daldık. Bizi ilk şaşırtan şey ağırlığımızın değişmemiş olmasıydı ve bu bizi rahatlattı. Bunu nasıl başardıklarını anlayamadık. Bize ilk söyledikleri İngilizce-Rusça karışımı 'Welcome naş Svezda' (Galaksimize hoş geldiniz) oldu. Bu sözleri duyunca, az bir çaba göstererek onlarla konuşabileceğimizi anladık. Mavi saçlı bu yaratıkların boyları iki metreye yakındı. Dördü erkek biri kadın olmak üzere beş kişiydiler. Kadın da erkekler kadar uzundu ve erkeklerden boyu ile değil vücudunun kadınımsı biçimi ve renginin biraz daha açık oluşuyla ayrılıyordu. Orman-Göğsü insanlarının rengi, Kuzey Afrika Arapları'nın rengini andırıyor. İşin önemli yanı, daha ilk karşılaşmamızda onlara büyük bir güven duymuş olmamızdır.

Erkeklerden üçü, uçan aracın pilotu, dördüncü erkek ve kadın ise dünya dillerinin uzmanı idiler. Bu uzmanlar bizim uzay araçlarımızdan telsizle yaptığımız konuşmaları zaptetmiş, İngilizce ve Rusça kelimeleri derleyerek incelemiş, sistemleştirmiş ve bu iki dilin bir sözlüğünü yapmışlar. Onlarla karşılaştığımız zaman 2500'den fazla kelime ve deyim biliyorlardı. İşte onların bu kelime birikimi sayesinde, anlaşmamız kolaylaştı. Kendi dilleri bizim dillere hiç benzemiyor, yalnız seslileri bakımından İspanyolca'yı andırıyor.

Parite'den ayrılışımızdan on bir saat sonra Güneş sisteminin dışına çıktık.

Kendi yıldız sistemimizden çıkıp başka bir sisteme geçtiğimizin farkına bile varmadık. Çünkü evrenin yapısı her yerde aynı (herhalde o anda öteki sistemlerdeki gezegenlerin konumları öyle olduğu için). Önümüzde, gittiğimiz yönde, gittikçe büyüyen kızıllıklar gördük. Yangını andıran bu kızıllıklar genişliyor, uçsuz bucaksız al şafaklar hâlinde yayılıyordu. Bir tarafı karanlık, öbür tarafı aydınlık gezegenlerin yakınından geçtik. Görüş alanımızın içinde birçok güneş ve ay vardı.

Sonra, birdenbire, geceden gündüze çıkmış gibi olduk, uçsuz bucaksız, göz kamaştıran bir aydınlığa daldık. O güne kadar görmediğimiz o parlak gökyüzünü, çok büyük, çok güçlü ışık saçan bir güneş aydınlatıyordu.

Dil uzmanı kadın:

- Şimdi bizim galaksideyiz. Bakın şu gördüğünüz bizim 'İye'miz, câzib ya da kıral yıldızımız, yani güneşimizdir. Az sonra bizim gezegenimiz olan Orman-Göğsü' ne varmış olacağız.

Gerçekten de, uzayın akıl almaz yüksekliklerinde, onların 'İye' adını verdikleri ve bizim için yeni olan o büyük güneşi gördük. Bu güneş, hem ışıklarının parlaklığı, hem de boyutları bakımından bizim güneşimizi kat kat geçiyordu. Orman-Göğsü gezegeninde bir gün 28 saat sürüyor. Bu dünya ile bizim dünyamız arasındaki bir dizi jeobiyolojik farklılıkların bundan ileri geldiğini sanıyoruz.

Bütün bu konularla ilgili bilgileri size daha ayrıntılı olarak, bundan sonraki bağlantıda ya da Parite'ye döndüğümüz zaman verebileceğimizi sanıyoruz. Şimdilik birkaç önemli bilgiyi vermekle yetiniyoruz. Orman-Göğsü gezegeni, uzaktan, tıpkı bizim dünyamız gibi görünüyor. Dünyayı olduğu gibi onun çevresini de atmosfer tabakaları kuşatmış. Gezegene beş-altı bin metre yaklaştığımız zaman, rehberlerimiz bizim için gezegenleri etrafında özel bir tur yaparak, Orman-Göğsü'nü panoramik olarak seyrettirdiler. Manzara çok, çok güzel, olağandışı idi. Sıra sıra dağları, büyük dağların doruklarını gördük. Dağlar, tepeler koyu yeşil ormanla kaplıydı. Denizler, göller, nehirler de çoktu. Gezegenin bazı yerlerinde, özellikle kutup bölgelerinde, çıplak, ıssız alanlar da vardı ve buralarda sürekli kum fırtınaları esiyordu. Ama bizi en çok şaşırtan, en çok etkileyen, şehirler ve kasabalar oldu. Gezegenin tabiî güzellikleri arasında yükselen bu yüksek yapılar, orada şehirciliğin, şehirleşmede ulaştıkları düzeyin çok yüksek olduğu-

nu gösteriyordu. Mavi saçlı uzaylıların şehirleri yanında, Manhattan* bile çok sönük kalır.

Bizim anladığımıza göre Orman-Göğüslüler'in, evrendeki akıllı yaratıklar arasında, çok orijinal, çok üstün bir yeri var. Burada kadınların gebeliği on bir ay sürüyor. Tabiî Orman-Göğsü gezegeninin on bir ayı. Ortalama insan ömrü de oldukça uzun. Yine de onlar için en büyük mesele, en önemli mesele, insan ömrünü uzatmak imiş. Ortalama insan ömrü 130-140 yıl. Ama içlerinde 200 yıl yaşayanlar da var. Gezegenin toplam nüfusu 10 milyarı aşmış.

Şimdilik size bu mavi saçlı insanların hayat tarzı, bu uygarlığın özellikleri ve seviyesi hakkında, az da olsa sistemli bir bilgi verebilecek durumda değiliz. Ancak, bizi en çok şaşırtan şeyleri bölüm bölüm anlatmaya çalışacağız.

Güneş enerjisinden, daha doğrusu İye'nin enerjisinden yararlanıyor, ısı ve elektrik elde ediyorlar. Santrallerinin verimlilik oranı da bizim hidroteknik usulde elde ettiğimiz orana göre çok daha yüksek. Bundan da önemlisi, gece ile gündüz arasındaki ısı farkını da enerjiye dönüştürüp biriktirebiliyorlar.

İklimi denetim altına almayı da öğrenmişler. Bize gezegenlerini tanıtmak için yaptırdıkları uçuş sırasında, uzay gemisinin önüne çıkan sis ve bulutları bir anda ışınlayıp dağıtıverdiler. Ayrıca, yoğun hava akımlarını, deniz ve okyanuslardaki su akıntılarını yönlendirdiklerini, böylece gezegenlerindeki havanın nem oranını ve ısısını ayarladıklarını da öğrendik. Bundan başka yerçekimini de denetim altında tutabiliyorlar ki bu da onlara yıldızlar arası uçuşlarda büyük kolaylık sağlıyor.

Bütün bunlara karşılık bizim yeryüzünde henüz karşılaşmadığımız bir problemleri var. İklimi denetleyip kuraklık meselesini çözmüş olmalarına, nüfusları dünya nü-

---

* *Manhattan*: New-York'un merkezinde modern planı ve gökdelenleriyle ünlü semt.

fusunun iki katı olduğu hâlde, besin azlığı veya beslenme güçlüğü gibi sıkıntıları da bulunmamasına rağmen, üstesinden gelemedikleri bir mesele ile karşı karşıya bulunuyorlar: Gezegenlerinin bir bölümü yavaş yavaş yaşanmaz hâle geliyor, o bölümde bütün canlılar ölüp gidiyormuş. Kendilerinin 'iç kuraklık' dedikleri bir olaydan ileri geliyormuş bu durum. Gezegenin üzerinde tanıma uçuşu yaparken, güneydoğu bölgelerini büyük kum fırtınalarının kasıp kavurduğunu görmüştük. Açıkladıklarına göre bu fırtınalar, gezegenin merkezinden gelen ani reaksiyonlardan doğuyormuş. Belki bu reaksiyonlar bizim dünyamızdaki volkan püskürmesi gibi bir şeydi. Ama burada yavaş yavaş ve yaygın bir radyasyon olayı olarak ortaya çıkıyor, gezegenin kabuğunu dağıtıp bozuyor, toprağı oluşturacak elementleri yok ediyormuş. Orman-Göğsü gezegeninin o bölümünde, her yıl, Büyük Sahra'dan daha geniş bir çöl, adım adım genişliyor, mavi saçlıların hayat veren topraklarını kaplıyormuş. Onların karşı karşıya bulundukları en büyük felâket bu imiş. Gezegenin derinliklerinde meydana gelen bu olayı denetim altına alamıyorlarmış. Bu korkunç iç kuraklık afetiyle mücadele için gezegenin en büyük bilginleri, bilimsel, teknik, pratik bütün imkânları seferber edilmiş. Onların gezegeninin bizim Ay'ımız gibi bir uydusu yok. Ama bizim Ay'ı biliyorlar. Hatta Ay'a inmiş, inceleme yapmışlar. Söylediklerine göre Ay da, şimdi onların gezegeninde karşılaşılan türden bir felâkete uğramış. Bu bizi bir hayli düşündürdü. Çünkü Ay dünyamıza çok yakın. Biz de aynı felâketi göğüslemeye hazır mıyız? Olayın bir iç, bir de dış yönü var. Biz, uygarlıklarla buluşmaya, anlaşmaya hazır mıyız? İnsanlar, sonu gelmez çekişmeler, kavgalar yüzünden ne kadar geri kaldıklarını, entelektüel gelişme bakımından ne kadar zararlı çıktıklarını anlayabilecekler mi?

Şimdi Orman-Göğsü'nde, bilim çevrelerinde, gezegen

çapında bir tartışma var: İç kuraklığın sırrını çözmek ve
kurumayı durdurmak, böylece felâketi önlemek için çalış-
maları arttırmak mı daha yerinde olur, yoksa, evrende uy-
gun bir gezegen bulup Orman-Göğüslüler'i zaman içinde
oraya göç etmeye, orada uygarlıklarını sürdürmeye hazır-
lamak mı?

Şimdilik böyle bir gezegen bulup bulmadıklarını ya da
hangi gezegene gitmeyi düşündüklerini bilmiyoruz. İşin bi-
zi çok şaşırtan yanı şu: Orman-Göğüslüler gezegenlerinde
daha milyonlarca yıl öyle bir tehlikeye maruz kalmadan
yaşayabilirler. Buna rağmen, sanki gezegende yaşayanlar o
tehlike ile bugün karşı karşıya imişler gibi, bunu en önemli
mesele sayıyor ve önlemek için kolları sıvamış bulunuyor-
lar. Bu gezegende yaşayanlardan herhangi birinin aklından
'Benden sonra tufan!' gibi haince bir düşüncenin geçmemiş
olması mümkün müdür? Ama, gezegende yıllık brüt gelirin
önemli bir bölümünün, iç kuraklığın yayılmasını önlemek
masraflarına ayrıldığını öğrenince, biz, bunu aklımızdan
geçirdiğimiz için utandık. Şimdilik, sinsi sinsi genişleyen
çölün çevresinde binlerce kilometre uzunluğunda engelle-
me duvarları yapmayı tasarlıyorlar. Bunun için, çok derin
kuyular açacak, bu kuyuları çok dayanıklı nötr maddelerle
dolduracak ve iç kurumayı azaltacaklarmış.

Şüphesiz onların da sosyal hayatta insan mantığını tâ
ilk çağlardan beri ağır baskı altında tutan, çok düşündü-
ren, ahlâkî, fikrî konularda büyük problemleri var. Uygar-
lık ve refah düzeyi ne kadar yüksek olursa olsun, on mil-
yardan fazla insanın bir arada, hiçbir meseleleri olmadan
yaşayabilmesi o kadar kolay bir şey değil. Bununla beraber,
karşılaştığımız bir gerçek bizi büyük bir şaşkınlık içinde
bıraktı: Bu gezegenin insanları, devlet denilen kurumun
ne olduğunu bilmiyorlar. Para, savaş, silah gibi şeylerden
haberleri bile yok. Belki uzak geçmişlerinde savaşmış, dev-
letler kurmuş, para kullanmışlardır. Bunun sonucu olarak

başka sosyal davranışlar içinde bulunmuşlardır. Ama bugünkü aşamada, devlet gibi zorlayıcı bir kuruluşu, savaş gibi mücadele biçimlerini bilmiyorlar. Eğer onlara, bizim gezegenimizde ardı ardına, kesilmeyen ve yıkıma götüren silahlı çatışmaların olduğunu söylesek, anlatmaya kalkışsak, şüphesiz bunu pek saçma bulacak ya da meselelerin çözümü için çok barbarca, çok vahşi bir usûl olarak göreceklerdir.

Onların gezegeninde hayat, bambaşka ilkelere, esaslara göre kurulmuş ve biz dünyalılar kendi düşünce tarzımızla bunu kolay kolay anlayamayız.

Orman-Göğüslüler öyle yüksek düzeyde bir ortak yaşama bilincine varmışlar ki, savaşı bir kavga, bir mücadele şekli olarak kesinlikle reddediyorlar. Bu durumda, evrenin kavrayabildiğimiz sınırları içinde en yüksek uygarlığın onların uygarlığı olduğunu düşünüyorsunuz. Belki onlar, zaman ve uzamın (vüsatın) insanın denetimi altına alındığı ve bunun akıllı yaratıklar için başlıca yaşama sebebi, yaşama amacı sayıldığı çok yüksek bir bilim düzeyine ulaşmış bulunuyorlar. Ve bu gelişme, bu evrim, yeni, üstün, sonsuza kadar sürecek bir aşamaya girmiş bulunuyor.

Biz, birbiriyle karşılaştırılması mümkün olmayan şeyleri karşılaştırmaya kalkıyoruz. Zamanla dünyalılar da ilerleyip bu düzeye geleceklerdir. Şimdiden bu umudu ve övüncü veren belirtiler var. Yine de bizi karamsarlığa iten şu düşünceden kurtulamıyoruz: Ya yeryüzündeki insanlar, trajik bir yanılma ile tarihin ancak bir 'savaşlar tarihi' olduğuna kendilerini inandırırlarsa? O zaman tâ başından beri yanlış, çıkmaza sürükleyen bir yol tutmuş olmuyor muyuz? Bu durumda nereye gideriz? Sonumuz ne olur? İnsanlar, tuttukları yolun felâkete götürdüğünü, mertçe kabul etmek cesaretini gösterebilecekler mi?

Biz ikimiz, kaderin lûtfuyla, dünya dışı bir toplum hayatının ilk tanıkları olduk ve şimdi karmakarışık duygular

*içindeyiz: Dünya için hem umutlanıyor, hem de korkuya
kapılıyoruz. Umutlanmamızın sebebi, evrende, bizim an-
cak silahlı çatışmalarla çözmeye kalkıştığımız, düzeltmeye
çalıştığımız çelişkili durumların tamamen dışında kalarak,
üstün bir sosyal hayat düzenini kuranların, bu örneği su-
nanların bulunmasıdır.*

*Orman-Göğüslüler, onlar için uzayın epeyce uzak bir
noktasında Dünya gezegeninin bulunduğunu biliyor ve
Dünyalılarla sık temaslar kurmayı, ilişkiler içinde bulun-
mayı çok istiyorlar. Bu onlarda sadece bir merak değil, te-
mas kurmayı sırf meraklarını gidermek için düşünmüyor-
lar. Onlar bunu, iki uygarlık arasında tecrübe alış-verişi
yapmak, ortak yarar için düşünce ve ruhun gelişmesinde
yeni bir çizgi başlatmak, akıl ve mantığın zaferini kut-
lamak için istiyorlar. Onların dünya ile temas kurmada,
bizim hayal bile edemeyeceğimiz beklentileri var. Evrensel
aklın iki ayrı dalındaki gelişmelerini birleştirerek, evrende
insanların sonsuza kadar varolma yolunu bulabileceklerini
düşünüyor, bunu umuyorlar. Çünkü gezegenlerde, önünde
sonunda her tür enerjinin tükeneceğini ve bir tedbir alın-
mazsa, gezegenin ve o gezegendeki hayatın sona ereceğini
düşünüyorlar.*

*İşte böyle, milyarlarca yıl öncesinden, 'dünyanın sonu'
problemi üzerinde duruyor ve şimdiden, evrende bulunan
bütün canlılarla ilişki kurmak, bütün canlıların bekasını
suçlamak amacıyla bir uzay haberleşme üssü kurmaya ha-
zırlanıyorlar.*

*İsteseydiler, ellerinde bulunan ışık hızındaki gemilerle,
dünyaya çoktan çıkabilirlerdi. Ama bunu, Dünyalılar'ın
rızası ve daveti olmadan yapmak, davetsiz konuk olmak
istemiyorlar. Çoktan beri bizlerle temas kurmak istedik-
lerini anlamış bulunuyoruz. Bizim uzay istasyonlarımız
uzun süre yörüngede kalmaya başlayınca, temasa geçme
zamanının geldiğine karar vermiş, bunun için uzun uzun*

GÜN OLUR ASRA BEDEL • 119

hazırlanmış ve sonunda teşebbüse geçmişler. Kısmet bizimmiş. Yörünge istasyonunda sinyalleri ilk defa algılayıp değerlendiren biz olduk.

Bizim Orman-Göğsü gezegenine gelişimiz burada büyük bir heyecan yarattı. Bizim gelişimiz dolayısiyle ancak çok önemli günlerde ve olaylarda devreye sokulan, televizyonla bölgelerarası uzaktan temas sistemi kuruldu. Çevremizi kuşatan aydınlık havada, aslında binlerce kilometre uzağımızda bulunan insanları ve nesneleri hemen yanıbaşımızda, karşımızda gördük. Yalnız görmekle kalmadık, onlarla konuştuk, el sıkıştık, gülüştük, şakalaştık, sevinç çığlıkları attık. Orman-Göğüslüler güzel insanlar doğrusu. Birbirlerinden çok farklılar. Bölgelere göre saçlarının rengi de koyu maviden açık maviye kadar değişiyor. Yaşlıların saçları bizde olduğu gibi ağarıyor. Her bölge ayrı bir etnik gruptan oluştuğu için, insan tipleri de bölgeden bölgeye değişiyor.

Bütün bunları ve bize şaşırtıcı gelen daha nice konuları Parite'ye ya da dünyaya dönüşümüzde uzun uzun anlatacağız. Şimdi en önemli konuya geliyoruz, Orman-Göğüslüler'in bizden bir ricaları var, bunu size Parite'nin haberleşme sistemiyle iletmemizi istediler. Bizden istedikleri şudur: Dünyalılar'ın uygun gördükleri bir zamanda, gezegenimize gelip gezmek istiyorlar. Bu arada, Orman-Göğsü ile Dünya yolunun tam ortasında, gezegenlerarası bir istasyon kurma çalışmalarına başlamayı öneriyorlar. Bu istasyon başlangıçta ön görüşmeler, buluşmalar için kullanılacak, sonra da iki gezegen arasında geliş-gidişler için sürekli bir üs olacak. Onların bu önerisini size iletmeye söz verdik. Ancak bu konuda bizi çok kaygılandıran noktalar var.

Biz Dünyalılar böyle bir buluşmaya, karşılaşmaya hazır mıyız? Bu buluşmayı, bu görüşmeyi yapabilecek olgunlukta mıyız? Toplumlarımız arasında bunca uyuşmazlık, sürtüşme, çatışma sürüp giderken, Dünya adına, bütün insanlık adına hareket etmek, onları temsil etmek yetkisine sahip miyiz? İnsanlar, milletler arasında yeni bir uyuşmazlık, yeni bir üstünlük kavgası, üstünlük yarışı çıkmaması için, size çok rica ediyoruz, lütfen bu konuyu Birleşmiş Milletler Teşkilatı'ndan başka bir kuruluşa götürmeyin. Şunu da önemle diliyoruz ki, meseleyi BMT'na götürdüğünüz zaman herhangi bir devletin veto hakkını kullanması, daha doğrusu kötüye kullanması önlensin. Hatta veto hakkı bu seferlik tamamen kaldırılsın. Uzayın uzak bir yerinde bulunduğumuz sırada böyle şeyleri düşünmek bize çok acı geliyor. Ama biz dünyalıyız ve dünyalıların huyunu suyunu çok iyi biliyoruz.

Son olarak yine kendimizden, niçin böyle davrandığımızdan söz etmek istiyoruz. Bizim birdenbire kayboluşumuzun sebep olduğu şaşkınlığı, bununla ilgili olarak ne sıkı tedbirlere başvurduğunuzu tahmin ediyoruz. Sizi bu duruma düşürdüğümüz için üzgünüz. Ama, dünya tarihinde eşi görülmedik bu olayda, bize düşen bu misyonu yerine getirmek zorundaydık. Bunu reddetmeye hakkımız yoktu. Biz öyle düşünüyoruz. Onun için, talimatnameye, disipline sıkı sıkıya bağlı olmamız gerektiği hâlde, biz disiplini bozarak böyle davrandık. Bu davranışın tam olarak bilincindeyiz ve bu yüzden bize verilecek cezaya razıyız. Bırakın bu vicdan sızısını çekelim, kendi cezamızı da kendimiz verelim.

Şimdilik bir yana bırakalım bunları. Bizi iyi dinleyin: Size evrenin öbür ucundan bir mesaj gönderdik. Size, bugüne kadar bilmediğimiz 'İye' güneşinin galaktik sisteminden haber ulaştırdık. Mavi saçlı Orman-Göğüslüler çağdaş uygarlıkların en yükseğini yaratmışlar. Onlarla buluşup görüşmek, bizlerin bütün hayatını ve insanlığın kaderini değiştirebilir. Her şeyden önce dünyanın çıkarlarını düşünerek böyle bir işe cüret edebilecek miyiz?

Yabancı gezegende yaşayanların, Orman-Göğüslülerin,

bizim için asla bir tehlike, bir tehdit oluşturmadığına inanıyoruz. Onların tecrübelerinden yararlanmasını bilirsek, dünyadaki hayatımızı değiştirebiliriz. Dünyamızı kuşatan maddelerden enerji elde etmesinden tutun da, silahsız, zorlamasız, savaşsız yaşamaya kadar çok şey öğrenebiliriz. 'Savaşsız yaşamak' deyimi belki size tuhaf, saçma gelebilir. Ama biz burada akıllı yaratıklar olan Orman-Göğüslüler'in böyle yaşadıklarına tanık olduk. Jeobiyolojik yapısı bakımından dünyamıza çok benzeyen bu gezegenin insanları işte böyle yüksek bir uygarlık düzeyine ulaşmışlar ve akıllı yaratıklar oluşumuz bakımından akraba saydıkları Dünyalı kardeşleriyle, her iki tarafın yararına olacak, onurunu koruyacak şekilde buluşup görüşmek istiyorlar.

Dünya dışı bir uygarlıkla şaşkına dönen, gözleri kamaşan ve etkilenen bizler, yine de, bir an önce dünyamıza dönmek, galaksimiz dışında İye güneşinin gezegenlerinden birinde gördüklerimizi anlatmak için sabırsızlanıyoruz.

Orman-Göğsü gezegeninden tam yirmi sekiz saat sonra, yani bu telsiz haberimizden bir gün ve bir gece sonra, Parite İstasyonu'na dönmek, Ortak Yönetim Merkezi'nin emrine girmek niyetindeyiz.

Şimdilik hoşça kalın. Güneş sistemine doğru yola çıkmadan önce, size varış saatimizi bildireceğiz.

Orman-Göğsü gezegeninden yaptığımız ilk yayın burada sona eriyor. Yakında görüşmek üzere.

Bizim için endişe etmemelerini ailelerimize bildirmenizi çok rica ediyoruz.

Kozmonot Parite 1-2
Kozmonot Parite 2-1

*

"Konvansiyon" uçak gemisinde olağanüstü yetkilerle donatılmış kurulların, Parite'de olanlarla ilgili ayrı ayrı yaptıkları toplantılar sona ermişti. Her iki kurul kendi üst mercilerine danışmak için uçak gemisinden ayrılmaya karar verdiler. Uçaklardan biri San-Fransisco'ya, ondan birkaç dakika sonra da öteki uçak Vladivostok'a doğru hareket etti.

Konvansiyon, Büyük Okyanus'ta, Aleut adalarının güneyindeki yerinde, kımıldamadan duruyordu. Gemide çok sıkı denetim ve güvenlik tedbirleri alınmıştı. Herkes görevinin başında, pür dikkat bekliyordu. Hiç kimse tek kelime konuşmuyor, çıt çıkarmıyordu.

*

* *

Bu yerlerde trenler doğudan batıya, batıdan doğuya gider gelir.. gider gelirdi...

Bu yerlerde demiryolunun her iki yanında ıssız, engin, sarı kumlu bozkırların özeği Sarı-Özek, uzar giderdi...

*

Ana-Beyit'e giden yolun üçte birini almışlardı. Bir defa ufuktan kendini gösterince çok çabuk yükselen güneş, şimdi bozkırın tepesinde bir noktada hareketsiz duruyor gibiydi. Gündüzün kavurucu sıcağı başlamıştı.

Boranlı Yedigey, arada bir saatine, güneşe ve gözalabildiğine uzanan düzlüklere bakıyor, iyi yol aldıklarını, şimdilik her şeyin uz gittiğini söylüyordu kendi kendine. O yine en önde, devesinin sırtında gidiyordu. Onun ardından römorklu traktör, römorkun da ardından 'Belarus' marka yol kazma makinesi. Kızıl tüylü Yolbars da tin tin koşuyordu yanlarında.

"... Demek ki insanın beyni bir dakika düşünmeden duramıyor, o garip başı öyle yaratılmış ki istese de istemese de düşünceler ard arda geliyor, bir düşünceden öbürü doğuyor, herhalde ölünceye kadar böyle devam ediyor bu." Yola çıktıkları andan beri, denizin dalgaları gibi birbirini kovalayarak başını dolduran anılar ve düşünceler karşısında işte böyle bir keşif yapmış oldu. Çocukluğunda, rüzgârlı havalarda sık sık Aral kıyısına gelir, birbirini doğurarak ve birbirini kovalayarak gelen köpüklü dalgalara uzun uzun bakardı. Dalgaların kabarıp meydana gelişleri ve sonra yok oluşları bir canlı varlık olan denizden doğup ölmelerine benzeyen bir hareketti. O zamanlar çocuk hayaliyle bir martı olup kanatlanmak, havalanmak, o büyük Aral'ı, onun çırpınan köpüklü dalgalarını yukarıdan seyretmek isterdi.

Sonbahar eşiğinde, Sarı-Özek'in insanın yüreğini hüzünle dolduran ıssız, suskun manzarası ve devesinin ölçülü adımları Yedigey'i düşünceden düşünceye sürüklüyordu. Önlerinde yürünccck uzun, engelsiz bir yol olduğu için, varsın dolaşsındı düşünceler kafasında.

Her uzun yolculukta olduğu gibi, Karanar bu defa da terlemeye, keskin bir misk kokusu yaymaya başlamıştı. Devenin boynundan ve ensesinden gelen bu koku Yedigey'in burnuna doluyordu. Bundan keyiflenen Yedigey gülümsedi. "Ha, işte yine ter içinde kaldın," dedi. "Paçalarından köpük akıyor. Yaman bir atansın sen, atanların en güçlüsü! Benim güçlü dostum!"

Yedigey, geçmişi, Kazangap'ın genç ve dinç olduğu günleri hatırladı. Derken, birdenbire acı bir olay, sanki beynini sarsarak canlandı gözünde. Okuduğu dualarla da zihninden uzaklaştıramadı o acı olayı. Aynı acıları duymaya başladı. Duaları ard arda, tekrar tekrar ve yüksek sesle okuyor, yine de dindiremiyordu içindeki acıyı. Suratı asıldı. Hiç gereği yokken, topuklarıyla hafif hafif sırtına vurdu. Şapkasının siperini iyice gözlerine indirdi ve bir daha da dönüp arkadan gelenlere bakmadı. Niye bakacaktı? Arayı açmadan peşinden gelsinlerdi. Hem o gençler, o çocuklar ne anlardı o acıdan. O olayın verdiği sıkıntıdan? Bu eski olayı hiç kimseye, karısına bile anlatmamıştı. Ama, bu konuda Kazangap, her zamanki ağırbaşlılığı, dürüstlüğü ve bilgeliğiyle, konuyu onunla tartışmış, yol göstermiş, ona destek olmuştu. Bu açık fikirli, her şeyi bilen Kazangap olmasa, Yedigey çoktan Boranlı'yı terkedip gitmiş olacaktı.

1951 yılının sonunda, kışın tam ortasında, Boranlı'ya yeni bir aile gelmişti. Karı-koca ve iki de erkek çocuktan oluşuyordu bu aile. Büyük çocuk Daul beş yaşında, küçüğü Ermek ise üç yaşındaydı. Aile reisi Abutalip Kuttubayev, Yedigey'le aynı yaştaydı. Savaştan önce, henüz bir delikanlı iken, köy okullarından birinde bir yıl öğretmenlik yapmış, 1941 yılında, savaşın daha ilk günlerinde cepheye gönderilmişti. Karısı Zarife ile savaştan hemen sonra evlenmişler. Boranlı'ya gelmeden önce Zarife de bir ana okulunda öğretmenlik yapıyormuş. Kader onları Sarı-Özek'in Boranlı'sına atmış.

Onların buraya isteyerek gelmedikleri pek belliydi. Abutalip ve Zarife, öğretmen olduklarına göre başka yerde de iş bulabilirlerdi. Demek ki buraya gelmekten başka çareleri kalmamıştı. Boranlılılar onların burada uzun zaman kalamayacaklarını, yakında çekip gideceklerini, buradan kaçacaklarını düşündüler. Onlardan önce başkaları da gelmiş, ama dayanamamış, gitmişlerdi.

Yedigey ve Kazangap da öbür Boranlılılar gibi düşünüyorlardı. Bununla birlikte, Abutalip ailesine kısa zamanda ısındılar, onlarla çok iyi ilişkiler kurdular. Ağırbaşlı, kültürlü insanlardı. Herkes gibi onlar da, karı-koca çalışıyor, kan ter içinde kalarak her işi yapıyorlardı. Dondurucu soğuğa aldırmadan kar kürüyor, traversleri taşıyor, demiryolu işçilerinin yaptığı her işe koşuyorlardı. Onlar da demiryolu işçisiydi artık. İyi, uyumlu, çalışkan insanlardı. Tek dertleri, Abutalip'in savaş sırasında bir süre Almanlar'ın elinde esir kalmış olmasıydı. Oysa o yıllarda, savaş yıllarının taşkın suçlamaları kalkmış, ortalık yatışmıştı. Esir düşenleri vatan haini ya da düşman olarak görmüyorlardı artık. Boranlılılar'ın böyle şeylerle hiç kafa yormaya niyetleri yoktu. Adam savaşta esir düşmüşse ne olmuştu yani? Sonunda zafer kazanılmıştı işte! Bu korkunç dünya savaşında insanların neler çektiğini yalnız Allah bilirdi. Savaşın kâbusunu üzerinden atamayan bir sürü insan bu geniş dünyada serseri serseri dolanıp durmuyor muydu? İşte böyle düşünen Boranlılılar yeni gelenlere birtakım sorular sorarak onların canlarını sıkmadılar. Adamın çektikleri yetmiyormuş gibi ne diye bir de onlar dertlerini depreştireceklerdi?

Gün geçtikçe Yedigey ile Abutalip arasında sıkı bir dostluk kuruldu. Abutalip zeki bir insandı. Çok güç bir durumda olmasına rağmen acınacak duruma düşmüyor, kaderine küsüp dert yanmıyordu. Alnı açık, başı dik, gururluydu. Olayları olduğu gibi kabul ediyordu. İşte Yedigey'i ona bağlayan bu özellikleri, bu hareketleri idi. Herhalde Abutalip yeryüzündeki kısmetinin bu olduğuna inanmıştı. Karısı Zarife de bunun bilincinde ve böyle düşünüyor olmalıydı. Kaderlerine razı, cezalarını çekmeye hazır, birbirlerine bağlı, tam bir dayanışma içinde idiler. Bu derin bağlılık, bu karşılıklı fedakârlık hayatlarına anlam ve güç veriyordu. Yedigey sonradan çok iyi anlamıştı onları ayakta tutan, onlara, zamanın şiddetli fırtınalarından kendilerini ve çocuklarını savunma azmi veren gücün bundan geldiğini. Özellikle Abutalip, çocuklarından bir gün olsun uzak kalmazdı. Çocukları onun her şeyiydi ve işten arta kalan her dakikasını onlara verirdi. Onlara okuma-yazma öğretir, masallar, bulmacalar uydurur, oyunlar bulur ya da icad ederdi. Başlangıçta, baba ve anne sabahları işe gittikleri zaman, çocuklar barakada, yalnız kalırlardı. Ama Ukubala'nın buna yüreği dayanmadı ve iki çocuğu yanına aldı. Onların evi daha sıcaktı ve o günlerde yeni gelenlere göre daha rahat yaşıyorlardı. Bu olay iki aileyi birbirine daha da yaklaştırdı. O zamanlar Yedigey'in iki küçük kızı da Abutalip'in çocuklarıyla aynı yaştaydılar.

Bir gün Abutalip demiryolundaki işini bitirip çocuklarını almaya geldiği zaman şöyle dedi:

- Bak ne diyeceğim Yedigey, senin kızlarına da benim çocuklarla birlikte okuma-yazma öğreteyim. Ne dersin? Çocuklar iyi arkadaş oldular, hep beraber oynuyorlar. Gündüzleri sizde kalırlar, akşamları ise bize gelirler ve ben onlara ders veririm. Benim bu isteğim, yapacak işim olmadığından değildir, bunu anlarsın. Burası uzak, kuytuda unutulmuş bir yer, her şey kısıtlı, bunun için de çocuklarla çok ilgilenmek gerek. Öyle bir çağa geldik ki herkesin birçok şeyi küçük yaştan öğrenmesi gerekiyor. Bugünün bir karış çocukları, dünün koca adamlarından daha çok şey bilmek zorunda. Yoksa doğru dürüst eğitim yapamaz, bilgili olamazlar.

Abutalip'in bu çırpınışını, bu çabalarının asıl sebebini, Yedigey ancak o felâketten sonra anlayabildi. İlk zamanlar onun, Boranlı'nın köreltici hayat şartları içinde bir eski öğretmen olarak, çocuklarına ancak böyle yardımcı olmaya çalıştığını sanmıştı. Meğer adam, başına gelecekleri biliyormuş gibi, çocuklarına kendinden olabildiği kadar çok şey vermek, onların zihninde, hafızasında daha çok yer etmek ve onlarda yaşamak istiyormuş.

Abutalip akşam işten döndüğü zaman karısı Zarife ile birlikte, kendi çocukları ve Yedigey'in kızları için evi bir çocuk bahçesine dönüştürürlerdi. Çocuklar harfleri, heceleri öğrenirler, oyun oynar, resim yapar, masal dinler, şarkı söylerlerdi. Bazen bir yarış hâline getirirlerdi bunları. Yedigey bu ders saatlerini pek ilginç bulur ve bazen o da gelirdi. Ukubala da ara sıra bir bahane uydurur, o da gelirdi kızlarının ne yaptıklarını, nasıl çalıştıklarını görmeye. Boranlı Yedigey, onları görünce çok heyecanlanır, duygulanırdı. İşte, okumuş insan, öğretmen böyle olurdu, böyle yapardı!

Çocuklarla nasıl candan ilgileniyor, nasıl çocuklaşıyor, ama aynı zamanda büyük adam olarak kalmayı nasıl biliyorlardı! Akşamları onlara uğradığı zaman, onları rahatsız etmemek için usulca bir köşeye çekilip otururdu. Ama daha önce içeri girerken şapkasını çıkarır:

- İyi akşamlar, işte çocuk bahçenizin beşinci öğrencisi geldi! derdi.

Çocuklar onun ara sıra gelip dersleri dinlemesine alışmışlardı. Kızları onu görünce çok sevinir, daha dikkatli, daha gayretli olurlardı. Akşam ders yaptıkları zaman içerisi sıcak olsun diye, Ukubala ile Yedigey, gündüzden ve sırayla Abutalip'in barakasındaki sobayı yakarlardı.

İşte, o yıl Boranlı'ya gelip sığınan aile, böyle bir aileydi. Tuhaf olan şu ki, böylelerinin şansı pek iyi gitmez, hatta hiç iyi gitmez.

Abutalip Kuttubayev'in talihsizliği yalnız Almanlar'a esir düşmesinde değildi. Bir grup savaş esiriyle birlikte, 1943'te, Güney Bavyera'daki esir kampından kaçtıktan sonra kendini Yugoslav partizanlarının arasında bulmuş, onlarla birlikte savaşın sonuna kadar çarpışmıştı. Bu onun şansı ya da şansızlığı olmuştu. Bu arada vurulup yaralanmış, tedavi görmüş ve Yugoslav savaş madalyasıyla onurlandırılmıştı. Bundan dolayı Partizan gazetesinde onunla ilgili yazılar çıkmış, resimleri basılmıştı. 1945'te savaş bitince yurduna dönmek istediği zaman, kontrol, eleme-ayıklama sırasında bu yazıların çok yararı oldu. Bavyera esir kampından kaçan on iki kişiden yalnız dördü sağ kalmıştı. Şans Abutalip'e bu defa da gülmüş, Sovyetler'in denetleme komisyonu, Abutalip'in de bulunduğu bir Yugoslav kurtuluş ordusu birliğine gelmişti. Yugoslav ordusunun komutanları da, eski sovyet savaş esirlerinin moral üstünlükleri ve partizanlar safında faşistlere karşı savaşırken gösterdikleri yararlıklar konusunda yazılı belge vermişlerdi.

Sonunda, iki ay süren soruşturma, yüzleştirme, denetleme ve beklemelerden, nice umutlar ve umutsuzluklardan sonra, Abutalip ana yurdu olan Kazakistan'a döndü. Elde ettiği hakları yitirmemişti ama, cepheden normal dönenlere tanınan ayrıcalıklardan mahrum bırakılmıştı. Bundan dolayı kimseye darılmadı, üzülmedi. Cepheye gitmeden önce coğrafya öğretmeniydi, dönüşte yine aynı okulda öğretmenlik verdiler. İşte o şehir merkezindeki okulda, ilk sınıflara ders veren gencecik öğretmen Zarife ile karşılaştı. İki tarafa da mutluluk getiren evlilikler azdır ama vardır. Hayatta bazen bunun örneklerine rastlarız.

Zaferin ilk yıllarındaki coşkular geride kaldı, zafer sevincinin ardından soğuk savaş havaları esmeye, bu savaşın ilk kar taneleri düşmeye başladı. Sonra kar yoğunlaştı. Dünyanın birçok yerinde, hassas noktalarda, savaş sonrası bilincinin yayları gerildi.

Coğrafya derslerinden birinde, gerilen bu yaylardan bir tanesi salıverildi. Şöyle ya da böyle, şurada veya burada, bu, olacaktı zaten. Bu iş onun başına gelmese bile, geçmişi onunkine benzeyen başka birinin başına gelecekti.

Abutalip Kuttubayev sekizinci sınıf öğrencilerine Avrupa coğrafyasını anlatıyordu. Söz sırası geldiği için, bir gün esir kampında iken, taş kırmak için Bavyera Alpleri'nin güneyine götürüldüklerini, orada Alman muhafızları etkisiz hâle getirip kaçarak Yugoslav partizanları ile birleştiklerini de anlattı. Savaş içinde olan Avrupa kıtasının yarısını yürüyerek geçtiğini, Adriyatik ve Akdeniz kıyılarına ulaştığını, o bölgelerin iklimini, orada bulunan insanların yaşayışını ve daha başka özellikleri okul kitaplarında ayrıntılı olarak anlatmanın mümkün olmadığını söyledi. Bunları söylerken, bir öğretmen olarak kendi gözleriyle gördüklerini anlatmak suretiyle öğrencilerin bilgilerini arttıracağını düşünüyordu.

Gösterme sopasının ucu, sınıf tahtasına asılmış mavi, yeşil, kahverengi Avrupa haritasının üzerinde geziniyor; dağlardan, ovalardan, ırmaklardan geçiyor, kış-yaz, gece-gündüz çarpışmalara katıldığı, şimdi bile rüyasına giren o korkunç yılları hatırlıyordu. Sopasının ucu belki, bir düşman makineli tüfeğinin yandan açtığı ateşle vurulduğu, haritada görülmeyen o küçük tepenin bulunduğu yerden, akan kanı ile otları, taşları boyayarak kaydığı yamaçtan da geçiyordu. Akan kanı, tahtaya asılmış haritayı baştan başa boyayabilirdi. Bir an, gerçekten kanı tahtanın üzerine akıyormuş gibi göründü gözüne. Vurulduğu ânı, gözlerinin karardığını, yere yuvarlanırken dağların başaşağı döndüğünü ve yıkıldığını görür gibi oldu. Kendisiyle birlikte taş ocağından kaçan Polonyalı bir arkadaşını yardıma çağırdığını, "Kazimir! Kazimir!" diye ona seslendiğini... Ama arkadaşı onu duymamıştı. Çünkü, olanca gücüyle bağırdığını sansa da, ağzından tek kelime çıkmamıştı, ancak partizanların hastanesinde kan verildikten sonra gözlerini açmış, kendine gelmişti.

Abutalip, öğrencilerine Avrupa coğrafyasını anlatırken, bunca olaydan sonra, yalnız coğrafya dersiyle ilgili basit konuları, heyecansız ve kupkuru olarak anlatmasına kendisi de şaşıyordu.

İşte bu sırada, ön tarafta oturan öğrencilerden biri, sert bir hareketle doğrulup parmak kaldırdı ve onun sözünü kesti:

- Öğretmen, demek ki siz Almanlar'a esir oldunuz?

Böyle diyen öğrenci, sert, soğuk bakışlarını öğretmene dikmişti. Ayakta, hazır ol duruşunda dikilen genç, başını hafifçe arkaya atmıştı. Alt dişleri üst dişlerini örten bu çıkık çeneli çocuğu, Abutalip hep o haliyle hatırlayacak, hiç unutmayacaktı artık.

- Evet, ne olmuş esir düşmüşsem?

- Niçin beyninize bir kurşun sıkıp kendinizi öldürmediniz?
- Niçin öldürecekmişim kendimi? Yaralıydım zaten!
- Düşmana tutsak olmak yasaktı, kesin emir verilmişti bu konuda!
- Kim vermiş bu emri?
- Yukarıdan verilmişti.
- Sen nerden biliyorsun?
- Her şeyi bilirim ben. Bizim eve Alma-Ata'dan, hatta Moskova'dan gelenler olur. Demek ki siz emirlere karşı geldiniz!
- Pekâlâ, senin baban savaşa katıldı mı?
- Hayır, o asker toplama işiyle görevlendirilmişti.
- Öyleyse bizim seninle anlaşmamız biraz zor. Yalnız sana şunu söyleyebilirim ki, başka çıkış yolum yoktu.
- Ne olursa olsun emirlere uyacaktınız.

O sırada başka bir öğrenci yerinden kalkıp ona karşılık verdi:

- Sen neler karıştırıyorsun, niye mesele çıkarmak istiyorsun? Öğretmenimiz Yugoslav Partizanları'nın safında çarpışmış. Daha başka ne yapsındı yani?

Öbür çocuk kesin ve inatlı konuştu:

- Ne olursa olsun emirlere uymak zorundaydı!

Az öncesine kadar çıt çıkmayan sınıfta büyük bir gürültü oldu. Herkes birbiriyle konuşmaya, tartışmaya başlamıştı: "Emre uymalıydı!", "Hayır yapamazdı bunu!", "Yapabilirdi!", "Yapamazdı!", "En doğrusunu yapmış!", "Doğru yapmamış!"...

Öğretmen yumruğunu masaya vurarak bağırdı:

- Susun! Susun! Biz burda coğrafya dersi yapıyoruz. Benim nasıl savaştığım, ne yaptığım sizi değil başkalarını ilgilendirir ve onlar da bunu biliyorlar. Şimdi hepiniz haritaya bakın ve dinleyin!

Öğretmen ayakta duruyor, gösterme sopasının ucunu haritada görünmeyen bir noktada tutuyordu. Öğrencilerin hiçbiri bakmadı o noktaya. Oysa oradan bir makineli tüfek daha ateş açmış, onu biçmiş, yamaçtan aşağı ağır ağır yuvarlamıştı. Öğretmenin akan kanı, mavi-yeşil-kahverengi haritanın üzerine yayılıyordu. Hiçbiri görmüyordu bunu.

Bu olaydan birkaç gün sonra öğretmeni il yönetim merkezine çağırdılar. Savunmasına fırsat bile bırakmadan, görevinden ayrılmak istediğine dair bir dilekçe imzalattılar ona. Eski bir savaş esirinin yeni yetişen nesle öğretmenlik yapacak moral değerlere sahip olmayışı ayrılma gerekçesi olarak gösteriliyordu.

Abutalip Kuttubayev ile karısı Zarife, ilk çocukları küçük Daul'u yanlarına alarak il merkezinden epeyce uzak başka bir bölgeye, bir köy okuluna gittiler. Oraya tayin edilmişlerdi: Bu yeni okulun şartlarına uyum sağlayarak çalışmaya devam ettiler. Çalışkan ve yetenekli bir öğretmen olan Zarife kısa bir süre sonra burada başöğretmen oldu. Ama, o sıralarda Yugoslavya ile ilgili 1948 olayları patlak verdi. Şimdi Abutalip yalnız bir eski savaş esiri değil, uzun zaman düşman ülkede kalmış şüpheli bir insan olarak da görülüyordu. Yalnız Partizan yoldaşların safında çarpıştığını söyleyip kanıtlayarak kendini savunması hiçbir şeyi değiştirmedi. Herkes onu anlıyor, bazıları bu duruma çok üzülüyor, ama onu savunmak için kimse ağzını açıp tek kelime söylemeye cesaret edemiyordu. Onu il yönetim merkezine bir defa daha çağırdılar, şahsî sebeplerle ve kendi dileğiyle görevinden ayrıldığına dair bir dilekçe daha imzalattılar.

Abutalip Kuttubayev'in ailesi, işte böyle oradan oraya birçok yer dolaştıktan sonra, 1951 yılının sonlarında, Sarı-Özek bozkırındaki Boranlı istasyonuna geldi.

*

1952 yılının yazı, herzamankinden daha sıcak ve bunaltıcı geçti. Güneş gökten alaz alaz od yağdırıyordu sanki. Toprak öyle kızmış, bozkır öyle kurumuştu ki, kertenkeleler bile kuruyan boğazlarını şişire şişire, ağızlarını iyice açıp dillerini uzatarak, insanlardan hiç korkmadan evlerin kapılarına kadar sokuluyor, başlarını sokacak bir serinlik arıyorlardı. Çaylaklar da yine serinlik arayarak, olabildiğince yükseğe çıkmış, görünmez olmuşlardı. Onların çok yükseklerde, kavurucu, yakıcı, sessiz sıcak dalgaları arasında yitip gittikleri, arada bir attıkları çığlıklardan anlaşılıyordu. Ama iş işti ve her zamanki gibi yapılacaktı. Trenler yine doğudan batıya, batıdan doğuya gidip geliyordu, katarlar yine her zamanki gibi çoktu ve Boranlı'da kavuşup ayrılıyorlardı. Devletin bu ana demiryolu hattında gelip gitmelerini cehennemî sıcaklık da durduramazdı.

Hayatın akışı devam ediyordu. Demiryolunda, kalın eldiven takmadan çalışmak imkânsızdı. Eldivensiz ne taşa dokunabilirsiniz ne demire. Güneş tepede kor ateşli bir maltız idi sanki. Su, her zamanki gibi tankerle uzaktan taşınıyor ve Boranlı'ya gelinceye kadar neredeyse kaynayacakmış gibi ısınıyordu. İnsanın üzerindeki elbise de iki gün içinde kavrulup yırtılıyor, lime lime oluyordu. Doğrusu Sarı-Özek'te kış hayatı, bundan daha kötü değildi. Bu sıcakta yaşamaktansa en şiddetli soğuklarda yaşamayı tercih ederdi insan.

Boranlı Yedigey, o müthiş sıcakların olduğu günlerde, sanki bunun sorumlusu, suçlusu kendisiymiş gibi, Abutalip'i biraz yüreklendirmek, avutmak istedi:

- Burada her yaz böyle geçmez. Bu defaki yaz sıcağı görülmemiş bir şey. On beş yirmi gün daha dayanırsak hava serinler, bizi mahveden bu lanet sıcaklar biter. Bazen Sarı-Özek'te, yaz sonuna doğru hava birden değişir ve çok güzel bir hava kışa kadar devam eder. Hayvanlar canlanır, semirir, güçlenirler. Birçok belirtiler var, hissediyorum, bu yıl da sonbahar öyle güzel olacak, biraz daha sabret!

Abutalip gülümsedi:
- Kesin mi bu söylediğin?
- Hemen hemen kesin.
- Umut verdiğin için sağol. Bak, hamama girmiş gibi ter içindeyim. Ben kendim için kaygılanmıyorum. Zarife ve ben sıkıntının bundan beterini de gördük.. katlanırız. Ben çocukları düşünüyorum. Hallerine baktıkça içim parçalanıyor.

Boranlı'nın çocukları o yaz perişandılar. Yüksek ısı onları kavuruyor, hâlsiz düşürüyor, zayıflatıyordu. O boğucu sıcaklarda başlarını sokacak bir serin köşe bulamıyorlardı. Ne bir yeşil ağaç vardı ne de ufacık bir dere... Baharda bozkır canlanıp dereler, yamaçlar kısa bir süre için yeşerince, çocukların keyfine diyecek olmaz. O zaman top koşturur, saklambaç oynar, kırda koşup sümbülkıranları (gelenileri) kovalarlar. Uzaktan onların bağrışmalarını duymak insanı neşelendirir, zevklendirir.

Fakat o yazın sıcağı çocukları pek mutsuz etmişti. En hareketli, en taşkın çocuklar bile o dayanılmaz sıcaktan ezilmiş, sus pus olmuşlardı. Gün boyunca, dışarıda evlerin gölgeli tarafında oturuyor, ancak tren geçerken çıkıyorlardı oradan. Trenler tek eğlenceleriydi. Katarların kaçının o yana, kaçının bu yana geçtiğini, herbirinde kaç yük, kaç yolcu vagonu olduğunu sayıyor, eğleniyorlardı. Bir yolcu treni kavşaktan geçerken biraz yavaşlasa, çocuklar onun duracağı umuduna kapılıyor, güneşten korunmak için minik ellerini kaldırarak olanca hızlarıyla koşuyorlardı. Sanki trene binip gidecek, bu kavurucu sıcaklardan kurtulacaklardı. Ama vagonlar uzaklaşınca, arkadan gıpta ve üzüntüyle bakakalırlardı. Onların bu hâlini görmek yüreğini parçalıyordu insanın. Kapıları, pencereleri ardına kadar açılmış vagonlarda giden yolcular da bunalıyordu sıcaktan. Pis kokular ve sinekler yüzünden bayılacak gibiydiler. Ama onların bir umutları, sabır güçlerini arttıran bir güvenceleri vardı. En çok iki gün içinde serin suları, yeşil ormanları bulunan bir bölgeye geleceklerini biliyorlardı.

O yaz bütün büyükler, analar-babalar, çocuklar için çok üzülüyorlardı. Ama Abutalip'in neler çektiğini Zarife'den başka yalnız Yedigey anlıyordu. Bir gün Zarife ile Yedigey arasında bu konuda bir konuşma geçti ve Yedigey onların geçirdiği sıkıntılar, talihsizlikler hakkında biraz daha bilgi edinmiş oldu.

O gün hat boyunca çalışıyor, yola çakıl döşüyor ve bunu titreşimden gevşeyen rayların, traverslerin altına sokuyorlardı. Trenler gelip geçtikçe, aralarda yapıyorlardı bu işi. Güneşin altında, ağır, zor bir işti bu. Öğleye doğru, Abutalip boş bir bidon alarak sözde o sıcak sudan getirmek için tankerin yanına gitti. Asıl amacı orada duran çocuklara bir göz atmaktı.

O müthiş sıcağa rağmen, demiryolunda hızlı hızlı yürüyordu. Aklı çocuklardaydı ve bir an önce görmek istiyordu onların ne durumda olduklarını. Kirli, terli fanilesi, kemiği çıkmış omuzlarına yapışmıştı. Başında, saçaklanmaya başlamış bir hasır şapka, ayaklarında bağsız bir ayakkabı vardı. Pantalonu, iyice zayıflamış bacaklarında, yürüdükçe iki yana sallanıyordu. Etrafına hiç bakmadan, ayakkabılarını sürüye sürüye traverslerin üzerinden yürüyor, o sırada arkadan gelen bir trenin sesini duymuyor, dönüp bakmıyordu bile.

- Hey Abutalip, çekil demiryolundan, sağır mısın, tren geliyor! diye bağırdı Yedigey.

Abutalip onu da duymadı. Ancak trenin düdük çalması üzerine yavaşça yol setinden indi. Trene de bakmadı ve bu yüzden makinistin ona hiddetle söylenerek yumruk salladığını görmedi.

Ne savaş, ne esirler kampı saçlarını ağartmamıştı. Çünkü, gencecik bir teğmen olarak cepheye gittiği zaman 19 yaşındaydı. Ama o yaz, gür saçlarına Sarı-Özek kırı düş-

meye başlamıştı. Şakakları şimdiden bembeyazdı. Sarı-
Özek'te hep böyle olurdu zaten. Hayat şartları düzelse,
güzel günlerde olsalar, yakışıklı, güçlü olduğu meydana
çıkardı. Geniş alınlı, kartal burunlu, etli dudaklı, badem
gözlüydü. Gırtlağı hafif çıkıntılıydı. Boylu boslu, gösteriş-
li bir adamdı. Zarife bazen acı bir gülümseme ile takılırdı
ona: "Ah Abu, talihin olsa sahneye çıkar, Otello rolünü çok
güzel oynardın." derdi. Abutalip de gülerek cevap verirdi:
"O zaman da ahmaklık edip seni boğardım, bunu mu isti-
yorsun!"

Abutalip'in gerisinden gelen trene aldırmayışı Yedi-
gey'in canını sıkmıştı. Zarife'ye:

- Ona söyle bir daha böyle yapmasın! dedi. Tren yolun-
da yürümek yasaktır. Tren çarpsa makinist suçlu sayılmaz.
Ama mesele o değil. Niçin kendini tehlikeye atıyor?

Zarife içini çekti. Güneşten yanmış yüzünden akan teri
yeniyle sildi:

- Onun için çok korkuyorum.

- Niçin?

- Korkuyorum Yedike.. senden niye gizleyeceğim. Ço-
cukları ve beni düşünüp kahroluyor. Onunla evlenmeme
ailem karşı çıktı. Onları dinlemedim. Hele ağabeyim çılgı-
na döndü. "Aptallık ediyorsun, hayatın boyunca pişmanlık
duyacaksın!" dedi. Sen bir erkekle değil, felâketin tâ kendi-
siyle evleniyorsun! Doğacak çocukların ve onların çocukla-
rı da mutsuz olacak bu evlilik yüzünden. Senin o sevgilinin
aklı olsaydı, evleneceği yerde gider kendini asardı. Çok da-
ha iyi olurdu bu onun için!" diye bağırdı bana. Biz kimseyi
dinlemedik ve evlendik. Savaş bittiğine göre, artık ölüle-
rin dirilerin hesaplaşması sözkonusu olmaz sanıyorduk.
Evlendikten sonra, hem benim hem onun akrabalarından
uzak durduk. Ama, inanır mısın bilmem, ağabeyim kalkıp
bir dilekçe vermiş. Benim böyle bir adamla evlenmemi en-
gellemek için elinden geleni yaptığını, engel olamadığını,

o yüzden de, benimle ve Yugoslavya'da uzun süre kalmış
Abutalip Kuttubayev adındaki adamla hiçbir ilişkisi kalma-
dığını bildirmiş. Onun işte bu dilekçesinden sonra başımız
dertten kurtulmadı. Nereye gitsek kapıdışarı edildik. İşte
şimdi de buradayız, gidecek başka yerimiz de yok.

Zarife sustu. Kırılmış taşları sert hareketlerle travers-
lerin altına sıkıştırmaya başladı. O sırada karşıdan başka
bir trenin gelmekte olduğunu gördüler, kürekleri ve yük
tezkeresini alıp yoldan çekildiler.

O insanların böylesine güç bir durumda olduklarını
anlayan Yedigey, bir şey yapmak, onlara yardım etmek is-
tiyordu. Ama elinden bir şey gelmezdi. Çünkü felâketin
kökü, kaynağı Sarı-Özek sınırlarının dışındaydı. Kadına
ancak şunları söyleyebildi:

- Biz burada uzun yıllardan beri yaşıyoruz. Siz de alışır-
sınız. Kendinizi yılgınlığa teslim etmeyin. Hayat böyledir,
yaşamak gerek.

Bir yandan da kendi kendine şöyle diyordu: "Eee, böy-
le işte, Sarı-Özek'in ekmeği acıdır. Kışın buraya geldikle-
rinde kadıncağızın yüzü bembeyazdı, şimdi kararıp toprak
rengini aldı." Kadının kısa zamanda güzelliğini yitirdiğine
de acıyordu. "Güzel saçları, kaşları, kirpikleri de kavruldu,
dudakları dilim dilim çatladı. Acınacak hâlde zavallı. Yine
de dayanıyor, koyvermiyor kendini. Dik durmaya çalışıyor.
Hem, iki çocuğu varken dayanmasın da ne yapsın. Aferin
sana kadın, aferin!"

Karşıdan gelen tren, sıcak bir yel savurarak ve makineli
tüfek gibi sesler çıkararak geçip gitti. Onlar da kürekleri
alıp çalışmaya devam ettiler. Yedigey kadını yüreklendir-
mek ve gerçeği kabul etmesini kolaylaştırmak için:

- Bak Zarife, dedi. Burada hayat özellikle çocuklar için
çok zor. Bunu kabul ediyorum. Kendi çocuklarıma bakar-
ken benim de içim parçalanıyor. Ama bu sıcak hep böyle
devam etmez. Yakında değişir hava. Hem düşün ki yal-

nız siz değilsiniz Sarı-Özek'te yaşayan. Çevrenizde başka insanlar da var, biz varız mesela. "Kader böyleymiş" diye kendinizi üzmenize, yiyip bitirmenize gerek yok. Katlanacağız!

- Ben de ona böyle dedim Yedike. Ama onun neler hissettiğini çok iyi biliyorum, üzüntüsünü arttırmamak için patavatsızlık etmemeye, tek yanlış kelime kullanmamaya çalışıyorum.

- Böyle davranmakla çok iyi ediyorsun Zarife. Ben de bir fırsatını bulup böyle davranmanı isteyecektim senden. Ama sen her şeyi biliyor ve yapıyorsun. Özür dilerim akıl vermek istediğim için.

- Doğrusu bazen canıma tak ediyor, dayanamıyorum. Kendime de, ona da, özellikle çocuklara da çok acıyor, ağlıyorum. Onun hiçbir suçu yok. Yine de bizi böyle bir yere getirdiği için kendini suçluyor, üzüntüden kahroluyor. Bizim memleket bambaşkaydı. Ala-Tav (Aladağ) yaylasında, ırlaklar arasında, iklim başka, hayat başka... Hiç olmazsa yaz aylarında çocukları oraya gönderebilseydik! Ama kime göndereceğiz? Analarımız, babalarımız erken öldüler. Kız ve erkek kardeşlerimize, öbür akrabalara gelince... Onları da suçlamıyorum. Ne yapsınlar bizim çocukları? Evvelce de bizden uzak duruyorlardı, şimdi büsbütün yüz çevirdiler. Bizim ne olduğumuzu bile öğrenmek istemiyorlar. Niçin alsınlar çocuklarımızı? Açıkça sözünü etmiyorsak da, ömür boyu buraya saplanıp kalma korkusu aklımızdan çıkmıyor. Abu'nun neler hissettiğini, neler düşündüğünü çok iyi biliyorum. Sonumuzun ne olacağını yalnız Allah bilir.

Bundan sonra aralarına derin bir sessizlik çöktü. Bir daha aynı konuya dönmediler. Trenler gelip geçtikçe işi bırakıyor, sonra yine başlıyorlardı çalışmaya. Başka ne yapabilirlerdi ki? Onları teselli etmek için ne söyleyebilir, nasıl yardım ederdi Yedigey? Kendi kendine "Büsbütün sefalete itilmiş sayılmazlar, karı-koca çalışarak geçimlerini sağlayabilirler. Onları burada zorla kimse tutamaz, ama burada kalmaktan başka çareleri de yok, ne yarın gidebilirler ne de daha sonra..." diye düşündü.

Yedigey, bu aile için bu kadar üzülüp kaygılanmasına şaşıyordu. Onların başına gelenlerle doğrudan doğruya bir ilişkisi vardı sanki. Nesi oluyordu bu insanlar? Bu durumdan kendisinin sorumlu olmadığını, elinden de bir şey gelmeyeceğini söyleyebilirdi kendisine. Hem o neci oluyordu da hüküm vermeye, olayların gidişini değiştirmeye kalkışsın! Basit bir işçiydi. Bozkırdaki diğer işçilerden biri. Hayatta neyin doğru, neyin yanlış olduğuna karar vermeye çalışarak vicdanını harap etmeye, isyan etmeye hakkı var mıydı? Kararların çıktığı yerde, bu işleri ondan bin kere daha iyi bilenler vardı. Orada, Sarı-Özek'tekinden daha iyi, daha açık görürlerdi olayları. Ona mı düşmüştü bunlara kafa yorup üzülmek? Ama, düşünmeden, üzülmeden edemiyordu işte. Niçin olduğunu pek anlamasa da en çok Zarife için sızlıyordu yüreği. Kadının fedakârlığı, bağlılığı, dayanma gücü, mücadelesi, onu hem şaşırtıyor hem de saygı hissi uyandırıyordu onda. Zarife, fırtınadan, kanatlarıyla yuvasını korumaya çalışan bir ana kuş idi. Onun yerinde başka kadın olsa, bir süre ağlayıp sızladıktan sonra, akrabalarının baskısına boyun eğer, onların yanına giderdi. Ama Zarife, savaş yüzünden kocasının başına gelenlere, onunla birlikte, onunla eşit olarak katlanıyordu. Yedigey'i en çok şaşırtan üzen de bu idi. Çünkü bu kadın kocasına yardım edemiyor, çocuklar için bir şey yapamıyor ve bunun için de sürekli bir üzüntü duyuyordu. Sonraları, kader Boranlı'ya böyle bir aileyi düşürdüğü, onu bu ailenin dertleriyle dertlendirdiği için kendine acıdığı zamanlar oldu. Ne diye çekmişti bu acıları? Onlar gelmese, bu acıları çekmez, eskisi gibi dertsiz, kaygısız yaşamaya devam ederdi.

*
* *

-VI-

O GÜN öğleden sonra, Büyük Okyanus'ta, Aleut adalarının güneyinde deniz çırpınmaya başladı. Amerika kıtasının düzlüklerinden kopup gelen güney-doğu rüzgârı yavaş yavaş hızını arttırarak yönünü iyice belli etti. Koca deniz birden kabarıp çalkanmaya, birbirini kovalayan dalgalar da iyice yükselmeye başladı. Bu durum, bir fırtınanın değilse bile, denizin uzun süre dalgalı kalacağının bir belirtisiydi.

Okyanusun ortasında meydana gelen bu dalgalar "Konvansiyon" uçak gemisi için bir tehlike yaratmazdı. Başka zaman olsa duruşunu değiştirmeye hiç gerek görmezdi. Ama o gün, üst mercilerin görüşünü almak için giden ve olağanüstü yetkilerle donatılmış komisyon üyelerini taşıyan iki uçağın her an dönmesi bekleniyordu. Onun için yan sarsıntıları azaltmak, iniş kolaylığı sağlamak amacıyla burnunu rüzgâra çevirdi. İşler yolunda gitti. Önce San-Fransisco'dan sonra Vladivostok'tan havalanan uçaklar güverteye indiler.

Her iki komisyon tam kadro ile dönmüştü. Düşünceli görünüyor ve hiçbirinin ağzını bıçak açmıyordu. Gelişlerinden on beş dakika sonra ortak gizli toplantıyı başlattılar. Toplantının başlamasından beş dakika sonra da, İye'nin uydusu bir gezegende bulunan yörünge istasyonu Parite'nin kozmonotları 1-2 ve 2-1'e acele bir telsiz bildirisi gönderildi. Bildiri şöyleydi: *"Yörünge istasyonu denetleyici kozmonotları 1-2 ve 2-1'e bildiri: Güneş sisteminin dışına çıkmış olan Parite kozmonotları 1-2 ve 2-1'e, hiçbir harekette bulunma-*

malarını duyurunuz. Ortak Yönetim Merkezi'nden yeni bir emir alıncaya kadar yerlerinden kesinlikle ayrılmasınlar."

Bundan sonra, olağanüstü yetkilerle donatılmış komisyon üyeleri, bir dakika kaybetmeden, uzay bunalımına bir çözüm bulmak için, kendi görüş ve tekliflerini ortaya koymak üzere toplantıyı sürdürdüler.

'Konvansiyon' uçak gemisi burnunu rüzgâra vermiş, ardı arkası kesilmeyen dalgalar arasında kımıldamadan duruyordu. O anda bu gemide bütün dünyayı ilgilendiren bir kararın alınmakta olduğunu kimse bilmiyordu.

*
* *

Bu yerlerde trenler doğudan batıya, batıdan doğuya gider gelir.. gider gelirdi...

Bu yerlerde demiryolunun her iki yanında ıssız, engin, sarı kumlu bozkırların özeği Sarı-Özek uzar giderdi.

Coğrafyada uzaklıklar nasıl Greenwich meridyeninden başlıyorsa, bu yerlerde de mesafeler demiryoluna göre hesaplanırdı.

Trenler ise doğudan batıya, batıdan doğuya gider gelir.. gider gelirdi...

*

Ana-Beyit mezarlığına iki saatlik yolları kalmıştı. Sarı-Özek bozkırlarında cenaze alayı aynı düzende ilerliyordu: Karanar'ın üzerine oturmuş Yedigey en önde giderek yol gösteriyordu. Karanar yine yorulmak bilmeyen aynı geniş adımlarla yürümekteydi. Onun ardından traktör ve traktöre koşulu, üzerinde Kazangap'ın tabutu bulunan römork vardı. Römorkta kaynatasının cenazesi yanında tek başına oturan Ayzade'nin kocası ve merhumun damadı vardı. En geride ise Belarus marka yol kazma makinesi. Onları, bazen öne geçen, bazen geride kalan, bazen de kendine göre önemli bir sebeple olduğu yerde duralayan geniş göğüslü, kızıl tüylü köpek Yolbars takip ediyordu.

Tepelerine dikilen güneş iyice kızdırıyordu ortalığı. Yolun büyük bir bölümünü geride bırakmışlardı ama, ilerledikçe bir tümseğin ardından başka bir tümsek çıkıyor, engin Sarı-Özek bozkırının ufka kadar uzanan yeni bir görüntüsüyle karşılaşıyorlardı. Şimdi, vaktiyle Sarı-Özek'i baştan başa istilâ eden Juan-Juanlar'ın oturduğu yerden geçiyorlardı. Başka yerlerden gelen ve buralarda uzun süre kalan Juan-Juanlar kötü bir nam bırakmışlardı. Onlarla bölgenin yerli göçebe aşiretleri arasında, su kuyuları ve otları yüzünden ardı arkası kesilmeyen savaşlar olurdu. Savaşı bazen berikiler kazanırdı bazen ötekiler. Yenilenler topraklarından bir bölümünü kaybeder, kazananlar ise kendi topraklarını büyütür, ama yine yanyana yaşamaya devam ederlerdi. Yelizarov'un anlattıklarına göre o zamanlar sürü beslemeye elverişli olan Sarı-Özek, uğrunda savaşmaya değermiş. O zamanlar, ilkbaharda ve sonbaharda bol yağmur yağarmış, büyükbaş ve küçükbaş hayvan sürülerini beslemeye yetecek kadar bol ot bitermiş buralarda. Bundan başka buraya tüccarlar gelir, panayırlar kurulur, her türlü alış-veriş yapılırmış. Fakat bir zaman gelmiş, iklim birden değişmiş, yağmurlar yağmaz, otlar bitmez olmuş, kuyular kurumuş. Sürülerine ot bulamayan göçebeler ve buralara uzaktan gelip işgal eden Juan-Juanlar sürülerini alıp dağılmışlar. Juan-Juanlar bir daha hiç görülmemiş. Şimdi Volga denen 'İtil' nehri boyuna gitmişler ve orada batıp yok olmuşlar. Ne geldikleri yeri bilen var, ne gittikleri yeri. Bir söylentiye göre de lanetlenmişler, kargılanmışlar. Kışın İtil'in üzerinden geçerlerken buzlar yarılmış, çoluk çocukları, malları ve davarlarıyla buzların altında kalmışlar.

Sarı-Özek'in yerlileri olan Kazaklar ise ülkelerini terketmemiş. Yeni yeni kuyular kazıp su buldukları yerlerde toplanmışlar. Yine de pek tenha imiş. Sarı-Özek ancak savaştan sonra, su taşıyan tankerler işe koyulduğu zaman başlamış. Tanker sürücüsü bölgeyi iyi tanırsa, otlakta, üç-dört ayrı yerdeki sürülerin su ihtiyacını karşılıyormuş. Büyük sürü sahipleri, çevredeki sovhozlar ve kolhozlar o zamanlar buralarda mandıralar kurmayı, böyle bir yatırımın neye mâl olacağını ve risklerini bile düşünmüşler. İyi ki bunu düşünürken epey zaman kaybetmişler ve bu arada, Ana-Beyit yakınında bir şehir oluşuvermiş. "Posta Kutusu" diyorlardı bu adsız şehire. 'Posta Kutusu'na gittim', 'Posta Kutusu'ndan geldim', 'Posta Kutusu'ndan şunu aldım.. bunu aldım' diyorlardı. Posta Kutusu zamanla büyümüş, bir asfalt yolla bir yandan uzay üssüne, öbür yandan demiryoluna bağlanmış ve buraya yabancıların girmesi yasaklanmıştı. İşte, Sarı-Özek'te bu defa endüstrileşmiş bir yerleşim kurulması böyle olmuştu.

Orada geçmişten kalan tek iz Ana-Beyit mezarlığı idi. Devenin çift hörgücü gibi tıpatıp birbirine benzeyen ve bu yüzden Ekiz Tübe (İkiz Tepe) denilen iki tepenin üzerindeydi Ana-Beyit. Bu mezarlık bölgenin en kutsal mezarlığı sayılıyordu. Eskiden bazı aileler ölülerini buraya öyle uzak yerlerden getirirlerdi ki cenaze alayı geceyi bozkırda geçirmek zorunda kalırdı. Ve ölünün yakınları merhumu Ana-Beyit'e gömmüş, ona böyle bir saygı gösterebilmiş olmaktan haklı bir gurur duyarlardı. Halk içinde en çok sayılan, sevilen, bilgili, haklı bir üne sahip insanlar buraya gömülürlerdi. Her şeyi bilen ve bölgeyi çok iyi tanıyan Yelizarov bu mezarlığa 'Sarı-Özek Anıt Kabri' derdi.

O gün, Boranlı demiryolu istasyonundan çıkıp bozkırda ilerleyen develi, traktörlü, kazma makineli ve köpekli tuhaf cenaze alayı, işte oraya gitmekteydi.

Ana-Beyit mezarlığının bir efsanesi, Juan-Juanlar'ın bozkırı işgal ettikleri çağlara dayanan bir hikâyesi vardı: Sarı-Özek'i işgal eden Juan-Juanlar tutsaklara korkunç işkenceler yaparlarmış. Bazen de onları komşu ülkelere köle olarak satarlarmış. Satılanlar şanslı sayılırmış, çünkü bunlar bazen bir fırsatını bulup kaçar, ülkelerine dönerek Juan-Juanlar'ın yaptığı işkenceleri anlatırlarmış. Ama asıl işkenceyi, genç ve güçlü oldukları için satmadıkları esirlere yaparlarmış. İnsanın hafızasını yitirmesine, deli olmasına yol açan bir işkence usulleri varmış. Önce esirin başını kazır, saçları tek tek kökünden çıkarırlarmış. Bunu yaparken usta bir kasap oracıkta bir deveyi yatırıp keser, derisini yüzermiş. Derinin en kalın yeri boyun kısmı imiş ve oradan başlarmış yüzmeye. Sonra bu deriyi parçalara ayırır, taze taze, esirin kan içinde olan kazınmış başına sımsıkı sararlarmış. Böylece sarılan deri, bugün yüzücülerin kullandığı kauçuk başlığa benzermiş. Buna "Deri geçirme işkencesi" derlermiş. Böyle bir işkenceye maruz kalan tutsak ya acılar içinde kıvranarak ölür, ya da hafızasını tamamen yitiren, ölünceye kadar geçmişini hatırlamayan bir *mankurt*, yani geçmişini bilmeyen bir köle olurmuş. Bir devenin boynundan beş-altı kişinin başını saracak deri çıkıyormuş. Bundan sonra, deri geçirilen tutsağın boynuna, başını yere sürtmesin diye, bir kütük ya da tahta kalıp bağlar, yürek parçalayan çığlıkları duyulmasın diye uzak, ıssız bir yere götürürler, elleri ayakları bağlı, aç, susuz, yakan güneşin altında öylece birkaç gün bırakırlarmış. Bu tutsaklar birer mankurt olmadan yakınları bir baskın düzenleyip onları kurtarmasın diye, yanlarına gözcüler koyarlarmış. Açık bozkırda her taraf kolayca görüldüğü için gizlice gelip baskın yapmak kolay olmazmış.

Juan-Juanlar'ın bir tutsağı mankurt yaptıkları duyulur, öğrenilirse, artık onu en yakınları bile gerek zorla, gerek fidye vererek kurtarmak istemezlermiş. Çünkü bir mankurt, eski vücuduna saman doldurulmuş bir korkuluktan, bir mankenden farksız olurmuş onlar için.

Bununla birlikte, bir defasında, adı tarihe *Nayman Ana* olarak geçen bir göçebe kadın, oğlunun başına gelenlere dayanamamış, onu kurtarmak istemiş. Efsane böyle anlatır. Ana-Beyit mezarlığının adı da buradan gelir. *"Ana-Beyit"*, *'ana barınağı, ana huzuru'* demektir.

Sarı-Özek'in kızgın güneşine 'mankurt' olmaları için bırakılan tutsakların çoğu ölür, beş-altı kişiden ancak bir ya da ikisi sağ kalırmış. Onları öldüren açlık ya da susuzluk değil, başlarına geçirilen soğumamış deve derisinin güneşte kuruyup büzülmesi, başlarını mengene gibi sıkıp dayanılmaz acılar vermesiymiş. Bir yandan deve derisi büzülüyor, bir yandan da kazınan saçlar büyüyüp başına batıyormuş. Asyalılar'ın saçları fırça gibi sert olur zaten. Kıllar üste doğru çıkamayınca içeri doğru uzar ve diken gibi batarmış. Bu dayanılmaz acılar sonunda tutsak ya ölür ya da aklını, hafızasını yitirirmiş. Juan-Juanlar işkencenin beşinci günü, 'sağ kalan var mı?' diye gelip bakarlarmış. Bir teki bile sağ kalmışsa, amaçlarına ulaşmış sayarlarmış kendilerini. Hafızasını yitirmiş tutsağı alır, boynundaki kalıbı çıkarır, ona yiyecek içecek verirlermiş. Köle zamanla kendine gelir, yeyip içerek gücünü toplarmış. Ama o bir mankurt imiş artık ve böyle bir köle, pazarlarda, güçlü-kuvvetli on tutsak değerinde sayılırmış. Hatta Juan-Juanlar arasında bir gelenek varmış ki buna göre, aralarında çıkan bir kavgada bir mankurt öldürülürse, bunun için ödenecek bedel, hür bir insanın ölümü için ödenecek bedelden üç kat fazla olurmuş.

Bir mankurt kim olduğunu, hangi soydan, hangi kabileden geldiğini, anasını, babasını, çocukluğunu bilmezmiş. İnsan olduğunun bile farkında değilmiş. Bilinci, benliği olmadığı için, efendisine büyük avantaj sağlarmış. Ağzı var, dili yok, itaatli bir hayvandan farksız, kaçmayı düşünmeyen, bu yüzden de hiç tehlike arzetmeyen bir köle imiş. Köle sahibi için en büyük tehlike, kölenin başkaldırması, kaçmasıdır. Ama mankurt isyanı, itaatsizliği düşünemeyen tek varlıkmış. Efendisine köpek gibi sadık, onun sözünden asla çıkmayan, başkalarını dinlemeyen, karnını doyurmaktan başka bir şey düşünemeyen bir yaratık... En pis, en güç işleri, büyük sabır isteyen çekilmez işleri gık demeden yaparlarmış. Sarı-Özek'in ıssız, engin, kavurucu çöllerine ancak bir mankurt dayanabileceği için, buralarda deve sürülerini gütme işi onlara verilirmiş. Böyle yitik yerlerde, bir mankurt birkaç kişiye bedelmiş. Yanına yiyeceğini, içeceğini verince, kış demeden, yaz demeden, o ilkel hayata dönüşten dolayı sızlanmayı düşünmeden kalabilirmiş bozkırda. Onun için önemli olan tek şey efendisinin emirlerini yerine getirmekmiş. Açlıktan ölmemesi için yiyecek, donmaması için eski-püskü giyecek verdiniz mi, başka bir şey istemezmiş.

Bir tutsağın içine korku salmak için ona kafasının uçurulacağını ya da başka bir yerinin kesileceğini bildirmek; onun hafızasını silme, son nefesine kadar taşıyacağı ve başkalarının anlayamayacağı yegâne kazancı olan bilincini kökünden yok etme cezası yanında hiç kalır. İşte, göçebe Juan-Juanlar, o kısa tarihlerinde, insanın bu gizli özüne kastetmek gibi en büyük vahşet örneğini çıkardılar. Tutsakların yaşayan anılarını elinden almak usulünü bulmakla, insanlığa karşı en korkunç cinayeti işlemiş oldular. İşte *Nayman Ana* oğlunun mankurt olduğunu öğrenince, dayanılmaz bir acı ve umutsuzluk içinde, aşağıdaki ağıtı bunun için yakmıştı:

"Oy balam, oy! Hafızan kökünden sükülüp alınanda, başına sardıkları deve derisi kuruyup büzülerek ceviz kırar gibi beynini sıkıştıranda, o görünmez çember gözlerini kanlı yaşla dolduranda, Sarı-Özek'in dumansız ateşinde

cayır cayır yananda, ölüm susuzluğundan çatlayan dudak-
larına bir damlacık yağmur düşmedi! Oy balam, oy! Can
balam, oy! Yeryüzüne hayat veren güneş, senin için kapka-
ra bir yıldız oldu da bir damla ışık vermedi! Ondan nefret
etmedin mi oy balam oy! Can balam, oy!
    "Acı çığlıkların bozkırda yankı yankı yayılanda, gece
gündüz "Tengri!" deyip yana yakıla gökyüzü boşluğuna
seslendiğinde, dayanılmaz acılarla kıvrananda, kusmukla-
rın, pisliklerin, sidiklerin içinde boğulanda, balam oy, vü-
cudun yıkılıp üzerine sinekler üşüşende, yavaş yavaş aklını
yitirip gittiğinde, hepimizi yaratıp sonra da kendi hâlimize
salıveren Tengri'ye son gücünü toplayıp isyan etmedin mi?
Oy balam, oy! Can balam, oy!
    "İşkenceyle sakatlanan aklını karanlığın örtüsü yavaş
yavaş kapladığında, zorla elinden alınan hafızan geçmiş-
le bağlantısını koparanda, öz ananı dağ dibinden akan ve
kıyısında oyun oynadığın derenin şırıltısını, kendi adını,
babanın adını, sana utana utana bakarak gülümseyen kı-
zın adını, aralarında büyüdüğün bacı-kardeş, hısım-yoldaş
herkesin hayali gözünde silinende, seni karnında taşıyıp bu
günleri göstermek için doğuran anana kargışlar okumadın
mı? Oy balam oy! Can balam, oy!"

    Bu efsane, Juan-Juanlar'ın güney-doğu Asya sınırların-
dan sürülünce, kuzeye akın ederek Sarı-Özek'i ele geçir-
dikleri zamana aittir. Buraya geldikten sonra topraklarını
genişletmek ve köle toplamak için ardı arkası kesilmeyen
savaşlar yaptıkları dönemle ilgilidir. İlk zamanlarda pek
çok tutsak almışlar. Bunların arasında kadınlar ve çocuklar
çokmuş ve hepsi köle yapılmış. Zamanla direniş başlamış,
yerliler toplanıp silahlanmış, bir ordu kurmuşlar, savaş-
mışlar. Ama Juan-Juanlar sürülerini beslemeye çok elveriş-
li olan Sarı-Özek bozkırlarını terketmemişler, buraya iyice
yerleşmek için saldırılarını daha da arttırmışlar. Toprakla-

rının elden çıkmasına razı olmayan yerliler de yabancıları ülkelerinden sürüp çıkarmayı hak ve görev saydıkları için savaşlar sürüp gitmiş. Bazen bunlar kazanmış, bazen onlar. Savaşsız, sessiz dönemler de oluyormuş bazen. İşte bu savaşsız dönemlerin birinde, Naymanlar'ın ülkesine bir tüccar kervanı gelmiş. Bu tüccarlar çay içerken, çevresinde Juan-Juanlar'ın oturduğu kuyuların yanından geçtikleri sırada deve sürüsü güden genç bir çobanla karşılaştıklarını söylemiş ve gördüklerini anlatmaya başlamışlar. Çobanla konuşmak isteyen tüccarlar onun bir mankurt olduğunu hemen anlamışlar. İlk bakışta sağlıklı biri gibi görünüyormuş, onun bir mankurt olduğu, başına böyle bir felâket geldiği hiç belli değilmiş. Bıyıkları yeni terlemiş, oldukça yakışıklı bir genç imiş. Daha önce akıllı, konuşkan olduğu da besbelliymiş. Ama, yeni doğmuş gibi, hiçbir şey bilmiyormuş. Ne kendisinin adını biliyormuş, ne anasının, ne babasının adını. Juan-Juanlar'ın ona yaptıklarını da hiç hatırlamıyormuş. Sorulan her soruya ya evet, ya hayır diyor, ya da hiçbir şey söylemiyormuş. Başına sımsıkı yapıştırdığı şapkasını da hiç çıkarmıyormuş. Çok ayıp, çok acı bir şey olsa da, insanlar bazen sakatlarla alay etmekten hoşlanırlar. Tüccarlar, bazı mankurtların başındaki deve derisinin kendi derisine çıkmamasıya yapıştığını bildiklerinden, onunla gülüp alay etmeye başlamışlar. Böyle bir mankurta "Gel başını buharlayalım da o deve derisini koparalım." demekten daha korkutucu bir şey olmazmış. Bu sözü duyan mankurt yaban ayısı gibi tepinir, kafasına kimseyi dokundurmazmış. Böyleleri şapkalarını başlarından hiç çıkarmaz, gece gündüz onunla yatıp kalkarlarmış. Konuk tüccarların anlattıklarına göre mankurt ne kadar sarsak olsa da, işini çok iyi yapıyormuş. Tüccarların kervanı onun otlattığı develerden uzaklaşıncaya kadar gözlerini onlardan ayırmamış. Gidecekleri sırada tüccarlardan biri ona takılmak için:

- Uzun yola gidiyoruz, çok yer göreceğiz, selâm göndereceğin biri, meselâ bir yavuklun var mı? demiş. Nerde yavuklun? Haydi, utanma, söyle. İşitiyor musun? Belki bir mendil verirsin, ona götürürüz.

Mankurt tüccara uzun uzun baktıktan sonra şöyle demiş:

- Her gün ben Ay'a bakarım, o da bana bakar. Birbirimizi işitmeyiz. Ama biliyorum, orada oturan biri var...

Çadırda tüccarları dinleyenler arasında, onlara çay veren bir kadın varmış. *Nayman Ana* imiş bu. Sarı-Özek efsanesinde kadının adı böyle geçer.

Nayman Ana konuk tüccarlara hiçbir şey belli etmemiş. Anlattıkları olayın onu nasıl etkilediğini hiçbiri anlayamamış. Kadın, sorular sorup daha fazla bilgi almak istiyormuş ama, bir yandan da daha fazlasını öğrenmekten korkuyormuş. Bu yüzden dilini tutmuş, yaralı bir kuşun çığlığı gibi içinde doğan acı sesi bastırabilmiş. Bu sırada sohbet konusu değişmiş, kimse zavallı mankurttan söz etmiyormuş artık. Dünyada böyle şeylere rastlanır, diye düşünmüş olsalar gerek. Ama Nayman Ana hâlâ vücudunu saran korkuyu atmaya, ellerinin titremesini gizlemeye, içinde çığlık atan o kuşu boğmaya çalışıyormuş. Yas için bağladığı ve nice zamandır herkesin görmeye alıştığı ağarmış saçlarını örten yağlığı biraz daha indirmiş alnına.

Az sonra kervan yoluna koyulmuş. O gece gözlerine uyku girmeyen Nayman Ana, Sarı-Özek bozkırında çobanlık eden bu mankurtu bulmadan, onun kendi oğlu olup olmadığını öğrenmeden asla rahat edemeyeceğini anlamış. Uzun zamandan beri oğlunun savaş meydanlarında ölmediği, yine uzun zamandan beri kimseye söyleyemediği bir his, bir sezgi varmış içinde. İşte bu korkunç düşünce yine uyanmış onun ana yüreğinde. Bir an için, böyle kemirici bir şüphe, böyle büyük bir korku ve acı içinde yaşamaktansa, oğlunu iki defa gömmesi daha iyi olurdu herhalde.

GÜN OLUR ASRA BEDEL • 149

*

Oğlunun Sarı-Özek'te, Juan-Juanlar'la yapılan bir savaşta öldüğü söylenmişti. Kocası ise bundan bir yıl önce yapılan bir savaşta ölmüştü. Kocası, Naymanlar arasında ün yapmış, sevilen, sayılan bir adamdı. Onun ölümünden sonra yapılan ilk savaşa, babasının öcünü almak için oğlu da katılmış. Ölenleri asla savaş meydanında bırakmazlarmış ama, bu defa onun oğlunun ölüsünü getirmek mümkün olmamış. Arkadaşlarından birçoğu, çarpışma sırasında, birçokları, delikanlının vurulup atının yelesine abandığını görmüş. Onu almak istedikleri zaman savaş gürültüsünden korkuya kapılan at hızla kaçmaya başlamış. Derken delikanlı da yuvarlanmış attan. Yuvarlanmış ama yere düşmemiş, ayağı üzengiye takılı kalmış, iyice korkuya kapılan at, ölü binicisini sürükleyip götürmüş uzaklara. Paniğe kapılan at aksi gibi düşman safına doğru kaçmış. Kıyasıya savaş sürerken delikanlının iki arkadaşı onun ölüsünü kurtarmak için atın peşinden gitmişler. Ama örgülü saçlı Juan-Juan atlıları derede pusu kurmuş onlara. Sonra, ansızın çıkıp naralar atarak saldırmışlar. Naymanlar'dan biri okla vurulup ölmüş, öbürü de ağır yaralanmış ve atının gemini çevirip geri kaçmak zorunda kalmış, arkadaşlarının yanına gelince de devrilmiş atından. Naymanlar, pusudaki Juan-Juanlar'ın savaşın en kızgın zamanında kanattan baskın yapacaklarını o zaman anlamışlar ve bunun üzerine yeniden toparlanıp hücuma geçmek için geri çekilmişler. O sırada Nayman Ana'nın oğlunun başına gelenler unutulmuş. Onun ölüsünü almak için giden, sonra da ağır yaralanıp geri dönen Nayman, ölüyü sürükleyen atın bilinmeyen bir yöne gidip gözden kaybolduğunu söylemiş onlara.

Birkaç gün sonra Naymanlar savaş meydanına gidip gencin ölüsünü aramışlar. Ama ne ölüsünü bulmuşlar, ne atını, ne silahını, ne de herhangi bir iz. Onun öldüğünden kimsenin şüphesi kalmamış. Savaş sırasında ölmeyip sadece yaralanmış olsa bile, kan kaybından ya da susuzluktan çoktan ölmüş olacağını düşünmüşler. Böylece, onun ölüsünü aramaya, ondan bir iz bulmaya gidenler, elleri boş dönünce, delikanlının Sarı-Özek bozkırında kefensiz, mezarsız yattığını düşünerek ağlamışlar. Onu bu hâlde bıraktıkları, yitirdikleri için utanç duyuyorlarmış. Nayman Ana'nın çadırında, onunla birlikte ağlaşan kadınlar ağıt yakarken bir yandan da kocalarını, erkek kardeşlerini yeriyor, suçluyorlarmış:

– Akbabalar vücudunu didik didik etti, çakallar alıp götürdü, siz de kendinize erkek diyorsunuz! Papağınız yere batsın!

O günden sonra Nayman Ana için dünya bomboş kalmış, günleri acılarla dolu olarak geçmeye başlamış. Bir yiğidin savaş meydanında vurulup ölmesini anlıyor, ama onun bir kefene sarılmadan, bir mezara gömülmeden orada bırakılmasını kabul edemiyor, dövünüyormuş. Rahatı, huzuru kalmamış. Üzüntüler ve kara kara düşünceler ana yüreğini parça parça ediyormuş. Derdini kimselere açamıyor içini kimselere dökemiyormuş. Allah'tan başka başvuracağı kimse kalmamış.

Bu kara düşüncelerden, dayanılmaz acılardan kurtulmak için, işin doğrusunu anlamak, çocuğunun ölüsünü gözleriyle görmek istiyormuş kadıncağız. Eğer gerçekten ölmüşse, kaderi böyleymiş diyecek, olanı kabullenecekmiş. Onu en çok şüpheye düşüren, oğlunun atının hiçbir iz bırakmadan yok olmasıymış. Hayvan vurulmamış, yıkılmamış, ürkmüş ve bir yerlere kaçıp gitmişti. Bütün yılkı atları gibi onun da bir gün sürüye dönmesi ve üzengisine takılan binicisini sürükleyip getirmesi gerekirdi, diye düşünüyormuş. Çocuğunun ölüsünü böyle görmeye de razıymış. O zaman, o korkunç olay karşısında kanlı gözyaşları döker, saçını başını yolar, öyle acılı sözler söylermiş ki, belki Allah'ın bile gücüne gidermiş. Ama hiç olmazsa artık içindeki şüphe gider, daha fazla uzamasını istemediği ömrünü bitirmeye, soğukkanlılıkla kendini ölüme hazırlamaya koyulabilirmiş. Ne yazık ki oğlunun ölüsü bulunmamış, bindiği at geri gelmemişti. Kabilenin öbür insanları zamanla olayı unutmuşlardı ama oğlunu unutamayan ananın acıları dinmiyor, şüpheler aklından çıkmıyordu. Ata ne olmuştu? Koşumlar, silahlar ne olmuştu? Bunlardan birini bulsa, oğlunun başına gelenleri de tahmin edebilirdi. Koşa koşa gücünü yitiren atı, Juan-Juanlar yakalamış olabilirlerdi. Koşumlu bir at da iyi bir ganimet sayılırdı çünkü. Atı yakalayanlar üzengide sürüklenen oğlunu ne yapmışlardı? Onu gömmüşler miydi? Yoksa kurda kuşa yem olsun diye çöle mi atmışlardı? Eğer bir mucize olmuş da ölmemişse, onlar mı öldürmüş ve acısına son vermişlerdi? Yoksa, öylece bırakmışlar mıydı?

Bu sorular, bu şüpheler hiç çıkmamıştı Nayman Ana'nın aklından. Bozkıra gelen tüccarlar çaylarını içerken, yolda bir mankurta rastladıklarını söyleyince işte bu acılarla yaşayan Nayman Ana'nın yüreğine yeni bir kıvılcım düşürdüklerinin farkında değillerdi. O günden sonra o mankurtun kendi oğlu olabileceği düşüncesi aklından çıkmadı. Bu mankurtu bulmadan, onun kendi oğlu olup olmadığını anlamadan rahat edemeyecekti.

*

Naymanlar'ın yaylakları olan yarı kuru dağ eteklerinde, taşlı çıngıllı küçük dereler akardı. Nayman Ana bütün gece o derelerin şırıltısını dinledi. Onun tedirgin, allak bullak olmuş ruh haliyle taban tabana zıt bu şırıltılar ona ne mırıldanıyor, ne anlatıyordu? Ruhu yatışmalı, huzur bulmalıydı artık. Sarı-Özek'in mutlak sessizliğine dalıp gitmeden önce, o monoton berrak şırıltıyı doya doya içer gibi kulaklarına doldurmalı, yüreğini serinletmeliydi. Sarı-Özek bozkırına tek başına gitmesi çok tehlikeliydi ama bu niyetinden kimseye söz açamaz, kimseye güvenemezdi. Çünkü kimse anlamazdı onu. En yakın dostları bile böyle bir işe girişmesini istemezlerdi. "Çoktan ölmüş olan bir insanı aramak için çöllere düşülür mü?" derlerdi. Büyük bir tesadüf eseri olarak sağ kalmış olsa bile onu aramak yine anlamsızdı. Çünkü bu takdirde onu mutlaka mankurt yapmışlardı ve bir mankurt, dışı insan içi saman bir korkuluk idi. Geçmişini bilemezdi.

Nayman Ana, karar verdiği yolculuğa başlamadan, o gece birkaç defa çadırdan çıktı, çevresine kulak verip dinledi, ufukları süzdü, düşüncelerini derleyip toparlamaya çalıştı. Vakit geceyarısıydı. Bulutsuz gökyüzünde parlayan Ay, süt rengi soluk ışığını yeryüzüne yayıyordu. Dağın eteğine serpilmiş beyaz yurtlar (çadırlar), şırıltılı derelerin kıyısında gecelemek için konmuş iri kuş sürülerini andırıyordu. Avılın (köyün) ötesinde koyun ağılları vardı. Daha da ileride yılkıların otladığı vadilerden köpek havlamaları ve bazı anlaşılmaz insan sesleri duyuluyordu. Nayman Ana'yı en çok duygulandıran, avıl yakınında koyun sürülerini bekleyen genç kızların yanık türküleri oldu. Bir zamanlar o da söylemişti bu türküleri. Buraya gelin geldiğinden beri her yaz tam bu bölgede yaylaya çıkarlardı ve şimdi o yılları da hatırlıyordu. Bütün gençliği, bütün ömrü burada geçmişti. Aileleri büyüdükten sonra dört yurt kurmaya başlamışlardı burada: Birinde yemek pişirilir, mutfak olarak kullanılırdı. İkincisinde yemek yerlerdi. Diğer ikisi de oturmak, yatmak içindi. Sonra Juan-Juanlar'ın istilası başlamıştı ve o yapayalnız kalmıştı.

Ve işte şimdi, o da terk edecekti bu tenha çadırı.

Yol için gerekli hazırlığı akşamdan yapmıştı. Yiyecek ve gereğinden fazla su almıştı yanına. Sarı-Özek bozkırında belki kuyuya rastlayamaz, susuz kalabilirdi. Onun için iki tulumu ağzına kadar doldurmuştu. Üzerine bineceği dişi deve Akmaya'yı da hazırlamıştı ve hayvan ileride bir kazığa bağlı olarak bekliyordu. Bu deve onun hem yoldaşı, hem umudu olacaktı. Ona güveniyordu. Akmaya gibi güçlü ve hızlı yürüyen bir devesi olmasa, o ıssız, o engin bozkır yolculuğuna nasıl çıkabilirdi? O yıl Akmaya gebe değildi. Üst üste iki yavrudan sonra kısır kalmıştı ve gücünün doruğunda bulunuyordu. Sağlam, uzun bacaklı, çevik, kıvrak yürüyüşlü, çift hörgüçlü idi. Hörgüçleri kaya gibi sağlamdı. Ağır yük taşımaktan ya da kocamışlıktan tabanları aşınmış değildi. Uzun, güçlü boynu, zarif bir başı, soluk aldıkça kelebek kanadı gibi açılıp kapanan burun delikleri ile, beyaz renkli Akmaya bir sürüye bedeldi. Herkes imreniyordu ona. Ona sahip olmak, onun cinsinden develer üretmek için on tane genç deve vermeye hazır olanlar vardı. Nayman Ana'nın eski zenginliğinden kala kala bu dişi deve kalmıştı elinde. Bütün malını mülkünü ölen yakınlarının kırkıncı gün yemeklerinde, daha sonra da kocası ve oğlu için verilen yas şölenlerinde harcamış, elindeki avucundaki savrulup gitmişti.

Şimdi, sezgilerle ve dayanılmaz acılarla aramaya çıkacağı oğlu için de, bir süre önce büyük bir anma şöleni düzenlemiş, yöredeki bütün Naymanlar'ı davet etmişti.

Şafak sökerken Nayman Ana çadırından çıktı. Yolculuk için bütün hazırlığı tamamdı. Eşikten bir adım atınca durdu. Sırtını kapıya yaslayarak, derin uykuda olan avlına son bir defa göz gezdirdi, düşüncelere daldı. Nayman Ana, gençliğini yitirmiş olsa da güzelliğini henüz yitirmemişti. İnce, uzun boylu, sağlam yapılı idi. Uzak yol için uygun düşecek şekilde giyinmişti. Ayaklarına çizmelerini çekmiş, beline kuşağını bağlamış, entarisinin üzerine bir yelek geçirmiş, geniş bir şalvar giymiş, sırtına bir manto atmıştı. Başına ak bir yazma dolamış, uçlarını ensesinden bağlamıştı. Bu ak yazmayı geceleyin düşüncelere daldığı sırada bağlamaya karar vermişti. Madem ki oğlunun yaşadığını ümit ediyordu, öyleyse kara yazma bağlaması gerekmezdi.

Eğer onun yaşadığından ümidini keserse, kara yazmasını yeniden bağlar ve bir daha hiç çıkarmazdı başından. Sabahın alaca karanlığı ağarmış saçlarını, derin acıların izleri olan alnındaki kırışıkları göstermiyordu henüz. O anda gözleri doldu, derin bir ah çekti. Bir gün böyle bir durumla karşılaşacağı aklına gelir miydi? Kendini toparladı, fısıltı hâlinde bir âyetin ilk sözlerini okudu: "Eşhedüen lâ ilâhe illallah!" Bundan sonra kararlı adımlarla devesine doğru yürüdü ve onu ıhtırdı, elindeki heybeyi hayvanın sırtına attı ve kendisi de üzerine oturdu. Akmaya tekrar doğruldu ve sahibini tâ yukarıya kaldırarak yürümeye hazırlandı. Uzun bir yola çıkacaklarını o da anlamıştı.

Nayman Ana'ya ev işlerinde yardım eden eltisinden başka, avılda onun yola çıktığını gören, bilen olmadı. Nayman Ana, esneye esneye kalkan eltisine bir gün önce torkunlarına (kendi akrabalarına), oradan da, kendisiyle birlikte gelmek isteyen olursa, Kıpçak ülkesindeki evliya Yesevî* dedenin türbesini ziyarete gideceğini söylemişti.

Yola böyle erkenden ve kimseye görünmeden çıkışının sebebi, soru yağmuruna tutulmaktan kurtulmak idi. Avıldan çıktıktan sonra devesinin başını San-Özek'e çevirdi. Önünde hareketsiz bir boşluk gibi uzanan engin Sarı-Özek'e...

*

Bu yerlerde trenler doğudan batıya, batıdan doğuya gider gelir.. gider gelirdi...

---

* Hoca Ahmed Yesevî: Evliya şair, Türkistan Pirî olarak da anılır. Doğum tarihi bilinmiyor. 1166 yılında öldüğünü ve öldüğü zaman yaşının 63'ten fazla olduğunu biliyoruz. Dinî-tasavvufî şiirlerinin toplandığı divana, "Divân-ı Hikmet" deniyor. Yesevî tarikatının kurucusudur. Ünlü seyyahımız Evliya Çelebi onun soyundan gelir. Türbesi Türkistan'ın Yesi şehrindedir ve bugün de ziyaret edilmektedir (Çevirenin notu).

Bu yerlerde demiryolunun her iki yanında, ıssız, engin, sarı kumlu bozkırların özeği Sarı-Özek uzar giderdi.

Coğrafyada uzaklıklar nasıl Greenwich meridyeninden başlıyorsa, bu yerlerde de mesafeler demiryoluna göre hesaplanırdı.

Trenler ise doğudan batıya, batıdan doğuya gider gelir.. gider gelirdi...

"Konvansiyon" uçak gemisinden, yörünge istasyonu Parite'deki denetleyici iki kozmonota şifreli yeni bir telsiz bildirisi daha gönderildi. Bunda, Güneş sistemi dışında bulunan Parite 1-2 ve Parite 2-1 kozmonotlarıyla bağlantı kurmamaları, onların istasyona dönebilmeleri için uygun zamanı bildirmemeleri nazik bir dille ama kesin olarak emrediliyor, Ortak Yönetim Merkezi'nden talimat beklemeleri bildiriliyordu.

Okyanusta orta şiddette bir fırtına vardı. Kabaran dalgalar dev geminin gövdesini dövüyor ve gemi sallanıyordu. Güneş kapalı değildi, beyaz köpükleri parlatıyor, rüzgârın hızı da aynı tempoda devam ediyordu.

Konvansiyon uçak gemisinin, pilotlar ve güvenlik görevlileri de dahil, bütün mürettebatı, işlerinin başında, tetikte bekliyorlardı.

*
* *

Ak deve Akmaya, inler gibi hafif ve monoton bir ses çıkararak, ayaklarını belli belirsiz bir hışırtıyla yere dokundurarak, uçsuz, bucaksız bozkırın düzünde bayırında, günlerden beri yürüyor, yürüyordu... Nayman Ana, bu kavurucu ıssız topraklarda devesinin daha fazla yavaşlamasına izin vermeden sürüyor, pek nadir olarak karşılarına çıkan bir kuyu başında ve ancak geceleri duruyor, sabah olur olmaz devam ediyordu yoluna. Sarı-Özek'in sayısız tümsek-

lerinden birinin ardında büyük bir deve sürüsüyle karşıla-
şacağı ânı bekliyordu kadın. İki günden beri, kırmızı kum-
lu geniş Malakumduçap vadisinin yakınında idi. Avıla ge-
len tüccarların, büyük bir deve sürüsünü güden mankurtla
karşılaştıklarını söyledikleri yer burasıydı. Kilometrelerce
uzanan Malakumduçap vadisinin çevresinde iki günden
beri umutla dolanıyor, bir yandan da Juan-Juanlar'la karşı-
laşmaktan korkuyordu. Aradı, taradı ve yalnız uzayıp giden
bozkırı gördü. Bozkır ve serap... Bir defa, kıvrım kıvrım
yanan bir yolun ilerisinde koca bir şehir gördü. Camile-
ri, minareleri, kale surları gibi yüksek duvarları vardı bu
şehrin. Büyük bir umuda kapıldı. Akmaya'yı hızlandırdı.
Oğlunu belki orada bir köle pazarında bulabilirdi. Onu alır,
Akmaya'ya bindirir, köyün yolunu tutarlardı. Akmaya öyle
koşardı ki kimse yetişemezdi arkalarından. Ne yazık ki, bir
seraptı bu! Çöl yolculuğu ağır ve yorucudur ve bu yüzden
sık sık böyle aldatıcı hayaller görür insan.

Elbette, Sarı-Özek çölünde bir adam arayıp bulmak hiç
de kolay bir iş değildi. Ama bu adamın etrafında, geniş
düzlüğe yayılmış büyük bir deve sürüsü varsa, iş kolayla-
şır. İnsan er-geç bu develerden birini görür. Sonra bütün
sürüyü, sonra çobanını... İşte Nayman Ana'nın umudu,
güveni bu idi.

Ama Nayman Ana sürünün ne kendisine rastlıyordu
ne de izine. İçine bir korku düştü: Ya sürü başka bir otla-
ğa gitmişse? Ya Juan-Juanlar develerini satmak için Hive
ya da Buhara gibi şehirlerin pazarlarına göndermişlerse?
Eğer sürüyü satmak için götürmüşlerse, mankurt çoban
o kadar uzaktan geri dönebilir miydi? Köyden çıkarken,
kaygılar, şüphelerle yanıp tutuşurken, tek arzusu vardı:
Çocuğunu sağ olarak görsün de nasıl görürse görsün. İs-
ter mankurt olsun, ister her şeyi, bütün geçmişi unutmuş
olsun, yeter ki sağ olsun, yaşıyor olsun.. bu kadarına da
razıydı. Ama şimdi, Sarı-Özek bozkırında, aradığı çobanı

bulabileceği yere yaklaştıkça, beyinsiz, deli bir yaratıkla karşılaşmaktan korkmaya, rastlayacağı böyle bir çobanın kendi oğlu olmaması, başka bir zavallı olması için Tanrı'ya dua etmeye hazırdı. Şimdi bu mankurtu, gözleriyle görüp, oğlunun yaşadığı şüphesini kafasından atmak istiyordu. Onu kendi gözleriyle gördükten sonra evine dönecek, bir daha kendine işkence etmeyecek, ömrünün geri kalan bölümünü, kaderine razı olarak sessizce geçirecekti. Sonra, birdenbire yine oğlunu görmek özlemiyle yanıyor, ne olursa olsun, o mankurtun bir başkası değil, kendi oğlu olmasını istiyordu.

İşte, bu çelişkili duygularla ilerlerken, alçak bir tepeyi aşınca, birdenbire büyük bir deve sürüsüyle karşılaştı! Geniş vadiye yayılan semirmeye bırakılmış develer, bodur otların ve dikenlerin uçlarını kopara kopara dolaşıyorlardı. Nayman Ana, Akmaya'yı hızlandırdı, iyice koşturdu. Önce büyük bir sevince kapılmıştı, hemen sonra da mankurt yapılmış bir oğulla karşılaşacağı korkusu düştü içine. Korkudan ürperdi. Ama, nasıl olduğunu anlamadan, yine bir sevince kapıldı. Böylesine karışık, çelişkili duygular içinde ne yapacağını bilemiyor ve Akmaya'yı sürüyor, sürüyordu.

Aradığı sürü işte karşısındaydı. Ya çoban? Nerede çoban? Uzaklarda olamazdı. Ha, evet, oradaydı işte. Vadinin karşı yamacında. Uzaktan yüz hatları pek belli değildi. Uzun bir sopa vardı elinde. Semerli ve onun eşyalarıyla yüklü bir deveyi yedeğinde tutuyor, gözlerine kadar indirdiği şapkasının siperi altından sakin sakin ona bakıyordu.

Nayman Ana, iyice yaklaşınca oğlunu tanıdı ve nasıl olduğunu anlamadan kendini yerde buldu. Daha sonra oğlunu görünce deveden indiğini değil düştüğünü hatırlayacaktı. Ama şimdi bunu düşünecek durumda değildi. İkisini birbirinden ayıran çalılıklar arasından atılarak bağırdı:

- Oğlum! Oğul balam benim! Her yerde seni arıyorum. Ben senin annenim!

Ama aynı anda da acı gerçeği anlamıştı. Hıçkıra hıçkıra ağlıyor, tepiniyor, acı gözyaşları döküyordu. Düşmemek için oğlunun omuzlarına asılmıştı. Toparlanmaya, titreyen dudaklarını büzüp susmaya çalıştı ama tutamadı kendini. Oğlu, öylece, kayıtsız duruyordu. Nice zamandır yüreğinden pençesini çekemeyen acılar şimdi onu yere sermişti. Tutamadığı gözyaşları arasından, gözlerine düşen ağarmış ıslak saçlarının arasından, gözyaşlarından çamurlaşmış yolun tozunu yüzüne buladığı titrek parmakları arasından, oğlunun yüzüne, görüp tanıdığı yüz hatlarına bakıyordu. Bir an göz göze gelince onun kendisini tanıyacağını umuyor, bunu bekliyordu. Bir oğulun öz anasını tanımasından daha kolay ne vardı?

Gel gör ki, onun karşısına dikilmesi, bu hâli, oğlunun üzerinde en küçük bir etki, bir tepki yaratmadı. Sanki her zaman burada yaşıyor, ya da her gün onu görmeye geliyordu. Çoban ona kim olduğunu, niçin ağladığını bile sormadı. Bir süre öyle durduktan sonra kadının elini kendi omuzundan çekip itti, yanından hiç ayırmadığı yüklü binek devesini yedeğine alıp, oyuna dalan köşeklerin (deve yavrularının) uzaklaşıp uzaklaşmadığına bakmak için sürünün öbür başına doğru yürüyüp gitti.

Nayman Ana çöktü kaldı oracıkta. Ellerini yüzüne götürdü ve başını yerden kaldırmadan hıçkıra hıçkıra ağlamaya devam etti. Neden sonra biraz toparlandı, kalkıp yine oğlunun yanına gitti. Çoban onun geldiğini görüyor, başına sımsıkı geçirdiği şapkasının altından ona, hiçbir şey olmamış gibi anlamsız, kayıtsız bakıyordu. Ama, güneşin, rüzgârın kavurduğu zayıf yüzünde belli belirsiz bir gülümseme vardı sanki. Yüzü gülümsüyor gibiydi ama gözleri bomboş, pek ilgisizdi.

Oğlunun yanına gelen Nayman Ana derin bir ah çekerek:

- Gel şuraya otur da biraz konuşalım, dedi.

Yere oturdular.

- Beni tanıdın mı?

Mankurt 'hayır' anlamında başını salladı.

- Adın ne senin?

- Mankurt.

- Bu senin şimdiki adın. Eski adın neydi? Asıl adını hatırlamaya çalış bakalım.

Mankurt sustu. Hiç konuşmuyordu. Ama, iki kaşının arasında ter tanelerinin birikmesinden, gözlerinin bir sis perdesi ardında kalmış gibi görünmesinden hatırlamaya çalıştığı belliydi. Hatırlamasını engelleyen kalın bir duvarı aşamadığı da anlaşılıyordu.

- Peki, babanı hatırlıyor musun? Babanın adı neydi? Kimsin, kimlerdensin? Hiç olmazsa doğduğun yeri, memleketini hatırla.

Hayır, mankurt hiçbir şey bilmiyor, hiçbir şey hatırlamıyordu.

- Vah yavrum, ne yapmışlar sana!

Böyle diyen Nayman Ana'nın dudakları acı ve hiddetten titredi, kendini tutamayıp yine hüngür hüngür ağlamaya başladı. Ama mankurt yine öyle kayıtsız duruyordu.

- Bir insanın elinden malı mülkü, bütün zenginliği hatta hayatı bile alınabilir, diye söylendi, ama insanın hafızasını almak gibi bir cinayet işlenir mi? Ey rızık veren Tanrı! Eğer varsan, insanların aklına böyle bir şeyi nasıl getirirsin? Yeryüzünde zulüm, kötülük az mı ki!

Böyle diyen Nayman Ana, gözlerini mankurt oğlundan ayırmadan, Sarı-Özek'te söylenen o meşhur ağıta başladı. Bu, Sarı-Özek tarihini, kültürünü bilen kişilerin çok iyi hatırlayacağı bir ağıttı. Talihsiz, dertli ananın, Güneşle, Tanrı ile ve kendisiyle ilgili olarak söylediği yakınmalardı. Geleneklere bağlı olanlar onu ezbere bilir ve bugün bile söylerler. Bu ağıtın başlangıç sözleri şöyleydi:

Men, batası ölgen boz maya
Tulıbın kelip iskegen*...

Uçsuz bucaksız Sarı-Özek bozkırının ortasında, dertli ana, gönül avutmaz, dert söndürmez ağıtlarını hıçkırıklar arasında söylemeye devam etti.

Heyhat, mankurtun kılı bile kıpırdamıyordu.

Nayman Ana oğluna kim olduğunu hatırlatarak değil, söyleyerek, tekrar ederek bildirmeye karar verdi:

- Senin adın Colaman'dır**. İşitiyor musun? Sen Colaman'sın. Babanın adı Dönenbay idi. Babanı da hatırlamıyor musun? Küçüklüğünde ok atmayı sana o öğretti. Ben ise senin ananım, sen de benim oğlumsun. Naymanlar kabilesindensin. Anlıyor musun? Sen bir Nayman'sın.

Mankurt, kadının söylediklerini en küçük bir tepki göstermeden ve umursamadan dinliyordu. Sanki o sözlerinin hiçbir anlamı yoktu. Otlar arasında cırlayıp duran çekirgelerin sesini de böyle dinliyordu.

Nayman Ana mankurt oğluna sordu:

- Sen buraya gelmeden önce neler oldu?
- Hiçbir şey olmadı.
- Gece miydi, gündüz müydü?
- Hiçbir şey değildi.
- Kiminle konuşmak isterdin?
- Ay ile konuşmak isterim. Ama birbirimizi işitmiyoruz. Orda oturan biri var.
- Başka ne isterdin?
- Efendiminki gibi örgülü saçımın olmasını.

---

*   Ben, yavrusu ölen boz dişi deve
Tulumunu gelip koklayan... (Yazarın notu)
(Çevirenin açıklaması: Ben, öldürülen ve derisine saman doldurulan yavru devenin anasıyım, buraya, saman dolu bu tulumu koklayıp, yavrumun kokusunu almaya geldim.)
** *Colaman*: "Col=Yol; Aman=Amanlık, sağlık, esenlik". Buna göre ismin anlamı "Yolda esen ol, sağlıklı ol" demek oluyor (Yazarın notu).

Nayman Ana elini mankurtun başına uzatarak:

- Uzat başını da sana ne yaptıklarını göreyim, dedi.

Mankurt birden geri çekildi. Şapkasını iyice bastırdı. Başını öbür tarafa çevirmiş, annesinin yüzüne bile bakmıyordu. Nayman Ana o zaman ona asla başından söz etmemek gerektiğini anladı.

Bu sırada uzaktan, deveye binmiş bir adamın onlara doğru geldiği görüldü.

- Kim bu gelen? dedi Nayman Ana.

- Bana yiyecek getiriyor.

Nayman Ana telâşlandı. Böyle bir anda birdenbire ortaya çıkan Juan-Juan'a görünmemek için devesini ıhtırdı ve üzerine bindi. Oradan ayrılırken:

- Ona bir şey söyleme, dedi, ben az sonra yine gelirim.

Oğlu bir cevap vermedi. Hiçbir şey umurunda değildi zaten.

Nayman Ana, yayılan sürünün arasından devesine binerek gitmekle büyük hata ettiğini anladı. Yaklaşan Juan-Juan, onu Akmaya'nın üzerinde kolayca görebilirdi. Akmaya'yı yedeğine alıp develerin arasından yürüyerek gitseydi görünmeden uzaklaşabilirdi. Ama artık geç kalmıştı bunu yapmak için.

Otlaktan epeyce uzaklaştıktan sonra, yamaçlarında öbek öbek pelinlerin bulunduğu derin bir vadiye girdi. Orada devesinden indi ve hayvanı görünmesin diye ıhtırılmış olarak bıraktı. Sonra da sinip gözetlemeye başladı. Yanılmıştı. Juan-Juan görmüştü onu. Devesini mahmuzlaya mahmuzlaya koşturuyordu. Telâşlıydı. Elinde uzun bir kargı, omuzunda yay ve oklar vardı. Nayman Ana'yı otlakta gördüğü yerde dolanmaya başladı. Belli ki Nayman Ana'nın ne yana gittiğini anlayamamıştı. Bir o yana bir bu yana dolandıktan sonra Nayman Ana'nın saklandığı derenin yakınından geçti. İyi ki Nayman Ana yazmasıyla Akmaya'nın çenesini bağlamayı da akıl etmişti. Yoksa hayvan ses çıkarır, yerini belli edebilirdi. Gizlendiği pelinlerin arasından Juan-Juan'ı iyice yakından gördü. Uzun tüylü bir deveye binmişti. Şişik, gergin yüzlüydü. Kenarları yukarı doğru kıvrılmış, kayığa benzeyen kara bir şapkası vardı. Ensesinden çift örgülü saçları sarkıyordu. Üzengide doğrulup, şimşek gibi çakan gözleriyle sağa sola bakıyor, kargısını da hazır tutuyordu. Nayman Ana, Sarı-Özek'i istilâ eden, birçok Nayman'ı tutsak alan ve ailesine bunca felâketler getiren Juan-Juanlar'ın bir savaşçısıyla karşı karşıya idi şimdi. Ama, silahsız bir kadın vahşi bir Juan-Juan savaşçısına karşı ne yapabilirdi ki? Kendi kendine de soruyordu: Bu insanlar hangi şartlar altında, nasıl bir hayat yaşıyorlardı ki böylesine vahşi, barbar olabiliyorlardı? Esir ettiklerinin hafızasını da bu kadar acımasız yok edebiliyorlar?

Juan-Juan devesini o yana bu yana koşturarak çevreye göz attıktan sonra sürüsünün yanına gitti.

Artık akşam olmuştu. Batmakta olan güneşin son ışınları bozkır ufkunu yangın kızıllığına çevirmişti. Ama az sonra, hava birden karardı, gecenin suskun karanlığı çöktü.

Nayman Ana, o geceyi, bozkırın ortasında tek başına geçirdi. Zavallı oğlunun yakınındaydı ama, Juan-Juan'ın sürünün başından ayrılmamış olacağını düşünmüş ve oğlunun yanına gitmekten korkmuştu.

O gece düşünüp taşınan Nayman Ana, oğlunu buralarda köle olarak bırakmamaya karar verdi. Varsın bir mankurt olsun, varsın hiçbir şeyi anlamasın, yine de kendi ülkesinde, kendi soydaşlarının arasında bulunması, Sarı-Özek bozkırında Juan-Juanlar'a çobanlık etmekten daha iyi olurdu. Ana yüreği ona böyle düşündürüyordu. Başkaları gibi oğlunun başına gelenlere, bir şey yapmadan katlanamaz, kendi canından, kendi kanından olan oğlunu kölelikte bırakıp gidemezdi. Belki oğlu doğduğu yere dönünce aklı başına gelir, çocukluk günlerini hatırlayabilirdi.

Sabah olunca Nayman Ana, Akmaya'ya bindi. Uzaktan, kenardan dolanarak, geceleyin bir hayli dağılmış sürünün yanına sokuldu. İyice sokulmadan önce Juan-Juan'ın hâlâ orada olup olmadığını anlamak için dikkatle baktı etrafına. Onun orada olmadığına, gittiğine karar verince de oğluna asıl adıyla seslendi:

- Colaman! Selâm Colaman!

Oğlu dönüp baktı ve kadın bir sevinç çığlığı attı. Fakat, çocuğun onu tanıdığı, adını hatırladığı için değil, sadece bir ses duyduğu için dönüp baktığını hemen anladı. Yine de, onun silinmiş hafızasını canlandırmak, uyandırmak için devam etti konuşmaya:

- Adını hatırlıyor musun? Hatırlamaya çalış oğlum, diye yalvardı.

- Hatırla yavrum, babanın adı Dönenbay idi. Unuttun mu? Senin adın da mankurt değil. Colaman senin adın.. Colaman! Sana bu adı verdik, çünkü sen yolda, Nayman-lar'ın büyük bir göçü sırasında doğdun. Doğduğun yerde üç gün konakladık, üç gün şenlik yaptık.

Bütün bu sözler Mankurt'a hiçbir şey hatırlatmıyor, ona hiçbir etki yapmıyordu. Ama Nayman Ana anlatmaya, oğlunun karanlık bilincinde bir şeyler uyandırabilme umuduyla konuşmaya devam ediyordu. Tekrar tekrar konuşuyor, sımsıkı kapalı bir kapıyı döver gibi, ısrarla aynı soruları soruyordu:

- Adını hatırlıyor musun? Babanın adı Dönenbay idi!

Bundan sonra, getirdiği yiyeceklerle oğlunun karnını doyurdu, içeceklerden içirdi ve ona ninniler söyledi.

Mankurt ninniden çok hoşlanmıştı. Rüzgârın sertleştir-diği, güneşin kavurup kararttığı yüzünde tatlı bir yumuşama, bir hoşlanma dalgası görüldü. Onun yüzündeki bu değişmeyi gören ana sevindi, umutlandı ve buraları, Juan-Ju-anlar'ı terkedip kendisiyle köylerine, doğup büyüdüğü yere gelmesini istedi ondan. Ama Mankurt'un aklı almıyordu bunu. Buralardan çekip giderse sürü ne olacaktı? Efendisi ona hayvanların yanından ayrılmamasını emretmişti. Efendisi ne söylerse o olurdu sürüden asla uzaklaşamazdı.

Nayman Ana yitik hafızanın kapısını, bir daha, bir daha zorladı:

- Kim olduğunu hatırlıyor musun? Adın neydi? Babanın adı Dönenbay!

Kadının çabası boşunaydı. O sımsıkı kapanmış kapıyı aralamak için uğraşırken vaktin geçtiğini farketmedi. Tam da o sırada, sürünün öbür başında bir Juan-Juan'ın yaklaştığını gördü. Bu defa çok daha yakındı ve bindiği deveyi daha hızlı sürüyordu. Nayman Ana hemen kalktı, kendi devesine bindi ve aksi yönden giderek uzaklaşmak istedi oradan. Ama ikinci bir Juan-Juan yolunu kesti. Bunun üzerine Nayman Ana, Akmaya'yı ikisinin arasından sürdü, olanca hızıyla koşturmaya başladı. İki Juan-Juan da kargılarını sallayarak düştüler peşine. Bereket versin dişi deve Akmaya çok hızlı koşan bir deveydi ve kısa zamanda arayı açıp uzaklaştırdı Nayman Ana'yı. Juan-Juanlar'ın uzun kıllı develeri Akmaya'ya yetişebilir miydi hiç! Sarı-Özek bozkırında inanılmaz bir hızla koşup uzaklaşıyordu Akmaya.

Juan-Juanlar kadına yetişemeyeceklerini anlayınca kovalamaktan vazgeçtiler. Onların, sürünün başına döndüklerinde mankurtu ölesiye dövdüklerini zavallı ana bilemezdi. Adamlar onu döve döve o yabancının kim olduğunu, niçin geldiğini soruyor, ama hep aynı cevabı alıyorlardı mankurttan.

- Bilmiyorum, annem olduğunu söylüyor.

- Hayır, annen değil, senin annen yok! Onun buraya niçin geldiğini biliyor musun? O kadın senin şapkanı çıkarıp başını buğulamak istiyor! Onun için geldi buraya!

Bu sözleri duyan zavallı mankurtun yüzü korkudan sapsarı oldu. Boynunu omuzlarına çekti, şapkasını iki eliyle tutup başına bastırdı. Ürkmüş yabani bir hayvan gibi etrafına bakındı.

Juan-Juanlar'dan yaşlı olanı:

- Hadi artık korkma! Al bakalım şunları! dedi.

Böyle derken mankurtun eline bir yay ve birkaç ok tutuşturdu. Daha genç olan Juan-Juan da şapkasını havaya fırlatarak:

- Haydi, iyi nişan al! Vur bakalım!

Ve ok, havaya fırlatılan şapkayı delip geçti.

- Gördün mü? dedi şapkanın sahibi. Başındaki hafızasını yitirmiş ama elinin hafızasını yitirmemiş.

Nayman Ana, yuvasından ürkütülmüş bir kuş gibi, Sarı-Özek bozkırında oradan oraya koşturuyor, ne yapacağını bilemiyordu. Juan-Juanlar sürüyü alıp başka bir yere götürmüşlerse? Çocuğunu da alıp gitmişlerse? Gittikleri yer kendi obalarına çok yakınsa? Ya sürüyü bırakıp onu bulmak için iz sürmeye başlamışlarsa?

Bu düşüncelerle kaygılanıyor, kimseye görünmemeye çalışarak ve dört tarafına bakınarak dolanıp duruyordu çölün ortasında. Sonra birden, iki Juan-Juan'ın sürüyü bırakıp gitmekte olduklarını gördü. Yanyana gidiyor, geriye dönüp bakmıyorlardı bile. Buna çok sevindi. Juan-Juanlar iyice uzaklaşınca tekrar oğlunun yanına dönmeye karar verdi. Bu defa ne olursa olsun çocuğunu kaçırıp götürmek istiyordu. Çocuğun başına ne geldiyse gelmişti ama bu onun suçu değildi. Düşmanlar yok etmişti onun bilincini, hafızasını. Kaderi böyleymiş. Ne olursa olsun, anası onu köle olarak bırakamazdı. Onu Naymanlar'ın arasına götürecek ve barbar Juan-Juanlar'ın tutsak ettikleri Nayman yiğitlerine neler yaptıklarını herkese gösterecekti. Bunu görüp silaha sarılırlardı. Mesele toprak değildi. Herkese yeterek kadar toprak vardı buralarda. Mesele, Juan-Juanlar'ın dayanılmaz kötülüğünde idi. Uzak bir komşu olarak da tahammül edilmezdi onlara!

Nayman Ana bu düşüncelerle oğlunun bulunduğu yere doğru ilerledi. Bir yandan, onu hemen bu gece kendisiyle gelmeye nasıl razı edeceğini düşünüyordu.

Engin Sarı-Özek bozkırında akşam oluyor, derelerin, tepelerin arasında hava kararıyordu. Batmakta olan güneşin kızıl ışınlarıyla, geçmiş ve gelecek sayısız gecelerden biri daha yavaş yavaş iniyordu bozkırın üzerine. Beyaz deve Akmaya binicisini, hafif, serbest bir yürüyüşle deve sürüsünün bulunduğu yere götürüyor, batan güneşin kızıl ışınları Nayman Ana'nın yüzüne vuruyor, net bir görüntü veriyordu. Nayman Ana dikkatli, kaygılı, yüzü sararmış, hatları iyice gerilmişti. Ağarmış saçları, kırışıkları alnına ve gözlerine nakşedilen düşünceleri, Sarı-Özek'in alacakaranlığı gibi, dinmeyen yürek acılarının yüzüne yansımasından başka bir şey değildi.

Nihayet deve sürüsünün yanına geldi ama develerin arasında boş yere dolandı bakışları. Onun öteberisini taşıyan devesi, yularını yerde sürüyerek dolaşıp duruyordu kendi başına. Çoban yoktu! Neler olmuştu? Nerelere gitmişti?

- Colaman! Colaman! Neredesin oğlum? diye bağırdı Nayman Ana.

Cevap veren olmadı, görünen yoktu.

- Colaman! Neredesin? Ben geldim, ben, annen! Neredesin?

Nayman Ana merakla her tarafa göz gezdirirken, mankurt oğlunun bir devenin ardında diz çökmüş, yayını germiş, ok atmaya hazır beklediğini göremiyordu. Mankurtun gözüne güneş ışığı düşüyor ve bu yüzden tam nişan alabilmek için uygun ânı bekliyordu.

Oğlunun başına bir şey gelmiş olmasından korkan Nayman Ana ise seslenmeye devam etti:

- Colaman! Oğlum!

Nayman Ana birden eyerin üzerinde döndü ve oğlunun kendisine nişan aldığını gördü.

- Dur! Atma!

Ancak bunu diyecek kadar zamanı olmuştu. Deveyi mahmuzlayıp hızlandırmak istemişti ama fırlatılan ok vınlayarak sol böğrüne saplanmıştı bile!

Darbe öldürücüydü. Nayman Ana'nın başı sarktı, devenin boynuna sarılmak istediyse de tutunamadı, yere yuvarlandı. Ama kendisinden evvel beyaz yazması düştü başından. Ve bu beyaz yazma bir kuş olup havalandı. Ana'nın ağzından çıkan son sözleri tekrar ede ede gökyüzüne uçtu gitti: *"Adını hatırla! Kim olduğunu hatırla! Babanın adı Dönenbay! Dönenbay! Dönenbay!"*

İşte o gün bugün, Dönenbay kuşu, Sarı-Özek bozkırında geceleri uçar dururmuş. Bir yolcuya rastlayınca onun yanına sokulur, "Adını biliyor musun? Kim olduğunu biliyor musun? Babanın adı Dönenbay! Dönenbay! Dönenbay!" diye ötermiş.

Sarı-Özek'te Nayman Ana'nın gömüldüğü yere Ana-Beyit (Ana'nın yattığı yer) diyorlar. Mezarlığın adı bundan geliyor.

Ak deve Akmaya'nın soyundan gelen develer üreyip çoğalmış. Onun soyundan gelen bütün dişi develer tıpkı onun gibi ak başlı imişler. Yine onun soyundan gelen erkek develer ise, tıpkı Karanar gibi kara renkli, iri ve çok güçlü olurlarmış.

Şimdi Ana-Beyit'e gömmek üzere götürdükleri merhum Kazangap, Boranlı Karanar'ın, Nayman Ana'nın ölümünden sonra Sarı-Özek bozkırında kalan ünlü ak deve Akmaya'nın soyundan geldiğini anlatırdı.

Yedigey, Kazangap'ın devesi için anlattıklarına inanırdı. Niçin inanmayacaktı? Boranlı Karanar buna lâyıktı.. iyi günlerde, kötü günlerde birçok sınavdan geçmiş, sahibini hiçbir zaman darda, çaresiz bırakmamıştı. Yalnız, kızışma zamanında çok azgınlaşırdı. Kızışması da hep kara kışa rastlardı. O zaman iyice azgınlaşır, kara kış gibi dayanılmaz, zaptedilmez olurdu. Yedigey, hem kara kış, hem devesi ile uğraşmak zorunda kaldığı için, aynı anda iki kışı birden yaşardı. Bir keresinde Karanar ona öyle bir iş yapmış, öyle eziyet çektirmişti ki, anasından emdiği süt burnundan geldi. Eğer o bir hayvan değil de, bilinci, mantığı olan ama insan olmayan bir yaratık olsaydı, Yedigey onu asla bağışlamazdı. Ama, çiftleşme zamanında azmasın da ne yapsın! Aslında mesele o da değil. Bazıları hayvanı suçlu, sorumlu sayar. Oysa hayvanın yaradılışı, kaderi öyledir. Kazangap bunu çok iyi biliyordu ve Yedigey'in yanlış bir şey yapmasını engellemişti. Yoksa Karanar'ın sonu kimbilir ne olurdu.

*

* *

-VII-

BORANLI YEDİGEY, 1952 yılının yaz sonu ile sonbahar başlangıcını, geçmişinin en mutlu dönemlerinden biri olarak hatırlardı. O yıl bütün tahminlerinin, bütün hayallerinin gerçekleşmiş olması bir mucize idi onun için. Bozkır kertenkelelerinin bile başlarını sokacak bir serinlik bulmak için evlerin eşiklerine sığınmaya çalıştıkları o korkunç sıcaklar sürerken, Ağustos ortalarında havalar birdenbire değişmeye başladı. O dayanılmaz sıcaklar gitti ve onların yerini hafif bir serinlik aldı. Artık hiç olmazsa geceleri serinliyor, rahat uyuyabiliyorlardı. Sarı-Özek'te de bazen böyle güzel günler olur. Her yıl değilse bile bazen istisna bir mevsim yaşanır. Kış mevsimleri her zaman serttir, ama bazı yazlar insaflı olur, hoş geçer. Yelizarov böyle şeylerden söz etmeyi severdi. Bir defasında bu iklim değişikliklerinin sebeplerini de anlatmıştı.

Atmosferin en yüksek tabakalarında meydana gelen basınçlar ve gökyüzündeki su akıntılarının yön değiştirmesi sonunda olurmuş bu değişiklik. Yükseklerde gözle görülmeyen büyük ırmaklar, bu ırmakların kıyıları, yatakları varmış. Bu ırmaklar durmadan akar, yerküreyi saran rüzgâra sürtünür, dünyayı yıkayıp temizlermiş. Zamanın akışı denen şey de bu imiş.

Yedigey, Yelizarov'u dinlemekten çok hoşlanır, bu bilgili, bu iyi ve benzeri az bulunan insana saygı duyar, ondan da aynı karşılığı görürdü. Neyse, o gökyüzü ırmağı, her nedense, bazen alçalır, Sarı-Özek'in havasını, sıcağını serinletir ve sonra da gidip Himalaya dağlarına çarparmış. Himalaya aslında çok uzaktaydı ama, yerküre ölçülerine göre o uzaklık pek önemli sayılmazdı. O yüksek dağlara çarparak geri dönermiş. Geri döner ve sıcaktan kavrulan Hindistan'a ya da Pakistan'a inmeden, engelsiz, apaçık bir deniz gibi olduğu için Sarı-Özek bozkırına dökülürmüş. İşte, bozkıra biraz Himalaya serinliğinin gelmesi bundanmış.

Sebep ne olursa olsun, 1952 yazının sonlarında ve sonbaharın başlarında havalar çok güzel geçti. Sarı-Özek bozkırına genellikle çok az yağmur yağar, bol yağışlar, sağnaklar, önemli bir olay sayıldığı için uzun zaman unutulmaz. Ama o yaz sonlarında yağan yağmuru Yedigey hayatı boyunca unutamayacaktı. Önce gökyüzünü bulutlar kapladı. Her zaman ıssız ve değişmeden duran Sarı-Özek göklerini bulutların kaplaması bile, başlıbaşına, çok şaşılacak bir olaydı. Sonra, çok bunaltıcı bir sıcaklık oldu. Toprak kızgın bir tandır hâlini aldı.

O gün Yedigey istasyonda, gidecek vagonu katara bağlıyordu. Yedek hatta duran ve bağlanması gereken üç vagon daha kalmıştı. Bunlar travers yapımı için çam tomruğu ve yola döşenmek üzere çakıltaşı getirmiş olan vagonlardı ve bir gün önce boşaltılmışlardı. Her zaman olduğu gibi, vagonların çok acele boşaltılması söylenmişti ve onlar da söyleneni yapmışlardı. Kazangap, Abutalip, Zarife, Ukubala, Bikey ve hat boyunda çalışmayan herkes boşaltma işine koyulmuşlardı. Ama vagonlar orada hâlâ duruyordu işte. O zamanlar bütün işler kol gücüyle yapılıyordu. Vagonları boşaltma işinin o korkunç sıcağa rastlaması büyük bir şanssızlıktı doğrusu. Ama, iş işti, yapılacaktı ve onlar da yapmışlardı. Ukubala buharlaşma yüzünden traverslerden çıkan şiddetli katran kokusuna dayanamadığı için midesi bulanmış, bunun üzerine onu eve göndermişlerdi. Bir süre sonra öbür kadınlar da serbest bırakıldı. Çünkü çocuklar evde sıcaktan bunalmış, bitmişlerdi. Erkekler kan ter içinde kalarak işi bitirdiler.

Ertesi gün, yağmurun boşanmasından biraz önce, boş vagonlar, düzenli işleyen bir marşandiz katarına eklenerek Kumbel'e gönderilecekti. İşte bunun için yapılan manevralar ve vagonların takılması sırasında, Yedigey, hamama girmiş gibi ter içinde kalmış, bunalmıştı. Yakıcı güneş bile o bunaltıcı havadan daha iyiydi. Üstelik o gün makinist de pek acemiydi ve bir türlü doğru dürüst yanaştıramıyordu lokomotifi. Vagonların arasında iki büklüm katlanarak yürümek hiç de kolay olmuyordu Yedigey için. Yedigey makiniste, makinist de ona küfredip durdular. Aslında, lokomotif ocağının karşısında çalışan makinistin hâli daha da beterdi. İkisi de sıcaktan serseme dönmüşlerdi. Bereket versin sonunda işi bitirdiler ve tren boş vagonları alıp götürdü.

İşte o sırada boşanmağa başladı yağmur. Sicim gibi, sellerce... Gök yarılmıştı sanki. Kısa zamanda yerde gölcükler oluştu. Söylenenler doğruysa, Himalaya'nın doruklarında, karlı tepelerinde soğuyup, oranın nemini ve serinliğini getiren bir yağmurdu bu. Meğer neymiş, ne muazzam bir kaynakmış bu Himalaya!

Yedigey, evlerine doğru koştu. Kendisi de bilmiyordu niçin koşup kaçtığını. Eski bir alışkanlık olsa gerek. Çünkü sağnağa yakalanan bir adam ya evine kaçardı ya da bir saçak altına. Ama, orada böyle bir yağmurdan kaçılır mıydı hiç! Kuttubayev ailesinin, Abutalip, Zarife ve iki çocuklarının, evlerinin önünde el-ele tutuşarak, hoplaya zıplaya oynadıklarını görünce, kaçışının alışkanlıktan başka bir sebebi olmadığını daha iyi anladı. Onları böyle coşkulu görmek çok dokundu Yedigey'e. Ona asıl dokunan, onların zıplayıp oynamaları değildi. Abutalip ile Zarife, yağmurun başlamasından az önce, işi bırakıp hat boyunca koşarak gitmiş ve o da gittiklerini görmüştü. Meğer yağmuru çocuklarıyla birlikte ailece karşılamak istiyorlarmış. Bunu şimdi anlıyordu ve onu asıl duygulandıran da bu idi. Böyle bir şey hiç gelmezdi onun aklına. Ama onlar, Aral denizine konan yabancı kazlar gibi, bağrışıp çağrışarak, itişip kakışarak, düşüp kalkarak çimiyor, yıkanıyorlardı. Bu onlar için bir yenilik, gökten gelen bir serinlik, bir dinlenme fırsatıydı. Sarı-Özek bozkırı öylesine susuz, bunaltıcı geçerdi çünkü. İşte bu yüzden Yedigey, hem sevinmiş, hem üzülmüştü. Toplum tarafından oradan oraya sürülen bu zavallılar, şimdi bu yitik, bu küçücük Boranlı'da, bu küçük mutluluğa dört elle sarılıyorlardı.

Abutalip tufan gibi düşen o yağmurun altında kollarını yüzgeç gibi sallayarak seslendi:

- Yedigey, gel sen de katıl bize!

Çocuklar da zıplamayı bırakıp ona koştular!

- Yedigey amca! Yedigey amca!

Çocuklardan küçüğü olan Ermek üç yaşını ancak doldurmuştu. Yedigey'in çok sevdiği bu çocuk, sevinçten açılan ağzı yağmurla dolarak, kollarını uzatarak koşmuştu ona. Yedigey onu kucaklayıp havaya kaldırmış, döndürmüştü. Ama şimdi ne yapacaktı? Bu aile şenliğine katılıp zıplamak gelmiyordu içinden. Tam bu sırada, bağrışmaları duyan kızları Saule ile Şerafet de koşup geldiler. Onlar da bağrışıyordu sevinçten: "Baba gel, biz de koşalım!" dediler. Bunun üzerine Yedigey kararsızlığını yendi ve hep birden elele tutuşup zıplamaya başladılar. Yağmur sicim gibi yağıyor ve onlar coşup eğleniyorlardı.

Yedigey, su birikintisine düşmesin, ağzına gözüne çamurlu su dolmasın diye, gözdesi Ermek'i kucağından bırakmıyordu. Abutalip de Yedigey'in küçük kızı Şerafet'i almıştı omuzuna. İki koca adam çocukları eğlendiriyor, kendileri de eğleniyorlardı. Ermek, Yedigey'in kucağındaydı. Kollarını açıp avazı çıktığı kadar bağırıyor, ağzına çok su dolunca küçük başını Yedigey'in göğsüne yapıştırıp boynuna asılıyordu. Çok duygulandırıcı bir sahneydi bu ve Yedigey birkaç defa Abutalip ile Zarife'nin çocuklarıyla bu kadar candan ilgileniyor ve çocuk Yedigey amcasıyla bu kadar mutlu oluyor diye sevinçli, minnet dolu bakışlarını yüzünde yakaladı. Bu yağmur şenliği, elbette, Kuttubayev ailesi kadar Yedigey ve kızlarını da sevindirmiş, coşturmuştu. Yedigey, birdenbire Zarife'nin ne kadar güzel bir kadın olduğunu işte o zaman farketti. Yağmur, Zarife'nin kara saçlarını dağıtmış ve dağılan saçları yüzüne, boynuna, omuzlarına yapışmıştı. Tepeden tırnağa sırılsıklam olduğu için de, entarisi vücuduna yapışmış, çevik, şuh vücudu, kolları, bacakları, kalçaları iyice meydana çıkmıştı. Gözleri sevinçten parlıyor, beyaz dişleri gülen dudakları arasında ışıldıyordu.

Sarı-Özek'in yağmuru "ne ata yem olurdu ne eşeğe yük." Kar yavaş yavaş toprak tarafından emilirdi ama yağmur ne kadar çok, ne kadar şiddetli yağarsa yağsın, diner dinmez, avuç içinde kayan cıva gibi, derelere, vadilere akıp giderdi. Köpürüp gürüldeyerek akan sellerden bir şey kalmazdı.

Tufan gibi yağan yağmurdan, birkaç dakika içinde dereler, seller oluşmuş, köpüklenerek, gürleyerek akmaya başlamıştı. Boranlılar da ellerine geçirdikleri kapları alıp sellere doğru koşmaya başladılar. Koşuyor, oynuyor ve ellerindeki kapları suya salıyorlardı. Daul ve Saule gibi büyücek çocuklar bir tekneye ya da leğene binerek yüzdüler. Daha küçükleri de ana babaları yüzdürüyordu.

Yağmur dinmek bilmiyordu. Leğenlere binip yüzen çocuklar az sonra kendilerini istasyon girişinde, demiryolu tümseğinin dibinde buldular. Tam o sırada bir yolcu treni geçmekteydi. Yolcular vagon pencerelerinden başlarını uzatıp, bozkırın ortasındaki bu garip, bu kaçık insanlara şaşkın şaşkın baktılar. Yolcuların bazıları ıslık çalıyor, bazıları alaylı alaylı bağırıyor, "Dikkat edin ha! Boğulursunuz!" diye gülüyorlardı.

Yolcuları pek güldüren o manzara gerçekten tuhaf ol-
malıydı. Tren geçip gitti. Vagonları sağnaktan iyice yıkan-
mıştı. Herhalde birkaç gün sonra yolcular bu küçük istas-
yonda gördükleri tuhaf olayı, o tuhaf insanları, arkadaşları-
na, tanışlarına anlatıp onları da güldürmek isteyeceklerdi.
Yedigey o sırada Zarife'nin ağladığını fark etmesey-
di belki olayı hiç de öyle düşünmeyecekti. Gerçi böyle bir
yağmurda, insanın yüzü şarıl şarıl sularla ıslanırken onun
ağladığını anlamak zordu ama yine de belliydi, ağlıyordu
işte. Güler gibi yapıyor, neşeli görünmeye, sözde gülüş ve
çığlıklarla hıçkırıklarını tutuyordu, ama yine de gizleyemi-
yordu ağladığını. Abutalip farkına vardı ve onun ellerini
tutarak:
- Ne oldu sana! Hasta mısın yoksa? Hadi içeri girelim!
dedi.
- Bir şeyim yok, hıçkırık tuttu da, dedi Zarife.
Eğlenmeye, oynamaya, beklenmedik bu yağmurun ar-
mağan ettiği o mutluluk ânında çocukların neşesini art-
tırmaya devam ettiler. Yedigey'in neşesi kaçmıştı. Çünkü
kendi gözleriyle görmüştü Zarife'nin ağladığını. Bundan
çok daha iyi bir hayatın varlığını bilen o zavallılar için o
günkü olay aslında pek acı bir şey olmalıydı. Yaşamakta ol-
dukları güzel hayatı, böyle bir yağmurun hiç önemi olma-
yan, insanların temiz, berrak sularda yüzdüğü, şartların,
eğlencelerin bambaşka olduğu, ana-babaların çocuklarını
daha başka yetiştirdikleri, onlarla daha başka ilgilendikleri
bir hayatı almışlardı onlardan.. Zarife bunu unutamıyor,
bunun için ağlıyor olmalıydı.
Yedigey, çocukları için eğlenceli bir gün yaşatmaya ça-
lışan Abutalip ve Zarife'nin üzüntüsünü arttırmamak için,
hiçbir şeyin farkına varmamış gibi, onlarla birlikte eğlen-
meye devam etti.
Dinmek bilmeyen yağmur altında, büyükler de küçük-
ler de oyuna doyup yoruldular. Sonra herkes evine doğru

koştu. Yedigey bir ara durup Kuttubayevler'in (ana, baba ve iki çocuğun) yanyana koşmalarına baktı. Hepsi sırılsıklam idi. Sarı-Özek'te, hiç olmazsa bir gün, bir defacık mutlu olmuşlardı.

Yedigey küçük kızını kucağında taşıyarak, büyüğünün elinden tutarak evinin eşiğinde göründüğü zaman, Ukubala şaşkınlıktan dilini yutacaktı. Korkuya kapılarak sordu onlara:

- Aman Tanrım! Ne oldu size? Neye benziyorsunuz böyle?

Yedigey karısını yatıştırmak için:

- Korkma, korkma! Bir şey yok! dedi. Sonra da gülerek ekledi:

- Atan deve sarhoş olunca taylaklarla* oynarmış!

- Bakıyorum sen de öyle yapmışsın! dedi Ukubala gülümseyerek. Haydi hemen soyunun, sudan çıkmış tavuk gibi durmayın orada!

Yağmur nihayet dinmişti. Ama geceleyin, ardı arkası kesilmeyen gök gürlemelerinden, uzaklarda, sabaha kadar yağdığı anlaşılıyordu. Yedigey, gece birkaç defa uyandı ve buna kendisi de şaştı. Eskiden, yani Aral kıyısında yaşadığı zamanlar, gök tam başının üzerinde yarılmış gibi gürlerdi de yine de uyanmazdı. Herhalde orada yağışlar ve gök gürlemeleri çok olduğu için buna alışmıştı. Orada hayat bambaşkaydı. Hafta yedi gün sekiz, gök gürlerdi. Yedigey her uyanışında kirpiklerini aralayıp bozkırın uzaklarında parlayıp oraları aydınlatan şimşeklerin cama vuran ışıltılarını görüyordu.

Yedigey o gece rüyasında kendini cephede, düşman ateşi altında gördü Ama mermiler ses çıkarmadan patlıyordu. Düştükleri yerde toprak kara fıskiyeler gibi yukarı savruluyor, havada bir an kalıyor, sonra yine aşağı dökülüyordu.

---

* *Taylak*: Deve yavrusu (Yazarın notu).
  (*Atan*: Erkek deve. Deve yavrusuna 'köşek' ve 'torum' da denir.)

Bu patlamalardan biri onu kaldırıp havaya fırlattı. Oradan korkunç bir uçuruma doğru inmeye başladı. Kalbi duracaktı nerdeyse. Sonra o da hücuma geçti. Onunla birlikte saldırıya geçen boz kaputlu birçok asker vardı ama hiçbirinin yüzünü göremiyordu. Sanki ellerinde makineli tüfeklerle ama içleri boş kaputlardı hücuma geçenler. Kaputlar 'Urra!' diye bağırdılar. Yedigey o zaman önünde yağmurdan sırılsıklam ıslanmış Zarife'yi gördü. Zarife gülüyordu. Tuhaf! Yağmurdan sırılsıklam olmuştu kadın. Üzerinde basma entarisi, saçları darmadağın, yüzlerinden sular akıyor ve gülüyor, gülüyordu. Yedigey hücumdaydı, duramazdı. "Niye gülüyorsun Zarife? Böyle zamanda gülünür mü!" diye bağırdı ona. "Gülmüyorum, ağlıyorum," dedi kadın. Ama yine de gülmeye devam ediyor, yüzünden şarıl şarıl sular akıyordu.

Ertesi gün, gördüğü rüyayı Abutalip ve Zarife'ye anlatmak istedi ama, pek iyiye yorumlamadığı için vazgeçti bundan. Durup dururken ne diye üzecekti o insanları?.

O büyük yağmurdan sonra, sıcak yine dönüp geldi Sarı-Özek'e. Kazangap'ın deyimiyle, "Yaz Beyi'nin lütfu bitmişti." Ama bu defa sıcaklar dayanılmayacak kadar şiddetli değildi. Sonra yavaş yavaş, sonbahar öncesinin güzel havaları geldi. Bunaltıcı sıcaklardan kurtulan çocukların şen şakrak sesleri yine duyulur oldu. İşte bu günlerde Kumbel istasyonuna Kızıl-Orda karpuz ve kavunlarının geldiği haberini aldılar. Boranlılar isterlerse payları oraya gönderilecek, isterlerse gidip kendileri alacaklardı. Yedigey bunu fırsat bildi ve istasyon şefine, karpuzları gidip kendilerinin almaları gerektiğini, aksi hâlde kötülerinin gönderileceğini söyledi. Bunun üzerine istasyon şefi, Boranlı'nın payı olan karpuz ve kavunları seçip getirmeleri için Yedigey ve Abutalip'e izin verdi. Yedigey'in asıl istediği de, Abutalip ve Zarife'ye, onların çocuklarına, bir günlüğüne de olsa, Boranlı dışında bir hava aldırmaktı. Kendileri de biraz hava alsalar hiç fena olmazdı.

İki aile -Yedigey ve Abutalip'in aileleri- sabah erkenden Kumbel'e giden bir yük trenine bindiler. Giyinmiş, kuşanmışlardı. Ne büyük bir sevinçti o! Çocuklar sanki bir masal ülkesine gidiyorlardı. Sevinçten yerlerinde duramayan çocuklar hep soruyorlardı: "Kumbel'de ağaçlar var mı? Var elbet. Otlar da var mı?, Var ya, hem de yemyeşil. Çiçekler de var. Büyük evler, büyük büyük caddeler ve caddelerinde otomobiller de var mı? İstediğimiz kadar karpuz kavun var mı? Ya dondurma? Dondurma da var mı? Peki, deniz? Deniz de var mı?..."

Bindikleri vagonun kapısına, çocuklar düşmesin diye bir tahta uzatmışlardı. Buradan düzenli akıntılar hâlinde rüzgâr giriyor, içerisini serinletiyordu. Yedigey ile Abutalip kapının önünde oturmuşlardı ve ne olur ne olmaz diye kapıyı yan yana kapatmışlardı. Hem kendi aralarında konuşuyor, hem de çocukların sorularına cevap yetiştiriyorlardı. Bir arada seyahat ettikleri, hava güzel ve çocuklar sevinçli olduğu için, Yedigey pek memnundu. Ama en çok Abutalip ve Zarife'nin mutlulukları sevindiriyordu onu. Bu dertli karı-koca kısa bir süre için de olsa, onları yıkıp ezen sıkıntıları bir yana bırakmışlardı ve yüzleri gülüyordu. Yedigey onların bu hâlini görüp iyimserliğe kapılıyor, "Kimbilir, artık Boranlı'ya alışır, kalırlar," diyordu kendi kendine. Tabiî onları burada da rahatsız edenler olmazsa!

Zarife ve Ukubala'nın kendi aralarında günlük hayattan söz ederek gevezeliğe dalmış olmaları da hoş bir şeydi. Mutluluk içinde yüzüyor gibiydiler. Böyle olmalıydı işte. İnsanın mutlu olması için daha fazlasına gerek var mıydı? Bu idi Yedigey'in istediği. İnşallah Kuttubayev ailesi başlarına gelen sıkıntıları unutur, kendilerini toplar, seçme hakları olmadığına göre Boranlı'da yaşamaya alışır giderlerdi. Onunla yanyana, omuz omuza oturduğu Abutalip, güvenilir bir adam olduğu için de memnundu. Birbirlerini çok iyi anlıyorlardı ve bunun için fazla söze gerek kalmıyordu.

Yedigey de onun alınacağı, hafife alınmayacak acılarına dokunacak sözler söylemekten kaçınıyordu. Yedigey, Abutalip'in aklına, bilgisine değer verir, saygı duyardı. Ama asıl beğendiği tarafı ağırbaşlılığı, ailesine bağlılığı, çocuklarının iyiliği ve geleceği için kendi hayatını hiçe sayar gibi çalışmasıydı. Kuvvetini de bundan alıyordu zaten. Bu yeni arkadaşını dinledikçe, bir insanın başkalarına yapabileceği en büyük iyiliğin, çocuklarını iyi terbiye etmek, iyi yetiştirmek olduğunu da anlıyordu. Bunun için başkalarının yardımına gerek yoktu. İnsan bu işe her gün zaman ayırmalı, adım adım gitmeli, kendini tamamen ailesine, çocuklarına vermeliydi.

Sözgelişi, şu Sabitcan'ı ele alalım. Daha küçük yaştan onu bir yatılı okula vermişlerdi. Sonra çeşitli okullara, enstitülere göndermişlerdi. Zavallı Kazangap, biricik oğlu iyi okusun, şehirlerde oturup iyi bir hayat yaşasın diye, elinde avucunda ne varsa harcamıştı. Sonuç ne oldu? Birçok şey öğrenmişti ama, yine de beş para etmezdi, hiçbir işe yaramazdı.

Kavun karpuz almak için gittikleri Kumbel yolunda, Yedigey, daha iyi bir çıkış yolu yoksa, Abutalip Kuttubayev'in Boranlı'ya yerleşmesi gerektiğini düşünüyordu. İç sıkıntısından kurtulsun, birkaç hayvan edinsin, elinden geldiğince ve olabildiği kadar uzun süre, çocuklarını Sarı-Özek'te yetiştirsin. Elbette bu düşüncelerini ona söylemiş değildi, ama konuşurlarken Abutalip'in de bu niyette olduğunu anlamıştı. Çünkü Abutalip söz arasında kışlık patatesi nereden temin edeceğini, karısı ve çocukları için karda giyilen keçe çizmeleri nereden alabileceğini sormuştu. Kumbel'de bir kütüphane olup olmadığını, kütüphanenin istasyonda çalışanlara okumak için kitap verip vermediğini de sormuştu.

Aynı gün bir yük trenine binerek geri döndüler, Boranlı için ayrılan kavun karpuzları getirdiler. Kumbel'de çocuklar akşama doğru yorgunluktan bitkin hale gelmişlerdi. Ama çok mutluydular. Başka bir dünya görmüşlerdi orada. Oyuncak almış, dondurma ve türlü türlü şeyler yemişlerdi. Ama bir küçük olayla da karşılaştılar. Şehir berberinde çocukları tıraş ettirmek istemişlerdi. Sıra Ermek'e gelince kıyamet koptu. Çocuk saçını kestirmemek için bar bar bağırdı, tepindi, ağladı. Onu tıraş olmaya razı etmek, susturmak için çok uğraştılar ama Ermek susmak bilmiyor, kaçmak istiyor ve "Baba! Baba!" diye bağırıyordu durmadan. O sırada babası berberin yanındaki mağazaya gitmişti. Zarife ise ne yapacağını bilemiyor, utancından renkten renge giriyor, çocuğuna mazaret bulmaya çalışıyordu. Gerçekten de Ermek'in çok güzel, annesininki gibi gür ve kıvırcık saçları vardı. Saçları yıkanıp tarandığı zaman öyle güzel olurdu ki insan seyrine doyamazdı. Bu yüzden kesmeye kıyamamışlardı. Ermek'i tıraş olmaya razı etmek için Ukubala, kızı Saule'nin saçlarını uçtan biraz kestirdi ve Ermek'e: "Bak, o bir kız çocuğu olduğu hâlde korkmuyor," dedi. Bu sözler onu biraz yatıştırdı ama berber makineyi eline alınca yine yaygarayı bastı. O sırada Abutalip girdi dükkâna. Çocuk berber koltuğundan fırlayıp kendini babasının kucağına attı. Babası da onu kollarına alıp havaya kaldırdı, bağrına bastı. Çocuğun çok korktuğunu, ona daha fazla işkence etmemek gerektiğini anlamıştı:

- Bizi bağışlayın, dedi, başka zaman tıraş oluruz. Biraz cesaretimiz artsın da.. şimdilik idare eder, acelesi yok, başka zaman tıraş oluruz.

*
* *

"Konvansiyon" uçak gemisinde özel yetkilerle donatılmış komisyonların olağanüstü toplantısında varılan ara anlaşmaya göre, Parite yörünge istasyonuna yeni bir şifreli mesaj gönderildi. Dünya dışı bir uygarlığa geçmiş bulunan

Parite 1-2 ve Parite 2-1 kozmonotlarına ulaştırılmak üzere gönderilen bu mesajda, bu kozmonotların Ortak Yönetim Merkezi'nin geniş açıklama ve direktifleri gelmeden yerlerinden ayrılmamaları ve hiçbir eyleme geçmemeleri emrediliyordu.

Toplantı yine gizli yapılıyordu. 'Konvansiyon' uçak gemisi yine Büyük Okyanus'ta, Aleut adalarının güneyinde, San-Fransisco ile Vladivostok'a tam eşit uzaklıkta bir noktada idi.

Dünyada hiç kimse gezegenlerarası çok önemli bir olay yaşandığını, İye yıldızı sisteminde dünya dışı bir uygarlığın hüküm sürdüğü bir gezegen bulunduğunu, bu gezegende yaşayan akıllı yaratıkların dünyalılarla ilişki kurma teklifinde bulunduklarını henüz bilmiyordu.

Olağanüstü toplantıda iki tarafın komisyon üyeleri, bu beklenmedik ve hiç görülmemiş meselenin çözümü için hararetli bir tartışmaya girmiş, lehte aleyhte görüş bildiriyorlardı. Her komisyon üyesinin önünde, bir sürü yardımcı bilgilerden başka, Parite 1-2 ve Parite 2-1 kozmonotlarının gönderdikleri mesajların tam metni de bulunuyordu. İki kozmonotun verdiği bilgiler ayrıntılı olarak ve her sözün üzerinde durularak inceleniyordu. Orman-Göğsü gezegenindeki akıllı varlıkların hayatıyla ilgili en küçük ayrıntı üzerinde duruluyor, her şeyden önce de, o gezegenlerdeki uygarlığın dünya uygarlığındaki tecrübelere uyarlanıp uyarlanamayacağı, özellikle de bu komisyonların mensup olduğu iki ülkenin çıkarlarına uygun düşüp düşmeyeceği tartışılıyordu. Mesele çok önemliydi, daha önce hiç karşılaşılmamıştı ama yine de bir an önce çözüme bağlanması gerekiyordu.

Büyük Okyanus'ta, orta şiddette bir fırtına denizi çalkalamaya devam ediyordu...

*
* *

Kuttubayev ailesinin en şiddetli sıcaklarla gelen o amansız yaza dayandıklarını, umutlarını yitirmediklerini ve pılı pırtıyı toplayıp gitmeye hazırlanmadıklarını gören Boranlılılar, onların artık burada kalıp tutunmaya çalışacaklarını anlamışlardı. Abutalip kendini toparlamış, buradaki hayat şartlarına uyum sağlamış görünüyordu. Şüphesiz başkaları gibi o da, Boranlı'nın dünyanın en berbat yeri olduğunu söyleyebilirdi ve buna da hakkı vardı. İçme suyu bile çok uzaklardan tankerle taşınıyordu. Daha kötü ne olabilirdi? Bir bardak taze su içmek isteyenin, devesini semerleyip onu çölün bir ucuna koşturması, bir kuyuda tulumları doldurması gerekiyordu. Buna da ancak Kazangap'la Yedigey cesaret edebilirlerdi. 1952 yılındaki bu durum 60'lı yıllara kadar devam edecek ve ancak 1960'lı yıllarda tulumbalı bir kuyu açılacak ve yeldeğirmeniyle elektrik üretilerek bu tulumba çalıştırılacaktı. Ama o zamanlar bunu hayal bile edemezlerdi. Bütün bu güçlüklere rağmen Abutalip ne Boranlı'yı lanetliyordu ne de Sarı-Özek bozkırını. Günlük hayatta karşılaşılan bütün bu güçlükleri olduğu gibi, iyisini iyi, kötüsünü kötü kabul ediyordu. Aslında orasının öyle oluşunda o yerin bir suçu yoktu. Orada tutunup tutunamayacağına, yaşayıp yaşayamayacağına karar verecek olan insanın kendisiydi. Burada kalmaya karar verenler, ellerinden geldiği kadar rahat bir düzen kurmaya gayret ediyorlardı. Kuttubayev ailesi de, gidebilecekleri başka bir yer olmadığı için Boranlı'da kalmayı kararlaştırdılar ve işe dört elle sarıldılar. Bu yüzden de boş vakitleri hemen hemen hiç kalmadı. İstasyonda onlara düşen pek çok iş vardı. Bunlardan arta kalan zamanlarında, kaldıkları barakayı onarıp kışa hazırlamak için çalışıyor, bu yüzden de bitkin düşüyordu. Sobayı tamir ediyor, kapıyı pencereleri rüzgâr girmeyecek şekilde sağlamlaştırıyordu. Böyle işlere hiç alışkın değildi. Bereket versin Yedigey vardı ve ona âlet vererek, gerekli malzemeyi bularak yardım ediyordu. Sıra küçük hangarın yanına kiler olarak kullanılacak bir yer kazmaya gelince, Kazangap da yardıma koştu. Üçü elele vererek büyükçe bir çukur kazdılar. Çukurun üzerini eski traverslerle örttüler. Traverslerin üzerini de kil ve saman karıştırarak yaptıkları balçıkla sıvadılar. Bunun da üzerine, hayvanlar basıp düşmesin diye, bir çatı yaptılar. Onlar bu işleri yaparlarken Abutalip'in iki oğlu yanlarından hiç ayrılmadı, ayaklarına dolanıp durdular. Ama yine de çocuklar onların neşelerini arttırıyordu.

Bu arada Kazangap ve Yedigey, bu yeni komşularına daha başka yardımlarda bulunmayı da kararlaştırdılar. İlkbaharda onlara bir sağmal deve vereceklerdi. Ama önce Abutalip deve sağmayı öğrenmeliydi. Deve, inek sağar gibi oturarak değil, ayakta durarak sağılırdı. Ayrıca deveye, özellikle de köşeğine iyi bakmalıydı. Yavruyu zamanında emzirmek, zamanında anasından ayırmak gerekirdi. Bütün sütü emmesine engel olunmalıydı ama beslenmesine yetecek kadar da süt bırakmalıydı. Çünkü deve yavrusu çok naziktir ve sürekli bakım ister. Kısacası bu işleri öğrenmeliydi.

Yedigey, Abutalip'in ev işleriyle meşgul olmasına, Zarife ile birlikte iki ailenin çocuklarına okumayı, yazmayı, resim yapmayı öğretmesine seviniyor, çok memnun oluyordu ama onu asıl memnun eden bu yitik Boranlı'da her türlü sıkıntının üstesinden gelip kendisine özel uğraşılar bulmasıydı. Her aydının yapması gereken şeyi yapıyor, yani kitap okuyor, yazı yazıyordu. Yedigey böyle bir dostu olduğu için gizliden gizliye gurur duyuyor ve bu yüzden de ona hep yakın olmak istiyordu. Kültürlü, bilgili insanlara çok saygı duyardı. Sarı-Özek'e sık sık gelen jeolog Yelizarov ile yakın dostluk kurması da gösteriyordu bunu. Abutalip de Yelizarov gibi çok şey bilen kültürlü bir insandı. Ne var ki çok açılmaz, çok konuşmazdı. Bununla birlikte, bir gün Yedigey ile uzun uzun, ciddi ciddi konuştu.

Bir akşam üstü, işlerini bitirmiş evlerine dönüyorlardı. Yolun yedinci kilometresinde, karın sık sık yolu tıkadığı yerde, tahtadan bir siper ya da engel yapmışlardı o gün. Henüz sonbaharın başıydı ama kar bastırmadan gerekli hazırlığı yapmalıydılar. Bu mevsimde akşam üzerleri çok güzel, aydınlık ve dinlendirici olur, insana bir dostuyla konuşmak, dertleşmek arzusu verir. O gün Sarı-Özek düzlükleri ve tepeleri akşamın alacakaranlığına bürünmekteydi. Böyle akşamlarda, Aral'ın dibi de sandaldan bakılınca böyle görünürdü.

Şundan bundan konuşurken Yedigey, Abutalip'e sordu:

- Yahu Abu, akşamları ne zaman evinizin yakınından geçsem, seni pencerenin önünde, lambanın yanında oturmuş bir şeyler yaparken görüyorum. Yazı mı yazıyorsun, yoksa bir şey mi tamir ediyorsun? Ne yapıyorsun?

Abutalip, küreği bir omuzundan ötekine aktardı ve içtenlikle cevap verdi:

- Başka çarem yok, ancak geceleri çalışabiliyorum.

Çalışma masam yok, onun için çocukların yatmasını bekliyorum. Onlar yatınca Zarife ile geçiyoruz pencere çıkıntısının başına. O kitap okuyor ben ise anılarımı yazıyorum. Daha vakit varken, unutmadan kaleme almak istiyorum onları. Savaş anılarımı, en çok da Yugoslavya'da geçen yıllarımı anlatıyorum. Zaman çabuk geçiyor ve olaylar da çabuk unutuluyor -bir süre sustu-. Çocuklarım için neler yapabileceğimi her zaman düşündüm. Onları yedirip içirmek, terbiye etmek görevimiz. Bunu elimden geldiği kadar yapıyorum. Ama ben birkaç yıl içinde öyle olaylar yaşadım, öyle sıkıntılar çektim ki, başkaları bunu yüz yılda göremez, yaşayamaz. Bunca çileli maceraya rağmen hâlâ yaşıyorum işte. Düşündüm ki, kaderin beni o felâketlerden çıkarması belki bir tesadüf değildir. Bunları başkalarına, her şeyden önce çocuklarıma anlatmam, onların ders alması için sağ bırakmıştır beni. Madem ki dünyaya gelmelerine sebep oldum, hayatımı, düşüncelerimi bilmeleri gerekir. Ben böyle düşünüyorum. Elbette herkesin kabul ettiği gerçekler, ortak doğrular vardır. Ama herkesin bir de kendi görüşü, düşüncesi, tecrübesi vardır. İşte bu görüşler, o kişinin ölümüyle yok olup giderler. Bir insan, dünya güçlerinin vuruşmasından, ölümle kalım arasındaki birçok halkalardan geçmişse, bu kargaşada yüz defa ölebilecek iken hâlâ hayatta kalmışsa, çok görmüş, çok öğrenmiş olur. Neyin iyi, neyin kötü, neyin doğru, neyin yanlış olduğunu anlamış olur.

Yedigey şaşırdı ve onun sözünü kesti:

- Dur hele, anlayamadığım bir nokta var. Belki bu söylediklerin çok doğrudur. Ama senin çocukların daha çok küçük, berberin tıraş makinesinden bile korkuyorlar, senin bu yazdıklarını nasıl anlayacaklar?

- İşte ben de onun için yazıyorum ya. Kimse kimsenin ne kadar yaşayacağını bilemez. Benim daha uzun süre yaşayacağımı kim bilebilir? Daha üç gün önce, kafamda bin türlü düşünce, dalıp gitmiştim. Kazangap tam vaktinde kolumdan tutup çekmeseydi, tren altında ezilip ölecektim. Bir güzel de azarladı beni. "Çocukların, ölmediğin için diz çöküp Tanrı'ya şükretsinler," dedi.

Yedigey onun çok dalgın olduğunu söyleyip bir daha uyarmak için bunu fırsat bildi:

- Kazangap'ın hakkı var. Sana hep söylerim, Zarife'ye de söyledim. Tren yolunda öyle dalgın yürüyorsun ki, sanki lokomotif raydan çıkıp sana yol verecek! Güvenlik kuralları diye bir şey var, bunu bilirsin. Senin gibi okumuş bir adama kaç kere söyleyeceğiz bunu! Sen bir demiryolu işçisisin ama demiryolunda olduğunu unutup pazar yerinde dolaşıyormuş gibi yürüyorsun. Hiç şakası yok bu işin!

Abutalip'in suratı biraz asıldı:

- Anladık, anladık! Öyle bir şey olsa tek suçlusu ben olurum. Öğüt vermeyi bırak da beni dinle.

- Söz açıldığı için söyledim. Anlat sen, dinliyorum.

- Eskiden insanlar çocukları için miras bırakırlardı. Bazen iyi, bazen kötü olurdu bu. Duruma göre değişirdi. Ne kadar çok kitap yazılmış, ne kadar çok masal anlatılmış, ne kadar da çok piyes oynanmıştır bu konuda! Niçin? Çünkü bu miraslar çok defa haksız kazançlardan, başkalarının sırtından sağlanan mal-mülk olurdu. Onun için mirasla birlikte birçok günah, haksızlık, kötülük meydana gelirdi. Ama, Allah'a şükürler olsun ki, şimdi miras meselesi diye bir şey yok. Benim bırakacağım mirasın ise kimseye bir zararı olmayacak. Benim mirasım, benim ruhumdan, benliğimden, yazılarımdan ibaret olacak. Savaş yıllarında görüp yaşadığım olayları anlatan yazılardan ibaret. Çocuklarıma bırakacağım başka zenginliğim yok. Burada, bu Sarı-Özek bozkırında karar verdim buna. Hayat beni, yok olayım, yitip gideyim diye, yavaş yavaş buralara kadar itti. Ben de bütün yaşadıklarımı, gözlemlerimi, ak kâğıda kara yazılarla dökeceğim ve miras olarak bunları bırakacağım çocuklarıma. Yarınlara, bütün arzularıma, belki onlarla ve onlarda ulaşırım. Benim yapamadıklarımı belki bir gün onlar gerçekleştirirler. Onların çağında hayat bizimkinden bile daha güç olacak. Onun için daha küçük yaşta bazı şeyleri öğrensin, akıllarını başlarına toplasınlar.

Bir süre sessizce, herbiri kendi düşüncelerine dalarak yürüdüler. Arkadaşının söyledikleri Yedigey'e biraz tuhaf geldi. İnsan yeryüzünde varoluşunu böyle de yorumlayabilirmiş demek? diye düşündü. Yine de şaştığı şeye bir açıklık kazandırmak istedi:

- Ama herkes çocuklarımızın bizden daha iyi, daha rahat ve mutlu yaşayacağına inanıyor. Radyodan da söylüyorlar bunu. Sen ise tam aksini söylüyorsun. Atom savaşından mı söz etmek istiyorsun?

- Yalnız ondan değil. Yeni bir savaş olacağına pek inanmıyorum. Olsa bile çok sonra, uzun zaman sonra olur. Mesele ekmek meselesi de değil. Tarihin çarkı gittikçe daha hızlı dönüyor. Çocuklarımız her şeyi kendileri anlayıp öğrenmek, kendi akıllarıyla yapmak, bizim işlerimizi üstlenmek zorunda kalacaklar. Oysa düşünmek, her zaman acı veren ağır bir iştir. Onun için onların hayatı bizimkine göre daha zor olacaktır.

Yedigey arkadaşından düşüncelerini daha açık söylemesini istemeye cesaret edemedi: Düşünmek niçin her zaman acı ve ağır bir şey oluyordu? Sonraları bu konuşmayı hatırladıkça "Niçin sormadım?" diye pişmanlık duyacaktı. Çünkü sorup öğrenmesi, iyice kavraması gerekirdi.

Abutalip, Yedigey'in şüphelerini gidermek istercesine konuşmaya devam etti:

- Bütün bunları niçin söylüyorum? Şunun için: Küçük çocuklar büyüklerin her şeyi çok iyi bildiklerini, çok akıllı ve her zaman da haklı olduklarını sanırlar. Ama biraz büyüyünce bunun pek doğru olmadığını anlarlar. Onları terbiye edenlerin, yani biz ana babaların bazen ne kadar gülünç, acınacak hâlde olduğunu görürler. Zaman çarkı dönüş hızını arttırıyor. Bununla birlikte, kendi kuşağımız için son sözü yine kendimiz söylemeliyiz. Atalarımız bu maksatla bazı efsaneler, masallar söylemiş ve kendilerinden sonraki kuşaklara ne kadar büyük insanlar olduklarını anlatmak, kanıtlamak istemişlerdir. Biz de bugün atalarımız hakkındaki yargımızı bu efsanelere bakarak veriyoruz. İşte, çocuklarım için benim yaptığım da bundan farklı bir şey değildir. Benim efsanelerim, benim savaş yıllarımı anlatıyor. Partizanlarla birlikte geçirdiğim yılları yazıyorum. Neler olduğunu, neler görüp neler yaşadığımı bir bir anlatıyorum. Büyüdükleri zaman bunları okuyup anlayacaklarını, yararlanacaklarını umuyorum. Buna inanıyorum. Başka düşüncelerim de var: Çocuklar Sarı-Özek bozkırında büyüyecekler. İyice büyüdükleri zaman, hiçbir zaman değeri olmayan berbat bir yerde yaşadıklarını söylemesinler kendilerine. Onun için bizim eski türkülerimizi de teker teker kaydediyorum. Onları kaydeden bir yazar olmasa zamanla unutulup gider ve bir daha kimse hatırlamaz. Bana göre bu türküler bize geçmişimizi anlatan belgelerdir. Senin Ukubala çok türkü biliyor. Bunları hatırladıkça bana söylemeye söz verdi.

Yedigey övünçle cevap verdi:

- A, tabiî, çok türkü bilir, çok da güzel söyler. Soyu, kökü Arallı'dır onun. Biz, Aral kıyısında doğup büyümüş Kazaklarız. İnsan denize açılınca türkü söylemek gelir içinden, deniz insana ilham verir. Ve deniz söylenen türküyü anlar. Yürekten duyarak söylediğin türküyü o da yürekten ve hemen kabul eder.

- Doğrudur. Çok haklısın. Geçen akşam yazdıklarımı okudum. Ben de, Zarife de çok duygulandık, gözlerimiz yaşardı. Ne güzel türküler yakarmış eskiler! Her türkü tek başına bir tarih sanki. Öyle içten, öyle canlı ki, insan türküyü yakanları, söyleyenleri karşısında, yanıbaşında görür gibi oluyor. Onlar gibi yaşamak, onların acılarına ortak olmak, onlar gibi sevmek istiyor. Daha yakından tanımak istiyor onları. O nesiller işte bu türkülerde, bu türkülerle yaşamaya devam ediyorlar. Kazangap'ın karısı Bikey'e de rica ettim. Bana Karakalpak türkülerini yazdıracak. Onları ayrı bir deftere yazmak istiyorum. Böylece bir de Karakalpak türküleri defterimiz olacak.

Hat boyunca ağır ağır yürüyorlardı. Hava az rastlanan güzellikteydi. Sonbahar öncesi, o sakin akşam üstü, derin bir iç çekiş gibi insanı rahatlatıyordu. Sarı-Özek'te ne orman vardı, ne ırmak, ne de ekili tarlalar. Ama, batmakta olan güneşin ışık ve gölge oyunları, bozkırda o güzelliklerin hiçbiri eksik değilmiş gibi bir his veriyordu insana. Uçsuz bucaksız alanlara inen kararsız, titrek, mavi renk dalgalanmaları gönüllere coşku veriyor, insanın kafasında yeni yeni fikirler doğuruyor, çok yaşamak ve düşünmek arzusu veriyordu. Abutalip, sonradan tekrar dönmek üzere bir süreliğine hayalinden uzaklaştırdığı bir konuyu birden hatırlamış gibi sordu:

- Yedigey, bak ne diyeceğim.. çoktandır sormak istiyordum. Şu dönenbay kuşu.. böyle bir kuş gerçekten var mı? Sen hiç rastladın mı?

- Aa, Dönenbay mı? Bir efsane o!

- Biliyorum, ama efsaneler de çok defa bir gerçeğe dayanır. Meselâ şu bizim sarıasma kuşunu ele alalım. Bizim Semireçye yöresinde yaşar. Çalılar, bağlar arasında, sabahlara kadar öter, birbirlerini çağırırlar. "Nişanlım kim? Nişanlım kim?" diye ötermiş. Belki bir ses benzeşmesinden dolayı öyle demiş, yakıştırmış olabilirler. Olsun. Niçin öyle öttüğünü, öyle dediğini anlatan bir masalı da var. Belki ötüşlere "Dönenbay! Dönenbay!" seslenişini andıran kuşlar da vardır. Efsaneye de o yüzden geçmiş olabilir?

- Bilmiyorum. Bunu hiç düşünmedim doğrusu. Sarı-Özek'te çok dolaştım ama, bu isimde bir kuşa rastlamadım. Böyle bir kuş yok sanıyorum.

Abutalip dalgın dalgın:

- Belki.. belki yoktur, dedi.

Yedigey kendi söylediklerinden telâşa kapıldı:

- Yoktur diyorum ama, o zaman Dönenbay efsanesi de bir uydurma olur. Büsbütün de uydurma değildir herhalde...

- Neden uydurma olsun.. şu Ana-Beyit mezarlığı gerçekten var, yerinde durup duruyor. Ve oralarda bir şeyler olduğunu da biliyoruz. İşte bu yüzden ben 'dönenbay' diye bir kuşun varlığına inanıyorum. Bir zaman gelecek, onu bir gören olacaktır. Çocuklar için böyle yazacağım.

- Çocuklar için ise, buna bir şey demem. Çocuklar için olur.

Yedigey'in bildiğine göre Sarı-Özek'e ait bu eski efsaneyi yalnız iki kişi kaleme almıştı. Bunun ilkini, Abutalip

Kuttubayev, büyüdükleri zaman okusunlar diye, 1952 yılının sonlarına doğru çocukları için yazmıştı. Bu yazı o korkunç olaylardan sonra kaybolup gitti ve üzüntüden dolayı ne o ne de bir başkası yazının ne olduğunu sormaya fırsat bulamadı. Birkaç yıl sonra 1957'de aynı efsaneyi Yelizarov Afanasi İvanoviç de kâğıda döktü. Şimdi Yelizarov da yok. O da göçüp gitti bu dünyadan. Herhalde bu yazı da diğer birçok yazıları gibi, Alma-Ata'daki dosyalarının arasındadır. Yelizarov da, Abutalip de bu efsaneyi Kazangap'tan dinleyerek yazmışlardı. Ama Kazangap efsaneyi anlatırken Yedigey de yanlarındaydı. Bazı hatırlatmalarda bulunmuş, bazı ayrıntıların yorumlanmasına yardım etmişti.

*

Şimdi, nakışlı örtülerle süslenmiş Karanar'ın iki hörgücü arasına kurulan Yedigey, sallana sallana giderken: "Vay canına! Yıllar nasıl da gelip geçmiş! Şu geçen zamana bak!" diye geçirdi aklından. Şimdi de Kazangap'ın kendisini götürüyordu Ana-Beyit mezarlığına. Böylece çemberin iki ucu birleşiyordu. Efsaneyi anlatanın kendisi de, hikâyesini çok iyi bildiği, gelecek kuşaklara aktarmak için hafızasında taşıdığı Ana-Beyit mezarlığına son uykusunu uyumak üzere gidiyordu.

"Ey Ana-Beyit! Şimdi yalnız sana geleceğim! Şimdi yalnız ikimiz kaldık.. sen ve ben. Ben de yakında sana geleceğim, kendi yerimi alacağım. Benim de sonum yaklaşıyor..." diyordu Yedigey kendi kendine. Küçük cenaze alayının başında, Karanar'ın sırtında, bozkırda sallana sallana gidiyordu. Onun arkasında römorku ile traktör, traktörün ardında Belarus marka yol kazma makinesi vardı. Cenaze alayına kendiliğinden katılan kızıl tüylü Yolbars, bazen arkada, bazen önde koşuyor, bazen yana geçip duruyor, bazen de kaybolup bir süre görünmez oluyordu. Kuyruğunu dik tutuyor, kendine ciddi bir tavır veriyor ara sıra, önemli bir iş yapıyormuş gibi sağa sola bakıyordu.

Güneş tam tepelerine gelmiş, öğle olmuştu. Ana-Beyit mezarlığı uzak değildi artık.

*
* *

- VIII -

1952 YILININ sonları, daha doğrusu bütün sonbahar ve onun ardından biraz gecikerek gelen ama kar fırtınaları getirmeyen kış günleri, Boranlı'da yaşayan bir avuç insan için, belki de hayatlarının en güzel günleri oldu. Sonraları o günleri Yedigey hep hüzün karışık bir özlemle hatırladı.

Yaşından dolayı Boranlılılar tarafından 'aksakal' sayılan, edeb-erkân bilen ama akıllılık edip başkalarının işine pek karışmayan Kazangap, o günlerde güçlü kuvvetli, sapasağlam bir adamdı. Oğlu Sabitcan, Kumbel yatılı okulunda okuyordu. Kuttubayevler, Sarı-Özek'e temelli yerleşmeye kararlı görünüyorlardı. Evlerini kışa hazırlamış, kilere yeteri kadar patates konulmuş, Zarife ve çocuklara keçe çizmeler alınmıştı. Ayrıca bir çuval da un ısmarlamışlardı. Bu unu Yedigey güçlü çağına henüz ulaşan Karanar'ın sırtına yükleyerek getirmişti Kumbel'den. Abutalip gündüzleri demiryolunda çalışıyor, artan zamanlarında çocuklarla meşgul oluyor, geceleri ise pencere kenarındaki lambanın ışığında, uzun uzun yazılarını yazıyordu.

Onlardan başka Boranlı'da birkaç işçi ailesi daha vardı ama bunlar kalmaya, yerleşmeye niyetli görünmüyorlardı. O zamanlar istasyon şefi Abilov da fena bir adam değildi. Köyde herkesin sağlığı yerindeydi. İşler yürüyor, çocuklar büyüyordu. Kış gelmeden yol onarımı tamamlanmış, kar engelleme setleri yapılmıştı.

Havalar gerçekten çok güzel geçmişti. Sonbahar, kızarmış ekmek kabuğu renginde bir manzara getirmişti Sarı-

Özek bozkırına. Sonra kış geldi ve her yer bembeyaz oldu. Bütün alanları kaplayan o sessiz beyazlığın içinde, demiryolu kara bir iplik gibi uzanıyor, trenlerin biri gelip biri gidiyordu. Tren yolcuları, demiryolunun kenarında, kar tepecikleri arasında, birkaç köyden oluşan küçük bir kasaba görüyorlardı. İşte orasıydı Boranlı. Yolcular kompartıman pencerelerinden kayıtsız bakışlarla bu evleri süzüyor, ya da bir an için, kuytuda, o yitik köyde yaşayan yalnız insanları düşünerek onlara acıyorlardı. Aslında pek o kadar acınacak durumda değildiler. Yazın kavurucu sıcaklarını bir yana bırakırsak, o yıl oldukça iyi geçmişti.

Genel olarak, savaş sonu sıkıntıları yavaş yavaş hafiflemeye başlamıştı. Yeni yıldı, yiyecek maddeleri ve sanayi ürünlerinin fiyatlarında bir düşme bekleniyordu. Mağazalar henüz malla dolup taşmıyordu ama, durum yıldan yıla iyileşiyordu.

Boranlılılar'ın, yılbaşını bir bayram gibi kutlamak âdetleri yoktu. Yılbaşı gecesini sabırsızlıkla beklemez, o gece coşup eğlenmezlerdi. Ne olursa olsun istasyondaki işler devam eder, yeni yılın nerede, ne zaman başlayacağına hiç aldırmadan gelir giderlerdi. Bundan başka, kışın, istasyondaki işlerin dışında da yapılacak işleri çok olurdu Boranlılılar'ın. Odun kırar, soba yakar, kırda ahırda bulunan develerle, yaz mevsiminde olduğundan daha çok meşgul olurlardı. Çünkü hayvanlar kış günleri daha çok bakım isterdi. Gündüzleri oradan oraya koşturmaktan yorulan insanlar, yıl sonunu, yıl başını akıllarına getirmeden, kendilerini bir an önce yatağa atmak için beklerlerdi gecenin olmasını.

Yıllar böylece birbirini kovalıyor, gelip geçiyordu.

Ama 1953'ün son günü, öbür yıllara hiç benzemedi, çok şenlikli geçti. Şenliği düşünen ve düzenleyen Kuttubayev ailesiydi. Yedigey ancak son hazırlıklar için yardımcı oldu. Her şey, öğretmen Kuttubayevler'in çocuklar için bir Noel ağacı süslemeye karar vermeleriyle başladı. Ama çam ağacını nasıl bulabilirlerdi? Sarı-Özek'te dinozor yumurtası bulmak çam ağacı bulmaktan daha kolaydı. Gerçekten de, jeoloji araştırmaları yapan Yelizarov, toprak altında çok eski çağlardan kalan ve herbiri büyük bir karpuz iriliğinde olan fosilleşmiş dinozor yumurtaları bulmuştu. Bu fosiller Alma-Ata müzesine götürülmüş, gazetelerde bu konuda yazılar çıkmıştı.

Yılbaşı ağacı süslemeyi düşünen Abutalip, bir çam bulmak için, soğuğa, ayaza bakmadan Kumbel'e gitmek zorunda kaldı. Kumbel'de demiryolcular için beş çam ayrılmıştı. Abutalip bunlardan birinin Boranlılılar'a verilmesini sağladı. İşte her şey böyle başladı.

Her tarafını kırağı kaplamış bir yük katarı keskin gıcırtılar çıkararak durduğu zaman, Yedigey istasyon şefinden iş eldivenleri almaktaydı. Bütün kapılarına kurşun mühürler vurulmuş dört dingilli vagonlardan oluşan uzun bir katardı bu. Abutalip son vagonun üstü açık merdiven sahanlığından güçlükle indi. Ayazdan kaskatı kesilen çizmelerin içinde ayakları buz gibi donmuştu. Sahanlıkta, kalın bir gocuğa sarınmış, başı kalpaklı bir görevli, oldukça güçlük çekerek Abutalip'e büyük ve ağır bir şey uzattı. Yedigey bunun yılbaşı ağacı olduğunu anlamıştı. Yine de, şaşkınlıktan bir süre kımıldamadan öylece durdu.

Merdiven sahanlığından sarkan kalın giyimli, iri gövdeli adam Yedigey'i görünce seslendi:

- Hey Yedigey! Gel şu adama yardım et biraz!

Yedigey koşup geldi, Abutalip'i öyle görünce büyük bir korkuya kapıldı. Kaşlarına varıncaya kadar bütün vücudunu bembeyaz kırağı kaplamıştı. Neredeyse hayatına mâl olacak o çam ağacının yanında kaskatı duruyor, donduğu için kolunu bile uzatamıyor, konuşmak için dudaklarını zor kımıldatıyordu.

Katar görevlisi boğuk bir sesle çıkıştı:

- Böyle bir havada bu kıyafetle mi yola çıkar sizin insanlar! Şu ağaç yüzünden az daha ölecekti. Sahanlıkta buz gibi rüzgâr esiyor. Gocuğumu ona vermeyi düşündüm ama bu defa da ben donacaktım soğuktan!

Abutalip zar zor dudaklarını kımıldatarak özür diledi:

- Özür dilerim, oldu bir kere. Ev yakın, az sonra ısınırım.

Katar görevlisi Yedigey'e:

- Bak, dedi, üzerimde kalın bir gocuk, bunun altında pamuklular, ayağımda keçe çizmeler, başımda kürklü başlık var. Yine de yolun bitimini dört gözle bekliyorum. Bu kıyafetle yola çıkılır mı hiç!

Yedigey'in canı sıkılmış, üzülmüştü:

- Haklısın Trofim, dedi, çok iyisin, sağ ol. Haydi yolun açık olsun!

Böyle dedikten sonra çam ağacını kucakladı. Çam, adam boyunda idi. İğne yaprakları ormanın kış kokusunu veriyor ve Yedigey'in yüreği heyecandan fırlayacakmış gibi çarpıyordu. Çünkü bu ağaç birden savaş sırasında geçtiği ormanları hatırlatmıştı ona. Böyle çamlar pek çoktu ormanda. Nicelerini tanklarla ezmiş, nicelerini obüslerle devirmişlerdi. Bir zaman gelip çam kokusundan böyle bir haz duyacağı, o zamanlar hiç aklına gelmezdi elbet.

Çam ağacını omuzladı, Abutalip'in yüzüne bir daha baktı ve:

- Haydi, çabuk eve gidelim! dedi.

Abutalip'in soğuktan yanıp donmuş, gözyaşları yanaklarında buzlanmış yüzünde, gözleri bir zafer kazanmış gibi parlıyordu. Bunu gören Yedigey'in içine bir korku düştü: Çocukları, babalarının onlar için katlandığı bu fedakârlığı anlayabilecekler miydi? Çünkü bunun tersi bir durumla karşılaşanlar hiç de az değildi. Bir teşekkür umarken umursamazlıkla karşılaşır, bazen düşmanlık bile görürsünüz. "Allah onu böyle bir durumdan korusun, zaten çektikleri yeter ona!" diye geçirdi aklından.

Çam ağacını ilk gören Abutalip'in büyük oğlu Daul oldu. Bir sevinç çığlığı atarak dışarı fırladı. Onun hemen ardından, üzerlerine kalınca bir şey alacak kadar bile beklemeden Zarife ile Ermek koştular.

Daul, çam ağacının çevresinde sevinçten zıp zıp zıplayarak bağırıyordu:

- Çam ağacı! Çam ağacı! Bakın ne güzel!

Zarife de ondan aşağı kalmıyordu:

- Harika! Çok güzel! Büyük iş başardın, çok yaşa!

Hayatında hiç çam ağacı görmemiş olan Ermek ise, Yedigey amcasının taşıdığı ağaca, faltaşı gibi açılmış gözlerle bakıyordu:

- Anne! Anne! Çam ağacı bu mu? Aa, çok güzel. Hep bizim evde mi kalacak?

Yedigey başını sallaya sallaya Zarife'ye:

- Bak Zarife, bu ağaç yüzünden kocan az daha donup ölüyormuş! Anlıyor musun? Hemen ısınması gerek. Önce çizmelerini çıkarmalı.

Çizmeler ayaklarına yapışmıştı soğuktan. Hepsi birden onları çekip çıkarmak için işe koyuldu. Çocuklar küçük elleriyle, kaskatı olmuş dana derisi çizmelere asılıyor, olanca güçleriyle çekiyorlardı. Abutalip ayağının ağrı sızısından yüzünü buruşturuyor, dişlerini sıkıyor ama yine de "Ah! Oh!" diye inlemekten kendini alamıyordu.

Anneleri çocukları uzaklaştırmaya çalıştı:

- Bırakın, bırakın da ben yapayım şu işi. Sizin gücünüz yetmiyor, bana da mâni oluyorsunuz.

Yedigey, Zarife'ye alçak sesle:

- Bırak keyiflerini bozma, dedi, biraz zahmete alışsınlar.

Babalarının acılarına son vermek için bir an önce onun çizmelerini çıkarmaya çalışmaları, bunun için can ve gönülden asılmaları, Abutalip'e en büyük mükâfat idi. Bu onların artık büyümekte olduklarını, bir şeyleri anlamaya başladıklarını da gösteriyordu. Bunun için çok seviniyordu. Hele küçük Ermek hepsinden daha telaşlıydı. O haliyle insanı hem duygulandırıyor, hem güldürüyordu. Durmadan "Atika! Atika!" diyordu babasına. Ata (baba) sözünü böyle söylüyor, onun bu yanlışını kimse düzeltmiyordu. Atika (babacık, babacığım) kendiliğinden öyle söylediği bir isimdi ama, insanoğlunun tâ bilinmeyen zamanlardan beri ilk söylediği isimlerden biriydi.

- Atika! Atika! diyordu Ermek. Babası için endişe ediyordu. Bütün gücünü kullandığı için yüzünü ter basmış, yanakları al al olmuş, kıvırcık saçları dağılmıştı. Babasını donmaktan kurtarmak için bu işi mutlaka başarmak istiyor, gözleri parlıyor, büyük bir adam gibi ciddi ciddi asılıyordu. Görseniz katıla katıla gülmek isterdiniz.

Çocukların amaçlarına ulaşmaları için bir şeyler yapmak gerekti. Yedigey bunun da çaresini buldu.

Çocuklar çekiştirirken çizmeler de yumuşamaya, buzlar çözülmeye başlamıştı. Şimdi onları Abutalip'e fazla acı vermeden çekebilirlerdi.

- Pekâlâ çocuklar, dedi Yedigey, bu işi hep beraber yapacağız, tren gibi dizilip birbirimizi çekeceğiz. Şöyle arkama geçin bakalım. Daul, sen bana sarıl, Ermek, sen de Daul'un beline sımsıkı sarılarak çekeceksin!

Abutalip, Yedigey'in maksadını anlamıştı. Odanın sıcaklığından başlarındaki kırağılar ve donmuş gözyaşları erimiş, çiy olup yüzünü kaplamıştı. Yedigey'e hak verirken dudaklarına mutlu bir gülümseme gelmişti.

Yedigey, Abutalip'in önüne oturdu. Çocuklar da arkasına geçerek çekmeye başladılar.

- Hadi çocuklar! Hep beraber! Tek başıma asla gücüm yetmez, siz sıkı tutmazsanız başaramam, bak, kuvvetim yetmiyor. Hadi Daul! Hadi Ermek! Asılın! Daha hızlı! Daha hızlı!

Çocuklar soluk soluğa bütün güçleriyle asıldılar. Zarife de gerektiğinde işe karışmak için dikkatle bakıyordu on-

lara. Yedigey, sanki olanca gücü ile çekiyormuş, çok zor-lanıyormuş gibi yapıyor, çocukları coşturuyordu. Sonunda çizmenin birini çıkardılar ve hep birden bir zafer kazan-mışcasına sevinç çığlığı attılar. Zarife eline geçirdiği bir yün kumaş parçasıyla kocasının tabanını ovmaya başladı.
- Pekâlâ çocuklar! Pekâlâ anne! İkinci çizmeyi kim çıka-racak? Babanızın bir ayağını çıplak, öbür ayağını çizmenin içinde donmuş olarak bırakacak değiliz ya! Asılın bakalım! Herkes katıla katıla güldü, gülmekten yerlere yattılar. En çok gülen de Abutalip idi.

*

Sonraları Boranlı Yedigey, o olayı sık sık hatırlayıp, bir sırrı çözmeye çalıştı. Kimbilir, Boranlı'dan uzakta bir yer-lerde, birilerinin bir yığın kâğıtlar arasında Abutalip'in adını araması, belgeleri karıştırması, onun başına, ne Bo-ranlı'da, ne de Kuttubayev ailesinde, kimsenin aklından geçirmediği bir iş açması, belki tam onun çizmelerini çı-karmaya, hem de tam çıkardıkları zamana rastlıyordu!
Felâket, hiç beklenmedik bir zamanda, bir kar fırtınası gibi çöktü üzerlerine. Yedigey böyle işlerde biraz daha tec-rübeli, ya da biraz kurnaz olsaydı, belki bu felâketi sezer, kuşkulanır, tedbir almayı düşünürdü.
Ama kuşkulanacak bir şey yoktu ki! İstasyona bölge müfettişlerinden biri gelmişti ve bu pek olağandı. Her yıl sonunda bir müfettiş gelirdi. Elindeki bir programa göre, istasyondan istasyona, duraktan durağa dolaşır, denetle-melerde bulunurdu. Bazen bir-iki gün kaldığı da olurdu. İşçi ücretlerinin ödenip ödenmediğini, malzemelerin ye-rinde kullanılıp kullanılmadığını, eksikleri, ihtiyaçları olup olmadığını araştırırdı. Sonra da bir tutanak düzenler, bunu kendisi, istasyon şefi ve orada çalışan işçilerden biri imza-lardı. Bundan sonra da çıkıp giderdi. Boranlı gibi küçük bir

istasyonda bu işler çok çabuk biterdi. Bu teftiş raporlarını birkaç defa Yedigey de imzalamıştı.

Bu defa müfettiş Boranlı'da tam üç gün kaldı. Ona, istasyon şefinin çalışma odasının ve haberleşme sisteminin bulunduğu binada yatacak yer ayırdılar. Bu üç gün içinde istasyon şefi Abilov, onu rahat ettirmek için elinden geleni yapmış, sabahtan akşama kadar çaydanlıkla çay taşımıştı. Çünkü müfettişin kaldığı yerde semaver yoktu. Bir ara Yedigey de gelip bir merhaba dedi. Adam, şefin odasında, önündeki kâğıtlara gömülmüş, durmadan sigara içiyordu. Yedigey adamın daha önce gördüğü müfettişlerden olmadığını, yeni olduğunu anlamıştı. Kırmızı yanaklı, seyrek dişli, kır saçlı ve gözlüklüydü. Bakışlarında tuhaf ve sabit bir gülümseme vardı sanki.

Yedigey onunla akşam üzeri, işten dönerken bir defa daha karşılaştı. Adam orada, bir fenerin altında, bir aşağı bir yukarı dolaşıyordu. Paltosunun astragan yakasını kaldırmış, başında kürklü şapkası, kumlar üzerinde çizmeleriyle gıcırtılı sesler çıkararak ve sigarasının dumanını savurarak dalgın dalgın:

- İyi akşamlar! Bir sigara molası verdiniz galiba? Çok yoruldunuz herhalde? dedi Yedigey gülümseyerek.

Müfettiş de yarım bir gülümseme ile:

- Evet, doğrusu yoruldum, kolay değil...

Böyle dedikten sonra o yarım gülümseme tekrar göründü dudaklarında.

- Anlıyorum, tabiî sizin işiniz kolay değildir.

- Yarın sabah gideceğim, dedi müfettiş. On yedi numaralı katar burada bir dakika duracak. -Tekrar gülümsemeye çalıştı. Sesi boğuk gibiydi. Kelimeler dudaklarından zorla çıkıyor, ona gözucuyla bakıyordu.- Yedigey Cangeldi sizmisiniz?

- Evet, benim.

- Ben de öyle tahmin ettim. Eski savaşçı... 1944'ten beri buradasınız, buradaki demiryolcular size Boranlı adını taktılar.

Bunları söylerken ne dediğini bilen bir adam olduğunu belli etmek istercesine, sigarasından derin bir nefes çekerek dumanını savurdu.

- Çok doğru, dedi Yedigey saf saf.

Bu adamın kendisi hakkında bu kadar çok şey bilmesi onu gururlandırmıştı. Ama aynı zamanda bütün bunları nereden öğrenmiş olabileceğini ve kendisini niçin oyaladığını merak etti.

Müfettiş, Yedigey'in aklından geçenleri tahmin etmiş gibi yine yarım gülümsedi:

- Hafızam çok kuvvetlidir. Ben de yazı yazarım, tıpkı şu sizin Kuttubayev gibi.

Böyle derken, sigarasından yeni bir nefes çekerek dumanını Abutalip'in evinin penceresi yönünde üfledi. Abutalip her zamanki gibi pencerenin kenarında ve lamba ışığında yazılarını yazıyordu.

Müfettiş devam etti:

- Üç gündür görüyorum. Durmadan yazıyor. Onu çok iyi anlıyorum. Ben de yazıyorum çünkü. Ama ben şiir yazarım. Bölge demiryolcularının, antrepocuların yüksek tirajlı aylık dergisinde yayınlanır şiirlerim. Arkadaşlarla bir Edebiyat Derneği kurduk. Ben yönetiyorum bu derneği. Ayrıca bölge gazetesinde de iki şiirim çıktı. Biri 8 Mart bayramında, öteki de 1 Mayıs bayramında.

Müfettiş sustu. Ama Yedigey izin alıp ayrılacağı sırada bir soru sordu:

- O, Yugoslavya ile ilgili yazılarını mı yazıyor?

- Doğrusu pek bilmiyorum. Sanırım Yugoslavya'da Partizanlarla birlikte birkaç yıl beraber yaşamış. Çocukları için yazıyor o.

- Ben de öyle dediklerini işittim. Abilov ile de konuş-
tum onun hakkında. Savaşta esir olmuş. Bir süre öğret-
menlik yapmış. Şimdi de kalemiyle ün yapmaya, gücünü
göstermeye çalışıyor ha! (Vızıltı gibi sesler çıkararak gül-
dü.) Ama bu o kadar kolay bir şey değildir. Ben de büyük
bir eser meydana getirmek istiyorum. Cephede ve cephe
gerisinde olanları anlatmak niyetindeyim. Ama hiç zama-
nım olmuyor. Ordan oraya gitmekle geçiyor ömrüm.

- Onun da vakti yok. Bütün gün çalışıyor ve ancak ak-
şamları yazabiliyor, dedi Yedigey.

Yine sustular. Ama Yedigey yine gidemedi. Müfettiş bu
defa Abutalip'in penceredeki karaltısını işaret ederek ve sı-
rıtarak:

- Bak, nasıl da kendini işe vermiş! Başını hiç kaldırma-
dan yazıyor!

- Ee, onun da bir şeylerle uğraşması gerek. Okumuş,
kültürlü bir adam o. Hem buralarda kimseler yok, yapıla-
cak başka bir şey de yok. O da yazı yazıyor.

- İyi fikir doğrusu.. hiçbir şey yok (gözlerini kısmış, bir
şeyler düşünür gibiydi). Evet, evet, karışanı görüşeni yok,
kendi başına buyruk.. iyi fikir.. istediğini yapar tabiî.

Bundan sonra ayrıldılar. Sonraki günlerde Yedigey mü-
fettişle aralarında geçen konuşmayı Abutalip'e anlatmayı
düşündü ama bunun için bir fırsat bulamadı. Sonra da ola-
yı tamamen unuttu gitti.

Kışın yapılacak çok iş oluyordu. Kızışan ve bu yüzden
zaptedilmez hâle gelen Karanar'la uğraşmak başlıbaşına
bir işti. Karanar öyle işler, öyle dertler açıyordu ki başına!
İki yıldan beri Karanar bir atanşa (yetişkin erkek deve)
idi. Başlangıçta zor da olsa bağırarak, döverek, korkutarak
onu yola getirmek kolaydı. Ayrıca Boranlı develerinin ata-
nı (erkeği, sürü başı) olan Kazangap'ın yaşlı erkek devesi
ona göz açtırmıyordu. Onu ısırıyor, dişi develerin yanına
sokmuyordu. Yaşlı atanın bütün günü Karanar'ı kovala-

GÜN OLUR ASRA BEDEL • 201

makla geçiyordu. Ama yoruluyordu sonunda. Genç Karanar kaçıp kurtuluyordu ondan. Bozkır genişti. Bir taraftan kurtulurken öbür yandan dişilere yaklaşmanın bir yolunu buluyordu.

Kış bastırınca ve şiddetli soğuklar gelince, doğanın çağrısı ile develerin damarlarındaki kan iyice kızıştı. Karanar bu defa yaşlı atanı yenerek kendisi atan oldu sürüye. Gücünün doruğunda idi ve bu defa sürünün eski atanı olan Kazangap'ın erkek devesini o kovuyordu. Bir ara onu bir derede sıkıştırmış, o kuytu yerde onları ayıracak kimse de bulunmadığı için onu iyice dövmüş, ısırmış, tekmelemiş, hırpalamıştı. Kan revan içinde kalan yaşlı deve yarı ölü bir hâle gelmişti. Böylece üstünlüğünü kanıtlayan Karanar sürünün atanı idi artık. Döl bırakma, soy salma sırası ona gelmişti.

Bu olay üzerine Yedigey ile Kazangap ilk defa tartışmış, ağız kavgası yapmışlardı. Kazangap, devesini dere dibinde, yara bere içinde kıvranır görünce pek üzülmüş, otlaktan suratı bir karış asık dönünce Yedigey'e çıkışmıştı:

– Buna nasıl izin verirsin? Onlar hayvan, ama biz insanız. Azgın Karanar'ın yaptığı şey bir cinayet! Sen de onu başıboş salıvermişsin!

– Ben mi salıverdim Kazake. Kaçıp gitmiş! Nasıl zaptedeyim onu? Zincire vuruyorum koparıyor! Atalar boş yere dememişler "Küç atasın tanımaydı"* diye. İşte şimdi o böyle durumda.

– Sen de buna sevin bakalım. Bak daha ne işler açacak başına! Ona acıyıp bir burunduruk vurmazsan çok çekersin. Bozkırda koşar durursun peşinden. İşte o zaman bu söylediklerimi hatırlarsın. Böyle azgın bir deve bir sürü ile yetinmez, Sarı-Özek'te ne kadar deve varsa hepsiyle dövüşür.

---

* Güç atasını tanımaz (Güce, kuvvete kavuşan babasını bile tanımaz). (Yazar)

Yedigey, Kazangap'a duyduğu saygıdan dolayı fazla üstüne varmadı. Hem adam haklıydı. Onun için alttan aldı ve yatıştırıcı konuştu:

- Karanar'ı bana henüz bir yavruyken kendin verdin, şimdi de şikâyet ediyorsun. Pekâlâ, bir şeyler yaparım, elini ayağını bağlarım onun.

Ama Karanar gibi güzel bir deveye dudaklarını delerek burunduruk vurmaya, onu çirkinleştirmeye yine eli varmadı. Sonraları Kazangap'ın söylediklerini hatırladığı günler çok oldu. Anasından emdiği sütü burnundan getirdiği zamanlarda, ona dudaklarını delip burunduruk vurmaya yemin etti, hatta iğdiş etmeye bile karar verdi. Fakat yine de kıyamadı hayvana. Bu düşündüklerini yapamadı. Yıllar boyu, soğuk kış günlerinde Karanar'ın peşinden koştu durdu. Nice nice sıkıntılara katlandı bu yüzden.

Yedigey o kışı hiç unutmaz. Karanar'ı zaptetmek ve kapatmak için onu kapatacağı ahırı sağlamlaştırmaya çalışırken yılsonu ya da yılbaşı gelmişti. Kuttubayevler yılbaşı ağacını donatmaya başlamışlardı ve bu, Boranlı'daki bütün çocuklar için çok coşkulu bir olay idi. Ukubala ve kızları bütün gün onların evinde idiler ve vakitlerini daha çok ağacı süslemekle geçiriyorlardı. Yedigey de işe giderken ve işten dönünce onlara uğrayıp ağaca bakmadan edemiyordu. Her gün süsleniyor, güzelleşiyordu ağaç.. kurdeleler ve elden yapma oyuncaklarla süslüyorlardı onu. Bu işe kendilerini kaptıran Zarife ve Ukubala'nın hakkını yememek gerekir. Bütün hünerlerini ortaya koyarak bir hayli yoruldular. Aslında önemli olan yılbaşı ağacının kendisi değildi. Onları harekete getiren, coşturan mutlu bir gelecek umudu, yeni yılda mutluluk verecek değişiklikler idi. Ayrı ayrı hepsinin beklentisi buydu.

Abutalip bununla da yetinmedi. Köyün bütün çocuklarını evlerin önündeki açıklıkta toplayarak kocaman bir kardan adam yaptı. Başlangıçta Yedigey bunu sadece bir çocuk oyunu olarak gördü ama sonunda o da kaptırdı kendini bu oyuna. Kardan adam insan boyunda idi. Gözleri, kaşları kömürdendi. Kırmızı burnu, sırıtan kocaman bir ağzı vardı. Başına Kazangap'ın tüyleri dökülmüş eski şapkasını geçirmişlerdi. Bir eline yolun açık olduğunu bildiren yeşil renkli bir kumaş parçası, öbür eline "1953 yılı kutlu olsun" yazılı bir levha tutturmuşlardı. Demiryoluna dönük, gelip geçen trenleri selamlayarak duruyordu. Bu gülünç kardan adam 1 Ocak'tan sonra da epeyce kaldı orada.

Yılın son günü Boranlı'nın bütün çocukları kardan adamın yanında ve süslü çamın etrafında akşama kadar oynadılar. İşten dönen ve nöbette olmayan büyükler de katılıyordu onlara. Ertesi gün Abutalip'in Yedigey'e anlattığına göre, çocukları erkenden kalkmış. Heyecanlı, sabırsız imişler. Güya mışıl mışıl uyuyan babalarının yanına gelmişler.

Şunları anlatmıştı Abutalip:

- Atika! Atika! Ayaz-Ata (Noel Baba) nerdeyse gelir, karşılamaya çıkalım, dedi Ermek.

- Peki, dedim, kalkıp elimizi yüzümüzü yıkayalım, sıkıca giyinelim ve karşılayalım onu. Geleceğini söylemişti zaten. Hay Allah! Nasıl da unuttum!

- Hangi trenle gelecek? diye sordu büyüğü.

- Hangi trenle olursa gelir. Ayaz-Ata için her tren durur burada.

- Öyleyse hemen kalk.

Kalkıp ciddi ciddi hazırlandık.

Daul telaşla sordu:

- Peki annem? Annem gelmeyecek mi? O da Ayaz-Ata'yı görmek ister herhalde?

- Elbette ister. Haydi çabuk uyandırın annenizi!

Hazırlandık, giyindik ve hep beraber evden çıktık, istasyon şefliğine doğru hızlı hızlı yürüdük. Çocuklar koşup istasyon binasının etrafını dolandılar. Ama Ayaz-Ata yoktu!

Ermek şaşkın gözlerle bakınarak sordu:

- Atika! Hani Ayaz-Ata? Niye gelmemiş?

- Siz biraz bekleyin, dedim, ben gidip nöbetçi memura sorayım. İstasyon binasına gittim, içeri girip akşamdan bıraktığım küçük armağan torbasını ve bir sözde mektubu alıp getirdim. Çocuklar bana doğru koşarak geldiler:

- Ayaz-Ata yok mu? Ne olmuş?

- Gelmiş, gelmiş ve size şu mektubu bırakmış. Okuyayım da dinleyin.. ve okudum:

"Sevgili yavrularım Daul ve Ermek! Sizin bu ünlü Boranlı'ya çok erken, saat beşte geldim. Siz yataklarınızda mışıl mışıl uyuyordunuz. Hava çok soğuktu. Ama soğuk bana hiç dokunmaz. Zaten ben de çok soğuğum. Sakalımın tüyleri bile buz yündendir. Tren burada sadece iki dakika durdu. Ancak bu mektubu yazacak ve armağanlarınızı bırakacak kadar zamanım oldu. Torbada köydeki bütün çocuklar için birer elma ve ikişer ceviz bıraktım. Kusura bakmayın. Çok işim var. Daha pek çok çocuk beni bekliyor. Onlara da uğramalıyım. Gelecek yılbaşında sizinle görüşmeye çalışacağım. Şimdilik hoşçakalın.

Ayaz-Atanız"

Durun, durun, bir not daha: "Kardan adamınız çok güzel olmuş. En güzelini siz yapmışsınız. Yanına gidip onun elini sıktım."

Çocuklar sevinçten uçuyordu. Ayaz-Ata'nın mektubu onları çok etkiledi. Ona hiç gücenmediler. Yalnız, armağan torbasını taşımak için aralarında biraz tartıştılar. Bunu da anneleri halletti:

- Tartışmayın, dedi. Daul büyük olduğu için önce o taşıyacak, on adım gittikten sonra, taşıma sırası sana gelecek Ermek. Tamam mı?.. dedi.

O gün öğleye doğru çocukları en çok eğlendiren ve onlardan en çok ilgi gören Yedigey amcaları oldu. Çünkü Ye-

digey onları eski bir kızağa bindirip gezdirdi. Kızağa Ka-
zangap'ın yaşlı devesini koşmuşlardı. Bu uysal deve çok iyi
çekiyordu kızağı. Karanar'ı koşamazlardı. Kim zaptedebi-
lirdi azgın Karanar'ı? Ne eğlendiler, ne eğlendiler! Kızağı
Yedigey amcaları sürüyordu. Bir yandan Yedigey amcanın
yanında oturmak için birbirleriyle çekişirken, bir yandan
da "Daha hızlı! Daha hızlı!" diye bağırıyorlardı. Abutalip
ile Zarife de kızağın yanında yürüyor, koşuyor, yokuş aşağı
giderlerken arkasına tutunuyor, bir ucuna basıp kayıyor-
lardı. İstasyondan iki kilometre kadar uzaklaşıp bir tepeye
vardıktan sonra geri dönmek için durdular. Kızağı çeken
yaşlı deve çok yorulduğu için biraz dinlendiler orada.

Çok güzeldi o gün. Gözalabildiğine uzanan bozkırda
kulağın duyabileceği kadar uzaklıklarda çıt çıkmıyordu Uç-
suz bucaksız bozkır esrarlı bir şekilde, dizi dizi tepeleriyle
karla kaplıydı. Gökyüzünün donuk ışığı bozkırda yansıyor,
öğle saatinin kış için ılık sayılan havası yayılıyordu ortalı-
ğa. Hafif bir rüzgârın uğultusu da çarpıyordu ara sıra insa-
nın kulağına. Aşağıda demiryolu üzerinde, uzun bir katar
göründü. Ardarda koşulmuş iki kara lokomotifin sütun sü-
tun dumanlar çıkararak çektiği katar toprak rengindeydi.
İşaret semaforunun yanına gelince öndeki lokomotif uzun
bir düdük çaldı. Sonra aynı şekilde bir defa daha çaldı dü-
düğünü. Bu istasyonda duraklamayan bir katardı bu. Se-
maforların ve onca boş yer dururken demiryolunun hemen
yakınına kümelenmiş yarım düzine küçük evin önünden
uğul uğul bir gürültüyle geçip gitti. Tren gittikten sonra
yine o derin sessizlik kapladı ortalığı. Çevrede hiçbir ha-
reket, hiçbir kımıltı görünmüyordu. Yalnız evlerin baca-
larından, kıvrım kıvrım mavi ince dumanlar yükseliyordu
gökyüzüne. Gezintiye çıkan çocuklar da konuşmaktan,
bağrışmaktan yorulmuş, susmuşlardı. Bir süre sonra Zari-
fe kocasına alçak sesle:

- Çok güzel, çok güzel ama beni korkutuyor, dedi.

- Doğru, bana da öyle geliyor, dedi Abutalip aynı ses tonuyla.

Yedigey başını çevirmeden yan gözle baktı onlara. Yanyana idiler ve birbirlerine çok benziyorlardı. Zarife'nin alçak sesle ama anlaşılır biçimde söylediği sözler kendisini ilgilendirmediği hâlde bir üzüntü çöktü içine. Bacalardan çıkan ve kıvrıla kıvrıla yükselen dumanların genç kadına korku ve keder verdiğini hissediyordu. Ama onlara ne yardımı olabilirdi ki. Demiryolunun hemen yanındaki o küçücük evler onların sığınabilecekleri tek yerdi.

Yedigey kamçısını sallayıp deveyi sürdü ve kızak köye doğru kaymağa başladı...

Yılbaşı akşamı bütün Boranlılar Yedigeyler'in evinde toplanmışlardı. Yedigey ve Ukubala birkaç gün önce karar vermişlerdi buna:

- Madem ki yeni komşularımız Kuttubayevler çocuklar için böyle güzel bir yılbaşı ağacı süslediler, biz de üzerimize düşeni yapmalıyız, cimriliğin hiç yeri yok! demişti Ukubala.

Karısının bu teklifine Yedigey çok sevindi. Gerçi herkes gelemezdi, çünkü bazıları nöbetteydiler, bazıları da daha sonra nöbete gideceklerdi. Trenler bayram seyran dinlemez, her zaman gelir giderlerdi. Saat dokuzda makas başında bulunmak zorunda olan Kazangap eğlencenin ancak ilk saatlerine katılabildi. Yedigey ise ertesi sabah saat altıda nöbete gidecekti. İş, işti. Yine de çok güzel, çok eğlenceli bir gece geçirdiler. Birbirlerini günde en az on defa gördükleri hâlde, o gece uzaklardan gelmiş davetliler gibi giyinip kuşanmışlardı. Pek keyifli idiler. Ukubala güzel yiyecekler hazırlamıştı ve epeyce övdüler onu. Bol bol içecek de vardı. Votka, şampanya, isteyen için kımız da çoktu. Çünkü bazı develer sütten kesilmemişti. Kazangap'ın yorulmak bilmeyen karısı Bikey de bunları sağarak kımız yapmıştı.

Mezeleri atıştırıp ilk kadehleri yuvarladıktan sonra tür-
kü söylemeye başladılar ve eğlence de asıl bundan sonra
başlamış oldu. Konukları memnun etme çabası içinde olan
ev sahipleri de gevşedi. Kimse kimsenin kusuruna bakma-
dan tatlı bir sohbete daldılar. Her gün görüştükleri, birbir-
lerini çok iyi tanıdıkları hâlde, o gün birbirleri hakkında
yeni yeni şeyler öğreniyorlardı. Şenlikler, bayramlar böyle-
dir. İnsan biribirine daha iyi görünür, birbirini daha çok se-
ver. Bazen bunun aksi de olur ama, o kötü hava Boranlı'da
pek görülmez. Çünkü, Sarı-Özek gibi bir yerde yaşayan bir
avuç insanın birbiriyle çekişmesi, uyuşmazlığı olacak şey
değildir.

Yedigey biraz çakırkeyif olmuştu. Onun bu hâlini bilen
ve bundan hiç kaygı duymayan Ukubala da ara sıra ona ta-
kılıyordu:

- Saat altıda işbaşı yapacaksın, unutma ha!
- Biliyorum Uku, biliyorum, merak etme.

Ukubala'nın yanında oturuyor, karısının boynuna sarı-
lıp türkü söylüyordu. Notaları yanlış çıksa da, gür sesiyle
ve içinden gelerek söylediği için kendisiyle birlikte herke-
sin neşesini arttırıyordu. Durgunlaşan zekâ ile duyguların
coşkusu birbiriyle uyum sağlayan bir ruh halindeydi. Şarkı
söylerken gülen gözlerini konukların yüzlerinde gezdiri-
yor, onların da kendisine aynı yakınlık, içtenlikle baktığını
görüyor, onları sevinçli gördüğü için kendi sevinci daha da
artıyordu. O zamanlar, kara saçları, kara bıyıkları, ışıl ışıl
kahverengi gözleri, sağlam beyaz dişleriyle, yakışıklı bir
adamdı. Yedigey'in yaşlılıkta nasıl bir görünüm alacağını,
hayal gücünüz ne kadar çok olursa olsun, tahmin edemez-
diniz. İşte o Yedigey, komşularını teker teker ağırlamak,
onları memnun etmek için çırpınıyor, Kazangap'ın karısı
Bikey'e büyük saygı gösteriyor, onun "Boranlılar'ın anası"
olduğunu söylüyor, şerefine kadeh kaldırırken, Amuderya
kıyılarında yaşayan bütün Karakalpak halkını da selamlı-
yordu. Bu arada, Kazangap işi dolayısıyla erken kalkıp git-

ti diye üzülmemesini, neşesini yitirmemesini söylüyordu.
Bikey de gülerek:

- Aman, bıktım ondan, bıktım, biraz da ayrı kalalım,
diye takılıyordu.

Yedigey o gece karısının adını hiç kısaltmadan asıl an-
lamı ile Uku Balası (Kuku Yavrusu) diye çağırdı hep. Her-
kes için böyle hoşa gidecek bir isim buluyor, öyle hitap
ediyordu. Boranlı'da bulunan herkes onun kardeşi, bacısı
idi. Sarı-Özek'ten kurtulmak için başka bir yere atanmayı
sabırsızlıkla bekleyen istasyon şefi Abilov'a, onun, hami-
le olduğu için yakında Kumbel'deki doğum evine gidecek
olan karısı Sakine'ye kadar herkese aynı gözle, akraba kar-
deş gözüyle bakıyordu. Buna, çevresindeki bütün bu in-
sanların en yakınları olduğuna yürekten inanıyordu. Başka
türlü nasıl olabilirdi?

Türkü söyleyenler gözlerini bir an kapattığı zaman,
karla örtülü engin Sarı-Özek bozkırını ve burada yaşayan
bir avuç insanı bir tek aile gibi kendi evinde toplanmış gö-
rüyordu. En çok da Abutalip ve Zarife için seviniyordu o
gece. Haksız da değildi. Zarife, şarkı türkü söylüyor, man-
dolin çalıyor, bir ezgiden ötekine süratle geçiyordu. Pürüz-
süz, şakrak bir sesi vardı. Abutalip de göğsünden gelen de-
rin, hazin bir sesle ona uyuyor, karı koca, Tatar usulünde
türkülerle, manilerle karşılıklı söyleşmek demek olan 'çın
çınlıyorlardı'. Ötekiler de katılıyordu onlara. Eski yeni bir-
çok çın, birçok türkü hatırlayıp söylüyor, yorulmak şöyle
dursun, coştukça coşuyorlardı. Herkes eğleniyordu, herkes
sevinçliydi. Yedigey, Zarife ile Abutalip'in tam karşıların-
da idi. Gözlerini onlardan ayıramıyor, onlara baktıkça da
yüreği sızlıyordu. "Onlara göz açtırmayan kara talihleri ol-
masaydı, işte hep böyle neşeli olacaklardı" diye geçiriyor-
du aklından. Yazın korkunç sıcağında, yangından çıkmış
fidan gibi kavrulmuş olan Zarife'nin saçları diplerine kadar
yanık rengini almış, dudakları da kararıp çatlamıştı. Ama

şimdi Zarife, o Zarife değildi sanki. Kara gözleri ışıl ışıldı. Asyalı kadının açık, temiz, düzgün yüzüyle güzel bir kadın oluvermişti. Onun iç duygularını en çok ince kaşları belli ediyordu: Eski türkülerin, çınların havasıyla kanatlandıkça, kaşları da kâh yay gibi geriliyor, kâh kederle çatılıyordu. Abutalip de, başını iki yana sallaya sallaya, söylediği türkünün her kelimesini, anlaşılır biçimde telaffuz ederek ona karşılık veriyordu:

...
Yorga atta yegerin yagır yeritek
Silinmez könlümden suretin senin. *

Zarife parmaklarını tellerin üzerinde gezdiriyor, yılbaşı için bir araya gelen bu küçük toplulukta, mandolini konuşturuyor, inletiyor, türküler içinde yüzüyordu. Yedigey onun kendinden geçtiğini; çok uzaklarda, yükseklerde uçtuğunu, Sarı-Özek'in karlı düzlüklerinde, ciğerlerini doldura doldura nefes alarak dolaştığını görüyordu sanki. Elinde mandolini, sırtında leylak renkli hırkası, kıvrılmış, küçük beyaz yakası ile kırlarda koşuyor, koşuyordu. Geçtiği yerlerde iki tarafa açılarak ona yol veren karanlıklardan geçip, tâ uzaklarda, sisler arasında kayboluyor, ama mandolinin sesi hâlâ duyuluyordu. Sonra birden, Boranlı'da sevdiği insanlar olduğunu hatırlıyor, onsuz kalınca pek üzüleceklerini düşünüyor, dönüp geliyor, masaya oturarak başlıyordu türkülerini söylemeye.

Bundan sonra Abutalip, Sırp partizanlardan öğrendiği bir dansı gösterdi. Onları da kaldırdı. Bu dansı yapmak için ellerini birbirlerinin omuzlarına koyuyor, ayaklarını çalınan bir havaya uygun bir şekilde öne atıyorlardı. Zarife mandolinle hızlı tempoda bir dans havası çalıyor, Abutalip

---

* Yorga atın sırtındaki eyer izleri gibi,
Aşkımız da hiç silinmez ve senin hayalin gönlümden hiç çıkmaz. (Çevirenin notu)

yüksek sesle söylüyordu. Hep birden halka olup dönerken "Oplya! Oplya!" diye bağırıyorlardı.

Sonra yine türkü söylediler, içtiler, kadeh tokuşturdular, birbirlerine yeni yılın uğur getirmesini istediler. Bu arada nöbet geldiği için gidenler, işleri bittiği için gelenler oldu. İstasyon şefi ile hamile karısı, Sırp dansı başlamadan gitmişlerdi.

Bir süre sonra Zarife temiz hava almak için dışarı çıktı, onun ardından Abutalip de kalktı. Terli terli dışarı çıkıp üşümesinler diye, Ukubala üzerlerine kalın şeyler almaya mecbur ediyordu çıkanları.

Zarife ile Abutalip uzun zaman gelmeyince Yedigey meraklandı. O da kalktı onlara bakmak için. Onlar olmayınca eğlencenin de pek tadı olmuyordu. Ukubala, Yedigey'e:

- Öyle çıkma, terlisin, sıkı giyin, yoksa üşütürsün! dedi.

- Şimdi döneceğim, diye cevap verdi kocası.

Yedigey kapıdan fırladı. Ayazlı-beyazlı bir geceydi.

Etrafa bakınarak "Abutalip! Zarife!" diye seslendi.

Sesine bir karşılık almadı ama evin arkasından konuşmalar duydu ve kararsızlık içinde biraz durakladı. Ne yapacaktı? Geri mi dönsün yoksa onların yanına mı gitsin? Herhalde bir şeyler olmuştu aralarında.

Zarife hıçkırıklar arasında:

- Senin görmeni istemedim, afedersin, diyordu. Birden duygulandım, kendimi tutamadım, özür dilerim.

Abutalip de onu yatıştırmaya çalışıyordu:

- Anlıyorum, anlıyorum. Ama yalnız ben değilim ki...

Ne yapalım, ben böyleyim işte. Yalnız benimle ilgili olsaydı mesele yoktu. O zaman ha bir eksik, ha bir fazla.. hayata böyle sımsıkı sarılmazdım!

Abutalip bir süre sustuktan sonra ilâve etti:

- Çocuklarımız kurtulacak hiç olmazsa, tek ümidim bu benim.

Konuşmaların ne ile ilgili olduğunu anlamayan Yedigey, soğuktan büzüşerek geri döndü. Odadan içeri girdiği zaman herkesin donuklaştığını, şenliğin sona erdiğini anladı. Yeni yıl eğlencesi de böylece bitmiş oldu.

*

5 Ocak 1953 günü, saat 10.00'da, Boranlı istasyonunda bir yolcu treni durdu. Şaşılacak şeydi trenin durması. Yollar açık olduğuna göre her zamanki gibi, durmadan geçip gitmesi gerekirdi. Sadece birbuçuk dakika durdu ve bu kadarı yeterdi. Vagondan üç adam indi ve üçünün de ayaklarında birbirinin aynısı olan siyah deri çizmeler vardı. Hiç konuşmadan, sağa sola bakmadan istasyon binasına doğru yürüdüler. Kardan adamın yanından geçerken bir süre durup kontrplak levhanın üzerindeki yeni yılı kutlama yazısını okudular, kardan adamın başındaki Kazangap'ın tüyleri dökülmüş eski şapkasına baktılar. Sonra da istasyon binasına gittiler.

Bundan bir süre sonra istasyon şefi Abilov binadan fırlayıp çıktı. Az daha kardan adama çarpacaktı. Bir küfür savurarak, daha önce hiç yapmadığı şekilde kaçarcasına hızla yürümeye başladı. On dakika geçmemişti ki iş başından aldığı Abutalip'le birlikte soluk soluğa geri geldiği görüldü. Abutalip'in beti benzi atmıştı. Şapkasını eline alıp Abilov'un peşinden içeri girdi. Az sonra da Abutalip ve siyah çizmeli adamlardan ikisi dışarı çıktılar ve bu defa Abutalip Kuttubayev'in oturduğu barakaya doğru yürüdüler. Orada da çok kalmadılar. Aralarında Abutalip, ellerinde birtakım kâğıtlarla çıktılar ve istasyon binasına döndüler. Sonra bir sessizlik çöktü ortalığa. İstasyon binasına ne giren oldu ne çıkan.

Yedigey olanları Ukubala'dan öğrendi. Ukubala, Abilov'un isteği üzerine 4. kilometrede onarım işinde çalışan

Yedigey'e durumu haber vermeye gelmişti. Kocasını bir kenara çekerek:

- Abutalip'i sorguya çekiyorlar, dedi.

- Kim çekiyor?

- Bilmiyorum.. istasyona gelen adamlar. Eğer sormazlarsa, yılbaşı gecesini Abutalip ve Zarife ile birlikte kutladığımızı söylemememizi istiyor.

- Ne varmış bunda?

- Bilmiyorum. Abilov böyle söylememi istedi. Saat ikide sen de orda olmalıymışsın. Abutalip'le ilgili olarak sana da bazı şeyler soracaklarmış.

- Benden ne öğrenmek istiyorlar?

- Ne bileyim ben. Abilov pek telaşlıydı, özünü sözü- nü yitirmişti sanki. Çabuk git bunları söyle, dedi. Ben de geldim.

Yedigey zaten hemen her gün saat ikide yemeğe giderdi. Yol boyunca ve evine vardıktan sonra hep düşündü ve olanları anlamaya çalıştı. Ama bir türlü anlayamıyordu. Geçmişiyle, savaşta tutsak edilmesiyle mi ilgiliydi acaba? Bunun hesabı çoktan verilmişti. Neydi öyleyse? Huzuru kaçmış, endişesi artmıştı. Erişteden bir-iki kaşık aldıktan sonra tabağını kenara itti. Saatine baktı. İkiye beş vardı. Saat ikide gelmesini istediklerine göre tam zamanında orada olmalıydı. Evden çıktı. Abilov istasyon binasının önünde bir ileri bir geri gidip geliyordu. Acınacak bir haldeydi doğrusu. Ezilmiş, yıkılmıştı.

- Ne var? Ne oldu? dedi Yedigey.

- Felâket Yedike, felâket! Kuttubayev'i tutukladılar.

Böyle derken korka korka kapıya bakmıştı. Dudakları titriyordu.

- Peki, niçin tutukladılar?

- Evinde yasaklanmış bazı kitaplar bulmuşlar. Akşamları oturup bazı şeyler yazıyordu ya... Oysa hepimiz biliyoruz neler yazdığını. Başına belâ oldu bu yazılar.

- Bunları çocuklar için yazıyordu.

- Bilmiyorum, hiçbir şey bilmiyorum. Haydi gir içeri, seni bekliyorlar.

İstasyon şefinin sözde büro denilen küçük odasında Yedigey'i bekleyen adam, hemen hemen onunla aynı yaşlarda, belki biraz daha gençti. Otuzunda gösteriyordu. Koca kafalı, tıknaz idi. Saçları kısa kesilmişti. İri delikli, etli burnu terlemişti. Herhalde çok meşguldü önündeki yazılarla. Bir şeyler okuyordu. Bir an durup geniş alnını yukarı kaldırdı, buruşturdu ve mendilini çıkarıp burnunun terini sildi. Konuşma süresince hep yapacaktı bunu. Sonra masanın üzerinde duran *"Kazbek"* marka paketten bir sigara çıkardı. Bunu elleri arasında yuvarlayıp yumuşattıktan sonra dudaklarına götürüp yaktı. Sonra, başını kaldırıp, kapının önünde ayakta bekleyen Yedigey'e, akdoğan bakışlı, parlak sarımsı gözleriyle baktı. Emir veren bir sesle:

- Otur! dedi.

Yedigey masanın yanındaki tabureye oturdu.

- Bak, hiçbir şüphen kalmasın!

Böyle diyen akdoğan bakışlı memur, ceketinin göğüs cebinden kahverengi kaplı bir kimlik belgesi çıkararak açtı ve hemen tekrar kapatıp cebine koyarken "Tansıkbayev" ya da "Tıssıkbayev" gibi bir isim söyledi. Yedigey iyi anlayamamış, sonra da hiç hatırında tutmamıştı.

- Anlaşıldı mı? diye sordu akdoğan bakışlı adam.

- Anlaşıldı, demek zorunda kaldı Yedigey.

- Öyleyse başlayalım işimize. Kuttubayev'in en iyi arkadaşı senmişsin, öyle mi?

- Olabilir, neden?

Akdoğan bakışlı adam "Kazbek" sigarasından bir nefes çekerek:

- Olabilir ha.. öyle olsun, her şey gayet açık.

Sonra birden alaylı bir gülümseme ve cam gibi parlak gözlerinde şimdiden duymaya başladığı bir zevkin ışıltısıyla sordu:

- Pekâlâ dostum, bir şeyler yazıyor muyuz?
- Ne yazıyormuşuz?
- İşte ben de bunu öğrenmek istiyorum ya.
- Neden söz ettiğinizi anlamadım.
- Gerçekten mi? Anlamadın mı? İyi düşün bakalım!
- Evet, anlamadım neden söz ettiğinizi.
- Peki Kuttubayev neler yazıyor?
- Bilmiyorum.
- Nasıl bilmezsin? Herkes biliyor da sen bilmiyorsun ha?
- Bir şeyler yazdığını biliyorum, ama neler yazdığını nereden bileyim? Hem bana ne bundan? Canı yazmak istemiş yazıyor, kim ne karışır?

Akdoğan bakışlı adam mermi gibi delici gözlerini Yedigey'e çevirerek, şaşkınlık içinde yerinden fırladı:
- Kim ne karışır da ne demek! Herkes her istediğini yazabilir miymiş yani! Bunu o mu soktu senin aklına?
- Kimse benim aklıma bir şey sokmuş değil.

Akdoğan bakışlı adam onun cevabına hiç aldırmadı. İyice hırslanmıştı:
- Bak, işte düşman kışkırtması diye buna derler! Herkes aklına geleni yazarsa ne olur? Bunu düşündün mü hiç? Herkes aklına geleni yazacak ha! Sonu neye varır bunun? Bu yanlış fikirleri nereden aldın sen? Hayır dostum, hayır! Böyle şeylere izin verecek değiliz. Karşı devrime izin vermeyiz!

Yedigey, başına sağnak sağnak boşanan bu lâf kalabalığı karşısında serseme dönmüştü. Yine de çevresinde hiçbir şeyin değişmemiş olmasına şaştı. Hiçbir şey olmamıştı sanki. Pencereden bakınca Taşkent treninin geçmekte olduğunu gördü ve bir an vagonların içini getirdi gözlerinin önüne: Vagonlarda oturan yolcular çay ya da votka içiyor, aralarında konuşuyorlardı. Ama bunların hiçbiri, küçük Boranlı istasyonunda o sırada bir adamın, bir yerlerden çıkıp gelen akdoğan bakışlı bir memurun karşısında ter döktüğünü bilmiyordu. Yüreğine sızan acılar içinde az daha dışarı fırlayıp o trenin ardından koşacak, kendini trene atacak, tren nereye giderse o da oraya gidecekti. Yeter ki o odadan çıksındı bir an önce.

Akdoğan bakışlı adam sormaya devam etti:

- Ne dediğimi anlamaya başladın mı sen?

- Anlıyorum, anlıyorum ya, öğrenmek istediğim bir şey var: Adam, oğlu için anılarını yazıyor, cephede başına gelenleri, Partizanlar arasında geçen yıllarını anlatıyor. Ne kötülük var bunda?

- Çocuklar için yazıyor ha! Kimi kandırıyor? Bacak kadar çocuklar için yazıyor ha! Bak arkadaş, tecrübeli düşman işte böyle çalışır. Çekilmiş ıssız bir köşeye, almış kalemi eline, gören gözleyen yok, yaz babam yaz!

- Yazmak hoşuna gidiyordur herhalde. Düşüncelerini, kimseye anlatamadıklarını, çocukları büyüyünce okusunlar diye yazıyordur. Kötülük bunun neresinde?

Akdoğan bakışlı adam suçlayıcı konuşmasına devam etti:

- Düşündüklerini mi yazıyor? Nedir düşündükleri? Ne demek düşündüklerini yazıya dökmek? Tabiî, düşüncelerini, kişisel fikirlerini yazıyor! Kendi kafasında geçenleri.

Aslında yazdıkları hiç de onun kişisel fikirleri değil. Boş yere dememişler *"kalemin yazdığını nacak silemez"* diye!

Herkes kendi fikrini yazacak olsa, nasıl başa çıkarız! Yazdıklarına "Partizan Defterleri" adını vermiş. İkinci başlığı da "Yugoslavya'da geçirdiğim geceler ve gündüzler" adını taşıyor. Al, bak, kendi gözlerinle gör! (Böyle derken, muşamba kaplı üç kalın defteri masanın üzerine fırlattı.) Korkunç bir ihanet! Sen de tutmuş, arkadaşını savunuyorsun. Ama, maskesini indirdik onun!

- Ne maskesi? Ne buldunuz ki?

Akdoğan bakışlı adam, sandalyesinde geriye doğru kay-
kıldı, fırlak gözleriyle Yedigey'e alaylı alaylı baktı. Zevkten
dört köşe oluyor, sırıtıyordu:

- Bu bizim işimiz, ne bulduğumuzu biz biliriz, sana ra-
por verecek değilim!

Yedigey şaşıp kalmıştı. Dili dolana dolana:

- Madem ki öyle...

Akdoğan bakışlı adam onun sözünü kesti:

- Onun yazıları düpedüz halk düşmanlığı, çok pahalıya
mâl olacak bunlar ona!

Önündeki kâğıda bir şeyler yazdıktan sonra yine başını
kaldırdı:

- Ben de seni akıllı sanırdım. Bizden yana olduğunu
düşünüyordum. Sen ki bir eski savaşçı ve şimdi örnek bir
işçisin. Bu hainin maskesini düşürmek için bize yardım et-
mek senin de görevin!

Yedigey suratını astı. Yavaş, ama anlaşılır, hiçbir şüphe-
ye yer bırakmayan bir ses tonuyla:

- Ben hiçbir yazıya imza atmam, bunu başından söyle-
yeyim, dedi.

Akdoğan bakışlı adam ona öldürücü bir bakış fırlattı:

- Senin imzana hiç ihtiyacımız yok. Sen imzalamazsan
bu kadarla biter mi sanıyorsun? Böyle düşünüyorsan yanı-
lıyorsun. Senin imzan olmadan da ona haddini bildirecek
kanıtlar var elimizde!

Yedigey bir aşağılanma, içini yakan bir boşluk hisse-
derek sustu. Fakat aynı zamanda bu olanlara karşı içinde,
Aral'ın dalgaları gibi bir öfke, bir isyan duygusu kabardı.
Bir an, o akdoğan bakışlı adamın üzerine atılıp, bir kuduz
köpeği gebertir gibi onu boğazlamak geçti aklından. Bunu
kolayca yapabilirdi. Cephede elleriyle boğup öldürdüğü bir
düşmanın damarlı, kalın boynu canlandı gözlerinde: Baş-
ka çaresi yoktu. Düşmanı savunma mevzilerinden söküp
attıkları bir sırada, siperde, ansızın yüzyüze gelmişlerdi.

Önce onları yandan kuşatmış, top ve makineli tüfek ateşine tutarak, siperlere el bombası atarak saldırmışlardı. Düşmanın ileri hattını temizledikten sonra siperlere dalmışlardı. İşte o sırada yüzyüze gelmişti o Alman askeriyle. Besbelli bu Alman bir makineli tüfek nişancısıydı ve bütün mermilerini bitirmişti. Yapılacak şey onu tutsak etmekti ve Yedigey'in aklından geçen de bu idi. Ama Alman askeri bıçağını çekerek atılmıştı üzerine. İşte o zaman Yedigey miğferini çıkarıp Alman'ın suratına indirmiş, boğazına yapışmıştı. İkisi birden yuvarlanmışlardı yere. Alman bir yandan onun elinden kurtulmaya, bir yandan da yere düşürdüğü bıçağı almaya çalışıyordu. Yedigey her an bıçağın vücuduna saplanmasından korkarak, hayvanımsı, insanüstü bir güçle, homurdana homurdana, sıkmaya başladı. Parmaklarını kıkırdaklarına geçirmişti. Alman'ın boynu mosmor olmuş, ağzı çarpılmış ve yığılıp kalmıştı. Aynı anda, siper çukurunu bir sidik kokusu kaplamıştı. Parmaklarını ancak bundan sonra gevşeten Yedigey'in midesi bulanmış, kusmaya başlamıştı. Kendi kusmuklarına bulanarak, boğulur gibi sesler çıkararak, sürüne sürüne çıkmıştı o siper çukurundan.

Bu olayı, ne cephede ne de daha sonra hiç kimseye anlatmamıştı. Bazen bu korkunç olay düşüne girer, kâbuslar içinde sıçrayıp kalkardı yatağından. Böyle gecelerin sabahında, ruhsuz bir insan gibi dolaşır, nereye gideceğini bilemez, ölmek isterdi. Ve şimdi, akdoğan bakışlı adamın karşısında o olayı hatırlamış, ürpermiş, yine midesi bulanmıştı. Yine kin tutmuştu onu. Bununla birlikte, karşısındakinin kendisinden daha kurnaz, daha akıllı olabileceğini de düşünüyor ve bu da ona çok dokunuyordu. Adam masasına eğilmiş bir şeyler yazarken Yedigey onun iddialarında birtakım boşluklar bulmaya çalıştı. Bulmuştu aradığını. Adamın söylediklerinde bir mantıksızlık, bir hile ve şeytanlık vardı. "Anılar" sadece anı idi. Bir insan "düşmanca anılar" yazmakla suçlanabilir miydi? Bir insanın anılan 'dost' ya da 'düşman' olabilir miydi? Anılar geçmişte yaşanmış olaylardı ve bugünü anlatmıyordu. Anılar, geçmişteki olayların olduğu gibi yazılmasıydı.

Heyecandan boğazı kuruyan Yedigey, yine de çok sakin olmaya çalışarak şöyle dedi:

- Bir şeyi bilmek istiyorum. Sen diyorsun ki (adama kasıtlı olarak 'sen' diye hitap etmişti. Böylece ondan korkmadığını, korkup boyun eğmek niyetinde olmadığını anlatmak istemişti. Hem onu nereye süreceklerdi? Sarı-Özek'ten daha kötü bir yer yoktu ki.. onun için son sözünü tekrar ederek sordu).. sen diyorsun ki düşmanca anılar yazmış. Bunu anlamıyorum. Anıların düşmanı dostu olur mu? Benim bildiğim, geçmişte olan, şimdi olmayan şeylerin olduğu gibi hatırlanmasıdır anılar. Sen demek istiyorsun ki, insan geçmişindeki iyi olayları hatırlasın, kötü olayları hatırlamasın. Nasıl olur bu? İnsan bir düş görürse bunu hatırlar. Peki bu korkulu bir düşse, başkalarının hoşuna gitmeyecekse, onu hatırlamasın mı?

Akdoğan bakışlı adam hayretle, hiddetle baktı Yedigey'in yüzüne.

- Hımm! Lânet şeytan! Böyle diyorsun ha! Tartışmayı seviyorsun galiba. Olayı anlamak istemiyor, inkâra kalkıyorsun. Buranın filozofu sen misin? Felsefe mi yapıyorsun? Pekalâ, konuşalım öyleyse... (Biraz sustu.. karşısındakini ölçüp tartıyor, söyleyeceklerini düşünüyor gibiydi. Sonra saldırıya devam etti): Hayatta tarihî olaylar, tarihî anılar çoktur, ancak bunların neler olduğu, nasıl olduğu önemli değildir. Önemli olan, geçmişi sözlü ya da daha önemlisi yazılı olarak, onu bizim bugün işimize yarayacak şekilde anlatmaktır. Hiçbir yararı olmayacak yanlarını bir kenara bırakarak anlatmak... işte bu kurala uymayanlar düşmanlık etmiş, suç işlemiş olurlar.

- Ben hiç de öyle düşünmüyorum. Senin söylediğin gibi olamaz!

- Senin nasıl düşündüğün kimsenin umurunda değil. Sorduğun için, iyilik olsun diye anlatıyorum. Seninle tartışmaya hiç gerek yok, ihtiyacım da yok. Bırakalım bunları da konumuza gelelim. Söyler misin bana, Kuttubayev seninle yaptığı herhangi bir konuşma sırasında, meselâ bir içki sofrasında, bazı İngilizler'den söz etti mi, bunların adlarını söyledi mi?

- Niçin söz etsin ki? dedi Yedigey şaşırarak.

- Niçin mi? Bak öyleyse...

Akdoğan bakışlı adam böyle derken "Partizan Defterleri"nden birini açtı. Altı kırmızı kalemle çizilmiş satırları okumaya başladı: "27 Eylül'de, bulunduğumuz yere, bir albay ve iki binbaşıdan oluşan bir İngiliz misyonu geldi. Onların önünde resmî geçit yaptık. Bizi selamladılar. Sonra subaylar çadırında bir yemek verildi. Bu yemeğe, aralarında benim de bulunduğum bazı yabancı partizanları da çağırmışlardı. Beni İngiliz albayla tanıştırdıkları zaman, bu albay elimi dostça sıktı ve tercüman aracılığı ile buraya nasıl düştüğümü sordu. Olayı kısaca anlattım. Bana şarap ikram ettiler, onlarla kadeh tokuşturduk, uzun uzun konuştuk. En çok hoşuma giden şey, İngilizler'in sade ve içten davranışları oldu. Albay, Avrupa'da faşizme karşı birleşmenin büyük bir şans olduğunu söyledi. Ona göre bu, Allah'ın bir lütfu idi. Eğer bu birleşme olmasaydı, Hitler'le yapılan savaşın çok daha zor olacağını, belki de birleşemeyen halklar için çok kötü sonuçlanacağını söyledi..." vb.

Akdoğan bakışlı adam defteri bıraktı, yeni bir Kazbek sigarası daha yaktı, bir süre sustuktan sonra devam etti:

- İşte bundan anlaşılıyor ki Kuttubayev, İngiliz albayına hiçbir itirazda bulunmamış, ona, Avrupa'da ne kadar çaba gösterirlerse göstersinler, ne kadar partizanlık martizanlık ederlerse etsinler, Stalin'in yüksek dehası olmadan zaferi kazanmanın mümkün olamayacağını söylememiş! Bu da gösteriyor ki Stalin yoldaşı aklına bile getirmemiş! Bunu anlıyor musun sen?

Yedigey, Abutalip'i savunmaya çalışarak:

- Belki o İngiliz albayına bunları söylemiştir de, deftere yazmayı unutmuştur.

- Bunu da nerden çıkarıyorsun? Kanıtlayabilir misin böyle bir şey dediğini? Üstelik bu yazdıklarını 1945'te Partizanlar Birliği'nden dönüşünde denetleme komitesine verdiği ifade ile karşılaştırdık. O zaman İngiliz subayları ile karşılaşmasından hiç söz etmemiş. Demek ki bir maksat var, pis bir tarafı var işin! Onun İngiliz Gizli Haber Alma Servisi'yle ilişkisi bulunmadığını kanıtlayabilir misin?

Yedigey'in yüreği acılarla burkuldu. Bu akdoğan bakışlı herifin bu sözlerle ne anlatmak istediğini, işi nereye vardıracağını bilemiyordu.

Akdoğan bakışlı adam sordu:

- Düşün bakalım.. Kuttubayev sana bir şey söylemedi mi? Meselâ İngilizler'in isimlerini filan? O İngiliz misyonunda bulunanların adlarını bilmek istiyoruz. Bu bizim için çok önemli!

- Peki, nasıl olur İngiliz adları?

- Meselâ John, Clark, Smith, Jack...

- Hiçbir zaman böyle isimler işitmedim.

Akdoğan bakışlı adam somurttu, biraz düşündü. Herhalde Yedigey'le konuşmasından bir yarar sağlayamayacağını anlayarak keyfi kaçmıştı. Sonra biraz alçak sesle ve gizli bir şey soruyormuş gibi:

- Burada çocukları okutmak için bir okul açmış, doğru mu? dedi.

Yedigey bu sözler karşısında gülmekten kendini alamadı:

- Okul mu açmış! Onun iki oğlu, benim de iki kızım var. İşte okul dediğin! Büyükler beşer, küçükler de üçer yaşında. Biz burada çocuklarımızı nasıl oyalayacağımızı bilemiyoruz. Çevremiz çöl, karı-koca boş vakitlerinde çocuklarla meşgul oluyorlar. Zaten ikisinin de asıl mesleği öğretmenlik. Çocukları hem oyalıyor, hem de bir şeyler öğretiyorlar. Okumayı, resim yapmayı öğretiyorlar meselâ, biraz yazmayı, sayı saymasını filan. Okul dediğin bu işte!

- Nasıl şarkılar öğretiyorlar çocuklara?
- Çocuk şarkıları öğretiyorlar. Şimdi hangileri olduğunu hatırlamıyorum.
- Peki, ne yazdırıyordu onlara?
- Harfleri, birkaç da basit kelimeyi.
- Hangi kelimeleri?
- Nerden hatırlayayım şimdi. Unuttum.

Akdoğan bakışlı adam önündeki kâğıtlar arasından çocuklara ait bir defteri, kargacık burgacık yazıların olduğu bir sayfayı çıkardı:

- Bak neler öğretmiş çocuklara, dedi. Öğrettiği ilk kelimeleri görüyor musun, "Bizim evimiz" demiş. Niçin "Bizim zaferimiz" diye başlamıyor. Bugün insanın dudaklarından çıkması gereken ilk sözler neler olmalı biliyor musun? "Bizim zaferimiz" olmalı değil mi? Ama o bunu hiç düşünmüyor, aklına bile gelmiyor bu sözler. Oysa "Zafer" ve "Stalin" birbirinden ayrılmaz sözlerdir!

Yedigey ne diyeceğini bilemedi. Bu sorgulama karşısında, kendisini aşağılanmış görüyor, bütün çabaları ve iyi niyetleriyle aklı bir şeye ermeyen küçük çocuklara bir şeyler öğretmek için çırpınan Zarife ve Abutalip'e çok acıyordu. O kadar hiddetlendi ki sesini yükselterek şu cevabı vermekten kendini alamadı:

- Madem öyle düşünüyorsun, öğretmesi gereken ilk söz "Bizim Leninimiz" olmalıydı. Lenin her şeyden önce gelmez mi?

Akdoğan bakışlı adam bu çıkış karşısında şaşaladı. Sesi, hatta nefesi kesildi. Sonra sigara dumanını savura savura ayağa kalktı. Odada biraz gezinmek istediği belliydi ama oda adım atılamayacak kadar küçüktü. Kestirip atmak istercesine:

- Biz "Stalin" der, "Lenin" anlarız! dedi.

Sonra, yarış bitiminde nefeslenen atletler gibi biraz rahatlayarak, uzlaşma arayan bir sesle:

- Pekâlâ, dedi, aramızda böyle bir konuşma olmadı sayalım.

Hemen yerine geçip oturdu. Taş gibi donuk yüzünden, akdoğan bakışlı parlak gözlerinden, aklından geçenler pek okunmuyordu.

- Eldeki bazı bilgilere göre, Kuttubayev çocuklarımızın yatılı okullarda okutulmasına karşı olduğunu söylüyormuş. Sen bu konuda ne diyorsun? Bu konuşmayı senin de bulunduğun bir yerde yapmış.

- Bu bilgileri nereden aldın? Sana bunları kim söyledi? dedi Yedigey şaşırarak.

Böyle dedi ama, bunu istasyon şefi Abilov'dan duymuş olabileceğini hemen hatırladı. Çünkü böyle bir konuşmanın yapıldığı sırada o da vardı.

Yedigey'in soru sorması, akdoğan bakışlıyı çileden çıkarmaya yetti:

- Bak, beni iyi dinle, daha önce de söyledim sana. Bu bilgileri nereden aldığımız kimseyi ilgilendirmez. Bilgi kaynaklarımız hakkında kimseye hesap verecek değiliz. Bunu kafana iyice sok! Şimdi, Kuttubayev'in bu konuda ne dediğini anlat bana!

- Bilmiyorum, hatırlamam için biraz düşünmem gerek. Bizim burada en yaşlı işçi Kazangap'tır. Onun oğlu Kumbel'deki yatılı okulda okuyor. Herkes biliyor ya, biraz haylaz, yaramaz bir çocuk. İşte geçen Eylül'de, adı Sabitcan olan bu çocuğu, deve sırtında okula götürecekti. Annesi, yani Kazangap'ın karısı Bikey ağlamaya, sızlamaya başladı: "Yatılı okula gideli sanki bizim yabancımız oldu. Ne evini biliyor, ne ana-baba tanıyor! Felâket bu!" dedi. Okumamış cahil bir kadın işte. Ama ne yapsınlar, çocuklarını okutmaları gerek, onun için de uzak yere göndermek zorunda kalıyorlar.

Akdoğan bakışlı adam sözünü kesti:

- Anlaşıldı anlaşıldı! Kuttubayev ne dedi, sen onu anlat!

- Tamam işte, o da oradaydı. Bikey'e ana yüreğinin onu yanıltmadığını söyledi. Başka çaresi olmadığı için çocukları yatılı okula göndermek zorunda kaldığımızı, bu yüzden yatılı okulun çocuğu anadan babadan ayırdığını, evden uzaklaştırdığını, bunun da herkes için zor ve dertli bir şey olduğunu söyledi. Ama başka çare yok ki. Çok iyi anlıyorum onu. Bizim çocuklarımız da büyüyor, şimdiden acı acı düşünüyorum doğrusu. Çok kötü bir durum.

Akdoğan bakışlı adam yine sözünü kesti:

- Düşününce buldun işte. Demek Sovyet yatılı okullarının kötü olduğunu, bir felâket olduğunu söyledi, öyle mi?

- "Sovyet yatılı okullarını" demedi. Genel olarak yatılı okuldan söz etti, tabiî bizim yatılı okul Kumbel'de olduğu için sözkonusu o idi. Onun kötü bir okul olduğunu ben de söylüyorum.

- Bunun bir önemi yok. Kumbel de Sovyetler Birliği'nde bulunduğuna göre, onu kötülemek bütün Sovyetler'deki okulları kötülemektir.

Yedigey, adamın kendisini yanıltmaya çalıştığını anlayarak iyice öfkelendi:

- Kumbel yatılı okulu demek bütün Sovyetler'in yatılı okulu demek olamaz! Söylemediği sözleri ona nasıl mâledersin? Hem ben de onun gibi düşünüyorum. Bu yitik köyde değil de başka yerde otursaydım çocuklarımı asla yatılı okula göndermezdim. Ben böyle düşünüyorum işte. Tamam mı?

Akdoğan bakışlı adam:

- Sen nasıl istersen öyle düşün! dedi.

Bir süre sustuktan sonra konuşmayı kısa kesmek istediğini belli ederek:

- Şimdi sonuca gelelim. Demek ki Abutalip kolektif eğitime karşı.. öyle mi?

Yedigey kendini tutamadı:

- O hiçbir şeye karşı değil! Niçin yapmadığı, söylemediği şeylerle suçluyorsun onu? Olacak şey mi bu?

Akdoğan bakışlı adam cevap vermeyi, açıklama yapmayı gereksiz gördüğü için çıkıştı:

- Yeter, yeter artık! Şimdi sen bana şu defterdeki "Dönenbay Kuşu"nun ne olduğunu söyle bakalım. O deftere, yani oraya yazdıklarına "Dönenbay Kuşu" adını vermiş. Kuttubayev bunu Kazangap'la senden dinleyerek yazmış. Öyle diyor, doğru mu bu?

Yedigey birden canlandı:

- Evet, tam dediği gibi oldu. Burada, yani Sarı-Ö- zek'te, Naymanlar'ın mezarlığı ile ilgili bir hikâye, daha doğrusu bir efsane vardır. Eskiden yalnız Naymanlar gömerlermiş oraya ölülerini ama şimdi herkese ait bir mezarlık o. Ana-Beyit mezarlığı deniyor. Bir mankurt olan oğlu tarafından öldürülen Nayman-Ana oraya gömülmüş...

- Peki, peki, sonra oraya gidip bir göz atarız, bakalım bu isim hangi gizli anlama geliyormuş, anlarız (defterin sayfalarını karıştırırken yüksek sesle düşünüyordu). Dönenbay kuşu... Hımm, daha iyisini bulamazdı doğrusu. İnsan adı taşıyan bir kuş.. kendini yazar sanıyor galiba, yeni bir Muhtar Ayvazov sanıyor. Geçmişteki feodal dönemi anlatan bir yazar... Dönenbay kuşu! hımm. Bir şey anlamayacağımızı sanıyor. Demek çocuklar için yazıyormuş! Gizli gizli yaptığı iş bu demek. Ya buna ne dersin? Bunu da mı çocuklar için yazıyor?

Akdoğan bakışlı adam muşamba kaplı yeni bir defteri Yedigey'in gözlerine dayadı:

- Neymiş bu? dedi Yedigey, bir şey anlamadığı için.

- Ne mi dedin? Ne olduğunu senin bilmen gerek. Yazının başlığını oku, bak "Raymalı Aga'nın Kardeşi Abdilhan'a Yalvarması" diyor.

- Ha, anladım, o da bir başka efsane, gerçek bir olaymış, eskiler anlatıyor...

- Yorma çeneni, biz de biliyoruz o kadarını. Kulağıma çalınmıştı. Çok yaşlı bunamış bir adam, on dokuz yaşındaki bir kıza âşık olur. Neresi iyi bunun? Öyle anlaşılıyor ki Kuttubayev yalnız düşman değil, aynı zamanda ahlâksızın biri! O iğrenç şeyleri nasıl da özene bezene yazmış!

Yedigey kızardı. Ama utandığından değildi yüzünün kızarması. Karşısındaki adam Abutalip'e hiç söylenmeyecek şeyi söylüyor, ona en büyük haksızlığı yapıyor ve bu da onu öfkeden deli ediyordu. Bu idi kızarmasının sebebi. Hiddetini güçlükle zaptederek şöyle dedi:

- Bak beni iyi dinle, sen nasıl büyük adamsın, ne şefisin bilmem, ama Abutalip'i böyle suçlamakla çok büyük haksızlık ediyorsun. Allah herkesi onun gibi bir baba, onun gibi bir koca etsin isterim! Bu köyde büyük küçük herkes söyler sana onun ne mükemmel bir insan olduğunu. Zaten burada bir avuç insanız ve hepimiz birbirimizi tanırız.

- Peki, peki, sakin ol! Görüyorum ki adam hepinizin beynini yıkamış. Düşman her kılıkta görünmesini bilir zaten. Ama biz maskesini indirdik işte. Seninle işimiz bitti. Gidebilirsin.

Yedigey ayağa kalktı. Şapkasını giyerken oyalanıyordu. Sonra sordu:

- Peki, ne olacak şimdi ona? Bunları yazdı diye hapse atılacak değil herhalde?

Akdoğan bakışlı adam birden doğruldu:

- Bak, sana son defa söylüyorum: Bunlar seni hiç ilgilendirmez! Düşmana niçin kovuşturma açtığımız, ona nasıl davranacağımız, ne ceza vereceğimiz yalnız bizi ilgilendirir. Sen haddini bil, bunlarla kafa yorma. Haydi bakalım, git artık!

*

Aynı gün, akşamın geç saatlerinde Boranlı istasyonunda bir yolcu treni daha durdu. Ama bu, aksi yöne giden bir tren idi. İki-üç dakikadan fazla kalmadı.

Siyah çizmeli üç adam, Abutalip Kuttubayev'i de kendileriyle birlikte götürmek için, karanlıkta trenin gelmesini bekliyorlardı. Onlardan birkaç adım geride Boranlılar vardı. Sırtları toplananlara dönük o üç adam Abutalip'in önünde duvar gibi duruyor, onu göstermiyorlardı. Toplananlar: Zarife ve iki çocuğu, Yedigey, Ukubala ve istasyon şefi Abilov'dan ibaretti. Abilov, trenin yarım saat gecikmesinden dolayı, sanki bu kendi kabahati imiş gibi, telâşa kapılmış, bir aşağı, bir yukarı sinirli adımlarla gidip geliyordu.

Onun burada bir işi yoktu ki! Madem ki gelmiş, onlarla beraber sinirli hareketler yapmadan dursa ya!

Zavallı Abutalip'in evinde bulunan ve suç belgesi sayılan masallardan, efsanelerden dolayı Kazangap da sorguya çekilmişti ve o sırada makasta bulunuyordu. Bu yüzden de Abutalip'i alıp götürecek olan trene yol vermek, bu treni kendi rayına sokmak ister istemez ona düşmüştü. Kazangap'ın karısı Bikey ise Yedigey'in iki küçük kızına bakmak için evde kalmıştı.

O çizmeli adamlar, rüzgârdan korunmak için paltolarının yakalarını kaldırmış, suskun ama gergin bir vaziyette bekliyor, geniş omuzlarıyla Abutalip'e siper olup onunla vedalaşmak için gelen yakınlarını göstermiyorlardı. Vedalaşmak için gelen Boranlılar da susuyordu.

Döne döne esen bir rüzgâr, yerdeki karları toplayıp savuruyor, duyulur duyulmaz bir ıslık çalıyordu. Bir kar fırtınasının habercisi idi bu durum. Sarı-Özek bozkırının karanlık gecesinde, soğuk bir sis gittikçe kabarıyor, genişliyordu. Gökte ay, tek başına soluk bir leke gibi, yabanî, melankolik, hüzünlü bir suskunluk içinde duruyor ve sanki kendini göstermekle güçlük çekiyordu. Keskin bir ayaz insanın yanaklarını dalamaya başlamıştı.

Zarife, elinde kocasına vermek için hazırladığı, içinde yiyecek ve giyecek bulunan bir çıkını tutuyor ve sessiz sessiz ağlıyordu. Ukubala'nın derin derin içini çektiği ağzından çıkan buğulardan anlaşılıyordu. Ukubala, Kuttubayev'lerin büyük oğlu Daul'u kürküyle soğuktan korumaya çalışıyordu. Zavallı çocuk bir şeyler sezmiş olmalıydı. Kuşkular içinde, hiç konuşmadan duruyor ve Ukubala teyzesine sımsıkı sarılıyordu. Küçük Ermek'in hâli ise insanın yüreğini parçalıyordu. Ermek, Yedigey'in kucağındaydı ve hiçbir şeyden haberi yoktu ve durmadan sızlanıyordu.

– Atika! Atika! Yanımıza gelsene! Biz de seninle gideceğiz!

Abutalip oğlunun sesini her duyuşta irkiliyor, ona bir şeyler söylemek istiyor ama dönüp bakmasına bile izin vermiyorlardı. Hatta o üç adamdan biri orada bulunanlara sertçe bağırdı:

– Durmayın burada! İşitiyor musunuz? Durmayın, gidin! Sonra yaklaşırsınız!

Toplananlar biraz çekildiler.

Bu sırada uzaktan lokomotifin ışıkları göründü. Hepsi oldukları yerde kımıldadılar. Zarife daha fazla kendini tutamadı ve hıçkıra hıçkıra ağlamaya başladı. Ukubala da ağlıyordu onunla beraber. Tren ayrılık getiriyordu. Öndeki ışıkları soğuk karanlığı deliyor, homurdanan, tehdit eden kara bir kütle olarak yaklaşıyor, büyüyordu. Yaklaştıkça lokomotif farlarını yukarı kaldırıyordu sanki. Farların parlak ışığında, raylar arasında rüzgârın savurduğu kar çevrintisi daha net görünüyor, manivela ve yorgun pistonların gürültüsü daha çok duyuluyordu. Ve işte, katarın vagonları da iyice görünür oldu.

– Atika! Atika! Bak, tren geliyor! diye bağırdı Ermek.

Fakat babası cevap vermediği için şaşırdı ve sustu. Yine de birkaç saniye sonra, babasının dikkatini çekmek için bir kere daha seslendi:

- Atika! Atika!

Ortalıkta telaşlı telaşlı dolanıp duran istasyon şefi Abilov, o üç kişinin yanına yaklaştı:

- Posta vagonu katarın baş tarafında, lütfen ileri gidin biraz, dedi.

Herkes ileriye doğru hızlı hızlı yürüdü. Tren gelmişti bile. Akdoğan bakışlı adam elinde çantasıyla en önde sağa sola bakmadan yürüyordu. Onun hemen ardında Abutalip ile Abutalip'i aralarına alan akdoğan bakışlının geniş omuzlu iki yardımcısı, biraz geride Zarife ile Daul'un elini hiç bırakmayan Ukubala geliyordu. Yedigey, bunların az gerisinde ve biraz yanda yürüyordu. Ermek onun kucağındaydı. Kadınların ve çocukların yanında ağlamamak, ağladığını göstermemek için geride kalmıştı Yedigey. Boğazına büyük bir yumru gelip tıkanıyor ve kendini güçlükle tutuyordu. Bir yandan da, kucağında sımsıkı tuttuğu Ermek'e yatıştırıcı bir şeyler söylemeye çalışıyordu:

- Sen akıllı bir çocuksun Ermek. Akıllısın değil mi? Akıllı çocuklar ağlamaz, sakın ağlama!

Tren iyice yavaşladı, yanlarından geçip az ileride durdu. Lokomotif yoğun bir buhar çıkardı ve keskin bir düdük sesi duyuldu.

Yedigey, kucağında sarsılan çocuğa:

- Korkma yavrum, dedi, ben yanında iken hiçbir şeyden korkma ve ben hep yanında olacağım.. korkma yavrum.

Tren dururken insanın kulaklarını delen uzun uzun gıcırtılar çıkarmış, sonunda vagonlar oldukları yere çakılmıştı. Kırağıyla, kar tozlarıyla kaplıydı vagonların pencereleri. Vagonlar kör gibiydi. Ortalığa birden sessizlik çöktü. Ama hemen sonra, lokomotif bir buhar daha saldı, acele kalkacağını bildiren düdüğünü öttürdü. Posta vagonu lokomotifin hemen ardındaydı. Orta yerde çift kanatlı bir kapısı vardı ve pencereleri demir parmaklıklı idi. O çift kanatlı kapı içerden açıldı, başlarında resmî postacı şapkası, üzerlerinde kalın pamuk astarlı ceket ve pantalon bulunan biri kadın öteki erkek iki kişi başlarını aşağı sarkıttılar. Kadının elinde fener vardı ve rütbece erkekten büyük olduğu anlaşılıyordu. Şişman, iri göğüslü bir kadındı. Elindeki fenerle üç adamın önünü aydınlatarak:

- Trene binecek olanlar siz misiniz? dedi. Bekliyorduk, yeriniz hazır.

Elinde büyük çantasıyla vagona ilk çıkan akdoğan bakışlı adam oldu.

Gerideki iki adam, önlerine geçenleri sıkıştırarak:

- Hadi çabuk olun! Bizi geciktirmeyin! dediler.

Abutalip onu uğurlamaya gelenlere dönerek çabuk çabuk konuştu:

- Yakında dönerim.. bir yanlış anlama var.. yakında dönerim, bekleyin!

Vedalaşmak için çocuklarını kucaklarken, Ukubala bu sahneye dayanamadı ve yüksek sesle ağlamaya başladı.

Abutalip iki çocuğunu kucaklayıp sımsıkı bastı bağrına. Onların kulaklarına bir şeyler fısıldıyor, ama korku içinde olan çocuklar bunu anlamıyordu. Lokomotif buhar salmaya başlamıştı. Bütün bunlar postacı kadının elindeki fenerin ışığında oluyordu.

Birden keskin bir tren sesi duyuldu. Bu ses elektrik akımı gibi katar boyunca yayıldı.

İki adam Abutalip'i vagonun basamaklarına doğru iterek:

- Haydi, bin artık, tren kalkıyor! dediler.

Son anda Yedigey'le de kucaklaşabilmişti Abutalip. Bir an, ıslak, killı yanaklarıyla birbirlerine yapışarak kaldılar. Yürekleriyle, ruhlarıyla, kafalarıyla bir olmuşlar gibi anlıyorlardı birbirlerini.

- Onlara denizi anlat, diye fısıldadı Abutalip.

Bu onun son sözleri oldu. Yedigey anlamıştı. Çocuklarına Aral'ı anlatmasını istiyordu ondan.

Geniş omuzlu iki adam, onları ite kaka ayırdılar:

- Yeter! Yeter artık. Bin trene gidiyoruz!

Böyle dedikten sonra Abutalip'in elinden tutup onu vagona ittiler. İki küçük çocuk ayrılığın korkunç anlamını işte o zaman kavradılar ve yüksek sesle ağlayarak bağrıştılar:

- Ata! Ata! Atika! Atacan!*

Yedigey kucağında Ermek'le vagona atıldı. Ama elinde fener bulunan kadın koca gövdesiyle kapının önünde durdu:

- Hey! Dur bakalım, nereye gidiyorsun! diye itti onu.

O sırada Yedigey'in aklından, o akdoğan bakışlıyı kendi elleriyle boğmak için Abutalip'in yerine o yolculuğa çıkmak düşüncesi geçtiğini kimse anlayamazdı elbet.

Elinde fener tutan kadın durmadan bağırıyor, bağırırken sigara ve soğan kokulu nefesi Yedigey'in yüzüne çarpıyordu:

- Durmayın! Gidin buradan! Gidin evinize!

Zarife elindeki çıkını kocasına vermeyi unutmuştu. Son anda hatırlayarak vagonun kapanmak üzere olan kapısından içeri attı:

- Bunu ona verin, yiyecek var içinde!

Posta vagonunun kapısı gürültüyle kapandı ve yine bir sessizlik çöktü. Lokomotif kalkış işaretini verdi, tekerlekler sarsılıp gıcırdadı ve yavaş yavaş hızlandı.

Boranlılar da kapısı sımsıkı kapalı vagonun yanında ona baka baka yürümeye başladılar. Kendine ilk gelen Ukubala oldu. Geriye dönüp Zarife'yi kucakladı, onu göğsüne sımsıkı basarak öylece durdu. Bir yandan da, gittikçe hızlanan tekerleklerin takırtısını bastırmak için yüksek sesle bağırdı:

- Daul! Dur gitme, bekle! Tut annenin elinden!

Yedigey, kucağında Ermek, trenin ardından hâlâ koşuyordu. Son vagon da gelip geçince durdu.

---

* Baba! Baba! Babacığım! Baba Can (Canım Baba)!

Sonra tren uzaklaştı, tekerlek sesleri azaldı, lokomotifin ışıkları zayıfladı... Uzun uzun öten düdük sesi son defa duyuldu.

Yedigey geri döndü. Kucağında Ermek durmadan ağlıyor ve Yedigey onu susturamıyordu.

Ancak evde, geceyarısında sobanın başında hiç ağzını açmadan otururken birden Abilov'u hatırladı. Hatırlar hatırlamaz da usulca kalkıp giyindi. Ukubala anlamıştı onun aklından geçenleri. Kolundan tutarak:

- Dur, nereye gidiyorsun? Ona bir şey yapma, parmağınla bile dokunma! Karısı hamile. Hem buna hakkın da yok. Onu suçlayacak bir kanıtın da yok!

- Korkma, bir şey yapacak değilim ona. Ama bir an önce defolup gitsin buradan. Artık Boranlı'da kalamaz, bunu kafasına iyice soksun! Sana söz veriyorum, kılına bile dokunmayacağım, güven bana.

Böyle dedikten sonra Ukubala'nın elinden kurtuldu ve çıkıp gitti.

Abilovlar'ın pencerelerinde hâlâ ışık vardı. Demek ki yatmamışlardı daha.

Yedigey, sertleşen karda takır takır ses çıkararak yürüyordu. Buz tutmuş kapıya geldi ve hızlı hızlı vurdu. Abilov açtı kapıyı:

- Aa, sen misin Yedike? Gir içeri, gir! dedi.

Korkmuş, yüzü sapsarı olmuştu. Odanın içinde geri geri gidiyordu.

Yedigey, kendisiyle birlikte bir soğuk dalgasını da getirerek içeri girdi, kapıyı kapadı ve ayakta durarak, sakin bir sesle konuşmaya başladı:

- O zavallı yavruları niçin yetim bıraktın? dedi.

Abilov dizleri üstüne çöktü. Kelimenin tam anlamıyla sürüne sürüne Yedigey'in eteklerine yapıştı:

- Yemin ederim ki ben yapmadım! Bak Yedike, doğacak çocuğumun başı üzerine yemin ederim ki ben yapmadım.

232 • Gün Olur Asra Bedel

(Böyle derken, korkudan olduğu yerde taş kesilen karısına bakmıştı. Dili dolanıyor, nasıl konuşacağını bile bilemiyordu.) Allah'a and olsun ki ben değilim bunu yapan Vallahi ben değilim! Böyle bir şeyi nasıl yaparım ben! O müfettiş yaptı bunu. Hatırlıyor musun? Onun ne yazdığını, kime yazdığını sorup durmuştu. O yaptı, o müfettiş yaptı. Doğacak çocuğumu görmiyeyim eğer yalanım varsa! Trenin yanında o sahneyi seyrederken, görmeyeyim diye, bin kat yerin dibine girmek istedim. O müfettiş.. sonu gelmez nutukları, sorularıyla kafamı çeldi. Eğer bilseydim...

Yedigey onun sözünü kesti:

- Peki, peki.. ayağa kalk da adam gibi konuşalım. Bak, sana karının yanında söylüyorum. Umalım ki bu iş kötü bitmesin. Şu anda mesele o değil. Senin hiçbir suçun yoksa bile hiçbir şey değişmez. Senin için burada veya başka yerde çalışmanın hiçbir önemi yok. Ama biz bütün ömrümüzü burada geçireceğiz. Bir an önce buraları terkedip gitsen çok iyi edersin. Tavsiye ederim git. İşte sana bunu söylemek için geldim. Bu konuyu bir daha hiç konuşmayacağız seninle.

Yedigey bunları söyledikten sonra çıktı, kapıyı çarparak kapadı ve gitti.

*
* *

Büyük Okyanus'ta, Aleut adalarının güneyinde vakit öğleyi çoktan geçmişti. Orta şiddette bir fırtına okyanusu çalkalamaya devam ediyor, bir uçtan öbür uca bütün ufku kaplayan sular âleminde, köpüklü dalgalar saf saf, yuvarlana yuvarlana birbirlerini kovalıyordu. Uçak gemisi 'Konvansiyon' San-Fransisco ile Vladivostok'a tam eşit uzaklıkta, her zamanki yerindeydi. Hafif hafif sallanıyordu köpükler arasında. Bu uluslararası bilimsel araştırma gemisinin bütün görevlileri alarmda, her türlü operasyona hazır bekliyordu.

İye Güneşi sisteminde, dünya dışı bir uygarlığın keşfedilmesiyle meydana gelen durumu görüşmek üzere gemide bulunan ve olağanüstü yetkilerle donatılan komisyonların toplantıları bitmek üzere idi. Kendi üslerinden izin almadan, uzaylılarla Orman-Göğsü gezegenine giden 1-2 ve 2-1 numaralı kozmonotlar hâlâ o gezegende idiler ve yörünge istasyonu Parite aracılığı ile, Ortak Yönetim Merkezi tarafından, kesin emir almadan oradan ayrılmamaları konusunda üçüncü defa uyarılmışlardı.

Ortak Yönetim Merkezi'nin bu kesin direktifi aslında yalnız kafalarındaki karışıklığı yansıtmakla kalmıyor, aynı zamanda karşı karşıya bulundukları meselenin gittikçe daha da içinden çıkılmaz hâle geldiğini, gerginliğe doğru tırmandığını, aralarındaki işbirliğinin bir cepheleşmeye dönüşmesi tehlikesiyle karşı karşıya kaldıklarını da gösteriyordu. *Demiurg* projesi bir süre önce iki büyük devleti bir-

234 • GÜN OLUR ASRA BEDEL

birine yaklaştırmıştı ve böylece bilimsel ve teknik üstün-
lüklerini arttırmışlardı. Bunu bütün dünyaya kabul ettir-
mek istiyorlardı. Ama işte şimdi bu proje birdenbire ikinci
plana düşmüş, dünyadışı bir uygarlığın bulunmasıyla or-
taya çıkan çözümü güç meseleden dolayı bir anda değerini
yitirmişti. Her iki komisyonun üyeleri tek tek bir konuyu
çok iyi anlıyorlardı: Bu benzeri görülmemiş, hiçbir buluş-
la kıyaslanamayacak yeni keşif çağdaş dünya toplumunun
dayandığı esasları, insan zekâsının yüzyıllar boyu, nesiller
boyu, oluşturup geliştirdiği, yoğurup biçim verdiği bir dü-
zeni ve bunun kurallarını bir sınava sokmuş bulunuyordu.
Yerkürenin genel güvenliği bir yana, bu sınavı vermek gibi
bir tehlikeyi kim göze alabilirdi?

Tarihin bunalımlı dönemlerinde her zaman görüldüğü
gibi, dünyadaki iki ayrı sosyal ve siyasî sistemin temel çe-
lişkileri bütün çıplaklığıyla kendini gösterdi.

Meselenin görüşülmesi sinirli tartışmalara yol açtı ve
fikir ayrılıkları süratle uzlaşmazlığa, barışmazlığa sürük-
ledi onları. Bu uzlaşmazlık ve karşılıklı tehditler iyice çı-
ğırından çıkar ve denetimi mümkün olmazsa bir dünya
savaşı bile çıkarabilirdi. Üyeler bunu da düşünmeye baş-
ladılar. Sonunda bu gidişin onlara zarardan başka hiçbir
şey kazandırmayacağını anlayarak aşırılıklardan sakınma-
ya karar verdiler. Ama onları buna asıl zorlayan mesele,
olayı önünde sonunda öğrenecek olan dünya kamuoyunun
bilincinde bir patlama olması ve onların karşısına dikilme-
siydi. Bundan korkuyorlardı. Bütün dünyada bir bomba gi-
bi patlardı bu olay. Bunun nasıl sonuçlar doğuracağını da
kimse bilemezdi.

Sonunda mantık üstün geldi ve taraflar bir uzlaşmaya
varmak zorunda kaldılar. Bu konuda da eşitlik ve denge
esasına tam olarak uymuşlardı. Varılan karara göre, Ortak
Yönetim Merkezi'nden Parite Yörünge İstasyonu'na yeni
bir mesaj gönderdiler:

"Denetleyici kozmonotlar 1-2 ve 2-1'e,

Bu bir emirdir: Hâlen Güneş sistemi dışında, İye sisteminde ve Orman-Göğsü gezegeninde bulunan 1-2 ve 2-1 kozmonotlarıyla hemen bağlantı kurunuz. Onlara Ortak Yönetim Merkezi kararlarını derhal bildiriniz. Dünyadışı bir uygarlığı keşfeden iki kozmonot, Ortak Yönetim Merkezi'nin onların eylemleri ve bundan sonraki girişimleriyle ilgili olarak aldığı kararlara, kayıtsız-şartsız uyacaklardır. Ortak Yönetim Merkezi'nin kararları şunlardır:

a) Parite'nin eski kozmonotları 1-2 ve 2-1 Dünya uygarlığınca istenmeyen kişiler olarak ilân edilmişlerdir. Bunların yörünge istasyonu Parite'ye ve Dünya'ya dönmeleri yasaklanmıştır.

b) Orman-Göğsü denilen gezegende yaşayanlarla, dünyalıların tarihî tecrübeleri, hayatî çıkarlar ve uygarlıklarının bugünkü gelişimi ile bağdaşmadığı için, ne şekilde olursa olsun, herhangi bir temas kurulması yasaktır.

c) Parite'nin eski kozmonotları 1-2 ve 2-1 ile, onlarla ilişkide bulunan yabancı gezegenliler, dünyalılarla temas kurmaya, daha önce yaptıkları gibi "Tramplen" yörüngesindeki "Parite" istasyonuna çıkmaya ya da yerküremize yakın katmanlara sızarak dünyalılarla teması buradan sağlamaya kalkışmamalıdırlar.

ç) Yerküreyi çevreleyen uzay boşluğuna başka gezegenlerden gelen uçan cisimlerin sızmalarını önlemek için, Ortak Yönetim Merkezi "Çember Harekâtı"nı başlatmıştır. Bu harekâtla, dünyaya yaklaşacak her türlü cismi ânında yok etmek için, değişik yörüngelere yerleştirilmiş savaşçı robot füzeler nükleer-laser ışınlarını salmaya hazır hâle getirilmiştir.

d) İzin almadan dünyadışı yaratıklarla temas kuran Parite'nin eski kozmonotları 1-2 ve 2-1'in Dünya ile temas kurmaya çalışmaları boş bir çaba olacaktır. Yeryüzünde sağlanan istikrar ve jeo-politik yayının bozulmaması için bu temasa imkân verilmeyecektir. Temasın sağlanma-

ması ve meydana gelen bu olayın gizli kalması için gerekli bütün tedbirler alınmıştır. Bu amaçla "Parite" başka bir yörüngeye alınacak, telsizle iletişim kanalları ve şifreleri değiştirilecektir.

f) Dünya çevresinde oluşturulan "Çember" bölgelerine yaklaşacak yabancı gezegenlilere, bunun kendileri için çok tehlikeli olacağını bir daha hatırlatalım."

Ortak Yönetim Merkezi
"Konvansiyon" Uçak Gemisi

Ortak Yönetim Merkezi bu korunma tedbirlerini alırken, 'X' gezegeninin araştırılmasıyla ilgili Demiurg projesini de belirsiz bir süre için askıya almak zorunda kalmıştı. İlk iş olarak, Parite istasyonunun rotasyon parametreleri değiştirildi. Ondan, artık yalnız her zamanki uzay gözlemleri için yararlanılacaktı. Ortak bilimsel araştırma gemisi "Konvansiyon"un, tarafsız bir ülke olan Finlandiya'ya emanet edilmesine karar verildi. "Çember Harekâtı" olarak adlandırılan sistem çalıştırılmaya başladıktan sonra da Parite'nin bilimsel ve idarî ekipleriyle bunlara yardımcı servisler dağıtılacaktı. Bunlardan, Ortak Yönetim Merkezi'nin programındaki bu değişikliğin sebeplerini hiçbir zaman açıklamayacaklarını bildiren yazılı, imzalı teminat belgeleri de alınacaktı.

Demiurg projesinin bir süre için durdurulmasıyla ilgili olarak kamuoyunda bir açıklama yapmak gerekiyordu. Bu ertelemenin, 'X' gezegeninde yeni bazı incelemeler ve ölçümlerde bazı düzeltmeler yapılması zorunluğundan ileri geldiği söylenecekti.

Her şey inceden inceye düşünülmüştü. Alınan bütün tedbirlerin, "Çember" sisteminin konulmasından hemen sonra uygulamaya geçirilmesi kararlaştırıldı.

Komisyonların son toplantısından hemen sonra, bütün belgeler, şifreler, Parite'nin eski kozmonotlarından alınan bilgiler, tutanaklar, bandlar, bu üzüntülü olayla ilgili her şey imha edildi.

Büyük Okyanus'ta, Aleut adalarının güneyinde, günün sonu yaklaşıyordu. Fırtına eski hızında devam ediyor, ama dalgalar gitgide daha da büyüyordu. Şimdi köpürüp kabaran dalgaların kükreyişleri daha çok işitilir olmuştu..

Özel yetkilerle donatılmış komisyon üyelerini getiren uçaklar, onları geri götürmek için gergin bir durumda beklemekteydiler. Nihayet komisyon üyeleri hep birlikte toplantı salonundan çıktılar, birbirleriyle vedalaştılar. Bir bölümü uçaklardan birine, öteki bölümü de öbür uçağa bindiler.

Geminin dalgalar yüzünden sallanmasına rağmen, iki uçak başarılı bir kalkış yaparak, biri San-Fransisco'ya, öteki de tam aksi yönde bulunan Vladivostok'a yöneldi.

Uzay rüzgârlarında yıkanan yerküre, ebedî dönüşüne devam ediyordu. Yerküre yüzüyordu... O, uzayın sonsuz boşluklarında yer alan ve kendisine benzeyen sayısız kumtanelerinden sadece biriydi. Ama yalnız Dünya'da, bu yerküresinde insanlar vardı. Bu insanlar, ellerinden geldiği kadar iyi yaşamaya, bazen de meraktan, evrenin başka gezegenlerinde kendilerine benzer yaratıkların bulunup bulunmadıklarını öğrenmeye çalışıyorlardı. Tartışıyor, varsayımlar ileri sürüyor, Ay'a insan indiriyor, başka gezegenlere otomatik donanımlar gönderiyor ama her defasında Güneş sistemi içinde kendilerine benzer yaratıkların bulunmadığını, hatta hiçbir hayat belirtisinin bulunmadığını anlayarak üzülüyorlardı. Sonra, bütün bunlarla ilgilenmeyi bir yana bırakıyor, başka şeylerle meşgul oluyorlardı. Başka meseleler dolduruyordu kafalarını. Daha iyi yaşamak ve birbirleriyle daha iyi geçinmek gibi meseleler...Bundan başka, günlük geçimlerini sağlamak için de çok çalışmak zorundaydılar. Birçokları da bu konuların onların işi olmadığını düşünüyordu.

Ve Dünya, kendi ekseninde dönüyor, uzay boşluğunda yüzüyor, yüzüyordu...

*

* *

O yılın Ocak ayı çok soğuk, çok sisli geçti. Bunca soğuk nereden gelip çökmüştü Sarı-Özek bozkırına? Trenlerin dingilleri donarak birbirine yapışmış, buzla, kırağıyla bembeyaz olmuşlardı. Petrol yüklü kara tankerlerden oluşan katarları, istasyonda durduğu zaman kırağıdan bembeyaz bir dizi gibi görmek çok tuhaf geliyordu insana. Katarların yollarına devam etmek için kalkışları da çok zor oluyordu. Katarlara koşulmuş çifte lokomotif, birbirine omuz vererek raylara yapışan tekerlekleri koparmak için zorlanıyor, demir gıcırtıları ve şakırtıları evlerden de duyuluyor, vakit gece ise, yataklarındaki çocuklar bu gürültüden uyanıyorlardı.

Bir yandan kar yolları tıkamağa başlamıştı. Soğuk yetmiyormuş gibi rüzgâr da kudurmuştu sanki. Sarı-Özek'i kasıp kavuruyor, asıl fırtınanın nereden kopup geleceği bilinemiyordu. Öyle görünüyordu ki rüzgâr, siperlerde bulduğu en küçük delikten karları savurup demiryolunun üzerine yığmaktaydı.

Yedigey, Kazangap ve onlarla birlikte üç kişi daha, yolun bir kenarını açar açmaz öbür tarafına koşarak karları kürüyor, tıkanmayı önlemeye çalışıyorlardı. Develerin çektiği kızak olmasaydı onlar da saplanıp kalırdı kar yığınına. Üstteki kalın kar yığınını önce kızaklarla yolun kıyısına taşıyor, kalanları da küreklerle alıyorlardı.

Yedigey, Karanar'ı kızağa koşmaktan memnundu. Böylece hayvan yorulacak, bu mevsimde kızışıp azgınlaşması yavaşlayacaktı. Onu kendisi gibi güçlü bir deveyle koşmuştu. Kızağı iyice dolduruyor, kızağın arkasına bir ağırlık bağlıyor, sonra kar küreğini kızağa koyup üzerine oturuyor ve kamçısını şaklatıyordu. O zamanlar Boranlı'da kar temizleme makinesi diye bir şey yoktu. Fabrikalarda kar temizleme makinelerinin ve karları kendileri sürüp açan lokomotiflerin yapılmakta olduğunu duymuşlardı ama şimdilik bunların sadece sözü ediliyordu.

Yazın iki ay süre ile kavuran sıcak onları çıldırtacak kadar bunaltıyor, kışın ise soğuk havayla dolan ciğerleri patlayacak gibi oluyordu. Ama trenler durmuyor, gelip gidiyordu ve herkes işini yapacaktı. Tıraş olacak vakti bile bulunmayan Yedigey'in saçı sakalına karışmıştı ve sakalına ilk kırların düştüğünü de o kış farketti. Gözleri uykusuzluktan şişmiş, cildi soğuktan iyice kararmıştı ve kendi suratından tiksiniyordu. Ayağındaki keçe çizmeleri ve üzerindeki gocuğunu hemen hemen hiç çıkarmıyordu. Gocuğunun üzerine bir muşamba, başına da bir başlık geçiriyordu.

Yedigey, kendini nasıl işe verirse versin, neyle uğraşırsa uğraşsın, Abutalip Kuttubayev'in başına gelenleri hiç aklından çıkaramıyordu. Kazangap'la hep bunu konuşuyorlardı. Bu işin nasıl gittiğini, sonunun ne olacağını merak ediyorlardı hep. Fakat daha çok Yedigey konuşuyor, Kazangap üzüntülü, düşünceli duruyor, pek konuşmuyordu. Yine bir gün bir düşüncesini açıklamaktan kendini alamadı:

- Hep böyle oluyor.. kendileri de kolay kolay çıkamazlar bu işin içinden. Boş yere dememişler *"Han bir Tanrı değildir, çevresindeki, kendi katındaki adamların ne yaptıklarını her zaman bilmez, çevresindekiler de pazar yerlerindeki vergi memurlarının nasıl çalıştıklarını, nasıl davrandıklarını bilemezler."* diye.. evet, hep böyle olmuştur bu işler.

Yedigey'in canı sıkıldı:

- Hani canım sen de! Senin dediğin o hanlar, o beyler çoktan silinip gitti tarihten. Lâf mı yani bu söylediğin. Mesele adamlarda değil ki!

- Peki kimde öyleyse?

- Kimde mi?

Böyle dedi ama sorusuna kendisi de bir cevap bulamadı ve bu soru kafasına yerleşip ona rahatsızlık vermeye devam etti. Felâketler çok defa tek başlarına gelmezler. Babasının götürülmesi felâketinden sonra Kuttubayev'lerin büyük oğlu Daul soğuk almıştı. Yavrucak yüksek ateşten kıvranıyor, öksürüyor, boğazı ağrıyordu. Onun anjin olduğunu söyleyen Zarife her çeşit hapla iyileştirmeye çalışıyordu çocuğunu. Ama sürekli olarak çocuklarının yanında kalamazdı. Geçinmek, ekmeklerini kazanmak zorundaydı. Bunun için de demiryolunda makasçı olarak çalışıyordu. Gece gündüz demeden yapıyordu bu görevi. Ukubala, onun ne kadar güç durumda olduğunu bildiği için, kendi çocuklarıyla birlikte onun çocuklarının bakımını da üzerine aldı. Yedigey de elinden gelen yardımı yapıyordu. Sabah erkenden kömürlükten kömür getiriyor, sobaya dolduruyor, vakit bulursa sobayı da yakıyordu. Sobada taşkömürü tutuşturup yakmak hemen oluveren, kolayca yapılıveren bir iş değildi. Bu konuda tecrübeli olmak gerekirdi. Sobayı yaktığı zamanlar çocuklar akşama kadar ısınsınlar diye birbuçuk kova kömür koyardı. Tankerden su getirme, ocak için ve soba tutuşturmak için odun kırma işlerini de o yapıyordu. Bunları seve seve yapıyordu ama zor olan çocukların gözüne bakmak, gözlerine baka baka yalan söylemekti. Sorularını saptırmaya çalışmak, kaçamak cevaplar vermekti. Büyüğü hastaydı, genellikle de sakin bir çocuktu. Ama küçüğü anasına çekmişti. Çok hareketli, çok hassas, çabuk kırılan bir çocuktu ve böyle olması da durumu güçleştiriyor, daha çok acı veriyordu ona. Yedigey, sobayı yaktığı sabahlar çocukları uyandırmamak için elinden geldiği kadar sessiz olmaya çalışırdı. Ama görünmeden gidebildiği zamanlar pek azdı. Kara kıvırcık saçla Ermek hemen uyanır, gözlerini açar açmaz da sorardı:

- Yedigey amca, babam bugün gelecek mi?

Bu soruyu sorar sormaz da yatağından kalkar, yalınayak ve yarı çıplak Yedigey'e koşardı. Yedigey amcası 'evet' derse, babası da geliverecekmiş gibi bir umut olurdu gözlerinde. Yedigey onun sıcacık vücudunu kucaklar, bağrına basar, tekrar yatağına götürür, büyük bir adamla konuşur gibi ciddi ciddi cevap verirdi:

- Bak Ermek, Atika'nın bugün gelip gelmeyeceğini bilemiyorum. Hangi trenle geleceğini bize merkez istasyondan telefonla bildirecekler. Biliyorsun, Boranlı'da yolcu trenleri durmaz, ancak başmemurun emriyle yolcu indirecek trenler durabilir. Sanırım bugün yarın bir haber alırız. O zaman sen ve ben ve o zamana kadar iyileşirse Daul'u da alır, karşılamaya gideriz.

Çocuk, karşılama sahnesini gözünde canlandırarak sorardı:

- Atika, bak seni karşılamaya geldik! deriz değil mi?
- Tabiî, tabiî, öyle deriz.

Ancak, akıllı bir çocuk olan Ermek'i aldatmak o kadar kolay değildi.

- Yedigey amca, diyordu çocuk, hani bir defa gitmiştik ya, yine öyle yapsak, yük trenine binip başmemurun yanına gitsek, babamın bineceği treni durdurmasını söylesek?

Yedigey bir mazeret uydurmak zorunda kaldı:

- İyi ama, geçen defa gittiğimizde mevsim yazdı, hava sıcaktı. Şimdi ise çok soğuk. Bak rüzgâr nasıl uğul uğul esiyor! Bak camlar nasıl buz tutmuş! Yük trenine binersek oraya varmadan kaskatı buz oluruz!

Bunun üzerine çocuk üzüntüyle gözlerini indirir, susardı. Yedigey de onu yatağına bırakır, hasta çocuğun yanına giderdi:

- Haydi sen şimdi yatağına gir, ben Daul'a bir bakayım.

Hasta çocuğun başına gelen Yedigey, düğüm düğüm olmuş ellerini onun ateş gibi yanan alnına koyardı. Çocuk gözlerini güçlükle aralar, ateşten kupkuru olmuş, çatlamış dudaklarıyla gülümsemeye çalışırdı. Ateş düşmezdi Allah düşmezdi!

- Daul, üzerini açma yavrum, yatağından kalkma sakın. Ter içinde yüzüyorsun. Anlıyorsun değil mi yavrum, yatağından hiç çıkmayacaksın, yoksa yine soğuk alırsın. Ermek, ağabeyin çişini yapmak isterse lâzımlığı getirirsin, tamam mı? Sen hiç kalkmamalısın. Annen, işi biter bitmez gelir. Az sonra Ukubala teyzeniz kahvaltınızı getirecek. Daul iyileşir iyileşmez bize gelirsiniz, Saule ve Şerafet'le oynarsınız. Onlar da sizi çok özledi. Ben şimdi işe gidiyorum. Öyle çok kar var ki, yolları açmazsak trenler gelip geçemez!

Olabildiği kadar çocuklara başka şeyler düşündürmek istiyordu ama o eşiğe varır varmaz Ermek sesleniyordu:

- Yedigey amca, babamın treni geleceği zaman çok kar olursa, küreğimi alır, ben de gelirim kar temizlemeye.. küçük bir küreğim var benim.

Yedigey, yüreği kan ağlayarak uzaklaşırdı oradan. Çaresizliğine, haksızlıklara öfkelenir ve bütün hıncını kardan, rüzgârdan, tıkanan yoldan ve develerden çıkarırdı. Kendisi de hayvan gibi çalışırdı. Sarı-Özek'i kasıp kavuran fırtınanın üstesinden tek başına gelmek isterdi sanki...

Günler, düşen damlalar gibi birbirine benziyor, aynı zorlukları getirerek geçip gidiyordu. Ocak ayının sonunda soğuklar biraz azalmaya başladı. Ama Abutalip'ten hâlâ bir haber alamamışlardı. Yedigey ile Kazangap, bu konuda düşünüp kafa yoruyor, hiçbir sonuca varamıyorlardı. İkisi de Abutalip'in bir an önce serbest bırakılacağını ümid ediyor, buna dua ediyorlardı. Türlü türlü şeyler geliyordu akıllarına: Bunca işkenceyi hakeden ne suç işlemişti ki! Onu salıvermeleri gerekirdi. O yazdıkları başkaları için değil, kendisi içindi. Onun serbest bırakılacağı ümidini yitirmiyor, bu umutlarını Zarife'ye de söyleyerek onun daha fazla çökmesini önlemeye çalışıyorlardı. Zaten Zarife de çocuklar için dayanması, ayakta kalması gerektiğini çok iyi anlıyordu. Görünüşte kaya gibi sağlamdı ya da öyle olmaya çalışıyordu. İyice içine kapanmış, hiç konuşmuyordu. Ama derin üzüntüsünü gözlerinden okuyordunuz. Daha ne kadar dayanabilecekti!

Yedigey, nöbette olmadığı, serbest kaldığı bir gün, develerin ne durumda olduklarını anlamak için otlağa gitti. Özellikle Karanar'ın başka bir deveyi tepeleyip tepelemediğini, ne haltlar karıştırdığını merak ediyordu. Çünkü tam azgın zamanıydı ve başka bir erkek deveyi yara bere içinde bırakmış olabilirdi. Develerin yayıldığı yer yakındı. Kayaklarını da takmıştı ayaklarına. Hayvanların yanına çabuk ulaştı. Tilki Kuyruğu vadisine yayılmış, otluyorlardı. Rüzgâr buradaki karları süpürmüş, yer yer açılan arazide develerin otlayabileceği bitkiler yüzeye çıkmıştı. Endişe edilecek bir şey yoktu. Kazangap'a da haber vermeliydi bu durumu. Ama önce eve uğrayıp kayaklarını bırakmak istemişti. Tam eve girecekti ki eşikte, kızı Saule'nin korku ile kendisine baktığını gördü. Kız:

- Baba, annem ağlıyor, dedi ve tekrar içeri girdi.

Yedigey elindeki kayakları yere fırlattı ve heyecanla daldı içeri. Ukubala hüngür hüngür ağlıyordu. Nefes nefese sordu karısına:

- Niçin ağlıyorsun? Ne oldu?

Kadın hıçkırıklar arasında:

- Lânet olsun! dedi. Her şeye lânet olsun!

Karısını hiç böyle görmemişti. Aslında çok metin, korkusunu, üzüntüsünü böyle dışa vurmayan bir kadındı o.

- Senin suçun bu! Senin yüzünden oldu bunlar! diye bağırdı.

Yedigey şaşırmıştı:

- Neymiş suçum? Ne yaptım ki?

- Aklına gelen her yalanı söyledin o çocuklara. Az önce bir yolcu treni durdu istasyonda. Herhalde karşıdan gelen trene yol vermek için. Ne diye burada karşılaştı o trenler sanki! Abutalip'in çocukları yolcu treninin durduğunu görünce "Baba! Babacığım! Babamız geldi!.." diye ok gibi fırladılar. Var sen anla neler olduğunu. "Baba! Nerdesin baba!" diye vagondan vagona koştular. Trenin altında kalacaklar diye ödüm koptu. Vagondan vagona, trenin bir ucundan öbür ucuna koştular. Öyle de uzun bir katarmış ki.. hiçbir vagonun kapısı açılmadı. Küçüğünü yakalayıp kucağıma almış, öbürünü de elinden tutmuştum ki tren hareket etti. Durmadan bağırıyordu yavrular. "Babamız trende kaldı, inemedi! İnemedi!" diye. Öyle ağlaştılar öyle ağlaştılar ki, yüreğim parçalandı, aklım başımdan gitti. Ermek'in durumu çok kötü. Haydi, çabuk git, yatıştır onları! Yolcu treni durunca babalarının geleceğini sen söyledin onlara! Babalarının inmediğini, trenin gittiğini görünce ne hâle geldiklerini bir görseydin.. bir görseydin! Niçin babalar çocuklarını, çocuklar babalarını bu kadar çok sever! Niçin, niçin bu acılar?

Yedigey, Abutalip'in evine giderken idam edilmeye giden bir suçlu gibi hissediyordu kendini. O anda, idam mahkûmunun son isteği gibi, Allah'tan tek istediği, o masumları kandırdığı, iyilik yapmak için yalan söylediği için, bağışlanmasıydı. Şimdi ne yapacak, ne diyecekti o çocuklara?

Ağlamaktan yüzleri gözleri şişmiş, tanınmaz hâle gelmiş olan Daul ve Ermek, Yedigey'i görünce, hıçkıra hıçkıra ağlayarak, seller gibi yaş dökerek ona atıldılar. Yolcu treninin durduğunu ama babalarının inmediğini anlatmaya çalıştılar. Yedigey amcalarından gidip treni durdurmasını istediler.

Ermek, acıyla, ama güven ve umutla yalvarıyordu:

- Sagındım! Atikamnı sagındım! Sagındım!*

Yedigey, ne olursa olsun onları yatıştırmak, susturmak istiyordu:

---

* Özledim! Babacığımı özledim! Özledim!

- Ben şimdi gider durumu anlarım, ama siz ağlamayı kesin. Hep beraber gider anlarız.

Aynı anda kendi kendine soruyordu: "İyi ama nereye gideceğiz? Kimden bilgi alacağız? Ne yapar, ne ederiz?" Asıl güç olanı, kendi güçsüzlüğünü, umutsuzluğunu belli etmemekti. Sonunda neye yarayacağını kendisi de bilmeden:

- Çıkıp dolaşalım biraz, düşünür bir çaresini buluruz, dedi.

Zarife yatağa uzanmış, yüzünü yastığa gömmüş, hareketsiz öylece yatıyordu. Ona yaklaştı:

- Zarife! Zarife!

Omuzuna dokunup hafifçe sarsıyordu ama Zarife başını kaldırıp bakmıyordu bile.

- Çocuklarla biraz dolaşacağız, sonra bize gideriz. Ben çocukları götürüyorum.

Çocukları biraz olsun yatıştırmak ve kendini biraz toparlamak için bundan başka bir şey gelmemişti aklına. Ermek'i arkasına aldı, Daul'un elinden tuttu ve demiryolu boyunca bir süre amaçsız yürüdü. Ermek içli içli ağlamaya devam ediyor, gözyaşı döküyor, Yedigey onun ıslak nefesini boynunda duyuyordu. O güne kadar bir başkası için hiç bu kadar üzülmemiş, sırtında sarsıla sarsıla ağlayan ve tam bir güvenle ona sarılan küçüğün, eline asılan büyük çocuğun acılarına böylesine katılma isteği duymamıştı. İçini dolduran ağrıdan, üzüntüden bar bar bağırmak geliyordu içinden.

Sarı-Özek bozkırının ortasındaki demiryolu boyunca yürüdüler. Trenler o yandan bu yana, bu yandan o yana takırtılarla, gürültülerle gelip gidiyor, onlar ise yürüyor.. yürüyordu...

Yedigey çocuklara bir kere daha yalan söylemek zorunda kaldı. Yanıldıklarını söyledi onlara: Boranlı'da duran yolcu treni, babalarının gelmesi gereken yönden gelmemiş, aksi yönden gelmişti. O trenin geldiği yönden gelmeyecekti ki babaları. Hem bu kadar kısa zamanda da dönemezdi. Öğrendiğine göre, babalarını uzak denizlere giden bir gemiye tayfa olarak vermişlerdi. Gemi uzak yolculuğundan döner dönmez babaları da gelirdi. Onun için biraz daha beklemeliydiler. Yedigey'in böyle bir masal uydurmasına sebep, onların sabır güçlerini arttırmak istemesiydi. Böylece yalanın gerçekleşmesine kadar dayanabilirlerdi. Abutalip'in döneceğinden emindi. Belki biraz gecikirdi ama dosyaların incelenmesi bittikten sonra onu serbest bırakırlardı ve o da bir an önce çoluğuna çocuğuna kavuşmak için saniye kaybetmezdi. İşte bunun için uydurmuştu o yalanı. Abutalip için ailesinden ayrı kalmanın ne demek olduğunu çok iyi biliyordu. Onun yerinde başkası olsa, ailesinden istemeden ayrılmış ama bir süre sonra döneceğini bilen bir kimse, bu ayrılığa daha kolay dayanırdı, ama Abutalip için en büyük işkence işte bu ayrılık idi. Ayrılık Abutalip için ölüm cezası kadar büyük bir ceza idi ve Yedigey bunun böyle olduğunu çok iyi biliyordu. İşte bu yüzden de yargılanmasının sonunu beklemeye gücünün yetip yetmeyeceği, buna dayanıp dayanamayacağı sorusu, Yedigey'i kaygılandırıyordu.

Zarife, kocasının durumunu öğrenmek için ilgili makamlara birkaç defa dilekçe yazmıştı, onunla görüşmek için izin de istemişti. Ama bugüne kadar hiçbir cevap almış değildi. Bu sessizliğin, cevap gelmeyişin sebebini düşünen Yedigey ve Kazangap, bunu, Boranlı'ya posta ulaşımının çok zor ve seyrek oluşuna bağladılar. Boranlı'ya doğrudan doğruya posta gelmiyordu. Buradan gönderilecek mektuplar ya Kumbel'e götürülüp postaya verilir, ya da oraya giden birine verilirdi. Gelen mektuplar da yine böyle dolaylı olarak ulaşırdı ellerine. Ee, bu tür bir ulaşıma da hızlı ulaşım denemezdi elbet.

Ve gerçekten de bir gün bu yolla bir mektup geldi.

Şubat ayının sonlarında Kazangap, oğlu Sabitcan'ı Kumbel'deki yatılı okula götürmüştü. Deve sırtında yapmışlardı bu yolculuğu. Çünkü kış mevsiminde yük trenine binip Kumbel'e gitmek zordu. Vagonlara binmek yasaktı ve o soğukta sahanlıkta da durulamazdı. Buna karşılık, sıkıca giyinip güçlü bir deveye bindin mi, sabah gider, akşam dönersin. Bu arada şehirde bazı işlerini de halledersin.

O söylediğimiz gün Kazangap, Kumbel'den Boranlı'ya döndüğünde, Yedigey onu devesinden inerken gördü ve hemen o anda anladı Kazangap'ın çok sıkıntılı, keyifsiz olduğunu. Ya Sabitcan okulda yaramazlıklar yapmış, ya da Kazangap yorulmuştur, diye düşündü ve uzaktan ona seslendi:

- Nasıl, yolculuk iyi geçti mi?

Kazangap devenin sırtından eşyaları indirirken sözün gelişi bir cevap verdi:

- Eh, iyi geçti.

Bunu boğuk bir sesle söylemişti. Biraz duraladıktan sonra dönüp sordu:

- Az sonra evde misin?

- Evet, evdeyim, bir şey mi var?

- Seninle bir şey görüşeceğim.

- Olur, bekliyorum.

Az sonra Kazangap karısı Bikey'i de alıp Yedigey'lerin evine yollandı. Kendisi önde, karısı birkaç adım geride yürüyordu. İkisi de dalgın görünüyorlardı. Kazangap'ın suratı allak bullak, boynu da iyice incelmiş, uzamış, omuzları her zamankinden biraz daha fazla çökmüştü. Bıyıkları da aşağı sarkıyordu. Bikey ise, yorulup tıkanmış gibi sık sık nefes alıyordu.

Ukubala onları böyle görünce, biraz gevşemeleri için gülümsedi ve takıldı:

- Hayır ola? Yüzünüzden düşen bin parça. Kavga ettiniz de barışmaya mı geliyorsunuz yoksa? Buyrun.. buyrun.

Bikey güçlükle nefes alarak:

- Ah keşke kavga etseydik, dedi.

Kazangap evin içinde etrafa göz gezdirerek:

- Kızlar nerde? dedi.

- Zarifeler'e, çocuklarla oynamaya gittiler. Niçin sordun?

Kazangap, Yedigey ile Ukubala'nın yüzlerine uzun uzun baktı ve mırıldandı:

- Haberler kötü dostlarım, kötü! Şimdilik çocuklar duymasın. Büyük felâket! Bizim Abutalip ölmüş!

Yedigey yerinden sıçradı. Ukubala'nın yüzü bir anda kireç gibi oldu:

- Ne diyorsun?

Bikey hırıltılı bir sesle:

- Ölmüş! Ölmüş! Vah zavallı yetimler! Bu da mı gelecekti başlarına!

Yedigey'in benzi de sapsarı olmuştu. Kulaklarına inanamıyordu. Korku ile Kazangap'a sokuldu:

- Ölmüş mü? Nasıl öğrendin?

- İstasyona bir yazı gelmiş.

Herkes başını öne eğip susmuştu. Sonra Ukubala başını iki eli arasına alıp inlemeye, ağlamaya başladı:

- Ne felâket Allah'ım! Ne felâket! diyordu.

Yedigey nihayet ağzını açabildi:

- Hani, nerde o yazı?

- Yazı Kumbel istasyonunda. Verdiler de almadım. Yatılı okuldan sonra istasyonun bekleme salonundaki küçük dükkâna uğramak istedim. Bikey sabun almamı istemişti. Tam kapıya gelmiştim ki istasyon şefi Çernov ile karşılaştım. Birbirimizi uzun zamandan beri tanırız. Selamlaştık. Bana "Seninle karşılaşmam iyi oldu, dedi, benim odaya gel de sana bir mektup vereyim, Boranlı'ya götürürsün." Odasının kapısını açtı, içeri girdik. Masasının üzerinden daktiloyla yazılmış bir zarfı aldı ve sordu: "Abutalip Kuttubayev.. sizin orada böyle biri çalışıyor muydu?" "Evet, dedim, niçin?" "Bu mektup üç gün önce geldi, ama Boranlı'ya giden birini bulamadım. Sen götür de karısına ver bari. Gönderdiği dilekçelerin cevabını bulacak orada. Adam ölmüş.. öyle yazıyor." Bir de 'enfarktüs' diye bir şey söyledi. Bu hastalıktan ölmüş. "Enfarktüs de ne demek?" dedim. "Kalbi durmuş, yüreği patlamış yani," dedi. Neye uğradığımı şaşırdım. Başıma bir darbe yemiştim sanki. Oturduğum yerde donakaldım. Kulaklarıma inanamıyordum. Kâğıdı alıp okudum. Şunlar yazılıydı: "Kumbel İstasyon Şefliği'ne. Boranlı durağı şefine bilgi verin. Vatandaş, filanın dilekçelerine cevaptır..." Yazıda, "Hakkında soruşturma açılan Abutalip Kuttubayev kalb durmasından ölmüştür," diyordu. Ak kâğıt üzerindeki kara yazılar bunlardı işte. Kâğıdı masanın üzerine bırakıp, ne yapacağımı bilemeden Çernov'un yüzüne şaşkın şaşkın baktım. "Bütün bildiklerim bu kadar, bu mektubu karısına götür," dedi bana. "Hayır, dedim, böyle yapmayalım. Kara haber taşıyıcısı olmak istemem. Çocukları daha çok küçük. Bunu nasıl söylerim onlara? Hayır, götüremem. Boranlı'ya gidince durumu arkadaşlarla görüşürüz. Sonra belki aramızdan biri özel olarak bunu almaya gelir, sonra münasip şekilde duyururuz bu acı olayı. Ölen bir serçe değil, insan! Belki karısı Zarife Kuttubayev'in kendisi gelir, o zaman meseleyi siz anlatırsınız ona..." O da bana "Nasıl istersen öyle yap, dedi, ama ben ona ne diyebilirim, ne anlatabilirim ki? Burada yazılandan başka hiçbir şey bilmiyorum, benim görevim mektubu sahibine ulaştırmaktan ibaret." "Kusura bakmayın, bu yazı şimdilik sizde kalsın, ben olayı arkadaşlara duyururum, toplanıp bir karar veririz," dedim. Çernov da bana "Peki, bildiğin gibi yap," dedi. Bundan sonra oradan ayrıldım. Deveyi yol boyunca hep koşturdum. Yüreğim parça parça oldu. Ne yapacağımızı, bu kara haberi duyurmaya kimin cesaret edebileceğini düşündüm durdum.

Kazangap sustu. Yedigey de, sanki omuzlarına bir dağ çökmüş gibi, belini bükmüştü.

Kazangap sessizliği bozarak:

- Şimdi ne olacak, ne yapacağız? dedi.

Buna kimse bir cevap vermedi. Bir süre sonra Yedigey başını iki yana sallayarak üzüntülü bir sesle:

- Biliyordum böyle olacağını, dedi, çocuklarından ayrı kalmaya yüreği dayanamadı zavallının. Bundan korkuyordum zaten. Ayrılık acısı korkunç bir şeydir. Bakın çocuklarına baba acısıyla nasıl yanıp tutuşuyorlar. Yüzlerine bakamıyor insan. Başka türlü bir adam olsaydı, herhangi bir sebepten hapse girip mahkûm olsa bile, iki-üç yıl sonra yine sağ salim çıkardı oradan. Savaşta Almanlar'a esir düştü ve esir kamplarında çekmediği sıkıntı kalmadı. Partizanlar arasında da çok sıkıntılar çekti, yıllarca savaştı. Ama yıkılmadı. Çünkü o zaman evli değildi, çocukları yoktu. Ama bu defa onu en değerli varlıkları olan çocuklarından ayırdılar, canından et kopardılar. İşte bu yüzden geldi bu felâket.

- Haklısın, dedi Kazangap. Bir insanın ayrılık acısından öleceğine pek inanmazdım ama, şimdi inanıyorum. Genç bir adamdı, bilgili, akıllı idi. Beklese, suçsuzluğu anlaşılacak, beraat edecekti belki, bunu biliyordu. Çünkü hiçbir suçu yoktu. Kafasıyla bunu anlıyordu ama yüreği ayrılık acısına dayanamadı. İki oğlunu öylesine severdi ki.. dayanamadı bu acıya. Bu düşkünlük felâket getirdi.

Uzun süre oturdular, düşünüp taşındılar ama Zarife'yi bu habere nasıl alıştıracaklarını bilemediler. Dönüp dolaşıp aynı noktaya geliyorlardı: Aile babasız kalmıştı, Zarife dul, çocuklar yetim... Sonunda en tutarlı teklifi Ukubala yaptı:

- Öyle bir yolunu bulun ki, Zarife şehire gitsin ve bu mektubu kendisi alsın. Bu darbeyi orada göğüslesin, çocuklardan uzakta atlatsın o ilk korkunç anları. Nasıl davranacağına, olayı çocuklara söyleyip söylemeyeceğine, dönüş sırasında düşünüp karar verebilir. Belki çocuklar büyüyünceye kadar haberi onlardan gizlemek ister. O zamana kadar babalarını daha az hatırlarlar. Ne yapacağına o karar versin.

Yedigey karısını onayladı:

- Çok doğru, çocuklara bildirip bildirmemeye, ya da nasıl bildireceğine en iyi kararı anaları verir. Ben öyle bir şeyi söyleyemem o çocuklara.

Yedigey daha fazla konuşamadı. Dili dolanıyor, boğazına bir yumru gelip tıkanıyor ve boğazını açmak için öksürüyordu.

Mektubu Zarife'nin alması konusunda fikirbirliğine varınca Ukubala, Kazangap'a bir tavsiyede daha bulundu:

- Kazake, siz Zarife'ye, Kumbel İstasyon Şefliği'ne onun adına bir mektup geldiğini söylersiniz. Dilekçelerine cevap gelmiş, bunları ancak sana verebilirlermiş, dersiniz. Bununla beraber onu istasyona yalnız göndermek olmaz. Kumbel'de ne akrabası var ne de bir tanıdığı. Hele böyle bir felâket karşısında yalnız kalması hiç doğru değil. Yedigey, sen de onunla gitmelisin. Böyle bir durumda yanında olmalısın. Ne yapacağı, ne olacağı hiç bilinmez. İstasyonda bazı işlerin olduğunu söylersin ona. Çocuklara ben bakarım.

Yedigey karısının söylediklerini pek uygun buldu:

- Peki, yarın Abilov'a Zarife'yi hastahaneye götüreceğimi söylerim. Geçen trenlerden birini bir dakikalığına durdurur.

Bu konuda anlaştılar. Ama Kumbel'e ancak iki gün sonra gidebildiler. Mart'ın 5'iydi ve Yedigey o günü hiç unutamayacaktı.

Kompartımansız, topluca oturulan bir vagona binmişlerdi. Bazılarının ailece, çoluk çocuk doluştuğu, kalabalık bir vagondu. Ucuz votka kokusu kaplamıştı havayı. Oturan, kalkan, dolaşan.. karmakarışık bir durum. Bazıları kâğıt oynuyor, kümeleşip aralarında sohbete dalan kadınlar

252 • GÜN OLUR ASRA BEDEL

geçim sıkıntısından, kocalarının sarhoşluğundan, evlenmelerden, boşanmalardan, ölümlerden söz ediyorlardı. Yolculukları uzun süreceği için gerekecek her şeyi almışlardı yanlarına. Zarife ve Yedigey, kendi dertleri içinde, kısa bir süre için onlara katılmışlardı.

Zarife, yol boyunca ağzını açmamış, kara kara düşünmüştü. İstasyona gelen yazının ne olduğu çıkmıyordu aklından. Bu durumda Yedigey de pek konuşamadı.

Bazı duyarlı, anlayışlı insanlar vardır ki, insanın mutsuzluğunu, derdini yüzüne bakar bakmaz anlarlar. Zarife oturduğu yerden kalkıp pencerenin yanına giderken, Yedigey'in karşısında oturan yaşlı bir Rus kadını, vaktiyle mavi ama şimdi solmuş gözleriyle bakarak sordu:

- Neyiniz var evlât, karınız hasta mı?

Yedigey yerinden hesaplayarak:

- Karım değil, dedi, kız kardeşim o, hastahaneye götürüyorum.

- Zavallının çok üzüntülü olduğu belli. Çok zayıf ve gözlerinden derin bir üzüntü yansıyor. Sanırım çok da korkuyor. Hastahanede kötü bir hastalığının çıkmasından korkuyordur belki. Hayat bu işte! Eğer dünyaya gelmezsen hiç bir şey görmezsin, ama gelirsen dertten kurtulamazsın. Ama Allah esirgeyicidir. Kardeşiniz hastalığını atlatır inşallah, daha genç...

Yaşlı kadın, istasyona yaklaştıkça Zarife'nin yüzünün daha da karıştığını, üzüntüsünün arttığını anlamıştı.

Yolculuk birbuçuk saat sürdü. Vagonu dolduran öbür yolcuların hangi bölgeden geçtikleri umurlarında değildi. Sadece geldikleri istasyonun adını soruyorlardı. Sarı-Özek bozkırı karla kaplıydı: Issız, sessiz, uçsuz bucaksız. Ama, kışın gitmekte olduğunu belli eden izler de yok değildi. Bazı yerlerde çıplak yamaçlarda, karlar erimeye, toprak görünmeye başlamıştı. Derelerin kıvrım kıvrım uzanan kenarlarında kar suları ince ince akıyor, tepelerde kara be-

nekler görünüyor, kar kümelerinin de yumuşadığı anlaşı-
lıyordu. Çünkü bozkırdan nisbeten ılık bir rüzgâr esmeye
başlamıştı ve bu da karların yakında tamamen eriyeceğini
haber veriyordu. Bununla beraber, güneş, hâlâ suyla dolu
olduğu anlaşılan alçak, kara bulutların ardından kendini
gösteremiyordu. Kış canlıydı daha: Yumuşak ya da sulu
kar yağabilirdi, fırtına tehlikesi de büsbütün uzaklaşmış
değildi.

Yedigey oturduğu yerden kalkmadan pencereden dışarı
bakıyor, arada bir yaşlı kadınla konuşuyor, Zarife'nin yanı-
na gitmiyordu. Pencere kenarında ayakta duran Zarife'nin
kendi başına kalıp düşünmesinin belki daha iyi olacağını
sanıyordu. Belki o sırada Zarife, bir önsezi ile, Kumbel'de
büyük felâketle karşılaşacağını anlıyor, kimbilir, belki de
geçen sonbaharda iki aile çoluk çocuk karpuz-kavun almak
için gittikleri günü hatırlıyordu. Ne kadar mutlu, ne ka-
dar sevinçliydiler o gün! Kendisi de dün gibi hatırlıyordu
o günü: Hava biraz rüzgârlıydı. Abutalip ile birlikte yarı
açık bıraktıkları kapının önüne oturmuş, tatlı bir sohbe-
te dalmışlardı. Çocuklar başlarında dönüp duruyor, tren
hızla yol aldıkça geriye doğru akıp giden bozkıra hayran
hayran bakıyor, coşuyorlardı. Ukubala ile Zarife de kendi
aralarında günlük işlerden, şundan bundan konuşarak ne
güzel vakit geçirmişlerdi! Kumbel'e varınca çarşıda gez-
miş, alış-veriş yapmışlardı. Daha sonra sinemaya, berbe-
re de gitmişlerdi. Çocuklar dondurma da yemişlerdi tadını
çıkara çıkara. İşin en acıklı, aynı zamanda en komik yanı
berber dükkânında, Ermek'in berber koltuğuna oturduğu
zaman olmuştu. Berberin saç kesme makinesini saçlarına
değdirmesinden çok korkmuştu Ermek. Yedigey, Abutalip
içeri girer girmez çocuğun onun kucağına nasıl atıldığını,
Abutalip'in de onu bağrına basarak korumak durumunda
kaldığını getiriyordu gözlerinin önüne. Abutalip, çocuğun
şimdilik tıraş edilmekten vazgeçilmesini, biraz daha büyü-

254 • GÜN OLUR ASRA BEDEL

yünceye kadar bekleyebileceklerini söylemişti. Bunları da hatırladı Yedigey. Kara kıvırcık saçlı Ermek büyüyor.. ama saçları hâlâ kesilmedi ve Ermek'in babası yok artık.

Yedigey, defalarca yaptığı gibi, şimdi de Abutalip'in soruşturma sonucunu bekleyememe sebebini anlamaya çalışıyor, ama her defasında aynı sonuca varıyordu: Onun kalbini durduran, çocuklarından ayrılmış olmanın dinmez, dayanılmaz acısıydı. Issız, sessiz Sarı-Özek bozkırında, o küçük Boranlı istasyonuna terkedilmiş yavrularının ona verdiği dayanılmaz ayrılık acısının ağırlığını kimse anlayamaz, onun çocukları olmadan yaşayamayacağını bilemezdi. Onu öldüren böyle bir acıydı işte.

Yedigey bunları, istasyonun yanındaki küçük meydanda bir sıranın üzerine oturup Zarife'yi beklerken düşünüyordu. Kendisine gelen yazıyı almak için istasyona giden Zarife'yi burada bekleyecekti. Öyle anlaşmışlardı.

Öğle olmuştu ama hava hâlâ çok fenaydı. Alçak kara bulutlar bir türlü dağılmıyor, ara sıra yüzüne kar taneleri ya da yağmur damlaları düşüyordu. Bozkırdan hafif, nemli bir rüzgâr esiyor, erimeye başlayan kar kokusunu getiriyordu. Yedigey'in o meydandaki durumu da hiç iyi değildi. Üşüyordu. Aslında o, istasyondaki o kalabalığa, o itiş kakışa karışıp dolaşmaktan hoşlanırdı. Kendisi uzun bir yolculuğa çıkmayacağı, bunun telâşında olmadığı için, her tarafa koşuşan kalabalığı uzaktan seyretmekten zevk alırdı. Bir film gibi seyrederdi onları: Tren geldiği zaman film başlar, gittiği zaman da bitmiş olurdu.

Şimdi ise o kalabalık hiç ilgilendirmiyordu onu. İnsanların kayıtsız, suratsız, yorgun oluşlarına şaşıyordu. Nasıl da dünyalarına küsmüş, nasıl da birbirinden bu kadar uzak ve yabancı idiler! Üstelik hoparlörden monoton, gıcırtılı bir müzik de duyuluyordu. Bağırmaktan kısılmış, hırıltılı, hüzün veren, huzursuzluk veren bir müzik idi bu. Niçin durmadan bu bıktırıcı melodiyi çalıyorlardı? Niçin sesleri çın çın çınlayan spikerler konuşmuyordu? Niçin sonu gelmiyordu bu bıktırıcı havanın? Zarife'yi bu sıranın üzerinde oturarak bekleyecekti. Öyle sözleşmişlerdi. Geçen defa Kumbel'e geldikleri zaman da Abutalip ve çocuklarla birlikte bu sırada oturup dondurma yemişlerdi. Zarife gideli yirmi dakika olmuş, hâlâ gelmemişti. Bu durum Yedigey'i korkutmaya başladı. Tam gidip bakmaya karar vermişti ki onu kapı önünde gördü. Elinde olmadan irkilmiş, duralamıştı. Etrafındaki kalabalığa rağmen her şeyden öyle uzak, öyle yalnızdı ki, o giren çıkan kalabalığın içinde koyu bir leke gibi duruyordu. Fark edilmemesi mümkün değildi. Yüzü, ölü yüzü gibi soluktu. Bakmadan, görmeden, uyur-gezer gibi yürüyordu. Kimseye dokunmuyor, çarpmıyor, dudaklarını sıkmış, üzüntülü ama başı dik.. çölde yürüyen bir kör idi sanki. Zarife yaklaşırken Yedigey ayağa kalktı. Kadıncağız kendinde miydi? Boş gözlerle, korkutacak kadar ağır adımlarla oraya gelmesi ne kadar uzun sürüyordu Yedigey için. Hiç bitmeyecek kadar, sonsuzluk kadar uzun, soğuk, uçurum kadar karanlık bir bekleyişti bu. Kadıncağızın elinde kalınca bir zarf vardı ve Kazangap'ın dediği gibi üzeri daktiloyla yazılmıştı. Nihayet Yedigey'in yanına gelince, sımsıkı kapadığı dudaklarını güçlükle aralayarak:

- Biliyordun değil mi? dedi.

Yedigey başını yavaşça eğdi.

Zarife sıranın üzerine çöktü, elleriyle yüzünü kapattı. Patlamasından, parça parça olup dağılmasından korktuğu başını vargücüyle sıktı ve hüngür hüngür ağlamaya başladı. İçine kapanmış, dayanılmaz acısına gömülmüştü. Yumak gibi toplanmış, ayağı yerden kesilmiş, derdinin dipsiz derinliğine, sonsuz acılara dalmıştı. Yedigey tıpkı Abutalip'i alıp götürdükleri zaman olduğu gibi, bu kadını o büyük acılardan korumak için bütün üzüntülerini üzerine almaya, onun yerine bu acıları çekmeye hazırdı. Ama yine de, felâketin ilk sersemletici dalgası vurup geçmeden onu yatıştırmasının, acısını hafifletmesinin mümkün olamayacağını çok iyi biliyor ve bu yüzden hiçbir şey söylemeden oturuyordu yanında.

Zarife, istasyon yanındaki o parkta, uzun uzun, hıçkıra hıçkıra ağladı. Sonra birden, elinde sımsıkı tuttuğu, içinde o felâketi bildiren uğursuz yazının bulunduğu zarfı fırlatıp attı. Abutalip hayatta olmadığına göre kara haberi veren o kâğıt nesine gerekirdi? Fakat Yedigey usulca eğilip zarfı aldı, cebine koydu ve sonra, Zarife'nin parmaklarını güçlükle açarak mendilini eline tutuşturdu. Yüzünü, gözünü silmesini istiyordu. Ama bunun da hiçbir yararı olmadı.

İstasyondaki hoparlörlerde, radyonun o ağır, matem havasını andıran müzik devam ediyordu. Sanki radyo Zarife'nin yaslara gömüldüğünü biliyordu da çalıyordu o matem havasını. Bu arada, nem yüklü kara Mart bulutları tepelerinde süzülüyor, rüzgâr soğuk soğuk esiyordu. Gelip geçenler Zarife ile Yedigey'e tuhaf tuhaf bakıyor, karı-koca arasında kavga olduğunu, erkeğin kadını biraz fazla üzdüğünü düşünüyorlardı herhalde. Biraz sonra böyle düşünmeyenlerin bulunduğu da anlaşıldı. Yanıbaşlarında üzgün bir ses onlara:

- Ağlayın ey iyi insanlar, ağlayın! Babamızı yitirdik, şimdi ne yapacağız, başımıza neler gelecek? diyordu.

Yedigey başını kaldırıp baktı ve böyle konuşarak geçen kadını tanıdı. Üzerinde eski bir asker kaputu vardı kadının. Koltuk değnekleriyle yürüyordu. Çünkü bir bacağı kalçasından kopuktu. Bacağını cephede yitirmişti ve şimdi istasyonda biletçi olarak çalışıyordu. Kadın gözyaşı döküyor ve aynı cümleleri tekrar ediyordu: "Ağlayın, ağlayın! Ne yapacağız biz şimdi?" Kadın ağlaya ağlaya, koltuk değneklerini tak tak vurarak ve değneklerin arasından tek bacağını sürükleyerek uzaklaştı. Değneklerin vuruşları arasında sürüklenip daha yalpak bir ses çıkaran ayağında, eskimiş bir asker postalı olduğu belliydi.

Yedigey o sözlerin anlamını, istasyon kapısında bir kalabalığın toplandığını görünce anladı. Birkaç adam bir merdivene çıkarak Stalin'in asker elbiseli büyük bir resmini kapıya asıyorlardı. Resim kara bir yas tülü ile çevrelenmişti. Radyodan yayınlanan o monoton yas müziğinin sebebini de anlıyordu şimdi. Başka bir zamanda olsa o da yerinden kalkar, o kalabalığa karışır, o büyük adama, o olmazsa dünyanın da sonu olacağına inanılan adama ne olduğunu öğrenmek isterdi. Ama o gün onun derdi ona yeterdi ve ağzını açıp kimseye bir şey sormadı, yerinden bile kalkmadı. Zarife de hiçbir şeyle, hiç kimseyle ilgilenecek durumda değildi.

Trenler her zamanki gibi geliyor, gidiyorlardı. Ne olursa olsun yollarına devam edecekti onlar. Yarım saat sonra 17 numaralı yolcu treni de geçecekti. Bütün yolcu trenleri gibi bu tren de Boranlı gibi küçük istasyonlarda durmadan geçerdi. Ama Yedigey o trene binmeyi ve ne olursa olsun, nasıl olursa olsun, onu Boranlı'da durdurmayı kafasına koymuştu. Sükûnetle ve kesin olarak vermişti bu kararı. Zarife'ye:

- Az sonra gitmek zorundayız, ancak yarım saatimiz var. Ne yapman, nasıl davranman gerektiğine iyice düşünüp karar vermelisin. Çocuklara babalarının öldüğünü söyleyecek misin yoksa daha sonraya mı bırakacaksın? Bu konuda sana öğüt vermek istemiyorum. Buna yalnız sen karar verebilirsin. Artık çocukların hem anası, hem babası sensin. Yolda bunu düşün. Eğer çocuklara bildirmeyeceksen, kendini tutmalı, onların yanında ağlamamalısın. Bu gücü görüyor musun kendinde? Kararını bize de söylemelisin, biz de ona göre davranacağız çünkü. İşte mesele bu.. anlıyor musun?

- Evet, evet anlıyorum, dedi Zarife gözyaşları arasında. Yol boyunca kendimi toplamaya, düşüncelerimi bir düzene sokmaya çalışacağım. Hele bir aklımı başıma toplayayım sana kararımı söylerim..

258 • GÜN OLUR ASRA BEDEL

Dönüş yolculuğunda da gelişlerinde olduğu gibi vagonlar bozkırı bir baştan bir başa geçecek insanlarla ve sigara dumanıyla doluydu. Bu defa kompartımanlı vagonda yer bulabilmişlerdi. Kalabalık daha azdı. Vagonun girişinde, pencerenin yanında durdular ve kompartımana girmediler. Böylece başkalarını rahatsız etmeyecek, daha rahat konuşabileceklerdi. Yedigey, koridorun duvarındaki açılır-kapanır oturma yerini Zarife'ye vermek istedi ama Zarife ayakta durup dışarısını seyrederek oyalanmayı tercih etti.

- Ayakta dursam daha iyi olacak, dedi.

Zarife, arada bir hıçkırıklarını salıverse de kendini toplamaya, omuzlarına çöken büyük felâketin ağırlığına dayanmaya çalışarak pencereden bakıyor, bu yeni hayatın, dulluk hayatının hiç olmazsa başlangıcının ne olacağını düşünmeye çalışıyordu. O güne kadar umudunu tamamen yitirmiş değildi. Kocasının yargılanması sonunda bir yanlış anlama olduğu ortaya çıkacak, er ya da geç Abutalip dönüp gelecek diye düşünmüştü. O müthiş olay bir kâbus gibi gelip geçecek, yine bir arada olacaklar, ne kadar güç olsa da hayatlarını devam ettirecek ve çocuklarını yetiştireceklerdi. Şimdi bu umudu da yok olmuştu. Artık her şeyi enine boyuna düşünmeliydi.

Yedigey de aynı şeyleri düşünüyor, bu ailenin geleceği için kaygılanıyordu. Yine de genç kadına biraz güven verebilmek için kendine her zamankinden daha çok hâkim olmalı, sakin görünmeye çalışmalı, Zarife'yi karar vermesi için sıkıştırmamalı, üstüne pek varmamalıydı. Öyle yaptı ve iyi de etti. Çünkü ağlaya ağlaya boşanan kadın, sonunda kendiliğinden konuşmaya başladı. Konuşurken gözyaşlarını geri çevirmeye çalışıyor, sesi sık sık kesiliyordu:

- Babalarının öldüğünü çocuklardan gizlemek şimdilik en iyisi.. bunu şimdi söyleyemem onlara. Hele Ermek'e hiç söyleyemem. Nasıl da bağlılar babalarına! Korkunç bir şey bu.. nasıl yok ederim umutlarını? Sonra ne olur yavrularıma? Her gün, her dakika babalarının gelmesini bekliyor, bu umutla yaşıyorlar. Artık buralardan gitmek gerek. Biraz daha büyüsünler. O zaman söylerim. Ermek dayanamaz buna. Zaten zaman geçince kendileri de anlarlar. Ama şimdi olmaz, hiç olmaz.. dayanamazlar. Olayı onun kardeşlerine, kendi kardeşlerime yazacağım. Artık neyimizden korkacaklar? Umarım bir cevap verirler, yanlarına gitmemize de yardım ederler.. sonrasına bakarız. Artık Abutalip yok. Bana düşen onun çocuklarını yetiştirmektir.

Boranlı Yedigey, Zarife'yi dinlerken, her sözünün, onun kafasından kasırgalar gibi geçen düşüncelerin ancak dışa vuran kırıntıları, bir şimşeğin ışıltıları olduğunu da çok iyi anlıyordu. Böyle bir durumda insan bütün düşündüklerini söyleyemezdi. Onun için de, Zarife'nin bu konuşmaya koyduğu sınırı aşmamaya gayret ederek şu cevabı verdi:

- Haklısın Zarife. Eğer çocuklarını çok iyi tanımasaydım, söylediklerini belki şüpheyle karşılardım. Ama tanıyorum. Senin yerinde olsam ben de cesaret edemezdim gerçeği söylemeye. Biraz bekleriz. Akrabalarından bir haber gelinceye kadar biz de hiçbir şeyi belli etmemeye, eskisi gibi davranmaya çalışacağız. Hiç kuşkun olmasın. Sen işinde çalışmaya devam edersin, çocuklar bizde kalırlar. Biliyorsun, Ukubala onları öz çocukları gibi seviyor. Sonra bakarız Tanrı ne gösterir.

Zarife derin bir iç çekerek devam etti konuşmaya:

- Hayat böyleymiş! Her şey korkunç, karışık, anlaşılmaz. İşin bir başı bir de sonu var, ortasında ise herkes kaderini yaşıyor. Çocuklar olmasaydı, Yedigey, yemin ederim ki bir dakika beklemez, hayatıma son verirdim. Böyle yaşamak neye yarar, ne gereği var? Ama çocuklar var, beni onlar tutuyor. Onlar benim hem kurtuluşum, hem kaderim. Beni asıl korkutan bir gün onların gerçeği öğrenmeleri değil, gerçeği nasıl olsa öğrenecekler. Beni korkutan ondan sonrasıdır. Ondan sonra ne olacaklarıdır. Babalarının başına geleni hayatları boyunca unutamayacak, bir yürek yarası olarak taşıyacaklar. Okulda, iş hayatında, her yerde, bir iş tuttukları, bir işte yükselip ilerlemek isledikleri zaman taşıdıkları soyadı aşılmaz bir engel olarak çıkacak karşılarına. Bu ad yüzünden bütün yollar kapanacak. İşte bunları, hayatımızda her zaman aşamayacağımız bir engelle karşılaşacağımızı düşünerek korkuyorum ben. Abutalip ile bu konuları çocukların yanında hiç konuşmazdık. Birbirimizi uyarır, korurduk. Abutalip olsaydı, çocuklarımızı çok iyi yetiştireceğine, mükemmel insanlar olarak yetiştireceğine inanırdım. Bize güç veren, her türlü sıkıntıya katlanmamızı sağlayan işte bu umut idi. Ama artık ne olacağını bilemiyorum. Ben onun yerini tutamam. Çünkü o Abutalip idi.. o başarırdı. O, kendi bedeninden çıkıp çocukların içinde yaşıyordu, onlarla bütünleşmek istiyordu. Onu çocuklarından aldıkları, ayırdıkları için öldü o. Ölüm sebebi budur işte.

Yedigey, Zarife'yi cankulağı ile dinliyordu. Bir insanın ancak en yakınına, en güvendiği kişiye söyleyebileceği gizli düşüncelerini ona açması Yedigey'i duygulandırıyor, onda aynı samimi karşılığı vermek, onu korumak, yardım etmek duygularını uyandırıyordu. Ama aynı zamanda çaresizliğini, güçsüzlüğünü anlayarak, içten içe öfkeleniyor, eziliyor, öylece susup duruyordu.

Boranlı'ya yaklaşıyorlardı. Nice yazlar, nice kışlar gelip geçtiği bu yerlerin manzarasını çok iyi bildiği için Boranlı'ya yaklaştıklarını da hemen anlamıştı..

- Hazırlan Zarife, dedi. Geliyoruz. Anlaştığımız gibi, şimdilik çocuklara tek kelime söylemek yok. Sen de bir şey belli etmemek için kendine bir çeki düzen ver. Şimdi sahanlığa git ve kapının önünde dur. Tren durur durmaz hiç telâş etmeden, gayet sakin ineceksin. Aşağıda beni bekle. Sonra beraber gideceğiz.

- Ne yapmak istiyorsun?
- Hiçbir şey. Sen düşünme ve merak etme. Trenden inmeye hakkın var elbet!

17 numaralı yolcu treni semafora yaklaşınca hızını biraz keser, ama hiç durmadan geçip giderdi. Yine öyle yapacaktı. Ama tam bu sırada, istasyona girerken, acı bir fren gıcırtısıyla vagonlar sarsıldı, tren yavaşladı, sonra vagonların tamponları birbirine çarparak durdu. Yolcular oturdukları yerden fırlayıp korkuyla, telâşla pencerelerden baktılar. Bağrışıp çağrışıyor, her kafadan bir ses çıkıyordu:

- Ne oluyor? Niçin durduk?
- İmdat kolunu mu çektiler?
- Kim çekti?
- Hani nerde?
- Kompartımanlı vagonda.

Yedigey bu sırada kapıyı açtı, Zarife'nin inmesine yardım etti. Sonra kendisi vagon sahanlığında durarak hareket memuru ile kondüktörün gelmelerini bekledi.

- Dur bakalım! İmdat kolunu kim çekti?
- Ben çektim.
- Sen de kimsin? Ne hakla yaparsın bunu?
- Öyle gerekiyordu.
- Ne demek öyle gerekiyordu? Mahkemeye mi düşmek istiyorsun? Hapse mi girmek istiyorsun?
- Mahkeme umurumda değil benim. İşte belgelerim. Tutanağı göndereceğiniz mahkemeye ya da başka yere bildirin: Eski savaşçı demiryolu işçisi Yedigey Cangeldi, Yoldaş Stalin'in öldüğü gün, imdat kolunu çekmiş, yas tutulması için yolcu trenini Boranlı'da durdurmuştur, deyin.
- Ne dedin? Ne dedin? Stalin mi öldü?
- Evet, radyo söyledi. Duymanız gerekirdi.
- Aa, o zaman iş başka. Buna bir diyeceğimiz olamaz. Pekâlâ, gidebilirsin.

Adamlar Yedigey'i bıraktılar.

Birkaç dakika sonra 17 numaralı yolcu treni yoluna devam etti.

*

* *

Trenler yine doğudan batıya, batıdan doğuya gelip gidiyordu.

Bu yerlerde, demiryolunun her iki yanında, ıssız, engin, sarı kumlu bozkırların özeği Sarı-Özek uzar giderdi.

Coğrafyada uzaklıklar nasıl Greenwich meridyeninden başlıyorsa, bu yerde de mesafeler demiryoluna göre hesaplanırdı.

Trenler ise doğudan batıya, batıdan doğuya gider gelir.. gider gelirdi...

1953 yılının yazı ve sonbaharı Boranlı Yedigey'in hayatında en acılı günler oldu. Ne o güne kadar ne ondan sonra karların yolları tıkaması, ne Sarı-Özek'in susuz, kavurucu yaz günleri, hatta Köningsberg cephesinde çektiği sıkıntılar (Cephede bin defa ölebilirdi, yaralanabilir, sakat kalabilirdi. Öyle günleri çok olmuştu), o 1953'ün sonbaharı kadar acı vermemişti ona.

Afanasi İvanoviç Yelizarov bir gün Boranlı Yedigey'e toprak kaymalarının sebebini anlatmıştı. Bu kaymalar sonunda dağların yamaçları, bazen de dağın kendisi, karşı konulmaz bir güçle göçer, yerin altını üstüne getirir, kocaman yarıklar açarlarmış. İnsanlar o olayı ancak gözleriyle gördükleri zaman ayaklarının dibinde ne büyük felâketler saklı olduğunu anlarlar. Bu olayın özelliği, yeraltı sularının kaya diplerini uzun zamanda, yavaş yavaş oyarak kimsenin farketmediği şekilde erozyonu hazırlamasıdır. Altı oyulan dağlar, yamaçlar, hafif bir deprem, bir gök gürlemesi ya da şiddetli bir yağmur sonunda, yavaş yavaş kaymaya başlar. Kopan kayalar ya da çığ yuvarlanması ansızın olur ve biter.

Ama toprak kaymaları herkesin gözü önünde korkunç bir güçle ilerler ve onu hiçbir şey durduramaz.

Böyle korkunç olaylar bazen insanların başına da gelebilir. Üstesinden gelemediği çelişkilerle başbaşa kalan insan, moral bakımından derinden derine sarsılır ama bunu kimseye söyleyemez, çünkü ona kimse yardım edemez. Bu korkunç bir yer kayması gibidir, tehlikeyi görürsünüz, ama bir şey yapamazsınız.

Yedigey böyle bir sarsıntıyı, içindeki böyle korkunç bir kaymayı, Zarife ile birlikte Kumbel'e gidip gelmesinden iki ay sonra hissetmiş ve nasıl bir şey olduğunu çok iyi anlamıştı. O gün bazı işleri için yine Kumbel'e gitmişti. Giderken Zarife'ye, postaya bakmak, onun adına mektup varsa alıp getirmek için söz vermişti. Mektup gelmemişse onun adına üç telgraf çekecekti. Zarife akrabalarından hâlâ mektuplarına bir cevap alamamıştı ve şimdi tek istediği mektuplarının ellerine geçip geçmediğini öğrenmekti. Telgrafların üçünde de aynı şeyi, yani mektubunun alınıp alınmadığının bildirilmesini istiyordu. Anlaşıldığına göre ne kendisinin ne de Abutalip'in kardeşleri, mektupla olsun bir bağlantı kurmak istemiyorlardı onunla.

Yedigey, sabah erkenden devesi Karanar'a binip yola çıktı. Akşam karanlık basmadan dönmek istiyordu. Yalnız olduğu ve yanında bir yük bulunmadığı için onu her trenin makinisti yanına alırdı, böylece Kumbel'e birbuçuk saatte ulaşırdı. Ama Abutalip'in çocukları yüzünden, son zamanlarda trene binmekten çekiniyordu. Çocuklar demiryolu kenarından pek ayrılmıyor ve hep babalarının dönüşünü bekliyorlardı. Babalarını beklemek hayatlarının aslı, başta gelen amacı olmuştu onlar için. Oyunlarda, konuşmalarda, bulmacalarda, resimlerde, günlük hayatın bütün hareketlerinde hep babaları, babalarının dönüşü vardı. Ve o günlerde onların gözünde tartışmasız en önemli kişi de Yedigey amcaları idi. Yedigey amcaları her şeyi bilir, her konuda yardım ederdi onlara.

Yedigey, kendisinin Boranlı'da bulunmadığı zamanlarda çocukların kendilerini terkedilmiş ve daha mutsuz hissettiklerini de anlamıştı. Onun için boş vakitlerini onlara ayırıyor, onlara o boş umutlarını olabildiği kadar unutturmaya çalışıyordu. Hem Abutalip'in vasiyetini de unutmuş değildi. "Onlara Aral Denizi'ni anlat," demişti Abutalip. Onun için Aral kıyısında geçen kendi çocukluğunu bütün ayrıntılarıyla hatırlamaya çalışıyor, Aral'la ilgili gerçek ve uydurma hikâyeleri anlatmaktan geri kalmıyordu. Bu hikâyeleri çocuklar anlasın diye basitleştiriyordu ama her defasında onların kavrayışına, duyarlılığına, hafıza güçlerine şaşıp kalıyordu. Ama bundan memnundu. Çünkü babalarının onları eğitmek için harcadığı çabanın boşa gitmediğini görüyordu. Hikâyelerini daha çok çocukların en küçüğü olan Ermek'e göre ayarlıyor, uyarlıyordu ama Ermek ötekilerden hiç de geri kalmıyordu. İki ailenin dört çocuğu arasında bir ayrıcalık tanımamaya çalışsa da en çok Ermek'e bağlanıyor, ona ilgi duyuyordu. Onun anlattıklarıyla en çok ilgilenen, anlayan, yorumlayan Ermek idi. Anlatılan hikâyenin konusu ne olursa olsun, bu hikâyedeki her olayla babası arasında bir bağlantı kurabiliyordu Ermek. Her olayda, her sözde, her harekette babası da vardı onun için. Meselâ şöyle bir hikâye anlatırdı Yedigey:

- Aral'ın kıyılarında sık kamışlı birçok gölcük vardı.

Avcılar tüfekleriyle gelip bu kamışların arasına saklanırlar. İlkbaharda ördekler işte buralara gelir. Biliyorsunuz, kış mevsimini daha sıcak olan başka göllerde geçirir ördekler.

Ama, hava ısınmaya, buzlar çözülmeye başlar başlamaz, hemen kanat açar, gece-gündüz demeden büyük sürüler hâlinde gelirler buralara. Çünkü bu yerler onların vatanıdır ve vatanlarını çok özler bu hayvanlar. Gelir gelmez de suya dalıp yüzmek, yıkanmak, böylece yol yorgunluğunu çıkarmak isterler. Bunun için alçalır, kıyıya yaklaşırlar. İşte bu sırada kamışlar arasında "Bum! Bum!" sesler duyulur. Avcıların tüfek sesleridir bunlar. Ördeklerden bazıları cıyak cıyak bağrışarak suya düşer, ötekiler korkarak denizin ortasına doğru uçarlar ve ne yapacaklarını, nereye gideceklerini bilemezler. Çünkü onlar kıyıya yakın yerlerde uçmaya alışıktırlar ve şimdi de kıyıda avcılar var!

- Yedigey amca, ördeklerden biri hemen geriye, geldiği yere döner, derdi Ermek.

- Peki, niçin dönsün geriye?

- Çünkü atika (babacığım) onun kışı geçirdiği denizde gemicilik yapmıyor mu? Sen söylemiştin ya Yedigey amca?

Yedigey söylediğini hatırlayarak, bir gaf yapmamak için hemen toparlanırdı:

- Doğru, öyle demiştim, ama o ördek geriye dönünce ne olacak?

- Ördek geri dönünce babamı bulur, ona göldeki kamışlıkta avcıların gizlendiğini, kendilerine ateş ettiklerini anlatır. Nereye kaçacaklarını bilemediklerini, yaşayacak yerleri kalmadığını söyler.

- Ha, bak bu doğru. Çok haklısın.

- Babam da ona hemen Boranlı'ya döneceğini, orada Daul ve Ermek adlarında iki oğlu ile Yedigey amcalarının yaşadığını söyler. Atikam gelince hep birlikte Aral'a gideriz, kamışlığa gizlenen o ördek avcılarını kovarız. Ördekler de Aral'da rahat rahat yaşarlar. Yüzer, suya dalar, kanat çırpar, takla atarlar.. işte şöyle şöyle yaparlar...

Yedigey anlatacakları bittikten sonra, o anda aklına başka bir masal da gelmeyince, taş falına bakarak eğlendirirdi onları. Artık cebinde her zaman nohut büyüklüğünde 41 taş bulunduruyordu. Taşlarla fala bakmak, uzak geçmişten kalma bir usuldü, kendine göre karışık sembolleri, tuhaf ama anlamlı terimleri vardı. Yedigey, bu taşları önüne serpmeden önce okuyup üfler, birtakım tılsımlı sözler söyler, sonra onlardan ne istediğini bildirirdi. Yeryüzünde Abutalip adında bir adam olup olmadığını, varsa nerede bulunduğunu, yakında yola çıkıp çıkmayacağını, alın yazısının ne olduğunu, kalbinden neler geçtiğini, açıkça, dürüstçe bildirmelerini isterdi. Çocuklar susar, taşların sıralanış biçimine dikkatle bakar, Yedigey amcalarının söyleyeceklerini cankulağı ile dinlerlerdi.

*

Bir gün Yedigey, evdeki bölmenin ardında fısıltılı, tıkırtılı sesler işitti ve kendini belli etmeden oraya göz atıp kulak verdi. Ne görsün? Abutalip'in çocuklarıydı fısıltı hâlinde konuşan. Taş falına bakıyorlardı! Hem de falı açan, okuyan Ermek idi. Taşları tıpkı Yedigey'den gördüğü gibi atıyordu önüne. Ama önce her taşı alnına değdiriyor, dudaklarına da değdirip öpüyor, sonra dilediği gibi dizip konuşuyordu:

- Seni seviyorum küçük taş.. güzel, akıllı bir taşsın sen. Yedigey amcamın taşları gibi bana her şeyi açıkça söyle. Sakın şaşırma, yanılma, göreyim seni güzel taş.

Sonra ağabeyine dönüyor, Yedigey'in sözlerini aynen tekrarlayarak, taşların durumunu yorumluyordu:

- Bak Daul, görüyor musun? Taşların duruşu hiç fena değil. Bak şurada bir yol var. Biraz sisli, dumanlı ama önemli değil. Yedigey amca bunların ufak tefek yol engelleri olduğunu söylüyor. Her yolda ve her zaman olurmuş bunlar. Babamız yola çıkmak üzere, hazırlık yapıyor, atına binip gelecek. Ama, eyerin kolanı gevşemiş biraz. Onu sıkmak gerek. Bunun da anlamı, babamı geciktiren bir şeyin olduğudur. Demek ki biraz daha bekleyeceğiz. Şimdi de bakalım sağ kaburgasında ne var, sol kaburgasında ne var. Hımm, bu iyi işte, kaburgalar sapasağlam. Bir de alnına bakalım. Aa! Alnı niçin donuk duruyor öyle? Yüzü niçin üzüntülü? Bizi düşünüyor da ondan. Babamız bizi çok merak ediyor Daul. Bak, şu taş tam yüreğine oturmuş, yüreği sıkıntılı. Evi düşünüyor ve çok üzülüyor. Yola yakında çıkacak mı? Evet, yakında. Ama atın arka ayaklarından birinin nalı düşmüş. Bu ayağı nallamalı. Bu yüzden de biraz beklememiz gerekecek. Şimdi de heybesinde neler olduğuna bakalım. Oh, oh, oh! Neler var, neler... Pazardan bizim için aldığı şeylerle dolu heybesi. Şimdi de yıldızlara bakalım, ona yol veriyorlar mı? Bak Daul, şu yıldızı görüyor musun? "Altın Kazık Yıldızı"dır o. Ardında birtakım izler var, ama biraz silik. Çok geçmeden atının yularını çözecek, üzerine atlayacak ve yola düşecek.

Boranlı Yedigey, gördüklerine, duyduklarına şaşıp kalmış, çok duygulanmıştı. Oradan sessizce uzaklaştı ve o günden sonra taş falı açmaktan kaçındı.

Ne de olsa çocuk, çocuktur. Onları oyalamanın, avutmanın bir yolu her zaman bulunur. İnsan bunun için yalan söylemek gibi bir günahı da göze alabilir. Ama Yedigey'in yüreğinde günden güne başka bir dert yuvalanmakta, yerleşmekteydi. Zaten bu şartlarda, olayların bu akışında, kaçınılmaz, er geç olacak bir şeydi bu. Yüreğinde, bir toprak kayması gibi bir hareket başlamıştı ve bunu durdurmaya onun gücü yetmiyordu.

Yedigey, Zarife için çok üzülüyor, onun için acı çekiyordu. Aralarında günlük işlerden, geçim kaygısından başka konularda söz etmezlerdi. Zarife de ona başka konuları konuşma, kendisini düşünme fırsatı verecek bir davranışta bulunmuş değildi. Ama Yedigey onu düşünmekten kendini alamıyordu. Ne var ki Yedigey, uğradığı felâketten dolayı ona acıyor, üzülüyordu ama, bu sadece bu duruma düşen bir insan için herkesin duyabileceği acıma ve ilgiden ibaret bir duygu olarak kalmıyordu. Böyle olsa, üzerinde durulmazdı zaten. Yedigey onu, içinde doğan ve günden güne büyüyen bir aşkla düşünmeye başlamıştı. Eğer Zarife, onun kendisine candan bağlı, en çok seven bir kişi olduğunu bilse, bunu anlasa, çok sevinirdi.

Zarife'ye karşı içinde böyle bir sevgi yokmuş, aralarında böyle bir şey olamazmış ve olmaması gerekirmiş gibi davranması da ona büyük acı veriyordu! Kumbel'e giderken yol boyunca hep bunları düşündü. Zihninden çıkmayan bin türlü ve çelişkili düşünceler onda tuhaf bir ruh değişikliğine sebep oldu. Sinirleri bozuldu ve yorgunluk hissetti. Bazen kendini sevinçli bir olayın eşiğinde, bazen de şifa bulmaz bir hastalığa yakalanacakmış gibi korkular içinde buluyordu. Bu ruh hâlinde sık sık, kendisini yine eskisi gibi denizdeymiş gibi hissederdi. İnsan denizde iken, karadakine hiç benzemeyen duygular içinde olur. Hava sakin olsa, görünür bir tehlike olmasa bile bu böyledir. Denizde yapmanız gereken işle meşgul iseniz de hürsünüzdür, kürek çekip suları yara yara ilerlemekten, doğan ya da batan güneşin su üzerindeki yansılarından büyük bir zevk alırsınız, büyük sevinç duyarsınız, ama eninde sonunda kıyıya çıkacağınızı da bilirsiniz. Şurada veya burada karaya çıkmanız gerekecektir. Karada sizi bambaşka bir hayat beklemektedir. Denizdeki hayat geçicidir, ama kara oynak değildir, sapasağlam durur. İnsan karada yanaşacak, çıkacak uygun bir yer bulamazsa, bir ada bulur ve oraya yerleşir.

Yedigey böyle bir ada canlandırmaya çalıştı gözünde. Zarife'yi ve çocukları götürebileceği bir ada. Orada onlara denizciliği öğretirdi. Engin suların ortasındaki o adada canları hiçbir şeye sıkılmaz, ölünceye kadar mutlu yaşarlardı. Zarife'yi istediği zaman görebilirdi. Ona en yakın, vazgeçilmez olmak, onun tarafından sevilmek, istenmek, ne büyük bir mutluluk olurdu kendisi için.

Böyle düşünürken birden kendine geliyor, büyük bir utanç duyuyor, çepçevre yüzlerce kilometre uzaklıkta kimseler bulunmadığı hâlde yüzü pancar gibi kızarıyordu. Körpe bir delikanlı gibi, bir çocuk gibi mutluluklar adası hayal etmek de ne oluyordu? Kendi ailesi, çocukları, işi-gücü ve sorumlulukları yok muydu? Şu Sarı-Özek bozkırına, demiryoluna, kendisi bile farkına varmadan onu sımsıkı kuşatan, kolunu ayağını sımsıkı bağlayan bu bölgeye bütün ruhuyla saplanıp kalmış değil miydi? Öyle hayaller kurmaya nasıl cesaret edebilirdi? Hem sonra, Zarife'nin ona gerçekten ihtiyacı var mıydı? Gerçi kadın büyük sıkıntılar, dertler içindeydi, bu durumda kendisini sevebileceğini nereden çıkarıyordu? Mecbur muydu onu sevmeye? Onu istemeye? Çocuklara gelince, onların Yedigey amcalarını çok sevdiklerinden hiç kuşkusu yoktu. Ona çok bağlıydılar. Ama Zarife niçin sevecekti? Ne hakla böyle düşünceler geçiriyordu aklından? Uzun yıllardan beri yerleşip kaldığı ve besbelli hayatı boyunca kalacağı bu ortamda o saçmalıkları nasıl düşünürdü?

Karanar bu yollardan çok gelip geçtiği için, sahibinin onu mahmuzlayarak uyarmasına gerek kalmadan rahvan bir gidişle, bazen inleyerek, öfkeli sesler çıkararak, kurumuş bir tuz gölü olan Sarı-Özek bozkırının düzünü bayırını, bahar kokusu yayılmaya başlamış vadileri, o ölçülmez mesafeleri geniş adımlarıyla aşıp gidiyor, daha gidilecek ne kadar yolları olduğunu da biliyordu. Devesinin üzerine kurulan Yedigey ise, bir mahkûm gibi sıkıntı çekiyordu ve kendi meselelerine, çıkış vermeyen düşüncelerine dalmıştı. Ona azap veren öyle çelişkili duygular içindeydi ki o geniş Sarı-Özek bozkırı bile ona bir sığınak olamıyor, dar geliyordu.

İşte bu duygular içinde, bu ruh haliyle Kumbel'e geldi. Elbette Zarife'nin hısım, akrabasından mektup gelmiş olmasını, yazdığı mektuplara cevap almasını istiyordu. Ama bu akrabaların, babalarını yitirmiş aileyi yanlarına çağırmaları ya da gelip almaları ihtimalini düşündükçe, yüreği sıkılıyor, büyük bir üzüntüye kapılıyordu. Postahanenin 'Post-restant' gişesine gitti. Zarife Kuttubayev adına hiç mektup gelmemişti. Bunu öğrenince tuhaf bir sevinç doldu yüreğine. Hiç de vicdanlı, dürüst olmayan bu hâline kendisi de şaştı. Üzüntü ile sevinç, acıma ile kötü düşünce arasında çelişkili duygular içinde kaldı. Sonra üstlendiği görevi yerine getirerek Zarife adına üç telgraf çekti ve akşam üzeri Boranlı'ya döndü.

*

Bahar geçmiş, yaz gelmiş, Sarı-Özek kırları sararıp solmaya başlamıştı. Yeşillikler tatlı bir rüya gibi gelip geçmiş, bozkır yine sarı rengine bürünmüştü. Hava gittikçe ısınıyor, yakıcı, kavurucu günler yaklaşıyordu. Zarife'nin akrabalarından hâlâ bir haber yoktu. Ne mektuplara cevap gelmişti ne de telgraflara. Trenler eskisi gibi Boranlı'dan gelip geçiyor, hayatın akışı devam ediyordu.

Zarife artık akrabalarından bir cevap alamayacağını, onlara güvenemeyeceğini anlamıştı. Mektuplarla, yardım istekleriyle onların başını ağırtmayacaktı artık. Buna karar verdikten sonra, suskunlaştı, umutsuzluklar içinde içine kapandı. Nereye gidecek, ne yapacaktı? Çocuklara babaları hakkında ne diyebilirdi? Yıkılan bir hayatı nasıl düzeltecek, yeni hayata işin neresinden başlayacaktı? Şimdilik bu soruların hiçbirine cevap, bir çözüm yolu bulamıyordu.

Yedigey'in üzüntüsü daha az değildi. Onların durumuna belki Zarife'den de fazla üzülüyordu. Gerçi bu aileye Boranlılılar'ın hepsi acıyordu ama, Yedigey'in durumu başka idi. Bu ailenin başına çöken felâket, onun için ayrı bir felâkete dönüşmüştü. Artık kendini onlardan ayıramıyor, Zarife'ye ve çocuklarına gün geçtikçe daha çok bağlanıyordu. Bu ailenin geleceğini düşündükçe kaygıları artıyor, hiçbir çıkar yol göremediği için de umutsuzluğa gömülüyordu. Hem sonra Zarife'ye karşı nasıl davranacak, Zarife'yi isteyen iç duygularına nasıl gem vuracaktı? Dayanılmaz acılar içindeydi. Bir gün böyle bir durumla, içinden çıkılmaz bir mesele ile karşılaşacağını aklının ucundan bile geçirmemişti ve söyleseler inanmazdı.

Yedigey kendi kendine, birçok defa, Zarife'ye açılmaya, onu nasıl sevdiğini onun bütün sıkıntılarını paylaşmaya, güçlüklerini üzerine almaya hazır olduğunu söylemeye, artık onlardan ayrı yaşamayı düşünmediğini açıklamaya niyet etmiş, karar vermişti. Ama nasıl yapacaktı bunu? Bunu yapsa bile Zarife onu anlayabilecek miydi? Onun başında dert yokmuş gibi bunca felâketin altında ezilmesi yetmiyormuş gibi, bir de onun aşk duygularıyla mı uğraşacaktı? O durumda bulunan bir kadına bunları söylemesi neye yarardı?

Bütün bunları kara kara düşünüyor, çaresizlikler içinde kıvranıyordu. Bu yüzden herkes gibi davranmaya çalışsa da, bunu pek beceremiyor ve somurtuyordu.

Bir gün, bir imâda bulunmak cesaretini gösterdi. Demiryolunda rayları teftiş etmiş dönerken, uzaktan Zarife'yi gördü. Tankere su almaya gidiyordu Zarife. Adımları dosdoğru ona götürdü Yedigey'i. Kovalarını taşıyacaktı ama bu onunla konuşmak için bir bahane değildi. Çünkü, iki günde bir, yolda birlikte çalışıyorlardı ve o zaman istediği gibi rahat rahat konuşurdu. Onu Zarife'ye götüren, karşı koyamadığı bir arzu idi: Gidip sevgisini açıklamak arzusu. O anda yanına gidip duygularını açıklaması en iyi yol olarak göründü ona. Kadın onu anlayışla karşılamaz da reddetse bile, o içini döktüğü için rahat eder, hafifler ve sonra yüreğindeki koru söndürmeye çalışırdı.

Zarife'nin sırtı ona dönüktü. Yedigey'in yaklaştığını görmedi ve işitmedi. Dolan kovayı alıp yana çekmiş, ikinci kovayı koymuştu musluğun altına. O ikinci kova da dolmuş, taşıyordu. Sonuna kadar açılan musluktan şarıl şarıl akan su, köpüklene köpüklene kovanın yanında gölcük oluşturmaya başlamıştı. Zarife ise tankere yaslanmış, üzüntüler içine dalıp gitmişti ve kovanın dolduğunu fark etmiyordu bile. Üzerinde geçen yaz sağnak altında coşku içinde hoplayıp zıplarken giydiği entari vardı. Ermek'inki gibi kıvırcık saçları şakaklarından, kulaklarının ardından ensesine sarkıyordu. Boynu ipince, omuzları çökmüş, besbelli yüzü de süzülmüştü. Zarife öylece duruyor ve Yedigey de ona hayran hayran bakıyordu. Kadını büyüleyen suyun şarıltısı mıydı? Bu şarıltı ona Semireçye'deki ırmakların dağdan çağıl çağıl akışını mı, sulama kanallarını mı hatırlatmıştı da öyle dalıp gitmişti, yoksa acı düşüncelerde mi yüzüyordu? Bunu ancak Allah bilirdi. Yedigey onu böyle görünce yüreği parçalandı. Gidip onu kucaklamak, sımsıkı bağrına basmak, kendisi için eşsiz değerdeki bu varlığı her türlü sıkıntı ve belâdan korumak arzusu duydu. Yanıp tutuşuyordu bu istekle. Ama böyle bir şey yapmaya ne hakkı vardı, ne cesareti. Eğilip boşa akan musluğu kapattı sadece. İşte o zaman Zarife başını kaldırıp ona baktı. Ama hiç şaşırmadı ve ona sanki çok uzaklardaymış gibi uzun uzun baktı.

Yedigey sakin, yumuşak bir sesle:

- Niye öyle duruyorsun Zarife? Ne oldu sana? dedi.

Zarife bir cevap vermedi, ancak dudaklarının ucuyla hafifçe gülümsedi, gözleri parladı ve kaşlarını oynattı. Bu hareketiyle sanki "Hiç, öyle duruyorum işte" demek istemişti.

- Kendini iyi hissetmiyor musun? dedi Yedigey.

- Evet, öyle, dedi Zarife derin bir iç çekerek.

Yedigey omuzlarını oynattı. Şaşırmıştı. Düşündüklerini söyleyemedi, başka şeyler söyledi:

- Niye kendini böyle yeyip bitiriyorsun? Daha ne kadar sürecek bu hâlin? Hem bunun ne yararı olur? Seni böyle gördükçe biz de çok üzülüyoruz (ben de çok üzülüyorum demek istemişti), çocuklar da üzülüyor. Bu böyle sürüp gidemez. Bir şeyler yapmalısın. (Ona öyle kelimeler bulup söylemek istiyordu ki bunlar dünyada en çok onun için üzüldüğünü ve en çok onu sevdiğini anlatsın.) Bak, düşün biraz, mektuplarına cevap vermediler, varsın vermesinler. Canları cehenneme! Ölecek değiliz ya! Biz burada hepimiz bir aile gibiyiz. Her zaman senin yanındayız. (Senin yanındayım demek istemişti?) Asla cesaretini yitirme. Çalış ve kendini koyverme. Çocukların hep bizimle (benimle demek istemişti) olacak, her şey yoluna girecektir. Başka yere gitmene ne gerek var? Burada, kendi evinde, yakınlarının arasında sayılırsın. Bana gelince, çok iyi biliyorsun ki, çocuklarını görmeden edemiyor, onlardan hiç ayrılmak istemiyorum.

Yedigey o durumda biraz fazla ileri gittiğini düşünerek sustu.

- Hepsini biliyorum, anlıyorum Yedike, dedi Zarife. Bütün yaptıklarınıza şükran borçluyum. Burada bizi ihtiyaç içinde bırakmayacağınızı da biliyorum. Ama yine de gitmeliyiz buradan. Gidelim ki çocuklar burada olup bitenleri unutsunlar. Gerçeği onlara bundan sonra söylerim. Biliyorsun ki bu böyle devam edemez. Bunun için de ne edeceğimi, nasıl gideceğimizi düşünüp duruyorum.

Yedigey ister istemez ona hak vermek zorunda kaldı:

- Haklısın Zarife, yalnız pek acele etme. İyice düşün. İki küçük çocukla nereye gideceksin, nasıl geçineceksin? Bunları düşündükçe bağrım yanıyor, siz gidince ne yapacağımı bilemiyorum.

Gerçekten de onlar için, Zarife ve çocuklar için çok üzülüyordu. Ancak onların uzun süre burada kalamayacaklarını da çok iyi biliyordu.

Bundan birkaç gün sonra beklenmedik bir olay dolayısıyla, Yedigey aklından geçenleri ağzından kaçırdı, her şeyi olduğu gibi söyleyiverdi. Sonra da öyle üzüldü, öyle pişman oldu ki ne yapacağını bilemedi. Nasıl öyle davrandığına, öyle konuştuğuna kendisi bile inanamadı.

Ermek'in, berberin tıraş makinesinden korkarak saçlarını kestirmemek için çırpındığı o unutulmaz Kumbel yolculuğundan bu yana aylar geçmişti. O zamandan beri de, daha da uzayan, gür, kara, kıvırcık saçlarıyla dolaşıyordu. Doğrusu, bu iri kıvrımlı uzun saçlar çok da yakışıyordu çocuğa. Yedigey onu kucağına aldığı zamanlar, burnunu gür saçlarının arasına sokuyor, onun çocuksu kokusunu içine çekiyordu. Ama bu inatçı küçük korkağın saçları da kesilmeliydi artık. Yele gibi omuzlarına kadar sarkan bu saçlar koşmasına, oynamasına engel olmaya başlamıştı. Böyle de olsa, Ermek, büyüklerin onun saçlarını kesmek istemelerine hep karşı çıkıyor, köşe bucak kaçıyordu saçlarını kesmek istedikleri zaman. Bunun üzerine işi Kazangap üstlenmişti. Çocuğu razı etmek için ufak bir de yalan uydurmuştu. "Oğlaklar uzun saçlı çocukları hiç sevmez, uzun saçlı bir çocuk görecek olsalar gerilip öyle bir tos vururlar ki..." demişti.

Zarife'nin sonradan anlattığına göre, çocuk gönülsüz bir şekilde razı olmuş, ama tıraş etmeye başladıkları zaman yine kıyameti koparmış. Cıyak cıyak bağırarak yeri göğü inletiyor, Kazangap'ın elinden kurtulmak için çırpınıyormuş. Kazangap dinlememiş, onu bacakları arasında sımsıkı tutarak bütün saçlarını kırkıvermiş. Olanca sesiyle bağırarak ağlamaya devam eden çocuğu yatıştırmak için, Bikey bir ayna tutmuş yüzüne, "Bak şimdi ne kadar güzel oldun," demiş. Ama çocuk aynaya bakınca kendisini tanıyamamış, daha da korkmuş, yine yeri göğü inletmeye başlamış.

Yedigey, saçları kesildiği için, bangır bangır bağıran çocuğunu elinden tutup Kazangap'ın evinden dönen Zarife ile yolda karşılaştı.

Ermek, gerçekten tanınmaz olmuştu. Saçları kökünden kesilince çıplak boynu incecik kalmış, kulakları fırlayıp açılmıştı. Yedigey'i görünce annesinin elinden kurtulduğu gibi kendini onun kucağına attı:

- Yedigey amca, bak bunlar bana ne yaptı! Bak saçımı nasıl kestiler! dedi.

Yedigey, başına böyle bir iş geleceğini önceden söyleseler inanmazdı.

Çocuğu kaldırıp kucağına aldı, sımsıkı bağrına bastı. Korku ve umutsuzluktan kaçıp kendisine sığınan, kendisine güvenen bu çocuğun üzüntülerini olanca ağırlığıyla kendi yüreğinde duydu. Sanki felâket Ermek'e değil, ona gelmişti. Yüreği oynayarak çocuğu öpücüklere boğarken, acıma ve üzüntü dolu, sevgi dolu bir sesle, neler söylediğini kendisi bile anlamadan konuşmaya başladı:

- Ağlama güzel yavrum, ağlama! Ağlama gözümün nuru! Ben varken kimse el süremez sana! Baban gibi severim ben seni. Ağlama yavrum!

O arada gözü Zarife'ye ilişti. Kadın, olduğu yerde donup kalmıştı sanki. Onu böyle görünce sınırı aştığını anladı ve ne yapacağını bilemedi. Ermek'i kucağından indirmeden hemen uzaklaştı oradan. Uzaklaşıp giderken aynı sözleri tekrarlıyordu durmadan:

- Ağlama sen! Bak ne yapacağım o Kazangap amcayı ben! Görür o! Sana nasıl el sürerlermiş! Gösteririm ona ben!

Bu olaydan sonra birkaç gün Zarife'nin gözüne hiç görünmedi. Zarife'nin de onunla karşılaşmaktan kaçındığını anlamıştı. Hiçbir suçu olmayan, kendi derdi başından aşmış o kadına böyle davranmış, aklından geçenleri olduğu gibi söyleyivermiş olmaktan büyük bir utanç ve üzüntü duyan Yedigey gerçekten şaşkındı. Niçin böyle davranmıştı, niçin derdine dert katmıştı kadıncağızın? Bu saçma lâflarla onun acısını niçin arttırmıştı? Bu saçmalığından, bu aptalca davranışından sonra kendisini hiçbir zaman affetmedi. Zorla, ağlata ağlata saçını kestikleri için kendine sığınan küçük çocuğun acısını kendi yüreğinde duyuşunu, onu baba sevgisiyle bağrına basışını, iç duygusunu dillendirerek

ağzından kaçırdığı sözlerle Zarife'yi nasıl şaşırttığını, çığ-
lık atan, acılarla kıvranan gözlerle kendisine bakışını uzun
yıllarca, belki de son nefesine kadar hiç unutamayacaktı.
Bu olaydan sonra Yedigey bir süre sakinleşti, kalbinin
gizli özlemini ve ağrılarını bastırıp, bu duyguları ve sev-
giyi de çocuklara yöneltti. Başka bir çare bulamadığı için
bütün boş vakitlerini onlara ayırıyordu. Onlara denizi, gü-
zel anılarını ya da unuttuğu hikâyeleri tekrar hatırlayarak
anlatıyordu. Martılardan, balıklardan, göçmen kuşlardan,
başka yerlerde soyları tükendiği hâlde Aral adalarında hâlâ
bulunan kuş türlerinden sözediyordu. Çocuklara anılarını
anlatırken çok özel bir anısını da sık sık hatırlar olmuştu.
Bu olaydan hiç kimseye tek kelime söz etmemişti. Olayı
yalnız kendisi ve Ukubala biliyordu ama bu konuyu kendi
aralarında da konuşmuyorlardı. Konu, ölen oğullarıyla il-
giliydi. Oğulları yaşasaydı, Boranlı köyünün bütün çocuk-
larından, hatta Kazangap'ın oğlu Sabitcan'dan da daha bü-
yük olacaktı. Sabitcan'dan iki yıl önce doğmuştu. Ne yazık
ki çocuk yaşamamıştı. Doğacak her çocuk umutla beklenir,
çok uzun ömürlü olacağı, hatta ölmeyecekmiş gibi uzun
ömürlü olacağı ümid edilir. Bu ümit olmasa, insanlar dün-
yaya çocuk getirmede bu kadar istekli olurlar mıydı?
Savaştan biraz önce, balıkçılık yaptığı zamanlarda, Ye-
digey ile karısı Ukubala arasında geçen bir olaydı bu. Her-
halde insanın başına ömrü boyunca ancak bir defa gelebi-
lecek bir olay.
Evlendikten sonra Yedigey, balık avından çabuk dön-
meyi âdet edinmişti. Karısını çok seviyordu ve karısı da
onu çok sevdiği için dört gözle bekliyordu gelmesini. Uku-
bala'yı merakta bırakmak istemediği için çabuk dönüyor-
du balıktan. Karısından başka kimseyi düşünmez, ondan
başkasını gözü görmezdi. Balığa çıkar çıkmaz karısını dü-
şünmeye başlar, bir an önce eve dönmek isterdi. Bazen
ona öyle gelirdi ki o bu dünyaya onun için gelmiştir, onu

düşünmek, onu mutlu etmek için, denizden ve güneşten topladığı enerjiyi ona taşımak, ona vermek için yaşamaktır. Yaşamasının aslı, amacı budur. O zaman deniz ve güneş onların mutluluk kaynağı idiler ve bunun için vardılar sanki. Onları çevreleyen bütün öteki varlıklar onların sevinç ve mutluluğunu tamamlayacak, arttıracak ilâvelerden başka bir şey değildir. Ukubala kendinde birtakım değişiklikler hissedip, hamile kaldığını anlayınca, Yedigey'in bir an önce karısının yanında bulunmak için gösterdiği sabırsızlık daha da arttı. İlk çocuklarının dünyaya gelmesini de büyük bir heyecan ve sabırsızlıkla bekliyordu çünkü. Kısacası, o zamanlar, hayatlarının en mutlu dönemiydi, bulutsuz, karartısız, pırıl pırıl bir dönem.

Sonbaharın sonlarında, kışın hemen başında, Ukubala'nın yüzünde, ancak yakından bakılınca ve onu iyi tanıyanların farkedebileceği küçük, kara lekeler görünmeye başladı. Karnı da büyüyor, yuvarlaklaşıyordu. Bir gün Yedigey'e "Altın mekre" denilen balığın nasıl bir balık olduğunu sordu. "Böyle bir balıktan söz edildiğini duydum ama hiç görmedim," dedi. Yedigey ona bunun çok az rastlanan, mersinbalığına benzer iri bir cins olduğunu, derin sularda yaşadığını, en çarpıcı özelliğinin ise güzelliği olduğunu söyledi: "Hemen hemen her yeri mavimsi beneklerle süslü, başının üst kısmı, yüzgeçleri ve sırtı, baştan kuyruğuna kadar altın renginde bir balık, saf altın gibi parlıyor, bu yüzden 'altın mekre' demişler," dedi.

Ukubala bir başka gün Yedigey'e, rüyasında bir "altın mekre" balığı gördüğünü söyledi. Balık yanıbaşında yüzüyor, o da onu tutmaya çalışıyormuş. Onu yakalayıp sonra da bırakmak için yanıp tutuşuyormuş. Altın mekreyi eline almak, altın renkli vücuduna dokunmak, onun kokusunu almak isteği o kadar büyükmüş ki, rüyasında balığın ardından koşup durmuş. Ama yakalanmıyormuş balık. Ukubala uyanınca bunun bir düş olduğunu anlıyormuş ama bir türlü heyecanı geçmiyormuş. Çünkü 'altın mekre'yi çok önemli bir amaç, onu kaçırmasını da bu amaca ulaşamamak şeklinde yorumluyormuş.

Ukubala rüyasına hem gülüyor, hem de o altın mekre balığını eline alamadığı için üzülüyor ve bu istekten vazgeçemiyordu. Yedigey ise bir türlü aklından çıkarmıyordu karısının gördüğü rüyayı. Onun rüyasında görüp unutamadığı, gerçekten de o balığı görmek, tutmak istediğini anlamıştı. Denizde ağını çekerken hep bunu, bu altın mekreyi nasıl tutacağını düşünüyordu. Ukubala'nın 'talgak'ı, yani karşı koyamadığı güçlü isteği, hamile kadınların aşermesi gibi bir istek idi. Hamilelik döneminde kadınların böyle şiddetli istekleri olurdu. Ama bu talgak, bu aşermesi, ekşi, tuzlu, acı bir şey, ya da kızarmış av eti, kuş eti yemek isteği gibi gösterirdi kendini. Bunu bilen Yedigey, karısının talgakına hiç şaşmıyordu. Ukubala bir balıkçı karısıydı ve talgakı da kocasının mesleğiyle ilgiliydi. O balığı gözleriyle görmek, altın renkli sırtını elleriyle tutmak istiyordu. Tanrı vermişti bu isteği. Yedigey, hamile bir kadın talgakına kavuşmazsa, bunun doğacak çocuk için bir zarar getireceğini de işitmişti.

Ukubala'nın talgakı hiç de olacak gibi değildi. Bu yüzden altın mekreyi çok istediğini kocasına söylemiyor, Yedigey de bunun lâfını etmek istemiyordu. Bununla beraber onu nasıl yakalayacağını düşünüyordu bütün gün. Yakalarsa getirip karısına gösterecekti.

Aral'da en çok balık tutulan dönem Temmuz-Kasım ayları arasıydı ve bu av mevsiminin sonu gelmişti. Soğuk rüzgârlar ısırmaya başlamıştı ve Balıkçılar Kooperatifi kış avına hazırlanıyordu. Kışın çevresi bin beşyüz kilometreyi bulan Aral'ın her tarafını kaskatı buz kaplardı. O zaman gölün üzerinde büyük büyük delikler açılır, bu deliklerden, ucuna ağırlık bağlanmış ağlar sarkıtılırdı. Gereği kadar bekledikten sonra ağ bocurgatlarla o delikten çıkarılır, başka bir deliğe taşınırdı. Ağları, bocurgattan çekip götürme işi develere düşerdi. Yazda kışta, bozkırların eşsiz traktörleri idi develer. Aral'da, kışın buz gibi bir rüzgâr eser, karları savururdu. Yüzeye çıkarılan balıklar, kıpırdanmaya bile fırsat bulamadan, takır takır buz kesilirdi. Yedigey, yazda kışta, Balıkçılar Kooperatifi adına sayılamayacak kadar çok ava çıkmış, değerli değersiz sayılamayacak kadar balık tutmuş, ama bir defacık "altın mekre" takılmamıştı ağlarına. Çok nadir de olsa bazen bir balıkçının zokasına altın mekre takılır ve bu büyük bir olay olarak uzun süre anlatılırdı. Zaten ancak gümüş kaşığa benzeyen bir zoka ile tutulabilirdi bu balık. Onu yakalayan şanslı balıkçıya herkes imrenirdi.

O gün Yedigey erkenden kalktı ve denize açıldı. Aral'ı buzlar kaplamadan ev için biraz balık tutmak istediğini akşamdan karısına söylemiş, karısı da onu bu fikrinden caydırmaya çalışmıştı:

- Ev balık dolu, ne gereği var, bu soğukta çıkılır mı? demişti.

Ama Yedigey kafasına koymuştu bir kere, vazgeçmedi:

- Evdeki balıklar evin, ama sen kendin söyledin Sağın halanın hastalanıp yatağa düştüğünü. Onun için en iyi ilâç taze balık haşlaması, sıcak balık çorbasıdır. İhtiyar kadının balık getirecek kimsesi yok ki.

İşte böyle bir bahane ile Yedigey altın mekre avlamak için denize açıldı. Av malzemesini, gerekli her şeyi akşamdan hazırlamış, sandalın burun kısmına yerleştirmişti. Kalın elbiselerini giymiş, başlıklı yağmurluğunu da almıştı.

Sonbaharla kış arasında her zaman görülen kapalı, güvenilmez bir hava vardı. Yedigey dalgaları aşa aşa, gölün ortasına altın mekre balığının bulunabileceğini düşündüğü yere doğru açıldı. Elbette her şey şansa bağlıydı. Zaten balık tutmak, hele oltayla avlanmak, tamamen bir şans işiydi. Kara avcılığında ise durum başkaydı. Avcı avının yerini,

orada ne durumda olacağını az çok bilir, ona pusu kurar
ya da usulca sokulurdu. Sonra uygun anı bekler, beklediği
an gelince de saldırıya geçerdi. Oysa balık avcılığı kör bir
avcılıktı. Oltayı atacak, balığın oralardan geçmesini, oltaya
vurmasını bekleyeceksin.

O gün Yedigey şansına güveniyordu. Çünkü her zaman-
ki işini yapmak için çıkmış değildi balığa. Hamile karısı-
nın, Tanrı'nın takdiri ile görmeyi, eline almayı çok istediği
altın mekre balığını tutmak için çıkıyordu.

Yedigey sağlam yapılı, güçlü-kuvvetliydi. Küreklere
asıldı. Yandan vuran kıvrım kıvrım dalgaları yara yara, hiç
yorulmadan, Aral'ın ortalarına geldi. Aral balıkçıları bu dü-
zensiz, kıvrıla eğrile gelen dalgalara *"İyrek tolkun"** derlerdi.
İyrek tolkun fırtına habercisiydi ama fırtınadan önceki hal-
leri tehlikeli sayılmazdı. Onun için korkmuyordu Yedigey.

Bir süre sonra kıyının killi sarp yamaçları ve dalgaların
kayalara çarparak çıkardığı beyaz köpükler iyice uzaklaştı.
O gölün ortalarına vardığı zaman, kıyılar belli belirsiz bir
şerit hâlini aldı, puslar içinde göze görünmez oldu. Bulut-
lar gittikçe alçalıyor, rüzgâr dalgaları yalayarak geçiyordu.

İki saat sonra sandalı durdurdu, kürekleri yukarı aldı,
demir attı ve oltaları hazırladı. İki makara sağlam sicimi
vardı ve bunları özenle kendisi sarmıştı. Sandalın kıçındaki
makarayı gevşetti ve yüz metre kadar saldıktan sonra yirmi
metre de yedek bıraktı. Sicimi yüzüncü metresinde çatal
bir sopaya bağlamıştı. İkinci makarayı da aynı şekilde san-
dalın burnuna yerleştirmişti ve onu da suya saldı. Sonra
kürekleri tekrar indirdi. Akıntıyı, rüzgârı hesaba katarak,
özellikle de sicimleri karıştırmamaya dikkat ederek sandalı
uygun duruşta tutmaya çalıştı.

Sonra beklemeye geçti. Altın mekre denilen o nadir ba-
lık, ona göre bu sularda bulunmalıydı. Bilgiden, tahmin-
den ziyade bir sezgiydi bu. Gelecekti altın mekre, gelmeliy-

---

* *İyrek tolkun*: Eğri dalgalar (Çevirenin notu).

di! Onu tutmadan dönemezdi. Av tutkusu için, zevki için değil, hayatında en büyük önemi verdiği birinin isteğini karşılamak için istiyordu bunu.

Balıklar yavaş yavaş oltaya vurmaya, geldiklerini belli etmeye başladılar. Önce bir levrek yakaladı. Yedigey daha çekerken anlamıştı bunun altın mekre olmadığını. Altın mekre bir çekişte yakalanmazdı oltaya. Zaten bu kadar kolay yakalansa ilginç de olmazdı. Yedigey ise güçlükten çekinirdi ve beklemekten bıkardı. İkinci olarak tuttuğu balık büyük bir bıyıklı balık idi. Bu, Aral'ın en lezzetli balıklarından biriydi. Onu sersemletip sandalın dibine attı. Böylece hasta Sağın hala için gerekli balığı fazlasıyla tutmuş sayılırdı. Sonra oltaya bir Aral çapağı takıldı. Genel olarak yüzeye yakın yerlerde bulunan bu çapak ne arıyordu o kadar derinde? Neyse, o da nasipmiş. Bundan sonra uzun uzun bekledi. Hiçbir balık vurmuyor ama Yedigey de umudunu yitirmiyordu. "Hayır, bekleyeceğim, diyordu kendi kendine. Ukubala'ya söylemedim ama yine de benim altın mekre avlamak için çıktığımı biliyor. Tutmalıyım bu balığı, yoksa doğacak çocuğumuz mutsuz olur. Çocuğumuz istiyor onun o güzel altın mekreyi görmesini ve ona dokunmasını. Bebeğin bunu niçin istediğini kimse bilemez, ama o istiyor diye annesi de aynı istekle yanıp tutuşuyor. Ben de baba olduğuma göre bu isteklerini yerine getirmeliyim."

Kararsız, güvensiz dalgalar olan "iyrek tolkunlar" sandalı bir o yana bir bu yana çeviriyor, onunla oynuyorlardı sanki. Hareketsiz durduğu için Yedigey üşümeye başlamıştı, ama yine de gözünü sicime bağladığı ve suda yüzen çatal sopadan ayıramıyordu. Onun kımıldamasını, sürüklenmesini bekliyordu her dakika. Ama hayır, gelmiyordu balıklar. Ne burundaki oltaya ne de kıçtakine. Yine de sabırla, umutla bekliyordu. Önünde sonunda gelecekti altın mekre. Buna inanıyordu. Yeter ki fırtına başlamasın, patlamak için acele etmesin. Ama dalgalar daha şiddetli savrulmaya başlamıştı. Kötüye mi işaretti bu? Yoksa fırtına kopmak üzere miydi? Yoo, fırtına öyle birdenbire gelmez, deniz birdenbire kudurmazdı. Alabaşlar, o ak başlı, alacalı, yüksek ve uğultulu dalgalar, olsa olsa ancak akşama doğru çıkarlardı. O zaman Aral, bir baştan öbür başa uğul uğul kabarır, her yanını beyaz köpükler kaplar, kimse denize açılmaya cesaret edemezdi. Ama şimdi öyle bir durum yoktu, öyle olmasına da zaman vardı daha...

Soğuktan tüyleri diken diken olsa da, üşüyüp titrese de, gözlerini oltalardan ayırmıyor, o sevgili balığın gelmesini bekliyor ve zihninden onunla konuşuyordu: "Haydi balığım nazlanma, gel artık! Korkma, gel. Yemin ederim ki korkacak bir şey yok. Gel, seni yine sulara atacağım. Bunu hiçbir balıkçı yapmaz diyorsun değil mi? Yaptığını düşün.. ben seni yemek için avlamıyorum ki.. ev, her çeşit yiyecek, her çeşit balıkla dolu. Üç tane de şimdi tuttum, işte kayığın dibinde duruyor. Eğer yemek için olsaydı bu kadar bekler miydim? Bak, altın mekre, bizim ilk çocuğumuz olacak, sen karımın rüyasına girmişsin. Seni rüyasında göreli rahatı, huzuru kalmadı. Bunu kendisi söylemiyor ama ben anlıyorum. Sebebini anlatamam, ama biliyorum ki ne pahasına olursa olsun seni görmek, elleriyle tutmak istiyor. Söz veriyorum, karım seni görsün, sana dokunsun, sonra bırakacağım denize. Az bulunur bir balıksın sen. Başın, kuyruğun, yüzgeçlerin, sırtın boydan boya altın renginde, pırıl pırıl parlayan altın sarısı.. işte bunun için görmek istiyor seni. Anlamaya çalış.. seni görmek, sana dokunmak istiyor. Sadece bir balık olduğunu, insanlarla bir ilişkin olamayacağını söyleme sakın. Evet, bir balıksın ama, öz kardeşi gibi özlem duyuyor, hasretle bekliyor seni. Çocuğumuz dünyaya gelmeden mutlaka görmek istiyor. İnan, karnındaki bebek de çok sevinecek buna. İşte bütün mesele bu! Kurtar bizi bu durumdan altın mekre. Haydi yaklaş artık, söz verdim, sana bir şey yapmayacağım. Eğer niyetim kötü olsaydı bunu hissederdin. Her iki oltanın ucuna birer parça et geçirdim. Kokusunu tâ uzaktan alasın diye, kokan bir et seçtim. Yemli çengel yerine demir zoka bağlasaydım dürüstçe hareket etmiş olmazdım değil mi? Seni daha sonra tekrar denize attığım zaman karnındaki o ağır demir parçasıyla nasıl yaşardın? Öyle yapsam seni aldatmış olurdum. Ama ben sadece çengel taktım, dudakların hafifçe yaralanacak ama, hepsi o kadar işte. Hiç merak etme, yanımda kocaman bir deri tulum da getirdim. İçini su dolduracağım. Seni yakalar yakalamaz tulumun içine koyacağım. Ölmeyeceksin, tekrar denize dönünceye kadar orada kalacaksın. Bu denizden seni almadan gitmem, bunu da bilmiş ol. Pek vaktimiz de kalmadı ha! Fırtına beklemez! Dalgaların hırçınlaştığını, rüzgârın şiddetlendiğini hissetmiyor musun? İlk çocuğumuzun babasız yetim doğmasını mı istiyorsun yoksa? Bunu düşün ey güzel balık! Bana yardım et!

Engin mavi deniz, kış öncesinin soğuk, puslu havasına bürünmüştü ve şimdi de akşam iyice yaklaşmış, hava kararmaya başlamıştı. Sandal dalgalarla yükselip alçalarak, dalga tepesinde görünüp sonra dalga çukuruna gömülerek, güçlükle kıyıya yaklaşmaktaydı. Deniz gittikçe daha da kabarıyor, rüzgâr uğul uğul esiyor, dalgalar güldür güldür yuvarlanıyordu. Dalga uçlarından püsküren sular Yedigey'in yüzüne çarpıyor, kürek çeken elleri soğuktan ve ıslanmaktan şişip kabarıyordu.

Ukubala, kıyıda, bir o yana bir bu yana gidip geliyordu. Kocası gecikince endişeye kapılmış, onu karşılamak için çıkmıştı kıyıya. Bir balıkçıyla evlenmeye karar verdiği zaman, bozkırda hayvancılıkla geçinen ailesi, hısım akrabaları ona: "İyi düşün, demişlerdi, balıkçıyla evlenmek denizle evlenmek gibidir.. zor bir hayatı seçiyorsun.. birçok gün, deniz kıyısında yaşlı gözlerle dualar okuyarak kocanı beklemek zorunda kalacaksın..." demişlerdi. O yine de Yedigey'le evlenmekte ısrar etmiş, "Kocamın katlandığı güçlüklere ben de katlanırım," diye cevap vermişti onlara.

Yakınlarının dediği gibi oldu, ama Ukubala da dediğini yaptı ve kocasının sıkıntılarına katlandı. Ama şimdi, Balıkçılar Kooperatifi'ndeki arkadaşlarıyla değil, tek başına bekliyordu sahilde. Ve hava kararmış, deniz de kudurmaya başlamıştı.

Ukubala, birden, köpükler arasında inip kalkan kürekleri, sonra dalganın üzerine çıkan sandalı gördü. Şalına iyice bürünerek kıyıya daha da yaklaştı. Karnı epeyce şişmişti. Orada durup bekledi.

Yedigey yaklaşmıştı. Geriden gelen büyük bir dalga sandalı kumsala itti. Yedigey de hemen atlayıp indi sandaldan. Bir boğayı çekip götürür gibi, sürükleye sürükleye onu karaya çıkardı. Sonra doğruldu. Tuzlu suya batmış, sırılsıklam olmuştu. Ukubala kocasına yaklaştı. Kollarını soğuktan kaskatı olmuş muşambanın altından geçirip kocasının boynuna sarıldı:

- Baka baka gözlerim karardı, niye böyle geciktin? dedi.

- Sabahtan beri bekledim gelmedi, ancak akşam olurken geldi.

- Ne diyorsun? Yoksa altın mekreyi avlamaya mı gitmiştin?

- Evet ya, çok yalvardım, sonunda razı ettim onu benimle gelmeye. Bak...

Yedigey sandaldan su dolu büyük deri tulumu çıkardı, ağzını çözdü. Altın mekreyi, su birikintili kıyı çakıllarının üzerine bıraktı. İri, güçlü ve güzel bir balıktı. Çırpınmaya, altın renkli kuyruğunu oynatarak çakılları sıçratmaya başladı. Pembe ağzını kocaman açıyor, anayurdu olan denize bakıyor, besbelli yakınına kadar gelen dalgalara kavuşmak istiyordu bir an önce. Sonra, kısa bir an olduğu yerde donup, gerilip kaldı. Sanki birdenbire kendini bulduğu bu yalancı dünyaya, bu bambaşka ortama uyum sağlamak ister gibi bakıyordu o parlak ve yusyuvarlak gözleriyle. O kış öncesi donuk ve soğuk gününde, akşamın alaca karanlığı bile onun gözlerini kamaştıran bir aydınlık gibiydi. Aynı anda balık, üzerine eğilmiş iki insanın gözlerindeki ışıltıyı, deniz kenarını, gökyüzünü, uzakta ve denizin üzerinde seyrek bulutların ardında, batan güneşin onun için son derece parlak son ışıklarını gördü. Sonra tekrar kendini yerden yere vurmaya, suya ulaşmak umuduyla, çırpınmaya, debelenmeye başladı. Ama Yedigey onu yüzgeçlerinden tutup kaldırdı ve Ukubala'ya:

- Haydi uzat ellerini, al onu, alttan tut, dedi.

Ukubala balığı, yeni doğmuş bebeği kucağına alır gibi tutup göğsüne bastı:

- Nasıl da diri! Nasıl da çevik! Kütük gibi de ağır, ama deniz kokusu var vücudunda.. ne kadar da güzel bir balık yarabbi! Yedigey, al onu artık, gördüm ve kucakladım onu. Bu kadar yeter. İsteğim oldu çok şükür. Onu yine denize bırak.

Yedigey altın mekreyi aldı, dizlerine kadar batarak suda biraz yürüdü ve sonra eğilip balığı usulca kaydırıverdi. Balık suya düşer düşmez, başından kuyruğuna kadar altın yaldızlı rengiyle, suyun mavi derinliğinde ışıldadı, sonra kıvrak vücuduyla suları yararak, dalıp gözden kayboldu.

O gece büyük bir fırtına koptu geldi bir yerlerden. Kıyılara çarparak kükreyen dalgaların sesi sabaha kadar devam etti. Yedigey dalgaların kükreyişini dinlerken iyrek tolkunların gerçekten de hiç yanılmayan fırtına habercisi olduklarını söylüyordu kendi kendine. Vakit geceyarısıydı. Yarı uyur yarı uyanık dalgaların sesini dinleyen Yedigey, o güzel altın mekreyi düşünerek gülümsüyordu. O güzel balığın hâli niceydi şimdi? İnşallah iyi durumdadır, diyordu, fırtına şiddetli olsa da suyun derinlikleri çalkantılı olmazdı. Şimdi o güzel altın balık, suyun derinliklerinde, yüzeyde koşuşturan dalgaların gürültüsünü dinliyor olmalıydı. Bunu düşününce dudaklarında mutlu bir gülümseme belirdi ve elini usulca karısının karnına koyarak gözlerini yumdu.

Ama birden elinin altında bir kımıltı, bir hareket hissetti. Bu, doğacak ilk çocuklarının, orda olduğunu belli edercesine attığı bir tekme idi. Dudaklarında tekrar bir gülümseme belirdi ve sakin, mutlu, bir uykuya daldı.

O olaydan sonra bir yıl bile geçmeden büyük savaşın başlayacağını, hayatının mutlu akışını tersine çevireceğini, onu artık yalnız anılarında canlandırıp, anılarında yaşayacağını nereden bilecekti? Özellikle de onu hep böyle acılı günlerde hatırlayacağını aklına getirir miydi hiç!

*

* *

Bu yerlerde trenler doğudan batıya, batıdan doğuya gider gelir.. gider gelirdi...
Bu yerlerde demiryolunun her iki yanında ıssız, engin, sarı kumlu bozkırların özeği Sarı-Özek uzar giderdi.

Yedigey için çok zor geçen 1953 yılının kış mevsimi de çok erken gelmişti. Sarı-Özek'te kış hiçbir zaman bu kadar şiddetli olmamış, bu kadar erken gelmemişti. Ekim sonlarında kar yağmaya başladı ve hemen ardından şiddetli soğuk da gelip yerleşti. İyi ki erken davranıp Kumbel'e gitmiş, kendilerine ve Zarife'nin ailesine kışlık patates getirmişti. Sanki kışın erken geleceği malûm olmuştu ona. Vagonun dış sahanlığına koymak zorunda olduğu patateslerin donmasından korktuğu için son bir defa Karanar'la gitmişti. Donmuş patates kimsenin işine yaramazdı çünkü. Kumbel'de iki büyük çuvalı doldurdu. Çuvallar o kadar ağırdı ki ancak başkalarının yardımıyla yükleyebildi onları devenin sırtına. Sonra üzerlerini keçe ile örttü. Rüzgâr açmasın diye keçeyi çuvalın kenarlarına sarkıtıp, kendisi de iki çuvalın ortasına kuruldu. Sanki devesine değil, bir file binmişti. Geçen sonbaharda Kumbel'e bir Hint filmi gelmişti. Ülkede gösterilecek ilk Hint filmi olduğu için Kumbel'de en küçüğünden en büyüğüne kadar herkes gitmişti o filmi görmek için. Çok güzel bir belgesel idi. O güne kadar Boranlı'da hiç kimse insanların filler üzerinde seyahat ettiklerini bilmiyordu. Filmde, sonu gelmez yerli şarkıları ve danslarından başka, fillere binilerek çıkılan kaplan avı da gösterilmişti. Herkesle birlikte tabiî Yedigey de seyretmişti o filmi. Yedigey ve istasyon şefi, demiryolcular sendikası bölge toplantısına Boranlı delegeleri olarak katılmışlardı. Toplantı bitince Hint filminin gösterilmesi de orada oldu ve her şey işte o zaman başladı. Sinemadan çıkarken herkes film hakkındaki görüşünü anlatıyordu birbirine. Demiryolcular en çok fillere binilmesine, fil sırtında seyahat edilmesine şaşmışlardı. O sırada kalabalığın arasından biri şöyle seslendi:

– Şaşılacak ne var bunda? Boranlı Yedigey'in Karanar'ı filden aşağı kalır mı yani? En ağır yüklere bana mısın demiyor!

– Evet, öyle, Karanar'ın yanında fil de neymiş? Filler ancak sıcak ülkelerde yaşar, kış günlerinde Sarı-Özek'e gelsinler de görelim onların hâlini!

– Hey Yedigey baksana! Hindistan zenginleri gibi sen de niye Karanar'ın üzerine küçük bir köşk kondurmuyorsun? İçine ne güzel kurulur, gezersin onlar gibi.

Yedigey güldü. Ona takılıyor, alay ediyorlardı ama, dolaylı olarak devesini de övmüş oluyorlardı. O da bundan gurur duyuyor, pek zevk alıyordu.

Ama o kış Karanar'ın yüzünden çekmediği kalmadı Yedigey'in. Başına neler neler geldi, ne sıkıntılı günler geçirdi...

Bütün bunlar şiddetli soğukların bastırmasından sonra başladı. Kumbel'den patates getirdiği gün, yolda yılın ilk karı ile karşılaştı. Gerçi daha evvel de biraz serpiştirmişti ama kar tanecikleri yere düşer düşmez erimişti. Oysa o gün bir başladı ve bir daha hiç dinmedi. Sarı-Özek'i baştan başa karanlık kapladı. Sonra rüzgâr da çıktı. İri kar taneleri savrula savrula iniyordu. Hava soğuk değildi ama insanı yapış yapış bırakan, nefes aldırmayan pis bir havaydı ve göz gözü görmüyordu. Ne yapsın Yedigey? Sarı-Özek yolunda başını sokacak bir yer yoktu ki oraya sığınıp hava düzelinceye kadar beklesin! Yapabileceği tek şey Karanar'ın gücüne ve sezgisine güvenmek ve kendini onun güdümüne bırakmak idi. Öyle yaptı. Onu tutacağı yönde tamamen serbest bıraktı. Papağını başına iyice bastırıp yakalarını kaldırdı, papağın üzerine paltosunun başlığını da geçirdi. Bundan sonra kımıldamadan oturarak çevresine dikkatle göz gezdirmeye başladı. Ama kalın bir kar perdesinden başka bir şey göremiyordu. Karanar hızını yavaşlatmadan ilerliyordu. Sırtında sessizce oturan sahibinin artık ona hükmetmekten vazgeçtiğini sezmişti. Bu karlı havada, böylesine ağır bir yükü koşturarak taşıdığına göre olağanüstü bir güce sahipti bu hayvan. Burnundan buğular çıkıyor, pofurduyor, ara sıra da vahşi bir hayvan gibi kükrüyordu. Sonra durmadan birtakım monoton sesler çıkarmaya başladı. Bu sesler, gidişin ayrılmaz gürültüsü, hırıltısı hâline geldi. Ama yavaşlamıyor, hızını kesmiyordu. Hiç yorulmadan karları yara yara ilerliyor, ilerliyordu...

Yol, Yedigey'e hiç bitmeyecekmiş gibi uzun görünüyordu ve öyle bir havada bunun şaşılacak bir yanı da yoktu. "Şimdiye kadar varmış olmalıydım" diye düşünmeye başladı Yedigey. Evdekilerin durumunu merak etmeye başlamıştı. Böyle bir havada geç kalmasından dolayı kuşkusuz en çok Ukubala endişe edecekti ama o bunu pek belli etmezdi. Aklından geçenleri başkalarına söylemezdi o. Belki Zarife de merak ediyordu. Evet evet, kesinlikle merak ediyordu. Ama o da Ukubala'dan daha az içine kapalı bir kadın değildi. Hem bugünlerde kendisiyle başbaşa kalmamaya özellikle dikkat ediyordu Zarife. Ne diye yapıyordu bunu? Böyle davranmasını gerektirecek kadar önemli miydi olanlar? Yedigey, ne konuşmasıyla ne de davranışlarıyla başkalarını şüphelendirecek bir şey yapmamıştı ki! Belki hayat yolunda bir an karşılaşmış, bu karşılaşmada doğru hareket edip etmediklerine şöyle bir bakmış, sonra da ayrı yollarda gitmeye karar vermişlerdi. Ama bundan sonra çektiği acılar ancak kendisini ilgilendirirdi. Doğrusu kader onu iki ateş arasında bırakmıştı. O kaderine katlanacaktı ve buna başkalarının üzülmesi gerekmezdi. Hem bir çocuk değildi ya, elbette bu kör düğümü çözecek, kendi hatası yüzünden düştüğü bu sıkıntıdan kurtulacaktı.

Bu korkunç düşünceler onu kahrediyor, yeyip bitiriyordu. Sarı-Özek'e kış bütün ağırlığı ile çökmüştü, zaman geçiyordu ama o düşüncelerinde, ne Zarife'yi unutabiliyor, ne de Ukubala'dan vazgeçebiliyordu. İşin kötüsü, ikisini birden istemesi, ikisine birden ihtiyaç duymasıydı. Sanki onlar da bunu biliyorlarmış gibi, olayların hızlanıp gelişmesine hiçbir katkıda bulunmuyor, onun kesin bir karara varmasına yardım etmiyorlardı. Görünüşte her şey eskisi gibi devam etmekteydi. Zarife ve Ukubala iki iyi arkadaştılar, iki evin çocukları yine bir ailenin çocukları gibi bir arada büyüyorlardı. Bazen onların, bazen kendi evlerinde, ama her zaman dördü bir arada... Böylece yaz ve sonbahar gelip geçti.

Boranlı Yedigey, bu karlı günde kendini yurtsuz-yuvasız bir yetim gibi hissediyordu. Çevrede kimsecikler yoktu ve fırtına şiddetini artırıyordu. Karanar arada sırada başını sallayıp biriken karları silkeliyor, homurtular çıkarmaya, bağırmaya devam ediyordu. Yedigey ise umutsuzluk, karamsarlık içinde, ne yapacağını bilemiyor, kesin bir karara varamıyordu. Ne Zarife'ye açılabiliyor ne de Ukubala'dan vazgeçiyordu. Kendisine kızmaya, bütün suçun kendisinde olduğunu söyleyip yine kendine küfretmeye başladı: "Hay aptal, hayvan herif! Sersem kafa! Şu altındaki deveden hiç farkın yok senin! Beyinsiz herif! Köpek!" Kendini aşağılıyor, yumruklarını sıkıyor, ayılmak, aklını başına toplamak ve davranışı hakkında kesin bir karara varmak istiyordu. Ama hiçbir yararı olmuyordu bunların. İçinde o korkunç toprak kayması başlamıştı ve onu durduramıyordu. Tek sevinci, yüreğini yatıştıran tek avutucusu çocuklardı. Çocuklar onu olduğu gibi kabul ediyor ve hiçbir önemli mesele çıkarmıyorlardı. Onlara yardım etmekten, isteklerini yerine getirmekten, şimdi olduğu gibi Karanar'a yükleyip onlara yiyecek taşımaktan büyük bir mutluluk duyuyordu. Kış için yakacak da sağlamıştı onlara. Çocukları düşünmek, onlara yardım etmek, onun için bir sığınaktı ve ancak bu yolla kendisiyle barışıyor, biraz huzur duyabiliyordu. Boranlı'ya varınca geldiğini duyan çocukların koşup kendisini karşılayacaklarını, soğukta çıkmalarını istemeyen annelerini dinlemeden çevresinde zıp zıp zıplayacaklarını "Yedigey amca geldi! Karanar'la geldi! Patates getirdi!" diye bağrışacaklarını hayal ediyor, seviniyordu. O zaman o da yüksek sesle bağırarak Karanar'ın ıhlamasını emredecek, hayvan dizleri üstüne çökünce atlayıp inecekti. Sonra üstündeki karı silkeleyecek, çocukların başlarını okşayacak, çuvalları indirecekti devenin sırtından. Eğer Zarife oradaysa, ona şöyle bir bakacak, ama hiçbir şey söylemeyecekti. Zarife de konuşmayacaktı onunla. Ama onu görmek yetecekti Yedigey'i mutlu etmeye. Aynı zamanda yüreği sıkılacak, bu işin sonu nereye varacak diye düşünecek, üzülecekti. Bu arada çocuklar çevresinde dört dönecek, devenin bağırmasından korkarak ona sokulacak, sonra ona yardım etmeye çalışacaklardı. İşte çektiği bütün sıkıntılara, işkencelere karşı çocukların bu davranışı en büyük ödül olacaktı ona.

Abutalip'in çocuklarıyla bir an önce karşılaşmak için de can atıyordu. Bu masal oburu çocuklara bu defa ne anlatacaktı? Yine Aral denizini mi? Çocukların en çok sevdiği hikâyeler de Aral'la ilgili olanlardı. Bunlara çocuklar da hayallerinde bir şeyler katıyor, onda babalarına da kaçınılmaz olarak bir yer veriyorlardı. Böylece, farkına varmadan, babalarıyla düşüncelerinde bir bağ kurmaya, onun anılarını yaşatmaya da devam ediyorlardı. Ama Yedigey, Aral'la ilgili olarak bildiği bütün hikâyeleri, uydurmaları, anıları anlata anlata bitirmişti. Bildiklerini tekrar tekrar anlatmıştı. Anlatmadığı yalnız 'altın mekre' olayı idi. Ama bunu nasıl anlatacaktı onlara? Bu eski olayın kendisi için ne anlama geldiğini çok iyi biliyordu ama bunu çocuklara nasıl açıklayacaktı?

O karlı günde, yol boyunca bu düşünceler, bu kuşkular, bir an bile aklından çıkmadı.

Sarı-Özek'e erken gelen ve daha ilk günden donduran kış, işte o yolculuk sırasında yağan yoğun karla başladı ve bir daha da gitmedi.

Soğuklar başlayınca Karanar da azdıkça azdı. Erkeklik gücü şahlandı. Artık onun başını alıp gitmesine kimseler engel olamazdı. Yalnız başkaları değil, sahibi Yedigey bile onun yanına yaklaşmaktan korkuyordu böyle zamanlarda.

O ilk kardan üç gün sonra, soğuk bir rüzgâr Sarı-Özek'i kasıp kavurdu. Fırtınadan hemen sonra, soğuk, kaskatı bir pus, bir ayaz kapladı bozkırı. İnsanların kar üstünde yürürken çıkardıkları takırtılar, trenlerin tekerlek tıkırtıları ve düdük sesleri tâ uzaklardan duyuluyordu. O gün sabaha karşı, Yedigey, uyku arasında Karanar'ın acı acı kükrediğini, kaçışını engelleyen çiti dişleriyle çatır çatır kırdığını işitti. Karanar'ın onun başına yeni bir iş açtığını anlamıştı. Kalkıp giyindi, dışarı fırladı ve devenin bağlı olduğu yere koştu. Ayaz diken gibi boğazına batıyordu ama yine olanca sesiyle bağırdı:

- Ne oluyor sana! Ne istiyorsun? Kanımı içeceksin benim kahrolası hayvan! Sesini çıkarma da dur durduğun yerde! Niye o kadar erken kızıştın bu yıl? Daha çok erken değil mi? Herkesi kendine güldürmek mi istiyorsun?

Yedigey'in bağırıp çağırması boşunaydı. İyice kızışmış, gözünü kan bürümüş deve sahibine itaat edecek hâlde değildi. Dürtüleri onu zorluyor, o da pofurdayarak, bağırarak ve dişlerini gıcırdatarak kalın parmaklıkları kırmaya çalışıyordu.

Yedigey ona biraz hak veriyormuş gibi hiddeti bırakıp sitem etmeye başladı:

- Demek bir şeyler hissettin? Anlaşıldı, anlaşıldı, bir an önce sürüye katılmak istiyorsun! Buralarda kızışmış genç bir kaymança* olduğunu mu söylediler sana? Bir türlü anlamıyorum, Ulu Tanrı sizi niçin yılda bir defa o da kışın kızışır yaratmış? Bunu her gün, sessizce, bir rezalet çıkarmadan, kimsenin başına dert açmadan yapsanız olmaz mı? Hayır! İlle de dünyayı başımıza yıkacaksınız!

Yedigey bunları lâf olsun diye söylemişti. Yoksa çaresiz olduğunu, elinden bir şey gelmeyeceğini çok iyi biliyordu. Hiçbir işe yaramayacaktı bu sözler. Yapacağı tek şey, kapıyı açıp deveyi salıvermekti. O da öyle yapacaktı. Kalın ağaçlarla yapılmış, sağlam bir zincirle bağlanmış insan boyundaki kapıyı henüz aralamıştı ki Karanar bir çığlık atarak fırladı, az daha Yedigey'i de ezecekti. Kıvrak, uzun bacaklarını açarak, dik, kara hörgüçlerini hoplatarak koştu gitti. Göz açıp kapayıncaya kadar da kendisinin çıkardığı kar bulutu arasında gözden kayboldu.

Yedigey onun ardından öfkeyle bakarak yere tükürdü:

- Tüh sana! Geç kaldın değil mi? Koş bakalım, koş! Sakın geç kalma!

O sabah erkenden nöbete gideceği için deveyle bir işi yoktu.. Onun için serbest bırakmıştı hayvanı. Onun yokluğunda Karanar'la kim başedebilirdi? Ama, sonradan başına gelecekleri bilseydi, ölürdü de bırakmazdı onu. Ne yapsın? Karanar gibi azgın bir devenin üstesinden ondan başkası gelemezdi. Bu yüzden onu serbest bırakırken kendi kendi-

---

* *Kaymança*: Genç dişi deve (Yazarın notu).

ne: "Ne cehenneme giderse gitsin, dişilerle buluşunca belki kızışması, kudurganlığı geçer de yatışır biraz" demişti.

*

Öğleyin Kazangap, Yedigey'in yanına geldi. Yüzünde alaylı bir gülümseme vardı:
- İşler kötü Beğ, dedi. Biraz önce otlaktaydım. Senin Karanar'a buradaki kaymançalar yetmemiş galiba, anladığıma göre büyük bir sefere çıkmış.
- Ne seferi? Nereye gitmiş? Şakanın sırası mı şimdi?
- Hiç de şaka değil. Başka sürülere gitmiş.. bir koku almış olsa gerek. Dönüşte büyük derenin oradan geçiyordum. Bozkırdan dörtnala gelen bir hayvan gördüm. Yeri göğü sarsıyordu koşarken. Senin Karanar idi bu. Gözümü dört açarak baktım ona. Bar bar bağırıyor, ağzından salyalar akıyordu. Gözleri yuvalarından oynamıştı. Sisin arasına bir lokomotif gibi dalıyor, ardında bir kar bulutu bırakıyordu. Yanımdan yel gibi geçti. Sanki beni görmemişti. Malakumdıçap tarafına doğru koşuyordu. Orada, vadinin aşağısında, bizimkinden daha kalabalık sürüler var. Ee, seninkisi gücünün doruğunda, buraları dar geliyor ona!

Yedigey'in çok canı sıkıldı. Kimbilir başına ne işler açacaktı bu deve. O güne kadar da az çekmiş değildi. Kazangap onu yatıştırmaya çalıştı:
- Pek o kadar üzülme, kızmana gerek yok. Oralarda öyle güçlü atanlar var ki Karanar'ı bile yıldırırlar. Seninkisi dayak yemiş köpek gibi dönüp gelir.

Ertesi gün, cepheden savaş haberleri gelir gibi Karanar'ın dövüşleriyle ilgili haberler gelmeye başladı. Hiç de iyi haberler değildi bunlar. Boranlı'da bir tren durmaya görsün, makinist, ateşçi ya da kondüktör önlerine çıkan herkese Karanar'ın karıştırdığı haltları sayıp döküyor, geçtikleri durakların yakınındaki sürülere onun verdiği zararları anlatıyorlardı. Söylediklerine göre Karanar, Malakumdıçap'ta iki atanı öldüresiye dövmüş, dört kişiyi sürüden ayırıp kaçırmış, deve sahipleri canlarını Karanar'dan zor kurtarmışlar. Korkutmak için havaya ateş etmişler ama yine de başedememişler onunla. Bundan başka Karanar dişi devesine binip giden bir adamı devirmiş ve devesini elinden almış. Adam orada, Karanar işi bitince devesi serbest kalır, o da biner gider diye iki saat kadar beklemiş. Zaten dişi deve de pek istekli değilmiş Karanar'dan ayrılmaya. Adam artık işleri bitti diye devesini almak için yaklaşırken Karanar ona öyle bir saldırmış ki, kendini dar atmış bir çukurun içine. Orada canını kurtardığına şükrederek, bir sıçan gibi titreye titreye saklanmış. Biraz sonra aklını başına toplamış ve Karanar'ın gözüne görünmeden arka taraftan kaçıp gitmiş evine.

Sarı-Özek'in bu tür telsiz telefonları ile ağızdan ağıza Karanar'ın çılgınlıkları ile ilgili birçok haber geldi. Ama bunların en önemlisi ve en korkuncu, Boranlı gibi küçücük bir istasyon olan Ak-Moynak'tan geldi. Bu defa haber sözlü değil, yazılıydı. Elden gelen bu mektupta yazılanlar inanılır gibi değildi. Ak-Moynak'a nasıl gitmişti bu lanet hayvan!

Mektubu gönderen Kospan adındaki adam hiç de iyi şeyler yazmıyordu.

Mektup şöyleydi:

"Selâm saygıdeğer Yedigey Aga!
Şüphesiz sen Sarı-Özek'te tanınmış bir kişisin. Ama yine de şu tatsız sözleri duymaktan kurtulamayacaksın. Ben seni daha akıllı bir adam sanırdım. Bu Karanar canavarını nasıl serbest bırakırsın? Hiç böyle bir şey beklemezdik senden! Burada bize kan kusturuyor! Erkek develerimizi sakatladı ve en iyi üç dişi devemizi kaçırdı. Ayrıca havutlu bir dişi deve de Karanar'ın peşinden gitti. Yolda sahibinin altından zorla almış o deveyi. Yoksa hayvan ne

*diye havutu ile gezsin? Bizim dişi develeri sürüp götürdü
bozkıra. Yanına ne insan yaklaşabiliyor ne hayvan. Onu
serbest bırakmak iş mi yani! Kaburgaları kırılan erkek de-
velerimizden biri öldü. Havaya ateş edip Karanar'ı korkut-
mak istedim ama işe yaramadı. Hiçbir şeyden korkmuyor.
Önüne çıkanı paramparça etmeye hazır! İşi gücü sevişmek.
Keyfini kaçırmasınlar da ne olursa olsun! Yemiyor, içmi-
yor, ama bir dişinin üstünden inip ötekine biniyor. Bu işi
yaparken öyle böğürüyor, çığlıklar atıyor ki, yer yerinden
oynuyor. Ve bu işi öyle vahşice yapıyor ki tiksinti veriyor!
Bağıra çağıra bütün bozkırı inletiyor. Sanırsın dünyanın
sonu gelmiş! Ömrümde böyle bir canavar görmedim ben.
Köyümüzde kadın-erkek, çoluk-çocuk, kimse evden uzak-
laşamaz oldu. İşte bunun için hemen gelmeni, bu canavarı
götürmeni istiyorum senden. Sana bir gün süre veriyorum.
Bir gün sonra bizi bu lanet hayvandan kurtarmazsan o
zaman olacaklardan dolayı kusura bakma Yedigey Aga.
Namlu çapı geniş bir tüfeğim var. Onunla bir ayıyı kolayca
deviriyorum. Herkesin gözü önünde onun koca kafasını bu
tüfekle delik deşik edeceğim, derisini de yüzüp sana gön-
dereceğim. Onun ünlü Karanar'ın postu olması vız gelir
bana! Ben sözümün eri bir adamım, söylediğimi mutlaka
yaparım. Onun için iş işten geçmeden gel ve onu götür!
Ak-Moynaklı ini'in* Kospan."*

İşler böylesine ciddi bir durum almıştı. Mektuptaki ifa-
de biraz tuhaftı ama, Yedigey ve Kazangap, işin şakası ol-
madığına, Yedigey'in bir an önce Ak-Moynak'a gitmesine
karar verdiler.

---

* İni: Küçük kardeşlere, yaşça küçük erkek akrabalara, yeğenlere, hem-
şerilere ve tanıdıklara denir. Yaşça büyük akraba, hemşeri ve tanıdıkla-
ra da aka, ağa.. denir. En yaşlı erkeklere ise "aksakal" diye hitap edilir.
(Çevirenin notu)

Ama, söylemesi kolay, yapması zor bir işti bu. Önce Ak-Moynak'a gidilecek, orada bozkıra dalıp Karanar'ı yakalayacak, sonra da onu bu soğukta, her an kopması beklenen tipide, geri getireceksiniz! İşin kolay yanı, sıkıca giyinip bir yük trenine atlayarak Ak-Moynak'a kadar gitmek, orada bir deveye binerek Karanar'ı aramaya koyulmaktı. Ama Karanar azgını, haremini bozkırın hangi köşesine alıp götürmüştü? Mektuptaki ifadeye göre Ak-Moynaklar ona çok kızmışlardı ve üzerine binip Karanar'ı aramaya çıkması için bir deve vermeyebilirlerdi. O zaman yayan yapıldak yollara düşecek, karda soğukta, bilmediği yerlerde Karanar'ı bulmaya çalışacaktı.

Yedigey sımsıkı giyindi. Ukubala'nın hazırladığı yiyecek torbasını aldı ve erkenden yola koyuldu. Pamuk astarlı pantolonunu, kışlık ceketini, onun üzerine koyun kürkünden paltosunu, ayaklarına da keçe çizmesini giydi. Hiçbir taraftan rüzgâr geçirmeyen tilki postundan yapılmış malakayını* başına geçirdi. Boynu, başı kürk içindeydi. Bundan sonra koyun derisinden yapılmış eldivenleri de geçirdi ellerine. Ak-Moynak'a deve ile gitmeye karar vermişti. Bineceği dişi devenin havutunu vururken Abutalip'in çocukları Daul ile Ermek koşarak yanına geldiler. Daul, el örgüsü yün atkıyı uzatarak:

- Yedigey amca, dedi, bunu annem boynunu üşütmemen için verdi.

- Boynumu mu? Yani boğazımı demek istiyorsun.

Yedigey atkıyı aldı, sevindi ve çocukları kucakladı.

Çok duygulanmıştı. Bir çocuk gibi, sevinçten uçuyordu.. Çünkü Zarife'nin onu düşünüp kaygılandığını gösteren ilk işaret idi bu.

- Annenize söyleyin, dedi, gecikmeden döneceğim, in-

---

* *Malakay*: Üç parça hâlinde dikilmiş kulaklı bir kalpaktır. Arka tarafı enseyi iyice örter. Uçları ensiz ve uzun olduğu için boyuna dolanır. (Çevirenin notu)

şallah yarın burda olurum, sonra hep beraber toplanır, çay içeriz.

Böylece yola koyuldu. Bir an önce o uğursuz Ak-Moynak'a gidip gelmek, Zarife'nin gözlerine bakarak, özenle katlayıp iç cebine koyduğu bu atkıyı verişinin mânâsını anlamak için can atıyor, büyük bir heyecan duyuyordu. Yola koyulduktan sonra bir ara geri dönmemek için kendini zor tuttu. Cehenneme kadar yolu vardı o lanet Karanar'ın. Kospan denilen adam kurşunu kafasına sıksın ve dediği gibi derisini ona göndersindi. Kader onu böyle cezalandırırsa, buna yanıp yakılmasının ne gereği vardı! Hak etmişti o bu cezayı! Ama, yoldan dönmek utanç verici bir şey olurdu ve o da dönmekten vazgeçti. Dönerse rezil olurdu. Ukubala ve Zarife ne derlerdi? Asıl dönüş sebebini nasıl anlatırdı onlara?

Yapması gereken en iyi işin bir an önce Ak-Moynak'a varmak ve oradan olabildiği kadar çabuk dönmek olduğuna karar verdi. Başka çıkar yolu yoktu. Devesini sürdü. Hava soğuktu. Rüzgâr sürekli esiyor, bıçak gibi de kesiyordu. Yüzünü gözünü kırağı kaplamıştı. Tilki postundan yapılmış malakayının tüyleri de bembeyaz olmuştu. Devenin burnundan çıkan buğular da kırağılaşmış, hayvanın boynunu kaplamıştı. Besbelli, kış bütün şiddetiyle gelip yerleşmişti Sarı-Özek bozkırına. Yedigey henüz sisli bölgeye ulaşmamıştı. Ama uzaktan, bütün ufku kaplayan sis, yürüyüp ona sokuldukça açılıp yol veriyor gibiydi. O kış gününde, bembeyaz bir örtüyle kaplanmış, soğuk rüzgârın yaladığı, ıssız Sarı-Özek bozkırı daha korkunç görünüyordu.

Yedigey'in bindiği dişi deve, henüz pek genç olsa da, yorulmadan yol alıyor, bu sakin alanlarda mesafeleri kapatıyordu. Ama, böyle de olsa, Karanar'ın gidişine, onun hızına alışan Yedigey için, bu dişi deve pek yavaş gidiyormuş gibi geliyordu. Eğer altındaki deve Karanar olsaydı böyle mi giderdi? Onun soluk alışı da, adım atışı da bambaşka idi

ve bu deve ile onu karşılaştırmak mümkün değildi. Eskiler
boş yere dememişler:

- *Bu atın o attan üstünlüğü ne?*
- *Güzel yürür, hızla gider, yol alır.*
- *Bu yiğidin o yiğitten üstünlüğü ne?*
- *Hem akıllı, hem bilgili, erdemli.*

Yol uzundu, insanlarla karşılaşacağı yere ulaşabilmek
için daha bir hayli gidecekti. Eğer Zarife'nin verdiği atkı
olmasa, Yedigey bu uzun yolda sıkıntıdan patlardı. Pek
değerli bir şey değilse de, yol boyunca göğsünde onun sı-
caklığını duydu. Bunca yıl yaşamıştı, sevdiği bir kadından
gelen böyle küçük bir şeyin insanın yüreğini bu kadar ısıta-
bileceğine bir türlü inanamıyordu, ama ısıtıyordu işte. Ara
sıra elini koynuna sokuyor, Zarife'nin armağanı olan atkıyı
okşuyor, dudaklarında mutlu bir gülümseme beliriyordu.
Ama hemen ardından yine kara düşüncelere dalıyordu. Ne
olacaktı bu işin sonu? Tam bir çıkmazda görüyordu kendi-
ni. İnsanın yaşamak için bir amacı, bu amaca ulaşmak için
tutacağı bir yol olurdu. Ama onun ne amacı vardı, ne yolu!

Böyle zamanlarda, engin, ıssız Sarı-Özek bozkırlarını
kaplayan soğuk sis bulutları gibi, Yedigey'in gözlerini de
üzüntü dolu bir sis buruyordu. Sorduğu sorulara bir cevap
bulamıyor, mutsuz, umutsuz, acılar içinde kıvranıyordu.
Ama az sonra yeni bir hayale kapılıyor, yeni bir umutla he-
yecanlanıyordu.

Bu ıssızlık, bu sessizlik içinde, döne döne o karamsar
düşüncelere gelip saplandı. Niye böyle bir hayat düşmüştü
ona? Niçin Sarı-Özek'e çakılıp kalmıştı? Kara talihin yer-
den yere vurduğu o mutsuz aile de nerden düşmüştü Bo-
ranlı'ya? Bütün bunlar olmasa, daha rahat, daha güvenli
yaşardı. Ama onun gönlü uslanmıyor ve hep imkânsızı is-
tiyordu.. Bir de şu azgın Karanar belâsı vardı başında. O da
ayrı bir yük, feleğin ayrı bir sillesiydi onun için. Gerçekten
şanssız bir adamdı. Şu dünyada rahat yoktu ona.

Yedigey, Ak-Moynak'a ancak akşam üzeri ulaşabilirdi. Yol uzundu, üstelik de kış olduğu için, durmadan yürüyen dişi deve iyice yorulmuştu.

Ak-Moynak da Boranlı gibi küçük bir makas, bir yol ayırma istasyonu idi. Yalnız burada köyün bir kuyusu vardı. Başka hiçbir farkı yoktu. O da Sarı-Özek'te olduğuna göre, başka ne farkı olabilirdi ki?

Yedigey, Ak-Moynak'a geldiğinde, sokak başında rastladığı bir çocuğa Kospan'ın evini sordu. O sırada Kospan demiryolunda işinin başındaymış. Bunun üzerine Yedigey de istasyon şefliğine gitti. Tam nöbetçi kapısından içeri gireceği sırada, orta boylu, tıknaz ama çevik, kurnaz kurnaz gülümseyen bir adam çıktı karşısına. Sırtında ona pek uymayan bir gocuk, ayağında yıpranmış keçe çizmeler, başında yana kaymış eski bir kalpak vardı. Yedigey'i görür görmez tanıdı ve yaklaştı:

- Vay Yedigey Aga! Saygıdeğer Boranlı Yedigey Agamız! Geldin demek? Seni sabırsızlıkla bekliyor, gelmeyeceksin diye korkuyorduk.

Yedigey güldü:

- Yazdığın o tehdit mektubundan sonra gelmeyip de ne yapacaktım?

- Başka türlü yapamazdık Yedigey Aga, hem bu mektup derdin sadece yazısıdır, bir kâğıt parçası.. ama önemli olan senin bir an önce bizi o azgın Karanar'dan kurtarmandır. Kuşatma altına alınmış gibiyiz, bozkıra adım atamıyoruz. Daha uzaktan görünce saldırıyor insana. Korkunç bir belâ bu. Böyle bir devenin sahibi olmak kolay iş olmasa gerek.

Susup, devenin üzerinde oturan Yedigey'i şöyle bir süzdü ve sordu:

- Vallahi, bu azgın hayvanla nasıl baş edeceğini anlamıyorum, çıplak elle mi?

- Çıplak elle olur mu? Silahım var, işte burada.

Yedigey heybenin bir gözüne soktuğu ve sapına sarılmış kamçıyı gösterdi.

- Bu kamçıyla mı yola getireceksin o canavarı?
- Ne yani! Top mu alsaydım?
- Biliyor musun, biz tüfekle bile yaklaşamıyoruz yanına. Belki sahibi olduğun için senin sözünü dinler, ama korkarım ki bu kafayla seni bile tanımaz o, gözünü kan bürümüş.
- Eh, göreceğiz bakalım. Madem ki sen Kospan'ın tâ kendisisin, beni Karanar'ın olduğu yere götür, sonrasını ben hallederim. Boş yere vakit kaybetmeyelim.

Kospan etrafa bir göz attı ve sonra saatine baktı:
- Gideceğimiz yer hiç de yakın değil, biz oraya varıncaya kadar akşam olur. Sabahın şerri akşamın hayrından iyidir. Hem senin gibi saygıdeğer konuklar da pek sık geçmez buradan. Bu akşam konuğumuz olursun. Sabahleyin de canın nasıl istiyorsa öyle yaparsın.

Doğrusu Yedigey'in hiç beklemediği bir şeydi bu. Onun hesabına göre, eğer Karanar'ı yakalarsa bu gece Kumbel'e gidecek, orada istasyon yakınında oturan bir ahbabının evinde geceyi geçirecek, sabahleyin erkenden yola çıkacaktı. Ama Yedigey'in kalmaya niyetli olmadığını gören Kospan kestirip attı:
- Bak Yedigey Aga, bu iş senin dediğin gibi olmaz. Yazdığım o mektuptan dolayı özür dilerim, başka çaremiz yoktu. Çok zor durumdaydık. Ama seni bu gece bırakmam. Allah göstermesin, bu kış günü ve gece vakti o ıssız bozkırda başına bir şey gelirse, Sarı-Özek'te kimselerin yüzüne bakamam bir daha. Bu akşam bizde kalır, sabahleyin nasıl istersen öyle yaparsın. Evim köyün şu ucunda ve işimin bitmesine de sadece birbuçuk saat kaldı. Git, kendi evin gibi yerleş. Deveyi ağıla bırak, yemi, suyu, her şeyi var. Bizim suyumuz boldur.

Hava çabuk karardı. Ne de olsa kış günüydü, gündüzler

kısa sürüyordu. Kospan ve ailesi ne iyi insanlarmış meğer! Karısı, yaşlı annesi, beş yaşındaki oğlu (daha büyük yaşta olan kızı Kumbel'de yatılı okuldaymış) ve Kospan'ın kendisi konuklarını ağırlamak için dört döndüler. Ev sıcaktı ve Yedigey'in gelişi de bir canlılık getirmişti. Mutfakta et kaynıyordu. Et pişinceye kadar çaylarını içtiler. Yaşlı kadın bir yandan Yedigey'in çayını tazelerken, bir yandan da ona ailesini, çocuklarını, Boranlı'daki hayatlarını, havaların nasıl geçtiğini, asıllarının hangi yöreden ve hangi kabileden olduğunu soruyordu. Kendilerinin Ak-Moynak'a nasıl saplanıp kaldıklarını da anlattı. Yedigey neşelenmişti. Bütün soruları cevaplıyor, kendisi de bir şeyler soruyor, bir yandan da sıcak bazlamaları eritilmiş taze tereyağına banıp atıştırıyordu. Sapsarı inek tereyağı koymuşlardı ve Sarı-Özek'te inek yağı çok az bulunan bir şeydi. Koyun, keçi ve deve sütünden alınan yağlar da fena değildi ama inek sütünden yapılan tereyağının yerini tutamazdı bunlar. İnek tereyağı gerçekten nefisti. Bu yağı onlara Ural eteklerinde oturan akrabaları göndermiş. Yedigey, tereyağına bandığı bazlamaları atıştırırken, bu yağda, yemyeşil çayırların can veren kokusunu duyduğunu söyleyince, ninenin ağzı sevinçten kulaklarına varıyordu. Nine büyük bir coşku içinde, doğup büyüdüğü Yayık* topraklarını, onların otlarını, ormanlarını, derelerini anlattı.

Az sonra istasyon şefi Ernefes de gelip katıldı sohbete. Kospan, Boranlı Yedigey'in gelişi şerefine onu da davet etmişti. Onun gelişiyle sohbet konusu değişti. Pek tabiî olarak demiryolu işlerinden, hatların kardan sık sık tıkanmasından ve benzeri meselelerden söz ettiler. Yedigey bu adamı eskiden de az çok tanırdı. İkisi de uzun yıllardan beri demiryollarında çalışıyorlardı çünkü. Yedigey'den birkaç yaş büyüktü ve savaşın bitiminden beri Ak-Moy-

---

* Bugün 'Ural Irmağı' olarak adlandırılan Yayık ırmağı. Kazakça Cayık (yayılmış, geniş) şeklinde söylenir.

nak'ta istasyon şefliği yapıyordu. Buralarda sevilen, sayılan bir insandı.

Gece olmuştu. Tıpkı Boranlı'da olduğu gibi, burada da trenler gelip geçtikçe evlerin camları zangırdıyor, rüzgâr estikçe de kapı ve pencere aralarından uğulduyor, içeri sızıyordu. Sarı-Özek'te demiryolu hatları hemen hemen aynı olsa da, burası Yedigey için pek değişik geliyordu. Buraya o gözü kararmış Karanar yüzünden gelmişti ama, kendisini baş köşeye oturtulan, çok saygı gören bir konuk olarak bulmuştu.

Ernefes'in gelişinden sonra Yedigey'in keyfi daha da arttı. Çünkü Ernefes, Kazak elinin geçmişini çok iyi bilen, güzel de konuşan, neşeli bir adamdı. Sohbet iyice koyulaştı ve konu eski günlere, geçmişin ünlü kişilerine ve ağızdan ağıza anlatılagelen hikâyelerine, efsanelerine geldi. Yedigey, Ak-Moynaklı bu yeni dostlar arasında gerçekten mutluydu. Onları çok sevdi. Bunda konuşmaların, o güzel sohbetin rolü büyüktü ama kendisine gösterilen saygı ve samimiyetin, nefis yemeklerin ve içkinin etkisi de az değildi. O yol yorgunluğu ve dondurucu soğuktan sonra, Yedigey büyük bir bardak votkanın yarısını içmiş, yuvarlak yer sofrasına konmuş sini dolusu körpe deve eti ile yine genç devenin hörgücünden yapılan tuzlamayı afiyetle yemiş, gevşemiş, keyiflenmişti. Çakırkeyif olunca iyice neşelendi, yüzü güldü ve dili çözüldü. Konuk şerefine kadeh kaldıran Ernefes de coşmuş, neşelenmişti. O neşe içinde Kospan'a:

- Kospan, sana zahmet olacak ama, dedi, bizim eve kadar git, benim tamburumu getiriver.

Yedigey buna çok sevindi ve neşe ile bağırmaktan kendini alamadı:

- Aman ne iyi! Tâ çocukluğumdan beri tambur çalanlara imrenirim!

Ernefes ceketini çıkardı, gömleğinin kollarını çemredi:

- Çok iyi çaldığımı söyleyemem Yedike, ama senin şe-
refine eski havalardan bir şeyler hatırlamaya çalışacağım.

Ernefes, hareketli ve kabına sığmaz bir adam olan Kos-
pan'a göre, daha ağırbaşlı sayılırdı. İri gövdesi ve yüzünün
ciddiliğiyle insanda bir güven uyandırıyordu. Kospan'ın
getirdiği tamburu eline alınca ciddileşti. Kendisini çalgı-
sına vermişti ve sanki çevresindeki insanlarla arasına bir
mesafe koymuş ve onlardan, oralardan ayrılmıştı. Bir in-
san, derin iç duygularını açığa vurmak istediği zaman hep
böyle yapar. Tamburunu akord ederken Yedigey'in yüzüne
uzun uzun baktı. Yedigey onun iri kara gözlerinde, deniz
yüzeyinde yansıyan ışıklar gibi bir parıltı gördü. Ernefes
uzun ve usta parmaklarını tellere vurmaya, tamburun per-
delerinde gezdirmeye başlayınca Yedigey hemen anladı
o müzik ziyafetinin hiç de kolay geçmeyeceğini. Ernefes
önce bütün parmaklarıyla vurdu tellere, bu vuruşla demet
demet bir ezgi doldurdu odayı. Bu ezgi demeti çözülüp dü-
ğümlenerek, aranılan havayı, ahengi buluyor, seçilen tür-
künün havasına dönüşüyordu. O âna kadar onu ağırlayan
bu yeni dostların yanında, unuttuğu dertleri, acıları, bir-
den canlanıvermiş, tamburun tellerinden kalkıp yine içi-
ni doldurmuşlardı. Ve o, birden kendini dert uçurumuna
gömülmüş buluverdi. Niçin kapılıvermişti bu duyguya?
Bu besteleri yapan, bu türküleri yakan o eski ustalar, bu
seslerle onun başına neler getireceklerini, onu hangi gam-
lı duygularda yüzdüreceklerini biliyor olmalıydılar! Yok-
sa, Yedigey, Ernefes'in çalgısında, ezgisinde kendini bulur,
böylesine içlenir, böylesine duygulanır mıydı? Yedigey'in
ruhu ürperdi, çırpındı, çığlıklar atarak kanatlandı.. ve aynı
anda önünde evrenin bütün kapıları açıldı: Sevinç kapıları,
hüzün kapıları, düşünce, arzu ve belirsizlik kapıları, şüphe
kapıları...

Ernefes, tamburu gerçekten güzel çalıyordu. Bu dün-
yadan çoktan göçüp gitmiş nice nice adamların yürek sı-

zıları, çektikleri bütün acılar canlanıyordu tamburun tellerinde. Dinleyenlerin yüreklerine de oturuyordu bu acı. Kuru ağaçlara birbiri ardınca ulaşıp yakan bir yangın gibi, duygu ve coşku alevleri gibi, çatır çatır, cayır cayır seslerle yayılıyordu. Yangın Yedigey'in yüreğindeydi şimdi. Tamburu dinlerken ara sıra elini iç cebine sokup o atkıyı okşuyor, yeryüzünde onun da sevdiği bir kadın bulunduğunu düşünüyordu. Ve bunu düşündükçe hem seviniyor, hem üzülüyordu. Bir kere daha anlıyordu onsuz yaşayamayacağını ve bu aşkın, ne pahasına olursa olsun, sonsuza kadar ama acılarla dolu olarak süreceğini. Ernefes'in bir yavaşlayıp inleyen, bir coşup gürleyen tamburu söylüyordu bunları ona. Nakaratlar nakaratları, ezgiler ezgileri izledikçe, Yedigey'in yüreği de dalgalardan dalgalara atlayan bir kayık oluyordu. Bir hayal âlemine dalıyor, kendini Aral denizinde buluyordu. Aral kıyıları boyunca görünmez akıntıları seyre daldı. Bir kadın saçı gibi gür ve uzun olan, o yana bu yana devrilen yosunlara bakarak akıntının yönünü anlamaya çalışıyordu. Hep suyun aktığı yöne bakardı yosunlar. Vaktiyle Ukubala'nın saçları da böyle uzundu, tâ dizlerine kadar inerdi. Denizde yüzerken tıpkı bu yosunlar gibi bir o yana, bir bu yana süzülürdü. Ukubala gülerdi, neşelenirdi, esmer yüzünü mutluluk kaplardı...

Tamburun sesi Boranlı Yedigey'i çok etkilemişti. Duygulanmış, coşkular içinde yüzüyordu o şimdi. Yalnız bu tamburu dinlemek için bile bu şiddetli kışta tam bir gün yol teperek buraya gelmeye değerdi. Kendi kendine "İyi ki Karanar uzaklara kaçmış da tâ buralara gelmiş, yoksa bu güzel tambur sesini dinlemek nasip olmayacaktı," diyordu. "Ernefes ne de güzel tambur çalıyormuş meğer, onun böyle bir hüneri olduğunu hiç bilmiyordum."

Yedigey bir yandan Ernefes'i dinlerken, bir yandan da kendi durumunu düşünüyor, hayatına bir göz atmaya çalışıyordu. Cıyak cıyak bağıran bir çaylak gibi göklere yükselmek, oradan kanatlarını iyice gerip hava akımlarının üzerinde süzülerek aşağılara bakmak, yalnızlıklar içinde, aşağıda olup bitenleri görmek, anlamak istiyordu. Birdenbire, engin Sarı-Özek'in karlarla kaplı manzarası canlandı gözünde. Demiryolu hattının belli belirsiz bir dönemecinin ötesinde, birkaç küçük ev vardı ve bazılarının pencereleri ışıklıydı. Orası Boranlı idi işte. Bu evlerden birinde Ukubala ve iki kızları bulunuyordu ve belki şu anda üçü bir arada mışıl mışıl uyuyorlardı. Tabiî Ukubala düşüncelere, kaygılara dalıp gözünü kırpmaz hâlde değilse. Başka bir evde de Zarife ve çocukları vardı. Herhalde Zarife uyumuyordu. Onun yüreği dayanılmaz acılarla doluydu ve daha nice felâketler bekliyordu zavallıyı. Çocuklar babalarının öldüğünü hâlâ bilmiyorlardı. Ama er geç öğreneceklerdi gerçeği.

Yedigey, trenlerin iki yana ateşler saçarak gecenin karanlığını yara yara, karları savura savura büyük bir gürültü ile geçtiklerini de hayal ediyordu. O karanlık gecede, her şey gözünün önündeydi ve gece hiç bitmeyecekti sanki. O orada tambur dinlerken azgın deve Karanar, yakınlarda bir yerde, bozkırın korkunç karanlığında, soğuk, rüzgâr, kar demeden, durup dinlenmeden dişi deve kovalıyor, çapkınlık yapıyordu. O da ne yapsın? Böyle yaratılmıştı. Bütün yıl boyunca otlayarak ve güçlü çenesiyle durmadan geviş getirerek gücünü biriktiriyordu.

Devenin hazım organı, işkembesi öyle düzenlenmişti ki, yürürken, yatarken, hatta uyurken bile geviş getirebilir.

Böylece topladığı bütün gücü hörgücünde biriktirir. Hörgüçleri ne kadar çok yağ toplamışsa, ne kadar dipdiri olmuşsa, erkek deve de o kadar güçlü, kış için o kadar iyi hazırlanmış olur. O zaman ne kardan, ne soğuktan, ne insanlardan, hatta ne sahibinden korkar. Karşı gelinmez bir güce kavuşur, kudurur, vahşileşir. O zaman çevrenin hâkimi, mutlak hükümdarı olur. Ne yorulmak bilir, ne acımak, ne susamak. Varsa yoksa sevişmek, dişilerinin peşinde koşmaktır işi gücü. Yıl boyunca bu amaçla yaşar, gücünü bu amaçla biriktirir. Kış günlerini sabırsızlıkla bu yüzden bekler.

Şimdi Yedigey, konuk sofrasına kurulup nefis yemeklerle karnını doyurur, içkisini içerken, tamburunun tellerinden dökülen o güzel ezgileri dinlerken, Karanar, o fırtınalı karanlık gecede, azdıkça azarak ve damarlarındaki kanın çağrısına uyarak, sürüden ayırıp götürdüğü dişilerinin başında bekliyordu. Onları her türlü tehlikeden, kurttan kuştan, insanlardan koruyordu. Dişilerine yaklaşacak canlılara öyle korkunç sesler çıkararak bağırıyor, ağzından sakalından köpük köpük salyalar çıkararak öyle saldırıyordu ki, yaklaşanın vay hâline!

Tamburu dinlerken Yedigey işte bunları da düşünüyordu.

Müzik sesi onu daldığı geçmişten alıp bugüne getiriyor, sonra yarınları düşündürüyor ve yine geçmişe götürüyordu. Birden içinde bütün sevdiklerini her türlü tehlikeden korumak için onlara kol kanat germek arzusu uyandı. Dünyada hiçbir şey, hiç kimse çaresiz, korunmasız kalmamalıydı. Sonra, hayatları kendi hayatına bağlı olan insanlara karşı bir suçluluk duygusu hissetti içinde. Derin bir üzüntüye kapıldı.

Ernefes, tamburun tellerine daha yavaş vurarak sesini hafifletirken, düşünceli düşünceli Yedigey'i süzerek ve gülümseyerek sordu:

- Hey Yedigey, yoruldun mu? O kadar yol aldıktan sonra yorulmuşsundur elbet. Ben de dinlenmene fırsat vermeden, durmadan tıngırdatıyorum tamburu!

Yedigey elini kalbinin üzerine koydu ve çok samimi olarak:

- Yoo, Erneke, sen ne diyorsun? Tam tersine. Çoktandır kendimi hiç böyle mutlu hissetmedim. Eğer sen yorgun değilsen, çal, biraz daha çal Erneke, büyük bir zevkle dinliyorum seni.

- Aklından geçen, özellikle istediğin bir türkü var mı?
- Sen daha iyi bilirsin Erneke. Usta, en iyi çaldığını kendisi bilir. Ama ben daha çok eski türküleri seviyorum, onları daha yakın buluyorum kendime. Nedendir bilmem, o eski havalar beni daha çok duygulandırıyor ve her çeşit düşüncelere daldırıyor.

Ernefes "anladım" der gibi başını salladı ve sonra köşesinde sessizliğe dalıp gitmiş olan Kospan'a dönerek gülümsedi:

- Bizim Kospan da öyle olur, bak ne hâle geldi. Benim tamburumu dinlemeye başladı mı, artık buralarda değildir o, bambaşka bir adam olur.. öyle değil mi Kospan? Ama bugün konuğumuz var, ara sıra kadehlerimizi doldurmayı unutma!

- Tabiî! Hemen.. hemen!

Kospan canlandı ve kadehlere votka koydu. İçkilerini yudumlayıp biraz meze yediler. Ernefes tamburunu yeniden akord ettikten sonra şöyle dedi:

- Madem ki sen eski havaları seviyorsun, sana çok eski bir hikâyeyi anlatayım. Yaşlıların çoğu bilir bunu, sen de bilirsin. Hem sizin orda Kazangap gibi usta bir anlatıcı var. Ama o ve başkaları sadece anlatırlar, ben ise hem söyler, hem çalarım. Benimkisi bir tiyatro gibi olur. Bugün senin şerefine, Yedike, "*Raymalı Ağanın Kardeşi Abdilhan'a Yalvarması*" hikâyesini söyleyip çalacağım.

Yedigey memnun olduğunu belli ederek başını salladı ve Ernefes tamburun tellerine dokundu. O ünlü hikâyenin giriş melodisi döküldü tellerden. Ve Yedigey'in gönül tel leri de titremeye, yüreği sızlamaya başladı. Çünkü bu defa her olay, hikâyenin her bölümü, onun ruhunda özel yerini buluyor, yankılanıyordu.

Tambur, gümbür gümbür ötüyor, Ernefes'in gür sesi

de tamburuna eşlik ediyor, ünlü cırav** Raymalı Aganın**** acıklı hikâyesine çok uygun düşüyordu.

Raymalı Aga, on dokuz yaşındaki şarkıcı kız Begimay'a âşık olduğu zaman altmışını geçiyordu. Bu şarkıcı kız onun karşısına bir yıldız gibi çıkmış, hayat yolunu aydınlatmıştı. Daha doğrusu, asıl âşık olan kızın kendisiydi, Raymalı Aga'ya vurulan o idi. Çok serbest, dilediği gibi hareket eden, canı ne isterse onu yapan bir kızdı Begimay. Ama söylentiler başkaydı. Kızın Raymalı Aga'ya değil, altmışından sonra azan Raymalı Aga'nın ona vurulduğunu söylüyorlardı. O günden beri ağızdan ağıza söylenegelen bu aşk hikâyesinde, Raymalı Aga'nın tarafını tutanlar da, ona kızan ve karşı olanlar da vardır. Karşı olanlar adının unutulmasını isterler, onu tutanlar ise, acıklı hikâyesini, yırlarını ağızdan ağıza, kuşaktan kuşağa aktararak geleceğe ulaşmasını sağlarlar. Böylece bu efsaneyi herkes öğrenmiştir, onunla herkes ilgilenir. Sevenleri de çoktur, sevmeyenleri de...

Yedigey o gece Abutalip Kuttubayev'in yazıları arasında "Raymalı Aga'nın Kardeşi Abdilhan'a Yalvarması" hikâyesini de bulan akdoğan bakışlı adamın nasıl kızıp küplere bindiğini, bu hikâyenin nasıl dile alınmaz kötü bir şey olduğunu söyleyerek onu suçladığını da hatırladı. Abutalip Kuttubayev ise büyük bir değer veriyordu bu halk hikâyesine. Ona *"Bozkır Goethe'sinin şiirleri"* diyordu. Aa, evet, Almanlar'ın da çok ünlü bir şairleri de kocamış yaşında genç bir kıza âşık olmuş. Şiirlerinden anlaşılıyormuş böyle olduğu. Abutalip, Raymalı Aga hikâyesini Kazangap'tan dinleyerek kaleme almıştı. Çocuklar büyüyünce bunu okusunlar istiyordu. Abutalip, bazı zamanlarda, bazı kişilerin hayat hikâyelerinin, anıların, çektikleri acıların, kitlelere malolduğunu, o acıların kalabalıklar tarafından paylaşıldı-

---

* *Cırav*: Yıra, halk ozanı, âşık.
** *Raymalı Aga*: Rahim Ali Aganın Kazakça'da söylenişi.

ğını, yana yakıla anıldığını söylüyordu. Toplum onlardan ders alır, çok şey öğrenir, bir insanın çektiği sıkıntılarda bütün bir devri görürdü. Sonra da bunu, bu büyük dersi, gelecek kuşaklara, yüzyıllar sonrasına aktarırdı.

Yedigey'in karşısında oturan Ernefes, kendini bu acıklı konuya vermiş, hem çalıyor, hem söylüyordu. Demiryolu hattında bir bölümün sorumlusu olan bu memurun, uzak geçmişe ait bu efsane ile, Raymalı Aga'nın acıklı hikayesiyle ne ilgisi olabilirdi? Onun, kendini Raymalı Aga'nın yerine koyması, acılarını aynen duyarak yansıtması şaşılacak şeydi doğrusu. Yedigey büyülenmiş gibiydi: "İşte gerçek müzik, işte gerçek ve güzel türkü.. ve işte hüner! diyordu. *'Öl ve sonra kendi küllerinin arasından yeniden doğ!'* deseler, hiç tereddüt etmeden ölür insan. Keşke insanın yüreğinde böyle bir ışık yansa da ruhunu aydınlatsa, serbest ve sağlıklı olarak en yüce duygularla kaygısızca düşünebilse..."

Yedigey yatağa girmeden önce dışarı çıkıp biraz hava almıştı. Ev sahipleri beklenmedik konukları için her zaman hazır bulundurdukları temiz çarşaf ve döşeği sermişlerdi, ama yine de yatınca hemen uyuyamadı. Yatağı pencere dibine serilmişti, o yüzden dışarıda rüzgârın uğultusunu, pencereleri zangırdatmasını, trenlerin iki yöne gelip gitmelerini dinledi bir süre. Şafak söker sökmez âsi Karanar'ı aramaya çıkacak, onu yakalar yakalamaz Boranlı'nın yolunu tutacaktı. Orada onu çocuklar, iki evin çocukları bekliyordu. Mutluluklarını amaç edindiği, ayrım gözetmeden hepsini çok sevdiği çocuklar...

Ama şu azgın Karanar'ı nasıl yola getirecekti? Niçin başka develere benzemezdi bu hayvan? Niçin develerin en kudurganı, zaptedilmesi en güç olanı idi o? Ondan o kadar korkuyorlardı ki vurmayı bile düşünüyorlardı. Bir hayvana neyin iyi, neyin kötü olduğunu nasıl anlatırsınız? Onu buraya kadar koşturup getiren, ona bu emri veren doğanın düzeni, yaradılış kanunu idi. Dev gibi büyük, hiçbir engel tanımayan, karşısına çıkan her şeyi ezip geçecek güçte bir hayvandı. Böyle bir hayvanla nasıl başedecek, ona nasıl diz çöktürecekti? Bir kere yakaladıktan sonra ayaklarına zincir vurmalı, ağıla kapatmalıydı onu ve bütün kış bağlı tutmalıydı. Çünkü bu gidişle, Kospan değilse bile, bir başkası onu vurur, hayatına son verebilirdi. Yedigey de hiçbir şey yapamazdı bu durumda.

Bunları düşüne düşüne nihayet uykuya dalacağı sırada tamburu yanık yanık konuşturmasını bilen Ernefes'in hem çalıp hem söylemesini bir kere daha hatırladı. Ona böyle güzel bir akşam geçirttikleri için sevinçliydi. Âşık bozkır ozanının acılarını dile getiren o müzik, onun yüreğinde de yankısını bulmuş, bu acıları ona da duyurmuştu. Kendisiyle Raymalı Aga arasında bir ortak yan yoktu ama yine de kendi durumu ile Raymalı Aga hikâyesi arasında uzaktan uzağa bir benzerlik, birbirine çağrışım yaptıran bir özellik buluyordu. Yüz yıl kadar önce yaşamış ihtiyar cırav (yırcı) Raymalı Aga'nın çektikleri, onun gibi bir Sarı-Özekli olan Yedigey'in ruhunda yankılanmıştı. Yatağında bir o yana bir bu yana dönerek için için inlemeye başladı. Mutsuzdu. Bilinmezlikler, umutsuzluklar içinde kıvranıyor, kalbi sıkışıyordu. Nereye gidecekti, ne yapacaktı? Zarife'ye neler söyleyecek ve Ukubala'ya ne cevap verecekti? Yok, yoktu bir çıkış yolu!

Sonunda uykuya daldı ve dalar dalmaz da kendini Aral kıyılarında buldu. Aral'ın koyu mavisinden ve şiddetli rüzgârdan başı dönüyordu. Eskiden, tâ çocukluk yıllarında olduğu gibi, kendini suya attı. Köpüklü dalgaların üzerinde kanat çırpan bir martı idi sanki. O engin denizin yüzeyinde, mutluluklar içinde süzülüyor, süzülüyordu. Ve bu arada Ernefes'in tamburu inim inim Raymalı Aga'nın acıklı hikâyesini çalıyordu. Sonra 'altın mekre' balığını Aral sularına salıverişini gördü. Balık iriydi, kıvraktı. Onu suya götürürken hayvanın kıpır kıpır canlılığını, bir an önce sulara

dalıp kendi dünyasına kavuşmak için çırpınışlarını hisset-
ti. Yedigey yuvarlana yuvarlana gelen dalgaların üzerinden
yürüyor, yüzüne çarpan rüzgâra gülüp geçiyordu. Sonra el-
lerini gevşetti. Altın mekre, denizin koyu maviliğinde pırıl
pırıl parlayarak, sulara daldı gitti. Uzaklardan bir müzik
geldi kulaklarına.. ve, biri, kara talihi için yanıyor, yas dö-
küyordu...

*

O gece, buz gibi soğuk ve şiddetli bir rüzgâr kol gezi-
yordu bozkırda. Soğuk gittikçe daha da artıyordu. Kara-
nar'ın sürüden seçip ayırdığı ve korumasına aldığı dört dişi
deve, bir küçük tepenin kuytusuna çekilmişlerdi. Hayvan-
lar, rüzgârın savurduğu kardan korunmak için, büzüşerek,
başlarını birbirinin boynuna koyarak ısınmaya çalışıyorlar-
dı. O durumda bile, doymak bilmez vahşileşmiş Karanar
bir rahat vermiyordu onlara. Çevrelerinde koşup dolanıyor,
hiddetle bağırıp hırıltılar çıkarıyordu. Kimden, neden kıs-
kanıyordu dişilerini? Arada bir bulutların ardında görünen
Ay'dan mı? Çift hörgücünü hoplata hoplata, uzun boynu-
nu uzata uzata, ağzından köpükler saçarak, buz tutmuş
karları çatır çatır ezerek koşuyor, tehditler savuruyor, dişi-
lerin boynunu, bacaklarını ısırarak birbirlerinden ayırmaya
çalışıyordu. Doğrusu, bu kadarı da fazlaydı artık. Dişileri
gündüz boyunca isteğine gönüllü olarak boyun eğmişlerdi.
Ama şimdi geceydi, yorgundular ve üşüyorlardı. Onun için
onlar da bağırıyor, onu yanlarına sokmak, hiç olmazsa ge-
celeyin rahatsız edilmek istemiyorlardı.

Sabaha karşı Karanar da biraz yatıştı. Dişilerinin ya-
nında dikiliyor, biraz kestirmeye çalışırken yine naralar
savurur gibi ses çıkarıp çevresine bakıyordu. Onun sakin-
leşmesi üzerine dişiler de yine birbirlerine sokularak kar-
ların üzerine yattılar, boyunlarını uzatıp yere koydular ve
uyumaya başladılar. Uyurken doğacak yavrularını gördüler

düşlerinde. Nereden çıkıp geldiğini bilmedikleri, sürünün öbür erkek develerini döverek kendilerini kaçıran bu kara buğradan (erkek deve) gebe kalmışlardı. Yavrularını doğurmaya hazırlanacaklardı artık. Sıcak yaz günlerini, kokulu pelinleri, yavrularının memelerine dokunan yumuşak dudaklarını da gördüler düşlerinde. Bu onlara, memelerinin sütle dolacağı günleri de düşündürdü. O günleri özlüyorlardı. Onlar düş dolu uykularında iken Karanar başlarında dikilip duruyor, onları belirsiz tehlikelerden koruyor ve rüzgâr onun uzun tüyleri arasında vınlıyordu.

Evrenin rüzgârlarıyla yıkanan yerküre, kendi ekseninde ve güneşin etrafında dönmeye devam ediyordu. Belli bir konuma geldiği zaman ortalık aydınlandı ve Sarı-Özek bozkırında sabah oldu. İşte o zaman gördü Karanar bir dişi deveye binmiş iki kişinin kendisine doğru çıkageldiğini. Yedigey ve Kospan idi bunlar. Kospan'ın elinde bir tüfek vardı.

Boranlı Karanar birden kızdı, köpürdü. Hırsından tepinerek, köpükler saçarak bangır bangır bağırmaya, böğürmeye başladı. İnsanlar ne caseretle yaklaşırlardı onun egemenlik alanına! Kızıştığı dönemde ne cesaretle ve ne hakla sokulurlardı dişilerinin yakınına! Yeri göğü inleterek böğürüyor, uzun boynunun ucundaki başını iki yana sallıyor, masal ejderhası gibi dişlerini gösteriyor ve gıcırdatıyordu. Burnundan çıkan buğular ânında kırağıya dönüşüp yelesine yapışıyordu. Tahrik edilmekten, heyecandan işemek isteği geldi ve dört ayağını birden açarak rüzgâra karşı işedi. Keskin bir sidik kokusu kapladı ortalığı. Savrulup hemen donan sidik parçacıklarından birkaçı gelip Yedigey'in yüzüne çarptı.

Yedigey hemen yere atladı, kürkünü çıkarıp yere bıraktı. Sırtında ceket, ayaklarında pamuk astarlı pantolon vardı. Yalnız, heybeden kamçısını çıkardı, sapına sarılmış sırımını açtı.

Kospan tüfeğini doğrultarak seslendi:

- Bak Yedike, seni güç durumda bırakırsa vuracağım onu!

- Yoo, sakın ateş etme. Onunla başa çıkmasını bilirim ben. Ama sana saldıracak olursa o zaman serbestsin, çekersin tetiği!

- Pekâlâ öyle olsun, dedi Kospan ve deveden inmedi.

Yedigey kamçısını havada sallaya sallaya ve şaklata şaklata azgın Karanar'ın üzerine doğru yürüdü. Onun üzerine doğru geldiğini gören Karanar da büyük bir öfke ile ağzından salyalar, köpükler saçarak ve korkutucu sesler çıkararak onun üzerine koştu. Bu sesler dişi develeri de uyandırmış, ürkütmüştü. Dişiler kaçıp dağıldılar.

Yedigey kamçısını şaklatmaya devam etti. Onu kar kızağına koşup yüreklendirmek, korkutmak için şaklattığı gibi şaklatıyordu kamçıyı. Bir yandan da yüksek sesle konuşarak kendisini tanıtmaya çalışıyordu:

- Karanar! Karanar! Aptallık etme! Kör müsün! Bak, benim, ben! Sahibini tanımadın mı! Dur orda, yaklaşma!

Ama Karanar'ın aldırdığı yoktu onun bağırmalarına ve kamçısına. Hörgüçlerini hoplata hoplata, tehdit dolu patlak gözlerini kocaman açarak, bütün cüssesiyle geliyordu Yedigey'in üzerine. Yedigey korktu. Karanar'ın hiç şakası olmadığını anlamıştı ve kamçıyı olanca gücüyle kullanmaktan başka çaresi kalmamıştı. Bir eliyle kalpağını başına sıkıca bastı ve başladı kamçıyı savurmaya. Kalın sığır gönünden kesilmiş, örülmüş ve katranlanmış kamçının uzunluğu yedi metre idi. Yedigey'in üzerine bir dağ gibi gelen deve, besbelli onu ayakları altında ezmek ya da dişleriyle parçalamak niyetindeydi. Ama Yedigey kamçısını ustaca savuruyor, sağa sola kaçarak onu şaşırtıyor, bir yandan da kendisini tanısın diye durmadan sesleniyordu. Birbirlerinin açığını kollayarak uzun zaman dövüştüler. İkisi de kendi bildikleri gibi dövüşüyordu. İkisi de kendi yönlerinden haklıydılar. Yedigey, azgın devenin aradığı, bulduğu mutluluğu yitirmemek için gösterdiği zaptolunmaz istek ve kararlılık karşısında biraz sarsıldı. O bir buğra idi, atan deve idi ve sahibi onun mutluluk hakkını elinden almaya kalkıyordu! Ama Yedigey'in de yapacağı başka bir şey yoktu. Kamçıyı gözüne isabet ettirmemeye çalışarak savurmaya, onu dize getirmeye çalışıyordu. Uzunca bir dövüşten sonra, kazanan Yedigey oldu. Kamçısıyla kendini koruya koruya ve bağıra bağıra, azgın hayvana yaklaştı ve ani bir hareketle üzerine atılıp üst dudağına yapıştı, öyle asıldı ki neredeyse koparacaktı hayvanın dudağını. Bundan sonra, yanında hazır tuttuğu burunduruğu geçirmesi pek zor olmadı. Karanar bağırdı, dudaklarının acısıyla inledi. Gözleri korkudan ve acıdan kocaman açılmıştı. Yedigey, bir aynaya bakarmış gibi kendi aksini gördü o gözlerde.. gördü ve ürperdi. Az daha geri çekilip mücadeleyi bırakacaktı. Çünkü bir anda, hayvanın gözbebeklerinde gördüğü yüzü, insanlıktan çıkmıştı. Ter içinde korkunç derecede çirkinleşmiş, vahşileşmişti. Dövüşürken, yerdeki kar örtüsünü çiğneyip eşeler gibi, aktarır gibi bozduğunu da farketmişti o gözlerde. Karanar'a diz çöktürmek, eziyet etmek için girmişti o hâle. Ne suçu vardı Karanar'ın? Böyle yaratılmış olması onun suçu muydu? Bir an, onu bırakıp gitmek istedi. Ama yapamazdı bunu. Boranlı'da ikisini de bekleyenler vardı. Onu burada bırakıp gidecek olsa Ak-Moynaklılar vurup öldürürlerdi. Onun için, bir zafer kazanmış gibi nara atarak deveyi ıhtırmaya başladı. Ağzına burunduruk vurulmuş Karanar'ın da Yedigey'e boyun eğmekten başka çaresi kalmamıştı. Gerçi hâlâ homurdanıyor, bağırıyor, köpüklü ağzından çıkan buğulu nefesini sahibinin yüzüne savuruyordu ama, yenilmişti artık.

Yedigey, Kospan'a seslendi:

- Kospan, o havutu buraya getir, sonra da şu dişi develeri tepenin ardına sür ki gözü görmesin onları!

Kospan, bindiği devenin semerini ona getirdi ve sonra Karanar'ın dişilerini tepenin ardına sürdü. Bundan sonra da Yedigey kısa zamanda Karanar'ın sırtına havutu vurdu, Kospan'ın karların üzerinden alıp uzattığı kürkü giydi ve Karanar'ın sırtına atladı.

Karanar hâlâ homurdanıyor, sahibinin sürdüğü tarafa değil, dişilerinin bulunduğu yöne gitmek istiyor, bu arada başını geriye uzatıp Yedigey'in bacağını ısırmaya çalışıyordu. Ama Yedigey işini biliyor, Karanar'ın homurdanmasına, öfkeli kükreyişine aldırmadan, onun kadar inatla, karlı düzlüklerde sürüyordu onu. Bir yandan da kamçısı ile devesini yatıştırmaya, aklını başına getirmesine çalışıyordu:

- Yeter artık Karanar! Yeter! Geri dönebileceğini, buralarda kalabileceğini aklından çıkar artık! Sana gerçekten kötülük yaptığımı mı sanıyorsun sen? Acımadığımı mı sanıyorsun? Ben olmasam seni çok zararlı vahşi bir hayvan gibi vurup geberteceklerdi! Buna ne diyorsun peki? Kudurdun sen, kudurdun! Hangi hayvan yapar senin yaptığını? Kendi süründeki dişiler yetmedi mi? Buralara kadar gelmene ne gerek vardı? Bak beni iyi dinle! Şimdi eve gidiyoruz, oraya varınca seni zincire vurup ahıra kapatacağım. Bak bakalım o zaman kaçabilecek misin!

Yedigey böyle konuşmakla, her şeyden önce bu davranışını kendi gözünde haklı çıkarmaya çalışıyordu. Yoksa, Karanar'ı Ak-Moynaklı dişilerinden zorla ayırmak haksızlıktı doğrusu. Eğer biraz uysal bir deve olsa bunlar gelir miydi başına! Meselâ binip geldiği dişi deveyi burada bırakacaktı, birkaç gün sonra Kospan, Boranlı'ya götürecekti onu. O bir dert açıyor muydu başına? Başkalarına belâ oluyor muydu? Ama bu lanet Karanar herkesin başını derde sokuyordu!

Bir süre sonra Karanar, sırtında havut olduğu ve sahibinin egemenliğini kabul etmek zorunda kaldığı için sakinleşmişti. Şimdi daha az bağırıyor, daha düzgün ve hızlı yürüyordu. Sonunda koşmaya, her zamanki gibi Sarı-Özek bozkırını arşınlamaya başladı. Yedigey de yatışmış, kendine gelmişti. Karanar'ın yaylanan hörgüçleri arasına rahatça kurulmuştu. Rüzgârdan korunmak için kürkünün etekleriyle önünü kapatmış, kalpağını iyice bastırmıştı. Bir an önce Boranlı'ya ulaşmak istiyordu şimdi. Hava pek fena sayılmazdı. Biraz rüzgârlı, biraz da bulutluydu. Geceleyin kar fırtınası patlak verebilirdi ama şimdilik korkulacak bir şey yoktu. Bununla birlikte, Boranlı'ya kadar daha epeyce yol vardı önünde.

Yedigey, Karanar'ı yakalayıp geri getirmekten memnundu ama onu asıl sevindiren, mutlu kılan, Kospan'ın evinde Ernefes'in tamburunu dinleyerek unutulmaz bir gece geçirmiş olmasıydı.

Bunları hatırlayınca, farkına varmadan düşünceleri onu, hayatının acılarına sürükleyip getirdi sonunda. Sevincin yerini üzüntü aldı. Başkalarına acı vermeden kendi gizli derdini nasıl açıklayacaktı? Zarife'ye açıkça nasıl "Seni seviyorum!" diyebilecekti? Abutalip'in çocukları ileride "Kuttubayev" soyadını taşıdıkları için bazı güçlüklerle karşılaşacaklarsa, Yedigey onlara kendi soyadını vermeye hazırdı. Bunun için Zarife'nin 'evet' demesi yeterdi. Kendi soyadı Daul ve Ermek'in işine yarayacaksa, onları aşamayacakları güçlüklerden koruyacaksa, bundan gerçekten mutluluk duyardı. Böylece çocuklar, güçleri ve çabaları oranında başarı şansını elde ederlerdi.

Karanar'ın sırtında yol alırken Boranlı· Yedigey'in kafasından işte bunlar geçiyordu.

Vakit öğleyi çoktan geçmişti. Yorulmak bilmeyen Karanar, hâlâ ara sıra öfkesini belirtmekte, homurdanmakta ise de, sahibini hızlı hızlı götürüyordu. Önlerinde Boranlı'nın develeri, karla kaplı vadileri görünmeye başlamıştı. İşte büyük tepe ve onun hemen ardında Boranlı istasyonu ve işte demiryolu dirseğinin içinde, bacaları tüten küçük evler... Yedigey, iki aileyi, o çok sevdiği insanları merak edi-

yor, "Ne durumdalar acaba?" diyordu kendi kendine. On-
lardan sadece bir gün ayrı kalmıştı ama bir yıl ayrı kalmış
gibi merak ediyordu. En çok çocukları özlemişti. Boranlı
evlerini görünce Karanar da adımlarını sıklaştırdı. Ter için-
de kalmıştı. Burnundan halka halka buhar çıkıyordu. Yedi-
gey evine ulaşıncaya kadar iki yük katarı geldi ve istasyon-
da karşılaştılar. Bunların biri batıya, öteki doğuya gitti...

Yedigey her şeyden önce Karanar'ı ağıla kapatmak ve
kaçmasını önlemek için evinin arkasında durdu. Burada
deveden inip ön ayaklarına zincir köstek vurdu. Havutunu
hemen çıkarmadı, teri kuruduktan sonra çıkaracaktı. Bir
an önce eve girmek için sabırsızlanıyordu. Belinin ve ba-
caklarının uyuşukluğunu gidermek için gerine gerine ağıl-
dan çıkacağı sırada büyük kızı Saule koşup yanına geldi.
Yedigey de kürkünün içinde güçlükle hareket ederek kızını
kucakladı, öptü. Kızı hafif giyimli olduğu için:

- Eve gir yavrum, üşüyeceksin, dedi, ben de şimdi ge-
liyorum.

Saule babasına iyice sokularak:

- Baba, Daul ile Ermek gittiler, dedi.

- Nereye gittiler?

- Temelli ayrıldılar, anneleriyle birlikte trene binip git-
tiler.

- Temelli mi gittiler? Ne zaman?

Yedigey kızının söylediklerini tam anlamış değildi.
Gözlerinin içine bakarak sormuştu soruyu.

- Bu sabah gittiler, dedi Saule.

- Yaa, demek gittiler? Sen koş eve gir, ben de şimdi ge-
liyorum.

Saule köşeyi dönünce Yedigey, ağılın kapısını kapama-
yı dahi unutarak ve kürkünü çıkarmadan Zarife'nin evine
yürüdü. Kızının söylediklerine inanamıyordu, herhalde ya-
nılmış olmalıydı Saule. Böyle bir şey olamazdı. Ancak, evin
sundurmasına gelince birçok ayak izi gördü. Kapıyı dış

mandalından tutup hızla çekti, içeri girdi. Ev boştu. Bomboştu! Buz gibi de soğumuştu. İşe yaramayan bir sürü ıvır zıvır atılmıştı oraya buraya. Ne Zarife vardı, ne çocuklar! Evin içinde dolanıp duruyor, gerçeği bir türlü kabul edemiyordu.

- Nasıl olur? Nasıl giderler? diye söyleniyordu kısılmış sesiyle. Gitmişler! Gitmişler ha!

Kendini hiçbir zaman bu kadar kötü hissetmemişti. Ayakta, soğuk sobanın başında dikilip duruyor, bu acıya, sevdiği insanları yitirmenin üzüntüsüne nasıl dayanacağını, ne yapacağını soruyordu kendi kendine. Büyük bir haksızlığa uğradığını, iyice ezildiğini düşünüyordu. Pencerenin önünde Ermek'in almayı unuttuğu faltaşlarını gördü. Zavallı çocuklar bu kırk bir taşla, çoktan ölmüş bulunan babalarının ne zaman döneceğini anlamak için fal açarlardı. İki kardeşin umut taşları, sevgi ve özlem taşlarıydı bunlar. Yedigey taşları avucuna aldı, okşar gibi sıktı. İşte onlardan geriye kalanlar sadece bu taşlardı. Sonra duvara döndü. Üzüntüden ateş gibi yanan alnını buz gibi soğuk duvara dayadı ve hıçkırıklarını tutamadı. Ağlarken taşlar birer birer kayıp düşüyordu parmaklarının arasından. Taşları tutmak istiyordu ama titreyen elleriyle bunu yapamıyor, düşen taşlar döşemede tok sesler çıkarıyor ve boş odanın içinde yuvarlanıp dört bir yana gidiyordu.

Şimdi de sırtını döndü duvara, yavaşça kayarak yere çömeldi. Sırtında kürkü, başında kulaklarını da örten kalpağı ile, duvara yaslanıp kaldı. Sarsıla sarsıla ağladı. Sonra, Zarife'nin bir gün önce verdiği atkıyı cebinden çıkarıp gözyaşlarını sildi.

Terkedilmiş baraka-evde, olanları anlamaya çalıştı. Anlaşıldığına göre Zarife çocukları da alıp gitmek için onun Boranlı'da bulunmayacağı bir günü beklemişti. Yedigey'in gitmesine izin vermeyeceğini, engel olacağını biliyordu elbet. Gerçekten de Yedigey dünyada bırakmazdı onu. Eğer

Boranlı'da olsaydı trene binmelerine kesinlikle engel olur-
du. Yazık ki geç kalmıştı buna. Zarife de, çocuklar da git-
mişlerdi. Nasıl dayanacaktı onların yokluğuna? Burda ol-
saydı hiç bırakır mıydı onları? Zarife onun yokluğundan
yararlanıp gitmeye karar vermiş, böylece gidişini kolay-
laştırmıştı ama, Boranlı'ya dönen Yedigey'in onların evini
bomboş bulunca ne hâle geleceğini, ne dayanılmaz acılar
çekeceğini düşünmüş müydü hiç?

Peki, istasyonda trenin durmasını kim sağlamış, binip
gitmelerine kim yardım etmişti. Herhalde Kazangap yap-
mıştı bunu! Ondan başka kim olabilirdi? Evet oydu, oy-
du bunu yapan! Tabiî o, Stalin'in öldüğü gün, Yedigey'in
yaptığı gibi imdat kolunu çekerek durdurmuş değildi treni.
Durmadan geçip gitmesi gereken bir trenin orada bir-iki
dakika durması için istasyon şefini razı etmişti. Sersem
herif! Ukubala'nın da parmağı olmalıydı bu işte. Zarife ve
çocuklarının buradan bir an önce gitmelerini istiyordu her-
halde! Vay hainler vay!

Böyle düşünen Yedigey'in beyni öç alma duygusuyla
yanıyor, gözleri kinle, hiddetle kararıyordu. Birden, bütün
gücünü toplayıp, Boranlı denen bu lanet köyü, bu lanet is-
tasyonu yakıp yıkmak, yerle bir etmek düşüncesi geçti ak-
lından. Boranlı'yı yakıp yıkmak, sonra da Karanar'a binip
onu Sarı-Özek bozkırına sürmek, orada yalnızlıklar içinde,
açlıktan, soğuktan geberip gitme isteği... Aklından bunlar
geçiyordu ama, o boş evde, güçsüz, çaresiz, umutsuz, yı-
ğılıp kalmıştı. O ev de, bütün dünya da yıkılmıştı başına.
Bir soru hiç çıkmıyordu aklından: "Niçin gitti, nereye gitti?
Niçin gitti, nereye gitti?"

Sonunda evine döndü. Ukubala hiç konuşmadan onun
kürkünü, kalpağını, keçe çizmelerini çıkarıp bir köşeye
koydu. Yedigey'in taş kesilmiş donuk yüzünden ne düşün-
düğü, ne yapacağı anlaşılmıyordu. Kör kör bakıyordu do-
nuk gözleriyle. Kendini koyvermemek, içinden neler geçti-

ğini açığa vurmamak için nasıl insanüstü bir çaba gösterdiğini belli etmiyordu gözleri.

Ukubala kocasını beklerken semaverin ateşini birkaç kez yakmıştı. Semaver şimdi közleşmiş kömürde fokur fokur kaynıyordu.

- Çay hazır, sıcacık.. diye sessizliği bozdu.

Yedigey karısının uzattığı çayı alırken sessizce yüzüne baktı. Kaynar çayı yudumlarken ağzının yandığını bile farketmiyordu. İkisi de gergindi ve ikisi de konuşmaya önce karşısındakinin başlamasını istiyordu.

Sonunda Ukubala başladı konuşmaya:

- Zarife çocuklarını alıp gitti.

Yedigey yüzünü içtiği çaydan kaldırmadan kısaca:

- Biliyorum, dedi.

Yine gözlerini çay bardağından ayırmadan sordu:

- Nereye gitti?

- Gittiği yeri söylemedi bize.

İkisi de sustular. Kaynar çayın ağzını yakmasına aldırmayan Yedigey'in aklında tek şey vardı: Kendini koyvermemek, her şeyi belli ederek, kendini tutamayarak rezil olmamak ve bu eve mutsuzluk getirmemek.

Çayını içtikten sonra dışarı çıkmak için tekrar giyinmeye başladı. Keçe çizmelerini giydi, kürkünü sırtına, kalpağını başına geçirdi.

- Nereye gidiyorsun? dedi Ukubala.

- Hayvanlara bakacağım, dedi Yedigey kapıdan çıkarken.

Kısa süren kış günü sona ermişti. Hava nerdeyse gözle görülecek şekilde hızla kararıyordu. Soğuk da gittikçe sertleşiyor, şiddetli bir rüzgâr karları süpürüp savuruyordu. Yedigey suratı bir karış asık, kaşları çatık olarak, hızlı adımlarla ağıla yürüdü. Zincirini koparmaya çalışan Karanar'a öfkeyle, hınçla baktı ve sesinin vargücüyle bağırdı:

- Hâlâ ne bağırıyorsun sen! Durup dinlenmek bilmez misin? Artık uzun uzun konuşacak değilim seninle! Bak ne yapacağım sana! Burnundan fitil fitil getireceğim yaptıklarını. Görürsün sen!

Sonra küfürler savurarak Karanar'ın böğrüne bir yumruk indirdi, sırtındaki havutu çıkarıp attı, ayağındaki zinciri çözdü. Sonra, bir eliyle uzun kamçıyı, öbür eliyle devenin yularını tutarak, onu kırlara doğru aldı götürdü. Yedigey'in yedeğinde gelen deve durmadan bağırıyor, inliyordu. Bıktırıcı, sinir bozucuydu. Yedigey birkaç kere geriye dönüp ona kamçısını gösterdi, yularını sarstı, ama Karanar susmuyordu. Bunun üzerine 'Tüh sana!' diye yere tükürdü ve onun bağırmalarına aldırış etmemeye çalıştı. Kalın bir kar örtüsünün üzerinde, rüzgâra karşı ve göz gözü görmeyen bir karanlıkta yürüyor, devenin bağırmalarına aldırmıyordu. Suratı bir karış asık, cinleri tepesinde, derin derin soluyarak ve hızını hiç yavaşlatmadan yürüyordu. Epeyce yürüyüp yakın tepeleri de aştıktan sonra durdu. Şimdi Karanar'la hesaplaşacak, onun cezasını verecekti. Kürkünü çıkarıp karların üzerine bıraktı. Devenin yularını beline bağladı. Böylece Karanar elinden kaçıp kurtulamayacak, kamçıyı kullanmak için iki eli de serbest kalacaktı. İki eliyle yapıştı kamçının sapına ve sonra söylene söylene, küfürler savurarak olanca gücüyle başladı vurmaya. Uğradığı felâketten onu sorumlu tutuyor, vuruyor.. ha vuruyordu.

- Al sana! Al bakalım! Lanet hayvan. Bütün bunlar senin yüzünden geldi başıma! Suçlu sensin, tek suçlu sensin! Kaçmak istiyorsun değil mi? Kaç, kaç ama önce bir yerini sakat bırakayım da sonra salacağım seni! Al sana! Al! Başını alır gidersin değil mi? Köppoğlu! Ben senin peşinde koşarken o da çocuklarını alıp gitti işte! Kimin umurunda benim başıma gelenler, benim acılarım! Benim dünyamın yıkılışı! Kimsenin umurunda değil ha! Kimseler de benim umurumda değil öyleyse! Al sana! Köpek, al sana!

Karanar kamçı darbeleri altında inliyor, korkudan ve

acıdan kendini o yana bu yana atıyor, bar bar bağırıyordu. Sonunda çılgına döndü, yularını hızla çekti, Yedigey'i devirerek kütük gibi sürüklemeye başladı. Sahibinden kurtulmak, onu zorla getirdikleri yere gitmek istiyordu.

Karlar içinde sürüklenen ve güçlükle nefes alan Yedigey kısılan sesiyle bağırıyordu deveye:

- Dur! Dur diyorum sana! Dur!

Kalpağı başından uçup gitti. Buzlaşan kar yüzüne çarpıyor, koynuna doluyordu. Kamçı eline dolandığı için deveye vuramıyor, yuları da çekemiyordu. Çılgına dönen Karanar ise selameti kaçmakta bulduğu için koşuyor, koşuyordu... Neden sonra hayvanın yularını bağladığı kendi kemerinin tokası gevşemeseydi, sürüklene sürüklene kimbilir ne olurdu? Kar yığınları arasında sürüklenmekten boğulurdu belki. Kemeri gevşetince yuları tekrar yakaladı ve çekti. Deve de biraz sonra durmak zorunda kaldı.

Yedigey doğruldu, sendeleye sendeleye yürüdü. Yüzü kıpkırmızı olmuştu ve güçlükle soluyordu. Yine küfretmeye başladı Karanar'a:

- Alçak! Bana bunu yaparsın ha! Pekâlâ, defol git öyleyse! Seni gözüm görmesin bir daha! Ne cehenneme gidersen git! Nerede geberirsen geber! Kuduz köpek gibi vurup gebertecekler seni! Git geber, ben de kurtulayım!

Karanar Ak-Moynak'a doğru koşmaya başladı. Yedigey de peşinden kamçısını şaklata şaklata, küfürler savura savura koşuyordu. Sonunda, o kadar cezayı yeterli görmüş ya da bitkin düşmüş olacak ki durdu. Ama Karanar koşmaya devam ederken o arkasından hâlâ bağırıyordu:

- Defol git artık! Git geber oralarda! Beynine bir kurşun sıkarlarsa hiç umurumda değil!

Karanar, gittikçe kararan bir havada, bozkırda koşmaya devam etti ve bir süre sonra rüzgârın savurduğu kar bulutu içinde görünmez oldu. Ancak, kükreyişi andıran bağırmaları, korkunç naraları andıran sesi hâlâ duyuluyordu.

Yedigey, yorulmak nedir bilmeyen bu azgın hayvanın Ak-Moynak'ta bıraktığı dişilerine kavuşmak için bütün gece koşacağını düşünüyordu.

Karanar uzaklaştıktan sonra Yedigey bir an ardından bakarak:

- Tüh sana! diye tükürdü.

Sonra geri döndü, sürünürken kar üzerinde bıraktığı geniş izde yürümeye başladı. Sırtında kürkü, başında kalpağı yoktu. Yüzünün ve ellerinin derisi alev alev yanıyordu. Kamçısını sürükleye sürükleye yavaş yavaş ilerledi. Birden içinde büyük bir boşluk, bir güçsüzlük hissederek dizleri üstüne çöktü. Başını elleri arasına alarak sessizce ağladı, ağladı... Sarı-Özek bozkırında, böylece diz çökmüş ağlarken, rüzgârın ıslığını, hortum hortum savrulan karların hışırtısını işitiyordu. Havaya temas edince belli belirsiz bir sürtünme sesi çıkaran milyonlarca ve milyonlarca kar tanesinin her biri ona hep aynı şeyi, onun bu ayrılık yükünü kaldıramayacağını, sevdiği kadından ve onun nice babaların sevemeyeceği kadar çok sevdiği çocuklarından ayrı kalarak yaşamasının hiçbir anlamı olmadığını söylüyordu sanki. Orada ölüp kalmak istedi.. ölmek ve karlara gömülüp kalmak istedi.

- Tanrı yok! Yok! Madem ki o bile insan hayatı ile ilgilenmiyor, insanın derdinden anlamıyor, başkalarından ne beklersin! Yok işte! Tanrı yok!

Sarı-Özek kırında, karanlıklar içinde ve yapayalnız, yüreği kan ağlarken, böyle isyan etmişti. O güne kadar hiç böyle sözler çıkmış değildi ağzından. Hatta, her zaman örnek aldığı Yelizarov, bir bilim adamı olarak Tanrı'nın olamayacağını söylediği zaman ona karşı çıkmış, inancından asla vazgeçmemişti. Ama işte bugün böyle isyan ediyor ve Tanrı'nın olmadığını bağıra bağıra söylüyordu.

Yerküre, evrenin ebedî rüzgârlarında yıkana yıkana dönmeye devam ediyordu. O, güneşin etrafında dönedursun, o saatlerde soğuk, beyaz ve ıssız bir çölde diz çöküp oturan bir adam da dönüyordu onunla birlikte. Hiçbir kıral, hiçbir imparator, hiçbir hükümdar devletini yitirdiği için Boranlı Yedigey kadar umutsuzluğa düşmemiş, onun kadar acı duymamış ve ağlamamıştı.

Dünya ise dönmeye devam ediyordu...

Aradan üç gün geçti. İstasyon deposunda rayların onarımı için kanca ve travers aldıkları bir sırada Kazangap, Yedigey'i durdurdu:

- Hey Yedigey, birdenbire vahşileşmiş gibisin, benimle karşılaşmak, konuşmak istemiyorsun gibi geliyor bana! dedi.

Bunu, malzemeyi tamir arabasına koyarken, önemsiz bir şeymiş gibi söylemişti.

Yedigey öfkeli bakışlarını Kazangap'a çevirdi:

- Konuşmaya başlarsak boğarım seni! Bunu biliyorsun!.

- Anlıyorum, ama benimle yetinmeyecek, daha başkalarını da boğacaksın. Bu hiddet, bu öfke niye?

Yedigey, üç günden beri ona huzur vermeyen, işkenceler, acılar içinde kıvrandıran olayı olduğu gibi söyleyiverdi:

- Onu burdan gitmeye siz mecbur ettiniz, gitmesine siz yardım ettiniz!

Kazangap'ın yüzü kızgınlıktan ya da utançtan pancar gibi kızardı ve başını ağır ağır sallayarak cevap verdi:

- Bak beni iyi dinle! Olaya bu açıdan baktığına göre, yalnız bizim için değil, Zarife için de kötü düşündüğün anlaşılıyor! Bu kadın senin gibi akılsızlık etmediği için Tanrı'ya şükretmelisin. Senin kafanla hareket etseydi bu işin sonu nereye varırdı? Bunu düşündün mü hiç? Ama o düşündü ve daha vakit varken, iş işten geçmeden, gitmeye karar verdi. Gitmesi için benden yardım isteyince, yardım ettim elbet. Nereye gittiğini ne ben sordum, ne o söyledi. Kaderinin götürdüğü yere gitti o, anlıyor musun? Giderken kendisinin ve senin karının onuruna gölge düşürebilecek tek söz söylemedi. Birbirleriyle dostça, insanca helâllaşıp ayrıldılar. Seni büyük bir felâketten kurtardıkları için ayaklarına kapanıp teşekkür etmen gerekirdi. Hem insan, Ukubala gibi bir kadını hayatta ancak bir kere bulabilir. Onun yerinde başka bir kadın olsaydı dünyayı dar ederdi sana, sığınacak bir delik bulmak için Karanar'dan da uzaklara, dünyanın öbür ucuna kaçardın.

Yedigey bir cevap vermedi. Ne cevap verebilirdi ki? Kazangap'ın söyledikleri çok doğruydu. Ama yine de Yedigey onun bir şeyleri anlamadığına, bu olayda onu aşan bir şeylerin olduğuna inanıyordu. Hiddetle yere tükürerek Kazangap'a kaba bir cevap verdi:

- Pekâlâ, öyle olsun bakalım. Dediklerini işittik akıl deryası! Yirmi üç yıldan beri, şurada çürümüş bir ağaç gibi hiç kımıldamadan duruşunun sebebini de anladık. Sen ne anlarsın ki böyle şeylerden! Tamam artık, seni dinleyip vakit kaybedecek değilim!

Bundan sonra tartışmayı kestiler ve Yedigey hızlı adımlarla oradan uzaklaştı. Kazangap da onun ardından:

- Sen bilirsin, istediğini yap! diye seslendi.

Bu konuşmadan sonra Yedigey Boranlı'dan ayrılmayı düşünmeye başlamıştı. Burası çekilmez olmuştu onun için. Huzurunu iyice yitirmişti ve onu huzursuz eden şeyi aklından çıkarmıyor, yüreğini durmadan kemiren o derdi unutamıyordu. Zarife olmayınca, Zarife'nin çocukları olmayınca, hiçbir şeyin tadı kalmamış, her şey boş, her şey çekilmez olmuştu, onun için çekip gitmeliydi buralardan. Bunun için de istasyon şefliğine bir dilekçe yazmaya, acılarından kaçmak için ailesini alıp olabildiği kadar uzak bir yere gitmeye karar verdi. Burada kalmasın da nereye giderse gitsindi. Tanrı'nın bile unuttuğu bu Boranlı'ya zincirle bağlanmış değildi ya! Birçok insan şehirlerde, başka köylerde yaşıyordu. Onların hiçbiri bir gün bile dayanamazdı bu Boranlı'ya. O niye bütün ömrünü burada geçirsindi? Ne günahı vardı burada yaşamak için? Yeterdi bu kadar kaldığı. Çekip gidecekti. Aral denizine mi olur, Karaganda'ya mı, Alma-Ata'ya mı? Neresi olursa olsun. Gidilecek yer mi yoktu dünyada? İyi, çalışkan bir işçiydi. Eli ayağı yerinde, sağlıklı, aklı başında bir insandı. Ne diye aynı düşünceleri geveleyip duracaktı burada? Bütün mesele, tek mesele, konuyu Ukubala'ya açmakta idi. Konuyu nasıl açacak, onu nasıl razı edecekti? Onun rızasını aldıktan sonra gerisi kolaydı. Onunla konuşmak için uygun bir ânı beklerken tam bir hafta geçti. Ve bir hafta sonra, döve döve kovduğu Karanar çıkageldi.

Evin arkasında köpek durmadan havlıyordu. Besbelli bir şeyler vardı orada. Hayvan havlıyor, hırlıyor, ileri geri gidip geliyordu. Yedigey gidip bakmak gereğini duydu: Ağılın yanında bir hayvan vardı. Bir deve idi bu, ama ne deve! Ayakta zor duruyordu, kımıldayacak hâli kalmamış... İyice yaklaşıp bakınca bunun Karanar olduğunu anladı ve şaştı kaldı:

- Sensin ha! Vah! Vah! Ne oldu sana? Bu hallere nasıl düştün, ayakta duracak gücün kalmamış.

O anlı şanlı Karanar, bir deri bir kemik idi şimdi. İyice içine çökmüş bir çift donuk göz, ipince olmuş boynunun üzerinde sallanan kocaman bir kafa, dizinden aşağıya doğru saçak saçak inen tüyleri takma saç gibi duruyor. Kara kaleler gibi dik duran hörgüçleri ise şimdi bir kocakarının memeleri gibi yana sarkıyordu. Daha dün denecek bir zamana kadar bastığı yeri titreten Karanar o değildi. Öyle güçsüz, öyle bitkin idi ki ağıla kadar ancak dinlene dinlene yürüyordu. Yürüyor değil, sürünüyordu. Kanının son damlasına, son molekülüne kadar bütün gücünü vermişti çiftleşmek için..

Yedigey alaylı alaylı güldü:

- Keh! keh! keh! Gördün mü ne hallere düştün? Köpek bile tanımadı seni! Nerde o yenilmez gücün? Sen miydin o azgın buğra? Ne cüretle geri geliyorsun şimdi? Utanmıyor musun? Hayaların yerinde duruyor mu bari? Erkekliğinden bir şey kaldı mı? Bacakların pislik içinde, nasıl da pis kokuyor biliyor musun? Güçsüzlükten ayaklarına işemişsin. Arkan da buz tutmuş nerdeyse. Tam bir serseri, bir sefil olmuşsun.. vah zavallı vah!

Gerçekten bir canlı cenaze gibiydi Karanar. Yürümeye bile gücü kalmadığı için kımıldamadan duruyordu orada. Başını bile güç tutuyordu.

Yedigey devesine acıdı. Eve gidip bir leğen dolusu en iyisinden yemeklik buğday getirdi. Bunun üzerine bir avuç da tuz serpti:

- Al, ye bakalım, dedi. İyi gelir, biraz kendini toplarsın. Sonra da seni ağıla götürürüm. Yatar dinlenirsin gücünü toplayıncaya kadar.

Aynı gün Yedigey, Kazangap'ın evine gitti. Kazangap'la konuştu:

- Bak Kazangap, seninle bir meseleyi konuşmak için geldim. Ama sakın daha dün konuşmak bile istemezken bugün tıpış tıpış geldi diye düşünme. Bugün iş ciddi. Karanar'ı geri almanı istiyorum senden. Onu bana bir köşek iken vermiştin. Büyüdü ve çok işime yaradı. Bundan dolayı sana minnettarım. Geçenlerde onu kovmuştum, çünkü bana çektirmediği kalmamış, sabrımı iyice taşırmıştı. Ama bugün çıkageldi. Bir deri bir kemik kalmış, ayakta duracak gücü yok. Şimdi ağılda yatıyor. İyi yem verilir, bakılırsa, iki hafta içinde eski hâline döner.

- Dur hele, diye sözünü kesti Kazangap, taşı nereye attığını görelim, asıl amacın ne senin? Karanar'ı niçin vermek istiyorsun? Onu senden isteyen mi var?

Bunun üzerine Yedigey ona her şeyi anlattı. Sonunda "Buradan ailemi alıp gitmek istiyorum, Sarı-Özek'te kalmayacağım artık," dedi. Daha fazla gecikmeden gitmesinin iyi olacağını söyledi.

Onu dikkatle dinleyen Kazangap şu cevabı verdi:

- Herhalde kendi işini en iyi yine kendin bilirsin. Ama bana öyle geliyor ki, sen ne istediğini pek bilmiyorsun. Diyelim ki buradan gittin. Gitmekle kendinden kaçıp kurtulacağını mı sanıyorsun? Nereye gidersen git, üzüntülerin de seninle beraber gelecektir. Hayır Yedigey, kaçmakla kurtulamazsın. Yiğitlik kaçmakta değildir. Eğer yiğit isen, bildiğim Yedigey isen, burada kalıp üstesinden gelmelisin o meselenin. Herkes gidebilir, herkes kaçabilir ama, herkes kendine hâkim olamaz, herkes kendine karşı zafer kazanamaz.

Yedigey onun görüşünü tamamen kabul etmemekle beraber tartışmak istemediği için susmuştu. Oturduğu yerde, derin derin içini çekerek hep aynı şeyi düşünüyordu: "Belki çeker giderim, başka yerlere yerleşirim. Ama derdimi unutabilir miyim? Hem niçin unutmak zorunda kalayım? Ne olacak bu işin sonu?"

Düşünmekten kendini alamıyor, düşündükçe de üzüntüsü artıyordu. "Ya o ne durumdadır şimdi? Çocuklarını alıp nereye gitti? Gittiği yerde bir dostu, bir yakını olacak mı? Bir yardım edeni bulunacak mı? Ukubala'nın derdi de benimkinden az değil. Günlerden beri surat asmama, buz gibi soğuk davranmama rağmen, tek kelime söylemeden katlanıyor bu hayata."

Kazangap, Yedigey'in aklından neler geçtiğini biliyordu. Havayı yumuşatmak, gerginliği gidermek için bir şeyler söylemek gereğini duydu. Bunun için de öksürüp onun dikkatini çekti. Yedigey yüzünü ona çevirince şöyle dedi:

- Bak Yedigey, ben senin aklını çelmeye çalışmıyorum. Bunda benim hiçbir çıkarım olmaz. Bunu düşünme.. durumu sen de en az benim kadar biliyorsun, yapman gerekeni de yine en iyi kendin bilirsin. Ne sen Raymalı Aga'sın, ne de ben Abdilhan'ım. Öyle olduğumuzu farzetsek bile, yüz kilometre çevremizde seni bağlayacak bir kayın ağacı bulamam. Onun için dilediğin gibi hareket edebilirsin!

Yedigey, Kazangap'ın bu sözlerini uzun süre unutamadı.

-X-

Raymali-aga kendi zamanında çok tanınmış bir cırav
(yırcı), bir ozan idi. Daha küçük yaşta ün kazanmıştı. Tanrı
vergisi bir yetenek ve kişiliğinin üç güzel özelliği sayesinde
bozkırın en ünlü yırcısı, âşık ozanı olmuştu: Güftesini ken-
di yazar, bestesini kendi yapar ve güzel sesiyle bunları hem
çalar, hem söylerdi. Dinleyenler ona hayran kalırlardı. Gü-
zel bir türkünün doğması, yankı yankı yayılması için onun
sazının tellerine dokunması yeterdi. O anda meydana ge-
len Raymalı-Aga'nın o türküsü hemen ertesi gün ağızdan
ağıza, obadan obaya yayılır giderdi. O zamanlar, yiğitlerin
dilinden düşmeyen şöyle bir türküsü vardı:

Dağdan, kırdan koşup gelen küheylan
Serin bulak suyunun tadını bilir.

Yiğidi serinleten yar dudağıdır
Her lezzeti, her sevinci onda bulur
Ve dünyanın en mutlusu olur onu öperken.

Raymalı-Aga her zaman güzel, renkli elbiseler giyerdi.
Onun için güzel giyinmek sanki bir Tanrı buyruğu idi. En
iyi, en güzel kürklerden yapılmış şapkalara pek düşkündü.
Her mevsim için çeşit çeşit şapkaları vardı. Doru donlu *Sa-*
rala isimli bir de atı vardı ki bunu hiç yanından ayırmazdı.
'Akhal-Teke' cinsinden olan bu atı ona, bir ziyafet sırasında
Türkmenler armağan etmişti. Sarala'nın şanı şöhreti, sa-

hibininkinden aşağı değildi. Attan anlayanlar bu hayvanın görkemli ve zarif yürüyüşüne hayran kalırlardı. O yüzden de şakadan hoşlananlar "Raymalı-Aga'nın bütün zenginliği tamburunun sesi ile Sarala'nın yürüyüşüdür," derlerdi. Gerçekten de öyle idi. Çünkü Raymalı-Aga bütün ömrünü, tamburu elinde at sırtında dolaşarak geçirmişti. Şöhreti çok, serveti yok idi. Mayıs bülbülü gibi toydan toya, şölenden şölene koşar, her gittiği yerde sevgi saygı görürdü. Atına da çok iyi bakar, tımar eder, beslerlerdi. Bununla beraber, bazı varlıklı, rahat geçinen kişiler onu pek sevmezlerdi. Ovada esen rüzgâr gibi serseri, savruk bir hayat sürdüğünü söyler, eleştirirlerdi onu.

Raymalı-Aga bir toya varıp tamburunu çalmaya başladı mı, herkes susup onu dinler, gözünü kulağını ondan ayıramazdı. Yalnız sevenleri değil, onun serseri bir hayat sürdüğünü söyleyip eleştirenler de büyülenirdi o tamburunu çalarken. Gözlerini onun ellerinden ayıramazlardı, çünkü bu eller tamburun tellerine dokununca gönüllerdeki en güzel duyguları uyandırır, coştururdu. Gözlerini onun gözlerinden de ayıramazlardı, çünkü ruh ve düşüncelerinin bütün gücü, alev alev gözlerine, bakışlarına yansır ve durmadan değişirdi. Gözlerini onun yüzünden de ayıramazlardı, çünkü o ilhamlı güzel yüzün hatları, çok rüzgârlı bir günde deniz yüzeyi gibi dalgalanır, değişirdi.

Evlendiği kadınlar onun yolunu gözlemekten, gelmesini beklemekten bıkar, umutsuzluğa düşer ve onu terkedip giderlerdi. Nice kadınlar da vardı ki, gece gündüz onun aşkıyla yanar, gündüz hayallerinde, gece düşlerinde onu görür, gizli gizli gözyaşı dökerlerdi.

İşte böyle geçiyordu onun hayatı.. türküden türküye, toydan toya, eğlenceden eğlenceye koşarken koca bir ömür geçti gitti. Farkına varmadan ihtiyarlık gelip çattı. Önce bıyıklarında birkaç kıl beyazlaştı, sonra saçı sakalı ağardı. Sarala bile çok değişmişti: Yelesi, kuyruğu seyrelmiş, vücudu çökmüş, beli bükülmüştü. Ancak, yürüyüşüne bakanlar, onun bir zamanlar harika bir at olduğunu anlıyorlardı. Raymalı-Aga, gururlu yalnızlığında, dalları kuruyan koca bir çınar gibi, ömrünün kışına gelip çatmıştı... Bir gün ansızın anladı acı gerçeği: Ne çadırı vardı ne yuvası, ne koyunu vardı ne kuzusu, ne eşi vardı ne işi! O zaman küçük kardeşi Abdilhan onu yanına aldı. Ama önce yakın akrabaların ve kabile ileri gelenlerinin bulunduğu bir toplantıda ondan şikâyetlerini bildirdi, acı sözler söyleyip artık aklını başına toplaması gerektiğini anlattı. Sonra, ağabeyi için ayrı bir çadır kurdurdu. Burada, çamaşırının yıkanması, yemeğinin hazırlanması gibi ihtiyaçlarını karşılayacak tedbirleri de aldı.

Raymalı-Aga bundan sonra ihtiyarlık üzerine türküler söylemeye, ölümü düşünmeye başladı. O günlerde hüzünlü ama ölümsüz güzel türküler besteledi. Artık gezip dolaşmadığı için, derin konuları düşünüyordu. Bütün çağlarda bütün düşünürlerin aklına takılan düşünceyi o da soruyordu kendisine: *İnsanın dünyaya geliş sebebi nedir? Niçin yaratılmıştır?*

Artık vaktini toylarda, şenliklerde değil çadırında geçiriyor, bu yüzden de daha çok üzüntülü türküler söylüyordu. Anılarla yaşıyor, yaşlı insanlarla bu ölümlü dünyanın boşluğu üzerinde sohbetler yapıyordu.

Allah şahittir ya, ömrünün son mevsiminde onu allak bullak eden o olay olmasaydı, hayatını huzur içinde bitirip gidecekti.

Bir gün dayanamadı, emektar Sarala'yı eyerleyip, biraz oyalanmak, can sıkıntısını gidermek için, büyük bir şenliğe gitti. Ne olur ne olmaz diye, tamburunu da almıştı. Onu toya çağıranlar köyün ileri gelenleri ve çok saygıdeğer kişilerdi. Tambur çalmasa bile şeref konuğu olarak bulunması için ısrar etmişlerdi. Raymalı-Aga da bu rahatlıkla ve çabucak dönmek niyetiyle yola hazırlanmıştı.

Raymalı-Aga'yı büyük bir saygı ile karşıladılar. Onu ak kubbeli en güzel yurt(çadır)a götürüp başköşeye oturttular. Saygıdeğer insanlarla sohbet edip onlarla birlikte kımız içti, yakınları için en iyi dileklerini bildirdi. Avılda (köyde) toy töreni büyük bir neşe içinde sürüp gidiyordu. Gençlerin şen kahkahaları, şarkıları duyuluyordu her tarafta. Yeni evlenenlerin şerefine düzenlenen at yarışı için büyük hazırlık yapılıyor, aşçılar ocak başlarında koşuşuyor, uzaktan yılkıların kişnemesi duyuluyor, kaygısız köpekler oynaşıyordu. Ve bozkırdan esen bir rüzgâr çiçek açmış otların kokusunu getiriyordu. Ama, öbür yurtlardan yükselen müzik sesleri, şarkılar, Raymalı-Aga'nın fazlasıyla dikkatini çekiyor, hele arada bir genç kızların kahkahaları duyulunca onlara kulak kabartmaktan kendini alamıyordu.

Yaşlı ozan, hüzünlü bir özlem, heyecan içinde kalıyordu onları dinlerken. Yanındaki yaşlı insanlara bir şey söylemiyor, belli etmemeye çalışıyordu ama, geçmişe, gençlik günlerine dalıp gitmişti. Genç, yakışıklı olduğu, çevik Sarala'ya binip yollara düştüğü günlere... O zamanlar geçtiği yerlerde otlar Sarala'nın toynakları altında ezildikleri için ağlar ya da güler, onun türkülerini dinleyen güneş ona doğru koşar gelirdi. Esen rüzgârı bağrı ile karşılar, tamburunun sesini dinleyenlerin yüreklerinde odlar tutuşurdu. Ağzından çıkan her şey havada kapılırdı. O zamanlar sevmeyi de, acı çekmeyi de, ölüp ölüp dirilmeyi de bilirdi. Üzengide doğrulup vedalaşırken gözyaşı dökmeyi de bilirdi. Niçindi bütün bunlar? Şu ihtiyarlık çağında pişman olmak, boz küller altında korların sönüp gitmesi gibi, gençlik yıllarının geçip gittiğini görerek acı duymak için mi?

Raymalı-Aga gittikçe mahzunlaşıyor, suskunlaşıyor, düşüncelere dalıyordu. Birden çadıra yaklaşan ayak sesleri duydu. Kulaklarına konuşma sesleri, gerdanlık şakırtısı, ancak kadın elbiselerinin eteklerinden çıkan hışırtılar geliyordu. Derken, çadırın işlemeli kapı örtüsü tâ yukarıya kadar kalktı ve eşikte, tamburunu göğsüne bastırarak tutan bir genç kız göründü. Kızın yüzü ay gibi, kaşları yay gibiydi. Ok gibi saplanan bakışı ve bir meydan okuyuşu vardı. Kömür kara gözlü, selvi boylu, Tanrı'nın özenerek yarattığı bir güzeldi. Boyuna bosuna, yüzünün hatlarına, giyim kuşamı da pek iyi düşüyordu. Arkasında kız arkadaşları ve birkaç yiğit de bulunan genç kız, çadırdaki saygıdeğer konuklardan, ansızın gelip rahatsız ettiği için özür diledi. Sonra da onların tek kelime söylemelerine fırsat bırakmadan, tamburunun tellerine dokunarak Raymalı-Aga'ya hitap etti:

"Vahaya can atan bir kervan gibi, selâma geldim ben, selâmlar olsun. Gürültü patırtı yaparak geldik, bizi kınama. Toy-düğün olanda coşku olmaz mı? Coşuyoruz...

"İçimde gizli bir korku, bir ürperti ile okuyorum bu türküyü. Bu türkü ile aşkımı açıklıyorum diye sakın şaşırma, cüretimi de bağışla. Bir tüfek nasıl barutla dolarsa, ben de öyle cesaretle dolduruldum.

"Günlerimi hür yaşadım toylarda, şölenlerde. Ama arı gibi damla damla biriktirdim balımı.. bugün için sakladım. Vaktim gelince açmak için gonca oldum, bekledim, işte vakit geldi, goncanın açtığı gündür bugün..."

Raymalı-Aga, şaşakalmış, dona kalmıştı. Eğilip selâmını almıştı ama, "Kimsin sen güzel yabancı?" diye soramıyor, onun şarkısını kesmek istemiyordu. Yalnız, hayran hayran bakıyordu. Kınamasalar, kolunu kanadını açıp koşacaktı ona. Ruhu allak bullak olmuştu. Kanı kaynamaya, yüreğini tutuşturmaya başlamıştı. Eğer oradakilerin özel bir görme yetisi olsaydı, her şeyi görebilselerdi, onun yüreğinin canlanıp çırpındığını, sonra büyük bir kartal gibi kanatlanıp yükseldiğini görürlerdi. Gözleri yeniden canlanmış, parlamış, uzun süreden beri beklediği o sesi gökyüzünden duyunca kulak kesilmişti. Raymalı-Aga, şimdi geride bıraktığı yılları, kocamışlığını unuttu ve başını dikleştirdi.

Genç kız şarkısını söylemeye devam ediyordu:

"Derdimi bilesin ey ulu âşık, adımımı nasıl attım, aya-ğına nasıl geldim ben bugün. Küçüklüğümden beri seviyo-rum seni Raymalı-Aga, ey Tanrı vergisi, ey Hak âşığı! Seni her yerde izledim, sesin nerden gelse oraya koştum, atını nereye sürsen oraya gittim. Senin gibi, senin bugün de ol-duğun gibi ünlü bir ozan olmak idi emelim, bu emelimden dolayı beni kınama Raymalı-Aga, ey türkünün eşsiz usta-sı. Gölge gibi ardına düştüm senin, ezgilerini ilâhî gibi, dua gibi, manilerini sihirli sözler gibi ezberledim. Güzel bir günde huzuruna çıkıp aşkımı itiraf etmek, hayranlığı-mı belirtmek için yaktığım türküleri sana okuma cesareti, sana ulaşım gücü versin diye, gece gündüz Tanrı'ya yalvar-dım. Tanrı cüretimi bağışlasın, senin gibi bir müzik ustası ile atışmak, yarışmak istedim. Ey Raymalı-Aga, ey eşsiz üs-tad, başkalarının gerdek gecesini beklemesi gibi bekledim ben bu günü. Yenilsem ne çıkar, ram olsam ne gam! Ama ben çok küçüktüm, sen ise çok büyük, çok ünlü ve herkes tarafından sevilen, sayılan idin. Şan-şeref kuşatmıştı çev-reni. O büyük kalabalıkta, toylarda, şölenlerde, benim gibi küçücük bir kızı nasıl farkederdin? İçimden utanç duysam da, türkülerinle sarhoş oluyor, senin aşkınla yanıp tutuşu-yordum. Gizli gizli hep seni düşledim ben, seni sevdim, senin karın olmayı istedim hep. Buna cüret ettim işte. Söz sanatında senin kadar usta olmak, müziğin sırrını senin kadar bilmek ve senin gibi çalabilmek için, yemin ettim ey üstadım.. tâ ki senin bakışlarından korkmayayım, sa-na bu övgüleri söyleyebileyim, aşkımı önüne serip, sana meydan okuyayım. İşte geldi o gün, karşındayım. Gör beni! Yargıla beni! Bugüne ulaşmak için bir an önce büyümek istiyordum, vakit benim için çok yavaş geçti ve ancak bü-yüdüm. Sonunda, bu baharda erdim on dokuzuma. Ve sen, ey Raymalı-Aga, seni düşlediğim çocukluk çağımda nasıl idiysen yine öylesin. Yalnız saçların biraz kırlaştı, ne gam!

Saçlarına ak düşmemiş olanları sevmek zorunda olmadığım gibi, ak saçlıları sevmeme de kimse engel olamaz. Ve işte karşındayım! Benden hiç çekinme, apaçık söyle. Beni eş olarak, karın olarak kabul etmeyebilirsin, ama seninle yarışmaya gelmiş yırcı olarak reddedemezsin! Sana meydan okuyorum, büyük üstad, haydi, söz senin! Konuşsun tambur!"

Raymalı-Aga ayağa kalktı:

- Kimsin sen? Nerden geldin? Adın ne?

- Benim adım Begimay.

- Begimay demek? Peki, bugüne kadar nerdeydin? Niye geciktin? Nereden çıkageldin?

Bu sözleri istemeden kaçırmıştı ağzından. Üzgün, karamsar, başını eğdi.

- Az önce söyledim Raymalı-Aga, küçüktüm, büyümeyi bekledim...

Raymalı-Aga başını sallaya sallaya cevap verdi:

- Her şeyi anlıyorum da, yalnız bir şeyi anlamıyorum. Benim kaderim, alın yazım, niçin böyle yazılmış? Senin gibi baharını yaşayan bu kadar güzel bir kızı, felek niçin ben kışa girerken, son günlerimi yaşarken çıkarıyor karşıma? Bugüne kadar gördüklerimin bir hiç olduğunu, boş bir hayat yaşadığımı, bir gün senin gibi bir güzeli görünce anlayayım diye mi? Kader bana niçin böyle acımasız davranıyor?

- Acı acı sitem etmene hiç gerek yok Raymalı-Aga! Talih beni karşına çıkardı diye, benden şüphe etme! Benim için en büyük mutluluk seni mutlu etmektir. Genç kız sevgisiyle, şarkılarımla, tertemiz aşkımla, en tatlı okşayışlarımla mutlu kılacağım seni. Bana inan, bana güven Raymalı-Aga. Eğer şüphelerini yenemezsen, sevgi yolunu, gönül kapını yüzüme kapatsan bile, sana olan aşkım kalbimden çıkmayacaktır. Senin gibi bir söz ustası ile yarışmayı, sınanmayı da şereflerin en büyüğü sayacağım.

- Ne diyorsun Begimay? Sen ne diyorsun? Sözde, sazda yarışmak, sınanmak da neymiş ki! İçinde yaşadığımız düzenle pek bağdaşmayan aşk gibi korkunç bir sınır varken, sazda sözde sınanmak neymiş ki! Hayır Begimay, hayır, seninle güzel söz söylemede yarışmam ben. Yarışacak gücüm kalmadığı için değil, kelime hazinemin kurumuş olmasından değil, sesimin kısılmasından, körleşmesinden değil, sana hayran olmaktan başka bir şey istemiyorum. Hayranım sana! Seninle ancak aşkta yarışırım Begimay, sevgide yarışırım!

Raymalı-Aga bu sözleri söyledikten sonra tamburunu aldı, tellerini yeniden akord etti ve usta parmaklarıyla dokundu. Eski günlerde olduğu gibi coşkulu, duygulu, çalmaya başladı. Bazen, otları hışırdatan hafif bir yel oluyor, bazen ak bulutlu gökyüzünde uğuldayan bir fırtına. O günden beri yeryüzünde söylenegelen "Begimay türküsü" işte böyle doğdu:

> *"...Uzaklardan bulak başına susuzluğunu gidermek için gelmişsen, ben de rüzgâr gibi eser gelir, ayaklarına kapanırım Begimay!*
>
> *Kaderimde bugünün son günüm olduğu yazılıysa, ölmemek için direnirim Begimay!*
>
> *Bugün değil, yarın değil, sen var oldukça hiç ölmem Begimay!*
>
> *Ölürsem dirilirim, ölür ölür yine dirilirim Begimay!*
>
> *Hep sensiz kalmamak için yaşarım, sensiz kalmak kör olmaktır, gözsüz olmaktır..."*

Raymalı-Aga "Begimay Türküsü"nü böyle okudu.

O günü, Raymalı-Aga ve Begimay'ın karşılaştıkları o günü, insanlar hiç unutamadılar. Herkes onlardan söz ediyor, başka bir şey konuşmuyordu. Bütün oba toy şenliğindeydi. Beyaz çadırlar süslenmiş, herkes bayramlık elbiselerini giymişti. Atlılar da, atlar da pırıl pırıl idiler. Ve gelin alayı güveyin evine doğru yola çıkmıştı. Raymalı-Aga ve Begimay alayın en önünde idi. Tambur çalıyor, kaval çalıyor, şarkı okuyor, yanyana, atlarının üzengileri birbirine değerek ilerliyor, Tanrı'dan Peygamber'den genç evliler için mutluluk diliyorlardı. Biri bırakıyor, biri alıyordu. Biri bırakırken öteki çalıyordu...

Onları dinleyen insanlar hayran kalıyor, mutlu oluyorlardı. Onların ayakları dibinde otlar açılıyor, gülüyor, kır ateşlerinin dumanları çevreye yayılıyor, yanlarında kuşlar uçuşuyor, cıvıl cıvıl ötüşüyordu. Küçük çocuklar taylara binmiş, iki âşığın etrafında fır dönüyorlardı.

Raymalı-Aga, bu yaşlı ozan, tanınmaz olmuştu. Sesi eskisi gibi çınlıyordu, hareketleri eskisi kadar çevikti ve gözleri, yeşil çayırın ortasına kurulmuş beyaz bir çadırın ışıklı iki penceresi gibi parlıyordu. Emektar atı Sarala bile canlanmış, gençleşmiş, çevikleşmişti. Başını gururla, dimdik kaldırıyordu.

Ama, o coşkulu sahneyi nefretle karşılayanlar, Raymalı-Aga'nın yüzüne tükürmek isteyenler de vardı kalabalığın arasında. Bunlar daha çok onun yakın akrabaları, onun mensup olduğu Barakbay aşiretinden idiler. Toyda bulunan Barakbaylılar bunu bir çılgınlık, yüz kızartıcı bir davranış olarak görüyorlardı. Ömrünün kışında, saçı sakalı ağardıktan sonra çıldırmış mıydı bu adam! Bazıları hemen Raymalı-Aga'nın kardeşi Abdilhan'a haber saldılar ve ona kafa tuttular: "Raymalı denen bu kocamış köpek bizi böyle rezil ederse, seni nasıl bucak başkanı seçeriz? Seçim sırasında öbür aşiretler bu olayı ortaya alıp bizimle alay etmezler mi? Onun toyda, genç bir tayın kişnemesi gibi bağıra bağıra türkü söylediğini, kahkaha atıp güldüğünü işitmedin mi? Ya yanındaki o kıza, o körpe kancığa ne demeli! Herkesin gözü önünde birbirlerine neler diyorlar, neler! Ne utanç verici, ne yüz kızartıcı bir şey! Kız onun aklını başından almış, iyice baştan çıkarmış. Nasıl katılır böyle bir kaltağa! Olay bütün avıllara yayılmadan Raymalı'yı yola getirmelisin!"

Abdilhan kocayıncaya kadar, eğlenceden eğlenceye koşan, serseri bir hayat yaşayan ağabeyine zaten çok kızıyordu. Ama artık iyice yaşlandığına göre aklını başına toplamıştır diye düşünüyordu. O böyle düşünürken Raymalı'nın Barakbaylar'ı rezil etmesi onu da çileden çıkardı. Atına atladığı gibi, kalabalığı yara yara düğün alayına yaklaştı. Bir yandan da kamçısını havada sallayarak bağırıyordu: "Aklını başına topla! Yaşını başını bil! Dön eve!"

Raymalı-Aga coşkular içindeydi, yüreğinden gelen manileri okuyor, melodiler içinde yüzüyordu. Kardeşini ne duydu ne de gördü. Ona hayran atlılar çevresini kuşatmış, genç kızla karşılıklı deyişlerini zevkle dinliyor, her sözünü kapmaya çalışıyorlardı. Raymalı'ya engel saygısız kardeşini durdurup sıkıştırdılar, atına ve kendisine kamçılarıyla vurmaya başladılar. O kalabalıkta kimin sıkıştırdığı, kimin vurduğu belli olmuyordu. Abdilhan, kurtulmak için atını sürüp kaçmaktan başka çare bulamadı.

Âşıklar türkü söylemeye devam ediyorlardı. Ve işte yepyeni bir türkü daha doğmuş, dudaklarda dolaşmaya başlamıştı:

"... *Aşk oduna düşen maral, sabah erken melemeye başlayınca sesi dağlarda, boğazlarda yankı yankı duyulur...*" diyordu Raymalı.

"... *Kuğu kuğusundan ayrı düşende, güneş bile gözüne kapkara bir leke olarak görünür...*" diye cevap veriyordu Begimay.

Böylece, genç evliler şerefine türküler, maniler söyleniyordu. Biri bırakıyor, öbürü alıyor, biri söylüyor, öbürü cevap veriyordu...

Abdilhan'ın atını sürüp uzaklaşırken duyduğu öfke ve kinden Raymalı-Aga'nın haberi yoktu. Barakbaylar'ın ona niye kızdıklarından, ona nasıl korkunç bir ceza hazırladıklarından da haberi yoktu.

Âşık ozanlar çalıyor söylüyor, çalıyor söylüyorlardı...

Abdilhan, eyerin üzerine yatıp fırtına habercisi kara bir yel gibi esti, kendi avılına geldi. Hısım akrabası kurt sürüsü gibi etrafını sarmış, onu kışkırtıyorlardı:

- Ağabeyin aklını oynatmış! Çıldırmış! Bu ne rezalet! Bu ne kepazelik! Hemen yola getirmeli onu!

Âşıklar ise çalıyor söylüyor, çalıyor söylüyorlardı! Âşıkların müziğine uyarak güvey evine doğru ilerleyen düğün alayı bir yere gelip durdu. Burada uğurlayıcılar ayrılacaktı. Mutluluk dileklerini tekrarladılar. Raymalı-Aga, kalabalığa dönerek şunları söyledi:

- "... Bugünü gördüğüm için mutluyum. Şükürler olsun, talih bana kendim gibi bir akın (âşık-ozan) olan bu genç, güzel Begimay'ı bir ödül olarak gönderdi. Ancak çakmak taşı, çakmak taşına sürtününce kıvılcım çıkar; güzel söz söyleme sanatında da ozanlar ancak birbiriyle yarışarak bu sanatın sırrını kavrayabilir, ona ulaşabilirler. Ama daha da önemlisi, batmakta olan bir güneşin son ışıklarıyla dünyayı güzelleştirmesi gibi, ben de, hayatımın son döneminde, hayal bile edilemeyen, bugüne kadar görmediğim bir ruh zenginliğinin, bir ruh gücünün belirtisi olan bir aşkı tattığım için mutluyum, çok mutluyum..."

Begimay da cevap verdi ona:

- Raymalı-Aga, ben de dileğime kavuştum, rüyalarım gerçek oldu. Artık senin izinden ayrılmayacağım. İstediğin zaman, istediğin yere çalgımı alır gelirim; türkümü türküne katmak, seni sevmek ve senin tarafından sevilmek için koşar gelirim. Bugün hiç tereddüt etmeden, hayatımı kaderime bırakıyorum. Korkmadan, istekle, coşkuyla...

Bu sözleri türkü oldu ve böyle okundu.

Düğün alayını oluşturan kalabalığın karşısında, iki âşık, iki gün sonra başlayacak büyük bir panayırda buluşmak, her taraftan toplanacak kalabalığın önünde çalıp söylemek için sözleştiler.

Düğün alayı işte bu güzel haberi alarak dağıldı. Haber bir anda ağızdan ağıza, kulaktan kulağa ulaştı. Haberi sevinçle karşılayanlar da vardı, nefretle karşılayanlar da...

- Panayıra! Panayıra gelin!
- Atınızı eyerleyin ve hiç durmadan panayıra gidin!

Haber, yankı yankı yayıldı:

- Ne büyük bir şenlik olacak!
- Ne eğlence! Ne eğlence!
- Çok güzel şey! Bulunmaz bir olay!
- Yüz karası bir şey bu!
- Çok güzel! Çok!
- Neresi güzel? Utanç verici! Ne saçmalıktır bu!

Raymalı-Aga ve Begimay yolun ortasında birbirinden ayrıldılar:

- Panayırda görüşürüz Begimay!
- Panayırda görüşeceğiz Raymalı-Aga!

Biraz uzaklaştıktan sonra başlarını çevirip yine bağırdılar:

- Panayırda buluşuruz Begimay, hoşça kaaal!
- Buluşuruz Raymalı, hoşça kaaal!

Güneş batmak üzereydi. Uçsuz bucaksız bozkıra, akşamın sisli beyaz bulutu çöküyordu. Mevsim yazdı. Otlar kuruyup sararmaya yüz tutmuş, kokuları çevreye yayılmıştı. Dağlara yağmur yağmış, hava hafif bir serinlik getirmişti. O güzel yaz akşamında, güneş iyice batıp kaybolmadan önce, çaylaklar alçaklardan uçuyor, yavru kuşlar cıvıl cıvıl ötüyorlardı...

Raymalı-Aga, atı Sarala'nın yelesini okşadı:

- Ne güzel bir sessizlik, Cennet kadar güzel bir hava, dedi. Ah Sarala, emektar yoldaşım, şanlı atım! Hayat bu kadar güzelmiş demek! İnsan, hayatının son deminde de âşık olur, mutlu olurmuş demek?

Kocamış da olsa, Sarala, pofurdaya pofurdaya, sürçmeden, yavaşlamadan gidiyordu. Bütün gün eyer altında dolaşmıştı. Şimdi efendisini bir an önce çadırına ulaştırdıktan sonra, dereden serin bir su içmek, bacaklarını dinlendirmek ve ay ışığında otlamak istiyordu.

Derenin dirseğini döndüler: İşte avıl, işte beyaz çadırlar, ocaklardan kıvrıla kıvrıla yükselen dumanlar...

Raymalı-Aga çadırına gelince attan indi ve hayvanı bir kazığa bağladı. Hemen çadıra girmemiş, dışarıda, ocağın başında oturup biraz dinlenmek istemişti. İşte bu sırada bir komşu çocuğu geldi yanına:

- Raymalı-Aga, sizi çadıra çağırıyorlar, dedi.

- Kim çağırıyor?

- Bizimkiler, Barakbaylar.

Raymalı-Aga çadıra gitti, eşikten içeri adımını atar atmaz aşiretin ileri gelenlerini gördü. Yarım ay şeklinde sıralanıp oturmuşlardı. Kardeşi Abdilhan da vardı bunların arasında. Biraz kenarda kalmış, asık suratını yere eğmiş, öylece duruyordu. Gözlerini kaldırıp bakmadı bile. Belli ki bakışlarında gizlemek istediği bir şey vardı. Raymalı-Aga çadırında toplananları selâmladı:

- Selâmünaleyküm. Hayır ola? Bir şey mi var?

- Seni bekliyorduk, dedi meclisin aksakalı.

- Beni bekliyor idiyseniz, işte geldim, geçip aranıza oturayım bari.

- Dur orada! Kapının ağzında kal, oraya diz çök bakalım!

- Bu da ne demek oluyor? Bu çadırın sahibi benim!

- Hayır, artık sen değilsin! Aklını yitirmiş bir ihtiyar hiçbir şeyin sahibi olamaz!

- Ne demek istiyorsunuz siz?

- Şunu istiyoruz: Artık toydan toya, şölenden şölene gitmeyecek, serseri hayatına son vereceksin. Toyda, yaşına başına bakmadan, birlikte yüz kızartıcı şarkılar söylediğin o kızı aklından çıkarıp atacaksın. Bizi rezil rüsva ettin. Şimdi diz çöküp pişmanlık duyduğunu söyleyecek, bir daha böyle şeyler yapmayacağına dair yemin edeceksin! Bir daha asla, asla görmeyeceksin onu!

- Siz boşuna nefes tüketiyor, boşuna konuşuyorsunuz. Yarın değil öbürgün onunla panayırda buluşacak, bütün halkın karşısında çalıp söyleyeceğiz!

Aksakallar öfkeyle bir ağızdan bağırdılar:

- Bizi rezil edecek!

- Daha vakit varken sözünü geri al!

- İyice bunamış bu adam!

- Aklını oynatmış!

Aksakalların başı bağırdı:

- Susun! Bir ağızdan konuşmayın! Ey Raymalı-Aga, bütün söyleyeceklerin bu kadar mı?

- Evet.

- Duydunuz değil mi Barakbaylar, bu günahkâr kardeşimizin cevabını?

- Evet, duyduk.

- Pekâlâ! Şimdi benim söyleyeceklerimi dinleyin! Önce sana söylüyorum talihsiz Raymalı! Ömür boyu dolaşıp durdun, bir baltaya sap olamadın, tek varlığın şu kocamış atın oldu. Toydan toya, şölenden şölene koştun, tambur çaldın, herkesin maskarası oldun, yalnız başkalarını eğlendirmekle geçti günlerin. O zaman seni hoş gördük "Gençtir, zamanla aklını başına alır," dedik. Ama bugün ne görüyoruz!

Senin yaşında bir insanın artık köşesine çekilip ölümü düşünmesi gerekirdi. Sen öyle yapmıyor, başkaları için alay konusu, bizler için yüz karası olduğunu düşünmeden, yaşına başına bakmadan, bir genç kızla düşüp kalkıyor, çapkınlık ediyorsun. Geleneklerimizi, törelerimizi hiçe sayıyor, bizim öğütlerimizi de kabul etmek istemiyorsun. Bundan dolayı Tanrı senin cezanı verecektir. Suç senin, ceza da senin. Şimdi sana sesleniyorum Abdilhan. Ayağa kalk! Sen bu adamın aynı anadan, aynı babadan doğma kardeşisin; bizim de desteğimiz ve umudumuzsun. Biz bütün Barakbaylar seni bucak başkanı olarak görmek istiyoruz. Ama ağabeyin çıldırmış olacak, ne yaptığını kendisi de bilmiyor ve bu davranışlarıyla da senin seçilmeni zorlaştırıyor. Bu kaçık bizim haysiyetimizi beş paralık etmeden, onun yüzünden başkaları yüzümüze tükürmeden ve Barakbaylar'ı gülünç duruma düşürmeden, onu yola getirmek için gerekeni yapmak sana düşer. Buna hakkın vardır. Onun davranışları yüzünden sana bu hak verilmiştir.

Raymalı-Aga, Abdilhan'dan önce atıldı ve şunları söyledi:

- Hiçbirinizin peygamberlik, hâkimlik taslamaya hakkınız yok! Burada bulunan herkese acıyorum. Burada bulunmayıp sizin gibi düşünenlere de acıyorum. Tartışması bile yapılamayacak bir konu hakkında karar vermek, hüküm vermek gibi bağışlanmaz bir hata ediyorsunuz! Siz bu dünyada gerçeğin nerede olduğunu, gerçek mutluluğun nerede bulunduğunu bilmiyorsunuz. Duygu bir şarkıdan başka bir şey değilse, şarkı söylemek niçin ayıp olsun? Aşk varsa ve hele âşık olmak Allah vergisi ise, niçin ayıp olsun? Dünyada en büyük sevinç, âşık olanın sevinci, sevmek-sevilmek sevinci değil midir? Sizler bana şarkı söylediğim için, geçkin yaşımda başıma gelen aşkı, o yüce sevgiyi geri tepmediğim için, çıldırmış, bunamış diyorsanız, ben de sizin yanınızda bir dakika durmam, çeker giderim. Herkese bir yer vardır bu dünyada. Atım Sarala'ya biner, sevgilimin yanına giderim. Ordan da onunla birlikte başka dünyalara göçeriz, tâ ki şarkılarımız, türkülerimiz ve bizim davranışlarımız sizi rahatsız etmesin.

O âna kadar konuşmadan duran Abdilhan yerinden fırladı ve bağırdı:

- Hayır, hiçbir yere gitmeyeceksin! Adım bile atmayacaksın! Panayır, toy, düğün yok artık. Aklın başına gelinceye kadar bırakmayacağız seni!

Bunları söyledikten sonra yaşlı âşığın elinden tamburu kaptığı gibi yere çaldı. Azgın boğanın bakıcısını ayakları altına alıp üzerinde tepinmesi gibi, zıplaya zıplaya parçaladı o nazik âleti:

- Al sana! Al işte! Çalgı malgı yok artık. Hey siz, şuradaki o kocamış atı, Sarala'yı getirin buraya!

Dışarıda bekleyen birkaç kişi biraz ileride bağlı duran Sarala'yı çözdüler.

- Eyerini çıkarıp atın şuraya!

Söyleneni yaptılar. Abdilhan, daha önce oralarda bir yere sakladığı baltayı aldı ve bununla eyeri parça parça etti.

- İşte böyle! Şimdi hiçbir yere gidemezsin!

Eyeri parçaladıktan sonra öfkesi geçmemiş, atın kolanını, gemini, üzengi kayışlarını da parçalamış, etrafa savurmuştu.

Zavallı Sarala da korktu, titremeye, olduğu yerde tepinmeye başladı. Kendi başına da aynı şeyin geleceğini hissetmiş gibiydi.

- Sarala'ya binecek, panayıra gideceksin ha! Git bakalım! Gör şimdi ne oluyor?

Göz kapayıp açıncaya kadar bir zamanda o birkaç kişi Sarala'yı yere devirdi, ayaklarını bir araya getirip sımsıkı bağladılar. Abdilhan hayvanın başını tutup geriye kanırdı ve elindeki keskin bıçağı savunmasız kalan hayvanın gırtlağına dayadı.

Raymalı-Aga vargücünü kullanarak kendisini tutanların kollarından sıyrıldı ve ileri atılıp bağırdı:

- Dur! Öldürme hayvanı!

Fakat geç kalmıştı. Bıçağın altından fışkıran sıcak kan, yüzüne çarptı ve gün ortasında bastıran karanlık gibi gözlerine doldu. Sarala'nın kanına bulanmış olarak sendeleye

sendeleye ayağa kalkan Raymalı-Aga aşağılanmış olmanın mahzun sesiyle ve gömleğinin ucuyla yüzünü gözünü silerek:

- Ne yaparsanız yapın, engel olamazsınız! Yürüyerek de, sürünerek de olsa gideceğim!

Abdilhan, atın kesik boğazı üstünden başını kaldırdı ve sırıtarak:

- Hayır, yaya da gidemeyeceksin! dedi, hiçbir yere adım atamayacaksın. Hey! Yakalayın onu! Görmüyor musunuz, delirmiş! Bağlayın elini kolunu, yoksa birimizi öldürür!

Bağrışmalar, çağrışmalar oldu. Herkes birbirine girdi.

- İpi ver!
- Kıvır kollarını!
- İyice sık!
- Aman Tanrım! Delirmiş gerçekten!
- Vallahi oynatmış!
- Şu kayın ağacına götürün!
- Çek, çek! Sürükle!
- Çabuk olun, çabuk!

Ay tâ yukarılara kadar yükselmişti. Yeryüzü, gökyüzü sessizlik içindeydi. Bu sırada birtakım şamanlar çıkageldi. Ortaya bir meydan ateşi yaktılar ve bu ateşin etrafında vahşi danslarını yaparak büyük yırcının aklını karıştıran, zihnini karartan kötü ruhları kovmaya çalıştılar.

Raymalı-Aga ise elleri arkasına, kendisi kayın ağacına sımsıkı bağlı, öylece duruyordu.

Sonra molla geldi. Delirdiği söylenen Raymalı-Aga için dualar okuyarak onu selamete erdirmesini diledi Tanrı'dan.

Raymalı-Aga, elleri arkasına, kendisi kayın ağacına sımsıkı bağlı, öylece duruyordu.

Öylece, ağaca bağlı dururken, kardeşi Abdilhan'a şu türküyü söyledi:

346 • GÜN OLUR ASRA BEDEL

"... Gece biterken son karanlığını da alıp götürür,
Güneş doğar, gündüz olur yeniden,
Ama benim ışığım yok artık, hiç olmayacak,
Sen söndürdün güneşimi, içi kara mutsuz kardeşim
                                                    Abdilhan!
"... Beni, ömrümün kışında Tanrı'nın lûtfettiği o aşk-
tan mahrum ettin diye övünme, sevinme!
Yüreğimin son atışına, son nefesine kadar duyacağım
                                                    mutluluğu,
Sen ne bilir, ne anlarsın Abdilhan!

"... Ellerimi, kollarımı şu ağaca sımsıkı bağladın
Ama orda duran ben değilim, sadece bedenimdir,
Zavallı kardeşim Abdilhan!

"... Benim ruhum rüzgâr olup uzaklara gitti,
Sonra yağmur olup toprağa karıştı,
Sevgilimden asla ayrı değilim,
Ben onun saçlarıyım, nefesiyim...

"... Sevgilim gün doğarken uyandığında
Bir dağkeçisi olup ineceğim dağlardan.
Bir kayaya çıkıp dikilecek,
Onun çadırdan çıkmasını bekleyeceğim.

"... O ocağı yaktığı zaman ateşinin dumanı olacağım,
Çevresinde dolanacağım!
Atını dörtnala sürüp giderken
Dere geçidini geçerken
Su olup atının toynakları altında sıçrayacağım.
Yüzüne, ellerine serpileceğim,
Sevgilim türkü söyleyende
Onun sesi, türküsü olacağım..."

Şafak sökerken başının üzerindeki ağaç yapraklarının hafif hışırtısını duydu. Sabah olmuş, ortalık aydınlanmıştı. Raymalı-Aga'nın aklını oynattığını işiten komşu ve akrabaları merak edip geldiler, atlarından inmeden, biraz uzağında durup ona baktılar. Raymalı'nın elbisesi lime lime olmuştu. Kolları arkasına, gövdesi kayın ağacına sımsıkı bağlıydı.

Karşısında durup kendine bakanları görünce, sonradan büyük bir üne kavuşacak, dilden dile dolaşacak olan şu şarkıyı söyledi:

Kara kara dağlardan göç inende
Çöz ellerimi kardeşim Abdilhan.
Morlu morlu dağlardan göç inende
Bırak beni gideyim kardeşim Abdilhan.

Ah.. nerden bilirdim, nasıl bilirdim
Ellerimi senin bağlayacağını!
Ayaklarımı senin bağlayacağını!
Kara kara dağlardan göç inende
Morlu morlu dağlardan göç inende
Çöz ellerimi kardeşim Abdilhan
Ben göklere çıkacağım o zaman...

Kara kara dağlardan göç inende
Panayıra gelemedim Begimay!
Morlu morlu dağlardan göç inende
Beni panayırda bekleme Begimay
Seninle birlikte panayırda
Mani söyleyemeyeceğiz...
Ne ben geleceğim oraya ne Sarala...

Kara kara dağlardan göç inende
Morlu morlu dağlardan göç inende

Panayırda beni bekleme Begimay,
Ben uçmağa varacağım Begimay...

İşte Raymalı-Aga efsanesi budur.

Yedigey, Ana-Beyit yolunda Kazangap'ı son yolculuğuna uğurlarken, nice anılarla birlikte bu efsaneyi de hatırlamıştı.

*
* *

-XI-

Bu yerlerde trenler doğudan batıya, batıdan doğuya gider gelir.. gider gelirdi...

Bu yerlerde demiryolunun her iki yanında ıssız, engin, sarı kumlu bozkırların özeği Sarı-Özek uzar giderdi.

Coğrafyada uzaklıklar nasıl Greenwich meridyeninden başlıyorsa, bu yerlerde de mesafeler demiryoluna göre hesaplanırdı.

Trenler ise doğudan batıya, batıdan doğuya gider gelir.. gider gelirdi...

BÜYÜK MALAKUMDIÇAP deresinin kızıl kumlu yatağını geçtikten sonra, bir zamanlar Nayman-Ana'nın mankurt oğlunu aradığı yerlere gelmişlerdi. Artık Ana-Beyit'e çok yakın idiler. Yedigey sık sık saatine ve sonra Sarı-Özek üzerinde dikili duran güneşe bakıyor, şimdilik her şeyin uz gittiğini düşünüyordu. Bu gidişle ölüyü zamanında defnedecek, cenaze aşına da rahat rahat yetişeceklerdi. Tabiî onlar Boranlı'ya geldikleri zaman akşam olacaktı ama, işlerin gündüz bitmesi önemliydi ve öyle olacağı anlaşılıyordu. Ne tuhaftı şu hayat! Kazangap Ana-Beyit'te yatacak, onlar ise köye dönüp cenaze aşı yerken iyi sözler söyleyip onu anacaklardı!

Aynı düzende ilerliyorlardı: En önde Karanar'ın süslü eyerine kurulmuş Yedigey, onun ardında arabalı traktör ve sonra Belarus marka ekskavatör vardı. Bu cenaze alayı Malakumdıçap vadisinden çıkıp Ana-Beyit ovasına girmişti. Cenaze alayının biraz açığında, yanda, kızıl tüylü Yolbars koşuyordu. Dili bir karış sarkmıştı Yolbars'ın. Birden karşılarına hiç beklenmedik bir engel çıktı: Dikenli tellerle çevrilmiş bir çit, bir duvar vardı önlerinde. Yedigey tel örgüyü görünce olduğu yerde şaşırıp durdu. "Hay aksilik!" diye geçirdi aklından. Üzengiler üzerinde doğrularak Karanar'ın sırtından sağa sola baktı. Ama, sağda da, solda da dikenli telden yapılmış engel uzayıp gidiyordu. Her beş metrede bir toprağa sağlamca gömülmüş dörtköşe beton direklere birkaç sıra hâlinde sarılan dikenli teller geçit vermiyor ve bu geçit vermez engelin ne başı görünüyordu ne sonu! Belki gerçekten yoktu başı sonu. Bütün bir alanı çepçevre kuşatıyor ve onlara geçit vermiyordu. Şimdi ne yapacaklar, yollarına nasıl devam edeceklerdi?

Traktör ve yol kazma makinesi de durdu. Sabitcan ve Uzun Adilbay atlayıp indiler. Sabitcan eliyle tel örgüleri göstererek:

- Bu da nesi? dedi, yoksa yanlış mı geldik?

- Hayır, niye yanlış gelecekmişiz? Ama, bu Allah'ın belâsı dikenli tellerin nerden çıktığını bilemiyorum.

- Daha önce yok muydu bunlar?

- Yoktu elbet.

- Peki şimdi ne yapacağız? Nereden geçip gideceğiz?

Yedigey bir cevap vermedi. O anda o da bilmiyordu ne yapacaklarını.

Canı sıkılan Sabitcan traktörden başını uzatıp bakan Kalıbek'e bağırdı:

- Sustursana şu motoru, boş yere kafa şişirme!

Traktör ve onun ardından yol kazma makinesi sustu. Büyük bir sessizlik kapladı bozkırı. Çıt yoktu. Yedigey, suratı bir karış, hâlâ devesinin üstündeydi. Sabitcan ve Uzun Adilbay onun yanında ayakta duruyor, Kalıbek ile Cumali, araçlarında, sürücü yerinde kımıldamadan oturuyorlardı. Rahmetli Kazangap'ın ak keçeye sarılı cesedi römorkta öylece duruyor, onun kızı Ayzade'nin kocası ayyaş damat ise yanında bekliyordu. Bu fırsattan yararlanan kızıl tüylü köpek Yolbars, traktörün tekerleğine yanaştı ve arka ayaklarından birini kaldırdı...

Mavi gök altında uzanan engin Sarı-Özek bozkırı, o baştan bu başa kadar hiçbir yerde Ana-Beyit'e bir geçit vermiyordu. Dikenli tel duvarın önünde şaşıp kalmışlardı.

Sessizliği ilk bozan Uzun Adilbay oldu:

- Yedike, gerçekten daha önce yok muydu bu engel?

- Kesinlikle yoktu! İlk defa görüyorum!

- Herhalde bu bölgeyi uzay alanı için çevirmiş, yasaklamış olsalar gerek.

- Öyle olmalı. Öyle olmasa, bunca zahmete, bunca masrafa katlanıp Allah'ın çölünü ne diye dikenli telle çevirsinler? Akıllarına her geleni yapıyor, başkalarına zarar verebileceklerini hiç düşünmüyorlar, lanet olsun! dedi Yedigey.

Bu arada Sabitcan'ın homurdandığı da duyuldu:

- Şimdi bağırıp çağırmanın ne yararı var! Bu yola düşmeden önce araştırmak, soruşturmak gerekirdi!

Ağır, sıkıntılı bir sessizlik çöktü. Yedigey, Karanar'ın sırtından Sabitcan'a ters ters baktı. Yine de olabildiği kadar sakin görünmeye çalışarak:

- Bak evlat, biraz sabret, canını sıkma. Evvelce burada tel örgü yoktu, sonradan yaptıklarını nereden bilebilirim? Kimin aklına gelir?

Sabitcan ona sırtını dönerek mırıldandı:

- Ben de onu diyorum işte...

Yine sessizlik oldu ve bu sessizliği yine Adilbay bozdu:

- Şimdi ne olacak Yedike? Ne yapacağız? Mezarlığa gitmenin bir başka yolu yok mudur?

- Var, var tabiî. Sağda, beş kilometre ilerde bir başka yol var, dedi Yedigey o tarafa bakınarak. Gidelim oraya, bir geçiş olmaması mümkün değil.

Sabitcan tepeden bakıp yine homurdandı:

- Emin misin? Gerçekten var mı bakalım? Eğer yoksa daha beter olur, sıkışıp kalırız burada!
- Var, eminim. Hadi binin araçlarınıza da vakit kaybetmeyelim boş yere.

Yeniden yola koyularak, tel örgü boyunca, traktör ve yol kazma makinesinin patırtılarıyla ilerlemeye başladılar.

Yedigey çok üzülmüş, bu beklenmedik durum onu biraz da ümitsizliğe düşürmüştü. "Her tarafı çitle çevirirler, sonra da mezarlığa giden yolu belirtecek bir işaret koymazlar!" diyor, canı sıkılıyordu. Yine de bütün ümidini yitirmiş değildi. Daha güneyde mutlaka bir geçit olması gerekiyordu.

Yanılmamıştı. Tahmin ettiği yerde gerçekten de bir geçit vardı.

Daha çok yaklaştıkları zaman Yedigey, o geçitin açılır-kapanır bir parmaklık olduğunu farketti. Ama, besbelli, sağlam ve çok dikkatli korunan bir kapıydı bu. İki yanında kocaman beton direkler vardı. Biraz ileride, yolun kenarında, tuğladan yapılmış küçük bir yapı bulunuyordu. Yapının dışa dönük cephesi, çevreyi iyi gözetleyebilmek için boydan boya camla kaplıydı. Ayrıca yapının damında iki projektör görünüyordu ki besbelli geceleyin girişi ve çevresini aydınlatmak için kullanılıyordu. Bu girişten içeriye doğru asfalt bir yol uzanıyordu. Bütün bunları gören Yedigey'in canı sıkıldı, şüpheye, endişeye kapıldı.

Onlar kapıya yaklaşınca, nöbet noktasındaki sarışın ve gencecik bir asker yanlarına geldi. Omuzunda, namlusu aşağıya çevrilmiş bir makineli tüfek vardı. Gömleğini ve şapkasını düzelterek kapının önüne gelip durdu. Gayet ciddi idi ve duruşuyla da oradan geçilemeyeceğini belli ediyordu. Fakat Yedigey yolu kapatan engele kadar sokulunca ona selâm vermek zorunda kaldı. Açık mavi çocuksu gözleriyle Yedigey'e bakarak askerce selâmladı:
- Selâm! Kimsiniz? Nereye gidiyorsunuz?

Askerin çocuksu ciddiliğine hafifçe gülümsemekten kendini alamayan Yedigey:

- Selâm asker, yabancı değiliz, buralıyız biz. Büyüklerimizden biri rahmete kavuştu, mezarlığa gömmeye getirdik.

Çocuk yüzlü asker, Karanar'ın hemen başı ucunda, koca dişlerini göstere göstere geviş getirmesinden korkup geri çekilirken, başını 'olmaz' anlamında sallayarak:

- İzin belgeniz olmadan geçemezsiniz, dedi, burası yasak bölgedir!

- Anlıyorum ama bizim mezarlığa gitmemiz gerek, mezarlık şuracıkta zaten. Ölümüzü gömüp hemen döneceğiz.. uzun sürmez.

- Olmaz, sizi bırakamam, yetkim yok.

Yedigey, göğsündeki savaş madalyaları ve nişanları görünsün diye devesinden eğildi:

- Bak evladım, biz yabancı değiliz. Boranlı istasyonundan geliyoruz. Adını duymuş olmalısın. Yerlisiyiz buranın. Mezarlıktan başka yere gitmeyeceğiz ki...

- Anlıyorum ama elimden bir şey gelmez.

Böyle diyen nöbetçi omuz silkerek, nazik, samimi bir konuşmaya başlamıştı ki Sabitcan onun sözünü keserek ve önemli bir adam olduğunu belirtmek ister gibi tepeden konuşarak sordu:

- Ne oluyor burada? Mesele nedir? Ben Sendika Bölge Sovyeti üyesiyim. Niye durduruldu?

- Çünkü buradan geçemezsiniz.

- Nöbetçi yoldaş, tekrar ediyorum, ben Sendika Bölge Sovyeti üyesiyim.

- Kim olduğunuz beni ilgilendirmez, giremezsiniz!

- Nedenmiş o? dedi Sabitcan bozularak.

- Yasak bölge de ondan.

- Öyleyse ne çene çalıp duruyorsunuz?

- Çene çalan kim? Devesinin üzerindeki şu saygıdeğer beye durumu açıklıyorum, sizinle konuşmuyorum bile. Zaten yabancılarla konuşmam da yasak. Nöbetteyim ben.
- Demek mezarlığa gitmek imkânsız?
- Evet, imkânsız. Yalnız mezarlığa değil, hiçbir yere gidemezsiniz buradan!

Sabitcan sinirlenmişti. Yedigey'e dönerek öfkeli öfkeli konuştu:

- Tâ baştan biliyordum zaten, buralara kadar gelmenin iyi olmayacağını biliyordum! Ama beyimiz bir Ana-Beyit tutturdu, başka bir şey demedi. Ana-Beyit'miş! Al sana Ana-Beyit! Gör hayrını!

Böyle dedikten sonra hiddetle yere tükürdü ve homurdana homurdana uzaklaştı.

Yedigey, nöbetçinin yanında onun böyle davranışından utanmıştı. Babacan bir tavırla konuştu:

- Onun kusuruna bakma evlat, dedi, elbette sen görevini yapıyorsun. Ama biz bu ölüyü nereye gömeceğiz şimdi. Bir odun parçası değil ki rastgele bir yere bırakalım!
- Siz de haklısınız ama benim elimden bir şey gelmez. Ben, bana emredilenleri yapmak zorundayım. Buranın baş sorumlusu da değilim.

Yedigey'in canı sıkılmıştı. Bu defa başka şey sordu ona:

- Evet evlat, çaresizlik içindeyiz desene.. sen nerelisin bakalım?

Genç nöbetçi böyle bir soru sorulmasına hem şaşırmış, hem çocukça sevinmişti. Bulunduğu yörenin Rus ağzı ile 'o' harflerini uzata uzata cevap verdi:

- Ben Vologdalıyım amca, dedi.
- Peki sizin Vologda'da da mezarlıklara nöbetçi koyuyorlar mı?
- Hiç öyle şey olur mu amca? Bizim orada mezarlığa istediğin zaman girip çıkarsın, kim ne karışır! Ama burada mesele başka: Yasak bölge burası. Görüyorum ki amca, sen

de askerlik yapmışsın, hatta cephede vuruşup madalyalar kazanmışsın, onun için görevin ne olduğunu bilirsin. İstesen de, istemesen de emre uyacaksın.

- Bunda çok haklısın evlat, ama biz şimdi bu ölüyle nereye gidebiliriz?

Bir süre sustular. Sonra, mavi gözlü, sarı saçlı genç asker başını üzüntüyle sallayarak:

- Hayır amca, dedi, geçmenize izin veremem, buna yetkim yok.

Yedigey ona verecek cevap bulamıyordu. Üzgün bir sesle:

- Eh, ne yapalım? diyebildi.

Sonra da şaşkın şaşkın bekledi orada. Yüzünü çevirip arkadakilere bakmaya utanıyordu. Kızgınlığı gittikçe artan Sabitcan ise, orada, yol kazma makinesinin yanında, Uzun Adilbay'la bağıra bağıra konuşuyordu:

- Tâ başından söylemiştim! Ölüyü bu kadar uzak bir yere getirmenin ne gereği vardı! Gelenek görenek diye boş inançlarınızla herkesin başını derde sokuyorsunuz. Bir ölüyü oraya ya da şuraya gömmüşsün ne farkeder! Yoo, ille de Ana-Beyit'e gömülecek! Bir de bana "Sen çek git işine, sen olmadan da gömeriz," demiştiniz. Hadi gömün bakalım!

Uzun Adilbay ona tek kelime söylemeden yanından uzaklaştı. Açılır-kapanır parmaklığın önünde duran nöbetçiye yaklaşarak:

- Bak dostum, dedi, ben de askerlik yaptım, emir-komuta nedir bilirim. Kulübede telefon var mı?

- Elbette var.

- Öyleyse nöbetçi âmirine telefon et, bölge halkından birkaç kişinin Ana-Beyit mezarlığına gitmek istediklerini söyle.

- Ne dedin? Ne dedin? Ana-Beyit mi?

- Evet, Ana-Beyit. Bizim mezarlığın adı Ana-Beyit'tir. Ona telefon et dostum. Yapılacak tek şey bu. Belki o bize izin verir. Senin de hiç şüphen olmasın ki bizi mezarlıktan başka bir şey ilgilendirmiyor.

Nöbetçi, alnını kırıştırdı, ağırlığını bir ayağından öbürüne vererek düşünmeye başladı. Uzun Adilbay da isteğini tekrarladı:

- Tereddüt edecek bir şey yok. Bu yapacağın nizamnameye uygundur. Nöbet tuttuğun yere yabancılar geliyor, sen de onu nöbetçi âmirine haber veriyor, isteklerini bildiriyorsun. Hepsi bu. Hem görevin de böyle yapmanı gerektirir. Sen sadece görevini yapmış olacaksın, daha ne bekliyorsun ki?

- Pekâlâ öyleyse, dedi nöbetçi, telefon ederim. Ama nöbetçi amiri nöbet yerlerini dolaşır hep. Bölge de çok geniş, bulmak kolay olmaz.

- Ben de geleyim telefon kulübesine. Konuşurken sana soracağı şeylere hemen cevap veririm.

- Pekâlâ, gel öyleyse.

İkisi birden telefon etmek için o küçük kapıya girdiler. Kapı açık kaldığı için dışarıda duran Yedigey de işitti konuşulanları. Nöbetçi bir yere telefon ediyor, aradığını orada bulamayınca başka bir yeri arıyordu:

- Hayır, hayır, nöbetçi âmirinin kendisini arıyorum. Evet, evet kendisini.. önemli bir iş için.

Onlar telefonda nöbetçi âmirini bulamadıkça Yedigey'in can sıkıntısı artıyor, sinirleniyordu. Birdenbire ters gitmeye başlamıştı işleri. Bu nöbetçi âmiri de nereye kaybolmuştu şimdi?

Sonunda buldular ve genç nöbetçi heyecanlı ve çın çın öten bir sesle konuştu:

- Yoldaş teğmen! Yoldaş teğmen!

Sonunda nöbetçi âmirine meseleyi anlattı. Bölge halkından birkaç kişinin cenazelerini yasak bölgedeki eski mezarlığa götürmek istediklerini söyledi. Yedigey heyecanla dinliyordu konuşmayı. Teğmen "bırak geçsinler" dese bitecekti bu iş. Doğrusu pek becerikliydi Uzun Adilbay. Kafası çalışıyordu. Ama konuşma uzadıkça uzuyor ve nöbetçi de yalnız sorulara cevap veriyordu:

- Evet... Kaç kişi mi? Altı kişi. Bir de ölü, yedi! Ölen ihtiyar biriymiş... Başlarındaki adam bir deveye binmiş. Onun ardında römorklu bir traktör, bir de yol kazma makinesi var.. evet, bunları mezar kazmak için getirmişler. Nasıl? Ne diyeyim onlara? Hayır mı diyeyim? İzin vermiyor musunuz? Evet, dinliyorum.. başüstüne...

Bu sırada ahizeyi Adilbay eline almış ve şimdi onun sesi duyulmaya başlamıştı:

- Yoldaş teğmen, kendinizi bizim yerimize koyun.. Boranlı istasyonundan geliyoruz.. şimdi nereye gidebiliriz ki? Biz buralı insanlarız, hiçbir kötü niyetimiz olamaz yoldaş teğmen! Sadece ölümüzü gömmek ve hemen dönmek istiyoruz. Nasıl? Efendim? Tabiî, kendiniz gelirseniz daha iyi olur. Gelin, yanımızda bir de büyüğümüz var, eski savaşçılardan. Ona anlatırsınız.

Adilbay, canı sıkılmış, suratı asılmış olarak çıktı dışarı. Teğmenin biraz sonra geleceğini, kararını gelince vereceğini söyledi. Onun ardından nöbetçi de gelip aynı şeyi söyledi. Genç nöbetçi, duruma âmirinin el koymasından dolayı rahatlamıştı. Şimdi kapının önünde, nöbet yürüyüşü ile ileri geri gidip geliyordu.

Yedigey düşünceli, kaygılıydı. Nereden bilebilirdi başlarına bunların geleceğini? Şimdi teğmenin gelmesini beklemekten başka bir şey gelmezdi ellerinden. Devesinden indi, hayvanı yol kazma makinesinin koluna bağladı, sonra yine kapıya geldi. Sürücüler Kalıbek ve Cumali, bir yandan sigaralarını tüttürürken alçak sesle konuşuyorlardı. Sabitcan ise biraz açıkta sinirli sinirli dolaşıp duruyordu. Kazangap'ın damadı hâlâ römorkta, cenazenin yanında oturuyordu. Yedigey'e seslendi:

- Ne oluyor Yedigey? Bizi bırakacaklar mı?

- Elbette bırakacaklar. Nöbetçi âmiri gelecek. Bir teğmen imiş. Biz casus muyuz ki bırakmasınlar! Sen de in, biraz ayakların açılsın.

Saat üçe gelmişti ve onlar hâlâ Ana-Beyit'e varamamışlardı. Oysa çok yakınındaydılar Ana-Beyit'in. Yedigey nöbetçinin yanına gitti:

- Evlat, komutanını çok bekleyecek miyiz?
- Hayır, hayır. Yakında gelir. Araba ile gelecek, on-on beş dakika sonra burada olur.
- İyi, bekleriz. Bu dikenli teller ne zaman çekildi?
- Epeyce oluyor. Biz çektik o telleri. Bir yıldan beri buradayım ben. Tel örgüleri çekeli altı ay kadar oldu sanırım.

- Anlıyorum, ama ben bunu bilmiyorum ve bütün mesele de bundan doğdu. Cenazeyi buraya, bizim Ana-Beyit adını taşıyan eski mezarlığımıza gömmekte ısrar eden benim, onun için de kendimi suçlu sayıyorum. Ama rahmetli Kazangap büyük bir insandı, aynı istasyonda onunla tam otuz yıl birlikte çalıştık. Ona son yolculuğunda saygıda kusur etmeyelim dedim.. böyle bir adam için en iyisini yapalım, dedim.

Genç askerde Yedigey'e karşı bir saygı-sevgi uyanmıştı:

- Bak amca, dedi ciddi bir sesle, Teğmen Tansıkbayey az sonra gelecek, ona meseleyi olduğu gibi anlatırsınız. O da insan, elinden geleni yapar herhalde. Belki yukarıya, üstlerine bildirir, sonunda eminim ki bir izin çıkar.

- İyi niyetin için teşekkürler.. ama söylediğin gibi çıkmazsa ne yapacağız? Adını ne dedin, Tansıkbayev mi?

- Evet, Tansıkbayev, tanıyor musunuz yoksa? Buraya yakında geldi. O da buralı, belki akrabanız ya da hemşerinizdir?

- Yoo, yo, tanıyacağımı hiç sanmam, diye gülümsedi Yedigey. Sizde İvanovlar ne kadar çoksa bizde de Tansıkbayevler o kadar çoktur. Her yerde rastlarsın. Yalnız bu soyadını taşıyan birini hatırladım şimdi...

O sırada telefon çaldı ve nöbetçi cevap vermek için içeri koştu. Yedigey kapının önünde yalnız kalmıştı. Kaşlarını çattı ve kaygılı bir yüzle, kapalı kapının öbür tarafına, bir gelen olup olmadığını anlamak için baktı. Sonra birden "Bu teğmen Tansıkbayev sakın o akdoğan bakışlı Tansıkbayev'in oğlu filan olmasın?" diye geçirdi aklından. "Yok canım, neden öyle olsun? Bu da nerden geldi aklıma? Soyadı Tansıkbayev olan binlerce insan var.. o olamaz. Onun defteri çoktan dürüldü zaten. En iyisi aklımdan çıkarmalıyım onu.. evet.. ne de olsa, yeryüzünde bir gün geliyor, hak yerini buluyor, kimsenin yaptığı kötülük cezasız kalmıyor. Hak ve adalet var.. ve dünya yok olup gidinceye kadar da hep olacak..."

Yedigey bir kenara çekildi. Cebinden mendilini çıkarıp göğsüne taktığı savaş madalyalarını, nişanlarını ve başarı şeritlerini parlatmaya başladı. Teğmen Tansıkbayev geldiği zaman bir bakışta gözüne çarpmalıydı.

*
* *

-XII-

AKDOĞAN bakışlı Tansıkbayev'le hesaplaşmaları şöyle olmuştu:

1956 baharının sonunda, Kumbel'de, demiryollarında çalışanların büyük bir toplantısı oldu. Bu toplantıya çevredeki büyük küçük bütün istasyonlardan çağrılan işçiler katılmış, yalnız o gün işlerinin başında bulunmak zorunda olan nöbetçiler gelememişlerdi. Boranlı Yedigey o güne kadar birçok toplantılara katılmıştı ama bu kadar kalabalık olanını hiç görmemişti ve bu toplantıyı hiç unutmuyordu.

Toplantı, istasyonun büyük lokomotif onarım atölyesinde oldu. O koca atölye tıklım tıklım dolmuş, katılanların bazıları tavan kirişlerine tırmanıp orada oturmak zorunda kalmışlardı. Fakat asıl önemli olan, o güne kadar duymaya alışmadıkları konuşmalardı. Konuşmacılar, *Beria* aleyhinde söylenmedik söz bırakmadılar. Bu kanlı celladı nefretle, lanetle kötülediler ve mahkûm ettiler. Suçlayıcı konuşmalar akşama kadar sürdü. Kürsüye demiryolcuların biri indi, biri çıktı. Dinleyicilerin hiçbiri kalkıp gidemedi ve sonuna kadar mıhlanmış gibi kaldılar orada. Binanın çatısı altında, bir ormanda olduğu gibi, uğul uğul insan sesi vardı: Konuşanların, alkışlayanların coşkulu sesleri. Yedigey, yakınında bulunan birinin tam Rus şivesiyle "Büyük fırtınayı haber veren deniz kabarması" dediğini işitti. Gerçekten de öyleydi. Cephede büyük hücuma geçmeden önce de yüreği öyle küt küt atardı heyecandan. Birden susadı, ağzı iyice kurumuştu. Ama o kalabalıktan nasıl çıkacaktı su içmek için? Çaresiz konuşmalara ara verilmesini bekleyecekti. Konuşmalara ara verilince yerinden kalktı, kalabalığı yara yara, atelyenin parti sekreterliğine getirilen Çernov'un yanına gitti. Çernov, Kumbel eski istasyon şefi ve parti üyesiydi. Şimdi de toplantı başkanlık kurulunda bulunuyordu.

- Andrey Petroviç, dedi Yedigey, kürsüde ben de konuşabilir miyim?

- İstiyorsan buyur konuş!

- Evet çok istiyorum, ama önce bir danışayım dedim. Bizim istasyonda çalışan Kuttubayev'i hatırlıyor musun? Abutalip Kuttubayev. İstasyona gelen müfettişlerden biri, Yugoslavya ile ilgili anılarını yazdı diye aleyhinde bir rapor düzenlemişti. Abutalip orada Partizanlarla birlikte çarpışmıştı da.. bu müfettiş, onun aleyhinde birçok şeyler uydurdu ve sonra Beria'nın iki adamı ile geldi, onu alıp götürdüler. Kuttubayev bu yüzden ve hiç yere öldü. Hatırladın mı?

- Evet, evet, hatırlıyorum. Karısı onunla ilgili mektubu almaya gelmişti.

- Tamam, işte o. Sonra ailesi de Boranlı'dan ayrıldı. Biraz evvel konuşmaları dinleyince aklıma geldi: Şimdi Yugoslavya ile dostuz, aramızda bir anlaşmazlık yok. Öyleyse suçsuz insanlar ne diye acı çeksinler? Abutalip'in çocukları büyüdüler, artık okula gidecekler. Eğer üzerlerine sıçratılan pislik temizlenmezse, herkes onları kötü tanıyacak. Oysa bugüne kadar yeterince acı çektiler, üstelik babaları da yok artık. Daha fazla baskı altında yaşamasın yavrucaklar...

- Dur bakalım Yedigey, bu konuda mı söz almak istiyorsun?

- Evet, bu konuda.

- O müfettişin adı, soyadı neydi?

- Şu anda hatırlamıyorum, ama öğreniriz, o günden sonra onu hiç görmedim.

- Kimden öğrenebilirsin ki? Hem sonra raporu onun verdiğine dair sağlam kanıtlar var mı elinde?

- Elbette o yazdı, başka kim yazacak?

- Bak dostum, böyle durumlarda sağlam kanıt gerekir. O raporu yazan ya o değilse? Ciddi bir konu bu. Bak ne diyeceğim: Sen Alma-Ata'ya bir mektup yazıp bütün bildiklerini anlat. Mektubu cumhuriyetin parti merkez komitesine gönderirsin. Bu meseleye kısa zamanda bir açıklık getirirler. Parti şu günlerde bu gibi olaylara büyük önem veriyor. Kendin de görüyorsun zaten.

O gün toplantıda, herkesle birlikte Yedigey de "Yaşasın partimiz! Partimizin tutumunu candan destekliyoruz," diye bağırmıştı. Salonun dibinde birinin "Enternasyonal" marşını söylediği duyuldu. Yanındaki birkaç kişi de ona katıldı, derken, ezilenlerin, haksızlığa uğrayanların marşı olarak bilinen bu marşı hepsi birden söylemeye başladılar. Yedigey o güne kadar böyle büyük bir kalabalıkla ne bir türkü söylemişti ne de marş. Toprağın tuzunu ve terini oluşturan kişilerden biriydi, onlarla beraberdi ve onlarla acıyı da, sevinci de paylaştığının bilincindeydi. Ve kendisini denizin dalgaları gibi kabarmış, coşmuş hissediyordu. Kalabalık marşı okumaya devam ederken yürekler coşmuş, büyük çoğunluğun mutluluğu için mücadele güçleri, cesaretleri artmıştı. Yedigey, çok heyecanlandığı zamanlarda olduğu gibi, bu defa da kendini Aral'ın sularında hissetti. Hür ufuklarda kanat açan, Aral'ın alabaşları (köpüklü dalgaları) üzerinde süzülen bir martı idi sanki.

Eve döndüğü zaman heyecanı, sevinci geçmemişti daha. Çay içerken Kumbel'deki toplantıyı bütün ayrıntıları ile anlattı Ukubala'ya. Bu arada kendisinin de konuşmak istediğini, buna karşılık parti sekreteri Çernov'un önerisini de söyledi. Ukubala onu cankulağı ile dinliyor, bir yandan da durmadan çay dolduruyordu. Yedigey ise ara vermeden içiyordu çayları. Ukubala buna şaştı ve gülümseyerek:

- Ne oldu sana? Bak bütün semaveri içtin! dedi.

- Haklısın Uku, toplantıda çok susamıştım. Heyecandan olsa gerek, ama o kalabalıkta kımıldamak, su bulmak ne mümkün! Toplantıdan sonra içimdeki yangını söndürmek için bir yerden su bulup içeyim derken bizim tarafa hareket etmek üzere olan bir yük katarı gördüm. Makinistini de tanıyordum o trenin. Öz halkımızdan, Tögerek-Tamlı Candost idi. Hemen bindim Candost'un yanına. Ondan biraz su alıp içtim ama içimdeki yangını söndürmedi.

Ukubala kocasının çayını tazelerken:

- Bak ne diyeceğim, orada Abutalip'in çocuklarını hatırlaman ve o işi konuşman çok iyi olmuş. Madem ki artık devir değişti, zulüm işkence olmayacak diyorsun, bu yetimlerin acısı da dinmelidir biraz. O mektubu hemen yazmalısın. Ama mektubun iyi bir şekilde yazılması, gönderilmesi, sonra birinin onu okuyup meselenin üzerine eğilmesi epey zaman alır. İyisi mi bir mertlik daha yap, Alma-Ata'ya kendin git, her şeyi anlat yetkili kişilere.

- Demek Alma-Ata'ya gitmemin daha iyi olacağını söylüyorsun? Yetkili kim ise ona benim anlatmamı istiyorsun?

- Neden olmasın? Ona anlatacağın şeyler çoktur herhalde! Hem orada çok sevdiğin eski bir dostun var: Yelizarov her defasında adres bırakıp seni çağırmıyor mu? Sen yalnız gitmelisin, ben gelemem, çocukları bırakacak, onlara bakacak kimse yok çünkü. Hiç vakit kaybetme, izin al ve git. Hem yıllardan beri de izin kullandığın yok. Kullanmadığın izin günlerini toplasan yıllar eder vallahi. Git, Alma-Ata'daki o büyük adamlara kendi ağzınla anlat olanları.

Yedigey karısının bu görüşüne, bu akıllı önerisine şaştı doğrusu.

- Hatun, çok doğru söylüyorsun, şimdi bu işi nasıl yapacağımızı bir düşünelim.

- Uzun uzun düşünüp vakit kaybetmeye gerek yok. Ne kadar acele edersen o kadar iyi olur. Afanasi İvanoviç (Yelizarov) yardım eder sana. Bu işin yolunu yordamını bilir o.

- Haklısın.

- Vakit kaybetme. Hem oraya gitmişken ev için bazı şeyler de alırsın. Kızlarımız büyüdü. Saule'nin sonbaharda okula başlaması gerek. Bunu düşündün mü? Onu yatılı okula verecek miyiz? Vermeyecek miyiz? Bunları düşündün mü hiç?

- Düşündüm, düşündüm elbet.

Böyle dedi ama büyük kızının okula başlayacak kadar büyüdüğüne, artık okula gitmesi gerektiğine pek şaşırdı. Bu şaşkınlığını belli etmemeye çalıştı.

- Öyleyse, önce yetkililere gidip, yıllarca acısını çektiğimiz o üzücü olayı anlatırsın. Bu yetimlere, hiç olmazsa babalarının temize çıkarılmasıyla bir yardım yapılmasını istersin. Bundan sonra vaktin kalırsa dükkânları dolaşıp kızlara ve bana bir şeyler alırsın, gerçi ben de artık genç değilim ama yine de gerekiyor, diye hafifçe içini çekti.

Yedigey başını kaldırıp karısına baktı ve kendi kendine: "Tuhaf, dedi, insan sürekli yanyana olunca bazı şeyleri farketmiyor, ya da birdenbire farkediyor." Karısı artık genç değildi ama, yaşlı da sayılmazdı. Yine de gözlerinde ışıldayan bilgeliği, saçlarına düşen ilk kırları görünce, ona karşı yeni, o güne kadar bilmediği bir şeyler duydu. Şakağında aklaşan sadece üç-dört kıl vardı ama, yalnız onlar bile o güne kadar neler gördüğünü, neler çektiğini anlatmaya yeterdi.

İki gün sonra Yedigey bir yolcu sıfatıyla Kumbel'de bulunuyordu. Kumbel, Alma-Ata'ya göre aksi yönde idi ama yolcu trenine binebilmek için oraya kadar gitmesi gerekiyordu. Hem sonra Yelizarov'a da bir telgraf çekmeliydi ve bunu da Boranlı'dan çekemezdi.

Kumbel'de Moskova - Alma-Ata trenine bindi. Kuşetli bir vagonda, üst ranzada idi yeri. Buraya eşyalarını yerleştirdikten sonra koridora çıkıp pencere önünde dikildi. Kendi köylerinden, durmadan ve inmeden bir yolcu gibi geçecekti. Doğrusu, köyüne bakmadan geçemezdi ve bu onu duygulandırıyordu. Sonra kuşetine uzanır, istediği kadar dinlenirdi. Önünde kırk sekiz saatlik bir yol vardı. Fakat ikinci gün iyice sıkılmaya başladı. Hiçbir şey yapmamak, hareketsizlik, onun için çekilmez bir şeydi. Ayrıca bir sürü insanın durmadan tıkınmalarına ya da uyuşuk uyuşuk yatmalarına da çok şaşıyor, bundan hiç hoşlanmıyordu.

Yine de, ilk günün ilk saatleri çok mutlu idi. Pencerenin önünde dikilip dışarısını seyrederken büyük bir heyecan duyuyordu. Başında bu yolculuk için Kumbel'den satın aldığı bir şapka, üzerinde tertemiz gömlek ve düğmelerinin yarısı iliklenmiş uzun bir ceket vardı. Savaş zamanından kalma bu uzun ceketi ona Kazangap vermiş, bu cekette madalya ve nişanlarının çok güzel duracağını, dar paçalı pantolonu altında dana derisinden ince uzun asker çizmesinin de pek uyacağını söylemişti. Yedigey bu çizmelerini az giyiyordu ama çok seviyordu. Bir erkeğin yakışıklı ve ciddi görünmesi için güzel bir şapka ile güzel bir çift çizmenin şart olduğuna da inanırdı. İşte o gün, yeni şapkası da, güzel çizmeleri de vardı. Fakat zaman ilerledikçe, evden ilk defa bu kadar uzun ayrı kalacağı aklına geldikçe biraz kaygılanıyordu.

Pencerenin yanında dikilip duran Yedigey'i koridordan gelip geçenler şöyle bir suzüyor, ona çarpmamaya dikkat ediyorlardı. Gerçekten de Yedigey giyimi, kuşamı, gururlu duruşu ve yüzüne vuran heyecanı ile öbür yolculardan farklı görünüyor ve bir saygı uyandırıyordu.

Tren, baharın yeşerttiği engin Sarı-Özek bozkırında olanca hızıyla koşuyor, önünde kaçan ufuk çizgisini yakalamaya çalışıyordu. İleri bakınca, dünya iki şeyden ibaret görünüyordu: Mavi gökyüzü ve sonsuz bozkır. Gökyüzü ve bozkır uzakta bir noktada birleşiyor ve tren de bütün hızıyla işte o noktaya kavuşmak arzusuyla yanıp tutuşuyordu. Ve işte Boranlı topraklarına girdi tren. Yedigey buraları avucunun içi gibi bilirdi. Bütün taşlarını, bütün köşe bucaklarını biliyordu. Köye yaklaştıkça bıyık altından gülümsemeye, sanki yıllarca uzak kalmış da o gün dönüyormuş gibi heyecan duymaya başladı. İşte istasyon, onların istasyonu! Semafor, evcikler ve küçük küçük yapılar, istasyon deposu ve önünde yığılmış ray ve traversler... Bütün bunlar tren hızla geçerken, ıssız çölün ortasından gelip demiryoluna yapışmış gibi görünüyordu. Hatta Yedigey, kendi kızlarını da gördü. Kuşkusuz kızları o gün batıdan doğuya geçen bütün yolcu trenlerini gözlüyor, babalarını görmek için sabırsızlanıyorlardı. Saule ve Şerafet, dikkat çekmek için oldukları yerde zıplıyor, el-kol sallıyor, vagonlara bakıp neşeli neşeli gülüyorlardı. Örgülü saçları da onlar zıpladıkça gülünç bir şekilde oynuyor, gözleri pırıl pırıl parlıyordu. Yedigey iradesi dışında bir hareketle pencereye yapıştı, onlara el salladı, tatlı sözler mırıldandı. Ama tren hızla geçtiği için kızları onu görememiş ya da tanıyamamışlardı. Olsun! Kızlarının onu görmeye çıkmaları büyük bir mutluluktu onun için. Pencerenin camına bakarak gülümseyen, bir şeyler mırıldanan bu adamın, kendi kızlarının, kendi evinin önünden geçtiğini, yıllardır çalıştığı istasyondan geçtiğini, yolculardan hiçbiri bilemezdi. Hele istasyonun ötesinde, bozkırda dolaşan sürünün arasında onun ünlü devesi Karanar'ın da bulunduğunu hiç bilemezlerdi. O ise Karanar'ı tâ uzaktan görüp tanıdı ve gözleri ışıldadı.

Boranlı'dan birkaç durak daha uzaklaştıktan sonra, Yedigey, kuşetine yatıp uyudu. Tekerleklerin monoton takırtıları ve yolcuların alçak sesle konuşmaları arasında geçen tatlı bir uyku oldu bu.

Ertesi gün, öğleye doğru, Çimkent'ten başlayıp Semireçye eyaletine doğru uzanan Ala Tav(Aladağ)'ın, tepeleri göründü. Ne güzel, ne görkemli bir görünüm! Gözlere ziyafet! Yedigey, demiryolu boyunca, Alma-Ata'ya kadar uzanan karlı tepeleri sıkılmadan hayran hayran seyretti. Bozkır insanı için bu manzara bir mucize, bir harika idi. Ala Tav(Aladağ)lar onu heybetleriyle büyülüyor, aynı zamanda düşündürüyordu. Gözlerini dağlardan ayırmadan tanımadığı yetkili kişilerle karşılaştığı zaman onlara ne söyleyeceğini düşünüyordu. Şüphesiz ona, geçmişteki hataların bir daha tekrarlanmayacağını söyleyeceklerdi. Onlara, Abutalip'in ve ailesinin başlarına gelenleri anlatmak istiyordu bir an önce. Bu işi açıklığa kavuşturmak, haksızlığı telafi etmek onlara düşüyordu. Abutalip ölmüştü, onu geri getiremezlerdi ama, artık çocuklarını kimse incitmemeli, onlar bir suçlunun çocukları olarak görülmemeli, önlerinde hiçbir engel bulunmamalıydı. Büyük oğlan Daul sonbaharda okula başlayacaktı. Hiçbir şeyden bıkmadan, çekinmeden, gizleyecek bir şeyi olmadan gitmeliydi okula. Nerdeydi bu çocuklar? Nasıl geçiniyor, hangi zorluklarla karşılaşıyorlardı? Zarife nasıldı?

Bunları hatırlayınca Yedigey'in yüreğini bir keder kapladı. Oysa, bunca zaman geçtiğine göre, duyguları, üzüntüleri biraz yatışmış olmalıydı. Zaten Zarife de artık onu düşünmekten vazgeçmesi için çekip gitmişti. Ama Yedigey'in onu düşünmekten vazgeçip vazgeçmediğini, ne derece düşünüp ne derece hatırladığını ancak Allah bilirdi. Uzun süre kendini yatıştırmaya, kaderine razı olup unutmaya çalışmıştı. Derdini kime açar, kime anlatırdı? Anlatsa kim dinler, kim anlardı? Belki ancak başı göklere değen şu dağlara anlatabilirdi derdini! Hayır, hayır, onlara da anlatamazdı. Onlar, insanların dertleriyle ilgilenemeyecek kadar yüksek, yüce idiler. Hem bu heybetli dağlar bunun için vardılar, bunun için yüceydiler. İnsanlar doğarlar ve ölürlerdi,

368 • GÜN OLUR ASRA BEDEL

o yüce dağlar ise ebedî idiler. Birçok insan onlara bakarak hayran kalacak, düşüncelere dalacak, onlar ise mutlak bir suskunluk içinde hep öyle duracaklardı. Yedigey bir şey daha hatırladı. Abutalip, "Raymalı-Aga'nın kardeşi Abdilhan'a yalvarması" efsanesini, Kazangap'ın ağzından dinleyip yazdıktan sonra ona şöyle demişti: "Raymalı-Aga ve Begimay gibi insanlar hayat yolunda karşılaştıkları zaman, birbirlerine mutluluk kadar üzüntü de veriyorlar. Çünkü birbirlerini çıkışı olmayan, kurtuluşu olmayan bir drama sürüklüyorlardı. Bu dramın kaynağı da başka insanların onlar hakkında hüküm vermesidir, bundan kurtulamamalarıdır. Raymalı-Aga'nın yakınları da sözde ona iyilik etmek isterken en büyük acıyı çektirmişler..." O zaman bu sözler Yedigey için sadece akıllıca söylenmiş sözlerdi, çünkü bu sözlerdeki derin anlamı anlayacak bir tecrübe geçirmemiş, böyle bir acı çekmemişti. Yıldızlar yeryüzünden ne kadar uzaktaysa, Yedigey ile Zarife arasındaki olay da, Raymalı-Aga ile Begimay arasındaki olaya o kadar uzaktı, aralarında bir şey geçmiş değildi. Yalnız Yedigey onu çok seviyor ve çok düşünüyordu. Fakat Zarife, çıkmaza saplanmamak, uçuruma düşmemek için ilk darbeyi kendi üzerine çekmişti. Kararını bıçakla kesip atar gibi vermiş ya da tırnağı etten ayırmıştı. Ama bu kararını uygularken Yedigey'e ne acılar çektireceğini düşünmemiş, bunun Yedigey'e neye mâl olacağını kendisine sormamıştı. Yedigey o kadar çok acı çekmişti ki ölmediğine, sağ kalabildiğine şükrediyordu şimdi. Ama, bugün bile bazen öyle özlem acıları çekiyordu ki Zarife'yi görebilmek için, bir kerecik olsun sesini duyabilmek için dünyanın tâ öbür ucuna koşup gitmeye razıydı.

Yedigey, Abutalip'ten duyup öğrendiği bir şeyi daha hatırlayınca gülümsedi, Abutalip, Almanya'da yaşamış Goethe adında çok büyük, çok ünlü bir şairden söz etmişti. "Goethe" kelimesinin okunuşu Kazakça'da pek hoş bir anlama gelmez, ama önemli olan bu değildi. Bu büyük Alman şairi yetmişinden sonra genç bir kıza âşık olmuş, kız da sevmiş onu. Olayı herkes biliyormuş, yine de kimse Goethe'yi bir ağaca bağlamamış, kimse onu deli yerine koymamış... Bir de Raymalı-Aga'ya yaptıklarına bakın! İyilik ediyoruz diye onurunu kırmış, hayatını mahvetmiş, aşağılamışlardı onu. Zarife de kendine göre Yedigey'in iyiliğini istemiş ve bu konuda vicdanının sesine uymuştu. Bunun için Zarife'yi suçlamıyor, ona kızmıyordu. Zaten insan sevdiğine kızamazdı ki! Daha çok kendisini suçluyor, kendini kusurlu buluyordu. Sevdiği kadın acı çekeceğine kendisi çeksindi. Bırakıp gitmiş olsa bile onu hep sevgiyle anardı.

Yedigey'i yol boyunca meşgul eden konular işte bunlar olmuştu. Zarife'yi aşkla, Abutalip ve yetimlerini de acıma ile düşünmüştü.

Tren Alma-Ata'ya iyice yaklaştığı sırada birden Yelizarov'un bulunmaması ihtimalini düşündü. Yelizarov Alma-Ata'da değilse işi gerçekten çok zor olacaktı. Hay Allah! Niçin daha önce aklına gelmemişti bu? Ukubala da unutmuştu bu ihtimali. Herhalde herkesin kendileri gibi Sarı-Özek'e saplanıp kaldıklarını ve oradan hiç ayrılmadıklarını sanıyorlardı! Oysa Yelizarov pekâlâ Alma-Ata'da olmayabilirdi. Akademide çalışıyor, her tarafa davet ediliyordu. Onun gibi büyük bir adamın işi de çok olurdu elbet. Belki görevle ve uzun süre için bir yere gitmişti. O zaman ne yapardı Yedigey? Biraz kaygılandı, ama düşününce büsbütün çaresiz kalmayacağını da anladı. Alma-Ata'da çıkan gazetelerden birine giderdi. Her gazetede idare yerinin adresi de vardı nasıl olsa. Gazeteyi çıkaranlar ona yardımcı olabilirlerdi. Nereye gideceğini, kime başvuracağını söylerlerdi. Gazeteciler de bilmezse kim bilirdi bu tür işleri? Konuyu evde konuşurlarken mesele ne kadar kolay görünmüştü? Ama yolun sonuna yaklaştıkça bir kaygıdır aldı Yedigey'i. Bir atasözü vardır; *"Kötü avcı ancak evinde, durduğu yerde av-*

lanır" der. Yedigey de işte o kötü avcı durumuna düşmüştü. Şu farkla ki o, çok iyi tanıdığı Yelizarov'a güveniyordu. Bu eski dostu onu Boranlı'da sık sık ziyaret etmişti ve Abutalip Kuttubayev olayını da biliyordu. Hem Yelizarov daha ağzını açar açmaz anlardı Yedigey'in anlatmak istediklerini. Ama o yoksa, konuyu başkalarına nasıl anlatacaktı? Mahkemede olduğu gibi ifadesini mi alacaklardı? Bir rapor mu vermesi gerekecekti? Hem bakalım onu dinleyecekler miydi? Kimdi, kimin nesiydi? Abutalip Kuttubayev'in nesi oluyordu? Kardeşi mi, kayınbiraderi mi, uzak-yakın bir akrabası mı?

Tren Alma-Ata'nın kenar mahallelerine gelmiş, yolcular eşyalarını indirip koridora çıkarmış, kapıya yaklaşmaya başlamışlardı bile. Yedigey de hazırdı. Nihayet büyük istasyona geldiler. Peron, inenleri karşılamaya, binecekleri uğurlamaya gelenlerle hıncahınç doluydu. Tren iyice yavaşlayınca Yedigey birden çocuk gibi sevindi. Çünkü o kalabalıkta Yelizarov'u görüp tanımıştı. Sevgili eski dostu şapkasını çıkarıp "hoşgeldin" anlamında sallıyor, onun bulunduğu vagona doğru yürüyordu. Yelizarov'un onu karşılamaya geleceğini pek ümit etmeyen Yedigey, "çok şanslıyım" diye geçiriyordu aklından. Birbirlerini geçen sonbahardan beri görmemişlerdi ve bu da uzun bir süre sayılırdı.

Yaşına rağmen Afanasi İvanoviç Yelizarov değişmemişti. Her zamanki gibi zayıf, çevik, hareketliydi. Kazangap ona bu yüzden *"Argamak"* yani "cins yarış atı" lâkabını takmıştı ve "Argamak Afanasi" diye hitap ederdi. Yelizarov bunun bir iltifat olduğunu bilir, gülümseyerek "Kazangap, nasıl hoşuna giderse öyle de! Gerçi ben biraz yaşlı argamakım ama, yine de 'argamak' olmak iyi bir şey, sağ ol," derdi.

Yelizarov Sarı-Özek'e geldiği zamanlar genellikle iş elbisesini, sun'i deriden yapılmış çizmelerini ve eski kasketini giyerdi. Ama onu karşılamaya geldiği o gün koyu renkli güzel bir elbise giymiş, kıravat takmıştı. Elbisesi ağarmış saçlarıyla da uyum sağlıyordu.

Afanasi İvanoviç, tren duruncaya kadar Yedigey'in bulunduğu vagonla öne doğru yürüdü. Ona bakıp bakıp gülümsüyordu. Aklaşmış kirpikleri ve ela gözleri pırıl pırıl parlıyor, dostunu görmekten duyduğu sevinci belli ediyordu. Yedigey'in kaygıları, şüpheleri bir anda uçup gitti. Yüreği heyecanla, sevinçle çarpmaya başladı. "Sonu da çok iyi olur inşallah," diye düşünüyordu.

- Vay dostum vay! Sen de gelirmişsin demek! Merhaba Yedigey, hoşgeldin aziz dostum, hoşgeldin Boranlı dostum benim!

İki eski dost, sevinçle, hasretle kucaklaştılar. Sevinçten ve kaynaşan kalabalıktan Yedigey'in biraz başı döndü. Peronlardan çıkıp istasyon önündeki meydana geldiler ve Yelizarov, Yedigey'i soru yağmuruna tuttu. Kazangap'ı, Ukubala'yı, Bikey'i, çocukları, yeni istasyon şefinin kim olduğunu, herkesi tek tek sordu. Hatta Karanar'dan bile söz etti:

- Peki, senin Karanar ne yapıyor? dedi gülerek, yine öyle güçlü kuvvetli mi? Yine arslanlar gibi kükrüyor mu?

- Hep öyle, kudurup duruyor, bar bar bağırıyor, gezip tozuyor keyfince. Sarı-Özek'te yer mi yok? Daha ne isteyecek?

Büyük, güzel bir otomobilin yanına gelip durdular. Yepyeni, pırıl pırıl, siyah bir otomobildi bu. 1950'li yılların en güzel arabası olan Z.I.M. Yedigey o güne kadar böylesini hiç görmemişti.

Yelizarov bu arabanın ön kapısını açarak:

- İşte benim Karanar'ım, dedi, geç otur.

- İyi ama kim sürecek bu arabayı?

- Ben tabiî, dedi Yelizarov direksiyona yapışarak. İhtiyarlık çağımda kendime bir iyilik yapayım dedim. Böylece Amerikalılar'a imrenmeyiz!

Yelizarov kendinden emin insanların tavrıyla kontakt anahtarını çevirdi ve arabayı hareket ettirmeden önce gülerek sordu:

- Vay dostum vay! Nihayet gelebildin Alma-Ata'ya. Her şeyi anlat bana, çok kalacak mısın burada?

- Duruma bağlı, iş için geldim buraya Afanasi İvanoviç. Ama önce sizin görüşlerinizi, tavsiyelerinizi almam gerek.

- Tabiî... Tabiî, işin düşmezse o bozkırdan kimse çekip alamazdı seni! Pekâlâ Yedigey. Şimdi dosdoğru bize gidiyoruz. Bizde kalacaksın. Hiç itiraz istemem, sakın otel motel gibi şeyler getirme aklına. Benim özel konuğumsun! Sarı-Özek'te ben nasıl senin özel konuğun olmuşsam, burada da öyle, sen benim konuğum olacaksın. Ee, Kazakça'da ne diyordunuz: *"Saydın sayı bar."* Anlamı "saygıya saygı var" değil mi?

- Evet, aşağı yukarı öyle.

- Tamam öyleyse, karar verilmiştir. Hem beni yalnızlıktan da kurtarmış olacaksın. Karım Julya Moskova'ya oğlumuzun yanına gitti. İkinci torunumuz dünyaya geldi de, sevincinden fazla bekleyemedi.

- Demek ikinci defa büyük baba oluyorsunuz, kutlarım sizi!

Yelizarov buna kendisi de şaşmış gibi omuz silkti:

- Evet ya, bunun ne demek olduğunu vakti gelince sen de anlarsın! Tabiî daha gençsin, vaktin çok. Ben senin yaşındayken elim işte gözüm oynaşta idi hep. Ama, tuhaftır, aramızdaki yaş farkına rağmen birbirimizi çok iyi anlıyor, anlaşıyoruz. Pekâlâ, haydi yola koyulalım şimdi. Bir baştan öbür başa şehri geçip tâ karşı yamaca tırmanacağız. Şu karlı dağları görüyor musun? İşte o dağların eteğindeki Medeo'ya gideceğiz. Sanırım sana, şehrin çıkışında köy gibi bir yerde oturduğumuzu söylemiştim.

- Hatırlıyorum Afanasi İvanoviç, evinizin küçük bir derenin kıyısında olduğunu, her zaman derenin şarıltısını duyduğunuzu söylemiştiniz.

- Bunu şimdi gözlerinle göreceksin. Gidelim! Karanlık basmadan şehre iyice bak. İlkbaharda çok güzel olur, her taraf rengârenk çiçeklenir.

Şehrin bir başından öbür başına dimdik uzanan yol, kavakların, parkların arasından geçip yukarılara doğru çıkıyordu. Yelizarov arabayı yavaş sürüyor ve önemli yerleri gösteriyordu Yedigey'e. Resmî binaları, mağazaları ve konutları işaret ederek, bunların son yıllarda arttığını da söylüyordu. Şehrin ortasına gelince, büyük bir meydanın ortasında duran görkemli binayı hemen tanıdı. Resimlerini çok görmüştü o binanın. Hükümet konağı idi orası. Yelizarov da tam o sırada aynı binayı göstererek:

- İşte Merkezî Komite orada, dedi.

Bu binanın yanından geçtiler. Ama bir gün sonra oraya geleceklerini ikisi de bilmiyordu. Oradan sola saptıkları zaman, Yedigey, yine resimlerinden, Kazak Operası binasını da tanıdı. Sonra evlerin iki blok ötesinde yine dağlara, Medeo'ya doğru uzanan yola girdiler. Şehir merkezini geride bırakarak, özel şahıslara ait bahçeli evlerin, sulama arklarının arasından ilerlediler. Arkların suyu o karşıki dağlardan geliyordu. İki yanda uzanan bahçeler çiçeklerle doluydu.

- Ne kadar güzel! dedi Yedigey.

- Bu mevsimde gelmiş olmana seviniyorum. Alma-Ata'nın en güzel olduğu günlerdir bu günler. Kışı da pek fena sayılmaz ama ilkbaharda insanın yüreği coşkularla doluyor, ruhu kanatlanıyor!

- Bu da sizin mutlu olduğunuzu gösterir, dedi Yedigey.

Eski dostunun öyle olmasına sevinmişti. Yelizarov ona iri ela gözleriyle şöyle bir baktı, bir anda ciddileşti, ama hemen ardından, gülümseyerek, yüzünde tatlı kırışıklıklar oluşturdu.

- Bu bahar başka bahar, söylediğim o coşku başka coşkudur Yedigey. Hayat değişmelerle, yenilenmelerle doludur. Her değişim ömrün geçip gittiğini gösterse de, hayata anlam kazandırır ve insan yaşamak ister. Senin de başına gelmedi mi, insan hastalanır ve sonra iyileşir, iyileşince hayatın değerini daha iyi anlar, ondan yeni bir tat alır.

Yedigey içtenlikle cevap verdi:

- Böyle bir şeyi pek hatırlamıyorum, ama o beyin rahatsızlığından sonra...

- Sen bir boğa kadar güçlüsün Yedigey, benim söylemek istediğim başka. Bu yenilik için bu bahar ilk adımı Parti'nin kendisi attı. Beni mutlu eden, coşturan yenilik budur.

Şahsen bir çıkarım olmayacak ama böyle bir değişme beni umutlandırıyor. Tıpkı gençliğimde olduğu gibi umut doluyum. Belki ihtiyarladığım için böyle düşünüyorum. Ne dersin?

- Ben de buraya tam işte bu yenileşme olayı ile ilgili olarak geldim Afanasi İvanoviç.

Yelizarov aldığı cevabı pek anlayamadı:

- Niçin, nasıl yani?

- Abutalip Kuttubayev'i hatırlıyor musun? Ondan size söz etmiştim.

- Tabiî, çok iyi hatırlıyorum. Demek o işi kökünden halletmeye kararlısın? Demek buraya onun için geldin? Çok iyi, kutlarım seni!

- Beni değil, Ukubala'yı kutlayın. Fikri veren o. Yalnız bu iş için ne yapacağımı, nereye başvuracağımı bilemiyorum.

- Bu işi enine boyuna konuşuruz seninle. Evde çayımızı içerken rahat rahat düşünür, bir karara varırız.

Sustular. Biraz sonra Yelizarov şu pek anlamlı sözleri söyledi:

- Görüyor musun Yedigey zaman nasıl değişiyor? Daha üç yıl önce bu mesele için buraya gelmeyi aklına bile getiremezdin. Ama bugün korkmadan konuya eğiliyor ve buraya geliyorsun. Doğrusu, olması gereken de budur. İstisnasız herkes adalete güvenmeli, ondan yararlanmalıdır. Hiç kimseye ayrıcalık, üstünlük tanınmamalıdır. Ben böyle düşünüyorum.

- Siz burada her şeyi daha iyi görüyorsunuz ve okumuş bir insan olduğunuz için de bizden daha iyi anlıyorsunuz. Bu konuyu Demiryolcular Toplantısı'nda biz de tartıştık. O zaman ben hemen Abutalip'i hatırladım. Çünkü o olay yüreğimde dinmeyen bir sızı idi, kapanmayan bir yara. Konuyu o toplantı sırasında ortaya atmak istedim ama, mesele sadece Abutalip'in haksızlığa uğradığını ortaya çıkarmak değildi. Abutalip'in büyümekte olan çocukları var, büyüğü bu sonbaharda okula başlayacak...

- Peki, şimdi nerde yaşıyor bu aile?

- Bilmiyorum Afanasi İvanoviç. Üç yıl önce göç ettiler ve o zamandan beri bir haber alamıyoruz.

- Orası pek önemli değil, nerede olduklarını nasıl olsa öğreniriz. Şimdi önemli olan, hukukçuların deyimi ile; Abutalip dosyasını yeniden ele almaktır.

- Evet, tam öyle, durumu anlatan, açıklayan kelimeyi hemen buldunuz. Ben de buraya, sizinle bunu konuşup tartışmaya geldim.

- Sanırım boş yere gelmiş olmayacaksın dostum.

*
* *

Yedigey döndükten üç hafta sonra, adresine bir resmî yazı geldi. Ak kâğıda dökülen o kara yazıda, hakkında soruşturma açılan ve soruşturma sırasında ölen eski demiryolu işçisi Abutalip Kuttubayev'in, eylemlerinde hiçbir suç unsuru bulunmadığı, tamamen suçsuzluğuna karar verildiği, aklandığı söyleniyordu. Ayrıca bu beraat yazısının, mağdurun çalıştığı yerde topluluk içinde okunması da tavsiye ediliyordu. Yedigey bu resmî yazıyla hemen hemen aynı gün Yelizarov'dan da bir mektup aldı. Yedigey için öyle değerli bir mektup idi ki bu, onu, çocuklarının doğum belgeleri, cephede kazandığı kahramanlık madalyası, yaralandığı için aldığı nişanlar, işindeki başarısından dolayı aldığı belgeler arasında sakladı.

Afanasi İvanoviç Yelizarov bu uzun mektubunda, Yedigey'in dostu Abutalip'in dosyasının bu kadar çabuk ele alınmasından, sonra da beraat etmesinden duyduğu sevinci belirtiyor, bunun iyi bir döneme girildiğinin işareti olduğunu, kendimizin yine kendimize karşı bir zafer kazandığımızı yazıyordu.

Yelizarov bu mektubunda, Yedigey'in Alma-Ata'dan gidişinden sonra, beraber gittikleri o resmî dairelere bir daha uğradığını ve önemli şeyler öğrendiğini de yazıyordu. Öğrendiği önemli şeylerin ilki, Abutalip'i tutuklatan Tansıkbayev adlı sorgu yargıcının görevden alınması idi. Bütün yetkileri kaldırılmış, rütbesi indirilmiş, nişan ve madalyaları alınmıştı. Hakkında kovuşturma da açılmıştı. İkinci önemli şey, Abutalip Kuttubayev'in ailesinin Pavlodar'a (aman Tanrım ne kadar uzak bir yer!) yerleştiğiydi. Zarife orada öğretmenlik yapıyormuş. Medeni hâline gelince: Yeniden evlenmiş. Oturduğu yerden gelen resmî yazıda veriliyormuş bu bilgiler. Yelizarov, mektubunda, Abutalip'i ihbar edenin Yedigey'in kuşkulandığı o müfettiş olduğunu da söylüyordu. Abutalip'in dosyası incelenirken onun yazdığı raporu bulmuşlar.

Yedigey mektubuna şöyle devam ediyordu: "... Bu adamın böyle ağır bir suç işlemesine sebep ne olabilir? Onu tahrik eden nedir? Senin bana anlattıklarını ve benzer olayları hatırlayarak bu konuda çok düşündüm ve bu sorulara bir cevap aradım. Onun niçin böyle davrandığını anlamaya çalıştım. Fakat yazık ki tatmin edici bir cevap bulamadım. Abutalip'ten böylesine nefret etmesine, hiç

tanımadığı bu adama kin beslemesine sebep ne? Belki de
bu, tarihin bazı dönemlerinde insanlara musallat olan bir
hastalık, bir salgındır. Belki de, her insanın içinde bulu-
nan gizli bir kıskançlık duygusunun, bir hırsın, onu gizli
gizli kemirmesi ve böylesine korkunç bir suça itmesidir.
Ama, anlamıyorum, Abutalip'in nesi, hangi özelliği onda
böyle bir kıskançlık duygusunu uyandırmış olabilir? Bunu
bir türlü çözemiyorum. Bir insanı iftira ile lekelemek, kara-
lamak meselesine gelince, bu, dünyanın kendisi kadar eski
bir usuldür. Bu konuyu burada bulunduğun günlerde çok
tartıştık. Bir zamanlar bir insana 'dinsizdir' diye kara çal-
dın mı, onu Buhara pazarında taşa tutarak öldürür, ya da
Avrupa'da, diri diri yakarlardı. Şimdi, Abutalip'in dosyası
tekrar incelenip gerçeklerin ortaya çıkmasından sonra bir
kere daha ve kesin olarak inandım ki, insanoğlunun kıs-
kançlık, başkalarını çekememe hastalığından kurtulması,
daha çok zaman alacaktır. Bu zamanın ne kadar uzun ola-
cağını bilemem ama, yeryüzünde kötülüklerin, ağır haksız-
lıkların sürekli gizli kalamayacağını, adaletin, gerçeğin yok
edilemeyeceğini bilmek beni rahatlatıyor ve sevinmem için
yetiyor. Gerçek ve hak, bir defa daha galip geldi. Şüphesiz
bu zaferin bedeli çok ağır oldu, ama zafer kazanıldı. Dün-
ya durdukça da bu böyle olacaktır! Hiçbir çıkarın olmadığı
hâlde, Yedigey, hakkı savunduğun, gerçeği ortaya çıkardı-
ğın için, mutluluk duyuyor ve seni kutluyorum..."

Yedigey bu mektubun etkisinden günlerce kurtulama-
dı. Yine bu mektuptan sonra kendisinde bir değişme, için-
de bir duruluk ve aydınlanma hissederek, buna pek şaştı.
Ve, hayatında ilk defa, büyük adımlarla yaklaşan ihtiyarlık
çağına hazırlanması gerektiğini düşündü.

Yelizarov'un mektubu, Yedigey'in hayatını, mektup-
tan önce ve sonra olmak üzere, ikiye ayıran bir sınır oldu.
Mektuptan önceki dönem, ya da o zamana kadarki düşün-
celeri, kayıkla denize açılınca uzaklaşan kıyılar gibi, sisler

içinde kaybolup gidiyordu. Mektuptan sonraki hayatı ise, günden güne sakinleşen bir akışla devam ediyordu. Bu akışın sonsuz olmadığı ama uzun bir süre devam edeceği belliydi. Yine bu mektuptan öğrendiği ve onu en çok sarsan bir haber de, Zarife'nin tekrar evlenmiş olmasıydı. Bu haber onun eski acılarını depreştirdi, üzdü. Ama daha fazla üzülmesini, allak bullak olmasını önleyen şey, Zarife'nin evlenmiş olabileceğini önceden düşünmesi, bunun içine doğmuş olması idi. Zarife'nin ve çocuklarının nerede bulunduklarını, nasıl yaşadıklarını bilmese de, onun yeniden evlendiğinden emindi. Bunları, trenle Alma-Ata'dan Boranlı'ya dönerken düşünmüş, üzülmüştü. Nerden gelmişti aklına böyle bir düşünce? Bunu bilemiyordu. Oysa trene binip hareket ederken hiç de üzüntülü değildi, aksine çok neşeliydi. Morali yükselmiş, umudu artmıştı. Çünkü Yelizarov'la birlikte gittikleri her yerde güleryüzle, anlayışla karşılanmışlar, bu da onun doğru yolda oldukları inancını ve iyi bir sonuç alacakları umudunu arttırmıştı. Bunda yanılmadığını sonradan anlayacaktı.

Yedigey Alma-Ata'dan ayrılacağı gün Yelizarov onu öğle yemeği için gar lokantasına götürmüştü. Trenin kalkış saatine epeyce vakit olduğu için burada yeyip içerek ve içlerini dökerek saatlerce oturmuşlardı. Birbirlerinden ayrılmadan önce, Yedigey, Yelizarov'un başkalarına hiç açmadığı güçlü düşüncelerini ona açtığını anlamıştı. Eski bir Moskovalı komsomol (Komünist Gençlik Birliği üyesi) olan Afanasi İvanoviç Yelizarov, 1920'lerde, basmaçlara karşı vuruşmak için Türkistan'a gelmiş sonra da buralara yerleşip kalmış ve kendisini jeoloji (yerbilim) çalışmalarına vermişti. Gençliğinde Ekim devrimine inanmış, ona ümit bağlamış, ama yapılan yanlışların, beceriksizliğin bedelini çok pahalı ödemişler ama denenmemiş bir yolda başlattıkları o hareket yine de durmamış, tarihin özü, anlamı da bu akışta imiş zaten. Yine Yelizarov'un dediklerine göre bu hareket şimdi yeni bir güç kazanmış, yeni bir safhaya gelmiş ki bunun da güvencesi toplumun kendi kendini düzeltmesi, temizlemesi imiş. "Şimdi bu konuyu açıkça konuşabilir hâle gelmiş olmamız da gösteriyor ki iyi bir yola girmiş bulunuyoruz, demek ki gelecek için yeter gücümüz var," demişti Yelizarov. Evet, o gün yemek yerken hep bu konular üzerinde sohbet etmişlerdi.

Boranlı Yedigey onu Sarı-Özek'e götürecek trene bindiği zaman işte bu haldeydi: Neşeli, umutlu, mutlu.

Dönüş yolunda Yediçay (Semireçye) ovası boyunca uzanan karlı, heybetli Ala Tavlar'ı bir kere daha seyre koyuldu. Ve onları seyrederken Alma-Ata'da geçen günlerini düşünmeye başladı. Ve işte tam o sırada içinden gelen bir ses Zarife'nin yeniden evlendiğini söyledi ona.

Yedigey, heybetli karlı dağlara, dağların berisinde uzanan ve bahar yeşiline bürünen düzlüklere bakarken, bu dünyada Yelizarov gibi özü sözü doğru kişilerin bulunduğunu, onlar olmasa hayatın daha da güçleşeceğini düşündü. Abutalip'in işi için her şeyi yapmış, her kapıyı vurmuşlardı ve iyi de karşılanmışlardı. Ama yine de, çabuk geçen, çabuk değişen, kısa ve oynak zamana güvenilip güvenilemeyeceğini de aklına getirmiyor değildi. Abutalip sağ olsaydı, iftiralardan, aslı olmayan suçlamalardan kurtulur, belki çoluğu çocuğu ile mutlu bir hayat yaşamağa devam ederdi. Sağ olsaydı! Bu söz çok şeyi anlatıyordu. Eğer sağ olsaydı, hiç şüphesiz Zarife onu son gününe kadar beklerdi. Onun gibi bir kadın her şeye göğüs gerer, ne pahasına olursa olsun beklerdi kocasını. Ama, bekleyecek kimsesi olmayan yalnız bir kadın niçin evlenmesin? Genç bir kadın ömrünü niçin yapayalnız geçirsin? Karşısına iyi biri, uygun biri çıkarsa evlenirdi elbet! İşte bu düşünce Yedigey'i pek sarstı. Bunu düşünmemek için aklına başka şeyleri getirmeye, başka şeylerle meşgul olmaya çalıştıysa da bunu pek başaramadı. Bunun üzerine kalkıp lokantalı vagona gitti.

Yolun henüz başlangıcı olduğu için vagon-restoranda kimseler yoktu ve bu yüzden havası sigara dumanıyla bozulmamıştı, masalar da tertemizdi. Pencere kenarında bir yere tek başına oturdu ve oyalanmak için bir şişe bira getirtti. Burada otururken de seyredebiliyordu dağları, bozkırı ve gökyüzünü. Bir yanda göklere yükselen karlı dağlar, bir yanda ve gözlerinin önünden kayıp geçen çiçekli ve yeşil düzlükler, onun derdini yine depreştirdi, yine kuruntulara, hüzün dolu bir umutsuzluğa kaptırdı kendini. Yürek acısını giderecekmiş gibi çok içmek istedi ve bu defa bir şişe votka getirtti. Birkaç kadeh içtiği hâlde ne acısı dindi ne de sarhoş oldu. Bunun üzerine bir şişe bira daha ısmarladı. Birayı içerken de düşüncelere daldı gitti.

Epeyce vakit geçmişti ve akşam karanlığı çökmek üzereydi. O bahar akşamının saydam havasında, demiryolunun iki yanında toprak hızla akıp gidiyordu gerilere doğru. Köyler, bağlar, yollar, insanlar, hayvan sürüleri Yedigey'in gözleri önünden hızla geçip gidiyorlardı. Fakat bunların hiçbiri onu pek fazla ilgilendirmiyordu. Gittikçe artan iç acısı, geçmişin kapanıp gittiğini ve bir daha yakalanamayacağını da hissettiriyor, bu da ayrı bir üzüntü veriyordu ona. Raymalı-Aga'nın veda sözlerini bir kere daha hatırladı:

"... Kara kara dağlardan göç inende,
Morlu morlu dağlardan göç inende
Panayırda beni bekleme Begimay..."

Ve Yedigey, kendisini kayın ağacına bağlanmış, aşağılanmış, mahvedilmiş Raymalı-Aga'nın yerinde hissetti.

Lokantalı vagonda dışarısı iyice kararıncaya kadar oturdu. Zaten içerisi iyice dolmuş ve sigara dumanından soluk alınmaz olmuştu. Yedigey öbür yolcuların neden böyle kayıtsız, kaygısız olduklarına, ipe sapa gelmez lâflarla niçin bağıra bağıra konuştuklarına, bu kadar çok içki ve sigara içmelerine şaşıp kalıyordu. O lokantalı vagona erkeklerle gelen kadınlar da hiç hoşuna gitmiyordu. Bunların yüksek sesle arsız arsız gülüşleri çileden çıkarıyordu onu.

Oturduğu yerden sendeleye sendeleye kalktı, elinde tepsiyle gürültülü masalar arasında dolaşan garsonu bulup hesabı ödedi, kendi kompartımanına doğru yürüdü ve yerine ulaşıncaya kadar, trenle birlikte iki yana sallana sallana birçok vagon geçti. Bu arada kendini daha mutsuz, talihsiz, yapayalnız hissediyordu.

Niçin yaşamalıydı bu dünyada, ne işi vardı onun bu tren yolculuğunda?

Nereden gelip nereye gittiği, niçin gittiği, gecenin karanlığında hızla ilerleyen bu trenin nereye ulaşmak istediği pek ilgilendirmiyordu onu. Sahanlıklardan birinde durdu, yanan alnını kapının serin camına dayadı, sağa sola bakmadan, gelip geçen yolculara aldırmadan öylece bekledi.

Tren, ırgalana ırgalana yoluna devam ediyordu. Yedigey isteseydi o kilitli kapıyı kolayca açardı. Çünkü bütün demiryolcularda olduğu gibi onun cebinde de bu kapıyı açacak bir anahtar vardı. Kapıyı açar ve adımını atıverirdi. Bozkırın karanlıklarında, tâ uzaklarda bir yerde, iki ışık gördü. Ona "Gel! Gel!" diyorlardı sanki. Uzun süre gözden kaybolmadı bu ışıklar. Tenhada tek başına bulunan bir evin iki penceresi miydi bunlar, yoksa çoban ateşi mi? Mutlaka birileri vardı orada! Kimdi onlar? O tenha yerlerde ne işleri vardı? Zarife ve çocukları olabilir miydi? Eğer onlarsa, trenden atlar, bir solukta yanlarına koşar, Zarife'nin ayaklarına kapanır, yüreğinde biriken acıları, üzüntüleri dışa akıtarak, hiçbir utanç duymadan hüngür hüngür ağlardı.

Uzaklaştıkça silinmekte, kaybolmakta olan iki ışığa gözlerini diken Yedigey hıçkırıklarını boğarak sessiz sessiz ağlamaya koyuldu. Yanan alnı kapının camına dayalı idi, gelip geçen gürültülü yolculara aldırmıyordu. Yüzü gözü ıpıslaktı. İsteseydi kapıyı açar ve atlayıverirdi.

Tren, iki yana sallana sallana ve hızla ilerliyordu.

"... *Kara kara dağlardan göç inende*
Morlu morlu dağlardan göç inende
Panayırda beni bekleme Begimay..."

*

* *

Bu yerlerde trenler doğudan batıya, batıdan doğuya gi-
der gelir.. gider gelirdi...
Bu yerlerde demiryolunun her iki yanında ıssız, engin,
sarı kumlu bozkırların özeği Sarı-Özek uzar giderdi.
Coğrafyada uzaklıklar nasıl Greenwich meridyeninden
başlıyorsa, bu yerlerde de mesafeler demiryoluna göre he-
saplanırdı.
Trenler ise doğudan batıya, batıdan doğuya gelir gider..
gelir giderdi...

Akkuyruklu iri çaylak çevreyi gözetlemek için Mala-
kumdıçap vadisinden havalandı. Kendi av bölgesini iki defa
gözden geçirirdi: Biri öğleden evvel, ikincisi öğleden sonra.

Sarı-Özek üzerinde süzülen çaylak aşağıya dikkatle ba-
kıyor, sürünen pislik böceklerinden çevik hareketli kerten-
kelelere kadar hiçbir canlıyı gözden kaçırmıyor, daha geniş
bir açıdan bakmak için arada bir kanat çırparak hafif hafif
yükseliyordu. Böylece, çemberler çize çize, asıl avlanma
alanı olan yasak bölgeye yaklaştı. O geniş alana, dikenli
tellerle çevrildikten sonra tilkiler ve öteki dört ayaklı etçil
hayvanlar giremiyordu. Bu yüzden de orada uçan ve sürü-
nen pek çok yiyecek vardı onun için. Tel örgüler çaylağa
engel olamazdı. Bu dikenli çitlerin ona zararı değil yararı
olmuştu. Bununla beraber, o dikenli tellere pek sokulma-
ması gerektiğini de anlamış bulunuyordu. İki gün önce,
tepeden aşağısını süzerken bir tavşan yavrusu görmüş ve

hemen ok gibi dalmıştı hayvanın üzerine. Yavru tavşan ya-kınında bulunan tel örgünün altına kaçmıştı ve çaylak onu yakalayım derken az daha tam göğsünden telin dikenine saplanacaktı. Son anda durumu farkedip var gücüyle kanat çırparak kendini frenlemişti ama yine de göğsünden birkaç tüy telin dikenine takılıp kalmıştı. O zamandan beri diken-li tellere sokulmuyordu.

İşte şimdi yine bu yerlerin ve göklerin hakimi olarak, kanat çırpmadan süzgün süzgün dolanıyor, yerdeki sürün-genlerin dikkatini çekmemeye çalışıyordu. Bu sabah, ilk gözetleme uçuşunda, uzay alanındaki asfalt düzlüklerde, insanların, makinelerin telaşlı telaşlı gidip geldiklerini göz-lemişti. Arabalar hızlı hızlı gidip geliyor ve daha çok roket-lerin çevresinde dolanıyorlardı. Bu roketler uzun zaman-dan beri, platformların biraz açığında, burunları gökyüzü-ne dönük duruyorlardı. Çaylak bunları görmeye alışmıştı. Ama bugün olağandışı bir hareket vardı burada. İnsanlar da, arabalar da çoktu ve bunlar hep hareket halindeydiler.

Akkuyruklu çaylak, deveye binmiş bir adamla onun peşinden gelen gürültülü iki aracın, uzun kızıl tüylü bir köpeğin bozkırı geçtiklerini ve sonra tel örgülerin yanına gelip durduklarını da görmüştü. O dikenli teli aşamadıkla-rı için durdukları belliydi. O kızıl tüylü köpeğin insanların çevresinde neşeli neşeli koşturması keyfini kaçırıyor, sinir-lendiriyordu onu. Ancak bunu belli edemez, bir köpeğin seviyesine düşemez, o kadar alçalamazdı. Onun için yuka-rıda süzülerek olacakları merakla bekliyor, insanların ya-nında kuyruğunu oynata oynata dolaşan o köpeği de göz-den kaçırmıyordu.

Yedigey başını kaldırıp yukarı bakınca gökyüzünde sü-zülen çaylağı gördü. "Büyük bir akkuyruk" dedi kendi ken-dine. "Ben de onun gibi bir çaylak olsaydım beni burada kim durdurabilirdi! Hemen havalanır, Ana-Beyit'teki küm-betlerden birinin üzerine konardım."

Tam o sırada yoldan gelen bir arabanın gürültüsünü duydu. "İşte geliyor, Allah vere de işimiz uz gide," diye düşündü. Jeep, tel örgülere saptı ve hızla gelip nöbetçinin beklediği yerde durdu. Nöbetçi de hazırola geçip teğmen Tansıkbayev'i selamladı. Teğmen arabadan inince de ona tekmil vermeye başladı:

- Teğmenim, mesele şu ki...

Teğmen bir el işaretiyle onun sözünü kesti, sonra da parmaklığın dışında bekleyenlere dönerek sordu:

- Kim bu yabancılar? Benimle görüşmek isteyen şikâyetçiler kim? Siz misiniz? diye sordu Yedigey'e.

Yedigey hemen cevap verdi:

- Biz, bizgoy karagım. Ana-Beyit'ke cetpey turıp kaldık. Kalay da bolsa yardımdeş karagım*...

Yedigey böyle konuşurken madalyaları görünsün diye eğilmişti ama bunun Tansıkbayev üzerinde hiçbir etkisi olmadı. O daha sözünü bitirmeden resmî tavrını göstererek öksürüp boğazını temizledi ve soğuk bir sesle ve kaşlarını çatarak Yedigey'e:

- Yabancı yoldaş, dedi, benimle Rusça konuşun lütfen, şu anda görevimin başındayım.

Boranlı Yedigey bu tavır karşısında neye uğradığını şaşırdı ve kekeleye kekeleye:

- Haa, afedersin.. şey.. afedersin, öyle ya.. hata ettim.

Sözüne devam edemedi. Bu soğuk tavır karşısında söyleyeceklerini de unutmuştu zaten. Onu bu güç durumdan Uzun Adilbay kurtardı:

- Teğmen yoldaş, izin verirseniz dileğimizi ben arzedeyim.

- Söyleyin, ama kısa olsun, dedi teğmen.

- Bir dakika.. merhumun oğlunu da çağırsak...

---

* Biz, biziz oğlum. Ana-Beyit'e yetişemeden durup kaldık. Nasıl olursa yardım et oğlum (Biz, biziz oğlum, Ana-Beyit'e varamadan burada kalakaldık, bir şeyler yap, bize yardım et evlât).

Adilbay böyle dedikten sonra biraz açıkta bir aşağı bir yukarı gezip duran Sabitcan'a seslendi:

- Ey Sabitcan, sen de gel!

Sabitcan elini sallayarak:

- Kendiniz konuşup halledin! diye kaba bir şekilde sırtını döndü.

Adilbay'ın yüzü pancar gibi kızardı:

- Afedersiniz teğmen yoldaş, işlerin bu duruma gelmesine biraz gücendi de. O bizim merhum Kazangap'ın oğludur. Damadı da burada, römorkta.

Kendisinden söz edildiğini işiten damat çağrıldığını zannederek römorktan indi.

- Bu ayrıntılar beni ilgilendirmez, dedi teğmen, siz işin aslını, ne istiyorsanız onu anlatın bana!

- Peki.

- Kısa ve açık olarak...

- Tamam, kısa ve açık olarak...

Uzun Adilbay, kim olduklarını, buraya nereden ve niçin geldiklerini anlatmaya başladı. O anlatırken teğmenin yüzüne dikkatle bakan Yedigey, onun yüz hatlarından hiçbir hayrı, yardımı dokunmayacağını anlamıştı. O buraya sadece formalite gereği 'yabancı' dediği bu kişilerin şikâyetlerini dinlemek için gelmişti. Yedigey'in yüreği sıkıldı. Tansıkbayev denen bu teğmenin karşısında Kazangap'ın ölümü ile ilgili her şey, bütün hazırlıklar, merhumu Ana-Beyit'e gömmeye gençleri razı etmek için gösterdiği bütün çabalar, onu Sarı-Özek'e bağlayan bütün değerler, hayaller, düşünceler, Sarı-Özek tarihî, her şey.. her şey bir anda anlamını yitirmiş, sıfıra inmişti. Orada, kalbi en ince yerinden kopmuş, kırılmış olarak, tarifsiz kederler içinde öylece duruyordu. Hele o korkak Sabitcan'ın o duruşuna hem gülmek, hem ağlamak geliyordu içinden. Çünkü daha dün kadehler dolusu votka içen, ilahlar ve robotlaşan insanlar hakkında akıl almaz şeyler söyleyen, bilgiçlik taslayarak Boranlılar'ın cahilliğiyle alay etmeye kalkışan bu herif, şimdi ağzını açıp tek kelime söylemeye cesaret edemiyordu. Karanar'a, na-kışlı-püsküllü örtülerle süslediği, donattığı devesine ba-kınca da gülmek ve ağlamak istiyordu. Bütün bunlar niçin-di? Neye yarayacaktı? Ana dilini konuşmak istemeyen ya da ana dilinde konuşmaya korkan bu küçük adam, Tansık-bayev adlı bu küçük teğmen, Karanar'ın niçin süslendiğini ne bilir, ne anlardı? Kazangap'ın ayyaş damadına da gül-mek ve ağlamak geliyordu içinden. Ayyaş olsa da, dün ağzı-na bir damla içki almayan, yol boyunca sarsıla sarsıla giden römorkta, merhumun tabutu başında oturan bu zavallı da şimdi römorktan inip yanlarına geliyor ve mezarlığa git-melerine izin verileceğini sanıyordu. Yedigey, kızıl tüylü köpeği Yolbars'a bakınca da gülmek ve ağlamak istiyordu. Bu cenaze alayında ne işi vardı onun? Şimdi niye onların yola çıkmalarını sabırla bekliyordu? Bunun ona ne yararı olacaktı, ne umuyordu? Ama, bilinmez, ne de olsa sadık bir hayvandır. Belki sahibinin üzüntülerle karşılaşacağını sezmiştir de, o güç günlerinde onu yalnız bırakmamak is-temiştir! Kalıbek'le Cumali'ye, araçlarında, direksiyon ba-şında bekleyen o iki genç sürücüye gelince, onlara ne diye-bilirdi? Bütün bu olanlardan sonra onlar kendisi hakkında ne düşünürlerdi?

Yedigey, kalbinin en ince yerinden ve derinden yara-lanmıştı. Üzgündü, kırgındı, aşağılanmıştı. Aynı zamanda zaptedilmesi güç bir öfke kabarıyordu içinde. Hiddetten kanı beynine sıçrıyor, şakakları zonkluyordu. Ama, çok kızdığı zaman nasıl tehlikeli olduğunu bildiği için de, güç-lükle de olsa, kendini tutuyordu. Hem sonra, sevgili dostu Kazangap'ın cenazesini daha toprağa bile vermeden bu ka-dar kızmaya hakkı yoktu. Onun yaşında bir adama, hiddete kapılıp sesini yükseltmek de yakışmazdı. Bu yüzden, söz-le ve hareketle öfkesini belli etmemek, duygularını dışarı vurmamak için dişlerini sıktı, sabretti...

Yedigey'in de sezdiği gibi, Uzun Adilbay'la teğmen arasındaki konuşma uzadıkça çıkmaza girmekteydi.

Teğmen, Adilbay'ı dinledikten sonra kesin cevabını verdi:

- Size yardım edemem. Bu bölgeye yabancıların girmeleri kesinlikle yasaktır!

- Burasının yasak bölge olduğunu bilmiyorduk teğmen yoldaş. Bilsek gelmezdik. Yasak olduğunu bile bile niçin gelelim? Ama madem ki geldik, ölümüzü gömmemize izin vermeleri için yüksek makama başvurmanızı rica ediyoruz sizden. Buraya kadar getirdikten sonra tekrar geri götüremeyiz ya!

- Buraya gelmeden âmirlerime sordum ben. Ne sebeple olursa olsun kimse giremez, dediler.

- Teğmen yoldaş, sebep aramak da ne oluyor? Sizin bölgenizde bizi ilgilendiren ne olabilir? Ölümüzü gömmek istemesek bunca yolu niçin gelelim?

- Size bir defa daha söylüyorum yabancı yoldaş: Buraya hiç kimse bırakılamaz!

O âna kadar ağzını açıp tek kelime söylemeyen ayyaş damat kendini tutamayıp itiraz etti:

- Yabancı da ne demek? Kimmiş yabancı? Biz burada yabancı mıyız?

Damadın hiddetten yüzü kıpkırmızı, dudakları mosmor olmuştu.

Uzun Adilbay da destekledi onu:

- Doğru söylüyor, ne zamandan beri yabancı olduk kendi toprağımızda?

Ayyaş damat sınırı aşmamak için sesini yükseltmemeye çalışarak ve Rusça'sı da zayıf olduğu için ağır ağır konuşarak devam etti:

- Burası bizim toprağımızdır. Burası bizim mezarlığımız, bizim kendi mezarlığımız. Biz Sarı-Özek insanlarının ölülerimizi buraya gömmeye hakkımız vardır. Çok, çok önce, Nayman-Ana buraya gömüldü. O zaman kimse bilmiyordu bir gün gelecek de burası yasak bölge olacak...

- Sizinle tartışmaya girecek değilim, dedi teğmen Tansıkbayev, burada sorumlu nöbetçi âmiri olarak bir daha, bir daha söyleyeyim ki, ne şimdi ne de daha sonra, ne sebeple olursa olsun yasak bölgeye kimse giremez!

Ortalığa bir sessizlik çöktü. "Şu herifi küfür seline tutmamak için dişimi sıkmalıyım," diye kendini güçlükle tutan Yedigey başını yukarıya kaldırdı. Yine o akkuyruklu çaylağı gördü gökyüzünde. Çaylak rahat rahat süzülüyordu. Ona imrendi, onun yerinde olmak istedi yine. Ama artık umut yoktu, yapılacak bir şey de yoktu. Mezarlığa zorla giremeyeceklerine göre, çekip gitmekten başka bir şey kalmıyordu. Çaylağa bir defa daha baktıktan sonra teğmene döndü:

- Bak teğmen yoldaş, dedi, biz gidiyoruz. Yalnız, generaline ya da sana kim emir veriyorsa ona şunu söylemeni istiyorum: Bu yaptığı çok yanlıştır, hatadır. Ben eski bir savaşçıyım. Bu yaptığınız hiç de iyi değil! Doğru değil!

- Doğru ya da değil, komutanlarımın verdiği emri tartışmam ben. Ayrıca size şunu da bildirmemi istediler: Bu mezarlık yakında tamamen kaldırılacak, yok olacak!

- Ana-Beyit mi? dedi Adilbay şaşırarak.

- Adı böyleyse, evet.

- Niçinmiş o? Mezarlığın kime ne zararı var?

- Buraya yeni bir yerleşim birimi kuracaklar.

Uzun Adilbay'ın şaşkınlığı daha da artmıştı:

- Olur şey değil! Başka yer bulamadınız mı? Yer kıtlığı mı var?

- Planda böyle öngörülmüş.

Boranlı Yedigey, teğmen Tansıkbayev'in gözlerinin içine dik dik bakarak sordu:

- Bana baksana! Baban kim senin? Babanın adını söyler misin?

- Bundan size ne? Konumuzla ne ilgisi var bunun?

- Ne ilgisi mi var? Mezarlığımızı yıkıp mahvetmeye karar verdikleri zaman onları babana haber vermeliydin. Bize değil, mezarlığımızı yıkacaklara karşı çıkmalıydın. Senin baban, ataların ölmedi mi? Ya da bir gün sen kendin ölmeyecek misin?

- Bunun konumuzla bir ilgisi yok.

- Pekâlâ. Biz de ilgilenecek birini buluruz. Beni dinle teğmen yoldaş, kumandanın kimse, buranın en yetkili kişisi kimse, beni dinlemesini istiyorum. Şikâyetlerimi doğrudan doğruya ona söyleyeceğim. Ona de ki Sarı-Özek yerlilerinden eski savaşçı Yedigey Cangeldi'nin sana bir çift sözü var!

- Böyle bir şey yapamam, ne yapacağımı da siz söyleyemezsiniz bana!

Ayyaş damat yine kendini tutamadı:

- Onu yapmaz, bunu yapmazsın. Peki ne yaparsın sen?

Öfkeden köpürerek ilâve etti:

- Pazar yerindeki inzibat senden çok daha iyi!

Teğmenin yüzü sapsarı oldu ve sertleşti:

- Bu kadarı da yeter artık! Uzaklaştırın bu adamı buradan! Araçlarınızı da çekin, yolu kapamayın!

Yedigey ve Uzun Adilbay damadın koluna girip onu araçların yanına götürdüler. Damat giderken başını çevirip bağırdı:

- Saga col da yetpeydi! Saga cer de yetpeydi! Urdum sendeydin avzın!*

O âna kadar biraz açıkta bir aşağı bir yukarı gidip gelen ve ağzını açmayan Sabitcan kendini göstermenin zamanı geldiğine karar vererek yanlarına geldi:

- Eee, ne oldu bakalım? Geriye çark ediyorsunuz değil mi? Böyle olacağı belliydi zaten! Ana-Beyit! Ana-Beyit! di-

---

* Sana yol da yetmiyor, sana yer de yetmiyor! Vurayım (tüküreyim) senin gibilerin ağzına! (Kazakça).

ye tutturdunuz. Alın size Ana-Beyit! Dayak yemiş köpek gibi dönüyorsunuz.

Ayyaş damat hiddetle Sabitcan'ın üzerine yürüdü:

- Kime köpek diyorsun sen! Burada bir köpek varsa o da sensin! Pis, aşağılık! Şurada duran herifle senin hiçbir farkın yok. Resmî görevi olan bir adam olduğunu söyleyerek böbürleniyorsun ama, sen bir insan bile değilsin.

Sabitcan söylediklerini nöbetçi kulübesine de duyurmak için yüksek sesle bağırdı:

- Kapa çeneni ayyaş herif! Onların yerinde olsam seni ağzından çıkanlar için öyle uzaklara sürerdim ki ne sesin duyulurdu ne soluğun. Topluma hiçbir yararı olmayan senin gibilerin kökünü kazımalı bu dünyadan!

Böyle dedikten sonra sırtını damada ve onu tutup getirenlere döndü. Bu hareketiyle sanki onlardan biri ya da onlar gibi biri olmadığını belli etmek istiyordu. Sonra da, sanki onların başı imiş gibi yüksekten atarak birden emirler vermeye başladı:

- Ağzınız bir karış açık ne duruyorsunuz orada? Çalıştırın motorları! Geldiğimiz gibi döneceğiz işte! Cehennem olup gideceğiz! Döndürün geri şu araçları! Yetti be! Sizi dinlemek aptallıktı zaten. Dinledik de ne oldu!

Kalıbek traktörü çalıştırdı, römorku dikkatle geri döndürmeye başladı. Ayyaş damat da römorka atlayıp cenazenin yanındaki yerini aldı. Cumali, yol makinesini çalıştırmak için, Yedigey'in araca bağladığı Karanar'ı çözmesini bekliyordu. Onun beklediğini gören Sabitcan bağırıp çağırarak sıkıştırıyordu:

- Daha ne bekliyorsun? Hadi çalıştır şunu! Döndür geri! Ölüyü ne güzel gömdük değil mi? Tâ baştan karşı çıktım ama dinleyen kim! Yeter! Gidelim artık!

Yedigey devesini çözüp ıhtırdı, sonra havutun üstüne çıkıp yerleşti ve hayvanı tekrar kaldırdı. Bu arada traktör ve yol kazma makinesi dönüş yönünde sıraya girmişlerdi.

Sabitcan sıkıştırdığı için Yedigey'in öne geçmesini beklemeden hareket etmişlerdi.

Çaylak tepelerinde hâlâ süzülüyor, hareketlerine pek sinirlendiği kızıl tüylü köpeğe dikkatle bakıyordu. Köpeğin harekete geçen araçların peşinden niçin koşmadığını, niçin geride durup o adamın deveye binmesini beklediğini, sonra niye onun ardından yürüdüğünü bir türlü anlayamıyordu.

Traktöre binenler önde, deveye binen adam onların gerisinde ve köpek daha arkada, cenaze alayı Sarı-Özek'i bir defa daha, bu sefer aksi yönde geçmeye başlamıştı. Malakumdıçap deresine doğru ilerlediler. Tepelerinde süzülen çaylağın yuvası da oralardaydı. Başka zaman olsa çaylak korkardı. Gözlerini onlardan ayırmaz, cıyak cıyak bağırır, oralarda avlanan dişisini uyarır, onu, yuvalarını, yuvalarındaki yavrularını korumak için yardıma çağırırdı. Ama bu defa Atkuyruk'un böyle bir korkusu, telâşı yoktu. Çünkü yavruları büyümüş, çoktan yuvayı terkedip gitmişlerdi. Kehribar gözlü, kıvrık gagalı yavru çaylaklar günden güne güçlenmiş, bağımsız olarak yaşamaya başlamışlardı. Şimdi Sarı-Özek'te kendilerine ait avlakları vardı ve oraya ara sıra bir göz atmak için gelen babalarına bile pek iyi gözle bakmıyorlardı.

Çaylak, kendi avlağında olan her şeyi gözetlemeye alıştığı için, dönüş yoluna giren cenaze alayını da dikkatle izliyordu. En çok ilgisini çeken de insanların yanından hiç ayrılmayan o uzun ve kızıl tüylü köpek idi. Neydi onu insanlara bağlayan? Niye kendi başına avlanmaya gitmiyor da, işleriyle meşgul olan o insanların peşinde kuyruğunu sallaya sallaya dolaşıyordu? Niçin böyle bir hayatı seçmişti ve böyle bir hayattan ne zevk alıyordu? Çaylağın dikkatini çeken ve onu kuşkulandıran, deveye binmiş adamın göğsündeki parlak şeylerdi. Zaten bu parlak şeylere bakmaktan kendini alamadığı için o adamın izden ayrılıp yana

392 • Gün Olur Asra Bedel

saptığını, sonra da kupkuru topraklardan giderek araçların önüne çıkmaya çalıştığını farketmişti. Adam devesini hızlandırmak için kamçısını kaldırıp kaldırıp indirdikçe göğsündeki parlak şeyler şıngırdayıp ışıldıyor, deve hızlanıyor ve köpek ona yetişmek için koşmak zorunda kalıyordu.

Deveye binmiş adam, yandan ve kestirmeden bir süre gittikten sonra Malakumdıçap deresinin gerisinde araçların önüne çıkıp durdu. Araçlar da durdu o durunca.

Sabitcan şoför mahallinden başını çıkararak bağırdı:

- Ne var, yine ne oldu?

- Bir şey yok, motorları durdurun, sizinle konuşacağım, dedi Boranlı Yedigey.

- Daha ne konuşacaksın? Bize vakit kaybettirme, yeteri kadar süründük buralarda!

- Asıl vakit kaybettiren sensin! Karar verdim, ölüyü buraya gömeceğiz.

Sabitcan, çekiştire çekiştire paçavra hâline getirdiği kıravatını bir daha çekti:

- Yeter saçmaladığın! Onu köye götürüp kendim gömeceğim, başka lâf istemiyorum. Yeter!

- Beni dinle Sabitcan! Ölen senin babandı, bunun aksini söyleyen yok. Ama bu dünyada sen tek başına değilsin. İstesen de istemesen de dinleyeceksin beni. Yasak bölgenin kapısında olanları gördün, konuşulanları dinledin. Kimsenin suçu yok bu işte. İyi düşün: Mezara götürülen bir ölünün gömülmeden geri getirildiğini duydun mu sen hiç! Nerede görülmüş böyle şey! Ölüyü geri götürüp elâleme rezil mi olalım?

- Umurumda değil! Canları cehenneme!

- Şimdi umurunda değil. Hem kızgın olduğun için ağzına geleni söylüyorsun. Ama yarın pişman olursun, utanç duyarsın. Bu şerefsizliği hiçbir şey silemez. Gömülmek için getirilen bir ölü gömülmeden geri götürülmez!

Uzun Adilbay usulca arabadan indi. Cenazenin başında oturan ayyaş damat da atladı aşağıya. Sürücü Cumali de inip yanlarına geldi. Karanar'ın üzerinde yollarını kesmiş, dikilip duruyordu Yedigey:

- Beni iyi dinleyin genç arkadaşlarım, yiğit dostlarım. Törelerimize karşı çıkmayın. Tabiat kanunlarına karşı da çıkmayın! Mezara götürülen bir ölü asla geri getirilmez. Cenazeyi burada gömecek, töreni burada yapacağız. Başka türlü olmaz! İşte Malakumdıçap vadisi. Burası da Sarı-Özek'in bir parçasıdır. Nayman-Ana burada çok gözyaşı döktü. Oğlu için o meşhur ağıdını burada yaktı, burada okudu. Gelin bu ihtiyar Yedigey'i dinleyin. Kazangap'ı burada toprağa vereceğiz. Ve Allah'ın izniyle, öldüğüm zaman beni de buraya, Kazangap'ın yanına gömmenizi istiyorum.

Bugün vaktimiz varken, daha fazla oyalanmadan şu vadide rahmetliyi toprağa verelim!

Uzun Adilbay, Yedigey'in eliyle gösterdiği yere baktı:

- Cumali, senin maşın yanaşır mı oraya? dedi.

- Yanaşır, yanaşır. Şu taraftan girerim.

Sabitcan yine atıldı:

- Dur bakalım, önce benim fikrimi almalısın!

- Peki, sana da soralım, dedi Cumali. Yedike'nin söylediklerini duydun. Daha ne diyeceksin?

- Ben de diyorum ki, bu saçmalıklar babama saygısızlıktır, onunla alay etmektir. Hemen köye dönelim!

- Asıl saygısızlık ölüyü geri götürmektir. Mezara götürülen ölü geri getirilmez. Sen de bunu iyi düşün! dedi Cumali.

Bir süre sessizlik oldu. Sonra Cumali bozdu sessizliği:

- Siz ne isterseniz yapın, ben gidip mezar çukurunu kazacağım. Benim görevim çukur kazmak. Hem de derin bir çukur. Karanlık basmadan bitirmeliyiz bu işi, sonra çok geç olur. Karar sizin.

Cumali 'Belarus' marka yol kazma makinesinin başına döndü. Yerine oturup motoru çalıştırdı, yolun kenarına saparak onların yanından geçti, bir hendeğe indikten sonra öbür tarafa geçip yamaca yöneldi. Uzun Adilbay, yaya olarak onu takip ediyor, Yedigey de devesiyle peşlerinden gidiyordu.

Damat ise traktör sürücüsü Kalıbek'in karşısına dikildi ve ona dereyi göstererek şöyle dedi:

- Eğer sen de onlarla beraber derenin kıyısına gitmezsen, traktörün altına atarım kendimi. Beni çiğnemeden geçemezsin, ölmek vız gelir bana!

Kalıbek, Sabitcan'a baktı:

- Ee, ne yapıyoruz, nereye süreyim?

Sabitcan bağıra bağıra küfrederek konuştu:

- Görmüyor musun, hepsi köpek bunların! Hadi bekleme, sür peşlerinden, sen de sür!

Gökyüzünde süzülen çaylak, şimdi büyük bir gürültü ile dere kıyısına yönelen insanları hâlâ gözden ayırmıyordu. Araçlardan biri pek hareketliydi, sallana sallana toprağı kazıyor, bir köstebek gibi yuvasının yanına yığıyordu. Az sonra römorklu traktör de yaklaştı kazılan çukura. Römorkta kımıldamadan duran, beyaz bir örtüye sarılmış bir şey ve bu şeyin yanında bir adam oturuyordu. Daha önce de orada oturan adamdı bu. Kızıl tüylü köpek ise adamların yanında dolanıp duruyor ama daha çok devenin yanına sokuluyordu. Sonunda gelip devenin ayakları dibine uzandı.

Çaylak, bu yabancıların daha uzun süre orada toprak kazmakla oyalanacaklarını anladı. Bozkırın üzerinde geniş geniş daireler çizerek ve hiç acele etmeden oradan uzaklaştı. Şimdi yasak bölgeye doğru gidiyordu. Yolda av bulursa avlayacak, sonra uzay alanında neler olup bittiğine bakacaktı.

*
* *

İki gündenberi uzay üssünde büyük bir gerginlik vardı. Çalışmalar gece gündüz ve pek hareketli olarak sürüyordu. Bütün alan, yakındaki bütün servis binaları ve bütün çevre, yüzlerce projektörle aydınlatılıyor ve geceler gündüzden bile daha aydınlık oluyordu. Birçok ağır kamyon, daha hafif taşıyıcı ve özel arabalar hareket halindeydiler. Pek çok bilim adamı ve mühendis ise "Çember" harekâtını gerçekleştirmek için iş başındaydı.

Uzaydan gelebilecek uçan daireleri ânında yok edebilecek uydusavar savunma füzeleri özel rampalarında, gökyüzüne yöneltilmiş olarak hazır bekletiliyordu. Fakat bunlar CCM.7 antlaşmasına göre, tıpkı Amerikalılar'ın benzer uydusavarları gibi, yeni bir karara kadar ateşlenmeyecekti. Şimdilik onlar transkozmik (yıldızlararası) "Çember" harekâtı programında çıkabilecek bir çatışma ya da âcil durum hâlinde kullanılacaktı. Amerikalılar'ın Nevada uzay alanında da senkronize (eşzamanlı) bir fırlatma için robotfüzeler hazırdı.

Harekâtın başlama saati Sarı-Özek boylamlarına göre akşam sekize rastlıyordu. Robot füzeler saat tam sekiz, sıfır dakika sıfır saniyede ateşlenecek ve dokuz uydusavar birer buçuk dakika ara ile Sarı-Özek üssünden fırlatılacak, bunlar dünya çevresinde batı-doğu yönünde dönen bir çember oluşturacak ve yabancı gezegenlerden sızmaları önleyeceklerdi. Nevada uzay alanında fırlatılacak robotfüzeler de aynı görevi Kuzey-Güney yönünde bir çember oluşturarak yapacaklardı.

Sarı-Özek-1 üssünde saat on beşten itibaren "Beş dakikalık" olarak adlandırılan geriye sayma sistemi çalıştırıldı. Her beş dakikada bir bütün görev yerlerinde ve her kanaldan, önce bir uyarı sesi duyuluyor sonra ekranlarda ışıklı işaretler veriliyordu: "Atışa dört saat elli beş dakika kaldı!

Atışa dört saat elli dakika kaldı!" Sistem, beş dakika aralıklı geriye sayma işlemini, üç saat sonra bir dakika aralıklı olarak yapacaktı.

Bu arada, yörünge istasyonu "Parite" uzaydaki konumunu belirleyen parametrelerini, Orman-Göğsü gezegeninde bulunan Parite 1-2 ve Parite 2-1 kozmonotlarıyla her türlü bağlantının önlenmesi için telsiz bağlantı kanallarını değiştirmekte, bunların frekanslarını yeniden kodlandırmakta idi.

Orman-Göğsü gezegeninde bulunan dünyalı kozmonotların dünyalılarla bağlantı kurma imkânı tamamen kesilmişti. Bunların bağlantının kesilmemesi için yalvarıp yakarmaları Ortak Yönetim Merkezi'nin kararlarını tartışmaksızın, dünyalıların yararını, çıkarını düşünerek Orman-Göğüslüler'le görüşmelerin sürdürülmesini istemeleri, ıssız çölde yitip giden iniltilerden farklı değildi artık. Kozmonotlar affedilmeleri, Dünya'ya tekrar kabul edilmeleri konusunda asla ısrarlı olmadıklarını, istenildiği kadar bekleyeceklerini, orada kaldıkları sürece galaksilerarası ilişkiler için ellerinden geleni yapmaya devam edeceklerini de bildiriyorlardı. Israrla karşı çıktıkları tek şey, tarafların karar verdikleri "Çember" harekâtı idi. Onlara göre bu harekâtın gerçekleşmesi, dünyanın uzayda tam bir yalnızlığa itilmiş, dünyalıların binlerce yıl kurtulamayacakları tarihî ve teknolojik bir geriliğe, monotonluğa gömülmüş olarak kalmalarına sebep olacaktı. Ama bütün bu yalvarmalar, yakarmalar boşuna idi. Artık dünyada ve dünya çevresinde dönüp duran uydularda kimse onları istemiyor, onların hiçbir cevap alamadan seslenişlerini, seslerinin uzay boşluğunun sonsuzluğunda yitip gittiğini bile bilmiyorlardı.

Ve artık, Sarı-Özek-1 uzay üssünde "dakikalık" geriye sayma sistemi çalışmaya başlamıştı. "Çember" harekâtının başlamasına dakika dakika yaklaşılıyordu.

*
* *

Kendi avlağında gözetleme turlarını tamamlayan ak-kuyruklu çaylak tekrar Malakumdıçap vadisinin üzerine gelmişti. Oradaki o insanlar şimdi küreklerle iş görüyorlardı. Kazma makinesi büyük bir çukur açmış, kepçesini birkaç defa çukurun dibine daldırıp çıkardıktan sonra kenara çekilmişti. Bundan sonrasını adamlar kürekle kazıyor ya da toprakları çıkarıyorlardı. Deve yine eski yerindeydi ama kızıl tüylü köpek görünmüyordu ortalıkta. Nerelerdeydi acaba? Çaylak alçalıp vadinin üzerinde geniş bir daire çizdi, sağa sola iyice baktı ve sonunda gördü onu: Römorkun altında, tekerleklerin yanında uzanmış yatıyordu, belki çaylağı hiç umursamadan uyukluyordu orada. Bütün gün üzerlerinde uçtuğu hâlde, bu köpek, bir defa bile başını döndürüp bakmamıştı ona. Bir tarla faresi bile topraktan başını çıkardığı zaman arka ayakları üzerine dikilir, bir tehlike olup olmadığını anlamak için çevreye ve yukarıya bakardı. Ama köpek insanların yanından ayrılmıyor, bu yüzden de korkusuz, kaygısız yaşıyordu. Çaylak umurunda değildi onun. Sere serpe yatışından da belliydi bu. Çaylak havada bir an kımıldamadan durdu, sonra kasıldı ve kuyruğunun altından yeşilimsi beyaz bir çımkırığı, bir tüfek mermisi gibi köpeğin üzerine bıraktı. "Al, bu da senin payın olsun!" diye düşünmüştü galiba.

Yedigey, ceketinin yenine yukarıdan bir şeyin şap! diye düştüğünü hissetti. Bunun bir kuş çımkırığı olduğunu anlayınca "Bu da nerden geldi?" diye yukarıya baktı. "Ha, tamam, dedi, yine o akkuyruklu çaylak, tepemizde dolaşıp durmaktan bıkmıyor. Hayır olsa bari! Havalarda hür dolaşmaktan çok mutlu olmalı..." Onu bu düşüncesinden Uzun Adilbay'ın çukurun dibinden gelen sesi uyardı:

- Hey, Yedike, bir baksana! Yeter mi yoksa daha kazalım mı?

Yedigey asık suratla eğilip çukura baktı.

- Sen biraz şu köşeye çekil.. Kalıbek, sen de çık artık oradan. Sağ ol. Bana göre bu derinlik yeter, ama kazanak biraz daha genişlese iyi olur. Cenaze daha rahat sığar o zaman.

Yedigey bunları söyledikten sonra su dolu küçük bir bidonu alarak kazma makinesinin arkasına çekildi. Orada cenaze namazı için abdest aldı. Abdest aldıktan sonra rahatlamıştı. Kazangap'ı Ana-Beyit'e gömememişlerdi ama, hiç olmazsa cenazeyi geri götürmek gibi utanç verici bir duruma düşmekten kurtulmuşlardı. Buraya gömülmesinde ısrar etmeseydi başlarına bir de öyle utanç verici bir şey gelecekti. Şimdi ellerini çabuk tutmalı, karanlık çökmeden Boranlı'ya dönmeliydiler. Oradakiler onları bekliyordu. Saat altıdan önce döneceklerini söyledikleri için daha fazla gecikmemeliydiler. Cenazeyi gömmek biraz zaman alacaktı, ondan sonra da, hızlı gitseler bile en az iki saat sürerdi dönüş yolculuğu. Hem geç kalmasınlar diye cenaze törenini aceleye getiremez, usule aykırı bir iş ya da eksiklik yapamazlardı. Çaresiz cenaze aşı, ölüyü anma yemeği biraz gecikecekti.

Yedigey abdest aldıktan sonra, cenaze namazı için hazır duruma gelmişti. Namazı kıldırma işinin kendisine düştüğünü de biliyordu. Bidonun kapağını kapadı ve ötekilerin yanına geldi. Durgundu, rahattı. Sakalını ve bıyıklarını tarar gibi sıvazladı:

- Allah'ın kulu ve bendesi Kazangap'ın oğlu Sabitcan, sen sol yanıma geç. Siz dördünüz de cenazeyi mezarın başına getirin ve yüzü kıbleye dönük olarak bırakın.

Gür bir sesle söylediği bu sözlerden sonra konuşmasına devam etti:

- Şimdi yüzümüzü kutsal Kâbe'ye dönelim, ellerimizi önümüze açıp, böyle bir saatte, dualarımızı duyup düşüncelerimizi anlasın diye Allah'ı düşünelim.

GÜN OLUR ASRA BEDEL • 399

Yedigey, arkasında duran gençlerin gülüştüklerini, fısıldaştıklarını duymadığına sevindi. O sırada ona: "Ey ihtiyar, başımıza imam mı oldun? Bu lâflarla kafamızı şişirme de şu ölüyü bir an önce gömüp dönelim!" diyebilirdi bu dinî geleneği unutan gençler. Bundan sonra ayakta dimdik durarak dua okumaya başladı. Bilen yaşlılardan işittiğine göre, dinin beşiği olan Arap ülkelerinde cenaze namazı oturarak değil, ayakta kılınıyordu. Öyleydi ya da değildi. O anda Yedigey başının göğe yakın olmasını istiyordu.

Okumaya başlamadan, başını önce sağa, sonra sola çevirdi. Sonra yere eğdi ve yine yukarı kaldırdı. Böylece, insanoğlunun, gündüzleri gecelerin takip etmesi gibi şaşmaz bir şekilde bu dünyaya gelip sonra da günü gelince onu bırakıp gitmesi kanunu, değişmez düzeni ve bu âlemi yaratan Yüce Allah'ı selamlamış oldu.

Yedigey başını yukarı kaldırdığı sırada yine gördü o çaylağı. Çaylak, kanatlarını hemen hemen hiç çırpmadan, geniş, düzenli çemberler çizmeye devam ediyordu. Bu onu rahatsız etmedi, onu düşüncelerinden ayırmadı, aksine, daha özlü, daha derin düşünmesini kolaylaştırdı.

Beyaz bir keçeye sarılıp bir sedyeye uzatılmış yatan rahmetli Kazangap'ın cesedi, Yedigey'in önünde o karanlık çukurun kenarında idi. Boranlı Yedigey alçak sesle dualarını okumaya başladı. Her insan için doğuşundan itibaren geçerli olan ve ebediyen geçerli olacak dualardı bunlar. Dünyanın kuruluşundan itibaren, geçmişte, şimdi ve gelecekte, her insan için, her devirde geçerli, önce peygamberlerin kavrayıp bize vasiyet ettikleri, herkes için kaçınılmaz, herkes için eş değerde olan, hayatın ve ölümün sırlarını açıklayan, kaderi anlatan dualar... Yedigey bunlara kendi kafasından, kendi kalbinden ve kendi hayat tecrübesinden doğan düşüncelerini de katmaya çalışıyordu. Çünkü insan bunları yaşadıkça öğreniyordu ve herhalde öğrenmek için yaşıyordu:

"Ey Yüce Allah'ım, eğer dedelerimin kitaplardan öğrendiği, benim de dedelerimden duyup öğrendiklerimi işitiyorsan, kendimden söyleyeceklerimi de işit. Bunların birbirine engel olmayacaklarını düşünüyorum. "Malakumdıçap vadisinin kıyısında, bu ıssız ve uzak yerde kazdığımız mezar çukurunun başında toplandık. Kazangap'ın mezarını burada kazmak zorunda kaldık. Çünkü onu atalarımızın vasiyet ettiği mezarlığa gömemedik, buraya getirmeye mecbur olduk. Gökyüzünde bir çaylak, el açıp Kazangap'la vedalaşmamızı seyrediyor. Ey büyük Allah'ım, günahımızı bağışla, Kazangap kulunu rahmetle kabul et! Eğer lâyık ise, ruhuna ebedî huzur ver! Bize düşeni yerine getirmeye çalıştık. Gerisi sana kalmış.

"Şu anda, madem ki böyle bir makamda yüzümü Sana verdim, yaşadıkça ve aklım başımda oldukça Sana sesleneceğim, beni işit Allah'ım! Bilinen bir gerçektir ki insanlar Sana ancak çaresiz kalınca yardım dilemek için başvuruyorlar ve ellerinden başka bir şey gelmiyor. Bize acı, bizi koru, bize yardım et Allah'ım. İnsanlar, doğru olsun, yanlış olsun, haklı olsun haksız olsun, her şeyi Sen'den isterler. Bir katil bile içinden, Sen'in onun yanında olmanı ister. Oysa Sen hep susarsın. Neyleyim ki biz insanlar böyleyiz ve Sen'i özellikle başımız darda olduğu zaman hatırlarız, yalnız böyle zamanlarda varmışsın sanırız. Yalvarıp yakarmalarımızın sonu gelmiyor. Sen 'Bir'sin. Biz ise çoğuz. Şu anda Sen'den bir şey dilemiyorum, sadece aklıma gelenleri söylemek istiyorum. Bizim için çok değerli olan ve Nayman-Ana'nın yattığı kutsal mezarlığın artık bize kapalı oluşuna, oraya girmemizin yasak oluşuna çok üzülüyorum. Onun için öldüğüm zaman, mankurt oğulun anası Nayman-Ana'nın ayak bastığı, üzerinde çok yürüdüğü bu Malakumdıçap vadisinde, Kazangap'ın yanına gömülmek isterim. Ve eğer insan ruhunun ölümden sonra başka bir yaratığın bedenine geçtiği doğru ise, ben, bir karınca olmak yerine, akkuyruklu bir çaylak olmak isterim. O zaman, şu tepemizde süzülen çaylak gibi ben de yükseklerde uçup bu vatan topraklarını seyrederim, gözlerimi bu topraklardan hiç ayırmam. İşte benim dileğim budur.

"Vasiyetime gelince, onu bugün benimle buraya gelen gençlere bırakıyorum. Beni buraya gömmek suretiyle vasiyetimi yerine getirmek onlara düşüyor. Ancak bir mesele var: Cenaze duamı kim okuyacak? Çünkü bunlar ne Allah'a inanıyorlar, ne dua biliyorlar! Allah'ın varolup olmadığını kimse bilemiyor. Bazıları var, bazıları da yok diyor. Ben Sen'in varlığına, düşünce ve hareketlerime yön verdiğine inanmak istiyorum. Dualarımla Sana seslendiğim zaman, Sen'in aracılığınla kendime hitap etmiş oluyorum. Ve o anlarda aklıma gelen fikirler Sen'in fikirlerinmiş gibi geliyor bana ey Yüce Yaradan! İşte gerçek bu. Gençler bunu anlamıyor ve duaları küçümsüyorlar. Ölüm saati gelince bunlar kendilerine ya da başkalarına ne diyecekler? Bu gençlere acıyorum. Bir insan, ruhunu Allah katına ulaştırmanın yolunu bilmiyorsa, kendini kendi gözünde Allah gibi yüceltemiyorsa, insan olmanın sırrını, yüceliğini ve kutsallığını nasıl anlar? Allah'ım, küfür sayılabilecek, kutsal varlığına saygısızlık sayılacak sözlerimden dolayı beni bağışla. Onların hiçbiri Allah derecesine yükselemez, böyle olunca da Sen var olmazsın! Eğer bir insan Sen'in yaptığın gibi, herkesin derdiyle meşgul olup herkesi koruma ve kayırma görevini üstlenmezse, herkesi esirgeyen Allah gibi olduğuna kendini inandırmazsa, o zaman Sen de varlığını koruyamazsın ey Allah'ım! Oysa ben Sen'in yok olmanı asla istemiyorum.

"Benim derdim, üzüntüm, Sen'den dileğim işte bunlardır. Hatalarımı, kusurlarımı bağışla. Ben basit bir insanım ve içime doğduğu, aklıma geldiği gibi konuşuyorum. Sözlerimi kutsal kitaptan alınmış âyetlerle tamamladıktan sonra cenazemizi gömeceğiz. Rahmetini esirgeme... Âmin."

"Âmin" diye duasını tamamlayan Yedigey bir an susup, acı bir özlem duyarak gökyüzüne, gökyüzündeki o çaylağa baktı. Sonra yavaşça ardında duran gençlere, haklarında Ulu Yaradan'a dert yandığı o kişilere döndü. Allah'a seslenişi, yakarışı bitmişti. Şimdi karşısında, gömülmesi bu kadar zorlaşan ve geciken cenaze ile birlikte gelen beş kişi vardı. Onlara, düşünceli bir hâlde:

- İşte hepsi bu kadar, dedi. Duada okunması gereken her şeyi sizin adınıza da okudum. Şimdi işimize bakalım.

Yedigey, göğsünde madalyalar sallanan ceketini çıkarıp bir kenara koydu ve Uzun Adilbay'ın da yardımı ile mezar çukuruna indi. Sabitcan merhumun oğlu olduğu için yanda, başını önüne eğerek durdu. Böylece üzüntüsünü belli etmiş oluyordu. Öbür üç kişi, Kalıbek, Cumali ve damat, merhumun keçeye sarılmış nâşını sedyenin üzerinden, kaldırıp çukurun içinde bulunan Yedigey ve Adilbay'a uzattılar.

Kazangap'ı çukurun dibindeki kazanak yerine yerleştiren Yedigey, "İşte, ayrılık saati gelip çattı," diye düşündü. "Sana bir mezar bulmak için bunca vakit kaybedişimizi bağışla. Bütün gün seni oradan oraya taşıdık, başka türlü yapamazdık. Seni Ana-Beyit'e gömemediysek suç bizim değil. Ama sen huzur içinde yat. Bu işin peşini bırakacak değilim. Her yere gidecek, her kapıyı çalacağım. Onlara ne diyeceğimi biliyorum ben. Ama sen rahat uyu. Burada toprak çok, alabildiğine geniş, ama senin payına kala kala üç arşınlık yer kaldı. Burada yapayalnız kalmayacaksın, yakında ben de geleceğim yanına. Yine beraber olacağız. Bana güven ve beni bekle. Fazla bekletmem. Eğer her şey uz gider, kaza ile bir yerlerde yok olmaz da ecelimle ölürsem, gelip seni bulacağım. Sen ve ben burada, yavaş yavaş Sarı-Özek toprağına karışacağız, toprağın özü olacağız, ama bunu biz bilmeyeceğiz. Ancak sağ kalanlar bilir bunları. İşte bu yüzden ben de bu sözleri aslında sana değil, daha çok kendime söylüyorum. Çünkü sen şimdi, sağ olduğun zamanki Kazangap değilsin. Senin gibi hepimiz bir gün yok olacağız. Ama Sarı-Özek bozkırında trenler yine gelip gidecek, bizim yerimizi de başkaları alacak..."

Koca Yedigey kendini daha fazla tutamadı. Hıçkıra hıçkıra ağlamaya başladı. Boranlı'da birlikte geçirdikleri uzun yıllar, sıkıntılar, sevinçler, nice nice olaylar, bu birkaç kelimelik veda konuşmasına, bu birkaç dakikalık gömme süresine sığıvermişti. İnsanoğlunun bu dünyadaki kısmeti ne kadar da çok, aynı zamanda ne kadar da azmış!

Dar çukurda birbirlerine dokunarak durdukları hâlde Adilbay'a sarılıp onu kendine çeken Yedigey:

- Bak Adilbay, dedi, beni iyi dinle. Öldüğüm zaman beni de buraya, Kazangap'ın yanına gömeceksin. Ellerimi işte şöyle koy ve şimdi yaptığımız gibi vücudumu da şöyle yerleştir ki rahat yatayım. Bana söz ver, söylediklerimi yapacaksın değil mi?

- Aman Yedike, bunları düşünme şimdi, sonra konuşuruz. Hadi sen çık yukarı, kalanını ben hallederim. Hadi çık, için rahat etsin, kendini üzme bu kadar.

Boranlı Yedigey, yerden aldığı toprağı gözyaşıyla ıslanmış yüzüne sürdü ve yukarıdan uzanan elleri tutarak çukurdan çıktı. Ağlıyor, acıklı sözler mırıldanıyordu. Kalıbek gidip su bidonunu getirdi ve yüzünü yıkaması için Yedigey'e verdi.

Herbiri mezar çukuruna birer avuç toprak attılar. Bundan sonra, ölünün yerleştirildiği kazanak, yani diptcki girinti örtülünceye kadar küreklerle attılar toprağı. Daha sonra da yol kazma makinesi çalıştırıldı ve yığılan toprak çukura kepçe ile itildi. Meydana gelen tümseği küreklerle düzelttikten sonra gömme işi tamamlanmış oldu.

Bu sırada akkuyruklu çaylak onların tepesinde hâlâ süzülüyor, Malakumdıçap vadisinin kıyısında, toz toprağın içinde o bir avuç insanın ne yaptığını merakla izliyordu.

Çukur dolduktan, üzerinde taze topraktan bir tümsek meydana geldikten sonra oradakilerin biraz canlandığını gördü. Kızıl tüylü köpek de yattığı yerden kalkmış, adamların yanında dolanmaya başlamıştı. Ne istiyordu bu hayvan? Yalnız, o büyük deve, süslü püsküllü örtüsü bulunan o koca hayvan, hiçbir şeyi umursamadan duruyor ve hep geviş getiriyordu.

Çaylak, adamların gitmeye hazırlandıklarını sanmıştı. Ama hayır, hayır gitmiyorlardı. Yaşlı adam ellerini açıp durmuş, ötekiler de onun gibi yapmışlardı.

Artık vakitleri iyice azalmıştı. Yedigey yanındaki genç arkadaşlarını uzun uzun süzdükten sonra:

- Rahmetli Kazangap'ı nasıl bilirsiniz? İyi bir insan mıydı? diye sordu.

Hepsi bir ağızdan cevap verdi:

- İyi insandı.

- Eğer bir kimseye borcu kalmışsa, işte oğlu burada, babasının borcunu üzerine alacaktır.

Uzunca bir sessizlikten sonra herkesin adına Kalıbek cevap verdi:

- Hayır, rahmetlinin kimseye borcu yoktur.

- Pekâlâ öyleyse. Kazangap'ın oğlu Sabitcan, senin söyleyeceğin, ilâve edeceğin bir şey var mı?

- Hayır, hepiniz sağ olun! dedi kısaca.

Sabitcan'ın böyle demesi üzerine Cumali:

- Öyleyse dönüyoruz demek, düşelim yola, dedi.

Yedigey onları durdurdu:

- Evet, gidiyoruz ama son bir sözüm daha var: Aranızda en yaşlı olan benim. Hepinizden dileğim şudur: Öldüğüm zaman beni de buraya, Kazangap'ın yanına gömmenizi istiyorum! İşittiniz mi? Hepinize söylüyorum, bu benim vasiyetimdir. Sakın unutmayın!

Kalıbek üzgün bir sesle cevap verdi:

- Yarın kime ne olacağını kimse bilmez Yedike, onun için bunu konuşmanın bir yararı yok.

- Bunun önemi yok, bana söylemek, size de dinlemek düşer. Vakti gelince bu vasiyetimi hatırlayınız.

Uzun Adilbay havayı biraz yatıştırmak için:

- Daha başka vasiyetin var mı Yedike? Hadi, yeri gelmişken hepsini söyle! diye takıldı.

Yedigey birden sinirlendi:

- Alayı bırak şimdi, ben çok ciddiyim!

- Peki, peki Yedike, kızma. Söylediklerinizi unutmayacağız, vakti gelince elimizden geleni yaparız, için rahat olsun.

Yedigey gerçekten rahatladı:

- İşte, yiğit sözü budur! Sağ ol!

Araçlar, vadiden inip karşıya geçmek için dönüş manevrası yaptılar. Bu arada Yedigey, Karanar'ın yularını çekerek Sabitcan'a sokuldu. Onu pek üzen bir mesele hakkında Sabitcan ile yalnız konuşmak istiyordu:

- Bak Sabitcan, dedi, madem ki işimizi bitirdik ve şu anda fırsat var, seninle bir mesele hakkında konuşmak istiyorum. Şu bizim mezarlığımız Ana-Beyit konusunda ne yapacağız?

- Ne mi yapacağız? Bunun için kafa patlatmanın ne gereği var? Plan plandır. Buna göre de mezarlık yerinden kaldırılacak. Bu kesin. Söylenecek, yapılacak bir şey yok!

- Mesele yalnız o değil. Böyle düşünülürse her şeye göz yummuş, hiçbir şeyi umursamamış oluruz. Bak, sen burada doğup büyüdün. Baban seni okutup yetiştirdi. İşte şimdi de onu, şu ıssız bozkırın ortasına, tek başına bırakıp geliyoruz. Tek tesellimiz burasının da kendi toprağımız, vatanımız olması. Sen okumuş bir adamsın ve il merkezinde görevin var, Tanrı'ya şükür ağzın iyi lâf yapar, herkesle konuşabilirsin.. çeşit çeşit kitaplar okumuşsun.

- Ne olmuş okumuşsam? diye sözünü kesti Sabitcan.

- Bana yardım edebileceğini düşünüyorum. Daha vakit varken il merkezine gidip seninle birlikte gerekli yerlere başvurabiliriz. Yarın sabah erkenden gitsek iyi olur. Elbette şehrin bir âmiri, en büyük âmiri vardır, gidip onunla konuşuruz. Ana-Beyit'in yerle bir edilmesine seyirci kalamayız. Ana-Beyit koca bir tarihtir...

- Bunların hepsi masal, Yedike, eski masal. Adamlar burada dünya çapında, uzay çapında meselelerle uğraşıyorlar, sen de tutturmuşsun "Mazarlığımız, Ana-Be- yit'imiz!" diye. Kime ne senin mezarlığından? Kimse dinlemez seni. Onlar için boş şeydir bunlar. Dinlemek şöyle dursun bizi yanlarına bile sokmazlar!.

- Oraya gitmezsen yanlarına sokulamazsın tabiî. Ama konuşmak istersen kabul eder, dinlerler. Hatta ayakta karşılar, ya da otomobile atlayıp buraya gelir, bizi dinlerler. Dağ değiller ya yerlerinden kımıldayamasınlar!

Sabitcan, yan yan ve sinirli sinirli baktı:

- Bak ihtiyar, senin bu masalların, bu boş şeyler beni hiç ilgilendirmiyor. Ana-Beyit umurumda değil benim, bana hiç güvenme.

- Haa, şunu baştan söylesene. Ne diye masaldır, boş şeydir, falandır, filandır diye geveliyorsun? Demek ki seninle konuşulacak bir şey kalmadı.

- Ne sandın ya? İşim-gücüm yok da o boş şeylerle mi uğraşacağım! Hem de niçin? Ne yararı olacak? Bir ailem, çocuklarım var benim. İyi de bir işim var. Durup dururken ne diye rüzgâra karşı işeyeyim? Bir telefondan sonra kıçıma bir tekme atsınlar diye mi? Yoo, ben yoğum bu işte. Beni bağışla. Teşekkürler.

- Teşekkürün de senin olsun! Demek kıçına tekme atarlarmış. Demek oluyor ki sen kıçından başka bir şey düşünmüyorsun, yalnız kıçını düşünüyorsun!

- Evet, tam söylediğin gibi. Yalnız kıçımı düşünüyorum. Sen boşuna konuşuyorsun. Hem sen nesin ki? Bir hiç! Ama biz, soframızda aş olsun, ağzımıza tatlı bir şey düşsün diye, kıçımızı düşünmek, kıçımız için yaşamak zorundayız.

- Evet, evet anlaşıldı. Eskiden insanları kafaları ile değerlendirir ve kafalarına bakarlardı. Şimdi ise kıçlarına değer veriyorlar demek!

- Nasıl istersen öyle anla, ama beni aptal yerine koyma!

- Anlaşıldı, artık birbirimize söylenecek lâfımız yok. Babanın cenaze aşından sonra çeker gidersin, bir daha da seni Allah göstermesin bana! Görmem inşallah!

- Öyle olacak, diye mırıldandı Sabitcan.

Birbirlerinden ayrıldılar. Araçlar motorlarını çalıştırmış, Yedigey'in devesine binmesini bekliyorlardı. Ama Yedigey onlara beklemeden yola düşmelerini ve olabildiği kadar hızlı gitmelerini söyledi. Çünkü köydekiler cenaze aşı, Kazangap'ı anma aşı için bekliyorlardı onları. Kendisi devesiyle kestirmeden, her yerden gidebilirdi. Her yer yoldu onun için.

Araçlar yola koyuldu. Yedigey bir süre olduğu yerde durarak ne yapması gerektiğini düşündü.

Şimdi Sarı-Özek bozkırında tek başına idi. Yalnız sadık köpeği Yolbars, bir süre araçların peşinden gittikten sonra, sahibinin onlarla gelmediğini, geride durup beklediğini görünce, koşup onun yanına geldi. Ama Yedigey'in köpeğe aldırdığı yoktu. Eğer hayvan onlarla beraber köye gitmiş olsa, bunun farkında bile olmayacaktı. Çünkü dünya başına yıkılmıştı o anda. Sabitcan'la konuşmasından sonra bir boşluğa yuvarlanmıştı, içi ızdıraptan alev alev yanıyor, yüreği sıkılıyor, boğulacak gibi oluyor ve içindeki o yangını söndüremiyordu. Yüreğinin dayanılmaz sızıları büyüye büyüye bir uçurum kadar derin yara açmıştı içinde. Karanlık ve her tarafından soğuk rüzgârlar esen bir boşluk idi bu. Ne diye boş yere konuşmuştu Sabitcan denen o herifle! Akıl danışılacak, yardım istenecek bir adam mıydı o! Öğrenim görmüş, okumuş bir adamdır diye, o yüksek memurlara söylenecek lafları bilir diye düşünmesi ne büyük bir hata imiş meğer! O okullarda, o enstitülerde ne öğrenmişti bu adam? Belki onu işte böyle bir adam, bir Sabitcan olsun diye eğitmişlerdi. Belki de bir yerlerde onu bekleyen bir varlık vardı. Onu bekliyor, gelince avucunun içine alıyor, şeytan gibi her şeyi görüp yaptırıyor ve onun işte böyle bir Sabitcan olmasını ve öyle kalmasını sağlıyordu. Sabitcan denen bu herif, yakında insanların telsizle yönetileceklerini büyük bir coşku ile anlatmamış mıydı? Belki de o görünmez güç, Sabitcan'ı şimdiden yönetiyordu!

Koca Yedigey bunları düşünüyor ve düşündükçe kendini iyice ezilmiş hissediyor, dayanılmaz yürek acısı içinde kıvranıyordu. Sabitcan denen bu genç adama hem kızıyor, hem acıyor ve ondan nefret duyarak mırıldanıyordu:

- Mankurtsun sen, mankurtsun! Gerçek bir mankurt!

Boranlı Yedigey, ne olursa olsun, bugün karşılaştıkları o olayı körü körüne kabul edecek değildi, göz yummayacak, boyun eğmeyecekti bu olaya. Eğer bundan vazgeçerse, olayın üzerine gitmezse, daha başta yenilgiyi kabul etmiş olurdu. Akşam olmak üzereydi. Yine de, ne yapması, işe nereden başlaması gerektiğini bilmese de, hemen bir şeyler yapmaya başlamalıydı. Ana-Beyit'le ilgili emri verenlere ve bu emri durdurabilecek olanlara kendisini nasıl dinletecekti? Onları nasıl razı edecekti? Nereye gitmeli, nereden başlamalıydı bu işe?

Karanar'ın sırtında kımıldamadan duruyor, bunları düşünüyordu. Kararsız, mutsuzdu. Etrafına bir göz gezdirdi. Issız, sessiz bozkırdan başka bir şey göremedi. Akşamın alaca karanlığı yavaş yavaş Malakumdıçap vadisinin kızıl kumlarına inmeye başlamıştı bile. Araçlar çoktan gözden kaybolmuş, o genç adamları alıp gitmişti. Motor gürültüleri de duyulmuyordu şimdi. Sarı-Özek dolaylarını iyi bilen ve ondan en son anıları saklayan tek kişi olan bu koca Kazangap, şu vadide, ıssız bozkırın ortasında, taze yığılmış bir tümseğin altında, o tek mezarda yatıp duruyordu. Yedigey çok iyi biliyordu ki, o küçük tümsek yavaş yavaş yassılaşacak, düzleşecek, Sarı-Özek kırlarının pelin otları rengine bürünecekti. O zaman onu görmek de, bulmak da imkânsız olacaktı. Toprağa karışıp gidecekti. Zaten toprak üzerindeki her şey önünde sonunda toprağa karışır, toprak olurdu.

İşte akşam oluyordu. Güneş yavaş yavaş şişiyor, ağırlaşıyor ve ezici ağırlığıyla gittikçe yaklaşıyordu ufuk çizgisine. Işıkları da her dakika değişiyor, azalıyordu. Günbatımının karnından göze görünmeden doğmuş olan alacakaranlık şimdi kendini belli etmeye başlamış, mavi renkli bir gölge gibi, yaldız rengi enginlerde süzülüp vadilere doluyordu.

Boranlı Yedigey durumu enine-boyuna düşündükten sonra, dönüp yasak bölgenin girişine gitmeye karar verdi. Bundan başka bir çıkış yolu, bir ilk adım gelmiyordu aklına. Ölüyü gömme işi bittiğine ve şimdi elini kolunu tutan bir şey olmadığına göre, doğanın verdiği güç ve hayatın verdiği tecrübeye güvenerek ve her şeyi göze alarak kolları sıvayacak, işe buradan başlayacaktı. Nöbetçilerden, önce kendisini kumandanlarına götürmelerini isteyecekti. İsterlerse süngülü muhafızların önüne katarak götürsünlerdi onu. Ya da o komutan giriş kapısına gelip onun söyleyeceklerini dinlesindi. O zaman ne söyleyeceğini bilir, isteklerini açık açık anlatırdı.

Hiç vakit yitirmeden uygulamalıydı kararını. Çünkü o saatte gelişine sebep olarak da o gün Kazangap'ın gömülmesinde karşılaştıkları üzücü olayı bir gerekçe, bir sebep olarak gösterebilirdi. Şimdi gidecek, giriş kapısının önünde dikilecek, ya içeri götürmelerini ya da en yüksek rütbeli subayın oraya gelip kendisiyle görüşmesini isteyecek ve bu isteği yerine getirilinceye kadar ayrılmayacaktı oradan. En yüksek subayla görüşmek istiyordu, Tansıkbayev gibi anlayışsız bir teğmenle değil.

Bu karardan sonra kendine güveni ve cesareti arttı:

- Tevekkül Allah'a! Köpeğin efendisi varsa, kurdun da Tanrı'sı vardır! dedi ve kırbacını şaklatarak Karanar'ı, yasak bölge girişine yöneltti.

Güneş batmış, hava hızla kararmaya başlamıştı. Yasak bölgenin girişine yaklaştığı zaman karanlık iyice bastırdı. Girişe beş yüz metre kala nöbetçi kulübesini ve kapıyı aydınlatan ışıklar iyice seçilir oldu. Yedigey burada devenin sırtından kayarak indi. Orada ne gereği olacaktı devenin? Belki kapıda bir subaya rastlar ve subay ona "Sen de nereden çıktın? Haydi deveni al, defol git! Buradan geçemezsin!" diyebilirdi. Hem orada ne kadar bekleyeceği de belli değildi. Onun için oraya tek başına gitmesi, deveyi de kösterkleyip orada bırakması daha iyi olurdu. Hayvan hiç olmazsa biraz otlar, aç kalmazdı.

- Sen burada kal, ben gidip bir bakayım, dedi Karanar'a.

Aslında bu sözleri kendisini yüreklendirmek için söylemişti.

Deveyi kösteklemeden önce ıhtırması, heybeden zincir kösteği alması gerekiyordu.

Yedigey karanlıkta bu işleri yaparken çevrede tam bir sessizlik vardı. Kendi soluk alışından ve havada uçuşan bazı böceklerin vızıltısından başka bir şey duyulmuyordu. Bulutsuz gökyüzü, birdenbire doluşan yıldızlarla ışıl ışıldı. Bu mutlak sessizlik bir şeylerin olacağını haber veriyordu sanki.

Aslında Sarı-Özek sessizliğine alışmış olan Yolbars, nedense, birdenbire kulak kabartıp telaşlanmaya, inler gibi ses çıkarmaya başladı. Bu sessizlikte onu kuşkulandıran, hoşuna gitmeyen ne olabilirdi?

- Sen de ayaklarıma dolaşıp durma artık! dedi köpeğine.

Deveyi orada bırakacaktı ama köpeği ne yapacağını bilemiyordu. Kovsa bile Yolbars'ın bırakıp gitmeyeceği kesindi. Önemli bir iş için gittiği yere köpeğini de getiremezdi ya! Yüzüne bir şey demeseler bile içlerinden alay ederlerdi onunla. "Şu ihtiyar adama bak, haklarını savunmaya gelmiş ama yanında köpekten başka getirecek kimseyi bulamamış!" derlerdi. Oraya yalnız gitmeli, köpeği götürmemeliydi. Onun için hayvanı Karanar'ın yularına bağlamaya karar verdi. Onun yokluğunda ikisi birlikte beklerlerdi. Hayvanı yanına çağırdı: "Yolbars! Yolbars! Gel buraya!" Yolbars geldi. Yedigey tam eğilip ilmeği boynuna geçirecekti ki havada müthiş bir gürültü duydu. Sanki bir volkan patlamıştı. Yer sarsılıyor, gök sarsılıyordu. Hemen yakınında uzay üssünden bir de ışık sütunu yükselmişti gökyüzüne. Çok parlak, bakılamayacak kadar gözkamaştırıcı bir ışık sütunu idi bu. Gürültü ve o parlak alevden Yedigey geriye sıçradı, köpek korkudan onun ayaklarına kapandı, Karanar ürküp bağırdı ve ayağa fırladı.

Bu, yıldızlardan gelecek tehlikelere karşı savunma amacı ile düşünülen "Çember" harekâtına uygun olarak fırlatılan ilk füze robot idi. Saat tam 20.00'de fırlatılmıştı. Az sonra ikinci bir füze fırlatıldı, sonra üçüncüsü, dördüncüsü ve bir daha.. bir daha... Art ardına fırlatılan bu füzeler, yerkürenin çevresinde sürekli kalan bir kordon oluşturacak ve böylece Dünya'da hiçbir şeyin değişmemesi, her şeyin olduğu gibi kalması sağlanacaktı.

Gökyüzü, halka halka dumanlarla, bakılmaz parlaklıkta alevlerle delinmiş, yarılmıştı. Adam, deve ve köpek, bu basit yaratıklar, büyük bir korkuya kapılmış, deli gibi kaçıyorlardı. Korkunç alevlerin ışıkları peşlerini bırakmıyor ve onlar bozkır içlerine doğru, birbirlerinden ayrılmamaya çalışarak koşuyor, koşuyorlardı...

Ama ne kadar koşarlarsa koşsunlar, ne kadar kaçarlarsa kaçsınlar, sanki hiç yerlerinden ayrılmamışlar gibi, her patlamada yeri göğü sarsan o müthiş uğultunun, o göz kamaştırıcı parıltının ortasında buluyorlardı kendilerini. Bütün bozkırı kaplıyordu ışık ve gürlemeler.

Adam, deve, köpek, arkalarına bakmadan kaçıyorlardı.
Boranlı Yedigey, o kaçış sırasında ve birdenbire, nereden çıktığını anlamadığı beyaz bir kuşu görür gibi oldu. Bir zamanlar Nayman-Ana'nın mankurt olan öz oğlu tarafından okla vurulup devesinden düştüğü zaman, ak yazmasının içinden çıkan kuştu bu... Beyaz kuş, Yedigey'in hemen yanıbaşında uçuyor, kıyamet gününü andıran o alev ve gürlemeler arasında ona bağırıyordu:
- Sen kimsin? Adın ne? Adını hatırla! Senin baban Dönenbay'dır, Dönenbay, Dönenbay, Dönenbay, Dönenbay.. Dönenbay...
Ve beyaz kuşun sesi, yeniden karanlığa bürünen gökyüzünde uzun zaman yankılandı...

*

* *

Birkaç gün sonra, Yedigey'in kızları Saule ve Şerafet, kocaları ile birlikte, tâ Kızıl-Orda'dan kalkıp Boranlı'ya geldiler. Kendilerine çekilen telgrafta, Sarı-Özek'in aksakalı Kazangap'ın öldüğünü öğrenince, onu anmak ve ana babalarının acısını paylaşmak istemişlerdi. Bu vesile ile de ana babalarının yanında birkaç gün kalacaklardı. Böylece üzüntülü olayın yanısıra bir de sevinçli olay yaşanacaktı.
Trenden inince cümbür cemaat babalarının evine gidip kapısını çaldılar. Yedigey evde değildi. Ukubala sevinçten gözyaşı dökerek dışarı fırladı. Hepsini teker teker kucakladı, öptü. Tekrar tekrar sarıldı.
- Şükürler olsun Allah'ım! Ne iyi ettiniz de geldiniz!
Hepinizin birden gelmesi ne kadar iyi! Şükürler olsun Allah'a, şükürler olsun! Babanız da çok sevinecek!
- Babam nerde? diye sordu Şerafet.
- Akşama dönecek. Sabah erkenden çıkıp 'Posta Kutusu'na (yeni kurulan kasabanın adı) gitti. Oranın en yet-

kilisiyle görüşecekmiş. Birkaç günden beri zor ve bitmek bilmeyen bir işe girişti. Hiç peşini bırakmıyor, size sonra anlatırım. Ama niye dışarıda duruyoruz? Burası sizin eviniz, unuttunuz mu? Girin, girin balalarım...

Bu yerlerde trenler doğudan batıya, batıdan doğuya gider gelir.. gider gelirdi...

Bu yerlerde demiryolunun her iki yanında, ıssız, engin, sarı kumlu bozkırların özeği Sarı-Özek uzar giderdi...[*]

Çolpon-Ata, Aralık 1979 - Mart 1980

---

[*] Çevirinin Notu: Bu romanın en güzel, en ilginç bir bölümü bu ciltte yer almamıştır. Sovyetler Birliği'nde glosnosta geçişin eşiğinde iken o bölümün yayınlanmasına izin verilmemiş ya da Aytmatov bunu, okuduğunuz bu ve öteki eserleriyle ortamı hazırladıktan sonra ayrı bir roman olarak yayınlamayı uygun bulmuştur. Aytmatov'un bu son romanını da Ötüken Neşriyat için Türkçe'ye çevirmiş bulunuyorum. *"Cengiz Han'a Küsen Bulut"* adını taşıyan bu çok güzel romanı okumadan *"Gün Olur Asra Bedel"* romanının tamamını okumuş olamıyacağınızı siz sayın okurlarımıza hatırlatmayı gerekli görüyorum. Aytmatov bu son eserinden (*Cengiz Han'a Küsen Bulut*) Cengiz Han'ın Avrupa seferiyle ilgili çok güzel ve bugünlere çağrışım yaptıran bir efsaneyi, öğretmen Abutalip Kuttubayev'in nasıl öldüğünü ve KGB'nin insanı şaşkınlıklar içinde bırakan çalışma yöntemlerini öğreniyoruz. Saygılarımla. (Refik Özdek)

Cengiz Aytmatov'un Eserleri

Elveda Gülsarı

•

Dişi Kurdun Rüyaları

•

Beyaz Gemi

•

Toprak Ana

•

Cengiz Han'a Küsen Bulut

•

Cemile - Sultanmurat
(Hikâyeler)

•

Yıldırım Sesli Manasçı - Yüz Yüze-
Deniz Kıyısında Koşan Ala Köpek
(Hikâyeler)

•

Kızıl Elma - Oğulla Buluşma - Beyaz Yağmur-
Asker Çocuğu - Deve Gözü
(Hikâyeler)